PARA SEMPRE JUNTOS

O PERSEGUIDOR: LIVROS 3 E 4

ANNA ZAIRES

♠ MOZAIKA PUBLICATIONS ♠

DESTINOS ENTRELAÇADOS

O PERSEGUIDOR: VOLUME 3

PARTE I

1

*ara*

Lábios quentes pressionam minhas bochechas, o beijo suave e terno mesmo com a barba de dias raspando minha mandíbula.

— Acorde, ptichka — Uma voz com sotaque familiar murmura em meu ouvido enquanto eu resmungo um protesto sonolento e me enterro mais fundo no travesseiro. —, está na hora de ir.

— Hmm. — Mantenho meus olhos fechados, relutante de largar o sonho. Era um sonho bom para variar, envolvendo um lago ensolarado, um par de cachorros excitados e Peter jogando xadrez com meu pai. Os detalhes já estão desaparecendo da minha mente, mas a luz, os sentimentos eufóricos se mantêm, mesmo quando a realidade, junto com a consciência amarga da impossibilidade do sonho, se aproxima.

— Vamos, meu amor. — Ele pressiona um beijo suave na parte

inferior sensiva do meu ouvido, enviando tremores prazerosos pelo meu corpo. — O avião está esperando. Você pode dormir a caminho de casa.

O restante do sonho desaparece e deito de costas, sufocando um gemido ante a dor resistente no meu ombro esquerdo quando abro os olhos para o olhar caloroso e prateado do meu sequestrador. Ele está debruçado sobre mim, um sorriso gentil curvando-se nos seus lábios esculturais e, por um momento, a leveza eufórica aumenta.

Estamos vivos e ele está aqui comigo. Posso tocá-lo, beijá-lo e senti-lo. Seu rosto está mais magro que antes, acentuado pelo estresse e pouco sono, mas a perda de peso apenas aumenta sua estonteante beleza masculina, sobressaindo a inclinação das exóticas maçãs do seu rosto e destacando as linhas fortes da sua mandíbula.

Ele é lindo, esse assassino que me ama.

O assassino do meu marido que nunca me libertará.

Meu peito se aperta, minha felicidade maculada por um aperto familiar de culpa e ódio de mim mesma. Talvez haja um dia quando não sentirei um conflito tão grande, tão assolada por precisar do homem olhando para mim como se eu fosse seu coração, mas por agora, não posso esquecer o que ele é e o que fez.

Não posso deixar de me envergonhar por saber que estou apaixonada por meu carrasco.

O sorriso de Peter desaparece e sei que sente meus pensamentos, lê a culpa e tensão nas minhas feições. Pelas últimas duas semanas, desde que eu acordei aqui nesta clínica, tenho tentado evitar pensar no futuro e debruçado no que levou ao acidente. Eu precisava demais de Peter para mandá-lo embora e ele precisava de mim. Mas nesta manhã estamos retornando ao seu esconderijo no Japão e eu não posso mais esconder minha cabeça na areia.

Não posso fingir que o homem ao qual estou ligada, como se ele fosse minha tábua de salvação, não pretende me manter prisioneira pelo resto da minha vida.

— Não, Sara. — Sua voz é profunda e suave, ainda que o prateado quente no seu olhar se transforme em aço congelado. — Não siga por esse caminho.

Eu pisco e melhoro minha expressão. Ele está certo: agora não é hora. Levantando-me no meu cotovelo direito, digo normalmente: — Preciso me vestir. Se você me der licença...

Ele fica ereto, dando-me espaço para me sentar. Grata pela camisola do hospital, saio da cama e me apresso para o banheiro antes que ele mude de ideia e decida discutir depois de tudo. Precisamos conversar sobre o que houve – e, na verdade, já passou muito da hora do confronto – mas não estou pronta para isso. Nessas últimas duas semanas, ficamos mais unidos do que nunca e eu não quero desistir disso.

Não quero voltar a ver Peter como meu inimigo.

Enquanto escovo os dentes, estudo a cicatriz diagonal na minha testa, onde um pedaço de vidro causou um corte profundo e longo. O cirurgião plástico na clínica fez um bom trabalho consertando o que poderia ser uma marca que me desfiguraria, e com os pontos caindo, a cicatriz já está ficando menos feia. Em mais algumas poucas semanas, será uma fina linha branca e mais dois anos será completamente indetectável, como os hematomas claros que ainda decoram meu rosto.

Quando a criança que Peter quer forçar em mim estiver grande o bastante para notar e fazer perguntas, não deverá haver traços da minha tentativa de fuga desastrosa.

Respiro com força ante o pensamento e pressiono minha mão na barriga, contando os dias com temor crescente. Passaram-se duas semanas e meia desde que tivemos sexo desprotegido durante uma janela de fertilidade potencial, o que significa que minha menstruação devia ter começado há poucos dias. Entre as cirurgias e medicamentos, eu não estava prestando muita atenção ao calendário, mas agora que estou fazendo as contas, vejo que estou atrasada. Não tão atrasada que deva entrar em modo de total pânico, mas atrasada o bastante para me preocupar seriamente.

Eu já posso estar grávida.

Meu primeiro impulso é correr, achar a primeira enfermeira e exigir um exame de sangue. Tenho certeza que eles fizeram exame para gravidez em mim há duas semanas, quando fui trazida para a clínica depois do acidente, mas os primeiros traços de hCG na corrente sanguínea não aparecem até sete a doze dias após a fecundação. Meu resultado foi inquestionavelmente negativo e eles não teriam mais razão para me testar novamente.

Sem razão exceto que minha menstruação está atrasada.

Já estou com a mão na maçaneta quando paro. Quando eu fizer o teste, Peter saberá. Ele terá acesso aos resultados antes de mim e algo em mim se contorce ao pensar. Eu não tive escolha, não tive controle sobre nada na nossa relação até agora e preciso sentir como tendo, mesmo se for apenas nesse caso específico.

Se houver um filho, estará crescendo no *meu* corpo e quero decidir quando compartilhar a notícia.

Não é uma decisão racional, eu sei. Peter não é estúpido. Ele também pode contar os dias. Se ele não viu que minha menstruação está atrasada, ele verá em breve e, então, saberá que venceu, isso para melhor ou pior, estaremos ligados pelo grupo de células que pode já estar crescendo dentro de mim.

Pela criança que nascerá de um assassino caçado pelas autoridades de todo o mundo e o objeto da sua obsessão.

Uma latejada dolorida começa atrás do meu olho esquerdo, a dor de cabeça repentina e implacável. Não posso mais evitar pensar no futuro, não posso me dar ao luxo de viver cada dia que chega e esperar o melhor.

Tenho que proteger essa criança, mas não sei como.
Não posso fugir e Peter nunca irá me libertar.

2

eter

Sara está estranhamente quieta quando saímos da clínica, seus dedos frios na minha pegada e sei que ela está novamente remoendo dúvidas sobre nós, sua mente super ativa repassando todas as razões por que o que temos é errado e não pode funcionar.

Eu gostaria de poder confortá-la, explicar minha nova ideia e falar-lhe que ela só precisa ser paciente, mas não quero fazer promessas que poderei não ser capaz de cumprir. Meu plano tem tantos níveis, tantas partes que podem oscilar, que as chances de falhar são muito maiores do que as de dar certo.

Se eu aceitar os cem milhões de euros de Danilo Novak para eliminar Julian Esguerra, minha equipe e eu estaremos nos envolvendo com o homem mais perigoso que conheço.

Sob circunstâncias diferentes, eu nem mesmo pensaria na ideia. Esguerra jurou me matar por colocar sua esposa em perigo para resgatá-lo, mas antes disso, eu passei um ano trabalhando para ele como consultor de segurança com o objetivo de conseguir a lista de pessoas envolvidas no massacre da minha família. Conheço o negociante de armas colombiano, vi quão violento e implacável ele é. Sua organização exterminou sozinha um dos grupos terroristas mais mortais da história e ele tem feito coisas inacreditáveis a outros inimigos. Com sua fortuna gigantesca e contatos em governos por todo o mundo, Esguerra é demasiadamente intocável, seu complexo na floresta Amazônica é o equivalente a um forte militar. E é por isso que Novak está oferecendo esse valor: porque ninguém em sã consciência iria contra alguém tão poderoso e implacável.

A única razão porque estou até pensando em entrar no meu plano é Sara.

Tenho que compensar pelo acidente que quase a matou.

Tenho que fazer o que for necessário para dar-lhe a vida que merece.

ANTON JÁ ESTÁ NO AVIÃO QUANDO OS GÊMEOS E EU SUBIMOS COM Sara e tão logo a coloco segura sentada, levantamos voo. São quatorze horas de voo para o Japão, então, assim que estamos no ar, retiro os tênis de Sara e coloco um cobertor em volta dos seus pés, esperando que ficará confortável o bastante para tirar uma soneca.

Eu próprio não tenho dormido desde o acidente, mas quero que ela descanse e se restabeleça.

Ela me olha com olhos de avelã sombrios quando pego meu laptop e pergunto: — Com fome, meu amor?

Tomamos café antes de sairmos da clínica, mas ela quase não comeu, então, eu trouxe sanduíches extras para o voo.

Ela balança a cabeça. — Estou bem, obrigada. — Sua voz é melodiosa e um pouco rouca – voz de cantora, sempre achei. Quero ouvi-la para sempre, tanto se estiver falando ou interpretando uma das músicas pop que adora. Mas, acima de tudo, a quero ouvir cantarolar uma canção de ninar para o nosso filho, assim, a criança saberá que está segura e é amada.

Com esforço, retiro a imagem sedutora da minha mente. Não posso pensar em começar uma família com Sara agora... não quando tenho um serviço tão perigoso à frente.

É para o melhor que Sara não está grávida, e até passarmos esse obstáculo, me certificarei que ela continue assim.

eter

— VOCÊ FEZ O QUÊ?

Anton olha para mim como se eu tivesse ficado louco, suas mandíbulas com barba caídas pelo choque. Como eu, os caras acordaram cedo apesar da nossa chegada tarde ontem à noite; achei que deveria falar com eles sobre nossa próxima missão antes que Sara acorde.

— Agendei uma reunião com Novak — Repito, quebrando um ovo numa tigela de batedeira antes de misturar com leite —, iremos para Belgrado em meados de dezembro. O bastardo sérvio é muito paranoico, disse que apenas falará os detalhes de quaisquer ativos que tenha na organização de Esguerra em pessoa, não por email ou telefone.

Yan se encosta num balcão próximo, seus olhos verde se divertindo friamente enquanto cruza suas pernas, em calças justas, nos tornozelos. — Por que meados de dezembro? Estamos no início de novembro.

Eu dou de ombros. — Não estamos com pressa, e nem ele. — Realmente, o último não é verdade. Novak queria se reunir na próxima semana, mas eu adiei para o próximo mês. Uma vez que comecemos a rolar a bola, não tem como parar e não estou pronto.

Eu quero – não, eu *preciso* – passar tempo com Sara antes de embarcar nessa missão. Também, nossos hackers estão perto de encontrar pistas de Wally Henderson e podem conseguir outra pista em breve. Ele é o último nome na minha lista e de longe o mais difícil. Ele também é o general que estava a cargo da operação em Daryevo – o que o faz a pessoa mais responsável diretamente pelo massacre da minha mulher e filho. Se não fosse pelo acidente de Sara, poderíamos tê-lo pego na Nova Zelândia quando a foto da sua esposa apareceu no Instagram, postado inadvertidamente por um dono de vinhedo orgulhoso pelos seus clientes. Mas quando desviamos para a clínica na Suíça e eu me recompus o bastante para enviar meus homens para capturar Henderson, ele tinha conseguido desaparecer novamente. Só que dessa vez, sua trilha está fresca e nossos hackers têm melhor ideia de onde procurar.

Acharemos Walter Henderson III e quando o acharmos, rasgarei o *sookin syn* membro por membro.

Ilya franze, seu crânio tatuado brilhando na luz da manhã, quando se senta num banco de bar. — Você tem certeza disso, cara? Cem milhões *são* suculentos, mas estamos falando de Esguerra. Kent vai se envolver e...

— Foda-se Kent. — Quebro o próximo ovo com tanta força que espalha nos lados da tigela. — O bastardo merece isso depois que fodeu com a Sara.

— Mas Esguerra? — Diz Anton, se recuperando do choque. — O cara tem um pequeno exército na sua folha de pagamento e aquele complexo na selva dele... Você mesmo disse que é impenetrável. De que porra de jeito iremos...

— É por isso que nos encontraremos com Novak, para descobrir que cartas ele tem nas mangas. — Estou começando a perder a paciência. — Não sou uma porra de um suicida; faremos isso apenas se conseguirmos sair vivos.

— Verdade? — Yan atravessa a cozinha e senta-se num banco perto do seu irmão. — Você tem certeza disso? Porque Sara realmente se machucou sob a supervisão de Kent.

Sua voz é suave como seda, mas conheço um desafio quando o vejo.

Mantendo minha expressão calma, vou à pia e lavo minhas mãos dos traços de ovo cru. Anton, que me conhece melhor, prudentemente dá um passo atrás, mas os gêmeos Ivanov não se movem dos assentos, me olhando com olhares verdes idênticos quando eu casualmente contorno o bar e me aproximo de Yan.

— Então, você acha que estou raciocinando com meu pau? — A suavidade da minha voz iguala a dele. — Você acha que vou matar todos nós para punir Kent por ter deixado Sara bater o carro?

Yan se vira no banco para me encarar por completo. — Não sei. — Sua expressão é um pouco divertida, mas seus olhos são frios e penetrantes. — Vai?

Meus lábios se abrem num sorriso enquanto minha mão direita se fecha num canivete no meu bolso. — E se eu for?

Yan fica me olhando por alguns segundos tensos quando o ar no cômodo fica pesado com o desafio. Eu gosto de Yan, mas não posso deixar essa insubordinação passar. Ele sabia no que estava se inscrevendo quando se juntou ao time, sabia muito bem que para participar no empreendimento altamente lucrativo que eu estava montando, ele teria que me ajudar com minha agenda pessoal. Esse foi nosso trato e eu pretendo mantê-lo nele, mesmo se agora é Sara que motiva minhas ações em vez de minha mulher e filho.

— Yan. — A voz de Ilya é baixa quando ele fica de pé e coloca uma mão grande no ombro do seu irmão. — Peter sabe o que está fazendo.

Yan fica em silêncio por mais um momento, então, assente com a cabeça com um pequeno sorriso. — Sim, tenho certeza. Além do mais, ele *é* o líder da equipe no fim das contas.

Suas palavras são conciliatórias, mas não me engano. Terei que ficar mais alerta nessa missão.

Yan poderia facilmente ser uma complicação.

4

Sara

Enquanto nós cinco tomamos café, não consigo evitar perceber a tensão na mesa. Não sei se algo aconteceu antes de eu descer, ou se todos estão com os efeitos do fuso horário como eu, mas o companheirismo fácil entre Peter e seus homens não parece estar lá nesta manhã.

Em vez de conversarem alegremente e me entreterem com piadas da Rússia, os companheiros de Peter comem suas omeletes em silêncio e se vão, com Anton saindo com o helicóptero para comprar suprimentos e os gêmeos, para uma sessão de treinamento na floresta.

— O que está acontecendo? — Pergunto a Peter quando somos os únicos na cozinha. — Vocês brigaram ou algo assim?

— Ou algo assim. — Ele levanta-se para limpar a mesa e

17

esvaziar os pratos. — Digamos apenas que nem todos concordam com o curso de ação que escolhi.

— Que curso de ação?

— Estou pensando em aceitar outra oferta de trabalho – uma particularmente lucrativa.

Eu franzo a testa e me levanto para ajudá-lo a colocar os pratos na lavadora. — É perigoso?

Seu sorriso não tem nem um pingo de humor. — Nossa vida é perigosa, ptichka. O trabalho que fazemos é simplesmente parte dele.

— Então, por que os homens estão se recusando? — Largo o prato que estou lavando e olho para Peter, secando minhas mãos numa toalha de prato. — É de alguma forma pior do que seus trabalhos de *Missão Impossível*?

Seu olhar de aço fica acalorado ante meu tom de preocupação. — Não é nada que você precise ficar estressada, meu amor – pelo menos não agora. Nem mesmo nos encontraremos com nosso cliente em potencial até meados de dezembro e esse encontro decidirá se pegaremos o serviço ou não.

— Oh. — Minha preocupação diminui um pouco, substituída por uma curiosidade crescente. — Vocês vão encontrar o cliente em pessoa? — Quando Peter assente, eu pergunto: — Por quê? Vocês normalmente não fazem isso, fazem?

— Não, mas faremos uma exceção dessa vez. — Ele não parece estar com vontade de explicar e eu decido deixar quieto por enquanto. Meados de dezembro está semanas à frente e ele me falará quando estiver pronto – quando ele não tenha acabado de discutir com seus parceiros.

Terminamos a limpeza num silêncio de companheiros e fico maravilhada de como tudo parece natural: tomar café com Peter e seus homens, lavar os pratos, falar sobre seu trabalho. Não tem problema se estamos num pico de montanha inacessível no Japão com vinte centímetros de neve já cobrindo o chão, ou se o trabalho em questão é de assassinatos violentos. Meu tempo fora daqui – os dias que passei em Chipre com os Kents, seguidos de duas semanas numa clínica na Suíça – já está começando a parecer uma lembrança ruim, um interlúdio pavoroso nesta minha vida.

Uma vida que está se tornando mais confortável e real a cada dia que se passa aqui, neste lugar estranho que está começando a se parecer com um lar.

Eu espero a mordida dolorosa de auto-ódio e culpa, mas tudo o que sinto é um tipo de resignação desgastante. Estou cansada de lutar contra mim mesma e contra esses sentimentos confusos, cansada de resistir e fingir que o homem me olhando com aqueles olhos metálicos não é nada mais do que um sequestrador – que não me liguei a ele na clínica como um bebê coala à sua mãe. Quando acordei esta manhã, sozinha numa cama vazia, eu quis chorar – e isso não tinha nada a ver com o fato de que minha menstruação ainda não chegou.

Eu fecho a porta para esse pensamento antes que comece a perder a cabeça novamente. Sim, já estou há vários dias atrasada, mas tem outras explicações potenciais para esse atraso. Estresse, por exemplo, tanto do tipo físico quanto emocional. Sem um teste de gravidez e na ausência de sintomas, não tem como eu possa saber neste estágio se estou lidando com os efeitos do acidente ou as consequências do sexo sem proteção. Então, por enquanto, visto não estar pronta para falar sobre isso com Peter, preciso retirar isso dos meus pensamentos e esperar pelo melhor.

Se estou grávida, ambos saberemos em breve.

— Você está bem? — Pergunta Peter, suas sobrancelhas escuras numa franzida preocupada e vejo que devo ter feito uma careta, como se estivesse com dor.

— Só estou sentindo o jet-lag — Digo para dissipar mais sua

preocupação, coloco um sorriso grande no rosto. — Você sabe, voo longo e tudo o mais.

— Ah. — Ele levanta sua mão grande, suavemente tocando a cicatriz sarando na minha testa. — Você deve ter cuidado nos próximos dias. Ainda não se recuperou totalmente. — Sua franzida se acentua. — Talvez devêssemos ter ficado na clínica mais tempo.

Eu rio e balanço a cabeça. — Oh, não. Ficamos uma semana além do necessário. Estou bem – apenas um pouco cansada, só isso.

— Certo. — Ele não parece convencido e impulsivamente levanto-me na ponta dos pés e beijo aquela boca sensual.

É apenas um beijo rápido e brincalhão, mas saímos dele como de um golpe. Não sei por que fiz isso, porque parecia a coisa mais natural no mundo acariciá-lo desse jeito. Não foi porque eu queria sexo, apesar de querer – ele não me possui desde Chipre e meu corpo está necessitando seu toque. Não, foi apenas algo que quis fazer, algo que deu vontade.

Ele se recupera primeiro, um sorriso vagaroso e sedutor curvando-se naqueles lábios esculpidos quando ele vem a mim, um braço passando pela minha cintura para me puxar para mais perto enquanto a outra mão se curva em volta do meu queixo, seu polegar calejado acariciando minha bochecha. — Sara...— Sua voz é baixa e rouca, tão calorosa quanto o brilho no seu olhar. — Minha bela ptichka... Eu te amo tanto, tanto.

Meu peito se aperta, comprimindo o ar nos meus pulmões. Ele já me disse que me ama antes, mas nunca desse jeito... nunca com essa profundidade de sentimento. Isso me abala até os ossos, porque, pela primeira vez, acredito nele.

Acredito nele e quero dizer de volta.

A constatação é como uma marreta no meu crânio. Luto muito contra ela, eu fiz tudo que pude para evitar me apaixonar por esse homem, para fugir dele. Mas mesmo quando fugi, eu sabia que estava fugindo de mim mesma também, da minha parte sombria que quer abraçar o assassino do meu marido, ceder à fantasia de uma vida feliz com o assassino que me roubou de todos que amo. Eu lutei, eu fugi e em algum lugar no caminho, isso aconteceu mesmo assim.

Eu me apaixonei por ele.

Apaixonei-me pelo homem que deveria odiar, um monstro de quem o filho devo estar carregando.

Ele me olha nos olhos e neles vejo o mesmo desejo feroz que tenho trabalhado tanto para suprimir. Ele precisa de mim, esse meu sequestrador letal, precisa tanto que está disposto a fazer qualquer coisa para me ter. E, por alguma razão, saber disso não me horroriza mais tanto quanto antes horrorizava.

Não sei se de algum modo eu transmito meus pensamentos, ou se a abstinência das duas semanas e meia foi tão difícil para Peter como foi para mim, mas a chama quente no seu olhar queima mais clara e o braço poderoso na minha cintura se aperta, puxando-me rapidamente para o seu corpo.

Seu corpo duro e totalmente excitado.

Meu próprio corpo se enrijece, fechando num pulsar apertado quando minhas mãos sobem para pressionarem contra seu peito largo. Eu o desejo, igual quando o desejei todas aquelas noites na clínica quando dormia aconchegada platonicamente no seu abraço. Ele se recusava a me tocar então, preocupado com os ferimentos, mas não estou mais machucada – não por ferimentos, pelo menos.

Sua cabeça se abaixa e aceito seu beijo forte e devorador. É exatamente isso que quero: ser possuída por ele, conhecer a violência da sua possessão. Ele não é mais suave, e não quero que seja. Eu o quero desse jeito: forte e quase fora de controle, me consumindo com sua necessidade, fazendo-me queimar com sua fome esmagadora.

De alguma forma minhas mãos acabam nos seus cabelos negros, segurando nos cachos grossos e sedosos quando beijo-o de volta com a mesma selvageria, nossas línguas duelando enquanto nossos corpos se esfregam um no outro pelas barreiras das roupas. Estou respirando com dificuldade assim como ele quando ele me encosta no canto do balcão, e me levanta nele, retirando minhas calças de yoga e a tanga numa puxada só. Então, seu zíper é abaixado e seu pau grosso entra em mim como uma flecha, fazendo-me gritar ante a estocada brutal. Se eu não estivesse tão molhada, ele ter-me-ía rasgado, mas estou tão escorregadia de necessidade, e quando ele começa bombeando dentro de mim, passo minhas pernas no seu quadril, possuindo-o, abraçando tudo o que ele tem para me dar.

Não demora muito até que meu corpo se aperta, espiralando ao clímax num ritmo estonteante e suas estocadas aumentando de velocidade, o ritmo selvagem nos levando à beira da sanidade. — Oh, caralho — Geme ele, colocando a cabeça para trás quando o orgasmo o domina e eu grito, me retraindo no prazer agonizante quando meus músculos internos se apertam em volta do seu pau. Os jatos quentes da sua semente banhando meu interior e meu corpo entra nos espasmos de novo e de novo, a liberação durando uma eternidade.

Eventualmente, contudo, ele acaba e eu percebo a pedra dura do balcão de quartzo liso sob minhas costas e o grande peso de Peter me pressionando. Ambos estamos respirando rapidamente e apesar da grossura da sua camisa, sinto o suor cobrindo suas costas.

Nós acabamos de foder no balcão da cozinha, onde qualquer um poderia ter entrado e nos visto.

Fomos direto para isso como animais, como se tivesse passado anos desde que fizemos sexo, em vez de semanas.

Risadinhas malucas escapam da minha garganta enquanto

Peter pragueja furiosamente e sai de mim. A expressão sinistra nas suas feições enquanto fecha seu jeans fazendo-me rir ainda mais. Ofegando com uma gargalhada histérica, eu saio do balcão com pernas trêmulas e olho minha calça e tanga embaixo da lavadora de pratos.

Estou nua da cintura para baixo.

Minha bunda nua estava no balcão da cozinha, como um peru esperando para ser recheado.

Minha histeria chega a uma novo nível e me contorço, rindo tanto que minhas lágrimas jorram dos meus olhos. Peter está olhando para mim como se eu tivesse ficado louca e isso apenas piora as coisas, porque eu sei como devo estar parecendo, com o traseiro nu e gargalhando como uma louca.

Depois de uns minutos, eu me acalmo o bastante para pensar e pegar minhas roupas, mas Peter segura meus ombros antes que eu possa ficar de quatro. A franzida de preocupação nas suas feições me leva a uma histeria renovada. — Você... você vai ter que desinfetar isso. — Ofego entre gargalhadas incontroladas. — Você cozinha aqui e tudo...

Estou rindo com tanta força que mal posso falar, mas ele deve ter entendido o que falei, porque um divertimento relutante brilha nos seus olhos e ele curva os lábios. Logo, ele também está rindo, ainda há pratos sujos por todos os lados e acabamos de foder lá onde qualquer um poderia nos ver e seu sêmen está escorrendo pelas minhas coxas no piso limpo.

Eventualmente, nos acalmamos e pegamos a calça e roupa de baixo de debaixo da lavadora. Minha garganta está dolorida e minha barriga dói por ter rido com tanta força, mas de alguma forma, sinto-me limpa, esvaziada de todo o ressentimento amargo. A expressão de Peter, no entanto, fica sombria novamente e quando ele me leva escada acima para o chuveiro, pergunto: — Qual o problema?

Ele não responde de pronto, apenas se ocupa em ligar o chuveiro e nos despir quando chegamos ao banheiro. Eu espero pacientemente e quando entramos sob o spray de água e ele começa a lavar minhas costas, ele finalmente murmura: — Eu te machuquei?

Eu pisco e me viro para fitá-lo. É disso que ele está preocupado? Que ele foi áspero? Meu ombro esquerdo ainda está dolorido por ter sido deslocado no acidente de carro, mas tenho certeza que nosso sexo vigoroso não o machucou. — Não, claro que não. Eu te disse, estou perfeitamente bem.

Ele olha para mim, não convencido, então, suspira e me agarra num abraço. Eu fecho os olhos para manter fora a água caindo e passo meu braço em volta do músculo duro do seu torso. Ficamos daquele jeito, segurando um ao outro e me sinto muito bem, apesar de todas as coisas erradas.

Parece que pertencemos assim, como se fôssemos feitos para ser.

5

*eter*

NA MANHÃ SEGUINTE, EU ACORDEI ANTES DE SARA E COMO TEM SIDO meu hábito ultimamente, eu fico olhando-a por alguns minutos antes de me forçar para fora da cama.

Não sei se é apenas uma ilusão, mas pareceu diferente ontem. Parecia que a trégua provisória que estabelecemos na clínica ainda estava lá. Geralmente, depois do sexo, eu consigo sentir Sara debatendo-se para reconstruir seus muros no meio de autorrecriminações amargas, mas não ontem. Ontem, não pude sentir seu conflito interno e após ter me certificado de que não a tinha machucado, parei de me culpar por ter perdido o controle – e por ter deixado a camisinha de fora mais uma vez apesar da minha resolução mais cedo de não fazê-lo.

No ponto em que estamos, encher Sara com minha semente é

instintivo e esses instintos se recusam a obedecer à razão para esperar até que a situação de Esguerra esteja solucionada.

De qualquer modo, duvido que estivéssemos correndo qualquer perigo ontem. Sara deve estar perto do final do seu ciclo, dada sua última menstruação. Que foi exatamente quando? Três semanas atrás ou quatro? Eu franzo no espelho do banheiro quando raspo o último vestígio de barba e coloco o aparelho na pia. Não, não parece estar certo. Estávamos longe por quase três semanas e antes disso, ela não menstruou por pelo menos...

Uma batida na porta do banheiro interrompe meus cálculos. — Peter? — A voz rouca e sonolenta de Sara está estranhamente tensa. — Yan quer falar contigo.

Caralho. Esfrego uma toalha no meu rosto para retirar qualquer espuma que possa ainda estar presa na minha pele e saio do banheiro. Sara está em pé ao lado da cama, enrolada num roupão grosso que deve ter pego para abrir a porta para Yan.

— Ele disse para você descer tão logo possa — Diz ela, uma franzida de preocupação marcando sua testa. — É urgente.

Eu assinto, já pegando uma calça jeans. Já tinha imaginado, porque meus homens não têm o hábito de bater na porta do nosso quarto. Algo deve ter acontecido, mas nem de longe posso imaginar o que é. Não tem como as autoridades ou quaisquer dos nossos inimigos terem nos seguido até aqui e essa seria a única emergência que imagino motivar tal urgência.

— Vista-se — Digo a Sara quando vou para a porta. —, no caso de termos que sair rápido.

Seus olhos se arregalam com entendimento e ela corre para colocar a roupa e eu me apresso para baixo.

Meus três parceiros já estão lá, juntos em volta de Yan, que está olhando para a tela do seu laptop. Anton está digitando algo no seu telefone.

— Qual o problema? — Pergunto com firmeza e os gêmeos se viram para olhar para mim, seus rostos sombrios.

— Sara ainda está lá em cima, certo? — Pergunta Yan, com um olhar indescritível para a escada e eu assinto diminuindo nossa distância em poucos passos.

— Qual o problema?

— Olhe — Diz ele virando a tela para mim.

De início, tudo o que vejo é a cozinha antiga e aconchegante dos pais de Sara, com os eletrodomésticos bem usados e o parapeito da janela cheio de ervas em potes. O pai idoso de Sara, vestido com um roupão, está andando na cozinha com seu andador, colocando café para ele e pegando um iogurte na geladeira. Ele está quase na mesa da cozinha com seu café quando a chamada num celular interrompe o que deveria ter sido uma manhã serena.

Charles "Chuck" Weisman cuidadosamente põe sua xícara de café no balcão da cozinha, coloca a mão no bolso para pegar seu telefone. — Lorna? — Sua voz é forte e firme apesar da sua idade. — Você esqueceu-se de verificar... — Ele fica em silêncio abruptamente e mesmo na imagem granulada, posso vê-lo empalidecer, sua boca se abrindo e fechando num choque sem palavra.

Sua mão livre tentando convulsivamente pegar, mas não conseguindo, o suporte do andador e seguro minha respiração. Para meu alívio, ele consegue se segurar na beirada do balcão. Devido ao pai de Sara estar tão frágil, a queda poderia matá-lo facilmente.

— Onde? — É tudo que pergunta um minuto depois de ouvir tensamente, então, ele coloca o telefone de volta no bolso e fica em pé por um momento, queixo tremendo, antes de se recompor e andar com dificuldade para o quarto para vestir-se.

— Isso foi gravado há dez horas — Diz Yan quando olho da tela

para ele, pronto para ir para cima dele com perguntas furiosas. —
Acabamos de ouvir o áudio completo da chamada. Parece que a
mãe de Sara envolveu-se num acidente de carro – um dos grandes.
Eles não têm certeza se ela consegue sair dessa. Nossos hackers
estão acessando os registros do hospital enquanto falamos, mas os
médicos do centro de emergência são notoriamente vagarosos em
colocar as anotações no sistema. A boa notícia é que o pai de Sara
está no hospital – ou, pelo menos, ele não esteve em casa.

— Acabei de falar com nosso pessoal americano — Diz Anton
guardando o telefone. — Eles estão indo para o hospital, teremos
notícias dela em breve. Falei para eles serem super cuidadosos;
tenho certeza de que os federais estarão monitorando o local, no
caso de Sara aparecer.

Caralho. Fecho meus olhos e esfrego as têmporas espantando
uma dor de cabeça que piora rapidamente. É o pior pesadelo de
Sara se realizando: um em que seus pais estão feridos e ela não está
lá. Ela sempre temeu que fosse seu pai, por causa dos seus
problemas de coração, mas é sua relativamente jovem e saudável
(mesmo com seus setenta e oito anos) mãe. Sara ficará para além
de devastada e todo o progresso que fizemos na nossa relação
pelas últimas duas semanas será perdido.

Ela nunca me perdoará por mantê-la longe do leito de morte da
sua mãe. Isso criará outro abismo entre nós, um que poderá ser até
pior de ultrapassar do que o deixado pela morte do marido.

Abro os olhos, uma dor forte e profunda pousando no meu
íntimo. Meus homens estão me olhando com uma mistura de
curiosidade e pena e sei que eles entendem. Passaram a conhecer
Sara nos últimos meses e a gostar dela. Eles viram o quão devota
ela é aos seus pais idosos, como pergunta sobre eles todos os dias e
diligentemente assiste aos vídeos que trazemos para ela.

Eles sabem que isso vai destruí-la.

Ela vai se culpar tanto quanto me culpar.

— Mantenha-me atualizado de quaisquer notícas pelos americanos — Digo rouco e subo.

Tenho que alcançar Sara antes que desça.

Ela não pode descobrir isso antes que saibamos de todos os fatos.

 ara

Corro com minha rotina, tomando banho e escovando os dentes em cinco minutos. Levo mais três minutos para me vestir e penso no que fazer. Deveria correr para baixo para ver o que está acontecendo? Ou preparar roupas para o caso de termos que sair às pressas?

O pragmatismo vence a curiosidade, acho uma mochila no closet e começo a encher com itens necessários: três pares de roupa de baixo limpas, tanto para mim como para Peter, meias, jeans, camisas, suéteres, tudo para nós dois. Tenho certeza de que Peter e seus homens poderão comprar roupas novas se tivermos que abandonar tudo e evacuar para um esconderijo diferente, mas isso ajudará se tivermos alguns dias de coisas para vestir, assim, isso é menos uma emergência. Não esqueço do meu voo para cá onde minhas únicas opções de roupas eram um cobertor onde Peter me roubou e roupa masculina de tamanho muito maior que o meu.

Se posso evitar ficar andando desajeitada nas calças de Peter, já fico feliz.

Roupa arrumada, passo para os artigos de limpeza, guardando nossas escovas e pasta num plástico ziploc que acho sob a pia. Quando fecho o saco, junto com o barbeador de Peter e um pequeno tubo de creme de barbear, ocorre-me que estou estranhamente calma com tudo isso. Minhas palmas estão suando e as batidas do meu coração elevadas, mas não estou mais estressada do que estaria se estivéssemos atrasados para um voo. Suponho que seja porque bem no fundo, eu esperava que algo assim acontecesse. Por mais habilidoso que Peter e seus homens sejam em fugir das autoridades, mais cedo ou mais tarde, eles provavelmente seriam achados. Se não pelo FBI ou Interpol, então, por algum criminoso procurando vingança de um dos seus alvos.

Mesmo barões das drogas ou banqueiros corruptos têm alguém que os ama.

Estou me apressando de volta ao quarto para pegar um cinto para o jeans de Peter quando ele entra, sua expressão bem sombria.

— O que aconteceu? — Colocando a mochila na cama, corro para ele. — Nós temos que...

Ele pega meu rosto entre suas palmas e coloca seus lábios nos meus num beijo forte e violentamente faminto. Não fizemos amor depois do encontro na cozinha – eu desmaiei cedo por causa do jet-lag e Peter deixou-me dormir por consideração – e posso provar o desejo crescente no seu beijo, o fogo sombrio que sempre queima entre nós.

Me empurrando contra a cama, Peter rasga minhas roupas, então as dele próprio, sem preliminares, ele empurra para dentro de mim, me alargando com sua grossura, me batendo com seu forte calor. Eu grito pelo choque causado, mas ele não para, não diminui a velocidade. Seus olhos brilham ferozmente quando ele eleva meus braços sobre minha cabeça, suas mãos prendendo meus pulsos e vejo que é algo mais do que desejo que o está movendo hoje, algo selvagem e desesperado.

A resposta do meu corpo é rápida e repentina, como gasolina pegando fogo. Um minuto, estou prendendo os dentes pela força implacável das suas enfiadas e, logo depois, estou perto de gritar quando me atiro com êxtase brutal. Não tem alívio neste orgasmo, apenas uma diminuição da tensão impossível, mas mesmo isso não dura. O segundo pico, tão violento quanto o primeiro, vai até os calcanhares e eu grito ante a agonia do espasmo, o prazer me rasgando ao meio quando ele entra em mim, vez após vez, me levando pelo clímax e além.

Não sei por quanto tempo Peter me fode assim, mas quando ele goza, espirrando semente quente dentro de mim, minha garganta está doendo de tanto gritar e perdi a conta de quantos orgasmos ele provocou no meu corpo surrado. Os músculos duros do seu peito brilham com o suor quando ele sai de mim e fico deitada lá ofegando, muito tonta e exausta para me mover.

Ele sai, e volta alguns momentos depois com uma toalha molhada, que ele usa para enxugar a parte úmida entre minhas pernas. — Sara... — Sua voz rouca, pesada com emoção quando ele inclina-se sobre mim para retirar uma mecha de cabelo da minha testa suada. —Ptichka, eu...

Uma batida forte na porta faz a gente pular.

— Peter. — É Yan, sua voz é tão forte quanto a de antes. — Você precisa ouvir isso. Agora.

Praguejando sob a respiração, Peter pula para fora da cama, pega seu jeans descartado na pilha de roupas e o coloca sem se preocupar com a cueca. O olhar que me dá sobre os ombros é feroz, quase raivoso, mas ele não diz nada quando sai do quarto.

Sento, estremecendo pela dor entre minhas coxas e me forço a levantar-me e lavar-me rápido, outra vez, antes de me vestir novamente.

Não tenho ideia do que está acontecendo, mas tenho uma premonição espantosa.

eter

É ATESTADA A SERIEDADE DA SITUAÇÃO DE QUE NÃO HÁ NADA BOM À vista quando entro na cozinha descalço e sem camisa, o cheiro de sexo agarrado em mim como um perfume primal.

— É ruim — Diz Yan sem enrolação quando me aproximo. — Um motorista bêbado bateu no lado dela num cruzamento e o carro capotou três vezes antes de parar de cabeça para baixo. Ela tem muitos ossos quebrados e hemorragia interna. Eles acabaram de levá-la para uma segunda cirurgia, mas as coisas não parecem boas. Por causa da sua idade e a extensão dos ferimentos, eles não acham que ela resistirá.

Todas as palavras que ele diz me esfaqueiam até minhas entranhas. — E o pai de Sara? — Pergunto, minha mente rodando. — Ele está...

— Ele está se segurando até agora, mas sua pressão sanguínea está perigosamente alta. — O olhar sombrio de Anton é grave. — Eles tentaram mandá-lo para casa para descansar, mas ele se recusa a ir. Alguns dos seus amigos estão lá com ele, mas é a única ajuda que podem dar.

— Certo. — Olho para meus companheiros e nos seus olhos vejo que eles imaginam o que terei que fazer.

A batida de passos leves na escada prende minha atenção e viro-me para ver Sara descendo as escadas rapidamente, suas feições em forma de coração, pálidas com preocupação.

— O que está acontecendo? — Seus pés com meias deslizam no piso da cozinha quando ela para na nossa frente. Seu olhar de avelã passa de mim para meus companheiros e volta. — Aconteceu alguma coisa?

— Dê-nos um minuto — Falo aos caras e eles dispersam imediatamente, os gêmeos subindo enquanto Anton vai para a porta do closet.

— Quer que eu prepare o helicóptero? — Pergunta ele em russo quando passa por mim e eu assinto, mantendo o olhar em Sara, que está ficando mais ansiosa a cada segundo.

— O que aconteceu? — Pergunta ela novamente, vindo para mim e sei que não posso adiar mais. Esticando a mão, pego sua mão delicada entre minhas palmas e tão suavemente quanto possa, digo o que acabei de ouvir.

Suas feições perdem aparência de cor quando termino e seus dedos estão gelados na minha pegada. Seus olhos ainda secos, mas sei que é o choque que a está impedindo de desmoronar. Meu pássaro cantor acabou de receber um golpe devastador e se não agir agora, ela nunca se recuperará disso.

Vou perdê-la.

Eu sei disso.

Posso sentir.

É a pior coisa que já tive que fazer, mas digo com normalidade. — Te vi arrumando a mochila mais cedo. Está pronta para ir?

Ela pisca sem entender. — O quê? — Sua voz tonta, mesmo com seu olhar focado em mim com uma esperança repentina e desesperada. — Onde?

— Para casa — Digo e a dor pungente nas minhas entranhas se intensifica, o vazio aumentando e tomando meu coração. — Estou te levando de volta, meu amor, antes que seja tarde demais.

8

Sara

Olho para fora da janela do avião as nuvens abaixo, meus pensamentos divididos e meu peito num aperto agonizante. Talvez seja porque ainda esteja em choque, mas tudo aconteceu com tal velocidade que eu simplesmente não consigo compreender, não consigo discernir esse transcorrer de coisas e o entrelaçar das emoções me sufocando por dentro.

Mamãe estava num acidente de carro. Ela pode morrer.

Peter está me levando para casa.

Minha respiração é rasa, mesmo assim, cada vez que inspiro, dói, como se o ar dentro da cabine fosse muito espesso. Parece que precisou de minutos apenas para sairmos, entrar no helicóptero e levantar voo, como se esse fosse o plano o tempo todo, como se tivéssemos conversado sobre isso e decidido que era a hora.

Hora de ir para casa.

37

Hora de mamãe morrer.

Minha respiração prende numa inalação particularmente pesada e tenho que lutar para meus pulmões se expandirem, para inalar oxigênio por uma traqueia que não parece maior do que um furinho.

O caso é, não conversamos. Absolutamente não. Pèter me informou e foi só isso. Depois, havia apenas a pressa de aprontar as coisas, pegar o que fosse necessário para entrar no helicóptero. E quando estávamos lá, ele estava no telefone, preparando algo, falando muito russo e um pouco de inglês. Peguei pequenas partes das conversas, mas estava muito fora de mim para entender algo. Para entender qualquer coisa, na verdade. Como pode ele me devolver quando estão o procurando? Quando ele sabe que na hora em que eu aparecer, posso ser levada para algum lugar em que ele talvez nunca me ache?

Como pode ele deixar-me ir se ele jurou que nunca iria fazê-lo?

Quero perguntar tudo isso a Peter, mas ele não está perto de mim. Ele está no sofá, em um laptop com os gêmeos. Ouço muitas coisas sendo faladas em russo bem rápido quando apontam para algo na tela e sei que devem estar planejando a logística desta operação não planejada, imaginando como entrar e me largar bem embaixo do nariz das autoridades.

Eu poderia me levantar e exigir resposta deles, mas isso tiraria a atenção deles, poderia fazê-los perder detalhes cruciais que podem fazer a diferença entre a vida e a morte, ou, pelo menos, captura e liberdade. Então, eu apenas fico sentada e olho para fora da janela, focando na difícil tarefa de respirar.

Uma inspiração, uma expiração. Devagar e firme. Luto para usar o ar anormalmente espesso enquanto mantenho meu olhar nas nuvens fofas do lado de fora. Concentrar-me nelas me ajuda a manter o pensamento que lá fora, a milhares de quilômetros, mamãe está sob a faca de um cirurgião, seu corpo fraco aberto e sangrando. Já vi centenas de cirurgias, fiz dúzias de cesarianas e sei como se parecem, como a carne humana é apenas carne nessa hora, algo que o médico corta, separa e dá ponto com o objetivo de salvar a pessoa que não é uma pessoa para o médico naquele momento, mas uma tarefa, um desafio a ser completado.

Meu estômago dá um nó, meu peito super apertado e eu esfrego algo fazendo cócega em minha bochecha, apenas para abaixar minha mão quando a sinto úmida.

Não notei que estava chorando, tento me recompor e focar em algo além da imagem mental do corpo de mamãe na mesa de cirurgia, sua barriga aberta para reparo dos danos. E de papai na sala de espera do hospital, exausto e sem dormir, seu coração esgotado e sobrecarregado.

Por que Peter está fazendo isso? Tento pensar nisso, porque é melhor do que as imagens na minha cabeça. Ele vai me deixar para sempre, ou está planejando voltar para mim? Se for o último, ele tem que ver que me sequestrar uma segunda vez não será fácil. Ele está correndo um enorme risco em me trazer de volta e, mesmo assim, está fazendo isso. Por quê?

Estaria ele enjoado de mim?

Não. Fecho a porta da ideia patética e insegura. Qualquer coisa que ele seja, Peter é o oposto de instável. Uma vez firmado o curso de ação, ele não se desvia dele, tanto se for vingar-se da sua família ou se impor na minha vida. Ontem, ele me disse que me ama e acreditei nele. E ainda acredito.

Ele não está me levando de volta porque quer se livrar de mim.

Ele está fazendo isso por mim. Porque me ama.

Ele me ama o bastante para arriscar me perder.

ATERRISSAMOS NUMA PISTA PARTICULAR PERTO DE CHICAGO NA HORA

que o sol está se pondo. Não tenho ideia de quantos favores Peter teve que pedir para tornar esse controle aéreo livre, mas o avião toca o chão sem interferências. Um sedan não chamativo está esperando quando saímos do avião e Peter me leva a ele, seus dedos fortes segurando gentilmente meu cotovelo.

Sua expressão está como um bloco de granito, dura e distante como eu nunca vi. Não tivemos chance de conversar. Na maior parte da viagem, ele estava no telefone planejando com seus homens e eu me alternei entre cochilos inquietos e choro silencioso. Algumas horas atrás, soubemos que mamãe saiu da cirurgia, mas seus sinais vitais continuam instáveis.

Não é um bom sinal.

Paramos em frente ao carro e vejo um homem no assento do motorista.

Olho para as feições fechadas de Peter. — Você vai...

— Ele vai te deixar no hospital — Diz ele em tom forte e seguro. — Eu não irei contigo.

Eu não esperava tanto, mesmo assim as palavras cortam meu coração. — Quando... — Engulo um bolo crescendo na minha garganta. — Quando você voltará para mim?

Ele olha para mim, sua máscara emocional se quebra. — Tão logo possa, ptichka — Diz ele, com voz pesada. — Tão logo a porra da condição permitir.

O bolo na minha garganta aumenta e lágrimas ardem nos meus olhos novamente. — Então, ficarei aqui até mamãe se recuperar?

— Sim, e até eu terminar com... — Ele para e respira fundo. — Não importa. Você já tem muitos problemas. Tudo o que precisa saber é que eu *voltarei* para você. — Seus olhos me cortando enquanto coloca meu rosto entre suas palmas grandes e ásperas. — Está me ouvindo, Sara? Não importa o que aconteça, enquanto houver respiração no meu corpo, voltarei para você. Você é minha, ptichka. Pelo tempo que estivermos vivos.

Envolvo minhas mãos nos seus pulsos sólidos, lágrimas quentes descendo em minhas bochechas quando olho nos olhos dele. Uma vez, suas palavras me aterrorizaram, mas agora, diminui a dor apertando meu peito, me dando algo para me segurar quando ele deixa meu mundo – o que está centrado em volta dele – despedaçado.

Vir para casa foi pelo que lutei todos esses meses, mas não sinto alegria hoje, apenas um vazio terrível no meu coração onde Peter cavou de forma tão implacável um espaço para si mesmo.

Ele se curva e beija as lágrimas da minha bochecha. — Vai, meu amor. — largando-me, ele dá um passo para trás. — Não há tempo a perder.

E antes que eu possa dizer qualquer coisa – antes que eu possa dizer-lhe como me sinto – ele se vira e anda para o avião, deixando-me em pé ao lado do carro.

Deixando-me para voltar para casa sozinha.

9

*P*eter

Eu deveria estar satisfeito por ludibriarmos as autoridades dos Estados Unidos e essa minioperação ocorreu sem problemas, mas a dor no meu peito é demasiadamente esmagadora, muito forte. Sei que é apenas temporária, mas parece que alguém me abriu e rasgou meu coração.

Minha ptichka estava chorando quando a deixei. E talvez seja uma ilusão, mas tive a sensação de que ela não estava feliz por estar em casa – e não apenas pelas circunstâncias. O jeito que ela me perguntou quando voltarei para ela – *quando*, não *se* – e o olhar nos seus olhos de avelã...

Era tudo que sempre desejei, e não tive outra escolha a não ser partir. Libertá-la quando todo o instinto egoísta gritava para segurá-la, acorrentá-la a mim e nunca deixá-la ir. E, acima de tudo, tem o medo irracional pela sua segurança, a paranoia terrível que algo possa acontecer com ela enquanto não estou lá. Vem do seu acidente, sei, mas não diminui em nada.

Vou mantê-la sendo observada, mas não estarei por perto e isso me mata.

— Você tem certeza disso? — Pergunta Ilya, atando o cinto ao meu lado quando nosso avião decola, o trem de pouso recolhendo com um chiado. — Não é tarde demais. Ainda podemos voltar e...

— Não. — Fecho meus olhos e forço minha respiração a se normalizar. — Está feito.

Eu daria qualquer coisa para ter Sara comigo, mas não posso – não sem destruí-la e qualquer chance que tenhamos de ficar juntos no futuro.

De qualquer modo, pode ser melhor que ela não esteja em nenhum lugar perto de mim quando for fazer o que for necessário para assegurar esse futuro.

Votarei para ela, mas primeiro, tenho que lidar com Novak e Esguerra.

10

*S*ara

A CORRIDA AO HOSPITAL LEVOU QUASE DUAS HORAS — PEGAMOS tráfego no caminho – e meus nervos estão à flor da pele quando o motorista me deixa na entrada do hospital e desaparece. Ele não respondeu a nenhuma das minhas perguntas, então, não tenho ideia de quem ele seja ou que relação tem com Peter e sua equipe. E talvez seja melhor. Não tenho dúvida de que serei questionada quando o FBI souber que estou aqui.

Minha esperança é ver mamãe e papai antes que isso aconteça.

Lutando para conter minha ansiedade, me apresso pelos corredores familiares. Não preciso de sinalização para ir à UTI. Foi neste hospital que fiz minha residência e onde trabalhei todos aqueles anos; é mais casa para mim do que a casa onde moro.

— Lorna Weisman? — Pergunto, me apressando para o balcão de atendimento da UTI e espero, gritando silenciosamente com impaciência enquanto uma recepcionista de meia idade com tintura vermelho vivo procura o nome.

Vejo o exato momento quando ela acha quaisquer recomendações deixadas pelo FBI no sistema. Seus olhos voam para o meu rosto, arregalados e assustados atrás dos óculos de hastes verdes, e ela gagueja: — S-Só um momento.

Seguro na beira do balcão. — Onde ela está? — Debruço-me, imitando o tom mais amedrontador de Peter. — Diga-me *agora*.

— E-ela está na cirurgia. — A mulher se afasta o tanto que seu tamanho avantajado possibilita. Seus dedos cheios de anéis lutando com o telefone na mesa. — Eles a levaram há uma hora.

— Novamente?

Assentindo com a cabeça freneticamente, ela acha o botão de emergência no telefone. — Tinha mais sangramento interno e...

Não fico para ouvir os detalhes. Em alguns minutos, a segurança – e possivelmente o FBI – estarão aqui e tenho que achar meu pai antes disso. A última notícia que Peter soube, papai ainda não tinha ido para casa e dado o que acabei de ouvir, não tenho dúvida de que ele esteja aqui, esperando para ver se mamãe resiste.

Tem uma sala de espera grande ao lado da UTI, mas não o vejo lá. É possível que ele tenha descido ao refeitório para comer, ou possa estar no banheiro. De qualquer modo, não tenho tempo para ficar esperando, então, corro para uma das salas de espera menores que ficam separadas. Alguns familiares preferem-nas pela privacidade, há uma pequena chance que Papai possa...

— Sara?

Viro-me para a direita, meu coração pulando ante a voz familiar.

É minha amiga Marsha. Ela está com uniforme de enfermeira e olhando para mim como se eu tivesse acabado de sair debaixo da cama. Ao seu lado tem outro rosto chocado – e familiar: Isaac

Levinson, um dos amigos mais próximos do meu pai. E sua esposa, Agnes, estão sentados numa pequena sala de espera quando coloquei minha cabeça para ver, e perto deles está ...

— Papai! — Corro, quase tropeçando numa cadeira quando as lágrimas turvam minha visão, e ofego.

— Sara! — Os braços de Papai em volta de mim, bem mais finos e fracos do que me lembrava e vejo que ele está chorando também, seu porte fraco tremendo com soluços. Afastando-se, ele olha para mim numa mistura de incredulidade com alegria, sua boca tremendo quando segura minhas mãos. — Você está aqui. Você está mesmo aqui.

— Estou aqui, pai. — Aperto suas mãos trêmulas e dou um passo atrás, enxugando as lágrimas quando firmo minha voz. — Estou aqui agora. Diga-me... Como está mamãe?

Suas feições tensionam. — Ela ainda tem hemorragia. Eles achavam ter controlado, mas não viram algo ou os pontos romperam depois que eles a costuraram. Sua pressão sanguínea caiu novamente, então, eles voltaram e...

— Dra. Cobakis.

Meus músculos travam quando me viro para encarar uma voz não familiar.

É o guarda de segurança, acompanhado por um policial com rosto de bebê. Sua expressão é de suspeita, mas determinado, e a mão direita do policial está deslizando em cima da sua arma, como se esperasse que eu fosse trocar tiro com ele.

— Dra. Cobakis, você precisa vir conosco — Diz o guarda de segurança e vejo que seu cavanhaque louro soa vagamente familiar. Devo tê-lo visto pelo hospital. Não que isso importe. A julgar pelo olhar resoluto no seu rosto cheio de pintas, não espero ajuda ou simpatia dele – ou do jovem policial, que está olhando para mim como se eu estivesse usando um colete suicida em vez de jeans e suéter.

— Agora, espere um minuto... — Começa meu pai com indignidade.

— Ele não está aqui — Interrompo, levantando minhas mãos acima da cabeça para mostrar que não tenho armas. Entendo de onde suas suspeitas vêm e pretendo fazer o que puder para dissipar isso. — Estou totalmente só, prometo....

Marsha, aparentemente se recuperando do choque, dá um passo à frente, franzindo para o guarda. — O que você está fazendo, Bob? Essa é minha amiga Sara. Ela é...

— Sabemos quem ela é. — O jovem policial treme um pouco, seus dedos cobrindo o punho da sua arma enquanto se aproxima cuidadosamente. — Não queremos problemas, mas...

— Oh, pelo amor de Deus, a mãe da garota está na cirurgia! — Agnes Levinson se acotovela através do seu marido e meu pai para olhar para o guarda e o policial com todo seu um metro e cinquenta de altura. Seu cabelos grisalhos soltos parecendo um halo em volta do seu rosto pequeno quando ela fica na frente de mim, mãos nos quadris numa pose de raiva enquanto fala: — Meu marido e filho são advogados e posso garantir a vocês, nós *iremos* processá-los por abuso. Deixem a menina falar com seu pai e, então, vocês terão sua vez. — Ela se vira para mim, seu olhar castanho suavizando. — Sara, querida, você está bem?

Pisco e vagarosamente abaixo minhas mãos enquanto nem Bob nem o guarda se movem na minha direção. — Estou... estou bem. Obrigada. — A amizade dos Levinsons com meus pais data de quase duas décadas e meus pais sempre falaram que Agnes e Isaac consideram-me a filha que nunca tiveram. Até este momento, estava convencida de que era exagero; certamente nunca pensei neles como nada mais do que um casal idoso legal, apenas amigos dos meus pais. A defesa de Agnes para mim, contudo, é mais como uma pessoa da família faria e sinto-me absurdamente tocada, especialmente quando Isaac se aproxima e começa a dar um sermão aos que pretendem me prender com todos os argumentos legais à sua disposição, dando chance ao meu pai de pegar na minha mão e me levar para o lado.

— Rápido, querida, fale comigo. — A voz de papai é baixa e urgente enquanto seus olhos passam pelo meu rosto antes de parar na cicatriz parcialmente sarada da minha testa. — O que aconteceu? Ele fez isso com você? Como você fugiu? — Antes de eu poder responder, ele se curva e sussurra no meu ouvido: — Precisamos te levar a um advogado imediatamente. Sei que você tinha que dizer aquelas coisas no telefone, mas eles se recusavam a acreditar em mim. Eu os ouvi falando sobre isso e eles irão invocar o Ato de Segurança Nacional no caso das conexões dele com o terrorismo. Precisamos te conseguir um bom advogado ou...

— Sara! Que merda, garota, onde você tem estado? — Marsha junta-se a nós, segurando meu braço como se eu estivesse para evaporar no ar. Seus cachos estilo Marilyn Monroe balançam freneticamente quando ela me vira para encará-la. — O que aconteceu contigo? — Seu olhar azul passa pela minha cicatriz e ela ofega. — O que aconteceu com seu rosto?

Sobrecarregada, dou um passo atrás. — Marsha, por favor...

— Sara Cobakis. — O guarda com rosto de bebê de algum modo passou pelos Levinsons e está empurrando Marsha para o lado, sua mão novamente no cabo da arma. — Você precisa vir comigo *agora mesmo*.

Levanto minhas mãos novamente. — Sem problemas. Por favor, estou cooperando, prometo.

Agora é meu pai que beligerantemente dá um passo à frente. — Ela não vai a lugar nenhum até conseguir um advogado e...

— Parados!

E quando todos ficamos de boca aberta em choque, o comando da SWAT entra na sala, escudos dos rostos abaixados em proteção e armas apontadas.

ara

— EU JÁ DISSE, NÃO SEI ONDE ELE ESTÁ — REPITO PELA QUARTA VEZ. —, não sei como ele entrou e saiu do país sem ser detectado e não conheço o homem que me trouxe do aeroporto – nunca o vi antes. Desculpe-me, mas realmente não posso ajudar.

O Agente Ryson olha para mim, seus olhos frios no seu rosto castigado pelo sol. —Você pode querer repensar isso, Dra. Cobakis. Você está sofrendo acusações muito sérias e quanto menos você cooperar, o pior vai acontecer contigo.

— Estou cooperando totalmente. — Minhas unhas nas minhas palmas sob a mesa, mas mantenho um tom calmo. — Já disse tudo que sei. Fui sequestrada e levada para uma montanha remota no Japão, onde estive pelos últimos cinco meses, exceto por um curto período que fui levada ao Chipre, onde tive uma tentativa falha de fugir, o que resultou numa estada de duas semanas numa clínica na Suíça.

Ryson se debruça, e eu sinto o cheiro de bafo de café velho. Ele deve ter bebido uma boa quantidade para ficar alerta até esta hora tão tarde. — O quão idiota você acha que somos, Dra. Cobakis? Ninguém vai acreditar em você novamente. Uma das empresas de fachada de Sokolov é dono da sua casa já há meses. Temos relatos de testemunhas que viram você com ele no Starbucks e num clube no centro da cidade várias semanas antes de seu chamado sequestro – sem mencionar, as gravações das suas ligações telefônicas para seus pais.

— Eu já expliquei isso tudo. — Estou mantendo a calma por um triz. — O que falei com meus pais no telefone era uma tentativa de diminuir suas preocupações comigo – nada mais. E sobre meus encontros com ele, sim, eles aconteceram. Depois de entrar na minha casa – quando ele me drogou e afogou, se lembra?... Ele desapareceu por alguns meses e, então, voltou e começou a me espionar. Eu te procurei naquela época e te disse que achava que estava sendo vigiada. Eu te perguntei se ele poderia possivelmente estar de volta e você me assegurou que eu estava segura. Mas não estava. Ele estava lá, vendo todos os meus movimentos e você nem imaginava. Você falhou em me proteger dele, assim como falhou em proteger George, então, não finja que eu não tinha razão de pensar que se eu o denunciasse a você seria pior do que imprestável.

A boca do agente se aperta enquanto ele se recosta. — Então, você o quê? Decidiu lidar com o psicopata sozinha quando ele apareceu? Você realmente espera que acreditemos nisso?

Meu rosto queima ante o escárnio da sua voz. — A primeira vista não foi a melhor decisão, mas naquela ocasião, eu não vi muitas opções. Ele disse que viria atrás de mim não importando onde você me escondesse, insinuando que mais pessoas poderiam se machucar por causa disso – e eu acreditei nele. Eu não sabia o que fazer, então, fiz o que ele quis, agindo a cada dia até que pudesse achar uma solução melhor.

— Oh, verdade? E o que ele queria?

Eu contraponho o olhar acusador de Ryson com meu próprio. — O que você acha?

Ele é o primeiro a piscar e olhar para o lado. Suspirando profundamente, ele esfrega sua testa num gesto de cansaço e, por um momento, eu quase me senti mal por ele. Se ele aceitar que sou inocente, também terá que aceitar que seu trabalho falhou – que ele permitiu que um monstro invadisse minha vida e me levasse para longe bem debaixo do seu nariz. Seria bem melhor se eu fosse a vilã da história, se ele pudesse de algum jeito provar que eu planejei contra eles todo o tempo. Exceto que os fatos realmente não sustentam isso, e eles sabem disso.

Já estou aqui por mais de uma hora e apesar de todas as ameaças e posturas, eles ainda não me acusaram.

Uma batida na porta é seguida por uma agente feminina colocando sua cabeça loura para dentro. — Agente Ryson? Precisamos de você por um segundo.

Ele a segue para fora, deixando-me só na pequena sala de interrogatório e eu desabo na minha cadeira de metal desconfortável, exausta. Então, lembro-me que provavelmente estou sendo observada e sento-me ereta, tentando evitar olhar para meu rosto pálido e magro no espelho grande na parede. Estou tão estressada que estou perto de desabar, mas não quero que eles saibam disso. O interrogatório, combinado com os inevitáveis efeitos da troca de fuso horário e minha preocupação com mamãe, tiraram tudo de mim e, se pudesse, eu colapsaria e dormiria pelas próximas dezoito horas. Infelizmente, preciso ficar afiada e alerta.

Tenho que convencê-los da minha inocência, para que possa estar lá com meus pais.

Depois que o grupo da SWAT invadiu o hospital e me retirou de lá, eu decidi que minha melhor aposta seria responder às perguntas dos agentes com o máximo de verdade possível, omitindo apenas o que tenho certeza que possa me livrar. Peter não me deu nenhuma instrução nesse respeito, então, ele deve esperar que eu revele tudo e já está tomando as providências para mitigar a busca – movendo a equipe para um esconderijo diferente e assim por diante. Em relação aos Kents, tenho toda a certeza que são intocáveis com toda sua riqueza e conexões, mas ainda estou tomando precalções por não mencionar seus nomes – não tem motivo dos federais acharem que tais detalhes seriam compartilhados comigo, uma prisioneira.

A coisa mais importante que pretendo esconder, no entanto, é a atual condição da minha relação com Peter – e que ele voltará para mim em breve.

— Alguma notícia sobre minha mãe? — Pergunto ao Agente Ryson quando ele volta para a sala alguns minutos mais tarde e ele assente, sentando-se à minha frente do outro lado da mesa.

— A cirurgia foi boa — Diz ele e um nó gigantesco de tensão desata das minhas omoplatas. —, eles acharam a fonte da hemorragia e repararam — Ele continua. — Ainda é muito cedo para dizer que ela está estável, mas parece mais encorajador.

Apesar da minha determinação de permanecer estoica, tenho que piscar rapidamente para conter o fluxo gigantesco de lágrimas. — Obrigada. — Minha voz pesada com uma emoção quase incontida. — Aprecio isso.

Ele se mexe desconfortavelmente na cadeira. — Claro — Diz ele com voz rouca. —, não somos monstros aqui, você sabe. O que nos leva à próxima pergunta, Dra. Cobakis. — Ele cruza os braços no peito e me olha com firmeza. — Se o que você está falando é verdade – se Sokolov te espionou, ameaçou e sequestrou; se ele te manteve presa por todos esses meses – por que ele te traria de volta agora?

Retiro todos os pensamentos da minha mãe e foco em passar por esse interrogatório. O quanto antes eu responder as perguntas de Ryson, mais rápido posso vê-la.

— Sokolov se enjoou de mim — Digo sem piscar, tendo praticado mentalmente a mentira no carro vindo para cá. — Ele tentou conseguir que eu me interessasse por ele, permitindo que eu fizesse ligações telefônicas para a minha família e me ameaçando bastante no geral, mas continuei rejeitando seus avanços e, finalmente, ele se encheu. Suspeito que ele deve ter achado outra mulher infeliz para importunar, mas isso é pura especulação da minha parte.

— Certo. — O tom do agente cheio de sarcasmo. — Ele se 'enjoou' de você na hora que seus pais precisavam mais de você.

— Não, ele já estava frio comigo quando isso — toco minha cicatriz — aconteceu. Depois, ele nem conseguia me tocar mais. Mas, ele ainda me manteve até que o acidente de mamãe deu uma desculpa a ele para se livrar de mim.

As sobrancelhas cabeludas de Ryson se levantam em tom de sarcasmo. — Ele precisava de uma desculpa?

— Todos os monstros não se acham anjos? — Mantenho meu olhar firme no rosto dele. — Mesmo os piores criminosos gostam de pensar que são pessoas boas e que apenas não são entendidos – você, dentre todos, deveria saber disso. E Sokolov não é diferente, posso te assegurar. Ele se convenceu de que se importava comigo e quando se enjoou do seu novo brinquedo, precisava de uma desculpa para me jogar fora. O acidente de mamãe deu isso a ele e aqui estou, apenas um pouco pior por causa das circunstâncias. — Toco minha cicatriz novamente, como se estivesse infeliz por estar desfigurada.

— Uhum. — Ryson olha para mim sem dizer nada mais e vejo

que ele está esperando que eu diga algo para preencher o silêncio aumentando o desconforto.

Quando eu apenas fico olhando para ele calmamente, ele se levanta e me dá um sorriso duro. — Tudo bem, Dra. Cobakis. Meu colega disse que o advogado que sua família contratou já está aqui, gritando na nossa porta. Como ainda não a acusamos formalmente, você está livre para ir... por enquanto. Vamos verificar sua história e se virmos que mentiu – e eu me refiro a *qualquer coisa* – nenhum advogado chique vai te salvar.

— Eu entendo. — Escondo meu alívio quando o sigo para fora da sala. Como esperava, minha estratégia de cooperação deu resultado. Quando estava vindo para cá, considerei contatar um advogado, mas decidi que seria melhor agir como alguém que não tem nada a esconder, mesmo correndo o risco de me incriminar acidentalmente por responder perguntas sem um advogado. Essa estratégia pode ainda voltar contra mim, mas por agora, estou livre para fazer o que vim fazer: gastar tempo com meus pais.

E um homem alto com cabelos louro-avermelhado nos encontra quando saímos do corredor da área de interrogatório. Para meu choque, o reconheço.

É Joe Levinson, filho de Agnes e Isaac – e, aparentemente, meu advogado.

Mantendo feições indescritíveis, aperto a mão de Joe e o agradeço por ter vindo. Ele sorri educadamente para Ryson, promete que não deixarei a cidade sem os notificar e calmamente me conduz ao elevador. Apenas quando saímos do prédio juntos e entramos no táxi que mostro minha emoção.

— Achei que você tivesse feito direito empresarial — Digo, olhando para o homem que é, se não um amigo de infância, pelo menos, um conhecido bem próximo. — Como você...

— Estava tomando algo com clientes no centro quando meu pai me ligou — Explica Joe, sorrindo abertamente. —

Naturalmente, eu me apressei o mais que pude. Provavelmente você não se lembra, mas logo depois de terminar Direito, trabalhei dois anos numa organização de direitos humanos sem fim lucrativos, defendendo os direitos de ditos terroristas nos tribunais e afins. O pagamento era bem baixo e, francamente, muitos dos clientes me aterrorizavam, então, mudei para direito empresarial. Mas ainda tenho o conhecimento e linguajar, então, se você for acusada de ajudar ou encorajar um suspeito de terrorismo e precisar de um advogado rapidamente, eu sou o seu homem.

Peter é um assassino, não um terrorista, mas não me importo em argumentar esse ponto. — Você está certo — Digo, sorrindo. —, lembro-me disso agora. Seus pais se preocupavam com você o tempo todo que trabalhou naquele lugar.

— Sim. — Seu sorriso se alarga por um segundo. Então, sua expressão fica séria e ele diz com voz baixa: — Sinto muito pela sua mãe. Ela é uma senhora excepcional e espero que ela supere.

— Obrigada, eu também. — Minha garganta se aperta e tenho que piscar novamente.

Joe por consideração deixa-me olhar pela janela as ruas escuras da noite até que me recomponha. Daí, ele diz calmamente: — Sara… Obviamente, não sou realmente seu advogado – seu pai achará alguém bem mais qualificado para lidar com o seu caso – mas quero que saiba que ainda pode conversar comigo se quiser. Não sei o que aconteceu com você e não tem nenhum problema se não quiser discutir isso, mas só quero que saiba que estou aqui à sua disposição, ok?

Eu olho para ele, para a seriedade nos seus olhos azuis e, pela primeira vez, desejo ter feito uma escolha diferente no meu tempo de faculdade. Que em vez de ter entrado numa relação com George quando tinha quase dezoito, tivesse tido mais paciência e prestado atenção no filho dos amigos dos meus pais… aquele que era legal e quieto, que sempre esteve na periferia da minha vida. É verdade que ele nunca me excitou, mas talvez a atração chegasse com o tempo – se eu tivesse dado uma chance.

Eu cresci ouvindo histórias sobre Joe, sobre seu sucesso na escola e quão orgulhosos seus pais estavam dele, mas nunca prestei muita atenção. Ele é sete anos mais velho e essa diferença de idade parecia intransponível quando eu era uma adolescente. Quando eu tinha passado dos vinte, não era nada – mas, nessa ocasião, eu já estava casada.

Nunca tivemos chance de explorar como seria e certamente não teremos essa chance agora – não com um assassino russo dominando minha vida e meu coração.

— Obrigada, Joe. Eu aprecio. — Eu mantenho meu tom leve, fingindo que a oferta não significou nada, como se ele não acabasse de indicar a vontade para se envolver na bagunça terrível que minha vida está. Não sei o que meus pais disseram aos Levinsons sobre minha situação, mas entre o comentário terrorista suspeito e tendo que me retirar do prédio do FBI no centro, Joe deve ter alguma ideia do que ele estaria enfrentando.

Ele entende minha negação pelo o que é e fica em silêncio. Pelo resto da corrida ao hospital, não falamos e isso é bom.

Não tem espaço na minha vida para Joe e não é seguro para ele pensar o contrário.

Não retornamos ao Japão – com Sara nas garras do FBI, é muito arriscado. Em vez disso, voamos para Praga, onde nosso esconderijo é numa vila pequena a vinte quilômetros da cidade. Nevou durante a noite e o local parece especialmente pitoresco, com novas camadas brancas cobrindo todos os telhados e os galhos das árvores sem folha.

— Por que não podemos ir a algum lugar quente? — Resmunga Anton quando ele sai do carro numa pilha de neve. — Sério, aquele esconderijo na Índia parece bom pra caralho agora mesmo.

Se eu não tivesse acabado de deixar partir a mulher da minha vida, eu teria rido da cara de desgosto dele. Mas não estou com humor para as queixas de Anton, então, eu apenas digo sucintamente: — Porque Europa Oriental é onde precisamos estar.

— Não que eu precise dizer isso – ele sabe tão bem quanto eu por que estamos aqui. Durante o voo, eu troquei a reunião com Novak, passando para a próxima semana.

Com Henderson ainda desaparecido, e se não posso passar um tempo com Sara, não tem motivo em adiar a reunião.

— Eu gosto daqui — Diz Ilya, olhando o cenário nevado. Não temos tanta privacidade aqui como temos no Japão, mas a casa é suficientemente longe dos vizinhos para nos dar, pelo menos, uma ilusão de termos um retiro particular de inverno. — É bonito.

— Estou com Anton. Estou de saco cheio do frio — Diz Yan, indo para a casa. —Pelo menos estaremos no calor em breve; ouvi que o complexo de Esguerra na selva é legal e bem quente. — Ele olha para mim quando fala, mas não mordo a isca.

A esta altura, ninguém precisa saber o que estou realmente planejando.

É mais seguro para todos desse jeito.

Apenas quando desfazemos as malas e nos acomodamos na nova casa que me permito pensar em Sara e sinto o vazio agonizante que é sua ausência na minha vida. Passou-se apenas um dia, mas já sofro por ela, a desejo tanto que isso me rasga por dentro. Os americanos a estão vigiando, então, terei relatórios diários, mas isso não é o bastante. Eu a quero aqui, ao meu lado. Eu quero segurá-la, vê-la sorrir e ouvi-la rir. Fodê-la até que esteja muito rouca para gritar meu nome e o calor cru nas minhas veias possa extinguir.

Em breve, prometo a mim mesmo quando saio para explorar a área e colocar alarmes de perímetro. Terei minha ptichka novamente em breve.

Por enquanto, ela pode apreciar sua vida anterior.

13

Sara

— MÃE! — Curvo-me sobre sua cama, sorrindo através de lágrimas. Seus olhos estão nublados com analgésicos, mas estão abertos e quando suavemente envolvo meus dedos em volta da sua mão direita ferida, seus lábios ressecados se abrem.

— S-Sara?

— Sou eu, mãe. — As lágrimas descem no meu rosto, não ligo de limpá-las. Estou por demais aliviada, muito feliz.

Depois de uma noite completa de vai e vem, mamãe acordou.

— Aqui, beba. — Levo um copo com um canudo aos seus lábios e ela consegue sugar antes de fechar seus olhos novamente.

Eu aperto sua mão e me viro para papai, que se levantou atrás de mim. Suas bochechas estão molhadas enquanto olha para a sua esposa.

— Ela vai ficar bem agora, certo? — Seus olhos estão vermelhos

59

mas esperançosos quando olha para mim e eu assinto, não escondo minha felicidade.

— Seus sinais vitais estão estáveis e já estão assim por mais de três horas. Evitando a infecção, ela vai conseguir.

Os dedos de mamãe apertam minha mão e olho de volta para ver seus olhos abertos novamente.

— Sara, você está realmente...? — Ela pisca e tenta focar através do efeito da anestesia. — Querida, é realmente você, ou estou sonhando?

— Estou realmente aqui, mãe. — Minha voz falha. — Estou em casa.

— Ela voltou, Lorna. — Papai passa o braço na minha cintura, seu sorriso trêmulo e triunfante. — Nossa pequena Sara voltou.

— O que... — Ela começa a tossir e rapidamente dou outro gole d'água. — O que aconteceu? — Seu olhar confuso passa de mim para a polia segurando o gesso nas suas pernas e seu braço esquerdo e olha de volta para mim.

Papai senta-se numa cadeira perto da cama enquanto eu limpo as lágrimas do meu rosto e digo com tanta firmeza quanto posso: — Você foi atingida de lado por um carro por um motorista bêbado quando ia para o a mercearia. Você quebrou as costelas, suas pernas estão quebradas em vários lugares e seu braço esquerdo está basicamente esmagado. Você também teve ferimentos internos, o que exigiu três cirurgias consecutivas. — Eu poderia ter falado de modo mais brando, mas mamãe odeia ser tratada como bebê quando se trata de assunto médico importante. Ela sempre quer saber a completa extensão do problema com todos os detalhes possíveis. Nunca esquecerei quando ela assediou os médicos de papai quando ele teve seu ataque cardíaco alguns anos atrás.

Quando papai saiu do hospital, ela sabia mais da sua condição e opções de tratamento do que a maioria dos cardiologistas.

Seus lábios se movem novamente. — Não, eu quis dizer... — Ela se esforça para formar as palavras. — Você está aqui. Como você...?

— Peter trouxe-me para casa, mãe. — Digo calmamente, apertando sua mão novamente. — Tão logo soubemos do acidente, ele me trouxe para casa.

É um jogo perigoso que estou jogando – mantendo a mentira (que é verdade agora) de ter sido amante de Peter para meus pais, enquanto nego para o FBI. Mas não vejo outro jeito de lidar com isso. Peter retornará para mim e não posso deixar que meus pais achem que ele é um monstro quando ele me levar embora novamente. Apesar de ser bem arriscado, eles têm que acreditar que estamos apaixonados. E, ao mesmo tempo, o FBI precisa acreditar que sou vítima de Peter. Não tenho ideia de como conseguirei me equilibrar nesse meio, mas tentarei fazer o melhor.

Não que papai realmente acredite em mim. Enquanto estávamos esperando mamãe acordar, ele me colocou num interrogatório que ganhava fácil do FBI. Seu objetivo era achar falhas no conto de fadas que tenho falado para ele todos esses meses e apesar dos meus melhores esforços, ele não ficou totalmente sem sucesso.

Não, eu não sabia que Peter era um homem procurado quando nos encontramos e começamos a namorar, eu disse a papai, repetindo o que eu disse antes sobre acreditar que meu novo namorado era um negociador trabalhando para várias firmas nos Estados Unidos e no exterior. Não, eu não sabia que ele tinha problemas com a lei quando deixei o país com ele, apesar de estar começando a suspeitar. Não, ele não é tão perigoso como dizem; isso é tudo um grande mal-entendido. Ele realmente trabalha como agente independente dando consultoria de segurança; apenas acontece que alguns dos seus clientes não são totalmente obedientes às leis e, por isso, ele entrou em apuros com o FBI. Sim, nos encontramos primeiramente num clube em Chicago e namoramos em segredo por várias semanas. Sim, ele comprou minha casa usando uma empresa de fachada, como o FBI disse. Por quê? Porque ele disse que eu me arrependeria por tê-la vendido tão impulsivamente.

Algumas perguntas eram mais difíceis de responder. Sei o que o FBI disse aos meus pais sobre as acusações de crime de Peter: quase nada, invocando o status confidencial do seu caso. Contudo, meus pais não são estúpidos e fizeram algumas investigações por conta própria. Os assuntos 'suspeito terrorista' e 'matou pessoas' vieram de uma conversa que papai ouviu entre os agentes, mas ele também, de alguma forma, ligou meu sequestro a uma perseguição de alta velocidade na I-294, durante a qual um helicóptero explodiu, causando um engavetamento massivo e renovando os protestos sobre violência de gangues em Chicago.

— Isso aconteceu na noite que você desapareceu e ficou em todos os noticiários por semanas — Disse-me papai. — O FBI não admitiria isso para nós, mas eu sei que foi ele. Tinha que ser. Por que eles enviariam uma unidade da SWAT para te pegar? O homem é perigoso e os federais sabem disso. Não sei se ele está envolvido com drogas, terrorismo, ou o que você sabe, mas ele é sinônimo de más notícias.

E não importa o quanto tentei convencer papai de que os crimes de Peter são de colarinho branco em natureza e que eu não sei nada sobre aquele acidente na interestadual (que não sei, porque eu estava drogada durante o sequestro), ele se recusava a acreditar em mim.

— Fale-me sobre Marsha e os Levinsons — Eu disse finalmente, desesperada para mudar de assunto. — Como eles acabaram ficando lá com vocês?

Graças a Deus, aquilo funcionou e pelas próximas duas horas, conversamos sobre a vida dos meus pais na minha ausência e de como os Levinsons realmente se fizeram presentes, ajudando meus

pais a passarem pela crise de vários modos. E Marsha também –
aparentemente, ela ligava para meus pais todas as semanas, vendo
como estavam e perguntando por mim.

— Tão logo ela soube que Lorna tinha sido trazida para a
emergência, ela apareceu, trazendo os melhores doutores para o
problema dela e ajudando na parte burocrática. — Disse papai,
seus olhos brilhando com lágrimas. — Se não fosse por ela, eu não
sei se sua mãe estaria... — Ele parou, inspirando profundamente e
eu o abracei, sentindo o calor familiar de culpa e vergonha, de
autodesgosto misturado com raiva renovada por Peter.

Sim, meu carrasco trouxe-me de volta, mas, primeiro, ele me
roubou. Por meses ele privou-me da minha família. Não posso
esquecer isso. *Eu* deveria estar lá para meus pais, não Marsha e
seus amigos. *Eu* deveria ter sido aquela que me certificaria de que
mamãe recebesse o melhor cuidado. Em vez disso, eu estava no
Japão, apaixonada pelo assassino do meu marido... deixando-o
morar no meu coração e mente enquanto eu mentia para os meus
pais, vez após vez.

Eu quero odiar Peter por isso – por tudo, verdade – mas em
vez disso, eu apenas odeio a mim mesma. Eu odeio por já estar
sentindo falta dele, estar em casa não diminui meu desejo
desesperado nem um pouco. Eu o desejo tão intensamente que é
como uma dor física; minha pele dói literalmente quando penso o
quanto quero seu toque.

Breve, falo para mim mesma quando me inclino para beijar
minha mãe, que fechou seus olhos novamente. Eu conheço Peter,
ele não ficará longe de mim por muito tempo. Eu devo aproveitar
esse tempo com minha família em vez de me ligar ao homem que
me levará deles.

Sou uma péssima filha, mas eles não precisam saber disso
ainda.

Eles descobrirão muito em breve.

14

*S*ara

AO MEIO-DIA, EU FINALMENTE CONVENÇO PAPAI A IR PARA CASA PARA descansar um pouco e eu fico no hospital com mamãe, alternando entre fazer companhia a ela e dormir numa maca que as enfermeiras trouxeram para seu quarto. Sempre que saio para pegar um café ou algo para comer, vários homens com olhares suspeitos me seguem. Agentes do FBI, bem provável, apesar de que podem ser policiais à paisana – não tenho ideia de como suas jurisdições funcionam. Não estou obviamente fora do radar deles, mas, por enquanto, eles estão me deixando ficar com minha família, e estou grata por isso.

Não quero gastar o pouco tempo que tenho aqui presa.

Marsha vem ao quarto de mamãe após terminar seu turno e depois de verificar que mamãe está dormindo profundamente, deixo Marsha me convencer a ir ao Patty's para me atualizar.

— Então — Diz ela quando nos sentamos no canto —, você voltou.

— Voltei — Confirmo, e gesticulo para o garçom para que venha. Estou quase sem dormir e desejosa de algo bem gorduroso e não saudável. Em geral, sinto-me despedaçada, todo o meu corpo doendo de exaustão e minhas costas me matando por ter passado a noite encolhida na maca do hospital.

— Hambúrguer e fritas, com queijo e picles extra — Falo ao garçom quando ele chega —, e rápido, por favor. Estou faminta.

Marsha levanta a sobrancelha, mas não comenta sobre minha festa de gordura que está por vir. Em vez disso, ela pede uma salada grega e duas cervejas, uma para cada uma de nós.

— Para celebrarmos o retorno da filha pródiga — Diz ela e eu tento dar um sorriso aberto igual ao dela quando a culpa inunda meu peito novamente.

— Obrigada por ficar de olho nos meus pais enquanto eu estava fora — Digo quando o garçom sai — Papai me disse o quão importante você foi para mamãe e estou muitíssimo grata. Se tiver qualquer coisa que eu possa fazer por você...

Ela gesticula com mãos perfeitamente manicuradas. — Oh, por favor. O prazer foi meu. Eu gosto do seu pessoal e sinto realmente pelo que aconteceu com sua mãe. Espero que ela se recupere logo.

— Eu também. — Tento outro sorriso. — Então, me fale... como tem estado? E Andy e Tonya? Andy ainda está com...

— Oh, não, não, senhora. — Marsha cruza os braços na mesa e se inclina para frente, me penetrando com seu olhar. — Não vamos falar sobre nada disso até você me dizer onde tem estado, quem é esse homem que você fugiu e a porra do motivo de eu não ter ouvido nem um pio sobre ele até você desaparecer da face da Terra.

— Eu não sumi. Ligava para os meus pais o tempo todo e...

Ela me corta com outro gesto de desdém com a mão. —

Semântica. Você se *foi*. Nenhuma palavra para ninguém antes, nenhum recado no seu trabalho, deixou seus pacientes esperando – incluindo a garota que precisava de uma cesariana no dia seguinte, imagina. Oh, e o FBI na nossa cola por semanas por sua causa. Se isso não é um sumiço, eu não sei...

— Ok, ok, tudo bem. Você venceu. — Pego minha cerveja do garçom quando ele aparece, mas bebo só para molhar meus lábios. Além de estar com o problema de jet-lag e sem dormir, tem uma chance de eu estar grávida.

Largando o copo, olho o líquido marrom, retirando todos os pensamentos de uma potencial gravidez para poder focar. Não sei que versão da história dar a Marsha: a do FBI, em que sou vítima de Peter o tempo todo, ou a que tenho dado aos meus pais, de que estou apaixonada por um homem que está enrolado em algo nebuloso, mas é, em grande parte, perseguido pelas autoridades injustamente.

— Você está enrolando — Diz Marsha, e eu suspiro, olhando da cerveja para ela.

— Você está certa: eu desapareci. — Começo vagarosamente, ainda tentando decidir qual seria a melhor história para Marsha. — Mas você falou com meus pais, certo? Eles devem ter te falado o que aconteceu.

— O que eles sabiam, que não era muito. — Marsha pega sua cerveja. — E não fazia sentido, e os federais nos farejando como cães cheirando bomba.

— Uh-huh. — Instintivamente olho em volta e vejo dois dos homens que nos estavam seguindo pelo hospital na mesa do outro lado do bar. Três mesas depois tem mais dois me espionando e tenho quase certeza que já vi o cara do bar antes também.

Bem, isso decide. Os cães detectores de bomba estão com força total e não tenho dúvida de que Marsha será interrogada logo depois da conversa.

Na verdade, não tem nenhuma garantia de que ela não esteja trabalhando pare eles agora mesmo.

Tão logo o pensamento me ocorre, sinto-me como uma amiga horrível, mas minhas suspeitas não passam. Faz muito sentido. Conhecemo-nos há alguns anos – conheci Marsha quando comecei minha residência no hospital – mas sempre fomos mais colegas de trabalho do que qualquer outra coisa. Por uma razão, Marsha sempre foi solteira e na caça, enquanto eu era casada e trabalhava oitenta horas por semana. Eu nunca podia acompanhá-la nas saídas de noite com as garotas, coisa que ela adora e achava atividades comuns como jantares em família chatos, então, nossa amizade tendia a ficar pelo hospital e nossas conversas raramente ultrapassavam o superficial. Ela foi bondosa e solidária depois do acidente com George, sempre pronta a ouvir com simpatia nos intervalos do café, mas nunca saiu do seu rumo para se envolver nos aspectos tortuosos da minha vida.

Marsha é uma boa amiga, uma amiga engraçada, mas não o tipo de amiga que ligaria para meus pais toda semana – não sem um empurrãozinho, pelo menos.

Um empurrãozinho que poderia vir facilmente do FBI.

Claro, é bem possível que eu esteja demasiadamente cansada para pensar de modo lógico – isso ou o fato de ter estado com Peter me fez ficar muito paranoica. Mas, com uma chance remota de que minhas suspeitas estejam certas – ou na hipótese ainda mais remota de que eu não vou esperar que Marsha minta para o FBI por mim – decido falar a parte da história em que sou vítima.

Infelizmente, isso significa ter que voltar ao início e explicar sobre George. E desde que tenho certeza que o FBI não desejaria que eu revelasse informação confidencial, terei que ser criativa neste caso também.

Meu coração dói só de pensar em todas as meias-verdades e mentiras que terei que ajeitar.

Quando termino de falar o início da fábula, os olhos de Marsha se arregalam mais do que o hambúrguer que estou devorando. — George estava na lista de alvos do assassino russo? Por quê? O que ele...

— Nunca descobri todos os detalhes, mas isso tinha algo a ver com a história de máfia que George escreveu. — Decido usar a mentira original que o FBI me passou como justificativa para as ações de Peter. — De qualquer modo, ele entrou na minha casa, me torturou com água e me drogou para achar a localização de George – e, então, o matou.

Deixo Marsha digerir isso enquanto coloco dois pedaços de batata na minha boca. Estou realmente morrendo de fome. Quando vejo que ela vai fazer mais peguntas, digo: — Então, sim, foi assim que realmente nos conhecemos. Entende por que eu não poderia falar disso com meus pais, concorda?

Ela assente, suas feições doentiamente pálidas sob sua maquiagem e sua salada esquecida na sua frente.

— Certo — Continuo. — Então, levou um tempo para que eu me recuperasse daquilo, você me convidou para uma noitada com Andy e Tonya. Fomos àquele clube no centro, lembra-se? Aquele com o barman bonito que depois perguntou por mim?

Marsha assente outra vez, ainda muda.

— Foi então que ele se aproximou de mim novamente — Digo a ela. — Lá mesmo no clube. É por isso que Andy achou que eu estava agindo estranhamente quando saí de repente: eu acabara de ser contatada pelo assassino do meu marido e ordenada a encontrá-lo no próximo dia no Starbucks. E as coisas simplesmente foram por água abaixo dali em diante. Ele tinha câmeras instaladas por toda a minha casa, ele seguia-me em todos os lugares que eu ia e quando tentei escapar para um hotel, ele apareceu no quarto e... Bem, esquece isso. — Deixo Marsha tirar suas próprias conclusões – que, julgando pelo horror nas suas feições, são bem piores do que realmente aconteceu.

Sinto-me péssima por isso – meus instintos são de proteger minha amiga pela bagunça perigosa na minha vida, como tenho protegido meus pais – mas isso é o que eu disse ao FBI e tenho que me ater a isso. Além do mais, é tudo verdade, ou, pelo menos, factual. A única parte que estou omitindo é minha própria confusão sobre tudo isso – minha atração indesejada pelo homem que eu deveria apenas odiar e desprezar.

Uma atração que cresceu muito mais.

— Oh, Deus, Sara... — Marsha parece que está quase vomitando qualquer pouca salada que consumiu. — Eu lamento tanto, querida. Eu não tinha ideia. E isso... esse *monstro* – te sequestrou?

— Após algumas semanas, quando o FBI descobriu que ele estava na área, sim. Antes disso, ele deixou que eu continuasse com minha vida e apenas estava... nela. — Gesticulo ao garçom para trazer água, visto não poder beber minha cerveja. Estou com sede e um pouco tonta, como se já tivesse tomado álcool.

No geral, sinto-me horrível, a dor nas minhas costas aumentando irresistivelmente e meu estômago dando pulos pela comida gordurosa. Também estou com um calor desconfortável e com vontade de chorar – deve ser todo o estresse tomando conta de mim.

— Eu não entendo — Diz Marsha quando respiro fundo num esforço de clarear meus pensamentos. — Por que ele fez isso? Por que você? Isso é algo que ele faz, sequestrar mulheres? Ele teve um harém completo de vítimas em... onde foi que ele te levou?

— Japão, e não. Até onde sei, sou a única que ele fez isso. E por que, bem, por que alguns homens fazem alguma coisa? — Tento um sorriso trêmulo. — Ele ficou obcecado por mim, acho. De qualquer modo, eventualmente ele se encheu, e aqui estou eu.

Marsha está olhando a cicatriz na minha testa. — Ele fez isso contigo? — Ela toca sua própria testa, sua voz trêmula. — Ele te feriu?

— Não, essa cicatriz é de um acidente de carro, quando tentei fugir e, em vez disso, bati o carro — Digo — No geral, ele não me machucava. Esquecendo todo o sequestro e assassinato de George, ele me tratava relativamente bem.

— Certo. Isso é... isso é bom, acho. — A voz de Marsha treme quando ela pega a cerveja. Eu noto que sua mão está insegura também e uma culpa nova passa por mim. Gostaria de poder falar-lhe, fazê-la entender o quão complicado é Peter, como ele pode ser tão cruel e bondoso ao mesmo tempo. Como estar com ele foi tanto maravilhoso como um terror, como andar de montanha-russa sem freios.

Eu gostaria de poder dizer a ela toda a verdade confusa, mas não posso, então, coloco um sorriso falso nas minhas feições e peço licença para ir ao banheiro. Meu estômago está funcionando com força e está começando a me dar cólica e estou suando apesar do frio varrendo o bar pela porta aberta.

Quando entro no banheiro pequeno e fedorento, a sensação de cólica aumenta e uma suspeita me ocorre, fazendo minha respiração parar nos pulmões.

Poderia ser? Será que finalmente veio?

Para minha certeza, quando checo, vejo uma mancha de sangue na minha calcinha. Minha menstruação – uma semana atrasada – finalmente começou. É por isso que estou me sentindo tão mal: é o primeiro dia e todos os sintomas estão aqui, desde a dor lombar, os calores, mudanças de humor e cólica.

É oficial.

Não estou grávida.

Peter e eu não teremos um filho.

Eu deveria estar aliviada, mas quando olho para a mancha

vermelho-marrom, ela cresce na minha visão, colorindo meu mundo com a mesma sombra sangrenta. Tremendo, coloco a mão na boca, mas não posso conter o soluço que sobe na minha garganta, nem o que vem depois dele. É insano, eu sinto como tendo perdido algo, como se uma parte perversa de mim tivesse não apenas aceito a possibilidade de um filho, mas, também, tivesse desejado-o.

Esse filho – o que tinha tanta certeza que não queria – nunca existiu fora dos meus temores, mesmo assim, sinto sua perda tão forte como um aborto.

— Você está bem? — Pergunta Marsha quando saio do banheiro uns vinte minutos mais tarde e assinto não me preocupando em esconder meus olhos inchados e meu rosto todo marcado quando engulo minha, agora quente, cerveja. Sei o que ela está pensando: que contar minha história do sequestro custou-me um acesso de emoções, lembrando-me do trauma que passei. E a deixo pensar assim, porque é melhor do que a verdade.

É melhor do que se ela souber que, apesar do que Peter fez – apesar dos crimes horrendos que ele cometeu, tanto contra mim quanto contra outros – estou tão obcecada por ele quanto ele está por mim.

Que apesar de ser tão errado, eu pertenço a ele agora, meu corpo e meu coração.

15

Peter

A SEMANA QUE LEVA À REUNIÃO COM NOVAK É ENTRE AS MAIS longas da minha vida. Reabastecemos nossos suprimentos, procuramos por mais armas e aumentamos os treinamentos diários, esforçando-nos ao ponto de completa exaustão, mas isso não é o bastante para fazer a hora passar mais rápido. Cada dia parece como um mês, cada noite uma luta sem trégua para dormir sem Sara ao meu lado. Se não fosse pelos relatórios diários dos homens que contratei para observá-la, eu já estaria no avião para os EUA, que se danassem as necessidades dos seus pais e meu plano.

Não que os relatórios sejam completos. O FBI está bem perto de Sara, seguindo-a a todos os lugares que vai e meus homens têm que ficar na retaguarda, sendo cuidadosos para não chamarem atenção. Além do perigo óbvio para eles, não seria bom para Sara se o FBI soubesse que ainda estou interessado nela. Graças aos nossos hackers terem entrado nos arquivos de Ryson, sei o que ela falou para eles e não quero denegrir nenhuma parte da história. Os agentes têm que acreditar que me enjoei dela e a deixei ir para sempre; se não for assim, eles a esconderão e, provavelmente, a acusarão de apoio e cumplicidade. A única razão para eles não terem feito o último é por causa das conexões familiares de Sara. De contatos com a mídia do seu marido morto aos amigos advogados dos pais com vínculos em Washington, esse caso tem o potencial de causar manchetes nacionais – algo que muitos indivíduos com colocações altas, incluindo Henderson, estão desesperados por evitar.

Por enquanto, Sara está segura, mas ela não estará se for pega mentindo.

De qualquer modo, enquanto ela estava fora, o FBI achou todas as câmeras e aparelhos de escuta que coloquei na casa dela e depois que ela apareceu tão rapidamente após o acidente da sua mãe, eles decidiram fazer uma varredura na casa dos pais dela também. Então, tudo que tenho agora são as notas do FBI que nossos hackers me enviam e os relatórios genéricos sobre seus movimentos dos homens que contratei para segui-la. Não é nem um pouco o suficiente e isso me consome, a necessidade de saber o que ela está fazendo, como ela está se sentindo, o que ela está pensando.

Se eu estava obcecado por ela antes, agora que a tive por todos esses meses, é como um vício físico.

— Porra, vai lá e traz ela de volta — Resmunga Anton, esfregando o sangue dos seus lábios depois de eu socá-lo demasiadamente selvagem numa sessão de treino —, ou pelo menos toma um calmante. Sério, cara, você não consegue ficar alguns poucos dias sem gozar?

Por isso, soco a boca do seu estômago e quando ele se curva, ofegando como um peixe na areia, eu pego um pack de pesos e vou correr para evitar matá-lo ali mesmo. Sei que meu amigo está certo – meu humor está em ponto de fervura e estou descontando nos caras – mas isso não diminui minha fúria e frustração. Não dormi uma noite completa desde... bem, desde o acidente de Sara, pensei. Os pesadelos sobre a morte da minha família – os que tinham desaparecido por completo graças a Sara – voltaram, só que agora eles estão acompanhados por um sonho até mais aterrador no qual eu a perco.

É minha realidade noturna e toda vez que acordo, coberto de suor, pego o relatório mais recende dela, lendo-o várias vezes para me assegurar que aquilo foi apenas um sonho, que minha ptichka está viva e bem sem mim.

Que pelo o que estou prestes a fazer, ela está bem mais segura em casa do que estaria ao meu lado.

É esse último pensamento que me possibilita a continuar, a resistir o desejo de fazer exatamente o que Anton disse e roubá-la bem debaixo do nariz dos federais novamente. Eu posso fazer isso – seus agentes não são páreos para mim e minha equipe – mas a mãe de Sara ainda está longe de ficar bem e Sara me odiaria se a tirasse da sua família tão cedo. Além do mais, eu tenho um objetivo completamente diferente em mente e para alcançá-lo, tenho que manter este rumo, não importa o quão difícil possa ser.

Tenho que acreditar que no final, tudo valerá a pena.

 ara

Uma semana sem Peter.

Parece irreal, como um sonho do qual estou esperando acordar. Ou talvez seja o fato de que eu não durmo adequadamente, o que dá aos meus dias essa qualidade estranha e onírica. De certa forma, é como seu eu tivesse entrado numa máquina do tempo – estou num hospital, esperando por alguém que amo se recuperar de um acidente debilitante. Só que, naquela vez, era George o paciente e ele nunca saiu do coma.

Os prognósticos de mamãe são bem melhores. Os médicos fizeram um bom trabalho em colocar o gesso nela e seus ferimentos não infeccionaram. Ela ainda está mobilizada com todo o gesso e provavelmente nunca recuperará a função completa do seu braço esquerdo – muitos nervos e tendões foram danificados no local – mas quando suas pernas quebradas sararem, com fisioterapia suficiente, ela deverá poder andar novamente.

Papai está dando pulos de alegria, tanto com o prognóstico de mamãe quanto com o fato de eu estar em casa. Toda vez que ele entra no quarto dela e me vê sentada ao lado da cama, sua boca se abre, como se ele fosse chorar, mas, em vez disso, ele abre um sorriso alegre.

— Eu continuo pensando que você vai desaparecer — Confessa ele quando sentamos para jantar na lanchonete do hospital —, que se eu virar-me por um segundo, você vai *puf.* — Ele abre sua mão num gesto de mágico. — Lá num momento, desaparecida no próximo.

— Oh, papai... — Faço uma careta e olho para baixo, espetando meu macarrão com o garfo de plástico. A culpa está me consumindo viva, porque isso é precisamente o que irá acontecer num futuro próximo – tão logo Peter perceba que minha mãe está bem o bastante. Com esforço, consigo olhar para cima e sorrir para o meu pai. — Por favor, não se preocupe. Tudo está bem, ok? Eu estou aqui e tudo está bem.

Sei que parece evasivo – papai tem me acusado disso por toda a semana – mas é difícil ser convincente e, ao mesmo tempo, lidar com todas as mentiras, meias-verdades e fatos que tenho passado para pessoas diferentes. A história para meus pais e seus amigos é que Peter é meu amante e que ele me trouxe para casa apesar dos mal-entendidos com o FBI, porque ele me ama e quer o melhor para a minha mãe. As implicações aqui são que, um dia, os problemas legais com Peter acabarão, então, seremos felizes juntos.

Em contraste, o quadro que pinto para o FBI e o resto é aquele do monstro que me sequestrou por uma paixão repentina e, eventualmente, ficou enjoado de mim o bastante para deixar-me ir. A única razão de eu poder fazer a história dupla é que os federais não querem que meus pais – ou, na verdade, qualquer um – saibam do papel de George nisso tudo. E isso vale o dobro para os eventos que colocam Peter em seu caminho por vingança. Depois que falei com Marsha naquele dia no bar, Ryson trouxe-me ao seu escritório no centro novamente e sem sutileza ordenou-me manter minha boca fechada, confirmando minhas suspeitas do envolvimento de Marsha com o FBI.

O bar estava muito barulhento para os agentes conseguirem ouvir a conversa, então, o único jeito que ele pôde ter sabido exatamente do que eu falei com ela é se ela relatou a ele imediatamente – ou talvez até estivesse usando escuta.

Naturalmente, eu fingi que estava arrependida e prometi ser mais discreta. E, em troca, consegui uma promessa de que os federais manterão suas bocas fechadas perto dos meus pais, não fazendo nada para mudar o paradigma menos preocupante que criei para eles.

— Como sabem, o coração do meu pai é fraco e ele não precisa do estresse de saber que fui forçada a mentir para eles todos esses meses — Eu disse a Ryson, e o agente estava bem feliz em concordar.

Imagino que ele extraiu um voto de silêncio de Marsha também, porque quando cruzei com Andy no corredor, ela não sabia de nada mais do que deve ter ouvido mais cedo.

— O que aconteceu? — Perguntou ela, me olhando com total curiosidade e confusão. — Você simplesmente desapareceu um dia e o FBI estava por todo o lugar, fazendo perguntas a todo mundo. O pessoal falando que você se apaixonou por um criminoso?

— É uma longa história — Eu disse, dando um sorriso desconfortável. — Talvez a gente tome um café juntas para eu te falar. Mas, agora, mamãe está esperando...

— Oh, claro. — Ela tentou controlar seu desapontamento

óbvio. — Marsha me disse o que aconteceu com sua mãe. Sinto muito. Espero que ela se recupere rápido.

— Ela vai, obrigada. Te vejo por aí. — Acenei a mão para ela e continuei no corredor, tentando não pensar sobre o quão deslocada me sinto aqui, neste hospital que foi certa vez minha segunda casa.

Quão perdida e só sinto-me sem Peter.

Em breve, digo a mim mesma. Ele virá para mim em breve. Tudo o que tenho que fazer é esperar.

E retirando a culpa que vem ao pensar nisso, visto um sorriso largo e entro no quarto de mamãe.

Reunimo-nos com Danilo Novak num café em Belgrado, um local moderno e com aparência chique que foi totalmente tomado pelos homens do negociante de armas da Sérvia. Além de dois jovens atendentes atrás de um balcão branco reluzente, cada pessoa no café está armada até os dentes – e pelo o que sei, os dois belos jovens atendentes estão também.

Anton está na retaguarda – uma precaução no caso das coisas darem merda – mas os gêmeos estão comigo.

Entrando, paramos para olhar o local.

Novak está sentado numa pequena mesa redonda no meio do café. É um local preparado para nos fazer sentir desconfortáveis – estaremos cercados por todos os lados – mas eu apenas sorrio friamente para o negociante de armas quando nos aproximamos.

— Belo local — Digo em russo, entendendo que é mais

provável que ele seja fluente na minha língua nativa do que em inglês. — Você é o proprietário?

Os lábios finos de Novak se viram. — Sou. Fico feliz que tenha gostado. — Seu russo tem sotaque, mas é tão fluente quanto eu suspeitava. Claro, eu poderia falar com ele em sérvio – conheço a maioria das línguas do oriente da Europa, além de árabe e algumas outras – mas é melhor não revelar que conheço sua língua nativa.

Ao lidar com homens como Novak, cada pequeno detalhe conta.

Ele se recosta, estudando-me com uma falta de interesse particular. Um homem alto, magro, entre quarenta e cinquenta anos, com cabelos ralos e óculos grossos, Novak se parece algo entre um contador e um professor de matemática. Apenas seus olhos traem o que ele é – excepcionalmente pálido, eles parecem pertencer a uma lagartixa... ou a um assassino frio e calculista.

Foi estranhamente pouco o que nossos hackers conseguiram saber do homem. Ele apareceu há dez anos, aparentemente de lugar nenhum e, desde então, construiu um império de armas ilegais na Europa Oriental, eliminando rivais com a velocidade e de fora implacável que só tinha visto uma vez antes – com Julian Esguerra, o homem que Novak quer que nós matemos.

O único negociante de armas que restou o qual o empreendimento criminal excede o do próprio Novak.

— Então — Diz Novak quando cruzo o olhar fixo dele com o meu próprio. — Você é Sokolov.

Eu assinto friamente, não permitindo minha expressão mudar e sei que os gêmeos parecem bem calmos. Ele não nos vai deixar preocupados com esses joguinhos, é uma coisa que ele vai aprender também.

— Sentem-se. — Ele indica duas cadeiras vazias restantes na sua mesa.

Eu não me movo, nem Yan e Ilya. Esse ainda é um pequeno

teste, um jeito de ver quem é o menos importante, menos valioso no grupo. Três de nós, duas cadeiras – a matemática não funciona e ele sabe disso. Alguém vai ter que se levantar, ser o diferente e não irei permitir isso.

Ele não vai semear a semente da discórdia entre nós. Eu não deixarei.

Seus olhos me estudam sem piscar por alguns longos momentos; então, ele gesticula para um dos seus comparsas na outra mesa. — Victor. Outra cadeira para nossos convidados, por favor.

Eu espero até Victor trazer a cadeira e, então, me sento. Os gêmeos me seguem. As feições de Ilya são firmes, mas Yan parece divertir-se. Ele entende a importância desses pequenos jogos de dominância, sabe a necessidade de dar o tom certo já cedo.

O atendente jovem vem para pegar nossos pedidos para bebidas, mas não peço nada. Ilya e Yan fazem o mesmo.

— Não estamos com sede — Digo calmamente e a boca de Novak se curva novamente.

— Não tenho motivo para envenená-los — Diz ele e eu dou de ombros, contrapondo sua afirmação pela merda que é. Existem muitas substâncias que se pode usar, de drogas que alteram o cérebro a venenos com atuação tão lenta que os sintomas não aparecem em semanas ou meses. Ele poderia facilmente colocar algo mortal na nossa bebida e eu sairia daqui não notando até depois que fizesse o trabalho para ele.

Até que minha utilidade a ele terminasse.

— Então — Diz Novak quando vê que não vou mudar de opinião. — Esguerra.

Cruzo meus braços sobre meu peito e olho para ele. Finalmente, chegamos ao ponto deste encontro.

— Você trabalhou para ele — Continua Novak quando um dos

atendentes traz sua bebida, um High-End Scotch, julgando pelo aroma e cor.

— Trabalhei — Confirmo. Eu esperava que ele soubesse disso, e ele sabe. Ele claramente fez sua diligência necessária em mim. — Isso é um problema?

— Eu não sei. É? — Seus olhos pálidos fixos em mim.

— Não nos separamos muito amigavelmente. De fato, ele prometeu me matar se eu cruzasse seu caminho novamente. Mas você sabe disso, não sabe? — Sorrio friamente para Novak. — Não é por isso que você me escolheu como primeira opção? Porque eu estou na posição singular de já ter estado no círculo pessoal de Esguerra?

O olhar de Novak continua sem piscar. — Sim. É um erro da minha parte? Seu pessoal é capaz de fazer o que estou pedindo?

— Isso depende. — Descruzo meus braços e inclino para frente. — Quais são os ativos em jogo que você mencionou? Os que nos ajudaria a completar nosso trabalho?

— Além de você e sua familiaridade com o complexo de Esguerra? — Os olhos de Novak brilham um pouco quando olha para os gêmeos, que até agora ficaram num silêncio estoico. — Imagino que se pode confiar nos seus homens?

Olho para ele, não me importando a dignificar isso com uma resposta.

Um sorriso estica seus lábios novamente. — Tudo bem. Eu posso ter alguém lá dentro. Você ainda não precisa saber quem é. Basta dizer, certas coisas poderiam ser conseguidas para acontecer em certos momentos, te possibilitando a fazer sua parte.

Uma irritação me atinge. Ele não está me falando nada que eu não suspeitava. Mantendo minha expressão imutável, eu levanto — Nesse caso, você é bem-vindo para achar outro grupo — Digo quando Yan e Ilya seguem minha dica.

Viro-me para me dirigir para a saída, apenas para ser

confrontado com uma parede de criminosos, suas armas nas mãos e feições de fera.

— Não tão rápido — Diz Novak com calma. — Ainda temos muito a discutir.

Viro-me para encará-lo, ignorando a artilharia nas minhas costas. — Não temos nada a discutir — Digo normalmente. —, não confio a segurança do meu pessoal a assertivas vagas de ajuda de fontes não conhecidas. Se formos pegar esse serviço, precisamos saber tudo, até a menor logística. É assim que operamos; é por isso que temos tanto sucesso. Se você quer nossos serviços, você nos fala tudo – ou andamos e você consegue outro para fazer isso.

Sua feições normais ficam firmes. — Você está cometendo um erro, Sokolov. Não sou alguém que você queira se meter.

Mostro meus dentes num sorriso sem graça. — Nem Esguerra, mesmo assim, aqui estamos.

Ele olha para mim, depois, vira a cabeça para um dos ao seu lado. — Deixe-os passar — Ordena ele, e eu viro-me para ver a parede de criminosos se abrir, suas armas abaixadas, mas as posturas tensas. Ele não quer que as coisas fiquem feias e fico feliz. O rifle sniper de Anton abateria provavelmente três ou quatro dos homens de Novak, e nós três poderíamos pegar outros sete ou oito, com facilidade, mas balas voando nunca são uma coisa boa. Os coletes à prova de balas que estamos usando sob nossas roupas não nos protegeriam de um tiro na cabeça, e por mais hábeis que sejamos não somos imune a chumbo.

— Você está cometendo um erro. — Novak levanta a voz enquanto nos encaminhamos para a saída. — Marque minhas palavras, Sokolov. Você está cometendo um grande erro.

Eu não respondo, e andamos para fora para a rua movimentada, nos misturando com os pedestres quando voltamos ao nosso local de encontro.

— Ele não vai dizer — Diz Anton quando falamos com ele sobre o que aconteceu durante o jantar num restaurante local. — Perdemos nosso tempo. Quaisquer recursos que ele tenha no complexo de Esguerra tem que ser um acordo real, se ele está cuidando disso com tanto cuidado. Ele não vai nos falar o que é, então, devemos esquecer isso também. Você viu algumas das nossas ofertas que recebemos recentemente, certo? Elas também não são ruins. Fazemos alguns dos outros trabalhos e aí estão nossos cem milhões. Não precisamos de Novak e sua merda de segredo.

Eu assinto, cortando meu bife. — Eu concordo. Vamos focar em outros serviços.

Yan levanta suas sobrancelhas. — Verdade? Desse jeito?

Eu olho nos olhos dele. — Não vamos entrar nisso às cegas e Novak não vai revelar, então, terminamos aqui. Isso é um problema? Porque eu tive a impressão que vocês não estavam satisfeitos quando eu quis pegar esse serviço.

Yan olha para mim e eu olho de volta, minha expressão calma. Consigo sentir a tensão crescente entre nós, mas não posso evitar jogar esse jogo.

Até onde posso ver, tem apenas um jeito certo para mim e Sara, e essa é minha melhor aposta.

— Eu acho que Peter e Anton estão certos — Diz Ilya quebrando o silêncio desconfortável —, não precisamos desse serviço. É muito arriscado. Vamos, em vez disso, simplesmente pegar outros trabalhos.

Coloco um pedaço de bife na minha boca, mastigo e engulo. — Está decidido então — Digo e pego minha água —, terminamos aqui. Amanhã de manhã, voamos para casa.

Estou deitado acordado, ouvindo e esperando e às quatro da manhã, eu ouço.

Um *click* quieto na fechadura do quarto do hotel se abrindo e um rangido quando a porta começa a se mover.

Reajo instantaneamente, meu corpo movendo como mola. Num piscar de olhos, tenho o intruso de joelhos, imobilizado no meu braço o estrangulando enquanto me abaixo atrás dele, segurando uma arma na sua têmpora.

Ele está ofegando e se balançando, tentando escapar, mas não tem a firmeza nem para me atingir nem para me empurrar, e cada pulo que dá apenas diminui seu suprimento de ar.

— Quem te enviou? — Pergunto quando seu esforço frenético começa a enfraquecer. — Por que você está aqui?

Afrouxo minha pegada o bastante apenas para deixá-lo ter algum ar. Ele volta a lutar, então, eu aperto meu braço novamente, retirando seu suprimento de ar completamente. Dessa vez, ele apenas dura alguns segundos e eu afrouxo minha pegada pouco antes de ele ficar inconsciente.

— Quem te enviou aqui? — Eu repito e ele finalmente vê a sabedoria em cooperar.

— N-Novak — Ele ofega roucamente.

— Por quê? — Pressiono, não deixando se soltar. Eu já sei o que ele vai dizer, mas quero ouvir isso dele de qualquer modo.

— Ele... quer te ver — Ofega o criminoso. — Só você, ninguém mais.

Aperto minha pegada, como se estivesse preocupado, mas largo e levanto-me, simultaneamente empurrando-o para frente para que caia com o rosto para baixo no piso. Enquanto ele está inalando ar e lutando para ficar de quatro, ligo a luz e coloco a jaqueta e as botas. O resto das roupas já estou usando, como já estava esperando tal visita.

— Você venceu — Digo ao criminoso quando ele olha para mim, ressentidamente esfregando seu pescoço quando se esforça para ficar de pé. — Vá na frente.

Minha estratégia de ficar num hotel em Belgrado deu retorno. É hora de ver o que Novak tem na sua manga.

UMA LIMUSINE NEGRA NOS ESTÁ ESPERANDO NA ENTRADA DO HOTEL e quando entro, vejo Novak lá.

— Não foi uma bela boas-vindas da sua parte — Diz ele quando o criminoso entra e fica perto de nós, ainda esfregando seu pescoço e olhando para mim como se quisesse me incinerar ali mesmo. — Victor só estava te fazendo um convite educado.

— Invadindo meu quarto no meio da noite?

O negociante de armas dá de ombros. — Ele não quis bater e arriscar acordar seus companheiros nos quartos ao lado.

— Entendo. — Sorrio friamente para ele. — Muito bem pensado do Victor.

O sorriso de resposta de Novak se iguala ao meu. — Estou certo que você não ficou tão desconfortável, dada a sua profissão.

Agora, por que não deixamos de lado a maneira do meu convite e focamos no assunto em pauta?

— Certamente — Recosto-me, esticando minhas pernas para cruzá-las nos tornozelos. — Pode continuar.

Novak me estuda por alguns longos momentos, então, diz abruptamente: — Não confio nos seus homens. Sei que *você* tem um passado com Esguerra, mas eles não têm razão para traí-lo.

— Além de cem milhões de euros, você quer dizer?

— Isso *é* muito dinheiro — Ele concorda. — Mas sua equipe não está necessitada de dinheiro, pelo que eu sei. O que foi que você disse? Pegar outros trabalhos e terão seus cem? — Seu olhar de lagartixa brilha na luz da rua.

Mantenho as feições imóveis, nem mostrando surpresa nem decepção. É fácil, porque não sinto nenhum dos dois. Eu sabia que haveria uma chance grande de estarmos sendo escutados no restaurante e aceitei fazer o jogo, todas as minhas palavras calculadas para termos exatamente esse desfecho.

— Então, por que estou aqui? — Pergunto quando Novak simplesmente continua olhando para mim. — Se você não confia em nós ou nas nossas motivações, por que vir até nós... e por que me trazer aqui esta noite?

— Eu não disse que não confiava nas *suas* motivações. — Seus lábios finos se curvam. — Sei toda história do tempo que você trabalhou com Esguerra. Você fez um bom trabalho – salvou sua vida, de fato – e por causa disso, você terminou na sua lista negra. Ninguém gosta disso, tenho certeza. E, agora, você tem a chance de equilibrar os pesos e ganhar um pouco de dinheiro no processo.

Permito meus ombros relaxar um pouco, como se estivesse aliviado. — Muito perspicaz da sua parte.

A expressão de Novak não muda, mas sinto sua satisfação. Sem dúvida ele se orgulha de ser um bom juiz de pessoas e, neste exato momento, ele está se cumprimentando de ter feito sua completa diligência e chegado a conclusões corretas. Ele até deve saber da minha separação com o Kent depois do acidente com Sara, possivelmente por trazer alguém na clínica para fazer escutas ao meu pessoal enquanto estivemos lá. Isso explicaria o porquê da hora certa do seu convite.

Ele agiu tão logo soube que minha última ligação com a organização de Esguerra tinha sido cortada.

Claro, se sua diligência é boa, ele sabe sobre Sara, também. Isso me preocupa, mas espero que ele acredite na história que Sara está dizendo ao FBI: que eu me enjoei dela, que a cicatriz na sua testa de alguma forma a fez menos atrativa para mim. Certamente, o que fiz – deixando-a ir e arriscando não ser capaz de trazê-la novamente – não é algo que um homem no nosso mundo faria quando ainda está interessado na mulher que sequestrou.

Minha relação forçada com Sara não é tão incomum nos círculos de Novak, mas deixando-a ir quando ainda a desejo *é*. É por isso que é mais seguro para ela ficar em casa.

Se Novak soubesse o que eu realmente sinto por Sara, ele a usaria para pressionar-me e eu não posso permitir isso.

— Então — Diz ele quando o silêncio se estica por um desconfortável minuto —, imagino que você realmente queira o serviço.

Inclino minha cabeça. — Quero, mas não importa o que eu quero. Eu ainda não vou entrar às cegas. Não é como eu trabalho, e apesar de querer Esguerra morto, não cometerei um suicídio para que isso aconteça.

Novak me estuda por outro longo minuto, então diz: — Tudo bem. Isso é o que estou disposto a te falar a este ponto. O ativo que tenho no local não pode ser ativado agora. Vai levar cerca de oito meses para eu fazer os arranjos apropriados. Algumas coisas têm que se encaixar primeiro.

— Oito meses? — Apenas meu treinamento possibilita eu

manter minha expressão intacta quando minhas entranhas se contorcem ante o choque das suas palavras.

Oito meses até que eu possa resolver isso.

Oito meses agonizantes sem Sara.

Novak assente. — Pode ser um pouco mais breve, mas não tem nenhuma garantia disso. De qualquer modo, isso dá a você e ao seu pessoal tempo para pensar no seu plano de ação.

Eu engulo a raiva borbulhando na minha garganta. — Não tem plano se não sabemos os detalhes do que estamos planejando — Digo com normalidade. — Onde está seu ativo? No complexo de Esguerra ou em outro lugar? O que exatamente você está esperando que eu faça que seu ativo não pode fazer ele mesmo? Se é alguém lá dentro, por que você não pede a ele para fazer o serviço? Presumo que ele tem acesso a Esguerra.

— Ainda não, mas ela terá. — Novak registra minha piscadela involuntária de surpresa com evidente prazer. — Sim, isso é outra coisa que estou querendo te falar: que meu ativo é uma mulher. Ela terá acesso a Esguerra, mas nem a habilidade nem a inclinação para executar a tarefa. Contudo, ela pode estar no lugar exato na hora exata, providenciando uma distração, desabilitando certas medidas de segurança, etc. Os detalhes da ajuda terão que esperar até que ela esteja no local e possa acessar a situação, mas tenha certeza, você *terá* alguém lá dentro.

Eu olho para ele, indeciso. Isso não é informação o bastante, mas tenho um sentimento forte que se eu for embora desta vez, Novak não irá se aproximar de mim novamente. Também, dado o que ele revelou até agora, talvez seja uma bala que me ache na próxima vez, não um dos criminosos de Novak. Não estou muito preocupado com essa possibilidade – estou acostumado com as pessoas apontando armas para mim – mas Sara está vulnerável e eu não posso arriscar Novak indo atrás dela em vez de mim.

Não é muito provável, dado o cenário 'ele se enjoou de mim' que ela pintou para o FBI, mas não posso correr esse risco.

— Então, deixe-me ver se entendi — Digo, me inclinando para frente —, você terá uma mulher lá dentro, mas não muito antes de oito meses a contar de agora. Ela não é capaz de sujar suas próprias mãos, mas dará alguma ajuda, facilitando nosso trabalho.

— Quando ele assente, eu pergunto: — Por que você não pode colocá-la no lugar antes? O que mudará nos próximos oito meses?

— Você terá que esperar para saber disso — Diz Novak. — Por enquanto, ainda tem uma chance que eu não possa colocar o ativo como esperado. Se certas coisas não se desenrolarem como deveriam, talvez devamos esperar outra oportunidade – isso ou sua equipe vai sem ajuda. — Ele olha para mim esperando e eu balanço a cabeça.

— Não. Isso não vai acontecer. Esguerra tem camadas em cima de camadas de segurança no seu complexo. Eu sei porque eu o ajudei a instalá-las. E sim, apesar de eu saber quais são, eu ainda assim não posso passar por elas. Elas são projetadas para serem intransponíveis. O único jeito de entrar é com ajuda de dentro e se você não pode prover isso... — Eu dou de ombros mostrando minhas palmas vazias.

Novak assente. — Certo. Eu imaginei isso. Então, você entende o valor do meu recurso. Uma vez ela estando no local, Esguerra *terá* um buraco na sua segurança. Contudo, isso levará tempo.

— Não tem como acelerar esse processo? — Acho que sei a resposta, mas mesmo assim tenho que perguntar.

— Não. Tentei alcançar a outros lá dentro, mas eles são muito leais – ou têm muito medo de Esguerra. Esse é o único que promete algo. Contudo, a hora certa é o que temos.

Eu digiro isso por um momento, então, pergunto: — Então, por que vir me procurar agora? Por que não esperar até você ter o ativo no lugar?

— Por que se você não aceitar, preciso fazer arranjos alternativos – e leva tempo para achar uma equipe habilidosa e passá-la pela minha verificação. E, neste caso particular, com a reputação de Esguerra... Bem, tenho certeza que você sabe como é.

— Certo. — Mesmo com o incentivo de cem milhões de euros, poucas pessoas estariam dispostas a trair alguém tão perigoso quanto Julian Esguerra. Quase qualquer um tem algo a perder e Esguerra não tem piedade quando se trata dos seus inimigos. Eu sei, porque o ajudei a dizimar os que o traíram, destruindo comunidades inteiras no processo. O negociante de armas colombiano não distingue entre o inocente e o culpado; todos ligados ao seu inimigo pagam.

— Então — Novak inclina-se para frente, seu olhar pálido preso no meu rosto. — Posso contar com você e sua equipe quando chegar a hora?

Eu considero por um momento e assinto. — Sim, você pode. — Meu tom é firme, apesar de, por dentro, ainda estar me revirando. Minha separação de Sara deveria durar poucas semanas – poucos meses no máximo. Não quase um ano. É possível, claro, que o que eu precise virá significativamente mais cedo do que oito meses, mas, neste exato momento, não parece possível.

Novak não dará a identidade do seu ativo antes do que tem que dar.

— Ótimo. — Seu sorriso com lábios finos mostra satisfação. — Eu estava esperando que tivesse o homem certo e parece que tenho. Apenas mais uma coisa...

Eu levanto uma sobrancelha. — Sim?

— Espero que entenda que a informação que compartilhei contigo é altamente delicada e apenas para seus ouvidos. Isso significa não compartilhar com ninguém da sua equipe.

Eu estava esperando isso depois do seu preâmbulo, eu assinto.

— Entendido. E da nossa parte, queremos um depósito.

Geralmente é metade adiantada, mas dado o tempo estendido, podemos aceitar vinte e cinco mil agora e outros vinte e cinto mais perto do próprio trabalho.

Novak não se move. — Você terá o dinheiro na sua conta amanhã.

Apertamos as mãos e enquanto fazemos, tento ignorar o vazio agonizante expandindo no meu peito ao pensar nos meses à frente. Agora que embarquei nesse caminho, não tem escolha, realmente não.

Eu tenho que fazer isso. Esse é o único jeito à frente.

Se quiser Sara a longo prazo, tenho que dar a ela a vida que ela merece.

PARTE II

19

 ara

O RESTO DE NOVEMBRO SE PASSA NUM ENTRA E SAI DO HOSPITAL, interrogatórios esporádicos do FBI, e espera. Espera infindável. Sinto-me constantemente por um triz, esperando Peter aparecer. Cada vez que atravesso o estacionamento do hospital, ando pela rua ou durmo no antigo quarto da casa dos meus pais (minha casa, por pertencer a um criminoso, foi interditada pelo governo), eu espero ser puxada e levada – se não por Peter, por um dos homens contratados por ele para me observar.

E eles estão me observando. Eu sei disso. Eu sinto isso. É o mesmo sentimento estranho de antes, a mesma sensação de paranoia induzida de olhos escondidos e me seguindo. Alguns são devido aos agentes do FBI espionando todos os meus movimentos, mas não todos. Eu fiquei boa em localizar os federais. É sempre

97

um carro comum do outro lado da rua, o pedestre que não pertence ao local, o homem ou a mulher só, no bar.

Os homens de Peter são diferentes. Eu nunca os vejo; apenas sinto a presença deles. Eles são a sombra na esquina, o eco de passos no estacionamento, a pinicar entre minhas omoplatas. Eles estão lá todo o tempo, mas nunca perto o bastante de mim – ou dos federais – para vê-los.

Claro, é realmente possível que eu esteja paranoica desta vez, mas não acho. Eu conheço Peter. Ele não me deixaria aqui sem receber relatórios a meu respeito. Ou é o que fico falando para mim mesma conforme as semanas passam sem uma palavra dele... sem nem uma pista de que ele está voltando para mim.

Eu tento focar no fato de que eu tive que passar todo este tempo com meus pais e estou feliz com isso. Realmente estou. Papai parece que conseguiu uma energia nova na vida desde que voltei, nadando e fazendo seus exercícios recomendados pelo médico com renovado vigor e dedicação. E mamãe está melhorando a cada dia, seus ossos sarando com a velocidade de uma mulher com a metade da sua idade. Ela ainda está presa à cama no momento – um fato que a deixa louca – mas os médicos prometem que ela começará a fisioterapia tão logo seu corpo possa aguentar, possivelmente em meados de janeiro.

Novembro vira dezembro e ainda a espera interminável continua. É como se existisse num limbo entre minha velha vida e a que comecei a ter com Peter. Estou morando na minha casa de infância, cercada por família e amigos e, mesmo assim, não consigo me livrar da sensação de que sou uma hóspede, uma visitante numa casa que não pertence mais a mim.

Acho que meus pais sentem isso, porque conforme dezembro avança, eles começam a me perguntar por que não estou fazendo certas coisas, como procurar um novo emprego ou achar um lugar para morar. Eu respondo dizendo que eu quero focar em mamãe por enquanto, mas conforme sua saúde continua a melhorar, a desculpa soa cada vez mais vazia.

— Sara, querida... você não tem que estar aqui o tempo todo — Diz mamãe quando venho visitá-la numa manhã fria de dezembro. — Seu pai pode me entreter muito bem e eu sei que você tem adiado algumas coisas por causa disso. — Ela gesticula para a sua mão machucada e o gesso nas pernas que a mantém imóvel.

Sorrindo, eu balanço a cabeça. — Não existe nada que não possa esperar, mãe. Graças à venda da casa, tenho dinheiro no banco e gosto de morar com papai. A não ser que ele esteja cansado de me ter nos seus calcanhares?

— Claro que não — Diz mamãe de pronto, como sabia que diria —, ele adora ter você de volta em casa. Você não tem ideia do alívio que é tê-la de volta. Se você quiser morar conosco para sempre, é mais do que bem-vinda. Eu simplesmente sei que você sempre foi independente e não quero que se sinta obrigada a tomar conta de nós em vez de colocar sua vida de volta nos trilhos.

Vida de volta nos trilhos. Eu seguro a vontade de falar que não sei mais o que isso significa. Que não tem nenhum 'trilho' para mim, nenhum caminho reto que eu possa ver. Meu futuro, cada vez tão claro e linear, está rodeado de escuridão, cheio de curvas que posso apenas imaginar.

— Não se preocupe, mamãe — Digo, colocando o pensamento sombrio para longe —, estou feliz por estar aqui com você e papai.

E sorrindo, eu calmamente mudo a conversa para longe de mim.

Longe do futuro que não posso mais imaginar.

Celebramos o Hanukkah com os Levinsons, e o Natal e Ano Novo no hospital com mamãe. Nas celebrações eu rio, troco presentes e finjo que estou de volta para sempre. Eu digo para o meu pai, sim, procurarei um trabalho em breve e eu converso sobre comprar uma casa nova com Joe Levinson. Ele me recomenda um bom agente imobiliário e eu escrevo o nome, como se isso importasse.

Como se tudo isso importasse quando, a qualquer momento, eu posso desaparecer novamente.

Quando metade de janeiro passa, o peso da espera e do fingimento, de constantemente brincar com todas as meias-verdades e mentiras, começam a cobrar seu preço. A ausência de Peter é uma marca profunda no meu coração e não importa o quão forte eu tente focar na minha família e amigos, sinto falta dele todo o tempo, tanto que ele é tudo que consigo pensar durante o dia. Eu sei o quão errado isso é e me chuto por isso, mas a esta altura, estou tão acostumada à culpa sufocante que isso não parece tão ruim quanto parecia.

Esperar meu carrasco não parece tão pesado quanto uma traição.

Eu ainda não consigo esquecer que Peter matou George e me manteve prisioneira por meses, ou que ele mata pessoas por dinheiro, mas quando penso nele, são os momentos ternos e doces que vêm à minha mente, todas as pequenas coisas que ele demonstrava cada dia o quanto se importa. Eu me pego sonhando acordada sobre como ele massageava meus pés e me trazia café da manhã na cama, como ele tomava conta de mim quando eu não estava me sentindo bem.

Como eu dormia nos seus braços em vez de na minha cama fria e vazia.

As noites são definitivamente piores. E é nessa hora que minha saudade dele é mais profunda, minha necessidade passando para a parte física. Todas as noites, eu me mexo e viro, lutando para dormir enquanto meu corpo queima por um homem que está a milhares de quilômetros de distância. Eu tento brincar com brinquedos, ler histórias eróticas, até assistir pornô, mas nada diminui o vazio doloroso dentro de mim. É como aquela vez que Peter estava longe no seu trabalho no México, só que mil vezes pior, porque naquele tempo, bem no início da nossa relação, ele ainda era um estranho aterrorizador. Agora, contudo, ele é parte de mim, tendo entrado no meu coração e mente ao ponto de que a vida sem ele parece tão vazia quanto minha cama.

É tão ruim que considero desistir das necessidades de meus pais e realmente procurar outro trabalho. Em vez disso, decido voltar ao trabalho voluntário na clínica de mulheres.

Para meu alívio, eles estão mais do que felizes em ter-me de volta.

— Sentimos muita a sua falta — Diz Lydia, a recepcionista — Nem percebemos o quanto precisávamos de você até que você se foi. Está tudo bem agora? O FBI apareceu, fazendo perguntas a todos nós, e...

— Sim, está tudo bem. Foi apenas um mal-entendido sobre um cara com quem eu saí de férias — Digo, não querendo repetir toda a cantilena aqui também. — Tudo está resolvido agora, não se preocupe.

Posso dizer que Lydia está morrendo de curiosidade, mas ela segura a língua, sentindo minha relutância em falar mais. Eu não tenho ideia de que rumores se passaram aqui, mas, para a minha sorte, o pessoal da clínica e os voluntários lidam com situações sensíveis todo o tempo e eles sabem quando perguntar e quando deixar as coisas quietas. Depois de uma rodada de 'o que aconteceu' e 'onde você esteve', todos me deixam em paz para focar nos pacientes – o que faço em tempo integral e um pouco mais.

Basicamente, quando não estou com meus pais.

— Como diabos você consegue se sobrecarregar ainda estando desempregada? — Queixa-se Marsha um mês depois quando eu ligo novamente declinando do convite dela para sair, dizendo que estou exausta do turno da noite na clínica. — Sério, querida, eu não te vejo fora dos corredores do hospital há semanas. Primeiro, foi a sua mãe que precisava de você vinte e quatro por sete, agora é isso. Não saímos nenhuma vez depois daquela vez no Patty.

— Eu sei, eu sei. — Eu suspiro no telefone, apertando o meu nariz. — Desculpe-me, Marsha. Talvez na próxima semana seja mais fácil.

Não será – estou escalada para a clínica por mais de sessenta horas na próxima semana, incluindo dois turnos da noite – mas vou arranjar tempo para Marsha de qualquer jeito. Eu a tenho evitado depois de saber do seu envolvimento com o FBI e estou começando a me sentir mal por causa disso. O que ela fez pareceu traição, mas essa não é uma reação totalmente racional. Ela estava provavelmente fazendo o que achava que fosse o mais certo, talvez até imaginando que estava me ajudando. De qualquer modo, cooperar com os federais é geralmente a estratégia mais certa para o cidadão normal que obedece as leis – o que é algo que eu não posso mais me considerar como sendo.

Agora que estou escondendo meus sentimentos verdadeiros sobre um criminoso procurado.

Acho que o Agente Ryson pressente que não estou falando a verdade, porque ele continua me levando ao escritório do FBI no centro. A esta altura, já aguentei a pelo menos dez interrogatórios e cada vez eu me ative à minha história, dizendo aos agentes apenas o que revelei no início e nada mais. Ajuda que sempre que eles investigam mais fundo, o ritmo do meu coração aumenta e meu corpo entra em modo de pânico total.

É como meu TEPT ou o que quer que seja do lado de Peter.

— Você está vendo um terapeuta, Dra. Cobakis? — Pergunta Ryson depois que eles têm que trazer Karen, sua agente com treinamento médico, para me acalmar após uma sessão de perguntas particularmente minuciosa. — Se não, eu posso recomendar alguém.

Minha respiração ainda é rasa e irregular por causa do ataque de pânico, mas eu consigo balançar a cabeça. — Eu tenho alguém, obrigada.

Eu ainda não vi meu terapeuta, Dr. Evans, desde que retornei. Ele me ajudou antes, quando não conseguia lidar com os pesadelos e a ansiedade resultantes do ataque de Peter na minha cozinha. Eu deveria ir vê-lo novamente, mas não consigo entrar no seu consultório e falar para ele a mesma mistura de verdades e mentiras que tenho regurgitado para o FBI.

Eu prefiro lidar com meus problemas sozinha enquanto espero por Peter.

Ele retornará para mim um dia.

EU CONTO OS DIAS NO CALENDÁRIO, MARCANDO-OS COMO UM homem esperando sair da prisão. Meu dia de livramento – o dia em que eu me unirei novamente a Sara – pode apenas ser estimado, então, eu pego um dia oito meses à frente da minha reunião com Novak e faço contagem regressiva, porque descobrir os detalhes do ativo de Novak é o primeiro passo para assegurar um futuro real com Sara.

Com nosso esconderijo no Japão presumidamente comprometido, passamos de esconderijo a esconderijo, nunca ficando num lugar mais do que poucas semanas. Nesse tempo, fazemos vários trabalhos, alguns mais desafiadores do que outros, mas nenhum tão complicado ou perigoso como o acordado com nosso Novak.

Meus companheiros – até Yan – aceitaram minha decisão de

pegar o ataque a Esguerra, assim como o fato de que nós descobriremos mais sobre o ativo quando chegar o tempo certo. Como eu prometi a Novak, não falei para eles quaisquer detalhes do que discutimos. Parcialmente, isso porque não tem realmente nada para falar ainda, mas mais importante, é porque eu preciso que Novak confie em mim. Meus homens podem representar tão bem como qualquer um em Hollywood, mas ao se lidar com alguém com os vastos recursos de Novak, nunca se sabe quem está ouvindo e quando. Nosso esconderijo é seguro, mas nos aventuramos e um microfone parabólico pode ser usado de distâncias surpreendentes.

Por causa disso, mais do que qualquer coisa, Sara não é mais o assunto de conversa entre nós. Até onde qualquer um na minha equipe sabe, ela poderia também não existir.

— Não quero ouvir seu nome, nem mesmo o pronome *'ela'* — Digo a eles. — Não a mencionem para mim e jamais discutam sobre ela entre vocês. Ela se foi, e é isso. Entenderam?

Todos assentem, entendendo minha preocupação e eu coloco mais e mais camadas de segurança à minha comunicação com o hackers e os homens que contratamos para observar Sara nos EUA. Eu não posso *não* observar minha ptichka, mas para sua segurança, ninguém pode saber da minha continuada obsessão por ela.

E eu *estou* obcecado. É uma doença piorada por sua ausência. Eu sonho com Sara todas as noites. Às vezes é sobre algo inócuo como a segurando e escovando seu cabelo sedoso, mas com frequência, os sonhos são sombrios e violentos. Em alguns, estou a perdendo; noutros, sou a causa da sua dor. Nosso primeiro encontro, onde a droguei e torturei com água, tem me assombrado nas recentes semanas, as lembranças invadindo minha mente com detalhes estranhamente brutais. Pior de tudo, eu saio dos sonhos em que a machuco com meu pau duro e doendo e sei que tanto sinto a sua falta – quanto a amo de todo o meu coração – meus sentimentos por Sara nunca serão simples e doces, desligados pelo lado sombrio do nosso passado.

Pelas coisas que fiz a ela... e posso fazê-lo novamente.

Se as noites são ruins, os dias são piores ainda. A primeira coisa que faço toda manhã é ver os relatórios sobre Sara, tanto de hackers como dos americanos a espionando. Foi assim que fiquei sabendo que ela voltou ao trabalho voluntário na clínica e que sua mãe começou a fisioterapia. Ocasionalmente, os americanos conseguem um vídeo de longa distância de Sara também e nesses dias, eu assisto as gravações várias vezes antes do café da manhã e uma dúzia mais de noite antes de dormir. Entre essas coisas, eu treino com minha equipe e cuido dos negócios, mas minha mente não está em nenhum deles.

Está nela.

Minha bela ptichka, a quem sinto falta como um membro amputado.

Penso em pegá-la constantemente. Graças à história de Sara sobre eu ter me enjoado dela, os federais não tentaram escondê-la de mim. Eles ainda a vigiam no caso de eu voltar, mas ele não acharam necessário colocá-la no programa de proteção à testemunha ou qualquer coisa nesse sentido. Eu acho que eles estão *esperando* que eu retorne.

Ela é uma isca, apesar de eles não admitirem isso.

E estou tentado. Porra, estou tentado. Agora que seus pais não precisam mais tanto dela, eu fantasio sobre trazê-la de volta diariamente, ao ponto de mapear toda a operação na minha mente. Sei exatamente como contornar o controle aéreo e onde aterrissaríamos, como criaríamos distrações para iludir os federais para longe de Sara e como colocaríamos pistas falsas para tirá-los do nosso encalço enquanto escapamos.

Poderíamos fazer isso amanhã, se quiséssemos.

Cerca de vinte horas a partir de agora, eu poderia estar segurando Sara.

Na maioria das vezes, eu consigo espantar a fantasia, reinterando para mim mesmo as razões por que estou fazendo isso, lembrando-me que ela está mais segura onde está. Contudo, tem dias quando a fantasia é tudo o que eu posso pensar e eu me vejo a segundos de ceder e ordenar Anton para preparar o avião.

Para manter minha sanidade, eu intensifico a busca a Henderson, que na minha lista, é a última pessoa e mais evasiva. O fato de ainda não termos achado-o, e sua família, reforça o rumor de seus conhecimentos dentro da CIA. O filho da mãe é bom nisso – tão bom quanto alguém na minha profissão.

Pode ser a hora de aumentar a pressão.

— Estamos indo para a Carolina do Norte — Falo na mesa do café da manhã na manhã seguinte. — Vamos chacoalhar as coisas em Asheville, ver se podemos achar o filho da puta de um jeito mais forte.

Meus colegas olham dos seus pratos para mim com idênticas expressões sem surpresa. Esse tem sido nosso plano de emergência o tempo todo. Seria melhor se não envolvêssemos inocentes – os amigos de Henderson e membros de família distantes que não tinham nada a ver com o massacre de Daryevo – mas dado ao fato do alvo ser tão evasivo, é a única opção que resta.

— Ele estará esperando por nós — Diz Anton, empurrando seu prato. — Isso se parece muito com uma armadilha.

Eu sorrio severamente. — Eu sei.

A dificuldade dessa operação é o que eu tenho desejado muito. Teremos não apenas que entrar e sair do país indetectáveis, mas Henderson, sem dúvida, terá os federais de olho nas suas conexões. Logisticamente, será similar a roubar Sara de volta, apenas em vez de sequestrar uma mulher, estaremos interrogando meia dúzia de pessoas, todas estarão provavelmente sendo observadas pelos colegas do FBI e talvez até mesmo da CIA.

— Deve ser divertido — Diz Yan, seus olhos brilhando. — Melhor do que ficar por aqui. — Ele gesticula para mostrar a cabana rústica onde temos ficado na última semana – nosso esconderijo na Polônia Oriental.

Ilya olha para ele e continua comendo. Ele tem estado brigado com seu irmão desde a última semana, quando Yan fodeu uma garçonete de Budapeste que Ilya também queria. Não é a primeira vez que a situação acontece – os gêmeos têm um gosto por mulher parecido – mas no passado, eles apenas compartilhavam amigavelmente, tanto por irem juntos ou alternadamente. Não tenho ideia do que fez essa garçonete diferente, mas Ilya está furioso com Yan desde que chegou aqui.

Não pretendo ficar no meio dessa briga, então, eu apenas finjo não notar a tensão na mesa. — Preparem-se — Digo aos caras —, quero estar em Asheville antes do final de semana, então, precisamos ter um plano viável até amanhã.

E levantando-me, vou enviar emails aos meus contatos nos EUA.

 *ara*

Eu encontro Marsha num clube na vizinhança de West Loop, em Chicago. É novo, moderno e tão barulhento que meus ouvidos latejam pela música gritando das caixas de som. Marsha já está na pista de dança, se roçando em dois jovens tipo banqueiros, assim, vou ao bar e peço um gin com tônica. Espero que o álcool acalme a tensão sempre presente na minha barriga.

Qualquer dia agora. Qualquer dia. Tenho falado para mim mesma por semanas, ainda assim, continuo aqui, ainda neste limbo deslocada. Cinco dias atrás, mamãe andou toda a distância da sua cama para o banheiro com apenas as muletas como assistência, apesar disso, ainda estou aqui, morando na casa dos meus pais sem a mínima ideia de quando – ou se – Peter voltará para mim.

Poderia ser? Será que as mentiras que falei para o FBI tornaram-se verdade? Talvez meu assassino russo realmente se enjoou de mim. Talvez meu apego a ele na clínica o fez perder o interesse. Eu sei que ele ganha no perigo e desafios de toda a sorte, e talvez isso foi tudo o que eu signifiquei para ele: um desafio. Além do mais, que maior conquista há em se ganhar a afeição da viúva do seu inimigo, uma mulher que tem todos os motivos de te odiar profundamente?

O pensamento continua invadindo minha mente e eu o afasto, lembrando-me do olhar no rosto de Peter quando ele prometeu voltar para mim. "Enquanto houver respiração no meu corpo", disse ele, e eu não duvidei dele por um momento – não depois do que ele fez para fazer-me dele.

Eu ainda não duvido dele – realmente não – e isso significa apenas uma coisa.

Se Peter não voltou, é porque ele não pode.

É porque algo aconteceu.

Tenho tentado não pensar nisso, forçar a possibilidade terrível da minha mente, mas não posso mais deixar de ignorar isso. A vida de Peter é de um jeito que ele poderia muito bem ser um soldado em zona de guerra. Entre as autoridades perseguindo-o pelo mundo todo e os criminosos poderosos com quem ele lida todo o tempo, ele desafia a sorte apenas sobrevivendo dia a dia. E quando seus 'trabalhos' juntam-se aos dois fatores anteriores, as chances de que ele seja machucado, ou pior, não são insignificantes.

De fato, elas são tão altas que minhas entranhas estão permanentemente com um nó nestes dias.

A única coisa que me dá consolo é que ainda estou sendo observada, tanto pelo FBI como pelas sombras dos homens de Peter. Aquele sentimento de coceira nos meus ombros nunca diminui quando estou em público. De fato, neste exato momento, tenho certeza que tem pelo menos dois dos meus espiões no clube – e os federais à paisana que me seguiam, estão com uma cerveja no outro lado do bar e alguém mais, alguém que não consigo identificar, mas que a presença eu sinto.

Se Peter estivesse morto ou capturado e o FBI soubesse disso, eles parariam de me seguir. O mesmo se aplica a quem quer que seja que Peter contratou.

Não é muito alívio – ele poderia ainda estar muito machucado em algum lugar – mas isso é outra coisa.

É isso que me faz levantar todas as manhãs e seguir com o meu dia, apesar do buraco consumindo meu estômago.

— Aqui está você! — Marsha aparece perto de mim, com um sorriso aberto e o brilho que apenas o álcool e a dança proporcionam. — Eu estava começando a pensar que você não apareceria.

— Estou aqui — Eu confirmo quando o barman me dá minha bebida. —, só me atrasei na clínica, você sabe como isso funciona.

Ela assente com simpatia e diz para o barman: — Uma Corona, por favor.

Ele dá a garrafa para ela, que brinda com a garrafa no meu copo. — Ao fato de você ter finalmente saído — Diz ela e eu rio quando minha amiga toma um gole grande.

— Então — Diz ela —, como você tem estado? Não acredito que estamos quase em março e não saímos desde sua primeira semana de volta.

— Ui, eu sei. — Faço uma careta. — Desculpe-me por isso. É só porque com minha mãe e tudo ...

Marsha me corta agitando a mão com a cerveja. — Não precisa falar mais. Eu entendo, realmente. Apenas me diz uma coisa... — Ela olha em volta, então, se inclina mais perto, colocando uma mão no meu braço. — Você está bem, querida? — Sua voz é suave apesar da música alta, seu olhar passando pela cicatriz desaparecendo na minha testa. — Nós nunca realmente conversamos sobre... bem, sobre o que aconteceu.

Minha garganta se aperta. — Eu te falei o que aconteceu.

Ela assente séria. — Eu sei. Não estou falando disso. Como você está lidando com isso?

— Eu estou — *totalmente estressada, incapaz de comer ou dormir, tendo pesadelos com Peter ferido ou morto* — bem.

— Uh-huh. — Marsha olha para o meu braço, que parece particularmente fino e pálido sob seus dedos bronzeados e unhas bem-feitas. — É por isso que você está imitando um esqueleto de laboratório de anatomia.

Eu puxo meu braço. — Estou de dieta.

Ela suspira e se inclina para trás. — Entendo.

Eu tomo minha bebida, desejando poder falar a verdade para ela: que não estou sofrendo de trauma patológico, mas com saudades do homem que fez isso comigo, que estou esperando-o voltar e me reivindicar novamente. Exceto que se eu falar isso para ela, posso também assinar minha sentença de prisão.

— Estou bem — Repito. Colocando um sorriso largo, eu digo: — E se pararmos de falar sobre coisas que deprimem e formos dançar?

Marsha hesita, então sorri. — Tudo bem. Vamos dançar.

Pego a mão dela e vamos para a pista de dança cheia. Eles acabaram de colocar um dos últimos sucessos de Nicki Minaj e eu rio ao lembrar ter feito minha própria versão dessa música para os caras no Japão.

Marsha também ri, inclinando a cabeça para trás para tomar sua cerveja e começamos a dançar. Eu canto junto, substituindo pela minha própria letra em certas partes e, logo depois, estamos realmente nos divertindo. A batida vibrando pelos meus ossos, fazendo meus pés se moverem com o ritmo e eu dou risadinhas quando parte da minha bebida derrama na minha mão.

— Aguente aí — Digo a Marsha e tomo o resto do meu gin e tônica para evitar outro acidente. Colocando o copo vazio numa mesa perto, abro caminho pelo público para o bar e peço uma garrafa de cerveja – bem mais amiga da pista de dança. Quando volto, Marsha já está dançando com dois novos caras e quando me aproximo, ela pega minha mão, me puxando para eles.

— Estes são Bill e Rob — Grita ela mais alto que a música e eu sorrio desconfortável. Isso não era o que eu tinha em mente quando concordei com essa saída com Marsha.

— Vou ao banheiro — Digo, inclinando para que Marsha ouça. — Volto logo.

— Espere, vou com você. — Marsha abandona seus companheiros sem uma segunda olhada e me segue através do público.

Ainda é cedo na noite, então, a fila do banheiro das mulheres não está tão ruim. Enquanto esperamos, Marsha me fala sobre o clube que foi com Tonya na semana passada e os caras bonitos que encontrou lá. Eu ouço, sorrio e assinto, me maravilhando todo o tempo de quão diferente a vida da minha amiga é, quão simples e descomplicada. Quando foi a última vez que minha maior preocupação era se um cara iria me ligar? Na faculdade, talvez? Quando conheci George, minha vida de encontros parou e eu voltei a ela depois da sua morte.

Peter me reivindicou antes que eu tivesse chance.

Finalmente chegamos no banheiro, fizemos tudo e voltamos para a pista de dança. Está até mais cheia agora, depois de meia hora sendo empurrada e tendo bebida derramada em nós, Marsha grita nos meus ouvidos: — Vamos sair daqui.

Eu a sigo agradecida e vamos a um bar a dois quarteirões naquela rua, onde nos sentamos e ouvimos uma banda ao vivo tocando rock dos anos oitenta misturado com os top cem sucessos recentes. — Você canta, certo? — Pergunta após bebermos uns dois copos e eu assinto, minha cabeça rodando pelo álcool.

— Tudo bem. — Marsha dá um sorriso aberto. — Vamos lá. —

Ela sai do banco do bar e pega meu pulso, levantando minha mão para o ar. — Ei, todos — Ela grita mais alto que a música. —, minha amiga pode cantar uma. Todos querem ouvir?

Eu quero me afundar num buraco, mas algumas pessoas no público – caras bêbados – respondem em coro: — Legal, sim.

— Vem. — Marsha me puxa para o palco, onde os membros da banda parecem não muito contentes de lidar com uma amadora.

Normalmente, eu sairia de fininho e gritaria com Marsha depois, mas entre o álcool afrouxando minha inibição e minhas pequenas apresentações para Peter e seus homens no Japão, eu, de alguma forma, achei a coragem para ficar no palco.

— Vocês conhecem 'Karma', de Alicia Keys? — Perguntei ao guitarrista, esperando não arrastar as palavras.

O guitarrista – um cara com bochechas vermelhas com início de calvície – me dá um olhar desconfiado. — Talvez. Você vai cantar enquanto tocamos?

— Vocês se importam? — Dou meu sorriso mais bonito para ele. — Só uma música e caio fora.

Ele troca olhares com os outros músicos, então, joga um microfone nas minhas mãos e diz: — Oh, que inferno. Vai, garota. Mostre-nos o que você tem.

Eles tocam as primeiras notas e eu viro para o público, meu pulso mais rápido quando vejo no que me meti. A última vez que me representei para tantas pessoas foi lá atrás no colegial, quando tinha o papel principal num musical da escola. E como daquela vez, sinto minha barriga pulando, uma excitação me tremendo toda.

Aproveite, digo a mim mesma e, respirando fundo, começo a cantar, deixando minhas próprias palavras se misturarem com as palavras familiares da música. Apesar de toda bebida, minha voz vem forte e pura, tão poderosa que posso sentir a vibração do som. Todos os outros barulhos no salão desaparecem e vejo tanto surpresa quanto admiração nos rostos me olhando – incluindo os federais à paisana que nos seguiram do clube e estão agora enrolando com uma bebida no canto.

Marsha também está boquiaberta, e me dou conta de que ela nunca me viu cantar. Cantamos feliz aniversário para duas enfermeiras como grupo e ela provavelmente me ouviu cantar com a seleção de DJ na saída para um clube alguns meses atrás, mas nunca desse modo.

Nunca me apresentando... especialmente com minha própria letra.

Eu quase engasgo ao pensar. Nunca compartilhei minhas letras com ninguém além de Peter e sua equipe. No entanto, eu consigo continuar e quando canto minha versão do refrão, noto que o público está começando a cantar junto, batendo nas mesas e batendo o pé junto com a batida da música. A reviravolta na minha barriga aumenta, preenchendo cada fenda no meu peito até que sinto que vou flutuar nas asas do ritmo e continuo cantando enquanto meu corpo segue a música, meu treinamento de dança vindo à tona.

Não estou ciente de estar flutuando até que a música para e aplausos estrondosos rompem. Voltando do meu torpor, vejo Marsha batendo palmas e gritando loucamente na parte da frente e eu abro um sorriso largo quando me viro, querendo agradecer à banda. Exceto que eles também estão batendo palmas e sinto-me como numa fantasia, como algo que meu lado adolescente conjuraria num desses sonhos acordada.

— Foi incrível. Você tem mais músicas como essa? — Pergunta o guitarrista e eu assinto, apesar do formigamento na barriga ter aumentado e subido ao peito. No Japão, eu compus e gravei dúzias de músicas, algumas já existentes e outras, meus próprios remixes, e eu os apresentei para meus sequestradores como parte do ritual da noite. Peter sempre me disse que eu sou boa, mas eu atribuí isso à lisonja e falta de outros entretenimentos. Essas pessoas, entretanto, são completos estranhos; não têm razão de me bajular.

Se qualquer coisa, os músicos deveriam me espantar do palco para que voltem à música de verdade.

— Tenho essa e aquela — Falo ao guitarrista sem fôlego quando a fantasia não parece se dissipar. — Você conhece a de Bruno Mars, 'Just the Way You Are?'

Ele dá um sorriso largo. — Com certeza, vamos lá... qual seu nome?

— Sara — Digo e instantaneamente arrependo-me. Meu nome é além de comum e esta noite merece outra coisa. Algo como Madonna ou Rihanna ou SZA...

— Vamos dar uma salva de palmas para Sara! — Grita o guitarrista e eu esqueço tudo sobre meu nome ordinário quando as pessoas no público aplaudem e gritam.

A banda começa tocando "Just the Way You Are," e eu respiro fundo para me preparar. Quando chega a hora da letra, eu novamente uso a minha própria letra e o sentimento de flutuação volta quando vejo a reação da audiência. Eles estão adorando. Eles realmente estão amando.

Rápido demais, a música acaba e eu retorno à Terra, apenas para subir novamente quando a plateia exige mais músicas, então, outra e outra. Eu canto sete músicas das minhas melhores uma atrás da outra e minha voz começa a se cansar.

— Já deu — Digo à banda, dando o microfone de volta ao guitarrista. — Muitíssimo obrigada por me darem esse prazer.

— Garota, você pode cantar conosco a qualquer hora — Diz ele. — Na verdade... — Ele se vira e troca olhares com seus colegas da banda, e volta a me olhar. — Tocaremos aqui todo final de semana e adoraríamos que você se juntasse a nós.

— Oh, eu...

— Obviamente dividiríamos os ganhos contigo — Diz ele,

como se eu estivesse quase rejeitando por causa do ganho — É um serviço muito legal aqui.

— Vocês não podem pagá-la. — Marsha diz, e eu me viro para vê-la subindo no palco, balançando os quadris — Ela é médica, sabe.

— De verdade? — O guitarrista me olha rapidamente. — Talentosa, bela *e* inteligente, hein?

Eu ruborizo quando Marsha diz : — Com certeza. Então, se você quiser contratá-la, tem que falar comigo primeiro. Aqui. — Ela pega o pulso dele, retira uma caneta e escreve seu número no antebraço dele, bem perto de uma tatuagem de um coração espetado com uma fecha. Piscando, ela acrescenta: — Estou à disposição a qualquer hora.

Eu rio, vendo o que Marsha está fazendo e a puxo para fora do palco antes que minha amiga comece a dar um amasso no músico ali mesmo. Segundo os rumores no hospital, ela já fez coisas piores quando bêbada.

Passamos pelo público ainda batendo palmas e saímos rapidamente, o ar frio de fevereiro fazendo pouco para esfriar nossa excitação. Ainda estou tonta pelo álcool e a apresentação excitante, e Marsha também está excitada, rindo e tagarelando sobre o que acabara de acontecer, como ela pode ser minha agente e como ambas podemos ficar ricas e fazer isso crescer.

Estamos nos divertindo tanto que me esqueço de que nada disso é real, que minha vida agora é apenas um grande jogo de espera. No entanto, quando entro no táxi para ir para casa, eu me lembro, e minha excitação desaparece sem deixar vestígio.

Enquanto eu estava lá fora cantando e bêbada, outra noite se passou.

Outro dia terminou sem Peter voltar.

eter

PENSO EM CONTATAR SARA QUANDO ATERRISSAMOS NUMA PEQUENA pista particular na base das Montanhas Great Smoky, cerca de noventa quilômetros de Asheville e apenas alguns estados longe dela. É além de tentador pegar o telefone e ligar para ela, assim posso ouvir sua voz. Mas se fizer isso, os federais – que ainda a estão seguindo e ouvindo suas ligações – iriam para cima dela, mais uma vez duvidando da sua história e a espremeriam.

Não é a primeira vez que considero falar com ela. Penso nisso todo o tempo. Devido ao grande cuidado dos federais, eu poderia apenas alcançar um dos homens que contratei para segui-la para cuidadosamente entregar uma carta a ela. Seria arriscado, mas poderia fazê-lo.

O que me impede não é a logística, mas o fato de eu não saber o que falar – e qual seria a reação de Sara ao receber tal carta. Apesar de eu gostar de pensar que ela sente minha falta, sei que existe uma possibilidade real que a conexão frágil que construímos no final do seu aprisionamento terminou, que estar de volta em casa a fez me odiar e temer novamente.

Ela estar com esperança de que eu me fui para sempre e pegar minha carta, a deixaria transtornada.

Além do mais, o que eu posso falar com ela do motivo de eu estar longe? Não posso falar nada sobre Novak e Esguerra – então, isso me deixa a opção básica de que ainda estou vivo e indo para ela.

Garantias que ela poderia facilmente interpretar como ameaça se ela estiver feliz por estar em casa sem mim.

Posso dizer que meus homens estão morrendo de vontade de falar algo sobre a situação, mas a regra 'Sem Falar na Sara' continua e eles entendem exatamente o resultado de infringi-la. Então, fico quieto e foco em passar os dias sem Sara, confiando nos relatórios diários dela para alimentar minha obsessão.

Dois dias atrás, ela saiu com sua amiga Marsha e acabou cantando num bar, apresentando uma das suas canções em público. O simples fato de eu ler sobre isso encheu meu peito com um calor e eu instruí aos americanos a gravarem da próxima vez, daí, eu poderia ouvi-la e assistir a reação do público. Fico absurdamente orgulhoso do meu pequeno pássaro cantador se mostrando dessa forma, espantando suas inibições e mostrando o talento que eu sempre soube que estava lá.

Claro, o orgulho não foi minha única reação ao relatório. A ideia de ela sair para lugares onde outros homens possam se aproximar dela é como um carvão em brasa ao meu lado. Sara é minha. A distância física entre nós não muda esse fato. Até agora, os relatórios não indicaram ninguém seriamente farejando ao redor dela, mas isso não significa que não tenha acontecido. Com o FBI constantemente na cola de Sara, meus homens têm que ser extras cuidadosos e tem ocasiões que eles simplesmente não podem ficar perto o bastante para certificar-se que algum bastardo não esteja pedindo o número do seu telefone ou se oferecendo para pagar um café para ela.

Se eu pudesse colocar um mecanismo de escuta em Sara, eu faria isso na mesma hora.

Eu colocaria um chip no seu cérebro se pudesse.

— Você está pronto? — Diz Yan, e vejo que estou limpando minha arma sem pensar nos últimos dez minutos em vez de pegar minha bolsa e sair do avião.

— Sim. — Digo, montando a arma novamente e colocando na minha cintura. — Vamos lá.

Lyle Bolton, primo em primeiro grau de Wally Henderson, tem uma pequena loja de vegetais orgânicos em Asheville. Até onde seus amigos e vizinhos sabem, ele é um homem educado e pacífico, com os necessários dois filhos e meio – dois na pré-escola e um bebê a caminho. Sua esposa grávida é do lar, e para os de fora, eles parecem um casal suburbano perfeito.

Péssimo que eles não saibam o que nossos hackers descobriram.

Nós o esperamos na cabana de montanha da puta, nosso SUV estacionado fora da vista atrás de um galpão. Tecnicamente, a garota é uma acompanhante, mas sexo por dinheiro é tudo o mesmo até onde eu sei. Bolton vem aqui todas as terças e quintas no seu caminho de volta das fazendas locais, onde ele consegue os alimentos para a loja. Sua esposa não tem a mínima ideia, assim como todos na comunidade.

Ninguém imaginaria que o quieto, frequentador de igreja Sr. Bolton, apaixonado pelo bem-estar de animais e do meio ambiente, pagaria uma 'acompanhante' à beira da legalidade para deixá-lo defecar nela duas vezes por semana – após ele surrá-la.

Henderson providencia que seus amigos façam relatórios da casa e trabalho de Bolton, sendo esse o motivo desta cabana ser o lugar perfeito para interrogar o filho da puta. Seu pequeno hábito sujo é um segredo para todos, seu primo incluído, e graças a todos os cuidados que ele toma para compensar esse alongamento de tempo, ninguém virá procurá-lo até que ele apareça na loja umas quatro horas mais tarde.

Podemos fazer muita coisa em quatro horas.

A cabana está vazia exceto por nós. Yan enganou a puta nesta manhã fingindo ser um cliente rico. Quando ele a pegou no quarto de hotel, ele a amarrou e deixou lá. Se tivermos tempo, ele vai desamarrá-la, mais tarde hoje; se não, as arrumadeiras a acharão amanhã de manhã. De qualquer modo, a garota não vai aos tiras, especialmente quando achar o pagamento na mesa de cabeceira.

Lyle Bolton é rápido, como sempre, chegando às quinze para as dez. Seu caminhão fazendo o barulho na rua de pedras e gesticulo para os caras ficarem prontos.

Prender nossa presa é brincadeira de criança. Ele não tem ideia do que o espera. O filho da puta entra com um sorriso aberto de comedor de merda na sua cara rechonchuda e Ilya sai de trás da porta e o soca no estômago. Ele faz de leve – tão de leve quanto alguém tão massivo pode – mas Bolton ainda assim cai de quatro, ofegando e silvando tentando desajeitadamente fugir.

Yan o chuta nas costelas e, então, eu entro, levantando o desgraçado pela parte de trás da sua camisa quando ele começa a gaguejar e pedir por misericórdia.

— Seu primo — Digo com calma, colocando-o na cadeira da cozinha. — Onde ele está?

Ele nos olha de boca aberta e eu vejo um novo tipo de medo no seu olhar. Ele vê agora que não é um erro, que não somos ladrões que apenas estávamos lá por acaso.

— Eu n-não sei — Ele gagueja e eu suspiro antes de pegar minha arma.

— Mais uma chance — Digo, colocando o cano na sua testa. — Onde está a porra do Wally?

Ele se urina. Uma mancha escura sai da virilha da sua calça de veludo e sinto o ácido cheiro de urina. Isso me irrita tanto quanto as lágrimas e baba descendo do seu rosto.

— Eu juro para você, eu não sei! — Ele geme e eu abaixo a arma, apertando o gatilho duas vezes rapidamente.

Seus gritos são ensurdecedores quando ele cai da cadeira e se enrola como uma bola pequena no chão. Eu apenas coloquei duas balas – uma em cada pé – e espero um minuto para os gritos pararem antes de repetir: — Onde está a porra do seu primo?

— Eu não sei, não sei, não sei! — Ele está histérico agora, segurando seus pés sangrando com ambas as mãos. — Por favor, eu juro, eu não sei. Ele desapareceu há mais de dois anos e não ouvi dele desde então.

— Nada? Sem ligação, sem email, sem cartas?

Eu já sei a resposta graças aos nossos hackers, então, não estou surpreso quando o idiota gordo balança a cabeça como um brinquedo de corda. — Não, não eu juro! Nada! Ninguém ouviu falar nele desde que ele foi embora.

Eu viro para Yan. — O que você acha? — Pergunto em russo. — Você acredita nesse merda?

Ele estuda o cara, e assente. — Sim, eu acho que sim. Henderson é muito cuidadoso para contatar este.

— Ok, então, vamos.

Abaixando-me, eu pego o telefone de Bolton do seu bolso e o

deixo babando e sangrando no chão enquanto saímos da cabana. Antes de irmos, eu danifico seu veículo para ter certeza de que ele não possa sair por um tempo.

Temos mais cinco idiotas para interrogar antes de descobrirem este.

eter

As próximas duas pessoas da nossa lista são um desafio igual ao Bolton. O primeiro, Ian Wyles, é professor aposentado de ensino fundamental e tio-avô de Henderson. Os dois costumavam trocar emails regularmente antes do desaparecimento de Henderson e é possível que Henderson possa ainda estar em contato com ele de algum modo.

Contudo, no minuto que seguramos o velho a caminho de casa após ter saído da agência de correios, torna-se óbvio que ele não sabe de nada. Ele não tem nenhuma ideia e está tão surpreso com nossas perguntas que nem perdemos nosso tempo torturando-o. Apenas o amarramos e o deixamos com seu carro quebrado na floresta, onde será achado em algumas horas quando sua mulher chegar e vir que ele desapareceu.

A segunda pessoa, Jennifer Lows, é amiga da esposa de

Henderson. Uma mulher de meia-idade gorda, ela literalmente faz merda quando a pegamos fora da casa de repouso dos seus pais. No primeiro minuto de interrogatório, torna-se claro que ela não tem a mínima ideia também e, então, a deixamos amarrada atrás de uma caçamba de lixo num beco, amordaçada e aterrorizada quase fora de si, mas sem ter sido machucada.

— Zero a três — Ressalta Anton quando saímos do beco, mas eu apenas dou de ombros. Isso não era uma coisa não esperada. Se Henderson entrou em contato com essas pessoas, nós teríamos descoberto até agora. Também, a segurança em volta deles teria sido mais reforçada. O fato de que eles eram relativamente fáceis de se capturar diz-nos que eles não estão no círculo próximo de Henderson.

As pessoas que importam para eles – a mulher e filhos – estão tão bem escondidos como tesouro.

De qualquer modo, conseguir informação do paradeiro de Henderson não é nosso primeiro objetivo. Isso tem a ver com enviar uma mensagem, dizendo-lhe que ninguém na sua vida – não importa quão distante a conexão – está seguro.

Queremos causar ira e medo nele, porque um homem irado e com medo comete erros.

A próxima pessoa que vamos atrás é um policial que parece ter sido amigo de infância de Henderson. Jimmy Gander, cinquenta e cinco anos de idade, é um dos tiras mais velhos na força e quando o pegamos fora do seu bar favorito, ele consegue dar um soco no rosto de Anton antes que consigamos nocauteá-lo.

— Porra, vou matá-lo — Resmunga Anton enquanto o arrastamos para a floresta onde pretendemos interrogá-lo como nosso prisioneiro. — O bastardo vai sofrer.

— Sem mortes desnecessárias — Lembro a ele —, apenas daremos um corretivo se ele não cooperar.

Anton resmunga irado. — Que merda. Vou ficar com um o olho roxo.

— Você não deveria ter deixado nosso vovô ter te acertado — Diz Yan, com um sorriso sarcástico. — Talvez devêssemos trocar vocês de lugar na equipe. Ele certamente parece mais habilidoso.

— Calados — Falo para eles dois quando nosso SUV para numa clareira na floresta. — Vocês podem se acertar depois.

Levamos o tira para fora e esperamos até que ele volte a si antes de começarmos a interrogá-lo. Como os outros, ele parece genuinamente espantado pela situação. Contudo, diferente dos outros alvos hoje, ele se recusa a responder nossas perguntas de início. Para satisfação de Anton, temos que socá-lo algumas vezes antes do comum 'eu não sei de nada' e 'não ouvi nada sobre ele'. Sob outras circunstâncias, eu admiraria a lealdade de Gander ao seu amigo, mas dado o fato de termos menos de duas horas restantes para interrogar as duas pessoas restantes na nossa lista, a demora apenas me frustra.

— Coloca uma porra de bala nele — Digo a Anton quando o tira não se mostra disposto a falar sobre a última vez que viu Henderson, e Anton obedece feliz. Atirando em Gander no ombro direito.

Depois disso, não segura mais as respostas, apenas vômito verbal e súplica por um hospital.

— Vamos — Falo aos caras quando estou confiante de que conseguimos tudo que podemos do tira. — Amarre-o e deixe-o aqui.

Quando saímos de carro, faço uma anotação mental de ligar para 911 e dizer-lhes a localização do homem quando estivermos seguros no ar.

Amigo de Henderson ou não, não tem motivo do tira morrer.

❧

ESTAMOS NO APURO DO TEMPO AGORA, ENTÃO, AGILIZAMOS O processo por interrogá-los juntos. Deixamos por último porque eles são conexões até mais distante de Henderson; se não os tivéssemos pegos por alguma razão, não seria uma perda relevante.

O primeiro é um ex-namorado da filha de Henderson, Bobby Carston. Ele tem vinte anos, cerca de três anos mais velho do que a filha e, segundo nossos arquivos, eles se separaram quando ele dormiu com sua melhor amiga na festa de fim de ano do Ensino Médio. Eu odeio traidores, então, somos duros com o garoto quando o interrogamos – algo que assegura que o nosso último prisioneiro, o filho do professor favorito de Henderson, coopere desde o início.

De fato, Sam Briars é tão tagarela nas suas respostas sobre Jimmy Henderson que conseguimos algo que não esperávamos.

Uma possível pista.

— ... e, então eles saíram de férias na Tailândia cinco anos atrás e Jimmy estava dizendo o quanto ele adorava morar lá. Tinha uma família local que eles ficaram bem íntimos em Phuket. Não numa das áreas turísticas, vejam só, mas mais para dentro do país, longe de toda a civilização. Jimmy estava falando com todos os seus amigos na sala. E havia Singapura, ao qual a mãe de Jimmy sempre amou porque era bem limpa, e tem Islândia onde os pais de Jimmy estavam indo no aniversário de casamento, e tem Maryland onde a irmã de Jimmy irá estudar e eu posso pensar em mais se vocês me derem tempo.

O professor está falando tão rápido que ele está praticamente balbuciando, o deixamos falar, anotando os lugares que ele menciona para que possamos checar mais tarde. Já olhamos na maioria desses lugares antes, incluindo Tailândia, mas Hendersons tem mudado de local para evitar ser detectado e não sabíamos sobre aquela família em Phuket.

Certamente é uma pista a ser explorada.

Dez minutos se passam e o professor não mostra sinais de parar, sua verborragia sem dúvida motivada pelos gritos de dor do ex-namorado cheio de hematomas. Nesse ponto ele apenas está se repetindo, rodando em círculos com tudo que sabe sobre os Hendersons, eu bato a cabeça para Ilya e ele bate de leve nas costelas dele.

— Já basta — Digo quando Briars começa a gritar como se a batida de leve tivesse quebrado suas costelas. — Amarre-os e deixe-os aqui. Temos que ir.

Enquanto guiamos para o avião, eu vigio por sinais de perseguição, mas fizemos tudo sem incidentes.

A operação é oficialmente um sucesso: enviamos uma mensagem para Henderson e obtivemos uma pista possível no processo.

Eu deveria me sentir bem, mas quando as rodas do avião levantam voo, tudo o que posso pensar é que não estou mais perto do que eu realmente quero.

De que ainda faltam meses para eu recuperar Sara.

2 4

Sara

— ELE FEZ O QUÊ? — EU OLHO PARA RYSON, MINHAS PALMAS úmidas com suor e meu coração martelando. Minha primeira reação – felicidade de que Peter está vivo e bem – está sendo rapidamente trocada por um nó doloroso na minha barriga.

— Ele agrediu seis pessoas na Carolina do Norte — Repete o agente. — Dois estão no hospital com ferimentos à bala e outros quatro estão com hematomas e traumatizados pelo interrogatório violento. Cidadãos inocentes, todos. Alguma coisa que você possa nos falar sobre o incidente?

— Eu... o quê? — Balanço minha cabeça para limpá-la de imagens tenebrosas. — Por que ele faria isso?

— Segundo as vítimas, ele queria saber a localização de um dos seus conhecidos, um Walter Henderson III. Ele tem a infelicidade de estar na mesma lista do seu falecido marido. — Ryson cruza seus braços musculosos. Alguma coisa que você possa nos falar sobre isso? Sobre o que ele está procurando?

Eu engulo, bile subindo na minha garganta. Nos últimos dois meses, eu consegui de alguma maneira esquecer a realidade brutal do homem que estou sentindo falta, evitando pensar nas partes mais sombrias das minhas memórias. — Você não sabe?

— Eu te disse que a maioria dos seus arquivos foi removida. — Ryson descruza seus braços e se inclina mais para perto. — Dra. Cobakis, você sabe tão bem quanto eu que esse homem é letal. Ele precisa ser parado antes que mais pessoas inocentes se machuquem. É importante que você nos fale tudo sobre ele, para que possamos ter uma ideia melhor de onde ele pode atacar novamente.

Eu olho para ele, sentindo-me alternadamente com calor e frio. — Ele não me falou muito de qualquer coisa. — Isso é o que eu tenho falado aos agentes e tenho que me ater à história, não importa quão mal eu me sinta em saber que Peter está ferindo pessoas inocentes na sua busca por vingança.

De qualquer modo, mesmo se Ryson soubesse do massacre do filho e mulher de Peter, não mudaria nada. Peter não vai parar até que ele ache Henderson e o risque da sua lista, e como ele mostrou claramente na Carolina do Norte, os federais ainda não são páreos para ele e sua equipe.

Peter e seus homens entraram nos EUA sem serem detectados, atacaram seis pessoas e saíram.

Ele estava no mesmo país que eu e se Ryson não tivesse decidido me interrogar, eu nem saberia.

Meu estômago se aperta mais ainda e, para meu horror, vejo que não estou apenas preocupada com a dor e o sofrimento que aquelas pessoas passarem.

Também estou sofrendo e com raiva que Peter não veio por mim.

Estávamos apenas alguns estados separados e ele não veio por mim.

— Dra. Cobakis. — Ryson me olha com muita atenção. — Você está bem?

— Eu... sim. — Fecho minha mão sob a mesa, deixando minhas unhas cravarem nas minhas palmas. A passagem da dor me deixando estática, deixando-me falar num tom quase normal: — Desculpe-me. É demais para mim.

E é. É demais. Até este momento, eu não entendia completamente o quão confusa estava, como aqueles meses com Peter me deixaram conturbada, torcendo meu sentido do certo e errado. Aqui estou, tendo acabado de saber que o assassino a quem estou obcecada feriu seis pessoas inocentes e estou chateada pelo motivo de ele as ter escolhido em vez de a mim? Que ele não me sequestrou quando teve a chance?

Sou doente.

Fica óbvio para mim agora – como é o fato de que Peter pode nunca voltar para mim. O tempo todo, a vingança foi seu real amor, sua real obsessão e o que quer que ele tenha sentido por mim, não durou... se é que estava lá no início. Eu não sei por que estou sendo tão vigiada, ou se até estou – aquele sentimento estranho pode muito bem ser paranoia – mas é claro que não sou mais sua prioridade.

Eu, de algum modo, aguento o resto do interrogatório de Ryson, respondendo suas perguntas no piloto automático e quando chego em casa, pego o telefone e ligo para o Dr. Evans, o terapeuta que me ajudou antes.

É hora de reconstruir minha vida dilacerada.

É hora de aceitar que tudo o que eu e Peter tivemos pode ter terminado.

PARTE III

PASSAMOS OS DOIS PRÓXIMOS MESES SEGUINDO A PISTA DO TAILANDÊS – não é fácil imaginar qual família local os Hendersons tornaram-se amigos – e quando isso não nos leva nem um pouco mais perto do nosso alvo, pegamos um trabalho na Rússia, onde um oligarca quer eliminar um dos seus rivais no negócio. Não é um trabalho tão lucrativo como os outros, mas a localização faz valer a pena.

Faz anos que não vamos ao nosso país natal.

— Você se sente tão estranho como eu? — Pergunta Anton quando passamos pela Praça Vermelha e eu assinto, sabendo exatamente o que ele quer dizer. Andando por essas ruas e ouvindo russo sendo falado em toda volta parece muito como retornar no tempo. A última vez que eu estive em Moscou foi quando matei meu superior, Ivan Polonsky, por ter ajudado a encobrir o massacre de Daryevo – parece uma vida atrás.

— Você sente saudade? — Pergunto a Anton e ele dá de ombros.

— Não. Quero dizer, não é exatamente divertido sempre ser o estrangeiro, mas me acostumei a isso. E graças a Sara, meu inglês melhorou, então.... — Ele para, seu olhar desconfiado quando vê o que acabou de dizer. — Quero dizer, quando nós estávamos...

— Já basta. — Os músculos do meu pescoço estão dolorosamente tensos e minhas mãos fechadas num punho, mas minha voz é suave e controlada até quando eu repito: — Isso já basta.

Anton fecha a boca sabiamente e andamos o resto do caminho em silêncio. Ele sabe que está proibido de falar nela e não é mais sobre sua segurança. Sara é um gatilho para mim nesses dias, tanto que a mera menção do seu nome é o bastante para me tornar homicida. O espaço da ferida deixada pela sua ausência não está sarando; está infeccionado.

Eu sinto por ela cada segundo de cada dia e eu odeio essa porra.

Os relatórios diários apenas pioram a situação, porque parece que ela esqueceu de mim. No mês passado, ela conseguiu outro trabalho, juntando-se a outras duas obstetras e ginecologistas e ela se mudou da casa dos pais para um novo apartamento. Estou feliz com isso tudo – eu quero que ela seja feliz – mas pelas últimas seis semanas, ela também saiu todos os finais de semana, bebendo e dançando com suas amigas. Além disso tudo, ela começou a cantar com uma banda nas noites de sexta – um avanço que gostei até que eu vi uma gravação dela se apresentando num vestido sexy e vi que cada homem no público estava babando por ela.

Eles a assistiam como uma alcateia babando sobre uma lebre.

Se eu estivesse com ela, eu poderia ter parado aquilo – consertado certos rostos, se fosse necessário – mas estou meio mundo longe e isso me consome. Mais do que isso, levanta a possibilidade de que Sara possa ter me esquecido tão completamente que ela poderia se apaixonar por outro homem... talvez até um dos idiotas que vêm atrás dela depois de cada apresentação para elogiá-la e implorar pelo seu telefone.

A única coisa que me previne de ordenar uma surra nesses idiotas é que até agora ela não saiu com nenhum deles.

Mas é apenas uma questão de tempo. Eu sei disso. Quanto mais tempo tiver passado da minha partida, mais provável isso se torna. E é por isso, pouco antes que pegarmos este trabalho, que finalmente mandei uma mensagem para ela.

Ela deve recebê-la em breve.

Enquanto isso, temos um homem muito rico – e muito corrupto – para matar.

26

Sara

— SARA! SARA! SARA!

O público cantando combinado com os aplausos ensurdecedores são como uma injeção de heroína nas minhas veias. Estou tão excitada que parece que estou voando e eu me curvo, rindo, quando o canto aumenta.

Meus companheiros de banda – Phil, Simon, e Rory – também estão se curvando. O público contudo parece focado em mim. Provavelmente porque os caras mudaram o nome da banda de *The Rocker Boys* para *Sara & the Rocker Boys* no mês passado, completamente ignorando minhas objeções. Qualquer que tenha sido a razão, Phil decidiu que a banda é muito mais comercial comigo como a cantora principal e cada pôster agora mostra meu rosto junto com meu nome. Na semana passada, eu até tive um paciente na clínica que me reconheceu como 'aquela Sara' e me pediu um autógrafo – um incidente altamente embaraçoso que resultou no pessoal da clínica me apelidar de 'A Celeb'.

Esta é a primeira vez que fizemos uma apresentação ao ar livre e eu não estava certa se conseguiríamos fazer o show. Apesar de ser quase maio, o tempo ainda está instável e até dois dias atrás, não sabíamos se daria dez graus e chuvoso ou vinte e um e ensolarado. Acabou sendo algo no meio – dezenove e parcialmente nublado – e tivemos um comparecimento maravilhoso. Nosso objetivo era vender pelo menos cem ingressos para cobrir os custos com o local, mas a julgar pelo número de espectadores aplaudindo entusiasticamente, vendemos perto de quatro vezes esse número.

Terminamos nos curvando e tocando mais uma música como pedido de bis antes de sairmos do palco. Como sempre acontece depois de uma apresentação de sucesso, é difícil deixar de ficar excitada, então, vamos a um bar por perto para celebrar e esfriar.

Como eu, meus colegas de banda fazem isso como hobby. Phil, nosso guitarrista, é professor de matemática; Simon, o baterista, é um escritor freelance; e Rory, nosso baixista, trabalha num call center. Diferente de mim, contudo, todos os três gostariam de fazer disso uma carreira e como sempre acontece depois de grandes apresentações, eles imediatamente começam a falar em fazer uma turnê.

— Poderíamos começar em Seattle, então, descermos para a Costa Oeste — Diz Phil, pegando sua cerveja. Seus olhos azuis brilham febrilmente no seu rosto vermelho. — De lá, poderíamos passar por todo o sudoeste e...

— Foda-se Seattle. — Rory engole uma dose de tequila e desliza o copo para um barman cabeludo. — Vamos direto para a Califórnia. São Francisco, então, L.A. É o melhor para artistas como nós, sem mencionar o clima e a cultura e a comida...

Ele continua, gesticulando bastante enquanto fala e eu abro um sorriso quando noto várias mulheres olhando direto para ele. Com seu rosto cheio de pintas, cabelos ruivos desajeitados e um corpo de academia, Rory parece com uma mistura de a Pequena Órfã Annie e um modelo da Abercrombie cheio de esteroides. É uma combinação que não deveria ter dado certo, mas deu – e eu suspeito que o sucesso da banda deve-se muito à sua aparência, assim como o talento combinado da gente.

Não que Phil e Simon sejam feios. Simon, em particular, lembra-me do jovem Denzel Washington, apenas com uma batida punk-rock. Phil tem aparência mais comum, com um pouco de calvície e uma pequena barriga de chope, mas sua personalidade extrovertida mais do que compensa as desvantagens físicas. Todos os meus três amigos de banda são atraentes no seu próprio modo – e cada um deu uma dica, uma hora ou outra, que gostaria de me levar para sair.

É péssimo que tudo que posso ver quando olho para um homem nestes dias é que ele não é Peter.

Os caras não sabem disso, claro. Eles não têm ideia do meu passado aterradoramente conturbado e os agentes do FBI que ainda obstinadamente me seguem por toda parte. Tudo o que os meus colegas da banda sabem é que sou viúva e eles acham que o pesar pelo meu marido morto é a razão de eu não namorar.

— Há quanto tempo que isso aconteceu? — Perguntou Phil com empatia quando eu me juntei à banda em fevereiro e eu falei que meu marido faleceu cerca de um ano e meio antes, nunca tendo acordado de um acidente de carro que o deixou em coma. Phil prestou suas condolências e, com tato, evitou falar no assunto desde então, assim como Simon e Rory.

De fato, depois que cuidadosamente me falaram que estão interessados, e igualmente com cuidado foram rejeitados, eles se afastaram completamente e passaram a me tratar como um tipo de figura santa, uma Madonna intocável dentro de uma bolha de pesar.

Eles não estão muito longe, apenas que a perda que estou sentindo tem pouco a ver com George, que está apagando mais da minha memória a cada dia. Até esse ponto, já se passou três anos desde o acidente e até mais desde que nosso amor foi sufocado sob o peso do seu vício. Cada vez que penso nele agora, tudo o que me lembro é de como me senti quando descobri sobre sua vida dupla como agente da CIA... sobre os segredos e mentiras que trouxeram Peter à minha porta.

Eu gostaria de poder *esquecê-lo* também, mas é impossível. Apesar de se passar quase seis meses desde que meu sequestrador me trouxe para casa, eu penso nele cada noite quando me deito para dormir. Às vezes, estou convencida de que posso senti-lo. Não perto de mim, mas em algum lugar lá fora, passando pelos continentes para me atormentar, sua atração tanto magnética quanto letal, como a força gravitacional do sol.

Eu também sonho com ele. Do modo terno que ele me segurava quando eu chorava e do jeito brutal que me fodia, todas as coisas grandes e pequenas que fazem a contradição que é Peter. Às vezes, acordo desses sonhos com tesão e frustrada, vejo meu travesseiro ensopado em lágrimas e meus braços enrolados no cobertor para espantar a solidão agonizante que me congela por dentro.

Preciso continuar, eu sei. E tento. Saio com Marsha e as garotas todos os finais de semana e quando um cara particularmente atraente pede meu número, eu dou com mais frequência. Mas é aí que isso termina para mim. Eu não posso dar o próximo passo e realmente concordar com um namoro quando eles ligam ou me enviam mensagens.

— Por que se preocupar em dar, então? — Perguntou Marsha

na semana passada, quando ela soube que fiz novamente. — Por que simplesmente não rejeitá-lo logo de cara?

Eu dou de ombros, não sabendo o que falar e ela deixa para lá, não querendo me estressar. Como a maioria dos meus conhecidos que ouviram a versão do FBI da história de Peter, Marsha tem me tratado como se eu fosse de cristal e posso ser despedaçada ante a menor pressão. Acho que ela – junto com os outros no hospital – acham que meu sofrimento é até pior do que falei. Certa vez, quando mamãe ainda estava no hospital, eu ouvi duas enfermeiras conversando sobre como eu escapei de um 'círculo de prostituição' e ainda estou lidando com as consequências de ter sido forçada a me prostituir.

Isso piora as coisas, mas a única forma de eu lidar com esses rumores seria falar a verdade e não estou disposta a fazer isso.

Felizmente, meus novos colegas de trabalho não sabem nada além do que meus colegas de banda. Doutores Wendy e Bill Otterman, o casal que é dono do pequeno consultório de obstetrícia e ginecologia, ficaram tão surpresos com meu currículo e credenciais acadêmicas que eles quase não fizeram perguntas sobre os nove meses vazios no histórico de trabalho. Falei-lhes que usei o período para viajar pelo mundo e eles me contrataram na hora, com o acordo de que eu começasse imediatamente para que eles pudessem fazer o cruzeiro tão esperado para o Alasca pelo quadragésimo aniversário de casamento.

Eu poderia ter procurado oportunidades com melhor salário e mais prestígio, mas eu aceitei a oferta imediatamente e comecei no dia seguinte. Com mamãe quase saindo do hospital, eu queria algo bem modesto, para que, assim, eu pudesse ficar de olho nela e em papai. Mas o que facilitou meu acordo foi a localização do consultório a quinze minutos de carro da casa dos meus pais e a um pequena caminhada do meu apartamento.

— Terra para Rory. — Simon abana sua cerveja na frente do

rosto de Rory, interrompendo sua oratória das maravilhas de Califórnia. — Sejamos simplesmente realistas. Sara, você vai na turnê com a gente?

Eu sorrio e balanço a cabeça. — Não posso, desculpem-me. O trabalho não vai deixar que eu me ausente por muito tempo.

— Vê? — Simon examina triunfantemente seus colegas, como se tivesse ganhado uma aposta. — Ela não vai. Não vai acontecer.

— Oh, vamos lá. — Phil pega a cerveja de Simon e esvazia o copo em dois goles antes de gesticular para o barman trazer mais. Virando-se para me encarar, ele me dá a dose completa de charme igual ao famoso Phil Hudson. — Sara, amorzinho — Sua voz vira uma súplica. — Todos temos trabalho e outras responsabilidades, mas oportunidades como essa vêm uma vez na vida. Estamos pegando fogo, eu sinto isso e temos que aproveitar a oportunidade. *Você* tem que aproveitar a oportunidade, porque quem sabe o que acontecerá amanhã?

Eu balanço a cabeça, com um sorriso aberto. Já ouvi versões desse sermão dele antes e ele fica mais criativo a cada vez. — Não, o quê?

— Exatamente. — Ele balança seu dedo indicador, estilo professor. — Você não sabe e nem ninguém sabe. A vida é nada mais do que uma série de eventos soltos, um que parece ter lógica, mas não tem. Você pode achar que sabe o que o amanhã trará, mas precisa-se de apenas uma mudança pequena e bum! La vai você numa direção totalmente diferente.

— Como numa turnê? — Digo secamente e tanto Rory quanto Simon riem.

— Uma turnê, sim - essa poderia ser uma nova variante — Diz Phil, irredutível. — Mas é uma que *você* introduziria. Na maioria das vezes, a nova variante vem de onde você menos espera e, daí, todos os seus planos cuidadosamente traçados vão por água abaixo.

— Porra – esse é um termo de álgebra oficial? Eu acabei de aprender matemática? — Pergunta Rory, coçando seus cachos e todos caímos na gargalhada quando Phil rola os olhos, murmurando baixo sobre ignorantes e idiotas.

— Tenho que ir — Digo aos caras desculpando-me quando as risadas acabam. — Tenho trabalho cedo amanhã de manhã.

— Não se preocupe, nós sabemos. — Simon dá um tapinha no meu ombro. — Vai fazer o que você tem que fazer e deixe esses idiotas sonharem com a fama.

Eu rio, balançando a cabeça enquanto ando para fora do bar e me direciono para o estacionamento nos fundos. Eu tive minhas dúvidas sobre juntar-me à banda, mas vejo que foi a melhor decisão que já tomei. Não apenas eu me sinto com se tivesse nascido para fazer isso toda vez que estou no palco, mas meus colegas de banda são bem divertidos. Eu, na verdade, prefiro ficar com eles em vez de Marsha e as garotas; de alguma forma é menos pressão.

Estou abrindo a porta do carro quando noto.

Um pedaço de algo grosso – um papel dobrado, talvez? – colado na parte interna da maçaneta da porta.

Minha reação inicial é pegar e olhar imediatamente, mas algum sexto sentido me diz para parar. A sensação de coceira entre minhas escápulas – a que é tão onipresente que quase não noto mais – é bem maior de repente e, em vez de pegar o objeto e olhá-lo, eu o solto lentamente, seguro-o na minha mão fechada e entro no carro.

Colocando o objeto – agora definitivamente identificado como um pedaço de papel dobrado – dentro do bolso da minha jaqueta, eu saio com o carro do estacionamento e vou para casa. Atrás de mim está o rastro inevitável do FBI e enquanto dirijo, sinto que o papel parece estar queimado no meu bolso.

Preciso de tudo que tenho para estacionar em frente ao meu

apartamento e passar pela entrada para o elevador com calma, sem me apressar. É possível que seja algum tipo de propaganda que foi colocada de forma estranha, mas, de alguma forma, tenho certeza de que não é.

Entrando no apartamento, eu tranco a porta e olho em volta. Eu acho que não tem nenhuma câmera ou aparelhos de escuta aqui; depois de todos os equipamentos de alta tecnologia achados na minha casa e meses depois na casa dos meus pais, os federais varrem meu apartamento em bases semirregulares e eles próprios precisariam de um mandado para fazer esse tipo de espionagem invasiva. Contudo, apenas para ficar do lado seguro, eu retiro meus sapatos e vou para o closet do quarto, mantendo minha aparência calma o tempo todo.

Se alguém estiver me observando, não vou dar razão para eles suspeitarem.

Meu apartamento de um quarto é bem pequeno, com uma cozinha minúscula e uma sala de estar amontoada, mas tem uma coisa legal: um closet espaçoso no meu quarto em que posso entrar. Eu entro nele com se fosse me despir normalmente, mas em vez disso, tão logo estou fora da vista de quaisquer potenciais câmeras, pego o papel do meu bolso e desdobro, minhas mãos tremendo.

São apenas duas linhas, garranchadas num papel grosso, com escrita masculina.

Lembre-se, ptichka. Pelo tempo que ambos estivermos vivos.

eter

O TRABALHO EM MOSCOU PASSA TRANQUILAMENTE – ELIMINAMOS O
alvo numa semana – e voltamos a caçar Henderson enquanto
esperamos um contato de Novak. No mês passado, o negociante
de armas sérvio confirmou que tudo está nos trilhos do tempo
inicial de oito meses, mas ele ainda está de boca fechada sobre seu
ativo dentro da organização de Esguerra – a informação chave que
preciso para implementar meu plano.

Infelizmente, Henderson continua tão sumido como sempre,
então, conforme maio passa, fazemos outra remexida em seus
conhecidos por alguma pista. Dessa vez, focamos nas conexões da
sua esposa na sua cidade natal de Charleston, só para mudar as
coisas.

— Nada novamente — Diz Ilya com desgosto quando entramos

no avião, tendo interrogado nossos cinco alvos —, os idiotas não sabiam de nada.

Eu dou de ombros e me sento. — Era esperado.

Eu ainda considero a operação um sucesso. Saímos sem nenhuma perseguição de carros e nós novamente mostramos a Henderson que ninguém na sua vida, não interessa quão remota a conexão, está seguro. Mais cedo ou mais tarde, ele vai ver isso e cometerá um erro. Talvez sua esposa fique preocupada com uma das amigas e se comunique para checar, ou talvez a filha adolescente irá ficar excitada e ligará para o seu ex.

Não importa o que aconteça, quando eles deslizarem, estaremos prontos e minha esposa e filho mortos serão vingados.

É o início de junho quando finalmente acontece.

Recebo um email de Novak em que ele quer se reunir comigo na próxima quarta.

Só você, diz o email. *Mais ninguém.*

Eu seguro o desejo da felicidade selvagem e começo a fazer os preparativos.

Pelas últimas duas semanas, ficamos no nosso esconderijo polonês, esperando que Novak nos contate, então, na quarta de manhã, os meus homens me deixam em Belgrado e tomam suas posições.

Eles não estarão comigo, mas certamente estarão por perto.

Eu encontro Novak no mesmo café de antes. Quando entro, noto que seus criminosos estão visivelmente ausentes – assim como os baristas bonitos. O próprio Novak está sentado numa pequena mesa no meio do café, sem nada além de uma pasta de couro na sua frente.

— Sozinho? — Tentando não demonstrar minha surpresa, e os lábios finos de Novak se curvam quando ele se levanta e contorna a mesa para me cumprimentar.

— Achei que pudéssemos dispensar toda aquela besteira. — Seus olhos pálidos brilham quando ele aperta minha mão. — Precisamos um do outro e acho que é hora de termos confiança.

Eu acho que *isso* é besteira – seus homens provavelmente estão tão estrategicamente posicionados quanto os meus – mas deixo minha expressão firme suavizar um pouco quando apertamos as mãos. — Não poderia estar mais de acordo.

— Bom. — Ele se senta à mesa e gesticula para eu sentar também. — Por favor.

Sento-me e assumo uma expressão impassiva. — Então, o ativo está no lugar?

Novak assente, mantendo seu sorriso de satisfação. — Ela está a caminho do complexo de Esguerra enquanto falamos.

Meu pulso se acelera. Hora e data do transporte do ativo – isso é algo que posso usar. — Parabéns. É uma boa conquista — Digo, mantendo a voz normal.

Novak aceita o elogio como merecido. — Obrigado. Deu muito trabalho, mas consegui.

— Então, me fale sobre ela, esse seu misterioso ativo — Digo.

Ele bate seus dedos pálidos na mesa várias vezes, então diz: — Você está familiarizado com a estrutura financeira da organização de Esguerra?

Eu olho para ele. — Não. Não especificamente. Eu era seu consultor de segurança, não conselheiro financeiro. — Não é por esse caminho que eu estava esperando que Novak fosse. Poderia o ativo ser alguém ligado ao gerente de portfólio de Esguerra? Sei que o cara mora em algum lugar de Chicago, mas não vejo...

— Então, você não sabe que de forma legal e prática a esposa de Esguerra é sua sócia nos negócios, na posição de herdar tudo no caso da sua morte?

— Não, mas isso não me surpreenderia — Digo vagarosamente. Mesmo lá atrás quando ainda estava trabalhando para Esguerra, Nora, a garota americana que ele sequestrou e então se casou, apresentou uma aptidão incomum pelos negócios do marido.

Novak sorri novamente e abre a pasta à sua frente. — Sim. A jovem mulher Sra. Esguerra é muito boa, não é? Terminou Stanford como a primeira da turma. — Ele pega uma foto e coloca na minha frente. Ela mostra Nora num traje de formatura volumoso aceitando um diploma do oficial da universidade. Suas feições sorridentes estão um pouco de lado, olhando para outro lugar, mas mesmo deste ângulo, é óbvio que ela está muito feliz.

— Quando isso foi tirado? — Pergunto, surpreso. Se o pessoal de Novak estava tão perto para tirar essa foto, eles devem ter estado perto do próprio Esguerra também.

O negociante de armas colombiano não deveria deixar sua esposa fora da sua vista um minuto.

— Alguns meses atrás, na formatura de primavera — Responde Novak. — Bonita, não? Pequena e tão forte...

Sua voz é estranhamente suave quando fala isso, seu toque quase acariciando quando ele pega a foto de volta e coloca na pasta. Eu levanto minhas sobrancelhas, esperando para ver onde ele vai com isso. Será que ele, de alguma forma, desenvolveu uma atração pela esposa baixinha de Esguerra?

É diferente, mas coisas estranhas aconteceram.

Fechando a pasta, ele olha para mim. — Sei o que você está pensando — Diz ele. — Por que eu não o alvejei naquela hora e lá, na cerimônia? Por que chamar você quando eu poderia pegá-lo lá atrás, completamente sozinho?

Inclino minha cabeça. — Essa pergunta veio à minha mente, mas eu achei que a segurança de Esguerra estivesse mais reforçada do que sua foto indica.

Os lábios dele se esticam em mais um sorriso. — Você tem razão – a segurança estava impressionante. Mesmo assim, se eu realmente quisesse, eu poderia ter tentado. Eu teria tido muitas perdas, mas haveria uma pequena chance que pudesse ter tido êxito.

— Mas você não quis arriscar?

— Oh, eu arriscaria... se a morte de Esguerra fosse tudo o que eu quisesse.

Agora estamos chegando ao cerne da questão. — Você também a deseja. — Gesticulo a cabeça para a pasta. — Isso é parte do trabalho?

O olhar pálido de Novak fica firme. — Sim... mas não do jeito que você pensa. Note bem, Nora Esguerra não é apenas um rosto bonito – ela tem a chave para o reino de Esguerra. Se eu matá-lo, ela simplesmente fica no lugar e eu tenho um novo inimigo para combater – um com recursos quase ilimitados e algo especificamente pessoal contra mim.

Isso está ficando interessante. — Então, você quer ambos eliminados?

— Esse foi meu plano original, mas não. Entenda, Esguerra é inteligente – muito mais inteligente do que a maioria no nosso ramo. Quase todas as suas empresas de holding são legalizadas e tudo é escondido atrás de camadas e mais camadas de empresas de fachada. Se os dois Esguerras morrerem, levará anos para eu desembaraçar a bagunça, e apesar de eu ter conseguido a eliminação de um rival, não terei acesso ao que realmente quero.

— Sua carteira de holdings.

— Sim. Está certíssimo. — Ele inclina-se para frente. — Eu não quero apenas o fim de Esguerra – eu quero o que ele tem... sua esposa incluído.

Tombo minha cabeça para trás. — Então, você quer Julian Esguerra morto e sua esposa sequestrada?

— Sim, e não apenas sua esposa. — Seu sorriso dá calafrios. — Você entende, ela não tem valor para mim sem um tipo de contrapartida.

— Contrapartida? Você quer dizer algo como um membro da família?

— Sim, precisamente. E não apenas qualquer membro de família. Eu preciso de alguém por quem ela fizesse qualquer coisa... até abraçar o assassino do seu marido.

Minhas feições permanecem imutáveis, mas meu sangue congela. Seria isso uma dica de que ele sabe algo sobre minha obsessão por Sara? Se for, eu o matarei aqui mesmo, que se danem seus criminosos escondidos. Se ele a ameaçar, eu tiro o couro dele e...

— Veja só — Continua Novak, não notando minha ira aumentando —, eu preciso de Nora, e preciso dela sob meu total controle. Eu pensei em usar seus pais para isso, mas pode não ser o bastante. Apesar de tudo, pais geralmente se sacrificam pelos seus filhos, não o contrário.

Fico controlando meus pensamentos sedentos de sangue. — O que você está pensando então? — Ele pode não estar falando sobre Sara; pelo menos é melhor que não esteja. Assumindo-se que ele não seja tão estúpido para me ameaçar dessa forma indireta, decidi aceitar exatamente o que ele estava falando e dizer: — Até onde eu sei, além dos seus pais, Nora não tem...

— Sim, exatamente. Até onde você sabe. — Novak se recosta, claramente desfrutando do seu momento de superioridade. — Você e o resto do mundo, um seleto grupo foi excluído.

Olho pare ele, meus pensamentos pulando de um fato para o outro. — Seu ativo — Digo devagar. —, o período de oito meses... Você está falando que Esguerra tem um...

— Filho? Sim. — Seu rosto comum se anima. — Uma filha, na verdade, que nasceu na última terça-feira na Suíça, cerca de duas semanas antes do planejado. Elizabeth Esguerra – Lizzie, mais fácil. Belo nome, não?

— Sim, muito — Consigo dizer. Meu coração ameaçando pular do tórax e sob a mesa, minhas mãos formam um punho.

Um bebê. Uma porra de recém-nascido. Esse é seu plano, seu ativo. Ele está certo de que isso seria a forma perfeita de controlar Nora. Uma mãe faria qualquer coisa pelo seu filho; ela daria um império e sua própria vida se fosse necessário.

Isso não deveria me importar – Esguerra não é meu amigo – mas por alguma razão, o envolvimento de uma criança faz o plano de Novak totalmente obsceno para mim.

Faz-me feliz por eu trair o filho da puta desde o início.

Mas, espera. Ele mencionou que seu ativo seria capaz de ajudar no ataque. Isso significa que não é a criança. Contudo... — É uma babá? — Pergunto com normalidade — Seu ativo, ela está ligada à criança, certo?

Novak assente, sua mão relaxada na mesa à sua frente. — Sim, mas não uma babá — Diz ele, sua expressão se acalmando. — Uma pediatra, uma que é altamente recomendada pelos médicos da clínica que Esguerra gosta.

Claro. Eu suspeitei que Novak poderia ter alguma ligação com aquele lugar. — Você deu propina ao pessoal da clínica?

— Eu tentei, mas tristemente, não. — Ele suspira. — Eles têm muito medo dos pacientes o que torna quase impossível suborná-los. Em vez disso, tive que *hackear* seus computadores.

— Entendo. — Todas as peças estão se encaixando. — Foi assim que você soube da gravidez de Nora tão cedo.

Ele assente. — Esguerra a levou lá para ser examinada tão logo a menstruação falhou. E tão logo souberam, eu soube – e te contatei.

Eu seguro a vontade de pegá-lo e quebrar seu pescoço. Talvez porque eu conheça Nora, ou talvez porque quando penso em crianças vejo meu filho naquela idade, a mera noção de usar um recém-nascido desse modo me dá enjoo.

Mantendo meu tom normal, digo: — Então, você quer que eu mate Esguerra, sequestre Nora e sua filha e as traga para você, assim de uma tacada, você eliminaria seu maior rival e ganharia controle sobre suas empresas de holdings.

O sorriso de Novak é só dentes. — Exatamente.

— Muito engenhoso. — Coloco uma nota de admiração na minha voz. — Se você simplesmente pegasse Nora e a filha para controlar Esguerra, ele acharia um jeito de te foder e pegá-las de volta – ele já fez isso antes. Mas sua esposa – sua viúva, eu diria – será mais fácil de lidar, especialmente com uma filha para mantê-la na linha. Você está planejando fazer isso na legalidade com ela?

— Sim, claro. O casamento é o modo mais fácil de contornar todos os entraves de posse. Vou adotar a filha também.

— E criá-la como sua própria?

Ele dá de ombros. — Mais ou menos. Qualquer filho que eu tenha com Nora será prioridade, mas enquanto sua mãe se comportar, não tenho intenção de ferir a criança.

— Muito generoso da sua parte.

Ou ele não vê o sarcasmo na minha voz, ou ignora. — Sim. Acho que todos serão beneficiados a longo prazo – assim como você. Cem milhões irão te ajudar muito com sua pequena vingança.

Não estou nem um pouco surpreso de ele saber sobre isso. — Sim, irão — Digo sem piscar.

— Bom. Você já tem uma ideia de como agirá para entrar no composto de Esguerra?

— Sim — Digo e olho direto nos olhos dele. — Vou entrar em contato com Lucas Kent e fazê-lo levar-me a Esguerra. Vou falar-lhe que quero fazer as pazes e estou pronto para revelar um traidor para que isso aconteça.

EU NOVAMENTE NÃO DURMO A NOITE TODA E DE MANHÃ ESTOU TÃO exausta que me arrasto para a cozinha para um café. Se hoje fosse um dia de trabalho, eu teria que faltar por motivo de doença. No entanto, é um daqueles dias bem raros.

Um sábado em que não tenho absolutamente nada para fazer.

Se fosse um pré-NP (Nota do Peter), eu poderia ter ido para a clínica para ajudar por algumas horas, ou surpreender meus pais aparecendo para o café. Mas é um pós-NP e entre a falta de dormir e a ansiedade da espera sempre presente, tudo o que posso fazer é me jogar no sofá e ligar no programa de como cozinhar.

Tenho assistido muitos deles ultimamente. Eles me lembram Peter.

Como sempre, quando penso nele, minha mente começa a andar em círculos. Já se passaram oito meses desde que ele me trouxe para casa – oito meses durante os quais a única palavra vinda dele foi aquela nota. Dois meses atrás, pré-NP, eu estava mais ou menos convencida de que sua obsessão por mim acabara e que apesar da sua promessa, ele nunca deve voltar para mim. Agora, contudo, eu não sei o que pensar.

Se ele ainda me quer, por que estou aqui?

O que ele está esperando?

Mamãe está completamente boa agora – ou, pelo menos, tão bem quanto sempre estará. Seu braço esquerdo ainda está fraco, mas ela é capaz de mover os dedos e pode usar a mão para pegar objetos leves – um resultado bem melhor do que se temia inicialmente. Ela também está andando sem ajuda e tem feito coisas leves e devagar no jardim sempre que o tempo está bom. Papai está muito feliz com sua recuperação e ambos estão ansiosos pelo cruzeiro de aniversário de casamento em setembro – um presente que fui finalmente capaz de dá-los.

Como a saúde de mamãe melhorou e a novidade da minha volta acabou, minhas visitas a eles passaram de diárias para semanais. Meus pais sempre estão felizes de me ver, claro, mas eles também valorizam sua independência. Meu pai, em particular, se orgulha em ser autossuficiente e eu não quero tirar isso dele por estar constantemente por perto como uma enfermeira.

Meus pais me amam, mas eles não precisam de mim tanto quanto eu achava certa vez – ou assim eu falo para mim mesma para diminuir a culpa que inevitavelmente acompanha meu desejo por Peter.

Meu desejo perverso de que ele virá e me levará com ele.

Tenho pensado nisso com tanta frequência que posso ver como um filme na minha cabeça. Eu entrarei no apartamento um dia e ele estará lá, grande e perigoso, tão letal e belo como sempre. Ele estará lá apesar das patrulhas das polícias do lado de fora, apesar de todas as precauções dos federais.

Ele estará esperando para me roubar e nada que eu diga vai importar.

Essa é provavelmente a parte mais vergonhosa dessas fantasias: de que eu nunca tive uma escolha nelas... e que gosto disso. Eu quero que Peter me roube, que simplesmente venha e me leve apesar das minhas objeções. Assim, somente assim, serei capaz de viver sabendo que eu desapareci das vidas das pessoas que me amam e precisam de mim, que eu abandonei minha família, meus pacientes, meus colegas de banda e meus amigos.

Preciso que Peter seja mau, para que eu possa ser, de alguma forma, boa.

Preciso odiá-lo para poder amá-lo.

Estou começando a entender isso sobre mim mesma, abraçar a perversidade dentro de mim, mas o que eu não entendo é por que eu ainda estou aqui se ele me quer. Não pode ser por causa dos meus pais, então, deve ser outra coisa – algo que ele não me disse.

Tenho vasculhado meu cérebro sobre o que poderia ser e a melhor resposta que acho é algo que ele falou quando estávamos nos separando. Eu o perguntei se eu ficaria em casa até que mamãe se recuperasse e ele começou a falar que ele primeiro tinha que terminar algo. Mas não falou o que era, nem ao menos deu uma pista de quanto tempo aquilo levaria. A única coisa que eu posso imaginar sendo tão importante para ele é sua vingança, mas eu não sei por que isso o manteria longe de mim por tanto tempo.

Ele estava caçando Henderson quando estávamos juntos e, segundo o FBI, isso é o que ele ainda está fazendo.

Dois meses atrás, logo depois que eu recebi a nota de Peter, Ryson me levou ao seu escritório no centro novamente. Eu quase tive um ataque de pânico achando que os federais de alguma forma souberam da nota, mas como vi, Ryson queria me interrogar por que Peter havia atacado novamente, 'interrogando' mais cinco cidadãos americanos na sua busca para descobrir o paradeiro de Henderson.

— Todos eles estavam em Charleston, Carolina do Sul — Disse-me Ryson. — Mais uma vez, Sokolov entrou e saiu do país sem ser detectado. Precisamos saber como ele está fazendo isso, para que possamos pará-lo de aterrorizar a vida das pessoas.

— Desculpe-me, eu não sei nada sobre isso — Disse de verdade. Peter nunca falou muito sobre suas conexões e como ele faz as coisas impossíveis que faz. Apesar de me sentir péssima pelas pessoas que ele aterroriza e tortura, eu não sei nada que possa ajudar os federais nesse assunto.

Entendendo-se que eu queira ajudar, claro. Se Peter não fosse capaz de entrar nos EUA, ele não seria capaz de ferir mais pessoas. Contudo, ele também não seria capaz de me pegar e essa parte perversa e contraditória de mim – a que me mantém acordada à noite, pensando naquela nota com uma mistura de alegria e trepidação – não consegue aceitar essa possibilidade.

Eu preciso dele.

Eu o desejo tanto que dói.

Antes daquela nota, eu era capaz de aguentar a dor, ser forte e falei para mim mesma que tinha terminado, mas ao saber de Peter – sabendo que ele voltará – retirou minha nova defesa frágil, me jogando de volta no infindável modo de espera.

— Volta — Sussurro, abraçando um travesseiro no peito quando olho para a tela da TV. — Por favor, Peter, eu preciso de você. Volta para mim e leve-me para casa.

 eter

— VOCÊ O QUÊ? — YAN OLHA PARA MIM COMO SE EU TIVESSE UM par de tentáculos.

— Eu contatei Lucas Kent para arranjar um encontro com Esguerra — Repito, mexendo o molho do macarrão. — Me passa o manjericão?

Yan não se move, então, Ilya silenciosamente empurra o manjericão picado para mim e eu salpico sobre a massa. Estou preparando comida italiana hoje – uma comida que meus homens são neutros no seu gosto, mas Sara adora.

Para você, ptichka. Assim eu sinto que você está aqui comigo.

Eu comecei a fazer isso essa semana, conversar com ela na minha mente. Provavelmente não é saudável, mas me faz sentir mais perto dela, como se ela estivesse aqui comigo em vez de a um oceano de distância.

Talvez seja porque eu sei que poderei vê-la em breve, mas eu tenho sentido mais falta dela do que o normal. Cada dia sem ela é um porra de tortura.

— Eu achei que você fosse matar Kent — Diz Yan, franzindo o cenho, confuso. — Por ter deixado Sara se acidentar.

— E talvez ainda o faça, mas não dessa vez. — Eu coloco uma colher longa no molho e provo antes de colocar mais um pouco de sal. — Eu preciso dele para entrar no complexo de Esguerra.

Anton chega e fica em pé perto de Yan. — Então, esse é seu grande plano? Fazer Kent dar você ao Esguerra numa bandeja de prata? Você ainda se lembra que o cara jurou te matar, certo?

Olho para ele com determinação. — Ele não vai me matar se ele quer o nome do ativo de Novak.

— Ah. — As feições de Yan se acalmam. — Então, você vai fingir trair Novak para ter acesso ao complexo de Esguerra.

— Precisamente. — *E, então, vou traí-lo de verdade,* eu penso, mas não falo. Apesar de confiar nos meus homens, tenho que agir com a presunção de que Novak tem olhos e ouvidos em nós o tempo todo. É altamente improvável na privacidade deste esconderijo, mas eu não posso arriscar.

Como esperado, eu quase não consegui convencer o sérvio a prosseguir com meu plano.

— Você vai o quê? — Ele levantou-se, e quase derrubou a mesa quando falei das minhas intenções no café. Num instante, seus criminosos apareceram dos seus esconderijos nos fundos, o cercando como uma parede humana, com suas M16s preparados e apontando para mim.

— Tanta coisa para estabelecer confiança, hein? — Eu disse, divertindo-me e Novak me deu um olhar sombrio ordenando-os a saírem.

Eu me sentei e esperei que ele fizesse o mesmo antes de explicar os pontos mais importantes do meu plano. Levou um tempo, mas ele finalmente entendeu por que aquela era a única opção. Por que, mesmo com seu ativo preparado, nós não seríamos capazes de entrar no complexo de Esguerra à força.

— Mesmo que sua pediatra seja uma especialista em tecnologia que consiga desabilitar os drones e as cercas elétricas que protegem o complexo, ainda teremos as torres dos guardas para combatermos. O que não seria um problema para a minha equipe exceto se Esguerra tiver geradores e drones de backup que entrariam online em um minuto depois que os principais fossem desabilitados. E, então, enquanto estamos lidando com os drones atirando em nós do ar, os guardas de apoio – mais de cem deles – aparecerão e nos abaterão. O único jeito de passar por eles seria com uma força ainda maior – como uns duzentos mercenários do nosso lado – mas um grupo desse tamanho não tem chance de chegar perto do complexo sem ser detectado. Nem seríamos capazes de entrar na Colômbia sem que Esguerra saiba e nos intercepte bem antes de chegarmos perto do seu local.

— Então, você planeja sacrificar meu ativo para ganhar a confiança de Esguerra? — Perguntou Novak, franzindo e eu assenti, explicando que uma vez dentro, não seria tão difícil ficar a uma distância de pegar Nora – e uma vez que a tenha como minha refém, terei igualdade sobre Esguerra.

Ele dará sua vida para salvá-la.

— Meus homens estarão bem do lado de fora do complexo, e assim que eu estiver em poder de Nora e o bebê, eu mesmo irei desabilitar as defesas do perímetro e usar a confusão da morte de Esguerra para escapar — Eu disse a Novak. — Não será fácil, mas é a única chance que temos.

O molho da massa finalmente está pronto, quando sentamos para jantar, eu passo o mesmo plano para os caras.

— Porra nenhuma — Diz Anton quando termino. — Com ou

sem reféns, você não vai sair do complexo vivo. Você está falando de uma missão suicida.

— Não necessariamente — Diz Yan com calma, enrolando seu garfo na massa. Seus olhos verdes com um brilho estranho. — Esguerra tem uma fraqueza agora: sua mulher e filha. E iramos usá-la. Certo?

— Sim, exatamente — Digo e me lembro de ficar de olho em Yan durante a missão.

Com tudo sob um controle tão precário, o menor elemento imprevisto – como a traição de um dos meus próprios – poderia levar tudo a perder.

A RESPOSTA DE LUCAS KENT VEM QUASE QUE IMEDIATAMENTE. ELE está desejoso de me encontrar, que é o primeiro passo para eu chegar perto de Esguerra.

Ele propõe o novo restaurante da sua esposa em Londres como um potencial local para a reunião. Não é um local exatamente neutro, mas eu concordo. Eu sei o que ele está pensando: que isso pode ser uma trama para seduzi-lo, para que eu possa puni-lo e sua esposa de terem prejudicado Sara.

Sob outras circunstâncias, ele não estaria errado. A imagem da minha *ptichka* naquele hospital, seu rosto delicado pálido e com hematomas, ainda estão nos meus pesadelos. E, algum dia, Kent *irá* pagar por deixá-la escapar e bater com o carro, mas por enquanto, eu preciso dele.

Ele é minha melhor aposta para chegar a Esguerra.

Claro, se ele me negasse, eu teria um plano substituto. Eu conheço o email de Nora Esguerra, tendo me comunicado com ela no passado sobre minha lista. Contudo, Esguerra não é exatamente racional sobre sua esposa e poderia não entender o fato de eu contatá-la depois de todos esses anos.

É melhor usar Kent – Esguerra estaria mais propenso a ouvir nesse caso.

A mulher de Kent, a bela Yulia, não está em lugar algum que possamos vê-la quando eu entro no restaurante chique e tomo meu caminho para a mesa no canto, onde a cabeça loira de Kent é visível acima das divisórias.

Ele se levanta e me cumprimenta, suas feições desconfiadas quando oferece sua mão. — Sokolov.

Aperto sua mão, apertando seus dedos com uma força um pouco maior. — Kent.

Seus olhos se estreitam, mas ele retira a mão sem retaliar. — Não esperava ouvir de você novamente — Diz ele quando nos sentamos e abrimos o cardápio. — Como Sara tem passado ultimamente?

— Quem? Oh, aquilo. — Eu pego o garçom e falo para que me traga uma garrafa fechada de Guinness com o abridor ao seu lado. Kent pede uma xícara de Earl Grey para ele. Eu espero o garçom sair antes de dizer a Kent: — Não tenho a menor ideia de como ela está. Eu a deixei ir no ano passado e não a vi desde então.

Suas sobrancelhas se levantam. — Verdade?

Eu dou de ombros. — O que posso falar? Já era a hora.

— Certo. — Ele parece não acreditar em mim, mas passa sua atenção para o cardápio e dá uma olhada antes de olhar para mim e perguntar: — Você sabe o que quer?

— Não estou com fome, obrigado. — Dado ao que aconteceu com Sara e ao que irei falar com ele, não confio mais em Kent ou na comida do restaurante da sua esposa.

Sua boca se vira num sorriso seco. — Entendo. — Fechando o cardápio, ele espera o garçom colocar nossas bebidas na mesa e então fala: — Por que você quer se encontrar com Esguerra? Ele ainda não te perdoou pelo incidente com Nora, você sabe.

— Sim, sei disso. — Usei sua esposa como isca, deixando-a ser sequestrada para achar onde o grupo terrorista estava mantendo-o naquele tempo. Naquela época, eu sabia que ele ficaria irado com o envolvimento de Nora, sua raiva realmente não fez sentido para mim – apesar de tudo, aquele era o único jeito de salvar sua vida.

Agora, contudo, entendo melhor sua reação. Se qualquer um colocasse Sara em perigo daquele jeito, eu não me importaria com a razão por trás disso.

Minha vida pela dela nunca seria uma troca justa.

— Tive uma oferta muito lucrativa — Digo a Kent, abrindo minha Guinness. —, como resultado tenho algumas informações que Esguerra deve apreciar.

Kent franze e pega sua xícara de chá. — Oh? E que informação é essa?

— Que tem um traidor no complexo dele — Digo e tomo um gole grande quando a franzida de Kent aumenta. — Um traidor que iria me ajudar na minha tarefa.

Kent coloca seu chá na mesa. — Alguém te contratou para atacar Esguerra? — Quando eu assinto, ele pergunta rapidamente: — Quem?

Abro minha boca para dizer-lhe, mas ele chega à correta conclusão sozinho.

— Novak — Ele fala rápido, empurrando seu chá. Suas mandíbulas se flexionam violentamente. — Claro. Quem mais teria a porra da coragem de ousar?

Tomo outro gole da minha cerveja. — Cem milhões é sua oferta, mas estou disposto a deixar Esguerra bater o valor – se você me levar à Colômbia para falar com ele. Eu quero que o passado seja esquecido. Bem, isso e os cem milhões. — Eu esclareço, no caso de ele pensar que quero apenas fazer as pazes.

Kent olha para mim, olhos estreitos. — Você sabe que ele pode não aceitar, certo? Agora que sabemos que tem um traidor, descobriremos quem é. É só uma questão de tempo.

— Com certeza. Mas o tempo conta – especialmente quando um recém-nascido está envolvido.

As feições de Kent e petrificam. — Que merda você sabe sobre recém-nascidos? — Sua voz perigosamente calma. — Porque se você está tentando sugerir que...

— Lizzie esteja em perigo? Não estou sugerindo, estou falando. Novak sabe tudo sobre o acréscimo recente na família de Esguerra e tem planos para ela. — Estou correndo o risco por revelar tanto, mas não posso me dar ao luxo de ir com muito cuidado.

Tenho que conseguir que Esguerra me ouça.

Meu futuro com Sara depende disso.

O garçom se aproxima para pegar nossos pedidos, mas Kent o espanta com um gesto rápido da mão. — E se Esguerra simplesmente te transferir os cem milhões? — Ele pergunta pegando seu chá novamente. — Cem milhões por um nome, tudo com zero de risco para você.

— Sem trato — Digo e termino minha cerveja. — Não preciso gastar o resto da minha vida olhando por sobre meu ombro, esperando que Esguerra conclua sua vingança contra mim. Ou ele me ouve em pessoa, ou eu pego o serviço. É com ele.

Levantando-me, saio do restaurante, meu estômago dando pulos aos deliciosos cheiros saindo da cozinha.

Se tudo der certo, comerei aqui de verdade um dia... com Sara ao meu lado.

eter

Não tenho que esperar muito pela resposta de Esguerra. Seu email está na minha caixa quando volto ao hotel.

Hoje à noite às sete diz a mensagem. *Lucas vai te pegar.*

Sete é apenas daqui a meia hora, então, eu rapidamente falo para meus homens se prepararem.

Kent chega ao meu quarto de hotel exatamente às sete. Não estou nem um pouco surpreso por ele saber onde estou; eu sabia que estava sendo seguido no segundo em que saí do restaurante.

O rosto de Kent também deve ter sido esculpido em granito. — Sem armas — Diz ele e eu levanto meus braços, deixando-o me revistar dos pés à cabeça.

Ele acha a faca na minha bota, as duas facas nos meus bolsos e um pequeno revólver no meu bolso interno da minha jaqueta de couro. Contudo, ele não nota a lâmina na bainha do meu jeans ou o fio enrolado costurando a gola da minha jaqueta.

Camp Larko me ensinou bem.

— Vamos — Diz ele quando está satisfeito que estou limpo e eu o sigo para fora do hotel numa limusine blindada.

A viagem para o aeroporto se passa em silêncio. Eu espero Kent me entregar no avião particular de Esguerra e levantar voo, mas ele vai comigo.

— Você vai pilotar? — Pergunto e ele assente brevemente.

— Esguerra pediu que eu te levasse pessoalmente.

Ele não parece muito contente com isso e eu sorrio quando me sento no sofá de couro cor de creme da cabine. Kent puto pelo transtorno na sua rotina é um bônus até onde sei.

Eu não posso matá-lo ainda por deixar Sara ter se machucado, mas posso ficar feliz atrapalhando seus planos.

EU PASSO PARTE DAS ONZE HORAS DE VOO DORMINDO E O RESTO enviando email para o meu pessoal. Eles estão a caminho da Colômbia também e estarão me esperando do lado de fora do complexo conforme nosso plano aprovado por Novak. Se tudo for bem, não precisarei deles, mas se as coisas derem errado, eles podem ser capazes de me ajudar a sair.

Isto é, considerando que eu ainda esteja vivo para sair.

A enorme propriedade de Esguerra é na parte sudeste da Colômbia, bem na beirada da floresta Amazônica. É noite quando aterrissamos na pequena pista dentro do complexo e o ar úmido é quente e completamente silencioso quando saímos do avião.

Eu reconheço o motorista do carro esperando por nós. Ele era um dos guardas aqui quando eu era empregado de Esguerra.

— Ei, Diego — Eu o cumprimento e ele abre um sorriso, dentes brancos brilhando.

— Sokolov. Nunca achei que fosse te ver novamente, cara. — Seu sotaque espanhol não está tão forte como me lembro, mas ainda bem presente. — O que tem feito? — Então, ele nota o homem loiro ao meu lado. — Ei, Lucas. Onde está Yu...

— Só dirige — Diz Kent rispidamente, entrando no carro e eu sigo.

Parece que estamos dispensando delicadezas. Oh, bem.

Em vez de nos levar para a mansão onde Esguerra e sua esposa moram, Diego nos leva a um galpão no canto de fora do complexo. Eu reconheço o lugar – é onde eu costumava ajudar Esguerra a interrogar seus inimigos – e apesar de tudo, um arrepio atinge a minha pele.

Não tem nada que impeça o colombiano negociante de armas a me amarrar e tentar me torturar para revelar o nome do traidor.

Nada além do fato de que Esguerra me conhece – e espero que veja que não serei fácil de dobrar.

Ele sai do galpão quando Kent e eu saímos do carro e quando os faróis do carro iluminam seu rosto, vejo que ele ainda está com aparência de estrela de cinema, mesmo com o olho artificial substituído pelo arrancado pelos seus inimigos. Não o vejo desde aquela época – eu sei que ele estaria puto pelo jeito que o resgatei, então, eu saí antes que ele pudesse me matar – mas ele é o mesmo até onde me lembro.

Ainda porra de perigoso e sem qualquer empatia... exceto quando se trata da sua esposa.

E, agora, possivelmente sua filha pequena.

— Você tem coragem — Diz ele calmamente, parando em frente a mim. Seu inglês é da variedade americana, sem um traço de sotaque espanhol. Sua mãe era americana, que me lembre – um modelo de alguma coisa.

— Eu quis falar contigo num lugar seguro — Digo, contrapondo seu olhar penetrante azul sem piscar. Não estou com medo, apesar de que deveria. Julian Esguerra é um dos homens mais cruéis que conheço, um verdadeiro sádico. Já o vi retirar a pele de homens vivos e derivar grande prazer nisso, e com frequência imagino como sua jovem esposa lida com esse aspecto da natureza do seu marido.

Ele a ama, a deixe de fora.

— Por quê? — Ele pergunta com o mesmo tom letal e suave. — Por que você iria querer vir aqui em vez de a outros lugares?

— Porque quero fazer um acordo com você — Digo calmamente quando Kent caminha para ficar perto de Esguerra. — E tenho certeza de que Novak não tem olhos ou ouvidos aqui. — Quando falo isso, vejo que Diego está sentado no carro com o motor ainda ligado – provavelmente para produzir barulho o bastante para abafar nossa conversa.

Parece que Kent é a única pessoa que meu ex-empregador ainda confia totalmente.

— Você acha que Novak não sabe que você fez contato com Lucas? — Diz Esguerra, sua boca curvando-se com sarcasmo. — Que ele não foi informado no momento que meu avião decolou com você dentro?

— Oh, sim ele foi. — Sorrio friamente. — De fato, ele sabia do meu plano o tempo todo.

Nem Kent nem Esguerra piscam, mas posso sentir sua surpresa. — Ele sabia que você iria traí-lo? — Pergunta Kent, franzindo.

— Sim. Eu falei a ele tão logo ele falou o nome do ativo.

As mandíbulas de Esguerra flexionam. — Você disse a ele que o iria trair?

— Não exatamente. Eu disse a ele que iria fingir traí-lo para conseguir acesso ao seu complexo. Ele sabe sobre o acordo que eu disse a Kent que quero fazer: paz com você e cem milhões pelo nome do ativo de Novak.

A franzida de Kent aumenta, mas Esguerra inclina a cabeça, me olhando pensativo. — O acordo que você quer fazer — Ele fala devagar. — Que presumo, não é o acordo real que você está atrás.

— Correto. — Noto a dor da tensão no meu pescoço e ombros e conscientemente relaxo esses músculos. — Ou pelo menos, não é o acordo completo.

Esguerra cruza os braços no peito. — Qual o acordo completo, então?

— Te darei o ativo de Novak dentro do seu complexo... e te entrego o próprio Novak, assim, você nunca mais terá que se preocupar com ele novamente.

Os olhos de Esguerra se estreitam. — Em troca de quê?

— A paz e os cem milhões já mencionados, e apenas mais outra coisa.

— Que coisa? — Pergunta Kent, não se importando em esconder sua curiosidade.

— Anistia — Digo, olhando do negociante de armas colombiano para seu sócio, e de volta. — Quero anistia global por todos os crimes que sou acusado, assim como imunidade de processos futuros. Quero ser retirado de todas as listas de procurado – e quero que você aja isso.

32

S*ara*

Eu sonho com ele novamente naquela noite. Ele vem para mim como um fantasma, cobrindo-me na sua escuridão, segurando-me forte quando eu choro e luto para me libertar. Não sei se estou lutando contra ele ou contra meu próprio desejo, mas de qualquer forma, não muito depois, eu perco.

Eu me desmancho dentro dele, deixo sua escuridão me envolver, espantando toda solidão e luz.

Então, ele me possui, entrando em mim com fúria punitiva e eu o abraço, gritando seu nome enquanto meu corpo convulsiona com prazer tórrido, com uma felicidade tão agonizante e bela que ameaça me rasgar no meio. Fazemos amor vez após vez, até que eu estou drenada e machucada.

Até que eu não tenha nada mais para dar e ele se vai.

Vai porque não me quer mais.

Porque ele se enjoou de mim.

Eu acordo com meu travesseiro ensopado com lágrimas e meu sexo escorregadio e pulsando com necessidade. Sei que o sonho foi apenas uma manifestação dos meus medos, que nada foi real, mas ainda sinto-me abalada, destruída pela rejeição de Peter.

Pelo retorno da minha terrível solidão que é minha companheira à noite.

Levantando-me, acho minha bolsa de mão e procuro a nota que Peter deixou para mim. Está ficando gasta nas beiradas, então, eu a estico enquanto abro e leio as palavras, repetindo-as para mim vez após vez.

Lembre-se, ptichka. Pelo tempo que ambos vivermos.

Trago a nota comigo e coloco sob o travesseiro antes de voltar a dormir.

Peter está vindo. Eu tenho que acreditar nisso.

De um jeito ou de outro, ele voltará para mim.

33

ESGUERRA OLHA PARA MIM, COMO SE NÃO PUDESSE ACREDITAR NOS seus ouvidos, então, dá uma risada alta. — Anistia e imunidade? Para você?

Kent continua em silêncio ao seu lado, mas noto o entendimento no seu olhar.

Ele sabe o que isso significa.

Ele e Yulia me viram com Sara.

— Na verdade, para mim e meus homens — Digo a Esguerra. — Eles não são tão populares no que tange às leis, mas mesmo assim estão nas suas listas de procurados. Você fala com seus amigos da CIA para nos tirar daquelas listas e pode esquecer Novak para sempre.

— Verdade? — Diz ele, ainda rindo. — Assumindo que eu

pudesse fazer esse milagre para você, desde quando você dá a mínima que está sendo caçado?

Kent poderia responder isso, mas para meu alívio, ele mantém a boca fechada quando digo: — Isso não é da sua conta. Esse é o acordo que estou oferecendo. É pegar ou largar.

Todos os traços de humor desaparecem das feições de Esguerra. — Foda-se. Você vai me dizer quem é o traidor e vai dizer agora.

É minha vez de rir. — E em troca, você vai me dar uma morte rápida e misericordiosa?

O sorriso de Esguerra é afiado como uma lâmina. — Esse é o melhor acordo que você vai ter. Você sabe que vou tirar esse nome de você de um jeito ou de outro.

— Sei que vai tentar – e eventualmente, você pode conseguir. Mas isso vai te custar.

Seus olhos se estreitam. — Como assim?

— Bem antes que você consiga de mim o nome — digo calmamente —, minha equipe vai mandar o ativo agir. Talvez eles tenham sucesso na tarefa sem mim, ou talvez não tenham, mas esse é um risco que você correrá. Qual a idade de Lizzie agora? Oito, dez dias? Talvez você não esteja tão apegado a ela ainda, mas Novak tem planos para Nora, também. Grandes planos.

Esguerra chega em mim antes que eu termine de falar, suas feições perfeitas torcidas numa máscara feroz de fúria. Ele treina com frequência com seus guardas, ele é rápido e letal, mas eu estava esperando o ataque. No último instante, eu me viro e seu punho arrasta na maçã do meu rosto em vez de estourar no meu nariz. Contudo, não tem como evitar o outro punho e o soco reverbera pela boca do meu estômago, retirando ar dos meus pulmões.

Se eu não fosse treinado para isso, eu me curvaria, ofegando. Mas eu sei como resistir à dor. Em vez de lutar por ar como meu corpo exige, eu fecho toda a consciência de desconforto e continuo o ataque, retornando a ele com minha série de socos.

Somos iguais em tamanho e força e ele é bom nisso – talvez tão bom quanto os meus homens. Mas eu tenho a cabeça mais fria nesta luta. Cada um dos meus golpes é calculado para desativar e desviar, enquanto ele está agindo por instinto, deixando sua raiva guiá-lo.

Eu saio da maioria dos seus golpes, mas uns poucos acertam e doem como o inferno. Ignorando a dor, eu o soco de volta e depois de um minuto, consigo desequilibrá-lo. Mas o filho da mãe não desiste. Em vez de tentar se levantar, ele pega meu pé e puxa, me derrubando em cima dele.

No último segundo, eu me viro, meu cotovelo pousa no seu tórax. Meu braço explode com dor, mas ele geme, eu devo ter quebrado uma costela. No próximo momento, contudo, algo brilha na minha visão periférica e eu reajo por instinto, pegando seu pulso para segurar a lâmina vindo para mim. Ele usa o momento de distração para me dar um soco no lado do meu rosto, mas mantenho o foco na faca e viro seu pulso, determinado a...

— Já chega. — Mãos fortes me seguram por trás, puxando-me de Esguerra antes que eu possa quebrar seu pulso. Meu instinto é rechaçar o novo atacante, mas eu consigo presença de espírito o bastante para não lutar.

Matar tanto Kent como Esguerra seria contraprodutivo para o meu objetivo.

Esguerra está em pé antes de Kent me soltar, mas ele não me ataca novamente. Em vez disso, ele limpa o sangue saindo do seu nariz e diz com voz gutural: — Que porra de planos?

Claro. Ele quer saber coisas específicas da ameaça à Nora.

— Novak quer usá-la para controlar todos os seus ativos — Digo quando Kent me larga e fica perto de Esguerra. Meu rosto e cotovelo estão latejando como um filho da puta e minha boca tem gosto de cobre, mas ignoro.

Pela faca que Esguerra produziu de porra de lugar nenhum, poderia ter sido bem pior.

— Como? — Exige Esguerra e gosto de ver que um lado do seu rosto já está inchando. — Como ele acha que vai conseguir essa porra?

— Por se casar com ela. Como mais? — Eu cuspo o sangue se juntando sob minha língua. — Ele esperou até que sua filha nascesse, assim teria vantagem infalível sobre Nora. Ele quer ambas, entende – sua esposa para ele e sua filha como uma forma de controlar sua esposa. Que a esse ponto seria a esposa *dele*, mas você consegue visualizar.

Por um momento, estou convencido que Esguerra vai voar em cima de mim novamente. Quase. Não que eu o culpe.

Se alguém tentasse levar Sara de mim, eu picotaria seu saco e daria a um animal da selva.

Eu tenho uma forte suspeita que Esguerra esteja tentado a fazer exatamente isso comigo, então digo: — Posso pegar Novak para você, e posso fazer isso rapidamente. Sei que pode fazer isso sozinho, mas levará tempo para você segui-lo e passar pelas suas defesas – assim como levará tempo para você pegar o nome do seu ativo de mim... entendendo-se que você conseguiria fazer isso. Enquanto isso, sua esposa e filha estão em perigo. Se meu pessoal falhar, Novak achará outro para vir atrás de você, algum outro jeito de chegar a Nora e o bebê. Eu encontrei o cara – ele não vai parar. Ele quer o que você tem – tudo o que você tem, incluindo Nora – e ele continuará vindo até que você o mate. Ou até que eu faça isso para você – algo que pode acontecer até o final desta semana.

Esguerra está nada mais do que vibrando de raiva, mas ele deve estar vendo a sabedoria nas minhas palavras porque ele fica no lugar, as mãos se flexionando convulsivamente nos lados. Consigo sentir a guerra dentro dele, mas finalmente ele diz com grossura:

— Cinquenta milhões. E eu quero que Novak seja trazido para mim vivo.

Meu pulso pula, mas mantenho meu tom normal. — Setenta e cinco. É o melhor que posso fazer.

Na verdade, eu aceitaria zero – a felicidade de Sara vale tudo para mim – mas pelo menos desse jeito, eu posso compensar meus companheiros pela vindoura divisão do nosso negócio.

Quando eu não for mais um fugitivo, não estaremos mais fazendo esses ataques.

— Fechado — Diz Esguerra entre os dentes cerrados. — Setenta e cinco milhões e farei meu melhor para conseguir imunidade para você e seus homens em troca de Novak e o traidor.

— Você consegue a imunidade — Corrijo. — Sem imunidade, sem trato.

— Você foi a porra de um assassino global por anos. Eu não posso garantir...

— Sim, você pode. Nossos crimes não são piores do que você e Kent — Indico o homem loiro silenciosamente observando — fazem todos os dias e ninguém toca em vocês. Faça acontecer, Julian. Peça quaisquer favores que precisar e vou te dar Novak numa bandeja de prata.

Esguerra olha para mim, os dedos ainda se contorcendo. — Tudo bem — Diz ele depois de um momento, seu tom notadamente mais calmo. — Você tem um trato. Agora me diga quem é o traidor.

Eu olho sua expressão e tomo uma decisão num piscar de olhos. — Traga-me Nora, e eu direi.

As feições de Esguerra se endurecem e Kent fica notadamente tenso – como se preparando para segurá-lo.

— Por quê? — Esguerra range. — Que porra ela tem a ver com isso?

— Nada... exceto que ela deve gostar de saber — Digo normalmente. — E quando ela souber, acho que ela terá um problema com você me matando apesar do acordo que fizemos.

Suas narinas se abrem. — Você está me chamando de mentiroso?

Eu dou de ombros. — Você faria qualquer coisa para proteger sua família, como eu faria com a minha. De qualquer modo, eu não me esqueci que foi sua esposa que me deu a lista, não você. Leve-me a Nora, e falarei para vocês dois o que sei. Nisso, você tem minha palavra.

E eu espero, músculos preparados para o combate, enquanto Esguerra toma sua decisão.

3 4

Sou revistado dos pés à cabeça mais cinco vezes, duas por Kent e Diego, e mais uma pelo próprio Esguerra. Na terceira busca, eles acham a lâmina e o fio, então, sou deixado verdadeiramente desarmado – isto é, ignorando meu corpo e sua capacidade.

A ida para a mansão de Esguerra se passa num silêncio explosivo e eu sei que bastaria a menor fagulha para detonar meu anfitrião. Ele está por um triz, como nunca vi, a violência dentro dele à beira da fervura.

O contingente de vinte e alguma coisa de guardas nos encontra na mansão branca de estilo colonial e nos segue para dentro da sala decorada com muito bom gosto. Esguerra deixa a mim e Kent com eles e desaparece escada acima – presumivelmente para acordar a esposa que acabou de dar à luz.

180

Com um traidor à solta, ele não poderia esperar até de manhã.

Por alguns minutos tudo o que ouço são os guardas respirando e mudando de pé. Então, um choro de bebê quebra o silêncio, o som forte e doce e tão familiar que meu coração se aperta no meu peito.

Pasha costumava chorar assim quando era bebê. Era seu choro de fome – uma exigência por comida que sempre era respondido em minutos.

A dor que me atinge é tão aguda quanto no início, durante aqueles dias sombrios quando a ira era a única coisa que me sustentava. Por um segundo, não consigo respirar por causa da dor, da agonia tão forte que parece uma lâmina atravessando minha espinha.

Meu filho. Meu pequeno menino que nunca teve a chance de crescer, de passar de carrinhos de brinquedo para os reais.

Se eu tivesse qualquer escrúpulo do que estou fazendo, eles evaporariam neste momento. Estou traindo meu cliente, mas vale a pena. Mesmo sem o acordo que fiz com Esguerra, eu nunca feriria aquele bebê indefeso.

Não com o rosto de Pasha fresco na minha mente.

Leva alguns minutos antes do choro parar e quase meia hora até Esguerra voltar, seu braço em volta de uma garota baixinha, de cabelos escuros, vestindo roupão grosso felpudo que a cobre da cabeça aos pés.

A própria obsessão de Esguerra.

Nora, sua esposa.

Seu rosto pequeno se ilumina quando me vê. Diferente do seu marido, ela não tem nenhum rancor contra mim pelo resgate que a pôs em perigo – nem deveria, pois, foi ideia dela.

— Peter! — Ela faz como se fosse vir para me cumprimentar, apenas para ser parada pela pegada possessiva do marido. Encabulada, ela para e, em vez disso, sorri. — Como tem estado?

— Bem, obrigado. — Apesar dos guardas todos em volta de nós e meu rosto doendo como se fosse um hematoma gigante dos ataques de Esguerra, eu não consigo evitar de sorrir de volta. É difícil acreditar que alguém tão jovem e parecendo tão delicada pudesse ser mãe – ou sobreviver a alguém tão implacável como Esguerra. — Parabéns pela recente adição à família.

Seu sorriso aumenta. — Obrigada. Eu te apresentaria, mas você sabe... — Ela olha para o marido, a quem a expressão tortuosa ficou até mais proibida durante nossas trocas.

Certamente, ele chega ao fim da sua paciência. Puxando sua esposa com força para seu lado, ele pergunta com suavidade letal: — Você vai me dizer quem é ou não?

Então, é isso. Hora de eu jogar minha cartada. Apesar da presença de Nora e do acordo que fizemos, ele ainda poderia ordenar que eu fosse morto tão logo soubesse do nome.

Oh, bem. Sem risco, sem recompensa.

Encarando o olhar frio de Esguerra, digo calmamente: — Não sei seu nome, mas é sua pediatra. Ela é o ativo de Novak.

 *ara*

— VOCÊ SABE, JOE TEM PERGUNTADO POR VOCÊ. — DIZ MAMÃE, passando o mel que comprei na mercearia na sua torrada — Você não tem ouvido falar nele recentemente, tem?

— Mãe, por favor. — Luto contra a vontade de rolar meus olhos como uma adolescente super crescida. Por alguma razão, nosso café da manhã de sábado é quando o tópico inevitavelmente vem à tona. — Ele só está sendo gentil, isso é tudo. Não tem nada entre nós, eu prometo.

— Mas por que não, querida? — Traços de preocupação brotam na testa de mamãe enquanto papai suspira no seu café. — Você voltou há quase nove meses e tem que ficar com alguém. Você não deve nada àquele criminoso. Você sabe disso, certo? Claramente o que quer que vocês tiveram acabou e você tem que continuar. Ele não voltará.

Ele vai, julgando por aquela nota, mas não posso falar com meus pais sobre isso. Apesar dos meus melhores esforços para convencê-los de que eu estava com meu sequestrador voluntariamente e que toda a caçada humana do FBI foi um grande mal-entendido, Peter sempre será 'aquele criminoso' para eles. Eu não sei se é porque de algum modo eles ficaram sabendo da minha história oficial do FBI, ou se simplesmente têm a desconfiança normal dos cidadãos que obedecem as leis dos que não estão de acordo com as autoridades, mas eles estão convencidos de que Peter é mau e qualquer sentimento que eu tive por ele foi da variedade 'Síndrome de Estocolmo'.

Não que eles estejam de todo errados – pelo menos, eles não estariam errados nove meses atrás. Minha atração por Peter *nada* natural e tóxica e eu lutei contra ela com tudo que tinha. Lutei até o finalzinho quando eu quase perdi minha vida no acidente.

Não. Isso não é totalmente verdade.

Foi apenas quando ele colocou minhas necessidades acima das dele e deixou-me ir. Esse foi o real ponto de decisão para mim, apesar de que apenas recentemente eu me deixei pensar nisso... sobre o fato de que eu, de alguma forma, consegui aceitar os sentimentos que desenvolvi pelo assassino do meu marido, e quando eu penso nele agora, ele é "Peter" na minha mente.

O homem que me ama, não o homem que matou George.

Meus pais não sabem dessa última parte – pelo menos eu espero que eles não saibam – mas eles ainda odeiam Peter por ter me mantido longe por tanto tempo. Eles acham que ele é tão perigoso quanto o FBI diz e passo mal de pensar o quão nervosos ficarão quando Peter roubar-me deles novamente.

Mesmo assim, não posso parar de esperar por isso.

De desejá-lo e tudo o que ele é.

— Ainda não estou pronta, mãe — Digo a ela e levanto-me para pegar mais café. — Por favor, entenda. Ainda estou apaixonada por Peter, e quando tudo estiver resolvido, ele *vai* voltar. Você verá.

E com isso, eu mudo o assunto, trazendo uma história sobre minha última apresentação com a banda.

É melhor do que continuar uma mentira. Nada jamais se resolverá porque não tem nenhum mal-entendido.

Peter *é* um criminoso e quando ele voltar será para levar-me com ele.

Levar-me para longe para sempre.

EU PASSO A NOITE NO GALPÃO ONDE ESGUERRA MANTÉM SEUS prisioneiros, com um tornozelo acorrentado numa argola de metal no meio do piso.

— Apenas uma precaução — Explica Kent quando os guardas prendem a corrente no lugar. — Não que não confiemos em você...

— Certo. — A corrente tem cerca de dois metros, o que significa que eu posso deitar-me na cama que os guardas trouxeram para o galpão. Então, no geral, não é tão ruim. Eu obviamente não gostaria de ser acorrentado, mas considerando o que eu acabei de ver Esguerra fazer com a pediatra, não estou me queixando.

Vai demorar um pouco para tirar os gritos da mulher da minha mente.

Ela cedeu quase que instantaneamente, praticamente na hora

em que os Esguerras, acompanhados por mim e os guardas, entraram no quarto dela. Eu não sei o que ela esperava – ganhar pontos por sua honestidade?, mas ela admitiu sua culpa na hora, profusamente se desculpando tanto com Esguerra quanto com sua esposa, jurando que não desejava nenhum mal real, que ela não os conhecia ou Lizzie quando aceitou a propina.

É como se ela achasse que uma vez confessado, tudo seria perdoado e esquecido, que ser despedida sem uma carta de referência seria o pior que aconteceria a ela.

Talvez porque eu vi Esguerra literalmente cortar a idiota em filé quando Nora saiu para alimentar o bebê, ou porque estou tão perto do meu objetivo, mas meu sono é novamente turbulento, cheio de pesadelos. Duas vezes eu sonho que estou achando o corpo do meu filho numa pilha de corpos e pelo menos duas vezes mais, esse corpo mostra-se ser de Sara.

Mesmo assim, de manhã, estou com os olhos vermelhos, mas cuidadosamente otimista. O fato de que ainda estou vivo é encorajador – um sinal de que Esguerra deve manter seu lado da barganha. Não tem nenhuma garantia, claro, mas eu suspeito que Nora tem uma boa quantidade de persuasão nesses dias – ainda, ele me deve pela pediatra.

De qualquer forma, não fico surpreso quando Esguerra e Kent aparecem juntos para me soltar.

— Qual o seu plano? — Pergunta Esguerra enquanto Kent abre a algema no meu tornozelo. — Como você vai pegá-lo? Você sabe que na hora que chegar sem Nora e o bebê na cidade, ele saberá que você o traiu. Isso ou falhou – de qualquer modo, ele não ficará satisfeito.

Eu respiro fundo. Aqui vem outra parte difícil. — Sim. Eu considerei isso. E é por isso que eu preciso emprestar sua esposa para essa parte da operação. Ela não estará...

— Absolutamente não. — Os músculos de Esguerra se contorcem. — Nora não dará um passo para fora deste complexo.

Desapontador mas não inesperado. — Ok, então você acha que pode encontrar alguém que se pareça com Nora? Pelo menos um pouco?

Esguerra franze e eu sinto que ele está quase dizendo que não quando Kent diz: — Não tem na propriedade, mas eu posso mandar os guardas procurar pelos assentamentos próximos por uma candidata em potencial. Não deve ser tão difícil achar uma garota de cabelos escuros com mais ou menos o tamanho de Nora. Sua cor não é tão incomum neste lugar.

É verdade. Se precisássemos de uma dublê de corpo que fingisse ser a esposa de olhos azuis e loira de Kent, teríamos problemas, mas Nora é parte mexicana, com olhos escuros e uma pele bronzeada. — Você deve procurar alguém realmente jovem — Sugiro —, talvez uma garota de escola de algum tipo, para combinar com o corpo de Nora. Como eu comecei a dizer, ela não ficará em perigo – eu só preciso que Novak descubra que eu saí do avião com uma mulher parecida com Nora e uma criança junto. Um boneco servirá para o último; a garota só precisa manter ele bem enrolado.

Kent olha para Esguerra, e ele assente. — Faça isso. E se possível, ache um bebê também – não queremos que isso dê errado por causa de uma boneca.

Abro minha boca para recusar, mas decido não fazê-lo.

Eu não menti sobre a ausência de perigo para "Nora", então podemos usar uma criança de verdade.

O que for necessário para que morda a isca e terminemos com Novak para sempre.

∽

Oito horas depois, eu deixo o complexo a pé, armado com uma M16 que 'roubei' de um guarda e uma menina de dezesseis anos horrorizada e sua irmã juntos. A família da menina será bem compensada pelo seu trabalho de atriz, mas a ideia de roupas bonitas e dinheiro para a faculdade não é o bastante para manter a garota calma.

Ela está completamente assustada e isso é perfeito.

A Nora real também estaria.

Os guardas de Kent acharam uma adolescente que se parece com a Sra. Esguerra num grau intrigante – pelo menos por trás e de lado. Pela frente, a rosto da garota é mais redondo, com um nariz mais grosso e menor, um conjunto de olhos mais profundo, então, usamos maquiagem para disfarçar as feições.

Graças à sombra, blush, batom e uma base de tonalidade escura habilmente aplicados, a sósia de Nora agora apresenta dois olhos roxos, um lábio cortado e vários hematomas amarelados que disfarçam a altura das suas bochechas.

Ela fala um pouco de inglês também, mas seu sotaque é pesado, então, dissemos a ela para não falar em nenhuma circunstância. — Você pode ou chorar ou ficar em silêncio — Instrui a ela Esguerra e a garota assente, o queixo se contorcendo.

— Sí, señor. Eu fico calada.

Até agora ela manteve sua palavra. Estamos andando pela floresta por mais de duas horas, com ela segurando sua irmã bebê chorando todo o tempo e ela não falou uma palavra reclamando – apesar de haver muita coisa para se reclamar.

Ainda não choveu hoje e o calor úmido é sufocante, o ar é pesado e parece que um cobertor molhado está sobre a pele. Fizemos que a garota vestisse uma das roupas comuns de Nora – vestido casual de verão e um par de sandálias – e posso ver os vergões dolorosos nos seus pés onde ela pisou num formigueiro três quilômetros atrás. Ambos estamos pingando de suor e mosquitos pequenos voam à nossa volta, picando cada centímetro de carne exposta.

Isso é a miséria completa, e é bom.

Parece mais autêntico desse jeito.

Depois de outra hora tortuosa, nos encontramos com meus homens no ponto de encontro acertado. Posso ver o choque nas suas feições quando passo a garota para frente, com um bebê chorando bem seguro no seu peito.

— Você conseguiu. — O olhar de Yan de quem não está acreditando passa de mim para a minha refém. — Você realmente fez essa porra.

— Sim. Não foi fácil, mas aqui estamos.

Minha substituta de Nora fica em silêncio, dando uma boa imitação de prisioneira traumatizada e aterrorizada. Sua maquiagem à prova d'água escorreu um pouco durante a caminhada, mas ela ainda consegue passar bem a ideia de que tem hematomas e apanhou, seu olhar sombrio atenuado pela desidratação e exaustão. Nenhum dos meus homens viu a verdadeira Sra. Esguerra, apenas fotos dela, então, eles não têm razão de duvidar da sua autenticidade.

Os 'hematomas' estão fazendo seu trabalho.

O bebê continua chorando e faço uma nota mental de dar-lhe uma mamadeira da fórmula que pedi que meus homens comprassem para o avião, apenas no caso de 'Nora' ter problemas em amamentar. Temos fraldas no avião também, junto com outras coisas de bebê.

— Ele está morto? — Pergunta Anton em russo e eu assinto, olhando para a garota como se estivesse preocupado com sua reação.

— Sim, peguei o bastardo. Ela pode não saber ainda, mas continuem quietos. Ela lutou como uma bruxa pelo bebê como veem.

Ilya parece revoltado, mas não fala nada quando vamos para o avião. Ele não gosta do que estou fazendo e eu não o posso culpar. Roubar um recém-nascido e sua mãe que acabou de ter um parto parece errado, até para os assassinos mais sem remorso como nós. E é exatamente com isso que estou contando. A súbita desaprovação emanando dos meus homens dará a aparência de autenticidade que precisa.

Quero que Novak sinta o desacordo entre nós.

Quero que ele sinta a relutância dos meus homens de entregar uma jovem mulher traumatizada e seu bebê às suas garras gananciosas e cruéis.

DOU A FÓRMULA PARA A GAROTA TÃO LOGO ENTRAMOS NO AVIÃO E ela alimenta sua irmã bebê, nos olhando assustada o tempo todo. Ela está exagerando um pouco – a Sra. Esguerra não mostraria seu medo – mas como meus homens não conhecem Nora e tudo que tem passado, isso funciona.

— Como você fez isso? — Pergunta Yan baixo quando o bebê finalmente dorme e a garota se acalma o bastante para olhar pela janela em vez de para o sofá onde estou sentado com os gêmeos. — Como você pegou Esguerra?

— Atirei nele. — Minha resposta é curta e prática, mas não vou elaborar uma história para ele. — Estourei sua cabeça.

— Você pegou a prova? — Pergunta Ilya, franzindo. — Porque Novak vai precisar...

— Aqui. — Mostro um telefone que também 'roubei' de um

guarda e mostro a foto de um homem de cabelos negros estirado no chão numa poça de sangue. Metade do seu crânio parece faltar, mas a outra é sem dúvida Esguerra.

Levou uma hora para conseguir uma foto boa; apesar da sua aparência de modelo masculino, meu ex-empregador odeia posar.

Yan olha para mim, daí, para a foto e de novo para mim. Eu olho para ele petrificado. Ele consegue ver que o 'sangue' é ketchup misturado com sujeira, ou que a metade faltante do crânio é um Photoshop habilidoso de Nora? Eu sei que a foto é falsa, então, é difícil para mim ser objetivo.

Para meu alívio, Yan me devolve o telefone sem falar nada e Ilya vira para o outro lado, focando em transferir a propina para a conta particular do banco na Suíça do controlador de voo sérvio. É assim que entramos e saímos naquele país – e em muitos outros, incluindo os EUA.

É tentador falar com meus homens e dizer-lhes o plano real, mas me refreio. Não posso me arriscar que eles possam hesitar no último minuto. Construímos um negócio lucrativo na força da nossa reputação e o que estou perto de fazer – trair um cliente pagante – assegura mais ou menos que não haverá ofertas futuras de trabalho.

Falamos em nos aposentar um dia, mas não sei se eles estão prontos para esse dia agora.

De qualquer modo, se tudo der certo, minha equipe não sofrerá financeiramente. Além disso, com os cem milhões de Novak – metade já está na nossa conta bancária – teremos os setenta e cinco milhões do pagamento de Esguerra. Mesmo se não conseguirmos a outra metade de Novak antes de pegá-lo, teremos o bastante pelo resto das nossas vidas.

Tudo o que precisamos é terminar isso.

Mais alguns dias e eu terei Sara.

Porra, mal consigo esperar.

~

Ilya e eu encontramos com Novak no seu armazém fora de Belgrado – conforme sua solicitação. Como sempre, ele chega com um contingente completo de mercenários e poder de fogo o bastante para colocar um prédio pequeno no chão.

— Onde elas estão? — Exige ele tão logo nos vê em pé lá. — Você disse que as tinha. Onde estão?

— Seguras e protegidas com meu pessoal — Digo e pego o telefone do guarda para mostrar-lhe as fotos que tiramos uma hora atrás. São da sósia de Nora e sua filha, cercados pelos meus homens e parecendo cheia de hematomas e frágil.

Ele pega o telefone de mim e as estuda sem esconder o desejo antes de olhar para mim. — Esguerra está...

— Aqui. — Pego o telefone dele e passo as fotos de 'Nora' para a de Esguerra numa poça de ketchup. — Cabeça estourada.

Os olhos pálidos de Novak brilham. — Bom trabalho. Eu sabia que poderia contar com você. Agora leve-me para Nora e a criança.

Eu cruzo meus braços. — Pagamento primeiro.

Os cinquenta milhões poderiam não ser necessários, estritamente falando, mas definitivamente seria legal tê-los.

A boca de Novak se estreita, mas ele pega seu telefone e liga para o contador. — Faça a transferência — Ordena em sérvio e eu espero até que ele assente para mim, então, checo a conta no meu telefone.

— Tudo certo — Falo para ele e olho para Ilya, que está sem expressão ainda, de alguma forma mostrando desaprovação.

Novak deve notar isso também, porque ele sorri novamente. Ele gosta da ideia de nós não estarmos nos entendendo; ele acha que isso nos faz vulneráveis, fáceis de controlar.

— Vamos — Digo a ele, fingindo não estar ciente dos perigos.
— Te levarei a Nora e o bebê.

Ilya e eu nos dirigimos para a saída e Novak se apressa em nos seguir. Seus guardas se apressam em formar o círculo protetor de praxe, mas nós três saímos primeiro.

É por alguns segundos, mas é todo o tempo que preciso.

— Segurando Novak pelo braço, eu grito: — Se abaixa! — E me jogo atrás de uma caçamba, empurrando Ilya na minha frente.

Batemos forte na calçada, deslizando nas nossas barrigas quando os homens de Esguerra abrem fogo, atingindo o armazém e todos os guardas de Novak com centenas de balas de metralhadora.

3 8

eter

O RESTO DO ABATE É COMO UM RELÂMPAGO. EM QUESTÃO DE segundos, estamos cercados de dúzias dos homens de Esguerra e digo ao surpreso Ilya para abaixar suas armas quando faço o mesmo. Novak bateu a cabeça na lata de lixo e parece um pouco tonto quando o agarro e coloco em pé enquanto nossos captores o algemam e sistematicamente o revistam.

Enquanto estou passando Novak para eles, Ilya se levanta com dificuldade atrás de mim. Seu olhar incrédulo passando dos homens levando Novak e de volta para mim. — Você acabou de...

— Sim. Explico tudo em um momento. Por agora, ligue para Yan e diga que estamos chegando. Certifique-se de que ele e Anton fiquem calmos – não queremos ninguém ferido.

Ilya hesita, claramente confuso, depois, pega seu telefone. Eu o deixo fazendo isso e sigo Novak para o SUV preto.

O sérvio está saindo da sua tontura e começando a ver o que aconteceu. Seu olhar para em mim começando a compreender; a fúria contorce suas feições pálidas. — Seu filho...

O guarda mais perto dele dá um soco na sua boca. — Cala a boca, *pendejo* — Grita ele em inglês com sotaque em espanhol.

Olho para a sua cabeça coberta pelo capacete. — Diego?

Seu capacete balança para frente e para trás. — Ei, Peter. Como está? — Enquanto fala, ele empurra o agora tonto Novak no carro e fecha a porta.

— Muito bem — Digo secamente quando Ilya se aproxima. —, sempre num bom dia de trabalho.

Meu companheiro não parece contente – provavelmente porque ambos ainda estamos desarmados. — Eles estão esperando — Diz ele formalmente. — E não tomarão posição de ataque.

— Ótimo. — Bato no seu ombro. — Vamos.

YAN E ANTON ESTÃO NUM TERRENO EM CONSTRUÇÃO PERTO, guardando a substituta de Nora e sua irmã bebê. Suas armas estão ao lado deles quando nos aproximamos com os guardas de Esguerra, mas seus olhos estão focados e atentos.

— Você tem uma explicação a dar — Anton me fala quando os guardas nos passam para pegar 'Nora' e o bebê. — Muito a explicar, na verdade.

— Eu sei. — Ilya e eu olhamos os guardas conduzirem a garota – que ainda está petrificada – para outro SUV preto. — Explicarei tudo.

— O que tem a ser explicado? — Diz Yan, vindo para perto de nós. Seus olhos verdes brilham com uma luz fria e sarcástica. — Essa não é a Nora real, é?

— Não — Digo, encarando-o. — Esguerra nunca poria sua

mulher e filha num perigo como esse – não que elas estivessem realmente em perigo, imagina.

— Certo. — O sorriso de Yan não tem o mínimo humor. — Então, esse era o plano desde o início? Fisgar Novak, descobrir quem é seu ativo, e colocar Esguerra no circuito?

Eu assinto minha cabeça. — Acertou.

As sobrancelhas negras de Anton se juntam. — Eu não entendo. Por que você faria isso – e por que não nos falou?

— Porque ele não confia totalmente em nós. — A voz de Yan enganosamente suave. — Certo, Peter? Tanto porque...

Eu o corto com uma abanada rápida de mão. — Confio em vocês três com minha vida. Mas essa operação era muito delicada, uma que se desdobrou por meses. Eu precisava ganhar a confiança de Novak e, para isso, todas as nossas reações e interações teriam que ser tão genuínas quanto possível. Ele não é estúpido. Se ele pressentisse algo errado – apenas o menor deslize que o estávamos traindo – tudo isso teria sido para nada.

— É por causa dela, não é? — Ilya fala pela primeira vez. Eu abro minha boca, pronto para responder quando ele diz: — Sem problemas. Claro que é. O que você quer de Esguerra? Mais dinheiro, assim você pode desaparecer para sempre?

— Não — Yan diz ao seu irmão. — Não é isso. — Ele olha para mim. — É isso, Peter?

— Não, apesar de dinheiro extra ser uma vantagem — Digo, olhando de um para o outro. — A parte de vocês está sendo depositada enquanto falamos. — A sua também.

— Fala logo essa porra — Rosna Anton. — Sério, para com o mistério. O que Esguerra te prometeu para isso?

— Uma vida — E olho para o SUV saindo da calçada. — O tipo de vida que as pessoas como nós não têm.

— Ah. — A franzida de Anton diminui. — Anistia.

Eu assinto. — Anistia para processos futuros. Para todos nós.

As feições de Ilya se iluminam, mas Yan cruza os braços no seu peito. — Quem disse que queremos isso? Você acha que saímos da Spetsnaz e nos juntamos a você para que nos tornássemos consultores e professores?

— Não, eu acho que vocês fizeram isso para que pudessem ficar podres de rico — Digo, com o mesmo tom de sarcasmo. — O que vocês são, parabéns. Oh, e no caso de eu não ter mencionado ainda, o extra vindo de Esguerra é setenta e cinco milhões.

Anton assovia baixo sob a respiração. — Caramba.

Yan olha para mim. — Um trabalho de cento e setenta e cinco milhões? Tudo depositado?

— Isso e a liberdade para fazer o que quiserem. Se vocês quiserem continuar com o negócio, continuem – mas vocês devem ter que recomeçar com nova identidade, no caso de tudo isso — Circulo meu indicador no ar — ser descoberto. Alternativamente, vocês podem se tornar legítimos – abrirem uma firma de segurança ou algo parecido.

— E você? — Pergunta Ilya, inclinando a cabeça. — O que você vai fazer, Peter?

— Tão logo consiga ficar limpo, vou aos Estados Unidos — Digo e abro um sorriso ante as expressões deles. — Sim, isso mesmo, para Sara. Desta vez, vamos brincar de verdade de casinha.

eter

Esguerra me quer de volta ao seu complexo, então, depois que termino com meus homens, entro no seu Boeing C-17 e acompanho Novak e os guardas para a Colômbia. Ilya, Yan, e Anton vão separadamente no nosso avião. Eu ainda não confio completamente no meu ex-empregador, meus companheiros concordam em prover suporte no caso das coisas darem errado no último minuto. Eu não espero uma traição de Esguerra a essa altura – por um motivo, os setenta e cinco milhões já estão nas nossas contas – mas não custa ser cuidadoso.

Eu também consegui que minha equipe concordasse em me ajudar a procurar por Henderson. Como o último nome na minha lista, ele é um negócio não terminado e eu tenho toda a intenção de lidar com ele no devido tempo.

Mas primeiro, eu tenho que pegar Sara.

Ela é mais importante do que qualquer coisa.

O PRÓPRIO ESGUERRA NOS CUMPRIMENTA QUANDO ATERRISSAMOS, suas feições duras e selvagens enquanto olha seus guardas arrastarem Novak para fora do avião. O sérvio quase não consegue andar – eles não se preocuparam em alimentá-lo ou tratar seus ferimentos durante o voo – mas isso não importa. Ele não dura muito nessa terra.

Esguerra não irá apenas matá-lo – ele irá despedaçá-lo.

Vagarosamente.

Pedaço por pedaço.

Sinto-me mal pelo bastardo, mas ele trouxe isso para si próprio. Se ele tivesse se conformado em fazer incursões nos negócios de Esguerra, ele teria vivido muito mais – pelo menos outro ano ou dois. Mas ele foi atrás da família de Esguerra... atrás de Nora e sua filha.

Não há amor perdido entre mim e Esguerra, mas eu gosto de Nora.

— Onde está Kent? — pergunto quando Esguerra vem atrás de nós depois de ordenar aos seus guardas a levarem Novak ao galpão. — Ele voltou ao Chipre?

Ele assente. — Ele saiu logo depois de você. — Ele não elabora e decido não perguntar mais. Eu ainda não perdoei Kent pelo que aconteceu com Sara, mas no momento, eu tenho um peixe maior para fritar.

— Você falou com eles? — Diminuo meus passos para ficar ao lado de Esguerra enquanto vamos para a limusine. — Seus contatos na CIA?

Ele me olha de lado. — Falei.

— E? — Eu passo para a frente dele forçando-o a parar. — Eles concordaram?

Suas mandíbulas flexionam. — Vamos conversar sobre isso no carro.

Merda. Não parece bom. — Vamos falar sobre isso agora.

Seus olhos brilham perigosamente. — Tá. Esse é o acordo – o único acordo que farão. Você e sua equipe terão anistia pelos seus crimes e imunidade por mais processos, conquanto que não sejam cometidos mais crimes. Quem quer que cometa um deslize será preso e processado por *todos* os crimes, passados e presente.

Eu considero isso e assinto. — Parece justo. — Estou quase certo de que eu possa viver como um cidadão obediente às leis – ou, pelo menos, dar a aparência de um. Precisaremos ser cuidadosos para não sermos pegos quando finalmente localizar Henderson, mas tenho certeza que não sou o único inimigo que o ex-general tem. Alternativamente, podemos fazer isso parecer um acidente; tem vários modos de se atacar sem que se pareça um ataque...

— E tem mais uma coisa — Diz Esguerra. — Outra condição que não é negociável.

— O quê? — Pergunto, meu estômago se apertando com uma premonição quando minhas mãos se fecham nos meus lados. É melhor que não seja o que...

— O general aposentado que você está caçando. — Diz Esguerra, confirmando meu palpite. — Você tem que deixar isso para lá. Para sempre. Sua imunidade é ligada a ele continuar bem e com saúde. Se ele ou qualquer um ligado a ele até comer alimento envenenado, o trato está desfeito e todos os quatro estarão na lista dos Mais Procurados novamente.

Caralho. Caralho, merda, porra!

Suponho que eu deveria ter sabido disso dadas as conexões de Henderson, mas de algum modo eu bloqueei isso da minha mente. Eu estava tão focado em eliminar os obstáculos principais para uma vida com Sara – meu status de fugitivo – que nem considerei que isso viria por um preço.

Bem, um preço além do fim do meu negócio e o risco que corri por me aproximar de Esguerra. Esses eu conhecia e estava disposto a pagar. Mas isso? De todos na minha lista, Henderson é o mais diretamente responsável pela tragédia ocorrida com minha esposa e filho. Ele foi o que deu as ordens que resultaram no massacre da vila.

Se alguém merece pagar pelas mortes de Tamila e Pasha, esse é Henderson.

Não se pode permitir que ele volte a ter sua vida normal, vida feliz depois do que fez.

— Não posso aceitar esse acordo. — Minha voz forte e gutural. — Você sabe que não posso.

Pela primeira vez um semblante de emoção humana acalora os olhos azuis de Esguerra. — Eu sei — Diz ele em voz baixa. — Imaginei isso. Mas eles não cederão nesse aspecto, Peter. Eu tentei.

Viro-me para andar para a limusine, a ira e pesar que pensei ter enterrado borbulhando como um magma na minha garganta. Eu inspiro, tentando acalmar-me, mas em vez da vegetação tropical, cheiro morte e cinzas, carne torrada e sangue seco. Sinto gosto de metal na minha língua e vejo uma pilha de corpos, de pedaços de corpos de dois metros de altura.

E aquela mãozinha agarrando um carrinho.

Eu quase não lembro os poucos dias depois do massacre. Sei que fugi da força tarefa dos soldados que me retiraram à força da vila, mas não me lembro de quando ou como – ou se feri alguém quando fugi. Presumo que tenha, porque meu próprio pessoal começou a me caçar logo depois, mesmo antes de eu ter matado meus superiores por terem terminado a investigação no período de semanas.

A vingança era tudo que me mantinha naqueles dias – e nos

meses e anos que se seguiram. Eu prometi ao meu filho e esposa mortos que seus assassinos pagariam com suas vidas e mantive a promessa.

Peguei a todos, exceto Henderson.

— Você poderia simplesmente tomá-la novamente — Diz Esguerra, apressando-se para se juntar a mim e eu olho para ele, não surpreso de que ele saiba sobre Sara. Kent deve ter lhe falado sobre ela – isso ou ele ouviu sobre o sequestro da sua fonte da CIA. E ao saber disso, só precisava colocar dois mais dois juntos.

Apesar disso, meu primeiro instinto é de ameaçá-lo e a todos os que ele sente apreço se ele apenas cruzar o caminho dela. Mas se ele sabe que Sara é minha fraqueza, então, ele deve saber o que eu faria se alguém viesse atrás dela.

É a mesma coisa que ele faria se alguém fosse atrás de Nora.

De fato, o que ele está prestes a fazer com Novak.

— Ela tem uma vida lá — Respondo em vez disso —, pais, carreira, amigos.

Ele dá de ombros. — Ela se ajustaria. Nora se ajustou.

Entro no banco de trás da limusine e ele junta-se a mim, sentando-se à minha frente.

— Sara não é Nora — Digo quando a limusine começa a andar. — Suas raízes são bem profundas. Ela não será feliz desse jeito. — Não sei se estou tentando convencer a mim ou a Esguerra – ou essa parte obscura e insensível de mim que tem desejado isso há meses.

Que me tem falado para esquecer esse plano louco e pegar o que me pertence.

— E você será? — Esguerra inclina a cabeça, olhando-me com curiosidade peculiar. — Você acha que será feliz nessa meia vida? Sobreviver na gaiola de todas essas regras e leis?

Eu dou de ombros. — Talvez. — Não é uma das minhas

preocupações, mas se algum dia tornar-se um problema, então, lidarei com ele.

Uma coisa por vez.

— Então, o quê? — Pergunta Esguerra quando fico em silêncio. — Você vai deixá-la ir para sempre? Ou aceitar o acordo?

— Não a deixarei ir. — As palavras são instintivas, automáticas. A vida sem Sara não é nem uma possibilidade na minha mente. Os últimos oito meses têm sido um inferno, quase tão ruim do seu modo quanto as semanas sombrias depois das mortes da minha família.

Eu morreria logo depois que deixasse minha ptichka ir para sempre.

Ela é minha e continuará minha.

Um sorriso sarcástico curva-se na boca de Esguerra. — Bem, então — Ele diz calmamente. —, parece que você não tem muita escolha.

Sufoca-me admitir, mas ele está certo.

Ou eu pego Sara, ou aceito o acordo. Sua felicidade ou minha vingança.

Não posso ter ambos.

PARTE IV

4 O

ara

Eu primeiro sinto que algo está estranho quando dirijo para casa sozinha depois do meu turno da noite na clínica.

Nenhum carro relacionado ao governo me segue para casa e ninguém sorrateiramente me observa quando estaciono na frente do meu prédio e entro.

Falo para mim mesma que estou ficando louca – que só estou cansada e não consigo registrar as coisas propriamente – tomo banho e caio na cama. Não tem motivo para me preocupar com isso. Mesmo se eu não estiver tendo algum tipo de paranoia reversa estranha, talvez os federais tenham folga esta noite – tomar conta dos seus filhos ou algo parecido. Isso não aconteceu desde que voltei, mas não significa que seja impossível.

Os agentes do FBI também são humanos.

Mesmo assim, eu mexo e me viro, incapaz de dormir apesar da

209

total exaustão. Tento pensar quando me senti observada durante o dia todo, mas não consigo. Ou meus espiões invisíveis tornaram-se bem melhores no seu trabalho, ou eu me acostumei tanto com a presença deles que não noto mais.

A última vez que realmente senti essa coisa estranha foi quando recebi a nota de Peter dois meses atrás.

Poderia ser?

Não estou mais sendo observada?

Meu estômago aperta acentuadamente. Pela nota de Peter, só há uma razão por que eu de repente não mais seria de interesse tanto para os federais como para os contratados por Peter.

Não. Bato a porta ante o pensamento terrível.

Peter não está morto ou capturado.

Não pode ser.

Fecho meus olhos e forço-me a respirar devagar e profundamente. Uma noite não forma um padrão e tem muita chance de que quando eu acordar de manhã e for trabalhar – menos de cinco horas a partir de agora – os federais estarão circulando meu quarteirão no seu sedan cinza.

Eu só tenho que acreditar.

MAS OS FEDERAIS NÃO ESTÃO LÁ QUANDO DIRIJO PARA O TRABALHO E mesmo tentando bastante, não consigo ver se estou sendo observada por alguém.

Passo meu dia num estado de pânico quase não suprimido. Felizmente, tudo o que tenho hoje são consultas de pacientes, como estamos em dois, não tenho muito tempo para pensar, só passo de paciente para paciente, fazendo exames, anotando receitas de controle de natalidade e discutindo cuidados pré-natal

– sempre lembrando a mim mesma a continuar respirando, a ficar calma e ignorar o fato de que os federais se foram.

Pela primeira vez, desde o meu retorno, estou sozinha.

Na hora que estou quase saindo para casa, Phil, nosso guitarrista, me liga informando sobre uma apresentação e eu impulsivamente pergunto se ele quer reunir os caras para uma bebida. É terça-feira de noite e eu tanto tenho um dia cheio de trabalho amanhã como um turno na clínica, mas não quero estar sozinha com meus pensamentos.

Para meu alívio, Phil concorda e nos encontramos em um bar em Uptown Chicago. Apenas Rory pode se juntar a nós – Simon está participando de uma sessão de autógrafos de um livro – mas depois que cada um de nós pede uma cerveja, iniciamos a mesma dinâmica confortável de sempre, com Phil lançando-se no seu discurso semanal de persuasão para a turnê.

— Você não quer jogar tudo para o ar? — Diz ele, girando sua cerveja no ar. — Ter mais dessa vida? Algo revigorante e excitante?

— Cara, você soa como um desses comerciais informativos longos — Rory diz para ele e todos rimos. Eu posso sentir a parte desesperada da minha risada, mas para meu alívio, parece que é só comigo. Meus colegas de banda não sabem do meu terremoto crescente, tagarelando e continuando como se o mundo não tivesse para acabar.

Como se fosse apenas mais uma terça à noite.

E para eles é – o tipo de terça à noite normal e previsível da qual Phil quer fugir. Do tipo que não tenho há muito tempo, porque desde o momento que encontrei Peter, nada na minha vida tem sido normal ou previsível.

Eu imagino o que Phil pensaria se soubesse disso – de como o assassino do meu marido forçou-me a 'jogar tudo pelos ares' por manter-me prisioneira no Japão. Será que ele acharia meu romance relutante com um assassino excitante? Revigorante de modo conturbado?

Essa saída significou ser uma distração dos meus pensamentos cheios de ansiedade, mas não consigo parar de pensar em Peter, e percebo meus olhos passando de uma pessoa a outra, procurando aquele cara que não se encaixa... por qualquer pista de que ainda sou de interesse para o federais.

— Você está esperando alguém? — Pergunta Rory, notando minhas viradas de cabeça persistentes.

Forço um sorriso e paro de olhar em volta como uma idiota. — Não, desculpe. Só achei que vi um velho amigo.

Phil logo se excita. — Ooh, um velho amigo. Da variedade masculina ou feminina? Porque eu tenho que dizer, Marsha, aquela sua amiga, é *muah!* — Ele dramaticamente beija as pontas dos seus dedos e todos rimos novamente.

Marsha, Andy, e Tonya vieram a uma das nossas apresentações algumas semanas atrás e todos saímos depois. Naturalmente, Marsha deu em cima dos meus colegas, como ela sempre faz com os homens.

Um dias desses, adoraria encontrar um cara que não desse cambalhota pelo seu porte atraente – ou que, pelo menos, não tentasse entrar nas suas calças logo de cara.

— Sua Tonya também não é ruim — Diz Rory quando a risada diminui um pouco. — Ela é solteira?

Eu sorrio. — Sim, com certeza. — Não conheço a jovem enfermeira tão bem, mas tenho quase certeza de que ela não tem um namorado – ou se tem, ele não tem problema de ela sair com Marsha a noite toda.

— Cara, você tem certeza que não quer as ruivas? — Diz Phil com feições normais. — Pense só quão bonitos seus filhos seriam. Um monte de cabeças de cenoura.

— Oh, vai se foder. Você só está com ciúmes que eu ainda tenho isso. — Rory afofa sua juba dramática e eu quase engasgo com minha cerveja quando Phil toca instintivamente sua cabeça calva antes de mostrar o dedo do meio para Rory.

— Já basta, caras — Eu ofego quando consigo parar de rir. — Andy tem namorado, e...

Eu congelo, as palavras morrendo na minha garganta quando noto um homem vindo na direção de Phil.

Eu pisco, incapaz de acreditar nos meus olhos, mas a aparição não vai embora.

Em vez disso, seus lábios esculpidos curvam-se num sorriso magnético. — Olá, Sara — Diz ele com a voz profunda e sotaque fracamente acentuado que assombra meus sonhos. — Você não vai me apresentar seus amigos?

Peter

O ROSTO EM FORMATO DE CORAÇÃO DE SARA PERDE TODA A COR. Não parece que ela seja capaz de falar tão cedo. Então, eu olho para os dois me olhando de boca aberta.

— Peter Garin — Digo, usando minha nova identidade e estendendo a mão. — E vocês dois são?

Eu sei quem eles são, claro, mas se entrarei na vida de Sara para sempre, eu preciso agir como um cidadão normal, não alguém com um passado cheio de verificação em cada pessoa próxima à minha ptichka. Isso também significa que não posso colocar minha lâmina nos seus pescoços com uma profundidade tal que eles nunca mais salivarão novamente.

Não no meio de um bar, pelo menos.

O rechonchudo se recupera primeiro, esticando a mão e apertando a minha. — Oi, sou Phil Hudson.

— Prazer em te conhecer — Digo e resisto à vontade de esmagar os ossos daquela palma ridiculamente macia.

— Rory O'Rourke. — A pegada do ruivo é mais firme, sua mão com quase tanto calo quanto a minha – áspera por motivos totalmente diferentes.

Ele levanta peso na academia para ganhar troféus, enquanto eu, para ficar vivo.

Treinado para ficar vivo, me corrijo. Se tudo for como planejado, não precisarei fazer tanto isso.

Sara toca meu braço, levando minha atenção para ela. — O que... — Sua voz melodiosa para. — O que você está fazendo aqui, Peter?

Eu evitei deliberadamente olhar para ela, porque estando tão perto sem agarrá-la e fodê-la ali mesmo é um tipo especial de tortura. Seu toque no meu braço, leve como sempre, é como ser atingido por um Taser. Todo o meu corpo vibrando com atenção, todos os meus sentidos supercarregando. Ela está a meio metro de mim e estamos totalmente vestidos, mesmo assim, posso senti-la intensamente como se estivéssemos um apertado contra o outro, e nus.

De fato, meu pau está convencido de que deveríamos estar nus e fazendo o máximo para sair do meu jeans que, de repente, ficou muito apertado.

Eu provavelmente poderia tê-la visitado no seu apartamento, onde poderíamos estar a sós para este encontro, mas eu estava muito impaciente. Depois de um mês de burocracia, eu finalmente consegui ficar limpo para o governo americano, junto com minha nova identidade e papéis de cidadania e fui direto para o avião – só para ficar sabendo que em vez de ir para casa, Sara decidiu sair.

Com não menos dois homens que habitualmente babam por ela.

Eu dou uma respirada funda e lembro a mim mesmo que

integração é o nome do jogo. É nisso que eu tenho trabalhado todos esses meses, a razão por que eu concordei em deixar a porra do Henderson viver – uma promessa que ainda enche minha garganta de bile. Seria estúpido jogar tudo para o ar apenas porque Sara está me olhando com inocentes olhos de avelã, parecendo tão bela que parte meu coração me fazendo querer envolvê-la num saco de batata e levá-la para a minha toca – após retirar as bolas de todos os homens que apenas ousem olhar na direção dela.

— Eu consegui vir para casa mais cedo — Digo a ela e apesar do meu grande esforço, minha voz é por demais rouca para um local público. — Na verdade, eu me demiti.

— Você... o quê? — Seus olhos ficam gigantescos. — Como você pode...

— É uma longa história, ptichka. — Luto contra o desejo de esticar meu braço e puxá-la para mim. — Vamos para casa e explicarei.

O ruivo – Rory – limpa a garganta. — Vocês dois estão... juntos? — Tanto ele quanto Phil estão me olhando sem acreditar – e mais do que um pouco invejosos.

Os filhos da puta estão mais do que com sorte pelo fato de eu estar obedecendo a lei nesses dias.

— Sim — Falo com eles e algo no tom da minha voz os faz mais do que pálidos, apesar de tudo. — Estamos. — Viro para Sara. — Pronta para ir para casa, meu amor? Temos muito a discutir.

E segurando firmemente sua mão delicada, a conduzo para fora, deixando seus colegas de banda perplexos no bar.

42

ara

EU ME SINTO COMO SE ESTIVESSE NUM SONHO. OU TALVEZ NUM pesadelo – não consigo decidir. Peter e eu estamos andando numa rua movimentada juntos... sem o mínimo subterfúgio da sua parte. Ele está, de algum modo, maior do que me lembro, seus ombros largos esticando as costuras da sua camiseta macia escura e suas pernas poderosas flexionando dentro do seu jeans surrado. Seus cabelos negros estão mais longos do que antes, balançando levemente na brisa quente da noite e meus dedos coçam para afundar naquela massa grossa, pegar uma mão cheia deles enquanto ele entra em mim, sua língua habilidosa me excitando completamente.

Um raio quente me excita ao pensar, intensificando o calor sob minha pele. Meu coração está batendo tão violentamente que parece que vai explodir e eu não estou mais com frio. Não mais

217

gelada por dentro. Meu corpo viveu no momento em que ele falou e tem zumbido com necessidade desde então... mesmo eu estando afogada em confusão.

— Você está me sequestrando? — Minha voz é aguda e demasiada alta, mas estou tendo problemas em processar as coisas... o que quer que *isto* seja. Como pode ele apenas aparecer do nada, depois de mais de nove meses e se apresentar para meus amigos como um namorado há muito perdido? De todos os modos que eu imaginei meu segundo sequestro, este cenário – onde ele simplesmente entraria num bar e me conduziria pela mão – nunca nem mesmo piscou no meu radar. Eu estava pronta para uma agulha no meu pescoço, ou uma capa sobre minha cabeça – ou, pelo menos, um acordar estranho no meio da noite. Não um passeio casual pela North Broadway em Uptown Chicago. Como ele pode estar ao ar livre assim? Ele usou um nome diferente no bar, mas seu rosto está inalterado. Onde estão os federais? Depois de todos aqueles meses vigiando cada movimento meu, eles simplesmente de repente...

— Não estou te sequestrando. Estou te levando para casa. — Sua mão se aperta na minha, cobrindo-a com seu calor... assim como eu sinto seu desejo me cobrindo, forte e inflexível, tão impossível de se escapar como a força da natureza.

Eu balanço a cabeça numa tentativa fútil de arejá-la. — Para casa? — Ele quer dizer Japão? Porque se for assim preciso falar-lhe que...

— Seu apartamento. — Seus olhos metálicos brilham quando encontram os meus. — Agora, pelo menos, já que você está com todas as suas coisas lá. Depois, podemos nos mudar de volta para a casa que você quiser – ou comprar uma nova perto do seu trabalho.

Sinto-me como se estivesse ou bêbada ou presa fora de mim.

Tinha algo na cerveja que acabei de tomar? — O que você está falando?

Ele para de andar e vejo que estamos perto do nosso carro. Largando minha mão, ele segura minhas bochechas com suas duas palmas grandes e ásperas e diz ternamente: — Nós, meu amor. Estou falando sobre nós.

E pegando minha bolsa de mim, ele procura e pega a chave do carro e o abre.

 ara

Peter está dirigindo e fico feliz por isso. Não acho que poderia fazer isso agora – não sem bater, pelo menos.

Eu não tenho essa preocupação com Peter. Ele lida com o carro como faz com tudo o mais: com competência calma e letal. Enquanto o vejo sair da vaga, ocorre-me que eu nunca o vi atrás de um volante antes. Sempre que estávamos num veículo juntos, outra pessoa estava dirigindo e Peter estava no assento de trás comigo. O que me leva a outra pergunta: onde estão os colegas de Peter? Por que ele está aqui sozinho?

E o que ele quis dizer com 'eu me demiti'?

Minha mente corre na velocidade do martelar do meu pulso, mas seguro meus pensamentos tortuosos e tento focar numa coisa de cada vez. — O que você quis dizer por 'nós'? — Pergunto olhando para seu perfil forte. Havia esquecido o quão masculinas suas feições são, quão belas naquele jeito magnético perigoso. Seu rosto ainda está tão fino quanto quando saímos da clínica – o que quer que estivesse fazendo não era descansar e relaxar – e as maçãs do seu rosto são como lâminas gêmeas, suas mandíbulas cobertas de barba por fazer são tão duras que poderiam ter sido esculpidas em mármores.

Dou uma olhada no seu olhar de prata e a cicatriz na sua sobrancelha esquerda quando ele olha para mim rapidamente antes de voltar sua atenção para a estrada. — Quero dizer que estou aqui para sempre — Diz ele calmamente. — Eu consegui anistia e imunidade – para mim e o resto da minha equipe.

Minha respiração para nos pulmões. — Anistia e imunidade? Como em...

— Como em 'não sou mais um fugitivo', sim.

E desse jeito, estou descendo um penhasco em zigue-zague. Ele não é mais um homem procurado? — Como? O que você fez? Como pode isso ser até mesmo...

— É uma longa história, mas, essencialmente, fiz um favor para um ex-empregador – lembra-se de Julian Esguerra, parceiro de Kent?

Eu inspiro com força. — O que queria te matar por ter colocado sua esposa em perigo?

— Esse — Confirma Peter quando entramos na autoestrada e passamos um caminhão andando devagar. — De qualquer modo, em troca desse favor, Esguerra usou sua influência com os vários governos para retirar os cães do nosso encalço.

Eu olho para ele, sem fala. Eu não tinha ideia de que negociantes de armas ilegais tinham esse tipo de influência, apesar de achar que teria suspeitado. Lucas Kent até falou sobre alguns dos seus contatos na CIA – John, Jeff alguma coisa? Quando todos nós estávamos jantando na sua mansão no Chipre.

— Uau. Deve ter sido um favor e tanto — Falo finalmente e Peter assente, olhando bem para frente.

— Foi. — Ele não elabora e eu não pressiono. Tenho coisas mais importantes para entender antes.

Apertando minhas palmas úmidas no meu colo, eu tento soar casual. — Então, quando você diz que está aqui para sempre, o que exatamente quer dizer?

O canto da sua boca se levanta um pouco. — O que você acha, meu amor? Você queria um cachorro atrás de uma cerca? Churrasco e crianças no parque? Bem, eu posso te dar isso agora – ou melhor, Peter Garin pode. — Ele vira para a pista da direita e pega a rampa de saída. — Aquele mundo diferente que você queria, aquela vida – é sua, ptichka… e eu também.

Meu coração para no meu peito. — Você quer me namorar? Aqui? Como um casal normal?

— Não, ptichka. Eu não quero te namorar. — Ele vira à direita e entra num posto de gasolina perto – é quando eu noto que o tanque de combustível está quase vazio.

— Volto logo — Diz ele, desligando o carro e saindo. Eu olho muda quando ele enche o tanque da minha Toyota, pagando na bomba com um cartão de crédito preto de aparência extravagante.

Meu assassino russo tem um cartão de crédito e o está usando para pagar gasolina.

A simples improbabilidade disso – de Peter de repente estar aqui, fazendo algo meramente mundano – acrescenta ao sentimento de algo irreal que tenho batalhado desde que saímos do bar. Eu não consigo me livrar do sentimento que estou em algum sonho bizarro e irei acordar a qualquer momento, com frio e sozinha na minha cama.

Mas não. A porta do motorista se abre, trazendo uma onda de ar úmido de verão e o odor forte de gasolina quando Peter entra no carro, colocando-se atrás do volante.

Se isso é um sonho, é o mais realístico que já tive.

— O que você quer dizer com não quer me namorar? — Pergunto quando saímos do posto e viramos num estrada de duas pistas. — O que *você* quer então?

Ele para no sinal vermelho e olha para mim. — Eu quero tudo, Sara. — Sua voz profunda é baixa e suave, seus olhos cinza refletindo as luzes da rua em volta de nós. — Eu quero seus dias e noites, suas horas e minutos. Quero compartilhar suas alegrias e tristezas, seus triunfos e frustrações. Quero dormir com você nos meus braços todas as noites e acordar toda manhã sentindo o cheiro do seu cabelo no meu travesseiro. Eu quero *você*, ptichka – comigo por todo o tempo, de todos os modos.

Eu olho para ele, meu tórax se apertando com cada palavra que ele fala. — O que... — Eu engulo para umedecer minha garganta seca. — O que você está falando, Peter?

O sinal deve ter mudado para verde, porque ele volta a atenção para a estrada e o carro anda.

Para minha surpresa, alguns momentos depois, paramos novamente e vejo que ele está indo para o canto da estrada. Calmamente, ele coloca o carro em 'alerta' e se vira para mim.

Eu pisco, meu pulso acelerando quando ele retira seu cinto de segurança e coloca a mão no bolso da frente do seu jeans, retirando um pequeno estojo de veludo.

— Isso é o que estou dizendo — Ele diz com voz baixa e eu paro de respirar quando ele abre o estojo e pega um anel de brilhante – um solitário ricamente trabalhado que parece ter pelo menos cinco quilates. Colocado num círculo delicado de ouro branco ou platina, é simples, mas excitante – exatamente o que eu teria escolhido se eu tivesse cem mil para gastar.

Surpresa, eu olho nos olhos dele. — Peter...

— Quero você como minha esposa, Sara — Ele diz delicadamente, pegando minha mão esquerda. Seus dedos são quentes e secos na minha pele fria, seu olhar com a sombra do interior do carro. É como se estivéssemos sós na escuridão, como se o resto do mundo não existisse mais enquanto ele desliza o anel no meu dedo esquerdo, é frio, o peso metálico como uma algema se fechando no meu coração.

Minha respiração sai tremendo.

Oh Deus, isso está acontecendo.

Isso está realmente acontecendo.

No reflexo, eu tento puxar minha mão, mas ele aperta sua pegada, recusando-se a me soltar.

— Quero ter você, legalmente e de todos os outros modos — Ele continua e, dessa vez, ouço a força por trás da voz suave, sinto a picada do arame farpado enrolado na seda. — Você já é minha, ptichka, e eu quero tornar isso oficial — Diz ele com os lábios se curvando num sorriso sombrio. — Quero que você se case comigo, e logo.

4 4

S*ara*

Eu passei a parte final da ida para a minha casa numa bruma, o anel no meu dedo era quente e gelado na minha pele. Eu não respondi à proposta de Peter no acostamento da estrada – não poderia – e ainda bem que ele não me pressionou.

Ele apenas saiu do acostamento, retornou à estrada e continuou dirigindo.

Quando estacionamos na frente do meu apartamento, Peter dá a volta e abre a porta, pegando na minha mão para ajudar-me a sair do carro. Sua pegada é tanto solícita quanto possessiva, seu olhar sobre mim com uma fome que acelera meu pulso e aciona alarmes na minha mente.

Ele não vai esperar para me possuir.

Ele estará em mim – e dentro de mim – tão logo entremos.

225

— Espera — Digo, de repente desesperada para diminuir o ritmo. Apesar de o querer muito – apesar de ter sentido sua falta física – não estou pronta para isso. Já se passou muito tempo e existem muitas perguntas sem respostas.

Retirando minha mão da sua pegada, eu dou um passo atrás até me encostar no carro.

Suas mandíbulas se apertam e ele vem na minha direção, segurando no teto do carro para me engaiolar entre seus braços musculosos. — Você acha que eu não esperei? — Ele se inclina sobre mim, olhos de prata brilhando e apesar de não estarmos nos tocando, eu sinto o calor saindo do seu corpo poderoso. — Você acha que eu não tenho sido paciente por essa porra de meses todos?

Meu pulso acelera ante a ira quase não contida na sua voz e uma resposta furiosa – uma que tem aumentado gradualmente durante seu longo período de ausência – explode em mim. Todos esses meses de preocupação e esperando para ser sequestrada, de não saber se ele estava ferido ou tinha sido capturado, todas as mentiras e meias-verdades e noites sem dormir, ele simplesmente aparece no bar como se nada tivesse acontecido? Coloca um anel no meu dedo como se depois de torturar e me sequestrar, o casamento fosse o próximo passo natural?

Com os dentes cerrados, eu bato com a base da minha mão aberta, socando a parte da frente dos seus ombros. — Então, onde diabos você esteve? — Eu grito quando ele flexiona para trás, surpreso pela minha explosão. — Por que levou tanto tempo? Eu também estava esperando essa porra – e esperando, e esperando e esperando...

Seus lábios tomam os meus, suas mãos segurando ambos os lados do meu rosto enquanto ele me empurra contra o carro. Isso não é um beijo, mas uma conquista, sua língua invadindo o interior da minha boca implacavelmente, sem misericórdia. Sinto gosto de sangue onde meus dentes cortam meu lábio, mas é suplantado pelo gosto familiar dele, pelo calor sombrio e violento do seu desejo.

Isso deveria ser demais, mas meu corpo renasce com resposta feroz, minhas mãos segurando sua camisa enquanto beijo-o de volta, chupando aquela língua invasora, retaliando com a invasão da minha própria. Exatamente isso aqui é o que eu tenho sonhado todas aquelas noites, o que meu corpo tem desejado ardentemente.

Por que eu não fui capaz de nem olhar para outro homem, muito menos me imaginar com ele.

Depois de um minuto, seus lábios se suavizam e suas mãos liberam meu rosto para passar pelo resto de mim, uma palma grande apertando meu peito enquanto a outra aperta minha bunda. Apesar do beijo mais suave, seu toque é uma possessão firme e sem desculpas – um rei reclamando seu direito. Eu sinto o volume grosso no seu jeans quando ele empurra contra minha barriga e ondas de calor passam pelo meu corpo quando sua boca passa pelo meu pescoço, me atacando com beijos quentes e repicados enquanto sua mão sai da minha bunda para contornar meu cabelo em volta do seu punho.

— Porra, você é minha — Grunhe ele no meu ouvido, colocando minha cabeça para trás e eu tremo, meus braços pinicando quando ele morde minha orelha e passa seu joelho entre minhas pernas, fazendo-me sentar na sua coxa musculosa. Apesar das camadas do meu jeans e do dele, a pressão no meu sexo é rápida e intensa e ele aperta meus seios novamente, esfregando o tecido do meu sutiã contra meu mamilo intumescido, o calor pulsante vai até meu clitóris, uma tensão familiar crescendo nas minhas profundezas. Quando eu cavalgo sua perna indefesa, fico visceralmente ciente do forte odor masculino e gosto dele, do tamanho potente e a dureza do seu corpo e quando sua mão entra na minha camisa, sua palma áspera e quente deslizando na minha pele nua, a tensão sobe violentamente.

Com um grito abafado, eu gozo, a necessidade acumulada liberada de uma vez quando meu corpo entra em espasmo e se contrai, a explosão de êxtase encolhendo os dedos dos meus pés dentro dos tênis. Tonta, noto risadas distantes e, então, fico abruptamente na horizontal, sendo carregada em braços impossivelmente fortes.

Surpresa, abro meus olhos, colocando meus braços em volta do pescoço de Peter. Ele está andando rápido e estamos já na metade do caminho do estacionamento, mas eu ainda consigo ver três garotos adolescentes no outro lado do estacionamento. Eles devem ter visto tudo, penso, ruborizando totalmente quando a tontura pelo orgasmo sai da minha cabeça.

— Peter, eles...

— Eu sei — Suas mandíbulas se apertam enquanto ele cobre a calçada com passos seguros e longos, me carregando facilmente como se eu fosse uma criança. — Precisamos entrar.

Os assovios e gritos dos adolescentes chegam aos meus ouvidos novamente e eu empurro seus ombros. — Ponha-me no chão, eu posso andar.

A última coisa que preciso é ser carregada pelo corredor como um tipo de noiva sem vestido.

Para meu alívio, Peter me ouve, abaixando-me quando chegamos à entrada do prédio. Bem na hora, também. Não temos uma porteiro, mas vejo meus vizinhos – duas mulheres jovens, vestidas para sair. Elas estão saindo enquanto estamos entrando e seu olhares curiosos se viram para Peter, que está mantendo a pegada possessiva no meu braço.

Eu não as conheço muito bem – apenas trocamos delicadezas

sobre o tempo – então, eu sorrio desajeitadamente e as desejo boa noite.

— Você também — Diz uma das mulheres, olhando diretamente para Peter enquanto sua colega de quarto começa a dar risadinhas como uma garota de escola. — Tenha uma noite muito boa mesmo.

Meu rosto fica vermelho enquanto elas continuam pelo saguão, sussurrando e dando risadinhas com suas cabeças juntas e pela primeira vez, estou feliz de que o prédio não tem uma dinâmica de pessoal muito grande. Tem muitos inquilinos, como eu, e com a alta troca-troca nos apartamentos, as pessoas não se importam de conhecer muito seus vizinhos – ou fofocarem sobre eles.

— Suas amigas? — Pergunta Peter, soltando meu braço para apertar o botão do elevador e eu balanço a cabeça.

— Na verdade não. — Olho para ele franzindo. — Você não sabe? Não mandou me seguir?

Seus olhos cinza brilham com um divertimento sombrio. — Claro. Mas eles não podiam chegar muito perto de você com os federais observando cada movimento seu e fazendo varreduras regulares por dispositivos de escuta.

— Oh. — Isso faz sentido – e explica porque eu só via os federais.

A porta do elevador se abre e ele me conduz para dentro, sua mão acima da minha cintura quente e suave – e tão inflexível como aço. Meu coração dá um pulo, e entra num ritmo frenético.

Ele está me levando.

Literalmente me conduzindo para o meu apartamento como um pastor conduz suas ovelhas para, assim, podermos foder.

— Você não achava realmente que te deixaria só, achava? — Diz ele calmamente quando o elevador começa a se mover e eu balanço minha cabeça novamente, virando-me do seu olhar penetrante. Meu olhar para no monte alto do seu jeans e o calor nas minhas bochechas se intensificam.

Ele tem exibido aquela ereção o tempo todo?

Não é de admirar que minhas vizinhas ficaram excitadas.

Forço-me a olhar para cima e para o lado, mas isso também se mostra um desastre. O interior do elevador é espelhado nos dois lados e a visão do meu reflexo me faz querer entrar pelo piso. Graças à nossa apresentação imprópria no estacionamento, não só minha calcinha está úmida, mas meu lábio inferior está inchado duas vezes o tamanho normal, minhas bochechas estão rosa brilhante e meu cabelo está bagunçado de um lado.

Eu pareço como se estivesse vindo de uma orgia.

Desesperada, olho para o outro lado, cravando no olhar de Peter novamente. — Então, você nunca me disse... Por que demorou tanto para voltar para mim?

Suas mandíbulas se flexionam. — Porque o favor que fiz para Esguerra... levou muito tempo. Eu queria vir para você mais cedo, ptichka, acredite-me. — Ele me dá um longo olhar. — Você sentiu minha falta? Estava desejando que eu viesse?

Eu engulo e olho para o outro lado quando as portas do elevador se abrem, me livrando de ter que responder. Achei que tivesse reconciliado meus sentimentos contraditórios por Peter, tivesse decidido que o assassino de meu marido havia conseguido roubar meu coração, mas, de repente, eu não tenho certeza. Isso – Peter aqui na minha vida normal – é demasiadamente inesperado, aterradoramente real. Eu não consigo ajustar minha mente nas logísticas disso, o grande número de complicações envolvidas em tentar um relacionamento normal – *um casamento* – com um ex-assassino que certa vez me torturou e sequestrou. Se isso está realmente acontecendo, o que direi aos meus pais que ainda pensam nele como 'aquele criminoso'? Ou Marsha, que sabe não apenas a história oficial do FBI que pinta Peter como um monstro, mas que também matou George? E irá o FBI realmente nos deixar em paz? Como podem quando o homem em pé no elevador comigo é uma das pessoas mais perigosas que eles conhecem?

Sempre que nos imaginávamos juntos, era em outro lugar, comigo como sua agora disposta prisioneira. Eu estava pronta para aceitar meu destino como prisioneira, abraçar meu carrasco como meu destino, mas eu não estava pronta para isso.

O anel é frio e pesado no meu dedo quando saímos do elevador e Peter me leva pelo corredor para o meu apartamento. Ele nunca esteve no meu aparamento antes – pelo menos, presumo que não – mesmo assim, não tem traço de hesitação nos seus movimentos, nenhuma sensação de que ele está perdido ou incerto de algum modo. Ele tem tanta confiança em andar num corredor que não lhe é familiar como é em tudo que faz e não posso deixar de invejá-lo.

Mas eu me sinto desesperadamente à deriva, como um navio sem remo numa tempestade.

Chegamos à porta, e eu procuro as chaves na minha bolsa, na certeza do olhar de Peter em mim. Ele não parece impaciente, mas sinto isso nele, sinto a necessidade violenta que ele está segurando. Minha respiração fica rasa, as palmas das minhas mãos molhadas quando finalmente fecho minha mão em volta do objeto procurado.

— Aqui, permita-me. — Ele pega as chaves de mim e sem errar acha a certa, abrindo a porta na primeira tentativa.

Entramos e ele fecha a porta atrás de nós quando eu acendo a luz da sala de estar. Ouço o som da fechadura e viro-me para encará-lo, coração martelando. — Peter...

Ele está em mim antes de eu falar outra palavra. Suas mãos grandes moldando meu rosto quando ele me encosta no sofá, sua boca passando faminta na minha quando caímos nas almofadas macias num entrelaçar de membros e necessidades impassíveis.

Quaisquer dúvidas que eu pudesse ter foram varridas, afogadas numa onda de desejo tão intensa que parece que tem fogo nas minhas veias. O orgasmo no estacionamento apenas aumentou meu apetite, deixando meu sexo sensível e inchado, desesperadamente pulsando por mais. Meus mamilos estão agonizantemente duros e eu literalmente latejo entre minhas pernas quando ele rasga minha camisa e prossegue para abrir meu zíper, suas mãos cheias de urgência, com a mesma fome que me atormentou por meses.

Eu o encontro beijo a beijo, minhas mãos rasgando sua camisa enquanto ele tira meu jeans, rosnando de frustração quando fica preso em minhas sapatilhas. Consigo chutá-los com o jeans apertado enquanto ele tira meu sutiã, e logo estou nua, deitada no sofá embaixo dele enquanto ele alcança seu zíper.

Não há palavras bonitas, nenhuma carícia doce – apenas o sentimento primal dele quando entra implacavelmente em mim, feições retorcidas com desejo e olhos brilhando com tom sombrio quando ele pega meu pulso e os prende acima da minha cabeça. Eu inspiro ante a invasão implacável, meus músculos internos se contorcendo, lutando para se ajustar à sua grossura impossível, ao jeito que minha carne estica para aceitá-lo. Meu corpo de alguma forma se esqueceu dessa parte e parece que é nossa primeira vez de novo, apenas a vergonha e culpa são uma sombra fraca na minha mente.

Eu preciso disto – eu preciso *dele* – e não posso negar isso.

Quando ele chega fundo, ele para, dando-me um momento para me acostumar a ele e o vejo lutando para se controlar, refreando aquela parte selvagem dele para que não me machuque.

— Tudo bem — Sussurro, apertando os músculos da minha pélvis em volta do seu comprimento grosso. — Tudo bem, Peter... eu consigo.

Eu quero receber isso, de fato.

Suas pupilas dilatam e nas profundezas dos seus olhos metálicos, vejo o monstro emergir. Com um grunhido baixo e gutural, ele entra mais fundo em mim e eu grito quando ele inicia um ritmo selvagem.

Ele me possui violentamente, bombeando dentro de mim sem pena e meus gritos crescem em volume quando a dor avança no prazer, cobrindo minha mente com um ruído branco, silenciando o zumbido incessante dos meus pensamentos. Não existe espaço mental para culpa ou preocupação, nenhum espaço para dúvidas e perguntas. Só há isso, apenas nós e quando a tensão dentro de mim sobe como numa espiral, eu grito seu nome, não sabendo de nada além da agonia e êxtase me partindo ao meio.

Ele goza quase ao mesmo tempo, seu pescoço poderoso levantando quando ele arqueia sua cabeça para trás, quadril roçando dentro de mim. O prazer inicia uma onda de choques posteriores e eu grito de novo, meus músculos internos apertando e se contraindo, sentindo cada centímetro duro dentro de mim, quando ele geme e me inunda com sua semente.

EU DEVO TER SAÍDO DO AR DEPOIS DISSO, OU FECHADO MEUS OLHOS, porque a próxima coisa que sei, é que estou sendo carregada novamente, desta vez para o banheiro.

Eu pisco, instintivamente colocando meus braços em volta do pescoço de Peter quando ele entra na banheira e me coloca de pé.

— Você está bem? — Murmura ele, me mantendo firme quando me equilibro e assinto, ainda muito sobrecarregada para falar.

— Ótimo.

Ele sai da banheira e tira roupas que ainda estava usando. Gananciosamente, eu devoro sua nudez, observando as linhas poderosas do seu corpo alto e largo quando ele entra de volta na banheira comigo, fecha as cortinas e liga a torneira. Todos os músculos esculpidos nas suas costas se flexionam quando ele se move, sua bunda firme e redonda quando ele se abaixa para testar a temperatura da água. Suas bolas balançando pesadas entre suas pernas, seu pau grande ainda meio duro e um calor sobe pelo meu pescoço quando noto o líquido brilhante dos nossos fluidos combinados na sua pele.

Sem preservativo novamente. Por alguma razão, não estou particularmente horrorizada – ou o mínimo surpresa. Se Peter quer realmente fazer isso – se instalar comigo aqui, onde podemos viver uma vida normal – então, crianças não são uma ideia insana. Dado que ele admitiu me querer grávida, eu não deveria esperar preservativos de jeito nenhum. Estamos ambos limpos, a não ser...

— Você dormiu com alguém? — Falo rápido, horrorizada ante a possibilidade que acabou de vir à minha mente. — Quando você estava fora, quero dizer?

Estou chocada de que isso não tenha me ocorrido antes. Peter é um macho na sua plenitude, com aparência e apelo que molham calcinhas. Caso claro, minhas vizinhas – ambas mulheres entre os vinte e cinco e um pouco mais – dando risadinhas como alunas de oitava série. Não existe razão de eu presumir que ele tenha ficado fiel todo esse tempo. Nove meses de celibato para alguém como Peter é...

— O quê? — Ele se vira para me encarar, sobrancelhas arqueadas nos seus olhos. — Você está falando sério?

Eu dou de ombro e tento soar casual, como se a mera ideia dele tocando outra mulher não me fizesse vomitar. — Nove meses é um longo tempo e não é como se nós...

— Como se nós o quê? — Sua voz perigosamente suave quando ele segura meu braço. — Como se nós o que, Sara?

Minha boca fica seca ante o olhar dos seus olhos metálicos. —

Você sabe... — Engulo grosso. — Num relacionamento comprometido.

— Você está me dizendo que dormiu com outra pessoa? — Seus dedos entram na minha pele quando um pequeno músculo começa a pulsar na sua têmpora. — Deixou que outro...

— Não! — Como pode ele pensar nisso? — Claro que não! Além do mais, tenho certeza que seus espiões o teriam falado. Você disse que eles não podiam chegar muito perto, mas eles não teriam deixado de ver *isso*.

A força da sua pegada de punição nos meus braços diminui um pouco. — Não, eles provavelmente não teriam — Concorda ele depois de um momento de consideração. Soltando-me, ele se vira para rodar o dispositivo que muda a direção da água da torneira para o chuveiro acima da cabeça.

Eu pisco a água dos meus olhos e olho-o ajustar o spray para mais baixo. Então, ele me olha novamente, bloqueando a maior parte da água com suas costas.

— Não tenho fodido nada além do meu punho desde que te deixei — Diz ele normalmente. — De fato, desde que nos encontramos, eu nem mesmo rocei uma mulher em público. Você é isso para mim, ptichka – tudo o que quero, agora e para sempre. Todas as noites nos últimos nove meses, eu deitava na cama, o pau tão duro que doía e pensava em você. Apenas você. Você é todo sonho erótico que tenho, toda fantasia e sonho acordado. Eu quero te foder o tempo todo, não importa onde estamos ou o que estamos fazendo. Mesmo quando estamos divididos por oceanos, *você* é a única que eu desejo – a única que sempre desejarei.

Minha garganta se aperta, fechando o ar nos meus pulmões. Eu acredito nele. Como não poderia? Ele nunca mentiu para mim, nunca tentou esconder seus sentimentos. Desde bem do início, eu conheci as profundezas da sua obsessão para comigo e enquanto isso costumava me amedrontar, isso é perversamente reconfortante.

Pelo tempo que estivermos vivos.

Lembro-me de algo, como uma luz sendo acesa, cortando pela neblina de choque e tontura pós-sexo. — Peter... — Minha voz treme quando estico o braço para pegar sua mão entre minhas palmas. — Você fez isso por mim?

Ele levanta a cabeça, olhos cinza confusos. — Fazer o que, ptichka?

— Esse favor para Esguerra para que ele, com isso, te tirasse das listas de procurado... isso que te manteve longe por tanto tempo. — Apertando sua mão, eu levo aos meus seios, onde uma aperto peculiar pressionava meu coração batendo. — Eu sou a razão? Você fez isso para que pudesse estar aqui comigo?

Ele franze, cobrindo minha mão fechada com a sua outra mão. — Claro, ptichka. Não é isso que você queria? Uma vida onde eu não sou um fugitivo, onde pudéssemos estar juntos sem que você perdesse sua família e carreira?

Eu olho para ele, finalmente compreendendo a enormidade do que ele fez. Isso *é* o que eu queria, o que tenho desejado nos cantos mais profundos do meu coração. É a minha fantasia mais sombria e vergonhosa – uma vida real com meu carrasco – e ele fez isso tornar-se realidade.

Ele fez o impossível, mexeu Deus sabe quantos pauzinhos – e muito mais.

O vapor enchendo o banheiro está fazendo meus olhos queimarem e a pressão ao redor do meu coração se aperta.

Peter me ama.

De verdade, realmente me ama.

Não é mais teórico, o que ele faria por mim.

É real. Ele fez isso.

— Não é isso que você queria, Sara? — Repete ele, sua franzida se aprofundando e me vejo assentindo como uma marionete, ainda incapaz de falar.

— Bom. — Ele gentilmente retira sua mão da minha pegada e se vira de lado, para que eu fique sob o spray d'água. Pegando meu xampu, ele coloca na sua palma e começa a massagear minha cabeça, como se isso fosse algo que alguém faz depois desse tipo de revelação.

Como se isso fosse tudo que se tem a falar.

E talvez isso seja verdade. Talvez devêssemos voltar a essa conversa quando eu não esteja tão surpresa, tão sobrecarregada com sua volta repentina e com tudo que deve vir junto. Porque eu ainda não sei o que falar para ele, como explicar como me sinto.

Como falar-lhe que apesar de estar muito feliz por tê-lo, estou aterrorizada de igual modo.

Ele lava meu cabelo completamente, seus dedos fortes massageando meu couro cabeludo e pescoço, coloca condicionador e deixa repousar enquanto lava o resto de mim, suas mãos com calo e sabão por todo o meu corpo, acariciando minha pele com a quantidade certa de ternura e aspereza.

É maravilhoso, como a maioria dos tratamentos dos spas ricos, e quando ele finalmente lava o sabão de mim, eu pego o sabonete e faço o mesmo com ele, com prazer ao sentir sua pele lisa e com uma aspereza pelos cabelos quando passo minhas mãos no seu corpo grande e cheio de músculos.

Ele sempre tomou conta de mim, me mimou como uma princesa, mas eu nunca fiz isso com ele, concluo. Devolver as afeições do meu carrasco sempre pareceu uma traição contra George e tudo o mais e apesar de eu não conseguir me conter na cama, me mantinha distante nas outras ocasiões, aceitando o que ele fazia mas nunca retornando-as.

Eu ainda sinto essa culpa, esse senso de errado, mas não é mais a pressão sufocante que era. Conforme os meses se passaram e o choque da morte violenta de George desaparecia, tenho sido capaz de pensar sobre isso com mais racionalidade, analisar os eventos de uma perspectiva diferente.

Por um motivo, George não estava realmente vivo quando Peter colocou uma bala na sua cabeça. Ele havia estado em coma por dezoito meses e devido ao grande dano no seu cérebro, não haveria quase nenhuma chance de ele sair dessa. Em algum momento, eu teria que fazer a decisão excruciante de tirá-lo do seu suporte de vida – algo que estava evitando pensar, especialmente desde que fiquei convencida de que o acidente de George foi parcialmente minha culpa.

De certo modo, Peter tirou aquela responsabilidade terrível de mim – algo que eu apenas recentemente me deixei considerar.

Também tem o fato de George ter *me* traído. A bebida que arruinou nosso casamento foi muito ruim, mas o tempo todo, ele tinha uma carreira como espião que eu não tinha ideia. Levou todo esse tempo para eu aceitar isso tudo, mas agora eu vejo as ações de George, pela traição crassa que elas foram e o amor que eu achava que sentia por ele parece agora uma quimera.

Não que qualquer dessas coisas justifiquem as ações de Peter – não na visão ampla. Ele ainda é um assassino amoral que matou mais pessoas do que eu posso contar, ainda é o homem que certa vez me torturou, espionou e sequestrou. Mas agora ele também é o homem que me ama, que demonstrou do modo mais claro possível que se importa comigo.

Que ele está disposto a fazer o que for necessário não apenas para me ter, mas me fazer feliz.

Terminando com seu peito e barriga, eu lavo suas axilas e a parte de cima dos seus ombros largos, então, massageio os músculos grossos em volta do seu pescoço com minhas mãos ensaboadas. Ele parece gostar disso, arqueando-se para o meu toque como um grande gato, para que eu massageie a área um pouco mais, então, eu me abaixo e lavo suas pernas. Suas coxas são como aço, com músculos poderosos, seus glúteos são redondos e duros como de um halterofilista. Incapaz de me conter, eu aperto aqueles globos com força e olho para ele piscando sob o spray d'água, para ver seus olhos fechados e sua cabeça para trás numa felicidade puramente masculina.

Ele gosta do que estou fazendo. Gosta muito, a julgar pelo endurecimento rápido do seu pau.

Impulsivamente, eu fecho meu punho ensaboado em volta daquela coluna grossa e acoplo suas bolas com minha outra mão, daí, olho pelo spray d'água novamente. Ele está olhando agora, o olhar de prazer é substituído por um de fome predatória.

— Continue fazendo isso — Diz ele roucamente, passando sua mão na minha cabeça. — E coloque na boca. — Fechando as mãos em volta dos meus cachos molhados, ele guia meu rosto para a sua virilha, a pressão suave, mas não deixando escapar.

Eu obedientemente fecho meus lábios em volta do seu pau agora totalmente ereto, sentindo o gosto de água e resto de sabonete quando me ajeito nos joelhos. Apesar dos meus orgasmos anteriores, o calor está aumentando bem dentro de mim, meu sexo começando a pulsar novamente. Eu deveria ter começado desta vez, mas ele está tomando o controle, dominando como sempre faz. Sem que eu deseje, as lembranças da vez que ele me puniu vêm à minha mente e meus músculos internos se apertam ante a chegada do desejo, a imagens na minha mente mais eróticas do que qualquer filme pornográfico.

Ele fodeu minha boca daquela vez. Amarrou minhas mãos atrás das minhas costas e ficou no controle sem misericórdia, controlando minha respiração, minha própria vida. Havia sido brutal, devastador, mesmo assim isso me fez pulsar com esse mesmo tesão agonizante, fez-me desejar mais o lado sombrio.

Eu não entendo totalmente porque sua aspereza me dá tanto

tesão, porque eu gosto de estar sob seu controle desse modo. Antes de encontrar Peter, minhas fantasias sexuais raramente envolviam qualquer elemento de força ou coerção; 'papai e mamãe' era minha zona de conforto, mesmo na minha mente. Poderia o trauma do nosso primeiro encontro na minha cozinha ter me transformado de algum modo? Talvez algumas conexões se cruzaram depois disso e a violência que experimentei nas suas mãos tornou-se ligada ao prazer na minha mente?

De qualquer forma, qualquer que seja a razão, eu me excito quando ele empurra seu pau bem dentro da minha boca, tão fundo que quase engasgo. Por reflexo, eu me seguro nas colunas de aço das suas coxas, mas não luto contra ele, nem mesmo quando ele começa a mover seu quadril, empurrando na minha boca com selvageria crescente. Eu apenas olho para ele, piscando conta o spray d'água e quando a dor pulsante entre minhas coxas fica irresistível, eu enfio uma mão lá e começo a esfregar meu clitóris, deixando suas enfiadas darem o ritmo aos movimentos do meu dedo.

Ele nota e suas feições fortes se apertam, o olhar predador aumentando. — Sim, desse jeito, ptichka. — Sua voz é um gemido forte e baixo, enquanto ele enfia bem dentro da minha garganta, fechando meu ar. — Continue assim. Deixe-me ver você gozar.

Olhos lacrimejando, eu obedeço, esfregando meu clitóris mais rápido enquanto olho para ele. Minha outra mão segurando sua coxa, a velocidade do meu coração aumentando quando meu corpo sofre com a falta de ar.

Não estou respirando.

Não estou respirando e tem água no meu rosto.

Todo meu corpo se aperta, meus olhos se apertando fechados e meus músculos travando quando minha mente volta à tortura na minha cozinha, quando ele estava me torturando com água na pia. A lembrança me dá calafrios, mas não esfria o fogo dentro de mim.

De alguma forma, o terror intensifica isso tudo, aumentando a tensão e mesmo enquanto seguro na coxa de Peter, minha outra mão freneticamente trabalha meu clitóris.

Eu gozo com tanta força que vejo explosões de luzes atrás dos meus olhos bem fechados. O espasmo balança meu corpo, fazendo-me gritar e só quando eu pulo contra as pernas de Peter que vejo que minha boca está livre e estou respirando.

Tonta, eu olho para ele e vejo que ele está bombeando seu pau, uma careta selvagem nas suas feições. Então, com um gemido rouco, ele goza, espirrando jatos de gozo por todo o meu rosto e cabelo. Eu pisco olhando para ele, limpando minha testa com a mão trêmula e ele me ajuda a ficar de pé, sua pegada forte, apesar de ele também estar se recuperando do seu orgasmo.

Eu não digo nada e ele também não quando lava meu cabelo pela segunda vez. Só quando saímos do chuveiro, e ele está me enxugando, que ele fala.

— Você nunca me respondeu, sabe. — Seu tom calmo, mas vejo partes sombrias no seu olhar frio e cinza quando ele enrola a toalha em volta de mim, e pega uma para ele.

Eu pisco, pegando as pontas da toalha. — Havia uma pergunta?

Sei o que ele está falando, claro – o anel ainda é pesado no meu dedo – mas não estou nem de longe pronta para essa conversa. Eu nem pensei que essa conversa aconteceria. Ele não pediu para se casar comigo; ele me disse que isso era o que aconteceria. Então, não era como se eu fosse fazer...

— Não, Sara. — Ele larga a toalha e chega perto de mim, me encostando no armário da pia. — Não brinque assim comigo. — Sua mandíbula flexiona quando ele segura a pedra lisa em ambos meus lados e se inclina. — Você vai se casar comigo?

Eu olho para ele, congelada, incapaz de falar ou pensar. Eu não esperava que ele exigisse uma resposta. Que ele quisesse uma resposta. Desde o início, ele tem tomado todas as decisões nessa nossa relação estranha e é difícil acreditar que ele está me dando uma escolha neste caso.

De que ele esteja me dando uma opção de não me casar com ele.

— E se... — E engulo, segurando a toalha com mais força. — E se eu não quiser?

Seu rosto se aperta. — Isso é um não?

Sim. Não. Eu não sei. Como eu posso responder quando meu cérebro está em frangalhos de todos os orgasmos que ele tirou do meu corpo? Eu quero sair, entrar nas minhas cobertas e dormir, assim, eu posso acordar com alguma clareza mágica, mas mesmo nesse estado turvo, eu sei que isso nunca acontecerá. Nunca haverá um sim ou não claro quando se tratar de Peter, nunca uma decisão fácil a ser tomada. O que temos juntos é um sonho erótico e eu poderia dormir por uma semana sem ter qualquer entendimento da nossa insanidade mútua.

Sim ou não. Eu me caso com o assassino que certa vez me torturou? Ele me ama e tenho quase certeza que o amo. O 'quase' está lá porque é uma pequena parte de mim que ainda se prende ao terror, na lama tóxica da culpa, do ódio de mim mesma e da vergonha. Mesmo se eu eventualmente o desculpasse da morte de George, eu nunca poderia esquecer que ele é um assassino – que em nome da vingança, ele tem provocado sofrimento massivo e dor.

Que ele próprio sofreu mais do que eu posso compreender.

Eu olho nos olhos dele, sentindo a temperatura do banheiro úmido caindo, sentindo a parte sombria no seu olhar de metal. — Sim. É sim. — As palavras saem da minha boca por sua própria vontade, como se um demônio me puxasse pela língua. Mas assim que digo isso, sinto que parece o certo.

Parece que era o destino.

A tensão perigosa deixa seu rosto, apesar de eu ainda sentir a ameaça bem lá dentro. — Ótimo — Diz ele calmamente, saindo do balcão. Virando-se, ele sai do banheiro e eu me recosto na pia, respirando profundamente para acalmar a dor na minha barriga.

Eu disse sim.

Eu concordei em me casar com meu carrasco.

Oh, bom Deus. O que foi que eu fiz?

4 5

eter

Eu fico olhando minha noiva dormir, alternando entre alegria e satisfação sombria. Seu rosto com feições delicadas é particularmente doce e delicado quando ela está relaxada, com uma das mãos finas meio aberta sob sua bochecha e belos lábios meio abertos.

Eu provavelmente deveria desligar a luz de cabeceira e também ir dormir, mas significaria perder isso. Uma parte irracional de mim está com medo de que se eu fechar meus olhos, tudo isso se mostrará ser um sonho, uma fantasia como as que me sustentaram todos esses meses.

Minha Sara.

Finalmente a tenho.

Ela é minha e em breve o mundo todo saberá disso.

Ela estava completamente desgastada quando finalmente a

trouxe para a cama, tão cansada que dormiu na hora. Eu a segurei por cerca de uma hora, ignorando os incômodos renovados no meu corpo e, depois, fui para seu laptop fazer os ajustes apropriados.

Ela concordou em se casar comigo. A felicidade que sinto é quase que violenta. Eu estava preparado para procurar métodos mais duros para convencê-la, mas não precisei.

Ela disse sim.

Ela ainda está usando meu anel na sua mão esquerda, a que está enfiada no cobertor. Estou tentado a retirar o cobertor, para que eu possa olhar para ele novamente, mas isso poderia acordá-la e eu quero que ela tenha um sono bom.

Apesar de tudo, este sábado é nosso casamento.

Durante o último mês, enquanto eu esperava que os burocratas organizassem minha papelada, eu tive tempo de planejar tudo e molhar as mãos necessárias. Então, a não ser que Sara odeie o que eu escolhi, estamos todos prontos em termos de local, vestido, flores, fotógrafos e quase tudo que faz parte de uma pequena cerimônia de casamento privado. Ainda tem algumas pequenas decisões a serem tomadas – como quem oficializará a cerimônia – mas quero que Sara, e espero que seus pais, participem delas.

Ajuda muito ela ter concordado.

Respirando fundo, eu subo na cama perto dela e desligo a luz, encaixo meu corpo em volta das costas dela, segurando-a firme quando ela resmunga algo no seu sono.

Minha ptichka.

Ela não é mais uma fantasia.

Isso é tão real como é e quando eu acordar, ela estará aqui.

Porra, é melhor que esteja.

Sara

Eu acordo com o cheiro de colocar água na boca de ovos com bacon, misturado com alguma coisa assada. Panquecas? Biscoitos, talvez?

Eu caí no sono na casa dos meus pais novamente?

Abrindo minhas pálpebras pesadas, eu rolo de costas para olhar para o teto.

O teto branco comum do meu apartamento.

Instantaneamente, as memórias se apressam em chegar, e eu me sento ofegando, retirando meu cobertor.

Ontem à noite foi real? Peter está aqui?

Um flash de algo claro chama minha atenção e olho para a minha mão esquerda, onde um brilhante gigante está enviando luzes na pouca luz solar entrando pelas persianas fechadas.

Puta merda. Isso *é* real.

Peter está aqui.

Estou oficialmente noiva dele.

Colocando um roupão, eu corro para a cozinha, onde eu não apenas sinto o cheiro mas ouço o barulho de bacon sendo frito.

A visão que me recebe, para-me no caminho.

Vestido com nada além de calça jeans escura, Peter está em pé no fogão, profissionalmente virando uma omelete. Em outra frigideira tem tiras de bacon e num prato ao lado do fogão uma pilha de panquecas. Os músculos nas suas costas largas se movem quando ele se mexe, o jeans baixo na sua cintura estreita, e eu literalmente tenho que engolir saliva quando ele se vira e olha para mim, revelando um dorso sólido e um peito cheio de cabelos escuros.

Os poucos quilos que perdeu apenas refinaram seu físico incrível, o fez mais duro, mais perigoso.

— Bom dia, ptichka. — Sua voz profunda é como o ronronar de um tigre quando me olha, seus olhos passando da ponta dos meus pés até meu cabelo amassado da dormida. As tatuagens no seu braço esquerdo flexionam quando ele coloca a espátula no balcão e vem em minha direção.

— Oh, um… bom dia. — Vou para trás, notando que entrei sem ao menos jogar uma água no meu rosto. — Volto já.

Vou voando para o banheiro antes que ele possa me segurar. Rapidamente, escovo os dentes, entro no chuveiro para um banho rápido. Meu coração está a galopes no meu peito e minha respiração rápida e rasa.

Peter está *aqui*.

Na minha cozinha, cozinhando que nem um doido.

Eu deveria provavelmente parar um momento para me acalmar, mas não quero que toda aquela comida deliciosa fique fria.

Apesar de tudo, meu *noivo* fez isso para mim.

Meu estômago pula, o ritmo do meu coração aumenta mais e eu me forço a respirar várias vezes e bem fundo quando me enxugo e recoloco o roupão.

Então, acertando minha postura, volto à cozinha.

*S*ara

— A QUE HORAS VOCÊ TEM QUE ESTAR NO TRABALHO? — PERGUNTA Peter, servindo-me um prato belamente ornamentado de omelete de vegetais com fatias de bacon e uma rodada de panquecas.

Olho para o relógio na parede. — Em cerca de quarenta minutos. — Tenho sorte de ter acordado agora, porque eu esqueci completamente o alarme ontem à noite.

Eu estou provavelmente bem distraída com algo neste exato momento, porque mesmo estando calma por fora, por dentro, estou uma bagunça hiperventilada.

Peter está *aqui*.

Ele está aqui e estamos *noivos*.

— Vou andando com você para o seu consultório — Diz ele, sentando-se à minha frente na mesa com seu próprio prato —, a não ser que você esteja levando seu carro?

Eu cuidadosamente espeto um pedaço de panqueca com meu garfo. — Eu estava planejando ir de lá direto para a clínica, então, sim...

Ele não pisca. — Ok. Vou te levar e, então, vou ao mercado. Sua geladeira está quase vazia. Até que horas você vai ficar na clínica? — Ele começa a comer sua omelete com fome óbvia.

— Tenho que estar lá até dez, mas se tiver algum tipo de emergência, eu posso ter que ficar até mais tarde — Digo, olhando-o desconfiada. Será que ele vai contestar? Tentar controlar essa parte da minha vida? George costumava ser compreensivo com minhas longas horas, como ele mesmo geralmente trabalhava até mais tarde e tinha que viajar muito a trabalho, mas eu não sei como Peter sente-se sobre isso. Ele não me impedia de trabalhar muito antes, mas aquilo era diferente.

Naquele tempo, ele estava apenas matando seu tempo antes de me sequestrar.

— Ok. Vou te pegar lá. — Ele se levanta e vai para o balcão, onde está minha bolsa de mão. Procurando, ele pega meu celular e começa a digitar nele.

— O que você está fazendo? — Pergunto, espantada.

— Te dando meu número. — Terminando, ele coloca meu telefone de volta na minha bolsa e volta para a mesa. — Assim, você pode me ligar quando estiver prestes a sair da clínica. Eu não te quero naquela área sozinha à noite.

— Você não vai mais mandar me seguirem?

— Vou, mas eles vão manter distância, e eu não. — Ele corta um pedaço de bacon, daí, me olha. — É para sua segurança, ptichka.

Sua voz é calma e firme, claramente inflexível. Ele não vai ceder nesse caso e por alguma razão, estou de bem com isso. Em vez de me fazer sentir restringida e controlada, sua necessidade patológica de me proteger me enche com um tipo de entusiasmo caloroso. Nunca esquecerei como me senti quando dois homens drogados com meta tentaram me roubar perto da clínica, e mesmo tendo sido tão traumático quando Peter os matou, estou grata que ele estava lá. Além do mais...

— Você está esperando algum problema? — Pergunto quando o pensamento vem à minha cabeça. — Quero dizer, você tem alguns poucos inimigos, com sua antiga profissão e tudo...

Ele coloca o garfo na mesa e olha para mim. — Isso é sempre uma possibilidade, ptichka, eu não posso mentir. É por isso que não vou tirar sua segurança – também porque criei uma nova identidade antes de vir para cá. Eu não queria ninguém da minha vida anterior ligado a Peter Garin, dos subúrbios de Chicago, com Peter Sokolov, o assassino. De fato, parte do acordo que fiz com as autoridades é que Peter Sokolov não mais existisse. Ele é listado como morto nos arquivos do FBI, CIA, e Interpol, assim como estão Yan e Ilya Ivanov e Anton Rezov. O próprio acordo da anistia é altamente confidencial, com apenas uns poucos indivíduos de alto escalão no FBI e CIA com acesso a todos os termos. O resto, como o Agente Ryson, foi recomendado a apenas saírem e manterem suas bocas fechadas. Claro, Esguerra e Kent sabem quem sou e tem sempre uma chance de eu ser visto e identificado por um ex-cliente ou alguns outros. Contudo, diferente do meu nome, meu rosto não foi muito conhecido e, de qualquer modo, a chance de um encontro esporádico com alguém da minha vida anterior é pequena – e especialmente nesta parte do mundo.

— Oh. Uau. — Até este momento, eu não tinha pensado na abrangência do acordo impossível feito. — Como você os fez concordar com tudo isso? Quero dizer, sei que você falou que esse Esguerra tem influência, mas... — Minha voz some quando vejo a expressão de Peter notadamente sinistra.

— Seu governo teve imposições próprias para mim — Diz ele

firmemente. — mas não é nada para se preocupar, ptichka. Basta dizer, as forças armadas dos EUA são um dos maiores clientes de Esguerra e eles querem manter esse relacionamento amigável, tanto porque querem as armas que ele fabrica como porque querem manter essas armas fora de outras mãos.

— Para eles próprios comprarem todas?

Peter assente e volta a comer. — Exatamente.

Tem uma parte sombria na sua expressão e apesar de eu querer perguntar mais, eu sei que preciso parar. Olhando-o terminar de comer tenho a sensação desconfortável que um animal selvagem invadiu minha pequena cozinha, um predador que pertence à selva. Eu o vi em ambientes domésticos antes, claro, mas desta vez parece diferente, sabendo que ele está aqui para sempre, que este homem grande e letal será parte da minha vida normal... parte da minha família.

Minha cabeça começa a rodar novamente e eu empurro meu prato quase vazio. —Peter... Como isso vai funcionar? — Ante seu olhar inquiridor, eu esclareço. — O que direi aos meus pais? Provavelmente o FBI mostrou uma foto sua para eles. Mesmo se você se apresentar como Peter Garin, eles irão suspeitar de que realmente é você – especialmente depois que continuei insistindo que você voltaria quando o mal-entendido com o FBI fosse resolvido.

O olhar sério sai das suas feições, substituído por um divertimento sinistro. — Bem, assim está perfeito então, não? — Esticando o braço pela mesa, ele cobre minha mão com sua palma. — Você só vai falar a eles que o mal-entendido foi finalmente desfeito – e que eu consegui um sobrenome novo no processo.

— Aham. E os amigos deles, que ouviram uma versão daquela mesma história e *meus* amigos, que ouviram uma versão completamente diferente – uma em que você é nada mais do que um sequestrador? O que todos eles irão pensar quando eu aparecer com *isso* — eu levanto minha mão esquerda, mostrando meu anel — do nada e apresento um noivo russo com nome Peter que se parece suspeitamente com uma foto que os agentes do FBI podem ter mostrado quando eu desapareci?

Ele aperta minha mão. — Não se preocupe com eles, ptichka. A opinião deles não importa. Apenas fale que sou alguém que você tem namorado há alguns meses e deixe-os tirar suas próprias conclusões.

— Que conclusões? Que sou pirada da cabeça? Ou que tenho fetiche por homens russos que têm a mesma beleza sombria e, por acaso, têm nome Peter?

Ele dá um sorriso aberto e se levanta, pegando seu prato e o meu. — Quaisquer dos dois servem. Apenas não confirme nada. Deixe-os pensar que estou em algum tipo de programa de proteção à testemunha e você não pode falar sobre isso.

Realmente essa não é uma má ideia. Marsha e qualquer outro que suspeite da real identidade de Peter pensarão que estou completamente louca, mas contando que eu não confirme suas suspeitas, haverá motivo de dúvidas. Apesar de tudo, quão insano é que o homem que assassinou George e me sequestrou conseguiu anistia completa e agora está para casar-se comigo? Meus amigos também poderiam pensar que eu tenho algum tipo de tendência masoquista e decidi me ligar a um homem que tem muitos traços parecidos com o do meu carrasco.

É certamente uma explicação mais simples.

— Falamos a verdade aos meus pais e mantemos a história de Peter Garin para os outros — Digo, levantando-me para ajudá-lo a limpar a mesa.

— É isso que faz sentido para mim — Diz ele e olha o relógio. — Você tem que se vestir e ir, ptichka. Não vai querer se atrasar.

Certo. Meu trabalho. Eu quase me esqueci disso.

— Espere, deixe-me ajudar — Digo, indo jogar os restos fora, mas ele acena que não.

— Deixe comigo, não se preocupe. Só vá se trocar. — E dando um beijinho na minha testa, ele começa a colocar os pratos na lavadora.

Eu levo Sara para o seu consultório e deixo o carro com ela, assim, ela pode ir para a clínica depois do trabalho como planejado. É só uma caminhada de dez minutos do consultório dela para o apartamento e a mercearia é no caminho, então, eu paro para comprar o básico para o jantar desta noite. Não é muito, apenas o que eu possa carregar com facilidade em uma mão – gosto da minha mão da arma sempre livre – e faço uma nota mental de que precisaremos de um segundo carro, assim como todos no subúrbio.

Isso também não é a única coisa que precisaremos. A geladeira da pequena cozinha de Sara tem apenas um metro de altura e a cozinha em si praticamente não dá para fazer nada. Eu passei meus anos adolescentes numa célula congelada na Sibéria, então, eu não sou chato sobre acomodações, mas não vejo razão para que continuemos com um apartamento que foi claramente projetado para um ocupante.

Hoje à noite, quando Sara voltar, discutiremos arranjos de moradia assim como nosso vindouro casamento no sábado.

Claro, eu sei porque carros, apartamentos e detalhes de cerimônia de casamento estão na minha mente. Pensar sobre logística está me distraindo da necessidade urgente de agarrar Sara, trancá-la no meu quarto, para fodê-la o dia todo. E toda a noite. E por uma semana depois.

De fato, eu quero acorrentá-la à minha cama e sempre tê-la lá.

Eu não sei o que esperava quando voltei, mas não era isso. Eu não achava que seria tão difícil deixar Sara continuar com sua rotina, voltar do jeito que vivíamos antes do Japão. Naquele tempo, eu também a queria comigo o tempo todo, mas deixá-la sair para trabalhar não me rasgava no meio desse jeito, não ativava essa necessidade louca de engaiolá-la e jogar a chave fora. Isso é tudo que eu poderia fazer para agir normalmente esta manhã, beijá-la na testa e deixá-la no consultório como um bom marido em vez de um selvagem que não quer nada mais do que arrastá-la para a minha caverna.

Essa é a variável que não pensei no meu planejamento.

Minha obsessão intensa por Sara – a coisa que pode acabar com tudo.

Estou esperando que essa seja uma situação temporária, que estou me sentindo assim porque acabamos de passar nove meses longe um do outro e senti muita falta dela. Que com o passar do tempo, conforme a lembrança daqueles meses infernais desaparecerem, ficar separado dela por algumas horas será mais fácil... menos torturante.

A outra possibilidade – que no Japão eu me acostumei a ter Sara comigo vinte e quatro por sete e possa não ser capaz de me ajustar à velha rotina – é infinitamente pior. A razão porque eu fiz tudo isso é para fazer Sara feliz, para dar-lhe a chance de manter sua carreira, seu relacionamento com sua família e amigos. Isso era impossível quando eu era um fugitivo, mas agora eu posso ser parte da sua vida sem ter que tirar tudo isso dela.

Eu posso dar tudo para ela – se eu apenas puder vencer minha necessidade egoísta de tê-la para mim mesmo.

Sara

Eu passei a maior parte do meu dia no trabalho oscilando entre alegria incontida e acessos de pânico.

Peter está vivo.

Ele voltou e estamos juntos – sem que eu seja sequestrada, nada menos.

Apesar do que Peter falou do seu acordo, eu esperava pelo menos que o FBI aparecesse e me acusasse de ajudar e incentivar. Mas ninguém veio. Tudo está normal – ou tão normal quanto pode ser quando alguém é noiva de um ex-assassino.

Eu não estou pronta para responder as perguntas dos meus colegas de trabalho, então, escondi minha mão no meu bolso e tirei o anel tão logo tive um momento de privacidade. Agora, o diamante gigantesco está no fundo da minha bolsa de mão, forçando-me a carregar a bolsa para todos os lugares.

Eu não sei quanto o anel custou, mas eu suspeito que chegue fácil aos seis dígitos.

Peter comprou ou roubou? Provavelmente o primeiro – ele é rico o bastante para comprar – mas perguntarei para ter certeza. Duvido que ele ficará ofendido; ele já fez coisas bem piores, com certeza.

O fato de eu até estar pensando nisso, imaginando que meu noivo muitimilionário poderia ter roubado meu anel de noivado, teria feito qualquer pessoa normal pausar. Contudo, não estou mais no ambiente 'normal'. Comparado a matar meu marido, um roubo de um brilhante não é nada mais do que uma falta leve, uma da qual posso perdoar Peter com facilidade. Em geral, agora que eu tive tempo para me recuperar do choque da sua chegada, o pânico esporádico que me atacava ante o pensamento de me casar com ele é menos intenso, quase contornável. De noite, quando entro no carro para ir para a clínica, eu até começo a pensar que poderíamos visitar meus pais neste final de semana e, dependendo da reação deles, falar-lhes que nos casaremos em breve.

Talvez no inverno.

Meu coração começa a acelerar novamente e eu tenho que respirar fundo antes de sair do carro. Não, inverno está definitivamente muito perto; tem coisas demais para planejar num período tão curto de tempo. Na próxima primavera seria melhor... talvez até no verão.

Casamento no verão está sempre na moda.

Sim, é isso. Decido, entrando na clínica. Um noivado de um ano seria perfeito. Teríamos chance de nos acostumar um com o outro, nos acomodar numa vida normal juntos. Eu não tenho ideia se Peter é sequer capaz de viver desse modo, sem a adrenalina e o perigo das missões. Ele até admitiu para mim certa vez que gosta de matar, que aprecia o poder e o controle de lidar com a morte. Viciante, chamou ele e eu vi então que ele nunca desistiria.

Que o lado sombrio é uma parte dele, uma que nunca pode ser apagada.

Exceto que ele realmente desistiu disso por mim. Ele abandonou seu trabalho, disse ele. Eu ainda não tive chance de perguntar a ele sobre isso, mas só tem um jeito de interpretar o que ele disse.

Ele vai andar na linha.

Por mim.

E eu não teria que abandonar nada por ele.

Meus olhos ardem e é tudo que eu posso fazer para sorrir e acenar para Lydia quando entro na sala onde o paciente já está esperando por mim. Ela é uma garota de dezesseis anos, aqui com sua mãe para o exame Papanicolau e eu me esforço para deixar minhas emoções de lado e focar, para dar à paciente a atenção que ela merece.

Felizmente, seu exame não apresenta nada desagradável, mas quando a mãe sai da sala, a garota admite estar ativa sexualmente desde o ano passado. Eu cuidadosamente dou a ela uma caixa de preservativos e quando sua mãe volta, eu recomendo um DIU – para regular as menstruações dolorosas e dar proteção contra gravidez no caso de ela tornar-se sexualmente ativa no futuro.

— Minha filha não é uma puta — Diz rispidamente a mulher e arrasta a garota para fora, fazendo-me feliz de, pelo menos, ter dado à filha aqueles preservativos.

Pais como esses podem ser os piores inimigos de seus filhos.

Minha próxima paciente é uma mulher grávida nos seus trinta. Ela tem história de aborto involuntário e não tem seguro saúde. Depois dela, recebo outra adolescente – o resultado é que ela tem clamídia – e, então, é hora da minha última paciente.

Finalmente.

Pela primeira vez, estou ansiosa para ir para casa.

Pegando o telefone, procuro o número novo de Peter – *Peter*

Garin, diz nos meus contatos – e envio uma mensagem de texto para ele que estarei pronta para sair em vinte minutos, caso ele queira me encontrar na clínica. Eu não sei como exatamente ele fará isso, visto ser eu a estar com o carro, mas conhecendo Peter, ele vai dar um jeito.

Guardando o telefone, eu coloco minha cabeça para fora da sala de exames e digo a Lydia que estou pronta para o próximo paciente.

Estou escrevendo algumas observações sobre a garota com clamídia quando a porta se abre e o último paciente entra.

Olho e congelo com o choque.

Eu reconheço a garota.

É Monica Jackson, a garota de dezessete anos que ajudei após seu padrasto a ter estuprado.

Seu pequeno rosto está coberto de hematomas roxos e um lado do seu lábio cheio de sangue. — Olá, Dra. Cobakis — Diz ela tremendo e antes que eu possa responder, ela começa a chorar.

Levam sólidos quinze minutos para que eu a acalme e fique sabendo que seu padrasto saiu da cadeia na semana passada. — Ele deveria ficar lá por sete anos — Diz ela, sua voz trêmula. — E estávamos indo tão, tão bem. Com o dinheiro que você nos deu, conseguimos um novo lugar, eu me formei e estou trabalhando de tempo integral e Bobby – esse é o nome do meu irmão mais novo – ele começou a estudar também, numa escola boa, onde eles têm computadores e tudo. E mamãe... ela estava melhorando também, só bebendo um pouco de manhã. Eu achei que finalmente tínhamos nossas coisas arrumadas, e então, *ele* saiu por um detalhe técnico da lei e...

Ela começa a chorar novamente e eu espero até que se acalme um pouco antes de perguntar cuidadosamente: — Ele fez isso com você? Ele te feriu?

Ela assente, limpando as lágrimas do seu rosto com seu

pequeno punho. — Mamãe voltou a beber muito tão logo ouviu que ele saiu e quando eu cheguei em casa anteontem, ele estava lá em casa com ela, bebendo junto como nos velhos tempos. Eu discuti com ele, mandei ele ir embora e, então, ele... — Ela volta a chorar, seus ombros começando a tremer novamente.

Uso meu treinamento de médico para manter a distância requerida em vez de abraçá-la. — Você falou com a polícia sobre isso? — Pergunto calmamente quando ela recobra um pouco da compostura e ela balança a cabeça, olhando para o piso.

— Ele disse que irá processar mamãe pela custódia de Bobby se eu disser qualquer coisa e ele tem conhecimento agora. Foi assim que ele saiu mais cedo da prisão. Algum traficante amigo dele mexeu os pauzinhos.

— Mesmo se ele processar, não significa que ganhará — Digo, mas Monica balança a cabeça inflexível novamente.

— Ele pode não vencer, mas a levará para a lama — Diz ela, olhando nos meus olhos. — Ela tem antecedentes também, por bebedeira e prostituição e provavelmente o conselho tutelar vai se envolver. Estou com dezoito agora, eu poderia pedir a custódia também, mas meu trabalho paga pouco e não tem garantia que eu venceria. E se não vencer, Bobby vai acabar numa casa de adoção. — Um feroz protecionismo acende em seus olhos castanhos. — Não posso deixar isso acontecer, Dra. Cobakis. Eu passei por isso e não posso permitir isso para o meu irmão. Ele tem necessidades especiais; ele não sobreviverá ao sistema. Não posso arriscar, acredite em mim.

Meu coração fica despedaçado por ela novamente. Ainda acho que ela deveria ir à polícia, mas vejo que não serei capaz de convencê-la. E, desta vez, não posso fazer um cheque e dar a ela.

Cinco mil dólares não vai resolver e finalmente entendo como é odiar alguém o bastante para desejá-lo morto.

Se um carro atropelar o bastardo do padrasto dela, serei a primeira a festejar.

Engolindo meu ódio, eu me esforço para achar a distância necessária para fazer meu trabalho. — Ok, Monica, eu entendo. Suba na mesa, por favor, e deixe-me certificar que você não está machucada por dentro.

Ela atende, enxugando as lágrimas restantes e eu a examino cuidadosamente. Apesar da agressão ter ocorrido há dois dias, ainda tem sinais de ferimento vaginal e arranhões, então, eu coleto um kit estupro, apenas no caso de que qualquer evidência de DNA permaneça e ela mude de ideia mais tarde sobre ir à polícia. Também dou o remédio contraceptivo de emergência e checo por DST após ela admitir que seu agressor não usou preservativo.

— Você pode me dar uma daquelas coisas de cobre? — Ela pergunta quando termino. — Não quero ficar grávida por um longo tempo.

— Claro.

Ela tem dezoito anos, então, é fácil. Eu a programo para colocação de DIU na próxima semana, para dar tempo para ela sarar.

— Você tem algum lugar para ir? Além da casa da sua mãe? — Pergunto quando ela se prepara para sair.

É melhor que ela não vá para casa com seu padrasto.

— Estou ficando com um amigo agora — Diz ela para o meu alívio. — Ele tem um sofá que posso usar.

— E seu irmão?

Seus ombros estreitos ficam tensos. — Não tem espaço para Bobby na casa do meu amigo. Eu o pego de manhã e levo para a escola e, depois, o levo para casa.

— Para sua mãe que está bêbada? Seu padrasto está lá quando você volta com Bobby?

Ela olha para o outro lado — Tenho que ir, Dra. Cobakis. Obrigada por tudo.

E antes que eu possa perguntar mais, ela se apressa para fora da sala.

5 0

*S*ara

ACHEI QUE TIVESSE FEITO UM BOM TRABALHO CONSERTANDO MEU rímel antes de sair da clínica, mas tão logo saí e coloquei os olhos na figura alta e de ombros largos de Peter, o sorriso no seu rosto desapareceu.

— Qual o problema? — Pergunta ele incisivo, vindo para segurar minhas mãos. — Alguém te machucou?

Tento sorrir. — Não, claro que não. Está tudo bem.

Seus olhos se estreitam perigosamente. — Não minta. Você esteve chorando. — Seu olhar cai na minha mão esquerda nua. — Onde está seu anel?

— Eu... não quis ter que explicar. — Apesar dos meus melhores esforços, minha voz está demasiadamente pesada e eu vejo sua expressão ficar mais sombria.

265

— Alguém falou algo? — Exige ele e eu balanço a cabeça, retirando minha mão da sua pegada e dando meio passo atrás.

— Não, não tem nada a ver com isso. — Olho em volta, mas a rua está escura e quieta, deserta exceto por um SUV estacionado no meio-fio do outro lado. Sua carona, talvez? Olhando de volta, encaro Peter. — Apenas estou preocupada com uma paciente, só isso.

Sua expressão dura suaviza um pouco. — Entendo. Sinto muito, ptichka. Alguém se machucou?

Eu engulo contra uma chegada nova de lágrimas. — É uma longa história. Só vamos para casa. — Eu começo a ir para o meu carro estacionado, mas ele segura meu braço.

— Mandarei que o leve para casa, não se preocupe — Ele fala e me conduz para o carro parado, um Mercedes SUV escuro com vidro escurecido.

O motorista abaixa o vidro quando nos aproximamos.

— Leve o carro dela para casa — Ordena Peter e um homem grande e de aparência forte sai do veículo e dá as chaves para Peter.

Eu pisco quando ele passa por mim assentindo levemente. — Esse é...

— Um dos profissionais de segurança que está te vigiando? Sim. — Peter me conduz ao redor do carro para o lado do passageiro e abre a porta para mim, ajudando-me a entrar antes de voltar ao banco do motorista.

— Decidi que em vez de comprar outro carro para nós, Danny será seu motorista daqui por diante — Diz ele quando liga o carro e sai da calçada. — Eu ainda te pegarei na maioria das vezes, mas se eu não puder chegar aqui a tempo ou se você tiver que sair rapidamente, saberei que você estará segura de qualquer jeito.

Abro minha boca para argumentar, então paro. Não tenho

energia para isso agora – não com meu coração em pedaços pela trágica história de Monica.

Não quando eu sei que amanhã de manhã, ela pegará seu irmão e confrontará seu agressor no processo.

— O que aconteceu, ptichka? — A palma grande e quente de Peter cobre minha coxa, massageando o músculo tenso antes de sair. — O que te deixou tão preocupada?

Eu hesito por um segundo, então concordo. Quem se importa se Peter conhecer a história toda? Eu conto tudo a ele, da visita de Monica à clínica antes do sequestro ao que aconteceu hoje.

Peter ouve sem expressão até o fim. Então, ele pergunta calmamente: — Essa garota foi a razão de você ter sido atacada naquele beco naquela noite?

Eu sento reta, pega por um temor repentino. — Não foi culpa dela! — A última coisa que preciso é um assassino superprotetor culpando Monica pelos drogados com meta que tentaram me roubar.

— Não estou dizendo isso. — Ele sai da estrada na saída para o meu apartamento e para no sinal vermelho. — Só estou me certificando de que tenho todos os fatos.

Meu coração dá um pulo. Isso não está indo na direção que eu esperava.

— Por quê? — Pergunto, olhando para as suas feições duras. — Por que você precisa disso?

Ele não olha para mim. — Não se preocupe, meu amor. Sua paciente ficará bem, prometo.

Minha boca resseca. Ele está dizendo o que eu acho que está dizendo? Eu não falei a ele o nome da Monica, mas não seria difícil para alguém com a habilidade de Peter de achar pessoas triangulando informações de quem ela é.

— Peter...

O sinal fica verde e ele aperta o acelerador ainda não olhando para mim.

Meu pulso acelera mais. — Peter, por favor, me diz que você não vai...

— Vou o quê? — Ele vira na minha rua. — Eu te disse, você não tem nada para se preocupar. Ela ficará bem, essa garota que você ajudou. Você não precisa se preocupar com ela.

Ela ficará bem... mas e seu padrasto?

Quero perguntar, mas não consigo fazer minha boca formar as palavras. Se eu falar isso alto, fará com que fiquem reais, em vez de apenas uma terrível possibilidade na minha mente.

Isso me fará culpada.

Entramos no estacionamento do prédio e eu saio do carro antes que Peter tenha chance de abrir a porta para mim. Meu coração martelando num ritmo audível e minhas palmas estão suadas mesmo que me diga que provavelmente estou interpretando a situação erroneamente.

Peter pode apenas estar me acalmando, dizendo-me o que acha que irá me acalmar.

Eu quero acreditar nisso e com qualquer outro homem, eu *acreditaria*. Se fosse Joe Levinson ou qualquer um dos meus colegas de banda, eu receberia essas palavras como nada mais do que confortadoras e vazias, um tipo de 'vamos lá, tudo ficará bem'. Mas este é Peter e não posso chegar a essa conclusão.

Eu tenho que...

— Quando iremos ver seus pais? — Pergunta Peter e eu olho para ele em pé perto de mim. Esticando o braço, ele pega minha mão com sua palma grande e começa a me conduzir para o prédio, dizendo: — Precisamos discutir os arranjos para este sábado com eles.

Eu olho para ele confusa. Eu já falei com ele sobre minha ideia de visitar meus pais neste final de semana? Mas não, eu só pensei nisso no trabalho e... — Neste sábado?

Ele assente, olhando para mim com um sorriso. — É quando eu preparei tudo para o nosso casamento. Precisamos apenas discutir alguns pequenos detalhes e estamos prontos.

Eu paro. — O quê?

Ele acabou de dizer *nosso casamento?*

Ele solta minha mão e se vira para me encarar. — Se você falar para eles hoje à noite, talvez possamos jantar com eles amanhã. Desse modo, eles terão chance de convidar alguns amigos. E você já pode convidar seus colegas de trabalho ou quem quer que deseje que esteja lá. Vamos manter isso pequeno, por razões de segurança, mas o local acomoda até cem pessoas.

Minha língua descola do palato. — Você quer se casar neste sábado? Tipo, daqui a três dias?

Ele inclina a cabeça. — Isso é problema? Eu quis fazer isso antes, mas achei que o final de semana seria melhor do que no meio da semana para que seus amigos compareçam.

Olho para ele de boca aberta, sentindo-me como se tivesse sido atropelada por um trem. — Próximo *ano* seria melhor. — Finalmente consigo falar. — Este final de semana é... É impossível...

— Por quê? — Ele pega minha mão e continuamos andando, como se estivéssemos discutindo o que fazer para o jantar, não nosso casamento esquisito.

Um casamento que ele quer que aconteça em *três dias.*

— Porque... porque não podemos. — Me atrapalho tentando conseguir modos de convencê-lo. — E os convites? Não temos tempo de enviá-los e...

— Você apenas liga para as pessoas que quer convidar. De qualquer modo, esse jeito é mais pessoal.

— E comida? E fotógrafo? E o vestido?

— Tudo arrumado. Eu contratei uma empresa de eventos excelente e uma florista altamente recomendada e o fotógrafo está agendado para o dia todo no sábado, assim como a filmagem. Para o vestido, eles irão ao seu consultório amanhã e você vai escolher o modelo do catálogo deles. Eles prometeram que não levará mais que meia hora, então, você pode fazer isso na hora do seu almoço. O pessoal do cabelo e maquiagem chegará no nosso apartamento na primeira hora da manhã de sábado e para a música eu contratei um grupo que está atualmente em turnê em Chicago, The C-Zone Boys, acho que é como chamam. Acho que ouvi você cantando as músicas deles?

Se meu queixo não estivesse preso, eu teria que pegá-lo no chão. Contratou The C-Zone Boys para o nosso casamento improvisado? A banda, cujas músicas estiveram no topo da parada nos últimos dois anos?

— Por que não Rihanna ou The Black-Eyed Peas? — Pergunto quando consigo falar e ele me olha de lado quando entramos no saguão.

— São esses que você quer? Posso ver se posso...

— Não! Eu só... — Balanço a cabeça, incapaz de até achar palavras para explicar. — Esquece. C-Zone está perfeito. E o local?

— É Silver Lake Country Club, no Orland Park. A previsão do tempo parece estar perfeita, então, teremos tanto a cerimônia como a recepção ao ar livre, bem ao lado do lago. A não ser que você queira que seja dentro? Não é tão tarde para arranjar isso.

— Não, está... Ao lado do lago vai servir.

Ele me conduziu para dentro do elevador e apertei o botão, muda, sentindo-me como se o trem estivesse me levando numa velocidade louca. Como ele pôde fazer isso? Quando? E por que não me consultou?

Nossa vida juntos será sempre assim?

Antes de pensar nesse assunto espinhoso, preciso falar uma última coisa.

— E se ninguém vier? — Pergunto quando saímos do elevador. — Já é quarta-feira. A maioria das pessoas tem planos para o final da semana e...

— Eles mudarão. — Ele coloca a mão no bolso e pega um molho de chaves – um que deve ter feito hoje, pois, tenho a minha na bolsa. Abrindo a porta, ele me deixa entrar e fecha.

Chuto minhas sandálias. — E se não puderem?

— Então, todos perderão. — Ele tira seus próprios sapatos e se vira para mim. — Você realmente se importa, ptichka? Seus pais estarão lá e eu e você também. Precisamos de quem mais?

Ninguém – realmente não – mas esse não é o ponto.

— Peter... — Respiro fundo. — Não posso casar contigo neste final de semana. Está muito perto.

Seu olhar fica agudo. — Muito perto como? Eu te disse, temos toda a logística arrumada.

— Não é a logística! — Minha voz aumenta o volume e eu respiro fundo outra vez para tentar manter o controle. Esforçando-me para ter um tom mais calmo, digo: — Não te vejo por nove meses e, antes disso, não tivemos um ... relacionamento normal.

— E daí? — Seus olhos se estreitam. — Temos agora.

— Você está me empurrando para o casamento e tomando todas as decisões sobre nosso casamento como se fosse normal, Peter. Não como se fosse daqui a mais tempo. — Estou orgulhosa da minha compostura até agora. — Precisamos de tempo para nos conhecer *neste* contexto, para ver se podemos fazer isso dar certo... — Paro de falar, vendo a tempestade se avolumando no seu olhar prateado.

— Por que não faríamos isso dar certo? — Sua voz é perigosamente baixa quando ele vem até mim. — Isso não é um teste, uma situação de 'espera para ver' de colegas de quarto de faculdade. Você acha realmente que se ficarmos discutindo por pequenas coisas eu vou te deixar ir?

Meu pulso acelera novamente. Claro que ele não deixaria. Não depois de tudo que fez para que chegássemos aqui. Mesmo assim, ele tem que ver que casar-se comigo *neste final de semana* – e não me dar a chance de escolha nesse assunto – não é o jeito de agir após uma ausência de nove meses precedida de uma relação forçada envolvendo assassinato, tortura e sequestro.

— O que você acha de um casamento no inverno? — Falo em desespero. — Poderíamos fazer perto das férias de dezembro, então, a estação sempre seria mais festiva para nós. Poderíamos planejar uma lua de mel nessa época também. Poderei tirar uma ou duas semanas de folga e...

— Podemos sair de lua de mel quando quisermos. — Chegando-se a mim ele coloca a mão sob minha blusa, repousando suas palmas quentes na minha pele. Seus olhos metálicos ficam com um brilho caloroso quando seus polegares raspam minha pele sensível no meu tórax, acariciando minhas costas. — Se você não puder ou não quiser pegar folga semana que vem, não precisa. Posso esperar até o inverno para a lua de mel.

— Então, por que não o casamento? — Mantenho meus olhos nos dele, tentando focar no tópico que estamos falando em vez de no jeito hipnótico que seus polegares me acariciam vagarosamente, me esquentando e fazendo minhas entranhas se apertarem. — Qual será o problema se também nos casarmos lá?

Sua boca se curva de forma sensual e ele inclina sua cabeça, inspirando profundamente, com se sentindo o cheiro da minha essência. — Você quer dizer outra coisa além de todos os meus planos indo por água abaixo? — Murmura ele, seus lábios raspando o topo da minha orelha.

— S-sim. — Fecho meus olhos quando ele chega mais perto, esfregando o nariz no lado do meu pescoço quando minha cabeça instintivamente cai para trás, dando um melhor acesso a ele. Minha respiração acelera, uma sensação de derretimento amolecendo meus ossos quando o monte duro da sua ereção pressiona contra minha barriga, fazendo-me ver um vazio pulsante dentro de mim.

— Bem... — Ele morde meu pescoço levemente, depois, acalma a picada lambendo o local afetado. — Uma coisa, eu quero você como minha esposa e quero hoje, não amanhã ou daqui a três dias. — Sua respiração com cheiro de menta é quente na minha pele, enviando pulsos elétricos ao meu corpo. — Eu quero que você use meu anel o tempo todo, em todos os lugares, assim, todos saberão que você é minha. — Ele dá outra lambida na minha orelha, sua voz ficando mais profunda quando murmura: — Isso não é racional, ptichka, mas eu preciso disso – eu preciso de você. Eu não posso esperar. Não depois de ter ficado separado de você por tanto tempo.

— E se... — Está ficando mais difícil organizar meus pensamentos enquanto ele continua a dar as mordidinhas sensuais por todo meu pescoço e junção do ombro. Com esforço monumental, forço-me a focar. — E filhos? E onde moraremos? E o que... — Ofego quando ele abre meu zíper e desliza a mão na minha calcinha encharcada. — E sobre — começo a ofegar quando seus dedos acham meu clitóris, manipulando-o com habilidade — seu trabalho?

— Me demiti, eu te disse. — Sua respiração é tão errádica quanto a minha quando ele enfia um dedo longo em mim, então, usa a umidade resultante para circular meu clitóris pulsando. — Terminou.

— Mas... oh, Deus. — Meu quadril está agora oscilando num círculo, buscando o movimento desse dedo implicante. A pressão está aumentando dentro de mim tão rápido que não consigo mais formar um único pensamento. — Oh, Deus, Peter, eu vou...

Com um grito abafado, eu explodo, cada músculo do meu corpo se apertando numa onda violenta de prazer. O orgasmo é tão forte que minha mente fica vazia, transbordada com pura sensação física. Sou vagamente consciente de estar sendo movida, das minhas calças e roupa de baixo sendo puxadas pelas minhas pernas e sou colocada no sofá, e ele está empurrando dentro de mim, seu pau grande penetrando fundo numa estocada forte.

O choque disso me atinge até os ossos e meus músculos ainda se contorcendo travam forte, apertando-se num esforço instintivo de parar a invasão. Mas isso só me faz senti-lo mais grosso e massivo e me vejo ofegando novamente quando ele segura meu quadril e começa a empurrar, sua pélvis batendo contra meus glúteos com cada estocada implacável.

— Peter... — Sinto a onda se acumulando em mim, ameaçando me cobrir numa felicidade branca e quente. — Peter, espera...

Ele não diminui; se faz algo, suas entradas punitivas aumentam a velocidade. — Goza comigo — Ordena ele roucamente. — Quero sentir você bebendo do meu pau.

Chego lá antes de ele terminar de falar, a onda subindo numa força de tsunami. O prazer batendo nos meus sentidos, destruindo minhas últimas resistências. Não sei se estou gritando ou se é sangue o barulho nos meus ouvidos, mas o resto dos sons some.

Tudo que ouço, tudo que sinto, tudo que noto é o êxtase e ele.

MINHA PTICHKA ESTÁ QUIETA QUANDO A TRAGO PARA O BANHEIRO E A abaixo no banho de espuma que preparei antes de trazê-la. A banheira é muito pequena para nós dois, eu uso a pia para me lavar e me acomodo ao lado da banheira, olhando seus mamilos brincarem com as bolhas. Com sua cabeça descansando na beirada da banheira, seus olhos fechados e suas feições delicadas rosadas com brilho pós-orgasmo, ela parece tão tentadora que eu a quero mais e mais.

Hoje à noite, prometo a mim mesmo.

Tão logo Sara termine seu banho, vamos comer e ela será minha toda a noite.

Sentindo meu olhar, ela abre os olhos. — Obrigada por isso — Murmura ela, movendo uma graciosa mão pelas bolhas. — Não me lembro da última vez que fiz isso.

Luto contra a vontade de pegar a mão dela, levantá-la contra mim para que possa sentir seu corpo escorregadio contra o meu. — Você vai se casar comigo no sábado — Digo, meu tom mais forte do que pretendido. — Isso não é negociável.

Ela enrijece visivelmente e senta-se. — Peter, isso não...

— Ou pode ser esta noite. Não sou contra voar para Vegas com você depois do jantar. — Me esforço o máximo para manter meus olhos fora dos seios brancos macios expostos acima da água.

Isso é muito importante para que eu me distraia com luxúria.

Como se sentisse meus pensamentos, Sara se afunda de volta na água, deixando que as bolhas protejam aqueles seios tentadores da minha vista. — Você tem um avião esperando?

— Mais ou menos. — Deixei meus companheiros ficarem com nosso avião no momento, mas posso alugar um jato particular em algumas horas.

Com dinheiro necessário, qualquer coisa é possível.

— Peter... — Ela senta-se novamente, dessa vez cobrindo seus seios com uma mão magra. — Precisamos falar sobre isso, na verdade, sobre tudo. Você voltou ontem e ainda não sei realmente onde você tem estado ou o que tem feito. Onde estão Anton e os gêmeos? Eles estão aqui com você?

— Não. — Eu respiro fundo e diminuo o instinto de carregá-la para Vegas neste exato segundo. Sara está certa; tem muito que não discutimos. — Eles estão na Europa, mas virão para o nosso casamento. — Eu explico e fico em pé.

Ela segue meu exemplo e eu enrolo uma toalha nela quando sai da banheira. Ela parece impossivelmente pequena desse jeito, com sua cabeça abaixada e a toalha grossa enrolada no seu corpo magro.

Isso me mostra quão indefesa ela é, quão quebrável.

Lembra-me de como eu certa vez quis puni-la... e como eu ainda quero às vezes.

— Vamos comer e conversar — Digo, reinando sobre o impulso sinistro. — Vou te falar tudo.

Mas nada disso irá mudar o que está para acontecer.

Antes do final desta semana, de um jeito ou de outro, Sara será minha esposa.

Sara

Nosso jantar desta noite é uma mistura de cozinha russa e asiática, com um suculento *pelmeni* – bolinho de carne estilo russo – servido com creme amargo como tira-gosto, e stir-fry de vegetais cobertos com tofu apimentado e marinado como prato principal.

O almoço foi uma vida atrás e o período de sexo intenso combinado com o banho quente ajudou a acabar com meu estoque de energia. Estou com tanta fome que na hora que Peter coloca a comida na mesa, eu caio dentro, devorando cinco partes grandes e duas rodadas do stir-fry apimentado antes de levantar os olhos do prato.

— Com fome? — Pergunta Peter desconfiado quando vou para meu terceiro prato e ruborizo, vendo que estou tão focada na comida que praticamente não falei.

— Isso está muito bom — Digo em tom de desculpa e ele abre um sorriso, seus olhos metálicos tão calorosos como nunca vi.

— Aproveite, ptichka. Adoro te ver comendo o que preparei.

— Você é um cozinheiro maravilhoso — Digo com sinceridade e seu sorriso se abre mais ainda.

— Estou feliz que pense assim, meu amor.

— E se você abrisse um restaurante? — Pergunto impulsivamente. — Você sabe, como Yulia fez? Ou um café de algum tipo?

Ele ri novamente, negando com a cabeça. — Não, ptichka. Isso não é para mim. Mas te alimentarei a qualquer hora que quiser.

— Não, mas sério... o que você *vai* fazer aqui? — Largo o garfo e o estudo com atenção. — Você tem alguma ideia do que gostaria de fazer em termos de carreira? Você falou que abandonou seu emprego. Presumo que isso signifique que você não é mais um...

Por alguma razão a palavra prende na minha garganta e ele levanta as sobrancelhas parecendo estar se divertindo muito.

— Um assassino? Não, ptichka. Terminei com essa parte da minha vida. — Ele espeta um pedaço de acelga chinesa com seu garfo. — Sou um cidadão que respeita as leis seguindo minha vida.

— Verdade? — Olho para ele, tanto com esperança como desacreditando. Inicialmente, achei que ele poderia se acertar, mas, então, tivemos aquela conversa sobre a Monica. Significa isso que não entendi direito? Eu poderia jurar que havia uma promessa implícita de fazer algo com o padrasto, mas se Peter diz que ele agirá corretamente, talvez aquelas fossem apenas palavras vazias para me acalmar, o tipo que qualquer cara poderia falar para acalmar sua namorada.

Pensar sobre Monica azeda meu ânimo instantaneamente, acabando com o que sobrou do meu apetite e empurro o prato quando Peter abre um sorriso e diz: — Verdade. Essa é uma das condições do acordo: mais nenhum crime daqui para frente.

— Oh. Ótimo.

Suas sobrancelhas se levantam novamente. — Você não parece tão entusiasmada.

— O quê? Não! — Forço para longe o sentimento pesado cobrindo meu corpo quando pensei em Monica e abro um sorriso. — Estou em êxtase pelo fato de você ter se acertado. Como não poderia?

Eu realmente acho isso também, mesmo se tiver que esmagar aquela pequena ponta de culpa misturada com esperança de uma solução permanente para o problema de Monica.

Não tem como eu querer isso.

Eu me recuso a acreditar.

— Eu não sei, ptichka. — Peter levanta a cabeça, me olhando pensativamente. — Tem algo que te preocupa sobre isso?

— Tudo me preocupa — Digo bruscamente. — Como você vai lidar com esse tipo de vida? O que vai fazer com seu tempo? Você diz que quer se casar comigo neste sábado, mas então o quê? E sua vingança? Você achou o último...

— Acabou. — Seu tom é afiado como lâmina, suas feições imediatamente sombrias. — Não tem nada para se discutir desse assunto.

Eu olho para ele, a comida que comi virando um bolo no meu estômago. — O que aconteceu?

Ele se levanta e pega seu prato ainda meio cheio, então, o meu. — Nada. — Indo para a pia, ele coloca os pratos com tanta força que fazem barulho, e volta para a mesa e pega mais coisas.

Eu também me levanto, meus nervos oprimidos quando o vejo fazendo as coisas na cozinha com violência quase descontrolada. — Peter.... — Juntando coragem, eu pego seu pulso quando ele passa perto de mim. — O que aconteceu? — Repito com suavidade, olhando nos seus olhos de aço.

Os tendões no seu pulso grosso se flexionam e sei que seria

brincadeira de criança para ele sair da minha pegada. — Nada — Responde ele e desta vez, pego o tom de dor amarga e ódio. — Caralho, absolutamente nada.

Molho meus lábios secos. — O que isso significa? Você o achou?

Sua boca se vira e ele sai da minha pegada com cuidado. — Vamos esquecer isso, ptichka.

Eu quero, mas não posso. Não se construiremos uma vida juntos.

Não me casarei com um homem cujos segredos podem nos destruir.

— Por favor, Peter. — Pego sua mão de novo, apertando entre as minhas. Olhando nos olhos dele, digo baixinho: — Só me diz a verdade.

Seus dedos se fecham na minha pegada e ele fecha os olhos, respirando profundamente. Quando abre os olhos, a ira amarga se foi, encoberta com uma falta de expressão. — Eu te disse... não aconteceu nada — Diz ele com normalidade —, e nada acontecerá. Henderson voltará para a sua vida normal, seguro e bem, porque isso é parte do acordo que fiz. — E quando olho para ele, surpresa, ele diz: — Acabou, Sara. Não tem mais nada para falar.

Eu começo a falar e paro, incapaz de formar as palavras certas. De falar qualquer palavra, na verdade. Meu coração parece que vai se despedaçar, meu peito tão apertado que não posso respirar.

Ele desistiu da chance de uma vingança total da sua família.

Por mim.

Ele fez isso por mim.

— Não — Ele diz apertado e vejo que eu consigo sentir algo como água no meu rosto. O embaçado na minha visão deve ser lágrima.

— Desculpe-me. — Largo a mão dele e passo as costas da sua mão nas minhas bochechas. — Eu estou... Tudo bem.

Ele olha para mim, e se vira, voltando para a limpeza da cozinha como se nada tivesse acontecido.

Como se ele não tivesse acabado de arrancar meu coração do peito e colocado no seu bolso.

Dou-me alguns minutos para me acalmar, vou à minha bolsa e pego o telefone.

— O que você está fazendo? — Pergunta Peter quando disco o número dos meus pais e coloco o dedo nos meus lábios no gesto universal de silêncio.

— Oi, mamãe — Digo quando ouço o alô familiar. — Como está? Como está se sentindo?

— Estou bem, querida. — Ela parece surpresa. — O que está acontecendo? Está tudo bem?

Olho para o relógio e me espanto ao ver que já passa das dez. — Sim, tudo está bem. Desculpe-me ligar tão tarde – tive um turno na clínica e perdi a noção da hora. Eu não te acordei, acordei?

— Eu? Oh, não. Eu estava lendo antes de dormir. Mas seu pai já está dormindo. Você quer falar com ele? Posso acordá-lo se você...

— Não, não, tudo bem. Deixe-o dormir. — Respiro fundo. — Mãe, o que você e papai farão amanhã à noite? Vocês estão livres para jantar?

Do canto do meu olho, vejo Peter parado, ele volta a colocar os pratos na lavadora.

— Bem, estávamos pensando em ir para a noite do Bingo, mas não é necessário — Diz mamãe. — Por que, querida? Você não trabalha amanhã?

— Tenho um turno leve — Digo e é quase verdade. Não estou de plantão amanhã, nem tenho procedimentos cirúrgicos. E concernente à clínica, vou trocar para outro dia. — Vocês querem vir jantar aqui?

Um momento de silêncio, então: — Na sua casa?

— Sim. Tem alguém que quero que conheçam — Digo quando Peter se vira para me olhar.

Esta será apenas a segunda vez que meus pais visitam meu novo apartamento. Nunca fui uma anfitriã particularmente boa, então, geralmente, ou eu vou à casa deles, ou saímos para almoçar ou um brunch. Mas com Peter no cenário, acho que é melhor que estejamos na minha casa.

Existe mais possibilidade que meus pais se comportem melhor.

— Oh. — A voz de mamãe se enche de excitação óbvia. — Sim, claro, querida, adoraríamos. Você quer que levemos algo, ou você vai pedir?

— Deixe conosco, mamãe. Não se preocupe com nada — Digo quando Peter continua me olhando. — Vejo vocês amanhã às seis, certo?

Eu desligo e ele vem em minha direção, seus movimentos vagarosos e ligeiramente predatórios, como os passos preguiçosos de um gato da selva.

— Era minha mãe — Digo indo para trás instintivamente. — Os convidei para jantar aqui amanhã. Você não se importa, se importa? Podemos pedir comida ou... — Minhas palavras terminam num grito quando Peter me pega e coloca-me no balcão, então, abre meu roupão.

— Peter, espera... — Eu passo a língua nos meus lábios quando ele abaixa o roupão até meus braços, me desnudando completamente. — Devemos decidir o que vamos... ahh... — Dou um gemido, minha cabeça se inclina para trás quando ele beija a área sensível em volta do meu pescoço na mesma hora em que sua mão invade o canto pulsante entre minhas pernas, dois dedos ásperos empurrando sem dó. Ainda não estou molhada e dói, mesmo assim, meu corpo se fecha na onda de calor, numa explosão de sensação violenta.

— Você se casará comigo. Neste sábado — Geme ele, fodendome com aqueles dedos e eu concordo gemendo, meu corpo em chamas de novo.

Este sábado, esta noite, amanhã – não importa mais. Desisti de lutar, desisti de resistir.

Ele estava certo o tempo todo.

Eu sou dele e ele é meu.

Tinha que ser assim.

Ela está dormindo, exausta, quando cuidadosamente saio da cama e junto as roupas que deixei dobradas na cadeira. Visto-me sem fazer barulho, com cuidado para não acordá-la, saio do quarto e coloco a meia.

Minhas botas estão na entrada, eu as coloco e bato no bolso da jaqueta para certificar-me de que meu telefone está lá.

Tudo o que preciso é navegar para a localização atual de um Sr. Samson 'Sonny' Pearson, padrasto de Monica.

Danny já está me esperando no estacionamento, então, eu pego o email dos meus hackers e dou o endereço para ele a alguns quarteirões distante de onde Pearson mora – que coincide em ser o apartamento da sua esposa.

A mãe de Monica claramente não tem nada contra ficar junto do estuprador da sua filha.

É um risco que estou tomando, fazendo isso sozinho. Teria sido mais sábio contratar alguém para fazer isso discretamente em alguns meses, quando ninguém poderia possivelmente ligar a morte de Pearson à visita da sua filha adotiva à clínica para mulheres, sem fins lucrativos. Contudo, minha ptichka estava chorando hoje – chorando por causa deste *ublyudok* – e não posso deixar isso passar.

Ele morrerá esta noite e sua filha adotiva estará finalmente livre.

— Deixe-me aqui — Digo a Danny quando chegamos ao endereço que dei a ele, um prédio a alguns quarteirões do meu real destino. O cara é leal e bem disposto a agir fora da lei, mas não confio nele como confio nos meus próprios homens.

É melhor que eu faça isso sozinho, sem testemunhas.

O apartamento de Amira Pearson é no segundo andar de um prédio mal cuidado de quatro andares. Tem um cheiro leve de urina e vômito no saguão e a pintura nas escadas está descascando, lembrando-me dos prédios da era Soviética, na Rússia. Contudo, a porta do apartamento que paro na frente é feita de madeira normal, não duas camadas de aço como é o comum no meu país natal que vive de corrupção.

Eu poderia quebrar esta porta com apenas um chute se quisesse.

Em vez disso, coloco meu ouvido na madeira e escuto. Posso ouvir um murmúrio baixo de vozes, então, minha informação está correta. Sonny tem um trabalho descarregando caminhões de vegetais às três da manhã, e sairá para o seu turno em breve.

Eu volto e fico do lado de fora para esperar. Eu poderia ter entrado enquanto o desgraçado estivesse dormindo, mas a mãe e irmão de Monica estão no apartamento, então, é melhor esperar.

É melhor pegar Sonny sozinho e fazer parecer um roubo que deu errado.

Leva quase meia hora para ele sair, eu fico a postos e alerta, a adrenalina bombeando com força nas minhas veias. Eu não posso negar a antecipação sombria que estou sentindo, a sede de sangue me abastecendo como vários bules de café.

Sou um predador, um monstro e sei disso.

Agora Sonny Pearson saberá disso também.

Fico escondido pela metade num beco e quando ele passa, saio e o pego pela frente da sua camisa, puxando-o.

— Ei! — Ele tenta se sair de mim, mas congela quando pressiono a lâmina na sua garganta.

— Não se mova — Sussurro, curvando-me —, nem respire.

O pomo-de-adão no seu pescoço grosso balança perigosamente perto da minha lâmina. — O-o que você quer, cara? Não tenho dinheiro.

— Eu sei. — Não preciso vê-lo empalidecer para saber que meu sorriso é de petrificar. — Não estou atrás disso.

E com isso, passo minha lâmina na sua garganta. Seu sangue quente banha meus dedos e o fedor de fezes saindo enche o ar. Assisto a vida acabar nos seus olhos marrom-terra e digo calmamente: — Monica manda lembrança.

Deixando seu corpo cair na calçada, limpo minha mão e lâmina na parte mais limpa da sua camisa, pego sua carteira do seu bolso e saio do beco, voltando para onde Danny está esperando.

Teremos que parar num hotel na volta.

Preciso tomar um banho antes de voltar para casa.

Sara

AINDA NÃO ESTOU PRONTA PARA USAR MEU ANEL ABERTAMENTE NO consultório, mas na hora do almoço, quando o pessoal do vestido – duas mulheres chiques aparentando a minha idade – chegam, as levo pelo saguão, ignorando os olhares curiosos da recepcionista. Entramos numa das salas de exames e elas me medem da cabeça aos pés – um processo que leva meros minutos com suas mãos habilidosas.

— Você é bem esbelta, o que é perfeito — Diz uma mulher alta e de cabelos escuros que se apresentou como Suzie. — Temos um Monique Lhuillier maravilhoso que caberá em você com mínimas alterações. Pam, você tem a foto?

Pam, uma loira baixa com cabelos encaracolados, pega seu telefone e me mostra um vestido elegante, estilo sereia, pendurado num manequim. Coberto com uma renda delicada, sem alças, com decote quadrado e uma fileira de botões de pérola nas costas – simples, mas tão perfeito que eu só posso olhar e babar.

— Temos muitos outros estilos também — Diz Suzie, interpretando incorretamente minha mudez. — Tem alguma coisa específica que você estaria...

— Não, este é genial. — Retiro meu olhar da tela do telefone. — Quanto é?

Suzie pisca e olha para Pam.

— Sr. Garin nos disse que não há orçamento definido. — Diz Pam cuidadosamente. — Não é esse o caso?

— Oh, um... certamente. Só estou perguntando por curiosidade. — Finança ainda é uma outra coisa que não conversei com Peter, então, faço meu máximo para esconder meu desconforto atrás de um sorriso luminoso.

— Oh, entendo. — Pam abre um sorriso de volta para mim. — Bem, tenha certeza que seu noivo é um homem muito generoso. Esse vestido é edição única com renda feita à mão e o preço de venda é trinta e três mil, mais taxas. Contudo, faremos os ajustes sem custo.

— Muito... gentil da parte de vocês. — Minha voz soa presa, mas não posso fazer nada. Não sou uma cinderela – mesmo com o corte de salário do meu novo emprego, meu salário está solidamente dentro dos seis dígitos – mas trinta e três mil é ainda uma quantia de arregalar os olhos para um vestido que usarei apenas uma vez.

Achei que o vestido de mil e duzentos dólares do meu primeiro casamento era caro.

— Você precisará de sapatos e acessórios também — Diz Suzie, pegando um catálogo brilhante da sua bolsa de mão tamanho gigante. — Você quer dar uma olhada nesses — Ela segura o catálogo. — Ou você gostaria que recomendássemos algo?

— Eu apreciaria uma recomendação — Digo, e elas

rapidamente me mostram um par de sapatos brancos Louboutin com tiras delicadas em volta dos tornozelos e um colar de pérolas para combinar com duas presilhas de pérola e diamante para o meu cabelo.

— Você também vai querer um penteado, claro — Diz Pam, passando pelos catálogos para mostrar alguns modelos de cabelo elaborados. — Ele vai terminar de combinar tudo.

— Obrigada. Me certificarei de fazer isso — Digo quando elas juntam tudo e saem. Conforme disseram, todo o processo terminou em pouco menos de trinta minutos – uma fração do tempo que gastei comprando um vestido e acessórios para meu primeiro casamento.

Talvez haja alguma vantagem em Peter me atropelar desse modo, penso desconfiada quando saio para pegar um almoço rápido na última meia hora que tenho antes do meu próximo paciente. Meu primeiro casamento foi uma grande produção, com George convidando todos que conhecia e gastando o que realmente não tínhamos. Tivemos duzentas pessoas na recepção que levou um ano para planejar – e eu, sobrecarregada com a residência na época, odiei cada minuto daquele planejamento.

Um casamento onde tudo que tenho que fazer é comparecer deve ser exatamente o que quero.

— Quem eram aquelas pessoas? — Pergunta a recepcionista, Annabelle, quando volto do almoço e eu respiro, vendo que tenho uma tarefa importante à minha frente.

Tenho que convidar meus amigos e colegas de trabalho, suportando suas perguntas de surpresa no processo.

— Elas estavam aqui para me medir para um vestido — Digo, resolvendo que não tem melhor hora do que agora. Colocando minha mão dentro da bolsa, coloco meu anel sem que ela note, e retiro minha mão, mostrando o brilhante gigantesco para Annabelle. — Vê, estou noiva e o casamento é...

Um grito de excitação para as minhas palavras antes que eu possa falar 'neste sábado'. Annabelle, mulher firme, nos seus cinquenta e tantos que lida com seguros de saúde e pacientes difíceis com a mesma confiança, fica em pé num pulo, tão agitada quanto uma adolescente e agarra minha mão para olhar boquiaberta o meu anel, tagarelando o tempo todo.

— Oh, meu Deus, olha essa pedra! Quem é o sortudo? Como vocês se conheceram? Eu nem sabia que você estava namorando!

Quando ela para respirando, digo que eu e Peter já namoramos e separamos algumas vezes, mas que nosso relacionamento não era sério por causa do seu emprego, que requeria muita viajem ao exterior. Agora, contudo, ele vai fazer outra coisa, então, decidimos dar o próximo passo e ficamos noivos.

— Não estamos planejando uma grande recepção — Digo, antes que ela possa entrar no próximo grupo de perguntas. — Em vez disso, teremos uma pequena cerimônia neste sábado e eu adoraria que você e seu marido viessem. Eu sei que está em cima da hora, mas...

Ela grita novamente e me abraça. — Oh, obrigada, querida, estou tão honrada! Definitivamente estaremos lá. Você já falou com Bill e Wendy?

Eu abro um sorriso ante suas feições excitadas. — Não, vou agora.

— Oh, então, vá agora. Agorinha mesmo. Eu não posso esperar para ver o olhar de quando ele descobrir que eu estava certa. — Quando levanto minhas sobrancelhas, ela explica: — Apostei vinte dólares com ele que uma garota bonita como você tem que ter um namorado. — E eu caio na gargalhada, ela coloca a cabeça para dentro da sala de espera e diz: — Não vejo seu paciente ainda, então, você tem alguns minutos.

— Obrigada, Annabelle. — Eu rio quando ela faz um movimento com as mãos para que eu vá. — Eu vou, prometo.

Apresso-me para o escritório dos meus chefes antes que Annabelle possa me puxar para lá, e bato na porta.

— Wendy? Bill? Vocês têm um segundo?

Wendy abre a porta um segundo depois. — Claro, minha querida. Como posso ajudá-la? — Seu sorriso é tão amigável quanto os cabelos brancos caindo em volta do seu rosto bondoso. Tudo sobre a mulher Dra. Otterman é bondoso, do tom gentil da sua voz ao jeito que normalmente chama seus pacientes para o check-up regular.

Trabalhar com ela é um prazer absoluto, mesmo com seu esposo ranzinza sempre ao seu lado.

— Bill está aqui? — Pergunto, então o vejo sentado atrás dela, comendo um sanduíche tão grande quanto seu bigode.

Ele me dá seu olhar costumeiro e coloca o sanduíche na mesa. — O que é?

Se não o conhecesse melhor, diria que ele me odeia. Mas ele é assim com todos, pacientes inclusive, então, sei que não é pessoal.

Segundo as enfermeiras, quanto mais ele grita contigo, mais ele gosta de você.

— Bem... — Do canto dos meus olhos, vejo Annabelle vir ficar ao meu lado. Ela claramente não consegue resistir o olhar que mencionara nas feições de Bill de primeira mão. — Eu estava pensando se vocês têm planos para o próximo sábado — Digo, achando que é melhor não fazer muito estardalhaço do assunto. — Vou me casar numa cerimônia pequena e fechada e ...

— Você o quê? — O bigode grisalho de Bill se revira e seus olhos passam para a minha mão esquerda. — Você está noiva?

— Desde ontem — Digo, levantando minha mão para mostrar o anel. — Sei que está muito em cima, então, se vocês tiverem outros planos, é totalmente...

— Oh, não, estaremos lá, querida. Parabéns. — Wendy abre um

sorriso e estica o braço para apertar minha mão direita. — Quem é o cavalheiro sortudo? — Ela olha minha mão esquerda. — É um belo anel que ele te deu.

O bigode de Bill se recusa a parar de se mover. — Você tem um namorado? — Sua carranca piora quando ele se levanta. — Não sabíamos que você tinha um namorado.

Eu sorrio e repito minha explicação sobre estarmos juntos e separados e as viagens frequentes de Peter antes. — Então, agora estamos prontos para o próximo passo — Eu termino e olho para o relógio na parede. — Oh, olha isso. Meu paciente provavelmente já chegou — Digo e fico olhando quando a sorridente Annabelle se apressa para seu posto.

— Desculpe-me, tenho que correr. — Digo aos meus chefes. — Então, vocês estarão lá?

— Vestidos à caráter mais os acessórios — Diz Bill amargamente.

Aceito isso como se ele também estivesse feliz por mim e com um alegre aceno de mão para Wendy, me apresso em sair, satisfeita que essa parte do trabalho, pelo menos, passou sem problemas.

Agora só tenho que falar a todos os outros e, depois, explicar aos meus pais.

Eu tenho um cancelamento de consulta na segunda metade da tarde, uso esse tempo para começar a fazer as ligações necessárias.

Simon e Rory não respondem, deixo recado para que retornem. Phil, contudo, já deve ter terminado seu dia de trabalho na escola, porque ele atende no primeiro toque.

— Ei, você. Pensamos que seu namorado misterioso tivesse te

carregado — Diz ele e eu rio, esperando que não perceba a nota meio histérica da minha voz.

Ele está brincando, mas Peter poderia com muita facilidade desaparecer comigo.

Era isso que achei que aconteceria quando eu saí do bar com ele.

— Ainda estou aqui — Digo quando paro de rir. — Mas tenho algumas notícias.

— Não me diga. — Phil ofegou no telefone. — Você está grávida.

— Hum, não... — Ou pelo menos se estou, eu não sei ainda. Não é impossível depois de dois dias de sexo sem proteção, mas definitivamente é muito cedo para dizer. — Mas, eu *vou* me casar.

Tem um silêncio de defunto no telefone. Então: — O QUÊ?

— Sim, é, tipo, uma longa história — Digo e começo com a mesma explicação que dei aos meus colegas de trabalho sobre entrar e sair do relacionamento e as viagens de Peter.

— Mas por que você não nos falou sobre ele? — Phil ainda parece chocado. — Todos pensávamos que você não namorava por causa do seu marido.

— Era um pouco complicado em algumas ocasiões. E visto eu não estar certa se o relacionamento iria dar em alguma coisa... — Paro de falar, esperando que o próprio Phil termine. — De qualquer modo, *estamos* nos casando e será neste sábado, então...

— O QUÊ?

Sorrio, pensando nos seus olhos arregalados. — Sim, eu sei. Decidimos não ter um noivado longo. De qualquer modo, sei que já está hiper em cima, então, se você tiver outros planos para este sábado, eu entendo completamente. Mas se você *puder* vir, adoraríamos ter vocês lá e, obviamente, você é bem-vindo para trazer uma namorada.

— Você vai se casar. Neste sábado.

— Foi o que acabei de falar. — Eu dou uma pausa dando uma chance de ele demonstrar mais, mas parece que perdeu a língua, daí, eu continuo. — Você não tem que me falar agora, mas se tiver uma chance, eu gostaria de saber até amanhã se você poderá ir. Peter contratou uma empresa de eventos e tudo o mais, será coisa pequena, mas espero que seja legal.

— Onde... — Phil limpa a garganta. — Onde será a cerimônia?

— No Silver Lake Country Club — Digo. — Você conhece?

— Sim, claro. Meu primo se casou lá uns anos atrás. Belo lugar.

— Oh, ótimo. — Sorrio, apesar de ele não poder ver. — Então, você pode me dizer se estará lá, ou você precisa até amanhã?

— Você está brincando comigo? Claro que estarei lá. Você já falou com Rory e Simon?

— Deixei recado na caixa deles — Digo e olho para o relógio. Melhor me apressar se vou falar com Marsha antes do meu próximo paciente. — Muito obrigada, Phil, e desculpe por fazer isso contigo. — Digo. — Te vejo no sábado.

— Sim. Até lá. — Diz ele, ainda parecendo surpreso quando desligo.

Marsha é a próxima da minha lista e uma conversa que estou com tanto medo como a do jantar com meus pais. Quando disco o número, estou torcendo um pouco que ela não atenda, mas ela pega no primeiro toque.

— Ei, querida.

Eu respiro fundo. — Ei, Marsha. Como está?

— É... você sabe. Quase na hora do meu turno da noite. Andy pegou o palito pequeno, mas seu namorado ficou bravo porque é aniversário dele hoje, então, ela pediu para eu trocar. E você, como está? O que você tem planejado para esse final de semana? Tonya e eu vamos a alguns bares no sábado. Quer se juntar a nós? Você não tem uma apresentação, tem?

— Não, mas, na verdade, sobre este sábado... — Eu aperto o telefone com mais força. — Tenho algumas novidades.

— Oh.

— Tem um cara que já estou me encontrando há um tempo. Tipo fica e não fica.

— Verdade? — A voz de Marsha fica mais alta. — Quem? Não é aquele ruivo sarado da banda, certo?

— Rory? Não, absolutamente não.

— Oh, ótimo. Porque Tonya realmente gostou dele e acha que é mútuo. Quem então? Eu já o vi?

— Não, você não o viu. — Respiro fundo outra vez. — Mas as coisas ficaram bem sérias entre a gente.

— Verdade? — O nível de interesse dela claramente aumentando. — Como séria?

Eu me abraço e falo: — Vamos nos casar neste sábado.

— Você *o quê?*

Vamos dar com a língua nos dentes, então, eu repito tão calma como posso — Vou me casar. Neste sábado. E se você puder, adoraria vê-la lá.

— Isso é uma piada, certo?

Aperto a ponte do nariz com minha mão livre. — Não. Decidimos não ter uma cerimônia grande e formal, só vamos convidar algumas poucas pessoas. Será no Silver Lake Country Club. Você sabe, no Orland Park?

— Aham. E eu vou no *Dançando com as Estrelas*.

— Marsha… Não estou brincando.

Tem alguns momentos de silêncio pesado. Então: — Você vai se *casar?*

— Sim. Neste sábado.

— Que porra é essa? Você está falando sério? Quando vocês dois se conheceram e como? Qual o nome dele? Como você nunca falou dele comigo?

— É uma longa história. A gente ia e vinha por algum tempo e, então...

— O que você quer dizer com *por algum tempo?* Quanto tempo é algum tempo? Semanas? Meses?

Eu me estremeço internamente. — Hum, meses. Definitivamente meses. — Tecnicamente, este outubro marcará dois anos desde que Peter me torturou com água na cozinha, mas em termos de tempo real que passamos juntos, é provavelmente perto de sete meses no total.

— Uau. Ok. Só... uau. — Marsha fica em silêncio por um segundo, então, num tom vagamente sentido: — Por que você não falou nada? Você sabe que todos nós achávamos que você estava solteira depois... bem, você sabe.

— Eu sei, desculpe-me. Porque estávamos tão 'fica-não-fica' que eu não pensei que era sério no começo. Ele viajava muito a trabalho. Mas agora ele terminou com isso, por isso decidimos continuar e dar o próximo passo.

— E o próximo passo é *casar-se?* O que aconteceu com só namorar e viver juntos? Sara, queri... — Sua voz fica com tom de preocupação. — O que está acontecendo? Está tudo bem?

Essa é a pior parte, porque diferente de Phil e meus novos colegas de trabalho, Marsha me conhece há anos. Ela sabe que eu sempre penso antes de agir e ela sabe também o que aconteceu com Peter.

Bem, a parte sombria disso, pelo menos.

— Tudo está bem. — Coloco o máximo de felicidade que posso na minha voz. — Só estamos excitados que finalmente podemos ficar juntos e não vemos razão de esperar. Nenhum de nós quer uma grande cerimônia, então...

— Ok, ok, entendido. Volta o assunto. Você ainda não me disse o nome dele nem o que ele faz.

Eu respiro fundo. Sei que não vai dar problema. — O nome

dele é Peter Garin. Ele costumava ser um consultor de segurança, mas acabou de se aposentar dessa área.

— Peter Garin? Espera um minuto... — A voz de Marsha fica tensa. — Aquele assassino russo que te sequestrou não tinha nome de Peter alguma coisa?

— Sokolov... e, por favor, não vamos para esse lado. — Principalmente porque eu não quero mentir para ela nem um pouco mais do que terei que mentir. — De qualquer modo, como estava te falando, vamos fazer uma cerimônia pequena neste sábado e adoraríamos se você pudesse vir. Mas eu sei que você falou que tem outros planos, se não puder...

— Oh, por favor, Sara. Eu obviamente estarei lá. As porras dos bares podem esperar. Mas ainda estou confusa. O nome do seu cara é Peter também? E que tipo de nome é Garin? De onde ele é?

Eu bato meus dedos na mesa. — Ele é de... esse tipo que é de todos os lugares. Mas ele nasceu na Europa Oriental. — Eu não posso mentir sobre isso. O sotaque de Peter, apesar de ser pouco, claramente o marca como daquela parte do mundo.

Deve ser por isso que ele escolheu um nome que soasse russo em vez de algo como Smith ou Johnson.

— O quê? — Marsha parece que está quase explodindo. — Onde na Europa Oriental?

Eu aperto meus olhos fechados. — Rússia.

— Você está brincando comigo, certo? Diga-me que você está brincando.

Eu abro meus olhos e olho o relógio. Para meu alívio, é quase hora do meu próximo paciente.

— Olha, Marsha, tenho que correr. Você vai conhecer Peter no sábado e saber tudo sobre ele. Agora, eu tenho um paciente.

— Sara, espera...

— Vou te mandar os detalhes amanhã por email — Digo e

desligo, e silencio meu telefone antes que ela possa me ligar de volta.

Quatro convites feitos, mais um monte por fazer.

Eu consigo fazer isso.

Não é tão ruim.

 *ara*

Isso *é tão ruim assim*, decido quando saio do trabalho, tendo falado com Rory, Simon, Andy, Tonya, e meus colegas de trabalho na clínica durante outro cancelamento casual. Depois de ter essencialmente a mesma conversa uma dúzia de vezes uma atrás da outra, estou desgastada e ainda tenho que falar com os grandes caciques da noite.

Jantar com meus pais.

— Entendido — Disse-me Peter durante o café da manhã quando me ofereci para pegar comida para a viagem no caminho do consultório. — Só vem para casa no horário e não se preocupe com nada.

Danny está parado na calçada quando saio do prédio e rolo meus olhos para a superproteção de Peter enquanto entro no carro. Nesta manhã, o tempo estava muito bom para vir de carro a pequena distância do meu consultório, então, Peter veio comigo a pé para o trabalho. E, agora, eu tenho uma escolta para casa também.

Nesse ritmo, esquecerei o que é estar na rua sozinha.

Impulsivamente, disco o número de Peter.

— Olá, ptichka. — Sua voz profunda acaricia meus ouvidos. — Você está a caminho de casa?

— Estou no carro com Danny. — Olho para o motorista que está fazendo um bom trabalho fingindo ser surdo-mudo quando entra na rua. — Mas você já sabe disso, certo?

— Danny me enviou uma mensagem um minuto atrás. Como foi seu dia, meu amor?

— Foi bom. Eu convidei quase todos que queria convidar e Simon é o único que não poderá vir. Ele tem um negócio de família na Carolina do Sul.

— Muito bom. — Eu ouço um tipo de barulho parecendo metais chacoalhando ao fundo, seguido por água corrente, então, Peter diz: — Espere um segundo. Eu só tenho que escorrer essa massa.

— Você está fazendo o jantar? — Pergunto quando ele pega o telefone novamente um minuto depois.

— Sim, italiana. Seus pais gostam, certo?

— Eles adoram — Digo, sorrindo. — Tenho certeza que ficarão muito impressionados.

— Você quer dizer, uma vez que eles suplantem o desejo de ligar para o FBI? Sim, você deve estar certa. Esse prato vai ficar bem gostoso.

Eu caio na gargalhada, minha ansiedade pelo jantar se aproximando, transformando-se em pura excitação. Isso está acontecendo, é verdade, está realmente acontecendo.

Peter e eu estamos nos tornando um casal normal.

— Como foi seu dia? — Pergunto. — O que você fez hoje?

O que um ex-assassino *faz* com seu tempo livre?

— Fiz algumas compras, peguei mais legumes e verduras e coisas assim — Diz Peter e eu consigo ouvir o sorriso caloroso na sua voz. — Eu também dei uma olhada em algumas casas nesta área para a gente ver depois. Eu não conversei contigo ontem sobre isso, mas este apartamento é provavelmente muito pequeno para nós – especialmente a cozinha. E se não estou errado, eles não permitem animais aqui, certo?

— Certo. É uma das grandes desvantagens desse prédio — Digo, meu coração martelando no peito. Isso está acontecendo, realmente acontecendo. Uma vida juntos – casa, cachorro e tudo. Segurando a excitação aumentando, digo: — Escolhi por ser tanto perto do meu trabalho quanto dos meus pais, mas não me importaria em me mudar para um pouco mais longe agora que mamãe se recuperou.

— Imaginei isso — Diz Peter —, duas casas que olhei são perto, e uma é cerca de um quilômetro e meio longe do seu consultório. Claro, ainda tem sua antiga casa...

— Eles te devolveram? — Pergunto e imediatamente vejo que é uma pergunta idiota. Peter não é mais um fugitivo, então, o governo não tem direito legal de manter sua propriedade que eles tomaram quando souberam que pertencia ele.

— Sim, claro — Diz Peter — Pense nisso e me diz o que quer fazer com ela. Mesmo se não formos nos mudar de volta para lá, podemos mantê-la só por prevenção, ou podemos vendê-la. Você decide.

— Oh, verdade? E eu aqui achando que você está tomando todas as decisões. — Implico com ele, e vejo que estou brincando parcialmente. Mais uma vez, Peter entrou na minha vida como um rodamoinho fazendo um grande estrago na minha paz de espírito. Sua força de vontade, junto com sua crueldade, torna impossível fingir que irei controlar meu destino, que tenho qualquer voz para onde nossa relação está indo.

E mesmo assim... talvez tenha. Estamos aqui em vez de nos esconder numa parte remota do mundo e em breve serei sua esposa, não sua prisioneira. Mesmo que seus métodos sejam sempre de se impor com autoridade, Peter demonstrou do modo mais claro possível que se importa com o que eu quero.

Que minha felicidade importa para ele.

— Você quer dizer sobre nosso casamento? — Pergunta Peter, levando minha provocação a sério. — Porque ainda podemos mudar algumas poucas coisas se tem algo que não goste.

— Como o dia? — Pergunto desconfiada. Ante o silêncio no telefone, digo: — Esquece. Já convidei todo mundo. Está tudo bem.

— Bom, fico feliz. — Tem mais barulho no fundo quando Peter diz: — Te vejo em casa em alguns minutos, ptichka. Te amo.

Te amo também. As palavras estão na ponta da língua, mas me vejo falando: —Te vejo em breve — quando desligo. Tenho certeza que Peter sabe o que sinto – ele está convencido de que pertencemos um ao outro desde o começo – mas como nunca disse as palavras antes, parece errado falá-las de modo tão casual.

Mas, eu realmente o amo. E posso finalmente admitir para mim mesma, apesar de definitivamente nada ter mudado. Ele ainda é um assassino, ainda é um monstro que qualquer mulher temeria e odiaria. Mas eu não sou mais a mesma, porque eu o amo e estou para casar com ele.

Do meu próprio livre arbítrio, juntarei minha vida a um homem que certa vez me torturou e espionou. Que, tecnicamente, ainda me espiona – se estar sempre me seguindo, tem essa definição.

— Chegamos — Diz Danny com voz séria e olho pela janela, surpresa em ver que já estacionamos no prédio – e que o motorista com feições sempre fechadas falou comigo.

— Obrigada — Digo, pegando minha bolsa e Danny assente levemente quando saio do carro.

Uau. Progresso.

O meu motorista/guarda-costas acabou de notar que existo.

A alegria que eu tinha banido volta – pelo menos até ver o carro dos meus pais entrando no estacionamento do outro lado.

Eles chegaram cedo.

Vinte minutos mais cedo.

Freneticamente, disco para Peter novamente.

— Eles estão aqui — Digo sem fôlego quando ele atende. — Meus pais, eles estão aqui.

— Isso é bom — Diz ele, com calma. — A comida está quase pronta. Te vejo em um minuto.

— Ok, sim. — Desligo e coloco meu telefone de volta na bolsa. Começo a tirar o anel do meu dedo para também deixá-lo na bolsa, mas mudo de ideia.

Não tem motivo de esconder nada quando eles conhecerão Peter em um minuto.

Respirando fundo, eu me aproximo do carro dos meus pais. — Ei, mãe, pai.

— Oh, olá. Querida. — Mamãe abre a porta do carro e sai apenas com uma pequena dificuldade — Você acabou de chegar em casa do trabalho? Desculpe, estamos um pouco adiantados; seu pai achou que haveria tráfego, ele me fez sair bem antes.

— *Provavelmente* haveria tráfego, segundo o GPS — Corrige papai e dá uma volta no carro para me dar um abraço.

Eu o abraço de volta e beijo mamãe na bochecha. — Tudo bem. O jantar está quase pronto.

Mamãe abre um sorriso. — Não pediram?

— Não, receio que não. O homem que quero que conheçam – ele está cozinhando. — Olho para trás e vejo Danny sentado dentro do carro preto, nos guardando silenciosamente, volto a olhar meus pais. — Tem algo que quero dizer-lhes — Digo cuidadosamente.

— O que é, querida? — Mamãe toca minha mão esquerda e seus dedos passam pelo meu anel. Instantaneamente seu olhar para no brilhante e seus olhos ficam do tamanho do quarteirão. — Sara, isso é...

— Eu iria falar sobre isso agora — Digo quando papai congela, olhando meu dedo anelar esquerdo, não acreditando. — Tenho notícias realmente boas.

— Você está noiva? — Mamãe tira os olhos da pedra brilhante e me olha boquiaberta. — Como? Com quem? Você não estava nem...

— Mamãe, papai. — Pego cada um com uma das minhas mãos. — Por favor, me ouçam — E tento ficar calma. Eles estão petrificados, olhando para mim sem se moverem e digo calmamente: — Peter, o homem que amo voltou. Ele finalmente conseguiu resolver seu mal-entendido com as autoridades e não é mais procurado para interrogatório. Podemos ficar juntos finalmente – e sim, acabamos de ficar noivos.

eter

Eu olho para fora da janela, onde Sara está conversando com seus pais no estacionamento. Eles estão lá por sólidos oito minutos e eu gostaria de ter uma escuta em Sara para poder ouvir o que estão falando.

Julgando pelos gestos veementes dos três, as emoções estão fortes.

Talvez eu devesse colocar um mecanismo com escuta em Sara. Talvez até alguns – um no seu celular, um na sua bolsa, mais alguns nos seus calçados favoritos. Eu já rastreio seu telefone, assim, eu sei onde ela está todo o tempo, mas isso me daria paz de espírito adicional.

A mesa está preparada, mas eu me refreio de colocar a comida. Finalmente, o aplicativo de rastrear Sara, no meu telefone, informa que ela já está dentro do prédio e se aproximando do apartamento, sigo para abrir a porta para os seus pais.

— Mamãe, papai, este é Peter — Diz ela quando o casal idoso entra a seguir e para, olhando-me desconfiado. — Como expliquei, ele se livrou totalmente das suas conexões anteriores e agora se chama Peter Garin. Peter, estes são meus pais, Lorna e Chuck Weisman.

— Prazer em conhecer vocês dois — Digo e estendo a mão para o pai de Sara apertar.

— Igualmente. — Apesar da resposta educada, a voz de Chuck é tão forte quanto sua pegada e seus olhos azuis cansados são bem incisivos em mim.

Aperto a mão de Lorna depois, tendo cuidado para não esmagar seus dedos frágeis.

— Você tem muito a explicar, *Sr. Garin* — Diz ela calmamente, olhando para mim e eu sorrio, vendo traços de Sara nas linhas elegantes do seu rosto envelhecido.

— Claro. E ficarei feliz em explicar tudo.

— O jantar está pronto, que tal sentarmos à mesa? — Sugere Sara, posicionando-se perto de mim, e meu peito esquenta quando sua mão fina passa pelo meu cotovelo num gesto de posse.

Minha ptichka. Finalmente ela nos aceitou como um casal.

— Certamente. O que quer que esteja cozinhando tem cheiro bom — Diz Lorna e eu sorrio para ela novamente, vendo que a mãe de Sara, pelo menos, está disposta a fazer nosso jogo.

Quando chegamos à cozinha, Sara se desculpa para ir ao banheiro e eu coloco a salada Caesar e o prato de aperitivos na mesa.

— Sara disse que você gosta de cozinhar — Diz Lorna, me olhando andando pela cozinha e eu assinto, sentando-me à frente dela.

— É um hobby meu. Isso me acalma.

— Hobby, hein? — A cara feia de Chuck fica mais profunda. — Qual seu trabalho então? Nunca conseguimos uma resposta direta de Sara.

— Eu fiz coisas diferentes, mas mais recentemente trabalhei como consultor de segurança e tive negócios nessa área — Digo e levanto-me. Buscando o pegador de salada, olho para Lorna. — Salada?

Ela assente. — Por favor.

Debruço-me na mesa e coloco uma porção grande no prato dela, olho para Chuck.

— Não quero, obrigado. — Ele coloca o garfo num pedaço de alcachofra marinada e transfere do prato de aperitivos para o seu prato, sempre com olhar ameaçador em mim.

— Que tipo de negócio? — Exige ele tão logo me sento de volta. — Sara disse que você cuidava de contratos de certos tipos. Esse era o negócio de consultoria de segurança? Quem eram seus clientes e como isso tudo se liga ao seu problema recente com a lei?

Eu me seguro para não sorrir. O velho não para de socar.

— Minha experiência anterior era como Spetsnaz - as Forças Especiais Russas — Digo, decidindo o que posso expor até aqui. — Depois de deixar o militarismo, eu viajei por todo o mundo e dei consultoria a várias organizações e particulares, que tinham razões para se preocuparem com segurança. Eu não posso falar os detalhes do problema que tive, pois é confidencial, mas posso assegurar que está tudo resolvido agora.

— Como resolvido? — Pergunta Lorna quando Sara volta à cozinha e eu sorrio enquanto minha ptichka senta-se perto de mim e ansiosa, pega a salada.

— Fiz um acordo com as autoridades que era vantajoso para ambos os lados — Digo enquanto Sara começa a comer, aparentemente feliz de eu estar respondendo as perguntas dos meus pais. — Agora, eu tenho um novo sobrenome e uma ficha limpa, e Sara e eu podemos finalmente nos casar.

— Uma ficha limpa de quê? — O pai de Sara pergunta, suas narinas bufando. — Eu ouvi que pessoas foram assassinadas.

— Eu não posso falar nada mais do que você já sabe, perdoe-me. — Eu coloco um pouco de salada no meu próprio prato. — É parte do acordo que fiz.

O rosto de Chuck fica vermelho e por um momento estou convencido de que ele vai me espetar com o garfo. Contudo, ele deve ser mais civilizado do que eu, porque a única coisa que ele espeta é a azeitona suculenta do prato de aperitivos.

— Sr. Garin — Diz Lorna, colocando o garfo na mesa. — Eu espero que você...

— Por favor, me chame de Peter. Estamos para ser família.

Sua boca se aperta um pouco. — Ok, *Peter*. Espero que entenda que temos muitas preocupações, tanto pelo seu passado como pelas conexões. Sem mencionar o fato de que Sara desapareceu por cinco meses depois que vocês dois... bem...

— Começamos a namorar? — Sugere Sara ajudando, e sua mãe franze a testa para ela.

— Certo, começaram a namorar. — Lorna volta sua atenção para mim e eu reconheço uma coluna de aço nela. É a mesma que sua filha tem, a que possibilitou minha ptichka lidar com o tipo de trauma que destruiria uma pessoa mais fraca.

— Ouça-me, Peter. — A mãe de Sara inclina-se na minha direção. Sua voz continuando suave, seu olhar forte como o do marido. — Você pode ter solucionado seus 'mal-entendidos' com as autoridades, mas não estamos convencidos de que você não é um perigo para a nossa filha. Não sabemos nada sobre você e o que sabemos é, francamente, bem desconcertante. Sara diz que vocês dois estão apaixonados e que ela foi com você por vontade própria, mas temos sérias dúvidas sobre isso. Você não é o tipo de homem que nossa Sara devesse jamais...

— Mamãe, por favor. — Sara empurra seu prato para o lado. — Eu já disse várias vezes que Peter não é o que você...

— Seus pais estão certos, ptichka. — Eu cubro sua mão com minha palma e a aperto levemente, então, me viro para a sua mãe. — Sra. Weisman — Digo, sendo formal para mostrar meu respeito. — Eu entendo suas reservas completamente. Se eu fosse vocês, estaria preocupado do mesmo jeito porque vocês estão absolutamente certos: sua filha e eu viemos de mundos diferentes.

Lorna e Chuck olham para mim, pegos desprevenidos, e eu uso o momento para preparar o que irei dizer. Tenho que ser bem cuidadoso aqui e caminhar pela linha tênue entre deixá-los sentir como se me conhecessem e aterrorizá-los por completo.

Decido começar do começo. — Eu cresci num orfanato na Rússia — Digo. — Não tenho ideia de quem eram meus pais, mas tenho quase certeza de que eles não eram nada igual a vocês dois. É bem provável que minha mãe fosse uma adolescente que se achou grávida, mas isso é apenas especulação da minha parte. Tudo o que sei é que fui deixado na porta de um orfanato quando eu tinha talvez alguns dias de vida.

Sara cobre nossas mãos juntas com a sua livre, dando-me apoio silenciosamente enquanto continuo.

— Não foi um excelente lugar para crescer e, sendo novo, eu sempre me metia em confusão — Digo enquanto os Weismans continuam a me olhar. — Contudo, quando tinha dezessete anos, fui recrutado para a unidade especial de contraterrorismo da Spetsnaz – onde servi meu país por um número de anos.

— Ele era muito bom nisso — Ajuda Sara, parecendo tão orgulhosa como qualquer noiva. — Quando fez vinte e um, ele já era chefe de equipe.

Eu sorrio para ela, o calor do meu peito aumentando apesar de saber que está apenas representando para os seus pais. Sara sabe o que fiz como parte daquela unidade e eu duvido que ela realmente esteja orgulhosa de quantos terroristas e insurgentes eu capturei e torturei no meu país. Mesmo assim, me sinto bem por ter sua aprovação, apesar de fingida.

— Isso *é* impressionante — Diz Lorna e viro-me para vê-la e Chuck me olhando com um pouco menos de hostilidade.

— Obrigado — Digo e sorrio para eles —, eu *era* bom, graças parcialmente, à minha juventude perdida.

— Então, por que você os abandonou? — Pergunta Chuck, garfando outra azeitona. — Como você veio parar aqui?

Meu humor fica sombrio, o calor dentro de mim se dissipando apesar do contínuo toque suave de Sara. Eu não sei se tocaria nessa parte – se conseguiria me levar para esse lado da história – mas agora vejo que tenho que tocar nesse assunto, que se eu omitir essa parte importante, os Weismans pressentirão isso e perderei minha chance de ganhar sua confiança.

— Depois de alguns anos no meu serviço, o trabalho me levou a uma vila montanhosa em Dagestan, onde encontrei uma jovem mulher — Digo com normalidade retirando minha mão da de Sara. — Ela engravidou e nos casamos.

Os olhos de Lorna se arregalam. — Você tem um filho?

— Tinha — Digo, e apesar dos meus melhores esforços, as palavras saem duras, quase amargas. — Pasha, meu filho, e Tamila, minha esposa, foram mortos sete anos atrás. Daryevo, a vila em que viviam, foi erroneamente tida como um esconderijo de terroristas e dezenas de inocentes foram mortos num ataque feito pela OTAN.

Os pais de Sara ficam de boca aberta, suas feições pálidas e os olhos não acreditando.

— Eu não entendo — Diz Chuck, após um longo e pesado momento. — Como pode acontecer algo assim? E esse tipo de erro crasso não apareceria em todos os noticiários? O que você está falando é... — Ele balança a cabeça e pega o copo d'água com mão trêmula.

— É difícil de acreditar, eu sei, papai — Diz Sara. — Mas eu digo que é verdade. Eu vi as fotos com meus próprios olhos. Isso aconteceu e *foi* horrível.

Lorna olha para a sua filha, então, vira-se para mim. — Sinto muitíssimo, Peter. — Sua voz mais macia com o que quer que esteja olhando nas minhas feições. — Qual a idade do seu filho?

— Ele faria três anos um mês depois. — Uma fisgada de angústia me deixa engasgado e eu me levanto, incapaz de olhar para os pais de Sara. Indo para o fogão, pego uma panela de massas e volto com ela para a mesa, usando o tempo para me recompor.

— Espero que gostem deste tipo de molho marinado — Digo num tom mais calmo, colocando a porção sólida do macarrão coberto com o molho no prato de Sara antes de fazer o mesmo para seus pais. — É um pouco diferente do que vocês comprariam num mercado.

A mãe de Sara enrola seu garfo no macarrão e dá uma mordida, então, abre um grande sorriso para mim. — Está muito bom, Peter. Obrigada.

— Não por isso.

Sinto a mão delicada de Sara no meu joelho, apertando levemente e quando olho para ela, vejo que seus olhos de avelã estão bem mais brilhantes. Ela não diz nada, mas o calor volta, derretendo a pedra de gelo que se formou dentro de mim pelas lembranças.

O pai de Sara limpa a garganta. — Então, hum... mas como você acabou aqui? Depois, você sabe.

Respiro. Aqui que tenho que ter cuidado para não revelar muito.

— Havia uma investigação — Digo olhando nos olhos de

Chuck. — Uma que resultou nos culpados sendo oficialmente absolvidos de imputação de todo incidente e que fosse tida como 'uma dessas coisas que acontecem naquela parte do mundo'. Eu não aceitei aquele resultado e visto meus superiores serem cúmplices no acobertamento, eu acabei em Chicago, onde encontrei sua filha.

— Então, como você terminou tendo problemas com as autoridades? — Pergunta Lorna, olhando com desconfiança misturada com um toque de simpatia. — Isso teve algo a ver com o que aconteceu com sua família?

— Sinto muito, mas não posso revelar isso. Como disse antes, é confidencial. — Dou uma pausa, deixando-os tirar suas próprias conclusões e quando mais nenhuma pergunta é feita imediatamente, eu encaro os dois e digo calmamente: — Lorna, Chuck – espero poder chamá-los assim? — Ao assentimento de Lorna, continuo. — Não posso mentir para você sobre o tipo de homem que sou. Eu não cresci numa boa vizinhança e não fui à escola para ser um doutor ou advogado. Sou um soldado por treinamento e vocação e eu já vi e fiz coisas que provavelmente vocês não conseguiriam imaginar. Mas eu realmente amo sua filha. A amo com tudo que sou. Ela é a única pessoa que importa para mim no mundo e faria qualquer coisa por ela. — Virando-me para Sara, pego na sua mão e digo com total verdade. — Eu daria minha vida para fazê-la feliz.

Sara

Eu não tenho ideia de como achei que seria o jantar, mas a última coisa que esperava era que Peter abrisse seu coração para meus pais, para desarmá-los com sinceridade em vez de objeções com arrogância revestidas de ameaças.

Pelo restante do jantar, ele é educado e respeitoso, respondendo suas perguntas com os detalhes necessários e quando encobre alguma coisa, ele ainda soa como sendo a mais absoluta verdade.

Onde nos encontramos? Num clube em Chicago. Ele já era um fugitivo? Sim. Por que namoramos escondido? Porque o dito status de fugitivo, ele não me informou até que eu estava no avião com ele. Por que eu não vim para casa por cinco meses? Porque as autoridades descobriram onde ele estava e esse era o único jeito de estarmos juntos. O que ele está planejando fazer agora? Ainda decidindo, mas tem dinheiro o bastante para vivermos o resto de nossas vidas. Como ele conseguiu tanto dinheiro? Com seu negócio de consultoria – e sim, os detalhes disso também são confidenciais.

No início, eu apenas ouço, mas quando entendo melhor a estratégia, eu replico com minhas próprias respostas, cuidadosamente seguindo as dicas de Peter. Quando pegamos a sobremesa – tigelas de cerejas frescas cobertas de tiramisu, meus pais parecem, se não exatamente confortáveis com nossa relação, pelo menos, mais receptivos.

É certamente melhor do que sua reação de pânico quando os informei sobre nosso noivado no estacionamento. Eles estavam para chamar o FBI quando lhes falei sobre nosso casamento no próximo sábado e precisei de todas as minhas forças para convencê-los a subir e realmente conhecer Peter eles próprios.

— Eu anda não entendo por que vocês estão correndo para ser casar — Diz mamãe, tomando o chá de camomila e eu seguro o sorriso ante seu tom de resignação. Pelo menos o tópico agora é a rapidez do casamento, não quão perigoso é Peter ou se deveríamos ficar juntos.

— Essa iniciativa foi minha, desculpem-me — Diz Peter e dá um sorriso para mamãe tão charmoso que me surpreendo de ela não derreter ali mesmo. — Senti tanta falta da sua filha que a pedi tão logo estávamos juntos novamente. A vida é muito curta, entende? Quando se acha a pessoa certa, você tem que segurá-la – e eu sei que Sara e eu somos certamente um para o outro. Além do mais — Ele olha para mim, seu olhar caloroso... — Gostaria de começar uma família em breve.

Meu pai bate a xícara de café. — Você o quê?

Peter dá um guardanapo para ele. — Gostaria de ter filhos —

Ele fala com calma enquanto meu pai limpa o café derramado. — Uma menininha e um menininho – ou o que quer que o destino reserve para nós.

Eu ruborizo quando o olhar de mamãe instantaneamente vira para a minha barriga.

— Sara, querida, você não está...

— Não, claro que não. — Consigo sentir meu rosto ficando mais vermelho quando mamãe levanta suas sobrancelhas não acreditando. — É muito cedo, Peter acabou de voltar.

— Mas você já está tentando? — Pergunta mamãe, um sorriso feliz cobrindo seu rosto e, para meu choque, vejo que ela está feliz com a possibilidade.

A vontade primal de ter netos deve ter sobrepujado suas preocupações com Peter.

Papai, por outro lado, parece bem desconfortável. — Lorna, por favor. Isso não é da sua conta.

— Tão logo um bebê esteja a caminho, você será a primeira a saber — Peter promete a mamãe e ela me choca novamente por assentir conspiratoriamente.

— Obrigada. — Abaixando a voz, ela curva-se para meu ex-sequestrador. — Achei que não aconteceria no período das nossas vidas.

Meu rosto deve se igualar à cor da cereja na tigela, mas meu pai parece intrigado. Parece que ele acabou de perceber que tudo isso – do retorno inesperado do meu amante que não é mais criminoso ao nosso noivado apressado – casa bem com algo que ele tem pensado desde meu casamento com George.

Como mamãe, ele quer netos, mas devido a idade avançada, ele já tinha perdido a esperança de ver algum.

No que tange a mim, ainda estou aterrorizada com a ideia, mas agora não é hora de externar dúvidas. Além do mais, eu me lembro como me senti quando minha menstruação atrasou, como fiquei tão desapontada que era quase um pesar. Talvez eu *realmente* queira um filho com Peter, apesar de minha parte racional estar gritando que deveríamos esperar para ver como vão ficar as coisas.

Se eu posso confiar em construir uma família normal com um assassino implacável.

Enquanto terminamos a sobremesa, Peter fala dos detalhes do casamento, perguntando aos meus pais, por consideração, seus detalhes pessoais e quantas pessoas eles gostariam de convidar. Eu ouço divertindo-me enquanto os três concordam com um juiz local que meu pai conhece e meus pais expressam o desejo de convidar os Levinsons junto com alguns outros amigos – algo que Peter aprova muito.

— No meu caso, só chamarei três amigos — Certamente referindo-se aos colegas russos e isso parece acalmar meus pais um pouco mais – provavelmente pelo fato de ele ter amigos o tornar mais humano aos olhos deles.

Quando terminamos, Peter começa a limpar a mesa enquanto meus pais se aprontam para ir para casa.

— Obrigada. Estava delicioso — Diz mamãe.

— Sim, obrigado — Ecoa papai com cara amarrada quando meu noivo sorri para eles.

— O prazer foi todo meu. Esperamos vê-los novamente em breve — Diz ele e eu coloco meus sapatos para levar meus pais ao carro.

— Bem, não era isso o que eu esperava — Diz mamãe quando a porta do elevador se fecha. — Ele é... interessante. Esse seu Peter.

Abro um sorriso para ela. — Você quer dizer, lindo *e* tranquilo? Sim, concordo.

Papai retruca: — Tranquilo uma ova! Um selvagem, é isso. Sem dúvida.

— Chuck! — Mamãe franze o cenho para ele.

— Você não viu o jeito que ele olha para ela? — Retruca papai quando a porta do elevador se abre no primeiro andar. — Fiquei surpreso que ele não meteu um porrete na cabeça dela e a arrastou para o seu quarto na nossa frente.

— Papai, por favor. — O rubor que acabara de sair do meu rosto, voltou, dez vezes mais forte. — Isso não é...

— Bem, claro que vi — Diz mamãe como se eu não estivesse ali. — Mas isso não é necessariamente uma coisa ruim.

— É quando você está lidando com um homem como ele. — Papai olha pelos ombros, como se Peter pudesse estar ouvindo – o que, sabendo-se das suas tendências de espião, bem que pode ser.

Pelo que sei, já tem câmeras por todo o prédio e quem sabe quantas colocadas em mim.

— Eu não acho que ele seja tão ruim assim — Diz mamãe quando passa por dois vizinhos no saguão. — Quero dizer, sim, ele não é normal como Joe ou Harry, mas...

— Ele é perigoso — Diz papai rapidamente. — Não se engane. Apenas porque o homem quer uma família não significa que não seja capaz de coisas que fariam seus olhos se retorcerem. O que ele nos falou é apenas a ponta do iceberg, acredite em mim.

— Oh, eu acredito em você — Diz mamãe quando saímos para o estacionamento. — Mas eu acho que ele realmente a ama e se aqueles problemas com o FBI acabaram...

— Talvez vocês queiram esperar dois minutos, assim, podem falar sobre mim na terceira pessoa quando eu *não* estiver aqui? — Sugiro, indo atrás deles. — De outra forma eu posso voltar e ...

— Não, não, querida. — Mamãe para, e vira-se, dando-me um olhar de desculpas. — Desculpa, estamos apenas tentando chegar num acordo sobre isso tudo, você entende.

— Entendo, mamãe. — Eu sorrio e inclino-me para beijar sua bochecha macia. — Eu só estava brincando. Você sabe que isso exigirá alguns ajustes.

— Sara, querida. — Papai toca meu ombro e quando eu o encaro, ele diz calmamente: — Só nos prometa uma coisa.

— O quê?

— Se ele alguma vez te ferir, ou ameaçar, ou fizer qualquer coisa que te deixe preocupada, venha para nós. Não esconda ou tente lidar com isso sozinha, entendeu? — O olhar de papai é firme como nunca vi. — Sei que você está apaixonada por esse homem – vejo isso – mas os tigres não mudam suas listras. Ele é perigoso. Talvez não para você. Vejo isso nos seus olhos.

— Papai...

— Não, me ouça, Sara. Mesmo se ele não trouxer os horrores do seu passado para a sua vida – algo que duvido muito – ele não será como George, feliz por ser parte da sua vida. Ele não é esse tipo de homem, você entende?

— Entendo. — Entendo melhor do que meu pai pode imaginar, porque eu sei exatamente que tipo de homem Peter é. Com George, mesmo quando éramos um casal, eu conseguia ser eu mesma, manter aquela pequena porção de distância mental necessária para me proteger. Mas Peter é demasiadamente dominante e controlador para permitir isso. Serei dele em todos os sentidos da palavra e meu pai vê isso intuitivamente.

— Chuck. — Mamãe coloca a mão no braço dele. — Venha. Devemos ir.

— Prometa-me — Insiste papai, não cedendo, então, eu assinto e sorrio.

— Eu prometo, papai. Se qualquer coisa acontecer, irei até vocês.

Papai assente, satisfeito e andamos juntos para o carro deles. Enquanto os beijo e abraço e me despeço, noto Danny ainda sentado no seu carro escuro e eu sorrio, olhando a janela com a luz acesa da minha cozinha.

Por todos os seus avisos e conselhos, meus pais não têm ideia do quão perigoso e controlador meu noivo verdadeiramente é. Eu menti quando fiz a promessa para papai. Não tem como eu ir até eles com as preocupações relativas a Peter, porque não tem nada que eles ou qualquer um possa fazer.

O monstro que passei a amar estará na minha vida para sempre e eu tenho que descobrir como viver com ele.

5 8

Sara

Fui trabalhar na sexta-feira como sempre, mas acabei passando cada minuto entre meus pacientes respondendo perguntas dos meus colegas de trabalho sobre meu casamento que se aproximava. Para evitar parecer desinformada sobre o evento como realmente estou, falo que queremos que alguns detalhes sejam surpresa e deixo quieto.

Eles verão as flores, o bolo e o vestido amanhã.

Meus pais continuam a ligar também, perguntando sobre todo tipo de detalhe que não consigo responder. Eu dou o número de Peter para eles, visto ser ele o organizador oficial da cerimônia, mas minha mãe ainda liga a cada hora com algum tipo de pergunta ou preocupação. Acho que eles têm medo que irei desaparecer novamente, então, eu tento ser paciente, mas na quinta ligação, tudo o que posso fazer é pegar o telefone e explicar mais uma vez que não tenho ideia se haverá cadeiras ou bancos na cerimônia.

É um dia cheio no trabalho, também, com uma cesariana de gêmeos programada para esta tarde, o que significa que quase não tenho tempo para almoçar antes de correr para o hospital para iniciar os procedimentos. Para acelerar as coisas, pego um sanduíche de uma loja de conveniências e como no carro.

Uma vantagem de ter um motorista é ter as duas mãos livres para comer.

A paciente já recebeu a peridural quando chego à sala de cirurgia e após examiná-la, faço o procedimento imediatamente, visto ela já estar começando a dilatação e um dos gêmeos estar posicionado do jeito errado. A mãe está muito preocupada – ela tem pouco mais de quarenta anos e não conseguiu conceber até sua sexta tentativa de FIV – e quando coloco os dois meninos pequenos, mas perfeitamente saudáveis, nos seus braços, suas feições se iluminam com tanta alegria que tenho que piscar minhas lágrimas.

— Obrigada, Dra. Cobakis — Diz ela fervorosamente enquanto as enfermeiras levam os bebês para os testes —, muito obrigada por tudo.

— O prazer foi meu, acredite. — Digo, enquanto examino seus curativos uma última vez e faço algumas anotações na sua ficha. — Um pouco de dor e sangramento é normal depois deste procedimento, mas se você começar a ter febre ou tiver uma dor muito forte, me liga, ok? — Olho para ela com firmeza. — Falo sério. Qualquer hora, dia ou noite.

— Farei isso. Você é tão bondosa. — Seu sorriso com os olhos cheios de lágrima é exausto, mas cheio de alegria. — É verdade o que ouvi das enfermeiras? Você irá se casar neste final de semana?

Os rumores certamente correm rápido.

Segurando um suspiro, digo: — Sim, vou. Mas você pode ligar se houver algo. Estarei por perto, ok?

— Oh, obrigada! E meus parabéns. Tenho certeza de que será uma bela noiva. — Ela abre um sorriso para mim e eu sorrio de volta, satisfeita com a interação descomplicada.

Diferente de qualquer um na minha vida, essa mulher não sabe que esse casamento saiu de lugar nenhum, ou que estou me casando com um homem que a maioria dos meus amigos não conhece.

— Descanse e aproveite seus filhos — Digo à nova mãe e volto ao consultório para terminar o dia.

Talvez Peter tenha a ideia certa sobre não esperar mais tempo.

Com um pouco de sorte, a loucura de casamento estará terminada na segunda-feira e daí as coisas voltarão ao normal – ou, pelo menos, o que possa ser quando se está casada com um homem que certa vez te sequestrou.

5 9

Eu dou a noite de folga para Danny e pego Sara, muito desejoso de vê-la para esperar os minutos extras até ela chegar em casa. Estou feliz de que ela não tem um turno esta noite na clínica nem apresentação, porque mesmo as horas que ela gasta no trabalho são muitas longe de mim.

Eu preciso dela comigo. Sempre.

Ela sai do prédio do seu consultório, seus olhos avelã olhando a rua – procurando Danny, sem dúvida – quando abro a porta e saio.

Seu olhar imediatamente se vira para mim e um sorriso acende seu belo rosto enquanto vem na minha direção. É um dia de sol agradável e ela está usando um vestido sem mangas, cinza, que contorna seu porte de bailarina. Seus cabelos castanhos charmosos balançam nos ombros finos quando anda, e novamente me lembro de uma estrela de Hollywood dos anos cinquenta transplantada para os dias atuais.

Minha bela ptichka.

Porra, mal posso esperar para que seja minha esposa.

— Olá — Diz ela sem fôlego, parando à minha frente. — Você comprou um carro novo? Eu não sabia que esse era...

Pego seu rosto entre minhas palmas e forço minha boca na dela, beijando-a profundamente. Não consigo resistir. Eu sinto desejo de tudo nela, do doce do seu cheiro ao seu corpo esbelto arqueado contra o meu, suas mãos indefesas apertando meus bíceps. Eu quero devorar essa doçura, beber até aplacar essa sede pulsante – apesar de saber que não tem como aplacá-la.

Irei sentir desejo por ela até o dia que morrer.

Ficando ciente de uns risinhos irritantes, levanto minha cabeça e foco os ofensores – duas garotas em pé a cerca de três metros – com um olhar penetrante. Elas fogem instantaneamente, seus rostos empalidecendo sob a camada pesada de maquiagem e eu volto minha atenção para Sara, que está piscando para mim, seus lábios macios inchados e rosados pelo beijo.

— Olá, ptichka. — Lutando contra o desejo de voltar aos seus lábios, eu abaixo minhas mãos aos seus ombros, apertando-os gentilmente. — Como foi seu dia?

— Foi bom. — Ela ainda soa um pouco sem fôlego. — E o seu?

— Bom também. Comprei esse carro novo para nós. — Indico o Mercedes S-560 preto atrás de mim. A primeira vista parece com qualquer outro sedan de luxo. Uma inspeção mais de perto, contudo, revelaria que as janelas são feitas de vidros à prova de bala e que a lataria é descomunalmente resistente.

Custou-me uma grana, mas vale. Não estou esperando que ninguém atire em nós, mas quem sabe. Também, este carro é bem indestrutível numa batida – algo bem importante para mim depois do que aconteceu com Sara em Chipre.

— Legal — Diz ela, apesar de uma pequena franzida entre suas sobrancelhas. — E meu Toyota?

— Vendi.

Ela sai da minha pegada, sua franzida se aprofundando. — Você nem pensou em me consultar?

Fico tentado a puxá-la para mim e beijá-la até que esqueça o que quer que a esteja chateando. Porém, já demos muito show para os transeuntes, então, eu apenas pergunto: — Você era muito ligada ao carro, meu amor? Posso pegar de volta se tiver algum valor sentimental.

Isso também parece que não a agradou. — Não, não me importo pelo carro. Só que... — Ela alinha os ombros e me olha nos olhos. — Peter, preciso que você me envolva em ações que me afetem – que afetem nós dois. Certa vez você me disse que isso pode ser uma parceria, e quero isso agora. É importante para mim.

Eu considero suas palavras e assinto. — Tudo bem.

Ela pisca. — Tudo bem?

— Te perguntarei antes de fazer qualquer coisa com o carro — Digo e abro a porta do passageiro. Segurando no seu cotovelo, eu a ajudo a entrar, meu jeans ficando desconfortavelmente apertado ao ver sua calcinha azul clara quando ela vira suas pernas torneadas para dentro.

Deveríamos reavaliar esse vestido como peça regular do seu guarda-roupa de trabalho.

— Não estou apenas pensando no carro — Diz ela quando pego no volante. — É sobre tudo – como arranjos de casamento e onde moraremos e o que você fará em termos de trabalho. Eu quero que nós tomemos todas essas decisões juntos daqui para frente, como qualquer casal casado normal.

— Entendo. — Eu checo o espelho e cuidadosamente vou para a rua. — Você quer que eu te consulte como um marido deveria consultar. Entendi.

— Entendeu? — Ela parece espantada por alguma razão. — Eu pensei que... esquece. Estou feliz que você entendeu.

Eu sorrio e coloco minha mão direita na sua coxa esbelta, apreciando quão sedosa é sua pele nua. Se minha ptichka quer que eu a consulte sobre coisas tão triviais como o carro ou que o farei com meu tempo livre, ficarei feliz em fazê-lo.

Podemos tomar todas as decisões juntos se ela entender um fato simples.

Ela pertence a mim pelo resto das nossas vidas.

SÁBADO DE MANHÃ CHEGA QUENTE E CLARO, COM O TIPO DE CÉU azul sem nuvens que teríamos encomendado do catálogo de cerimônias de casamento, se pudéssemos. O tempo era a variável incontrolável, mas como tivemos sorte, ele está ajudando, assim, o evento deve iniciar sem percalços.

Certifiquei-me disso.

Organizar um casamento não é tão diferente de se planejar um ataque, concluí. Você apenas tem que ser metódico com a logística e se preparar para todas as eventualidades. Claro, as eventualidades são bem diferentes, mas é bom ver que parte das minhas habilidades são aplicáveis na vida civil.

Esguerra estava errado.

Farei isso dar certo.

Sara e eu seremos felizes aqui.

Sua hora marcada com o cabeleireiro e a maquiagem não começa antes das dez e eu a desgastei ontem à noite, então, eu a deixo dormir enquanto preparo o café. Depois, volto para o quarto com um copo de café bem quente nas mãos.

Ou ela me ouve ou sente o cheiro do café, porque ela rola na cama, um braço fino espalhado no colchão enquanto a outra mão fechada num punho delicado para cobrir um bocejo grande. — É de manhã? — Resmunga ela sem abrir os olhos e eu abro um sorriso quando me sento na beira da cama e coloco a xícara na cabeceira.

— Sim, meu amor. — Debruçando-me, eu sinto a fragrância no lado do seu pescoço. — É o dia do nosso casamento.

O cheiro do seu cabelo é doce e um pouco frutado, como o xampu no seu boxe. Me dá água na boca. Sem convite, minha mão entra sob o cobertor, fechando-se em volta do seu seio macio e redondo e meu pau fica duro, minha respiração se acelerando quando seus mamilos se intumescem na minha palma.

Porra. Não tem tempo para isso – sem mencionar que ela ainda deve estar dolorida das três vezes de ontem à noite.

Eu forço-me a ficar ereto e retiro minha mão. — Seu café está pronto — Digo com voz rouca e me levanto, ajustando o monte desconfortável no meu jeans. Eu preciso me esfriar para não atacá-la aqui e agora, que se danem o café e o casamento.

— Humm. — Ela boceja novamente e senta-se, segurando o cobertor para cobrir aqueles seios tentadores. Piscando o sono dos seus olhos, ela foca na xícara de café na cabeceira. — Isso é café?

— Com certeza. E tem o resto na cozinha – quiche de vegetais e batatas fritas caseiras. Você precisará de combustível para durar o dia todo.

Ela abre um sorriso. — Você é fantástico.

Meu coração se aperta – meu pau se revira novamente – enquanto sai da cama nua e corre para o banheiro, aparentemente revigorada pela promessa de cafeína e comida. Foi isso que eu queria, que lutei todo esse tempo: Sara desse jeito, brincalhona e com afeição por mim. Nunca conseguiremos apagar a parte sombria do passado, mas juntos podemos construir um futuro mais iluminado.

Um futuro que ainda parece aterrorizantemente frágil por alguma razão.

Eu retiro o pensamento da minha cabeça na hora que aparece. Não tem razão para achar que esse tipo de manhã é temporário, que não é nada mais do que o início de uma nova vida.

Hoje é o dia do nosso casamento e me certificarei de que seja o melhor de todos.

É o mínimo que minha ptichka merece depois de tudo o que fiz.

6 1

A INVASÃO COMEÇA LOGO DEPOIS QUE TERMINO DE ENGOLIR O CAFÉ da manhã que Peter preparou para mim. O que parece um exército de estilistas, maquiadoras e cabeleireiras chega ao meu apartamento, enchendo a sala de estar com produtos de cabelo, bolsas de roupas e vasilhames de sombras o bastante para quatorze noivas – ou drag queens. Pam e as assistentes e pelo menos quatro cabeleireiras e pessoal de maquiagem. É difícil dizer exatamente quantas com todas elas entrando e saindo do apartamento para trazer os artigos que não param de aumentar.

Peter me abandona rapidamente à tortura, dizendo que precisa supervisionar os preparativos da segurança e outros tipos de logísticas em Silver Lake. Seu próprio smoking está sendo enviado direto para lá, assim, eu nem mesmo terei a chance de vê-lo até que Danny me leve lá no final da tarde.

— Tão injusto, pois tudo que você tem que fazer é colocar um terno legal — Queixo-me, fazendo troça e ele abre um sorriso, então, me dá um beijo rápido nos lábios, fazendo meu pulso pular.

— Comporte-se ou então... — Avisa ele, olhos prateados brilhando de divertimento e eu belisco seu lado em revanche, fazendo-o sorrir e beijar-me novamente.

— Cabelo primeiro — Uma mulher jovem com vestido extravagante anuncia tão logo Peter sai e eu deixo-me guiar para o sofá onde um monte de estilista com olhares amedrontadores já estão numa fila.

Meu cabelo ainda está molhado pelo banho da manhã, então, ele é primeiro seco na posição, pranchado e enrolado. O penteado aparentemente requer que seja perfeitamente liso na parte externa, o que meu cabelo naturalmente ondulado não tem. Enquanto isso não é feito, minhas unhas são lixadas, cortadas e pintadas com uma cor rosa clara e, então, é hora da maquiagem.

Mamãe aparece na hora que a última camada é colocada nos meus cílios. Ela já fez o cabelo e está com um vestido longo cor de pêssego que acentua seu porte ainda esbelto.

— Uau — Ofega ela quando eu me levanto do sofá e abro um sorriso, indo para abraçá-la.

— Você está maravilhosa, mamãe. — Dou um passo atrás para olhá-la por completo. — Adorei esse vestido. Quando você comprou?

— Seu noivo encomendou ontem à noite. É Chanel. Você pode acreditar? Eu estava lamentando com seu pai ontem de manhã que não conseguiria achar nada decente num período tão curto e, então, bang, esse vestido chega - e cabe perfeitamente. Você pode imaginar? Seu pai ganhou um smoking novo também. — Ela parece excitada como uma adolescente indo à festa de formatura.

— Uau, sim. É fantástico. — Peter deve ter instalado câmeras e/ou escutas no apartamento dos meus pais novamente - uma invasão de privacidade que precisamos discutir. Mas, por enquanto, sou grata por ele ter se preocupado o bastante para incluir meus pais no seu conjunto insano de preparativos para o casamento.

Mamãe adora se vestir bem e ficaria arrasada se tivesse que colocar um vestido velho ou algo que não achasse especial o bastante.

— Como está papai? — Pergunto quando Pam e Suzie espantam todos os outros do apartamento e me faz despir, ficando só com a roupa de baixo para pôr o vestido.

— Ele está bem. Ainda processando tudo isso, mas... — Mamãe ofega quando vê o vestido. — Uau, Sara. Ele é maravilhoso!

— É um Monique Lhuillier — Pam fala orgulhosa quando Suzie ajuda a colocar em mim e fecha os botões nas costas. — Renda toda feita à mão – cada centímetro dele.

— Sara, ele é... — Mamãe pisca várias vezes, então, funga alto. — Querida, você está tão linda... simplesmente fora deste mundo, como algum tipo de princesa encantada.

— Verdade? Deixe-me olhar. — Espero até Suzie acrescentar os prendedores de cabelo, e ando para o espelho no banheiro.

Uma bela retumbante me olha de volta, seus olhos verdes salpicados grandes e misteriosos no seu rosto sem falhas. E ele é sem falhas. A cicatriz na testa do meu acidente – quase invisível depois de tantos dias – foi-se completamente e minha pele lisa e sem poros como vidro. Uma hora de maquiagem e eu pareço que quase não estou usando nada – exceto que cada feição parece tão perfeita como se tivesse sido trabalhada com photoshop.

O cabelo é o que dá a impressão de princesa. Juntado em cima na coroa da minha cabeça, é um obra de arte de curvas e ondas, cada cacho tão brilhante e liso que quase não reconheci como sendo meu. Até a cor – castanho escuro com pontos em vermelho – é mais rico e brilhante perto dos prendedores de brilhante, apesar de ser apenas o brilho extra acrescentado por todos aqueles produtos.

Pam estava certa sobre o penteado: é exatamente o que este vestido precisa. A renda dá ao vestido sereia esbelto uma qualidade etérea, mas é apenas a combinação com o estilo de cabelo intrincado que consegue essa aparência mágica de encantamento que fez minha mãe ficar com os olhos vermelhos.

Enquanto olho para mim no espelho, minha garganta se fecha.

Estou me casando.

Com Peter.

Hoje.

A onda de pânico é tão espontânea quanto irracional. Engolindo uma ofegada, fecho a porta do banheiro e me encosto nela, esquecendo completamente a renda frágil. Meu coração é como um tambor de guerra, minha respiração vindo rápida e rasa.

Estou me casando. Com Peter.

Eu não entendo a fonte do meu pânico, mas isso não o torna menos intenso. Posso sentir um suor gelado saindo da minha testa e molhando minhas axilas e tudo que posso fazer é ficar em pé em vez de me jogar no chão.

Peter e eu estamos nos *casando*.

— Sara? — Mamãe bate na porta, parecendo preocupada. — Você está bem, querida?

Estou? Eu deveria estar bem. Eu deveria estar muito feliz, de fato. Eu estou me casando com o homem que amo, um que fez coisas incríveis para mostrar que me ama... para fazer-me feliz apesar do nosso começo auspicioso.

É esse o problema? Alguma parte de mim ainda não é capaz de deixar para trás o que Peter fez?

O rosto sem falhas no espelho não tem resposta, então, respiro fundo algumas vezes e normalizo minha voz. — Estou bem, mamãe. Só me deu um aperto no estômago.

— Oh, pobre querida. Você tem algum Pepto-Bismol em casa?

— Não, mas estou bem. Só me dê um segundo. — Dou mais umas respiradas fundas e quando meu coração não está mais se revirando no meu peito, eu molho uma toalha e esfrego nas minhas axilas. Então, reaplico o desodorante e bato no topo do meu penteado com um lenço de papel, tomando cuidado para não manchar minha maquiagem.

Quando o espelho confirma que não tem mais traços do meu ataque de pânico inoportuno, eu colo um sorriso nos lábios e saio, reafirmando à mamãe que estou bem.

Voltamos para a sala de estar, que agora está bem vazia.

— Elas se foram todas — Diz mamãe, sorrindo ante o meu olhar de surpresa — quando você estava no banheiro.

— Oh. — Olho no relógio e fico chocada ao ver que já são duas da tarde.

Não se admira que Peter quisesse que eu tomasse um café da manhã reforçado.

— A cerimônia começa às quatro, mas Peter disse ao fotógrafo que viesse às três para as fotos de família — Diz mamãe. — Então, devemos ir. Seu pai já está a caminho.

— Certo, ok. — Fecho minha mão num punho para esconder o pequeno tremor dos meus dedos. Minha garganta ainda está apertada e, ao pensar nisso tudo – as fotos, a cerimônia, todos olhando e fofocando – é insuportável e completamente esmagador.

— Mãe... — Pressiono minha mão na barriga, que está realmente descontrolada agora. — Sabe, eu acho que realmente preciso de um remédio. Tem uma farmácia a um quarteirão daqui, então, eu só vou...

— O quê? Não, não seja louca. Você não pode ir a lugar nenhum vestida assim. Senta aqui, relaxa, eu volto num instante, ok?

— Não, mãe, estou bem. Só vou tirar o vestido e...

— Sente-se — O tom de mamãe não tolera desacordo. — Posso ser velha, mas posso andar um quarteirão. Volto em alguns minutos e você só se senta e descansa, ok? Talvez coma algo também – você deve estar com pouco açúcar no sangue.

Isso é realmente verdade. Tão logo mamãe sai, vou para a cozinha e coloco algumas sobras no micro-ondas. Lembro-me que isso aconteceu no meu primeiro casamento: estando muito ocupada para comer e sentindo-me tonta. Desta vez, tem muito menos para me preocupar, graças ao Peter supervisionando tudo, eu realmente tenho alguns minutos para dar uma beliscada.

O fotógrafo pode esperar.

A campainha toca quando estou tirando a massa do micro-ondas.

— Está aberta, mamãe — Grito, pegando uma toalha para me certificar que não vou me queimar com o prato quente e percebo que é muito cedo para ela ter voltado.

Será que algum pessoal da maquiagem esqueceu algo?

Colocando o prato de massa, eu saio da cozinha e congelo.

Agente Ryson está na minha sala de estar, seu olhar no meu vestido branco com desprezo.

eter

— Você conseguiu mesmo — Diz Anton admiradamente quando ajeito minha gravata no espelho. — Vida de civil, anistia, a garota e tudo. Porra, não consigo acreditar.

— Acredite. — Viro-me e abro um sorriso para o meu antigo companheiro. — Como estou?

— Nada mal. — Yan chega-se perto, estudando-me com tom crítico. — Mas eu usaria uma gravata branca. Mais formal e combina melhor com seu tom de pele.

Anton rola seus olhos para ele. — Para de ser essa porra de metrossexual. Sério, Ilya, com o que a sua mãe alimentou esse outro?

— Com o mesmo lixo que me dava — Diz Ilya e fica em frente ao espelho para ajustar sua própria gravata. Diferente do seu irmão gêmeo, que parece que nasceu para usar terno, Ilya não se parece nada mais do que um criminoso bem vestido. O paletó aperta seus ombros cheios de esteroides e as tatuagens na sua cabeça raspada brilham doidamente na luz forte do dia.

O pai de Sara deve ter um ataque do coração apenas por olhar para ele – e isso sem saber do arsenal escondido sob seu paletó.

Dentro de todos os nossos paletós.

Não tem motivo para preocupação, claro, mas ainda estou nervoso. Lá nos bons dias, recepções como essas, especialmente num local ao ar livre, geralmente nos dava uma oportunidade. Casamentos, aniversários, funerais – nós adorávamos a todos, porque nosso alvo, pego pela excitação, iria invariavelmente esquecer algum aspecto da segurança.

Esse é um erro que não tenho intenção de cometer, sendo por isso que além do pessoal vigiando Sara, contratei mais guarda-costas e observação aérea por uma dúzia de drones.

Ninguém chega a um quilômetro do local sem que eu saiba.

— Então, como está a vida de civil até agora? — Pergunta Yan, ficando a um passo de mim para checar se o fotógrafo chegou. — É tudo que você sonhava?

Seu tom é de implicância, mas quando olho para ele, não vejo nenhum divertimento nas suas feições.

— Sim — Respondo, decidindo achar que a pergunta é o que é. — Você deveria tentar algum dia.

Ele dá umas risadinhas, mas sem humor. — Não, obrigado. Estou gostando demais desta vida.

Eu assinto, nem um pouco surpreso. Em vez de usar as vantagens da anistia que consegui para ele, Yan pegou o negócio – arquivos, empresas de fachada, contabilidades da equipe e tudo – e tem usado os contatos da equipe para fazer trabalhos até mais lucrativos. Ele tomou posse no dia após eu sair para o complexo de Esguerra, o que significa que Yan já estava planejando isso por um tempo.

Eu estava certo em ficar desconfiado.

Se eu não tivesse desistido quando o fiz, um de nós provavelmente estaria morto.

Como esperava, Ilya juntou-se ao irmão na sua nova jornada, mas Anton ainda está decidindo.

— Porra, já estou rico, entende? — Ele me disse no telefone há duas semanas quando Yan o cutucou por uma resposta novamente. — Eu posso sentir falta da excitação e tudo o mais, mas não preciso de mais dinheiro – não do jeito que Yan parece precisar. — Ele pausa, e então, pergunta com cuidado — Você não está com raiva dele, está?

— Não — Eu disse a Anton, e disse a verdade. Disse aos caras que eles podiam continuar com o negócio se quisessem, então, por que me importaria se Yan já estava planejando tomar meu lugar o tempo todo? Nenhum de nós é anjo e bem no fundo sempre soube que Yan não estava feliz em seguir ordens já há um bom tempo.

Mesmo lá atrás na Rússia, havia sinais disso – um aviso que ignorei quando ofereci aos gêmeos Ivanov um lugar na minha equipe.

No contexto do meu mundo – *nosso* mundo – Yan Ivanov havia sido leal o bastante e visto termos evitado o último embate, faz sentido continuarmos bem.

Você nunca sabe quando precisará de um favor.

— Então, o que você vai fazer aqui? — Pergunta Yan quando paro para contar as cadeiras em frente ao gazebo. — Outros planos além do casamento?

— Tenho algumas ideias — Digo, terminando a contagem. Falta uma cadeira – algo que o pessoal do local precisa resolver imediatamente. — Por enquanto os planos do casamento já bastam para mim.

— Você sabe que está se iludindo, certo? — O tom de Yan não tem nem um pouco de sarcasmo e quando me viro para olhar para ele, eu vejo uma certa seriedade nos seus olhos frios. — Isso não é para você – tanto quanto não seria para mim.

Será que ele e Esguerra leram o mesmo script? — Quem você está tentando convencer disso? — Pergunto curioso. — Eu ou você?

Ele olha nos meus olhos, como se visse algo que não estou vendo. — Boa sorte — Diz com calma. — Vou torcer por você.

E virando-se, volta, deixando-me procurar o fotógrafo sozinho.

63

Meu pulso para, então, explode.

Isso não pode estar acontecendo.

Eles não podem prender Peter no dia do nosso casamento.

— Agente Ryson. — Fico orgulhosa da firmeza da minha voz. — O que está fazendo aqui?

Ele me dá um sorriso raso. — Oh, não se preocupe, Dra. Cobakis – ou que será em breve Dra. Garin. Não estou aqui oficialmente.

Minhas batidas do coração frenéticas diminuem um pouco. — Por que está aqui então?

— Para oferecer meus cumprimentos, claro. — Sua boca se revira. — Você e seu amante russo certamente nos enganaram.

Eu fico em silêncio, porque, o que posso falar? Entendo como isso deve parecer na sua perspectiva – da perspectiva de qualquer

341

um que estaria seguindo uma história desde o começo, realmente. Estou me casando com o assassino de George, o homem que me torturou com água, invadiu minha vida e me sequestrou.

O homem que Ryson passou mais de dois anos caçando.

— Fale-me uma coisa, Dra. Cobakis — Continua o agente com amargura. — Quando você e Sokolov conspiraram para se livrarem do seu marido com o cérebro destruído? Foi antes ou depois do chamado ataque a você?

Eu sugo uma respiração horrorizada. É isso que ele realmente pensa? — Você está errado. Eu nunca...

— Nunca mentiu para nós? Nunca fingiu que precisava de proteção do homem que está para se casar? — Seu olhar é penetrante. — Sim, eu achava isso.

Meu pescoço queima. — Não era assim. Não no começo.

— Oh, verdade? Como foi então? Ele lavou seu cérebro no Japão? Te mostrou uns segredos no quarto que te fez esquecer todo o sangue nas suas mãos? Talvez você não se importasse com aquele alcoólatra de quem se divorciaria – sim, sabemos de tudo isso – mas seu amante também matou os guardas de Cobakis. Bons homens, homens honestos. Ele explodiu seus cérebros – ou você esqueceu?

Eu engulo a bile na minha garganta. — Claro que não.

— Não? — Ryson vem na minha direção. — E os agentes policiais no helicóptero que ele explodiu quando tentaram te resgatar do suposto sequestro? Ou sobre todos os outros que matou e torturou em nome de qualquer que seja a justiça invertida que ele está perseguindo? Você gostaria que eu te desse a lista de todas as vítimas, para que você possa pregar na parede acima da sua cama de casal?

Estou tremendo agora, minha barriga uma reviravolta só. O cheiro de massa quente, tão tentadora um minuto atrás, está me dando vontade de vomitar e é tudo o que posso fazer para olhar nos olhos de Ryson em vez de rolar no chão numa bola, de vergonha.

Isso é verdade, tudo isso.

Peter é um monstro e eu também, por amá-lo.

Na minha falta de resposta, o agente bufa ironicamente. — Nada a falar? Bem, deixe te dar um pequeno aviso. — Ele chega mais perto até que não tenho escolha a não ser andar para trás. Pairando sobre mim, ele diz com calma: — Não sei quem mexeu os pauzinhos dando a vocês dois uma ficha limpa, mas se eu aprendi algo nesses anos todos, é que psicopatas como Sokolov não mudam. Ele *vai* cometer outro crime e quando o fizer, o trato que fez com os graúdos perderá o valor. Estaremos esperando – e agora, Dra. Cobakis, também temos o *seu* número.

Ele se afasta e vira-se, como para sair, mas, então, para e diz sobre os ombros: — Oh, e parabéns novamente. Você está uma noiva linda. Espero que sejam felizes juntos.

Ele sai, batendo a porta e eu mal consigo chegar ao banheiro antes do meu estômago forçar, expelindo o conteúdo no vaso.

ELA ESTÁ ATRASADA.

E cerimônia deve começar em quarenta e cinco minutos e Sara ainda não está aqui.

Dou ao fotógrafo um olhar bravo enquanto ele repetidamente olha para o seu relógio e ele fica pálido, então, olha para o outro lado e começa a brincar com sua abotoadura, como se fosse o que ele tem feito o tempo todo.

Segundo os guardas-costas vigiando o apartamento de Sara, assim como os objetos de monitoramento que coloquei nela, minha noiva ainda está em casa com sua mãe. Eu liguei várias vezes, mas apenas sua mãe atendeu uma vez. — Sara está com dor de estômago — Disse ela rapidamente e desligou – e tem mandado minhas chamadas para a caixa postal desde então.

Preocupado e cada vez mais irritado, eu olho para as pessoas em volta do gazebo em pequenos grupos, bebendo champanhe e comendo os canapés bem decorados. Quase todos estão aqui, parecendo estar se divertindo apesar de alguns convidados – a maioria amigos de Sara e ex-colegas de trabalho – me olhando com se eu fosse Osama bin Laden. Yan está conversando com os novos colegas de trabalho de Sara, enquanto Ilya parece fascinado com o que os colegas de banda de Sara estão falando sobre suas apresentações. Anton está conversando com os pais de Sara sobre crescer na Rússia e até Joe Levinson, o advogado que gosta de Sara, está atacando a tequila no bar e olhando na minha direção de forma sinistra.

Ele tem coragem, aparecendo aqui. Não sabe que sei dos seus interesses por Sara. Se ele olhar para ela do jeito errado, não viverá para se arrepender.

Isso, entendendo-se que ela se mostre para qualquer um que olhe para ela de qualquer jeito.

Cinco minutos mais, checando meu aplicativo de rastrear Sara a cada trinta segundos, ligo para Danny, que faz parte do grupo de guardas-costas de Sara hoje.

— Eu preciso que você suba lá no apartamento — Digo quando ele responde. — Dê seu telefone para Sara e não saia até que ela me ligue.

— Entendido.

Ele desliga e cinco minutos depois, meu telefone toca com uma chamada do número de Danny.

— Sara?

— Peter, eu... — Ela engole. — Desculpe-me. Eu só preciso de um pouco mais de tempo.

Minha preocupação aumenta. — Qual o problema? Aconteceu alguma coisa?

— Não, nada. Meu estômago está doendo.

— Você quer que eu envie um médico? Te dê algo?

— Não, é só... — Ela para, então, diz com cuidado: — Olha, Peter, eu sei que a hora é péssima, mas...

— Você está tentando dar para trás? — Minha voz fica macia, traindo toda a fúria queimando dentro de mim. — É sobre isso?

— Não, absolutamente não. Eu só preciso de mais tempo. Sua volta, o casamento – tudo está acontecendo realmente rápido. Não estou falando que não deveríamos fazer isso, mas talvez seja muito cedo, talvez possamos apenas morar juntos por um pouco, ver se isso até...

— Até o quê? — O metal duro do telefone cortando minha palma. — Até que se torne possível? Você acha que isso é como vai acontecer? — A raiva quente em mim, mas eu mantenho meu tom gentil e minha expressão calma enquanto vou para trás de um pequeno aglomerado de árvores, longe de olhos e ouvidos curiosos.

— Peter, por favor. Só estou pedindo um pouco mais de tempo. Podemos falar a verdade para as pessoas – que não estou me sentindo bem – e, então...

— Deixe-me falar como vai ser, ptichka — Digo numa voz até mais calma. — Você pode ou vir com Danny neste exato momento, vindo direto para cá sem demora, ou eu vou aí te pegar. Só que não vamos voltar para cá, nesse caso. De fato, não haverá nada aqui para se voltar, porque eu pretendo não deixar testemunhas neste lugar miserável. — Eu pauso, então, pergunto calmamente: — Você entende o que estou falando, meu amor?

Tem um silêncio mortal no telefone. Então, ela diz num sussurro: — Você não faria isso.

— Não? Me provoque — Eu espero um pouco, daí, acrescento: — Claro, seus pais não estão na categoria de testemunhas. Sei o quanto eles significam para você, então, apenas os levaremos conosco quando sairmos. O que você acha? Eles gostarão de uma saída exótica, você não acha?

Ela fica em silêncio por tanto tempo que tenho quase certeza que ela vai tentar dizer que estou blefando. Exceto que não estou blefando. Eu não dou a mínima para esse pessoal aqui, com exceção dos pais de Sara. Se ela me provocar, eu cumpro minha ameaça, mesmo se isso significar eu desistir da minha anistia que lutei tanto para conseguir.

Sem Sara, nada dessa merda importa.

Se eu não posso tê-la, eu devo queimar a porra do mundo todo também.

— Você é insano — Ela sussurra finalmente e eu sorrio de modo sinistro quando ouço a aceitação na sua voz.

— Sim, sou, ptichka. Não esqueça isso. Te vejo aqui em breve.

E desligando, volto para me misturar com os convidados.

65

Sara

EU AINDA ESTOU TREMENDO QUANDO SAIO DO MEU QUARTO, segurando o telefone de Danny com uma mão e ajeitando a renda do meu vestido com a outra.

— Estou pronta para ir, mamãe — Digo assim que ela sai do sofá, claramente surpresa de me ver.

— Tem certeza? Querida, você parece *muito* pálida.

— Não, estou bem, mãe. — Consigo dar um sorriso fraco. — O remédio está finalmente fazendo efeito.

Minha mãe voltou com o remédio na hora que saí do banheiro depois de vomitar, então, eu tomei imediatamente algumas pílulas e disse a ela que tinha que deitar por alguns minutos. Achei que ela fosse aceitar a explicação, mas quando suas sobrancelhas se juntarem, sei que eu estava apenas enganando a mim mesma.

Minha mãe me conhece bem demais.

— Sara, querida... você sabe que não tem que fazer isso, certo? — Diz ela, parando na minha frente. — Se você está com dúvidas, pode mudar de ideia. Todos entenderão. Você não tem que se casar com ele se não estiver pronta.

Ela está errada. Eu não posso mudar de ideia – não se nossos amigos precisam ficar vivos neste dia. Eu não tenho ideia se ele iria realmente fazer o que se propôs, mas não posso correr esse tipo de risco.

Não com um homem que é capaz de tais coisas monstruosas.

Se o objetivo do agente foi me fazer sentir mais baixa do que um inseto esmagado, ele conseguiu admiravelmente. Cada palavra que ele jogou em mim foi como uma bala, porque era tudo verdade. Os crimes que Peter cometeu são abomináveis, imperdoáveis e eu sei disso. Eu sempre soube, mesmo assim, eu me deixei apaixonar por ele.

Eu aceitei sua maldade, a abracei ao ponto de concordar em me casar com ele por vontade própria. Mesmo depois da visita de Ryson eu não iria rejeitar Peter, apesar de ele ter interpretado desse jeito. Eu estava apenas transtornada pelas estocadas verbais de Ryson e meu instinto foi por suplicar por tempo.

Eu passaria por esse casamento – apenas em outro dia.

— Não é isso, mãe — Digo quando seus olhos passam pelo meu rosto, tentando achar qualquer sombra de dúvida. — Eu amo Peter e quero me casar com ele. Eu só não estava me sentindo bem.

Seu olhar passa para o telefone que estou segurando. — O que ele te falou?

Eu pisco para ela. — O quê?

— O motorista grande que veio – ele te deu aquele telefone. Imagino que para ligar para Peter, certo? Então, o que o seu noivo te disse?

— Nada. Ele apenas me lembrou da hora. E falando que... — Eu olho para a tela do celular acesa — precisamos realmente ir.

Mamãe olha meu rosto por mais uns momentos, então, assente.

— Tudo bem, querida. Se é isso que você quer, vamos. Temos um casamento para comparecer.

66

*S*ara

Eu devo ter ficado em transe no caminho, pois, a ida ao Silver Lake parece que durou apenas alguns segundos. Piscando, saio do carro com a animação de alguns convidados e meu olhar repousa na figura alta de preto em pé uns três metro adiante.

Peter.

Meu inimigo.

Meu espião.

Meu amante.

Meu marido em instantes.

Seus olhos são como betume cinza, não refletindo nada, mas eu sinto as emoções voláteis dentro dele, sinto a violência amontoada mascarada pela calma de predador. Mesmo assim, não consigo evitar ser atraída por ele, passando meus olhos pelas linhas poderosas do seu corpo. Eu nunca o vi vestido tão formalmente antes, mas cai bem nele, o smoking fino enfatizando o formato em 'V' do seu torso e a camisa branca fazendo sua pele bronzeada brilhar.

Ele está magnífico, tão estonteante como uma estrela de cinema e apesar da reviravolta continuar dentro de mim, um pequeno calor corre minha pele, a reação primal e incontrolável acompanhando o frisson do medo.

Eu posso ter salvado os outros por ter vindo, mas pagarei pela demora.

Peter não deixará meu momento de fraqueza ser esquecido.

Eu olho para ele quando me aproximo e ele estende sua mão, sua boca curvada num sorriso zombador. Eu coloco minha mão na sua grande palma e sinto o calor dela descendo até os dedos dos meus pés – que só agora vejo que estão tão frios quanto meus dedos.

— Olá, ptichka — Murmura ele e abaixa a cabeça para dar um beijo suave nos meus lábios. À nossa volta ouço alguns 'oooh' – provavelmente das minhas novas colegas de trabalho, que não têm razão de suspeitar que isso é qualquer coisa a não ser um simples caso de amor. Pelos cantos dos meus olhos, vejo Marsha olhando para nós, suas feições tensas e pálidas e atrás de Peter está Joe Levinson, que está com a expressão de alguém comparecendo a um funeral... onde o caixão está cheio de explosivos.

— Olá — Respondo com calma, fazendo meu melhor para ignorar todos os olhares à nossa volta. — O fotógrafo está aqui?

— Sim, meu amor. Vamos.

Colocando uma mão possessiva em volta da minha cintura, ele me leva para um lugar pitoresco ao lado do lago, onde um homem com uma câmera está tirando fotos de Phil e Rory.

Meu pai está lá também e minha mãe está a caminho, andando tão rápida quanto seus sapatos altos permitem. Acalenta meu coração vê-la tão forte e saudável; a memória dela no hospital, cheia de ataduras como uma múmia, ainda assombra meus pesadelos.

Quando estamos na metade do caminho para o lago e fora dos ouvidos dos convidados, eu olho para Peter e murmuro: — Desculpe-me.

Suas mandíbulas se apertam. — Discutiremos isso mais tarde.

Eu engulo e olho para baixo, focando em não tropeçar no piso instável com saltos altos. Eu não menti: eu *estou* arrependida. Agora que estou de volta à órbita de Peter, sinto quão inevitável é tudo isso, a força das linhas sombrias que nos seguram. Minhas dúvidas anteriores parecendo sem base e ingênuas, irracionais ao ponto da insanidade. O que importa se nosso casamento é hoje, amanhã, ou daqui a um ano? Meu carrasco será o mesmo homem, o mesmo assassino letal que me apaixonei.

Da hora que encontrei Peter, eu soube que não há saída para mim e o que aconteceu hoje apenas confirma isso.

Quando nos aproximamos do lago, vejo os colegas de Peter juntos, num lado, e acenos para eles. Eu estou feliz em ver que eles acenam de volta. É estranho, mas senti falta deles também.

Para mim, eles são como irmãos de Peter.

Quando chegamos ao lago, o fotógrafo – um homem gordinho com barba que parece um Papai Noel de barba preta – nos ajeita numa variedade de poses, desde olhar com ternura nos olhos um do outro até sentarmos juntos no banco e Peter segurando meus braços. Ele tira fotos de nós dois juntos e de cada um de nós; de nós dois com nossos pais e com todos os nossos amigos. As poses são infindáveis e depois que eu apresento Peter a todos, eu me vejo fora de mim, sorrindo e me colocando no piloto automático.

Faria Peter o que ameaçou?

Mataria ele a todas essas pessoas apenas para me punir por tê-lo deixado no altar?

Quero acreditar que a resposta é não, mas meu instinto diz que sim. Ele é capaz disso e sua obsessão comigo tem sempre uma pitada de algo sombrio, igual nossa brincadeira de quarto.

Peter me ama, me tem como um tesouro, faria qualquer coisa por mim.

Incluindo cometer assassinato em massa.

Apesar de ser um pensamento terrível – ou pelo menos eu deveria achar isso terrível. E acho... na maioria das vezes. Apenas uma pequena parte de mim que acha esse nível de obsessão tóxica, tão amedrontadora como pular de um penhasco num mar tempestuoso.

— Pronta, meu amor? — A mão grande de Peter possessivamente segura meu cotovelo e eu olho para ele, confusa.

— Para a cerimônia — Explica ele e eu assinto, deixando-o me guiar para o gazebo.

Chegou a hora.

Vida de casada, aqui vou eu.

eter

Minha ptichka está pálida e estonteantemente bela quando fica ao meu lado, ouvindo o juiz falando suas baboseiras. Ele fala sobre amor, compromisso, ajudar um ao outro nas dificuldades, e uma onda sinistra de satisfação passa por mim quando ele faz a pergunta tradicional para Sara, e ela responde quietamente: — Sim, prometo.

Ele vira-se para mim e, então:

— Você, Peter Garin, aceita Sara Cobakis como sua esposa legal, para tê-la e mantê-la, na doença e na saúde, até que a morte os separe?

— Sim — Digo. — Com clareza, certificando-me que minha voz chegue até a pequena audiência. — Prometo.

— Pode beijar a noiva — Diz o juiz, e me viro para Sara.

Ela está olhando para mim, olhos bem abertos e lábios macios partidos e eu abaixo minha cabeça, esfregando meus lábios naquela boca tentadora. É muito importante ser gentil agora. O menor deslize no meu autocontrole poderia destravar a ira borbulhando dentro de mim e não posso deixar isso acontecer.

Não até que estejamos a sós.

Ouvem-se palmas e gritaria e um som familiar começa a tocar atrás do gazerbo.

A banda que contratei – a que Sara parecia tão excitada – está aqui, se acomodaram e se prepararam para tocar durante a cerimônia. Me custou uma nota tê-los aqui por algumas horas, mas julgando-se pela reação dos convidados, valeu a pena.

— Vamos? — Ofereço meu braço para Sara quando a maioria dos convidados jovens corre para a música, gritando pela chance de ver seus ídolos ao vivo.

— Claro. — Seu braço fino desliza na dobra do meu braço quando ela sorri cuidadosamente para mim. — Vamos.

Não preparamos uma dança, mas com a insistência das novas colegas de trabalho de Sara, eu a pego nos meus braços e dançamos agarradinhos uma música lenta e romântica, uma que reconheço como sendo um clássico em vez de um dos próprios números da banda. Novamente, tenho que ser cuidadoso, tenho que manter meu toque gentil e leve, manter a distância apropriada em vez de puxar Sara para mim e rasgar aquele vestido branco elegante para possuí-la aqui e agora, na grama macia.

Felizmente, a música lenta termina antes que meu autocontrole comece a se despedaçar e a banda começa um dos números mais populares. Os colegas de banda de Sara e uns poucos outros convidados juntam-se a nós, rindo e batendo palmas e terminamos dançando em grupo antes que a amiga de Sara, Marsha, a puxe para dançar com ela e outras duas enfermeiras.

Espero até que a música termine e, então, sinalizo para que o pessoal do bufê comece a trazer os aperitivos.

Visto sermos apenas cerca de vinte e poucos, temos três mesas: uma pequena redonda para mim e Sara, e duas grandes ovais para o resto dos convidados. Não me preocupei com escolha de assentos, então, os pais de Sara ficam com seus amigos e a maior parte dos amigos de Sara e colegas de trabalho se junta na outra mesa.

A comida é maravilhosa, como deveria ser de um *chef* oito estrelas Michelin e quando todos começamos a comer, a maioria dos convidados parece estar se divertindo. Sara deve estar achando isso também, porque ela diz baixinho: — Obrigada por organizar tudo. Este é um dos casamentos mais legais que já participei.

Eu sorrio para ela calmamente, apesar de que tudo que quero é deitá-la na mesa. — Estou feliz, meu amor. Quero que você fique feliz.

E ela será, uma vez que suplante quaisquer dúvidas restantes sobre nós. Certificar-me-ei disso. Farei o que for necessário para fazê-la feliz.

A única coisa que não farei é libertá-la.

De qualquer modo, não acho que ela queira isso – não lá no fundo, onde realmente importa. Não sei o que a amedrontou esta tarde, mas tenho uma suspeita.

Será que ela descobriu a morte de Sonny Pearson?

Não vejo como, visto não ter estado na clínica nos últimos dois dias, mas parece fazer sentido. De qualquer modo, irei ao fundo disso.

Esta noite.

Quando ficarmos a sós.

Depois que estamos satisfeitos com a comida, Sara e eu cortamos o bolo – uma bela criação com sete camadas de glacê cremoso – e, então, todos voltamos a dançar e tirar fotos. As apresentações breves feitas por Sara antes da cerimônia claramente não foram o bastante para todos e logo me acho cercado por perguntas inquiridoras dos convidados que aparentemente se igualam em bravura ao seu consumo de álcool.

— Como vocês se encontraram novamente? — Exige Marsha, dançando enquanto engole outro copo de champanhe. — Sara disse que vocês tem ido e voltado no namoro já por algum tempo...?

— Sim, exatamente — Joe Levinson esbraveja, suas mandíbulas alinhadas para briga. — Quando e como vocês se conheceram? Nenhum de nós sabia que Sara estava tendo um relacionamento.

Lembro-me que a faca que trago no meu calcanhar não é para cortar a garganta desse homem. — Nos encontramos num clube em Chicago alguns meses atrás — Respondo com calma e secretamente faço um sinal para Anton. — Como eu viajava muito a trabalho, decidimos manter nosso relacionamento fechado até que estivéssemos certos que iria a algum lugar.

— E você é da Rússia? — Andy, a enfermeira ruiva, me estuda com o cenho confuso. — Como em, o mesmo lugar que...

— Achei você! — Anton bate nas minhas costas. — Estava te procurando em todo lugar. Os caras precisam de você por um momento.

— Desculpe-me — Falo aos convidados educadamente e sigo Anton a um lugar perto do lago onde meus companheiros estão agrupados com uma garrafa de vodka cara.

— Obrigado pelo resgate — Digo quando saímos do alcance dos ouvidos dos amigos de Sara. — Não estou com humor para lidar com as perguntas deles hoje.

— Você precisará eventualmente — Diz Anton e eu dou de ombros, apesar de saber que ele está certo.

Para me integrar com este pessoal, terei que dar-lhes algumas respostas.

— Então, como se sente sendo um homem casado novamente? — Pergunta Ilya, colocando uma dose de vodka para mim.

Bebo, em vez de responder, sentindo a queimação familiar descendo pela minha garganta. Eu não bebo muito – nunca bebi – mas hoje é tentador. Quero esquecer como me senti quando ouvi a hesitação na voz de Sara ao telefone, dizendo-me que precisava de mais tempo.

— Me coloca outra — Digo, segurando o copo vazio e Ilya obedece.

Engulo novamente, então, mostro o copo de volta para Ilya.

— Mais? — Pergunta ele secamente e balanço a cabeça.

— Estou satisfeito, obrigado.

Isso vai ter que servir para me acalmar. Meu autocontrole já está por um triz e não irei arriscar ferir Sara quando finalmente estiver com ela a sós.

Não sou *tão* monstro assim.

— Então é isso, hein? — Anton gesticula para o pessoal junto ao gazebo. — É isso que você quer?

— *Ela* é o que quero. — Sento-me na grama, olhando Sara ir de um grupo ao outro, rindo e dançando, fazendo uma imitação genial de noiva feliz. — Só que ela vem com todos os penduricalhos.

— Talvez — Diz Yan, pegando a garrafa. Tirando a tampa, ele toma um gole direto do gargalo. — Ou talvez não.

Jogo um olhar forte para ele. — Você é um perito na minha esposa, certo?

Ele dá de ombros e toma outro gole. — Ela ainda pode te surpreender. Você acha que ela é tão diferente de nós? Toda doçura e bondade e leveza? Você acha que todas aquelas pessoas — Ele gesticula para os convidados com a garrafa — são todas doçura e leveza?

Volto meu olhar para Sara em vez de responder e ele suspira. — Fico surpreso que você, entre todos, não veja isso. Ela te quer, certo? Te ama, mesmo sabendo o tipo de homem que é?

Também não respondo e ele continua: — Por que você acha que ela gosta de você? Porque ela vê algo de bom em você? Ou porque ela secretamente gosta do mal?

Anton reclama. — Oh, por favor. Essa porra de novo não. Toda vez que você toma vodka...

— Aposto no último — Diz Yan como se Anton não tivesse falado. — Ela é mais como você do que você imagina e essa porra toda — ele gesticula com a garrafa para o gazebo novamente — é o que ela foi treinada a pensar que a fará feliz, não o que ela quer exatamente.

Levanto-me, limpando a grama das minhas calças. — Tem mais vodka na nossa mesa — Digo a Ilya, que está olhando invejosamente seu irmão esvaziar a garrafa. — É melhor ir pegar se estiver com vontade. A festa vai acabar em breve.

Apesar de ser divertido ouvir a tagarelice do bêbado Yan, prefiro bem mais levar minha nova esposa para a cama.

 ara

Sinto como se Peter e eu estivéssemos numa peça teatral, cada um representando seu personagem. Ele é o noivo gracioso, reservado, mas extremamente educado e eu a esposa sorridente, tagarela e excitada. Ou, pelo menos, sou essa depois de três taças de champanhe; elas ajudam muito com a parte 'tagarela-excitada', o que, por sua vez, ajuda com as perguntas escrutinadoras dos meus amigos.

Posso sempre pular para outro grupo de convidados, rindo e encorajando todos a dançar – algo que faço alegremente, dada a fonte da música.

— Como está se sentindo, querida? — Pergunta mamãe quando me junto ao seu pequeno círculo por um minuto. — Voltou a sentir o estômago?

— Não, tudo bem, mamãe. — Dou a ela meu sorriso mais aberto. — E como estão vocês?

Mamãe sorri e pega a mão de papai. — Nos divertindo bastante, assim como todos aqui. Seu Peter fez um trabalho maravilhoso.

— Obrigada, mamãe. — Abro um sorriso largo para eles. A reação dos meus pais era a minha maior preocupação e estou muitíssima aliviada que eles pareçam aceitar nossa relação – pelo menos externamente. Eu não lhes dei muita escolha, claro, mas ainda é bom saber que eles estão dispostos a dar uma chance ao Peter.

— Achei você — A voz com sotaque familiar murmura quando um braço longo enrola na minha cintura.

Eu vejo o olhar prateado do meu marido e sorrio, esquecendo de ficar desconfiada naquele momento. — Oi. Estava onde?

— Ali com meus colegas — Diz ele, movendo a cabeça para a beirada do lago e eu rio quando vejo os três russos trocando algo que parece uma garrafa de vodka.

— Então os estereótipos são verdadeiros? — Pergunta papai, seguindo meu olhar e Peter assente, sorrindo.

— Na maioria das vezes. Pessoalmente, prefiro cerveja, mas à vezes você precisa realmente sentir a queimação. — Ele olha para mim, seus lábios ainda curvados. — Como está se sentindo, ptichka?

Minha respiração acelera quando noto o tom secundário sinistro no sorriso sensual. — Oh, eu... eu estou bem.

— Bom. — Ele me olha de frente e ternamente esfrega as juntas dos dedos na minha mandíbula. — Estava preocupado.

Eu engulo quando meu coração pula outra vez. Estamos nos aproximando da hora do julgamento. Posso sentir.

— Por que você não joga o bouquet e, então, dizemos adeus

para os convidados? — Sugere ele, como se lesse minha mente. — Foi um longo dia e também você não deve estar muito bem.

— Sim, querida — Junta-se minha mãe, feliz não sabendo do que acontecerá. — Por que vocês não se vão? Foi uma festa maravilhosa e estou certo que todos já comeram e beberam bastante.

Olho para o sol se pondo sobre o lago. — Mas...

— Vem, meu amor. — O braço de Peter se aperta na minha cintura, apesar do seu sorriso não mudar. — Vamos.

— Ok. — Olho para os meus pais. — Até logo. Veremos vocês em breve.

— Tchau, querida. — Mamãe vem em minha direção e Peter me solta apenas o bastante para eu dar um abraço nela e no papai. — Parabéns novamente.

— Obrigada. — Dou um sorriso luminoso novamente e Peter me leva para jogar o bouquet e dizer até logo para todos os convidados.

~

— ENTÃO, VAMOS NOS MUDAR? — PERGUNTO QUANDO SAÍMOS DO carro perto do nosso prédio. Minha voz está um pouco fraca, mas toda a coragem que tinha foi embora durante a vinda para cá, deixando meu coração martelando com mais intensidade ao nos aproximar da nossa casa.

— Você quer? — Peter olha para mim, seu olhar sem significado ao nos aproximar do apartamento. — Como te disse, achei alguns lugares, mas não quis fazer nada sem te consultar.

Seu tom não tem sinal de escárnio, mas o sinto de qualquer jeito. Se hoje mostrou algo, é que ele ainda tem o poder – e faz todas as leis.

Decido continuar com seu fingimento. — Sim, acho que

gostaria de me mudar. Este lugar é muito pequeno para nós dois – e acho que seria legal não ter muitos vizinhos.

— Eu concordo. — Seus olhos brilham um pouco e sua voz diminui num murmúrio — Quero ter você toda para mim.

Ruborizando, eu abro minha boca para responder, mas nesta hora ele se curva e devagar me pega nos braços, ignorando minha ofegada de espanto.

— Tradição — Diz ele, com um sorriso largo sombrio e entra no saguão, carregando-me com sua facilidade costumeira.

Passamos pelas jovens mulheres vizinhas no caminho para o elevador e eu escondo meu rosto no pescoço de Peter quando elas urram e gritam: — Parabéns!

Temos realmente que nos mudar para algum lugar com menos pessoas.

— Pode me colocar no chão — Digo a Peter quando estamos dentro do elevador, mas ele apenas olha para mim, seus olhos ficando mais sombrios.

— Por quê? — Murmura ele, seus braços se apertando em mim. — Gosto de você assim.

Meu pulso pula novamente quando meu nervosismo anterior volta e eu empurro os ombros de Peter. — Não, verdade, ponha-me no chão, por favor.

— Por quê? — Suas mandíbulas se apertam, toda a felicidade saindo das suas feições. — Para você correr? Entrar num buraco e dizer que está doente?

— Eu *estava* doente! — Olho com raiva para ele, a raiva denunciando minha ansiedade. — Pergunte a mamãe se não acreditar em mim. Eu vomitei e tive que tomar Pepto-Bismol.

Suas sobrancelhas escuras se juntam. — O quê?

— Mamãe já te disse. No telefone, eu a ouvi te falando. — Empurro seus ombros novamente quando as portas do elevador se abrem e ele sai, carregando-me no corredor. — Estava com dor de estômago.

Ele franze quando para em frente à porta do meu apartamento. — Sim, ela falou isso, mas eu achei... — Ele cuidadosamente me abaixa nos seus pés e pega as chaves no bolso.

— Você achou que era uma desculpa? Não, isso aconteceu. — Mas não porque eu estava doente. Eu mordo o lado da minha bochecha, então, decido não começar nossa vida de casados com uma mentira – nem mesmo uma omissão.

Esperamos até entrar no apartamento, daí, eu digo num tom calmo: — Peter... tem algo que você deveria saber. O Agente Ryson veio aqui hoje antes de eu sair.

Ele vira uma estátua, e se vira para me encarar. — O quê?

— Não oficialmente — Apresso-me em assegurá-lo. — Ele apenas queria conversar comigo.

Suas mãos grandes se fecham nos seus lados. — Por quê?

— Eu acho... Eu acho que ele estava frustrado. De como tudo se resolveu. Ele acha que menti para ele e que nós — eu engulo, minha garganta queimando — conspiramos para matar George. Que eu queria que você se livrasse de George porque o cérebro dele estava ferido e ele era alcoólatra e eu já estava planejando me divorciar.

Peter xinga baixo quando respira. — Aquele *ublyudok* desgraçado. Eu deveria ter... — Ele para e respira. Num tom mais manso, ele pergunta: — Ele te deixou nervosa, ptichka? É por isso que você iria faltar?

Eu assenti levemente. — Desculpe-me por isso. Eu realmente sinto muito. Já estava acontecendo tão rápido e, então, ele entrou e... — Aperto meus olhos fechados, os abro para ver o olhar cinza penetrante novamente. — Eu sinto muito. Eu só não estava pensando corretamente.

Peter move sua mão pelas minhas mandíbulas, o toque sedoso e macio. — O que mais ele te disse, meu amor?

— Nada. Ele só... Oh, ele realmente disse que se você fizer qualquer coisa de natureza criminosa, o trato seria anulado... e eles agora também têm meu número.

O olhar de Peter endurece novamente. — Entendo. — Ele vai para trás, abaixando a mão e eu vejo que ele está com raiva – com tanta raiva como eu nunca vi.

De repente preocupada, chego perto, pegando suas duas mãos nas minhas. —Você não vai fazer nada com ele, certo? Te disse isso porque não quero ter nenhum tipo de mentira entre nós – não porque eu queira que você puna Ryson.

Ele não responde, mas vejo minhas respostas nas suas mandíbulas apertadas e rigidez da sua palma na minha pegada.

— Peter, não, por favor. Ouça-me... — Eu aperto sua mão. — Ele é um agente federal e *quer* que você escorregue. De fato, eu não ficaria surpresa se esse fosse o motivo de ele ter vindo aqui hoje: provocar você e certificar-se de que você viole os termos do acordo. Não jogue o jogo dele. Não vale a pena.

As feições de Peter não mudam. — Você está preocupado com ele ou comigo?

Eu largo sua mão. — Os dois, claro. Eu não quero que você o machuque – e definitivamente não quero que você se meta em problemas por causa dele.

— Hummm. — Peter acaricia suavemente o lado do meu rosto. — Eu imagino.

Eu molho meus lábios. — Imagina o quê?

— Você seria feliz se eu apenas fosse embora e te deixasse? Se eu me metesse em problemas e tivesse que ir embora para sempre?

Eu pisco para ele. — Mas... você não faria isso. Você me levaria contigo, certo? Se você tivesse que ir?

Seu olhar fica mais sombrio. — Talvez. É isso que você iria querer, ptichka?

Meu peito se aperta, dificultando minha respiração. — Peter... Eu...

— Você ainda não consegue falar, consegue? — Ele segura meu queixo novamente, fazendo-me olhar nos seus olhos. Sua voz com uma nota estranha. — Você não consegue admitir que isso é mútuo, que não sou o único louco.

Eu engulo em seco e me afasto, saindo da sua pegada. — Não é assim.

— Não? — Ele vem atrás de mim, tão implacável como um tubarão. — Diga-me, por que você quase fugiu hoje, então. Diga-me o que aconteceu com a visita de Ryson que te fez assim.

Eu continuo indo para trás até que minhas costas pressionam contra a parede. — Eu já te disse tudo.

— Tudo não. — Ele aperta suas palmas na parede nos meus dois lados, me engaiolando mais uma vez. Seu tom é tanto cruel quanto terno quando murmura: — Quase tudo, meu amor.

Eu olho para ele, meu pulsar batendo nas têmporas. Eu não entendo o que ele quer, o que ele quer de mim. — Peter, por favor. Desculpe-me por aquilo, sinto muito realmente. Eu estava tão nervosa que não estava pensando, mas isso não é desculpa. Eu não deveria... — Eu balanço a cabeça.

— Não, você realmente não deveria — Ele concorda, seus olhos ficando mais sombrios e, então, sem aviso, ele engancha sua mão no corpete do meu vestido e abaixa com selvageria estrondosa, rasgando a renda feita à mão e enviando os botões de pérolas se espalhando pelo piso.

Ofegando, eu seguro a parte de cima do meu vestido rasgado, mas Peter me vira, pressionando meu rosto contra a parede. — Você realmente, realmente, não deveria — Uiva ele no meu ouvido e abaixa o vestido ainda mais, fazendo um amontoado em volta dos meus joelhos.

Eu estou com meu sutiã sem alças e a calcinha – peças sexy de renda que eu vesti para combinarem com o vestido. Elas também não duram mais que um momento, visto Peter rasgá-las de mim, deixando-me completamente nua.

Ofegando, eu coloco minhas palmas na parede, esperando que ele abra minhas pernas e me foda, mas em vez disso, seu braço poderoso desliza pelo meu tórax, levantando-me para fora do restante do meu vestido. Meus sapatos, com suas tiras finas em volta dos tornozelos, ficam nos meus pés, minhas pernas ficam balançando no ar quando ele implacavelmente me carrega para o quarto.

Ele me joga na cama com o rosto para baixo e eu luto para me virar quando ele se afasta para retirar suas próprias roupas. Eu vejo um lampejo de metal e ouço algo cair com força quando ele retira seu paletó – *ele estava armado no nosso casamento?* – mas, então, meu foco muda para algo bem mais perigoso.

A expressão no seu rosto.

Seus olhos estão cerrados, suas narinas dilatadas quando ele abre o cinto e na rapidez dos seus movimentos, eu vejo a fome violenta que está sempre lá, a necessidade sinistra e selvagem que também pulsa nas minhas entranhas.

Ele irá me ferir esta noite, eu consigo sentir isso e minhas partes internas se apertam numa onda de medo e desejo. Eu deveria correr, deveria protestar, mas meu corpo age do seu próprio modo, minhas pernas saindo da cama para me ajoelhar no tapete à frente dele, minhas mãos pegando seu zíper para abrir suas calças do smoking.

— Sim, assim, venha aqui — Ele murmura sob sua respiração, suas mãos nos meus cabelos embaraçando-os quando eu abro seu zíper e abaixo suas calças, liberando sua ereção. Ele já está totalmente ereto, seu pau longo e grosso, tão duro que as veias estão saltadas ao longo do pau. Ele é uma arma, esse pau, mas também uma ferramenta de prazer inimaginável e minha boca fica cheia d'água quando olho para ele, lembrando como me engasguei com ele – como ele me deu tesão.

Ele puxa meu rosto para mais perto e bate com seu pau na minha bochecha. Uma vez, duas vezes, uma terceira vez. Eu abro a boca na quarta batida e pego a cabeça, chupando quando olho para ele. O sabor familiar de almíscar aumenta meu calor interno e minha mão esquerda serpenteia entre minhas pernas quando a direita acopla nas suas bolas.

Seu rosto revira com prazer feroz quando aperto suavemente e ele empurra mais fundo na minha boca, seus pulsos apertando meu cabelo. — Fode... — Geme ele, sua voz baixa e rouca. — Continua fazendo isso, desse jeito mesmo.

Eu obedeço, deixando-o foder minha garganta enquanto massageio suas bolas. Ao mesmo tempo, minha mão esquerda esfrega meu clitóris, minhas coxas se contorcendo com tensão crescente quando acho o ritmo certo. Suas pupilas dilatam mais, seu quadril movendo-se mais rápido e estou perto, tão perto quando ele fala entre os dentes algo em russo e abruptamente me empurra.

Espantada, eu caio para trás nas minhas palmas e antes de poder ver o que está acontecendo, ele me pega e me joga na cama novamente.

— Você não vai gozar fácil assim — Rosna ele e eu inspiro ofegando quando ele passa seu cinto em volta dos meus pulsos, prendendo-me na cabeceira da cama e move seu corpo para baixo, suas mãos fortes separando minhas pernas.

— O que você vai fazer? — As batidas do meu coração são tão rápidas que quase não consigo falar. — Por favor, Peter, você não tem que ...

— Quieta — Ele respira nas minhas coxas, eu ofego quando seus dentes raspam meus lábios antes da sua língua empurrar entre minhas dobras, achando meu clitóris pulsante.

A ignição é quase instantânea. Fogo lambe minhas veias e eu me arco para trás, gritando e puxando o cinto enquanto o orgasmo atrasado me esmaga, fazendo todo o meu corpo um espasmo só. Mas meu carrasco não terminou. Sua língua suaviza, diminuindo apenas o bastante para eu cavalgar os choques subsequentes e dois dedos ásperos entram em mim, achando meu ponto 'G'. Eu grito, espiralando novamente quando sua língua volta seu trabalho demoníaco e não dura muito até eu gozar novamente.

Mas ele ainda não terminou, sua boca talentosa movendo-se para a parte de cima do meu corpo, dando beijos quentes na minha barriga e seios, chupando meus mamilos e a parte sensível do meu pescoço. E sempre seus dedos dentro de mim enquanto seu polegar trabalha no meu clitóris, levando-me perto do ápice novamente.

Seus lábios encontram os meus quando começo a gozar e eu gemo meu gozo na sua boca sentindo meu gosto na sua língua quando ele aprofunda o beijo. Meus músculos parecem virar líquido sob minha pele, meus pulsos puxando o cinto e ainda ele me fode com aqueles dois dedos ásperos, apesar do meu clímax ter passado.

Estou no limiar de mais um orgasmo quando ele levanta a cabeça e tira os dedos, apenas para movê-los mais para baixo, espalhando minha umidade pelo caminho. Eu mexo meu corpo para os lados, quando noto o que ele está planejando, mas ele é implacável e eu grito, meus olhos apertados fechados quando seu dedo do meio acha minha entrada traseira, seu dedo escorregadio já lubrificado entra em mim, vencendo a resistência dos músculos travados.

Ele já me possuiu assim antes, mas foi há mais de nove meses e seu dedo parece tão grande quanto seu pau, a ponta da unha raspando no meu tecido liso. As batidas do meu coração aumentam mais ainda, minha respiração na garganta quando ele retira o dedo invasor lentamente, apenas para que o junte a outro.

— Peter...

— Shhh. — Ele me beija novamente e os dois dedos pressionam minha entrada, eu tensa pelo pânico, seu polegar acha o clitóris pulsante. O orgasmo que tinha diminuído, volta que nem foguete, a tensão subindo com força explosiva e eu gozo, gemendo indefesa, os dois dedos entram todo.

Fico tensa novamente, mas é tarde demais e tudo o que posso fazer é tremer e respirar quando ele abre minha passagem apertada, fazendo-a doer e queimar. O preenchimento é insuportável, invasivo, mesmo assim, sob o desconforto tem a promessa de algo mais e meu corpo se contrai nos choques pós-orgásmico, indo atrás da sensação sinistra.

— Sim, assim, ptichka — Respira ele contra meus lábios e eu tremo quando seu polegar acha meu clitóris novamente. Eu não posso gozar outra vez, é impossível, mesmo assim meu corpo não vê que já está desgastado. A tensão aumenta no meu âmago, apertando forte e estou no limiar do orgasmo, tremendo e ofegando, quando o dedo invasor sai do meu cu.

Eu gemo frustrada, puxando o cinto e arqueando meu quadril e ele ri suavemente, o som baixo e sinistro quando a parte do colchão ao meu lado afunda.

Espantada, abro meus olhos, mas ele já está de volta, uma pequena garrafa na sua mão. — Não se preocupe, ptichka. Vamos chegar lá — Promete ele com voz rouca e eu pulo quando ele derrama a garrafa, espalhando o líquido frio todo sobre meu sexo inchado. Ele desce, para as valinhas entre meus glúteos e meu pulso acelera novamente quando nossos olhos se encontram.

No seu olhar, eu vejo fome e algo mais, uma exigência muda

mas feroz. Colocando seus antebraços sob meus joelhos, ele levanta minhas pernas nos seus ombros e se debruça para frente, esticando seu bíceps da coxa enquanto guia seu pau para meu cu.

— É isso que você quer de mim? — Seus olhos brilham enquanto ele empurra. — É isso que você precisa?

Ele empurra mais fundo e eu gemo ante a pressão insuportável, suor molhando minhas costas quando meu esfíncter cede vagarosamente. Com minhas pernas nos seus ombros, não consigo controlar a profundidade da penetração e ele escorrega até o fim, enchendo-me até meu estômago revirar-se e minha respiração ficar frenética, com ofegadas rasas.

— Eu não... — Eu inspiro fundo, lutando contra a onda de tonteira. — Eu não entendo.

— Não? — Sua boca se revira, um brilho cruel nos seus olhos metálicos quando ele sai até a metade, apenas para voltar. — Ou é porque você simplesmente não pode falar?

A queimação ainda está lá, o preenchimento total como antes, mas quando seu polegar vai no meu clitóris, uma tensão tentadora abafa a dor. Seu quadril se move devagar, seu pau massivo escorregando profundamente com cada estocada implacável e o orgasmo começa a chegar, o prazer diferente de antes, mais forte e sombrio, tanto agonizante quanto sombrio.

É demais, muito intenso e eu posso me ouvir implorando e apelando, me revirando o tanto que minha posição restringida permite. Mas a luz cruel continua nos seus olhos, sua passada não muda mesmo quando gotas de suor aparecem na sua testa.

— Responda — Diz ele com voz rouca, curvando-se de forma a quase me dobrar no meio, eu grito quando a dor aparece, acendendo o fogo que me consome. O êxtase explode pelas minhas terminações nervosas, minha visão enchendo-se de luzes brancas quando fecho meus olhos. Os calafrios se aceleram até minha espinha, a liberação acelerada pelo corpo, fazendo meus músculos tremerem e travarem.

E o ouço gemer sobre mim e sinto o calor pulsar bem lá dentro. Ele também está gozando, sinto tontura e abro meus olhos o bastante para ver o mesmo prazer agonizante revirar seu rosto.

Respirando pesado, ele colapsa em cima de mim e ficamos assim, nossas respirações sincronizadas enquanto nos recuperamos. Os músculos das minhas coxas parecem que vão se rasgar pelo estiramento e meu cu queima quando seu pau amolece gradualmente dentro dele, mas não quero me mover.

Quero ficar assim, meu corpo junto do dele para sempre.

— Sim — Digo baixinho quando ele levanta sua cabeça e levanta o corpo para retirar um pouco da pressão das pernas. Nossos olhos se encontram e o triunfo sinistro aparece no seu olhar quando repito desgastada — Sim, é.

Eu entendo sua pergunta agora e sei a resposta terrível. Isso *é* o que quero dele – e definitivamente o que preciso. Dor, punição, força – eu quero isso dele tanto quanto amor e ternura.

Eu preciso do pacote completo, por tão bagunçado como pareça ser.

Ele libera minhas mãos, cuidadosamente sai de mim e me limpa com um lenço. Eu fecho meus olhos, muito drenada para me mover e seus braços fortes deslizam sob mim, levantando-me da cama.

Ele me carrega para o chuveiro e me lava, retirando a maquiagem borrada, desfazendo todos os cachos intrincados do meu penteado. Ele me enrola na toalha e me leva para a sala de estar, onde ele senta-se no sofá segurando-me no seu colo.

Eu deito minha cabeça no seu ombro largo e coloco a palma da minha mão no seu coração, sentindo a batida compassada do seu coração dentro do seu peito musculoso quando ele gentilmente massageia minha nuca, seus dedos fortes nos nós que eu nem sabia que estavam lá.

— Então, me fale. — Sua voz macia, profunda sob meu ouvido. — Diga-me porque você quase deu para trás hoje.

— Porque... — Porque Ryson lembrou-me da realidade das coisas, fez-me sentir mais por baixo do que uma lesma – era isso que eu iria começar a falar, mas eu paro. Não é uma mentira, mas não é toda a verdade também. Eu estava em pânico antes da visita do agente, antes de ele me forçar a confrontar com os fatos horríveis.

— Porque o quê? — Pergunta Peter, pausando a massagem.

— Porque... — Um nó se forma na minha garganta quando fecho meu olho com força, então abro, me afastando para olhar nos seus olhos. É hora de parar de fingir e abraçar a verdade. Respirando fundo, eu digo com firmeza: — Porque você estava certo. Lá no Japão, quando disse que é muito tarde para mim, você estava certo. — Está ficando mais difícil formar as palavras, mas forço-me a continuar. — Já era muito tarde e é definitivamente tarde agora. Não sei quando aconteceu, mas em algum pondo da nossa jornada conturbada, eu me apaixonei por você. Só que eu... — Eu paro, minha garganta se fechando completamente.

Seus olhos cinza se suavizam, sua mão voltando à massagem leve. — Só que você o quê?

— Só que eu não aguento isso — Confesso, as palavras como pedras dentro das minhas cordas vocais. — Eu preciso... — Eu paro, incapaz de vocalizar totalmente, mas ele entende.

— Você precisa disso. — Ele levanta a mão e acaricia minha bochecha. — Você precisa que eu faça doer às vezes, ficar no controle e te forçar. Retirar as outras opções, para que você possa abraçar a que você quer realmente.

Eu assinto desajeitada, igualmente envergonhada e aliviada. São o erro e a covardia em mim, mas no contexto de todas as outras coisas erradas, é a coisa que parece certa. Nossa relação nunca será como a das outras pessoas... porque ela absolutamente não deveria existir. Torturador e vítima, assassino e a viúva do seu alvo – somos tão impossíveis juntos quanto o predador e a presa, mas por causa de Peter, estamos aqui.

Sua obsessão nos criou.

Ele entende; vejo isso no seu olhar prateado. — Então hoje, quando te liguei lá do local — Murmura ele, retirando uma mecha úmida de cabelo de trás do meu ouvido — Você precisava disso, não precisava, ptichka? Você precisava saber que fugir não era a opção... você tinha que se casar comigo ou nada.

Eu engulo pesado, lutando contra a tentação de olhar para o outro lado. — Eu acho. Talvez. Eu... — Eu paro novamente, incapaz de formular a mistura confusa de emoções que experimentei. Sua ameaça havia me aterrorizado conforme ele queria, mas agora eu vejo que eu fiquei aliviada.

Bem lá no fundo, eu contara com ele fazer isso. Prender o pior da minha vergonha e culpa.

Sua mão quente se curva em volta da minha mandíbula, seu polegar raspando levemente na minha bochecha. — Tudo bem, ptichka. Não se sinta mal. Isso é o que é e tudo bem admitir isso.

Eu olho nos olhos dele. — Você não acha que eu sou... uma péssima pessoa?

— Porque você me ama, ou porque você não consegue aceitar isso totalmente?

— Nenhum dos sois. Ambos.

Seu sorriso é tanto sensual quanto triste. — Não, meu amor. Você é produto da sua criação, assim como eu sou da minha. Você também estava certa, lá na clínica da Suíça, quando disse que num mundo diferente, uma vida diferente, isso tudo teria sido diferente. Se eu pudesse, eu apagaria o passado, reescreveria a história entre nós, mas em vez disso, te darei o que você precisa – que ambos precisamos, se estamos sendo honestos.

Eu continuo olhando nos seus olhos, meus olhos queimando. Ele entende, porque ele é sinistro, um espelho terrível, seus desejos tanto inverso como paralelo ao meu. Ele me ama, ele demonstrou isso dos modos mais vívidos, mas certas partes dele também precisam me ferir, punir-me pela dor no passado.

Controlar-me, assim, eu não consigo deixá-lo.

Assim, ele não me perderá, do jeito que perdeu Tamila e seu filho.

— Eu realmente te amo — Digo calmamente, as palavras vindas mais fáceis da segunda vez. — Eu te amo, Peter, com tudo que sou. E eu aprecio o que fez por mim... o que me deu.

Ele me escolheu à sua vingança.

Ele escolheu nosso amor acima do seu desejo de lidar com a morte.

Seu sorriso diminui – a lembrança de Henderson ainda deve doer – mas, então, ele se inclina e dá um beijo leve nos meus lábios. — Eu sei, ptichka. Eu sei que você me ama – e de um jeito ou de outro, faremos isso dar certo. Temos que fazer... porque eu não te deixarei ir embora.

Eu coloco minha cabeça de volta no seu ombro, fechando meus olhos e sinto o coração batendo dentro do seu peito poderoso.

Ele está certo.

Faremos isso dar certo.

Nosso amor pode não ser simples e direto, mas não é menos forte visto o jeito que começou. Este casamento não será fácil, mas é para sempre.

Não importa o que aconteça, temos um ao outro.

Pelo tempo em que ambos estivermos vivos.

EPÍLOGO

Henderson

EU OLHO PARA A TELA DO MEU COMPUTADOR, CLICANDO DE UMA foto brilhante para a outra, minha garganta queimando e minha mão tremendo com ódio nauseante.

Eles estão lindos, ambos jovens e saudáveis, vestidos do que em matéria de requinte de casamento a riqueza manchada de sangue pode comprar. Numa foto, ele está levantando ela no seu peito; noutra, estão de mãos dadas e olhando nos olhos um do outro.

Eu clico novamente e sinto o amargo da bile. Eles estão rindo um para o outro nesta foto, em pé perto da família e amigos.

Algumas dessas pessoas sabem?

Eles sabem o que ele é?

Ela sabe. Disso não tenho dúvida. Vejo isso nos seus olhos, seu sorriso belo e mentiroso.

Ela sabe e ela o ama.

377

Ela se casou com ele, sabendo das coisas monstruosas que ele fez.

Mexo minha cabeça de um lado para o outro, tentando em vão livrar-me da tensão agonizante. As injeções de esteroide não ajudam mais e a dor me devora, mantendo-me acordado de noite, aumentando meus pesadelos e insônia.

Três anos fugindo.

Três anos temendo pela vida dos meus filhos.

Três anos sabendo que todos que deixei para trás podem ser mortos ou torturados... que ninguém com que me importo estará verdadeiramente seguro.

Eu clico numa janela e navego para a página do facebook da minha filha. Não tem nada lá há três anos, nada na mídia social do meu filho também. Eles também vivem com medo todo esse tempo.

Medo do monstro sorrindo para a sua noiva amada.

Ele acha que venceu.

Ele acha que acabou.

Ele está convencido que deixarão seu reino de terror para trás.

Virando-me do computador, abro a pasta na minha mesa, tentando ficar calmo enquanto reviso a lista de nomes – minha própria lista desta vez.

Julian Esguerra, cachorrinho monstro da CIA.

Seu sócio leal, Lucas Kent.

Yan e Ilya Ivanov.

Anton Rezov.

E claro, o próprio Peter Sokolov.

Eles acham que conseguiram, que são intocáveis.

Eles não poderiam estar mais errados.

É hora do mundo vê-los como os terroristas que são.

De uma forma ou de outra, eles pagarão.

NOSSO PARA SEMPRE

O PERSEGUIDOR: VOLUME 4

PARTE I

1

enderson

— O QUE VOCÊ ESTÁ FAZENDO?

A voz ansiosa de Bonnie me assusta dos meus planejamentos e olho para ela recolocando rapidamente a pasta que estava estudando numa pilha de pastas na minha mesa enquanto me preparo para responder com uma mentira plausível.

Só que minha esposa de há vinte e um anos de casados não está olhando para mim.

Ela está olhando para o computador atrás de mim, onde uma foto de uma bela noiva de cabelos castanhos que sorri para um belo noivo toma quase toda a tela.

Caralho. Achei que tinha fechado aquela janela. Os músculos do meu pescoço doem com a tensão, a bile voltando à minha garganta quando vejo que Bonnie começa a tremer.

— Por que você tem a foto dele? — A voz dela ficando histérica enquanto seus olhos viram-se para mim, em tom acusador. — Por que você tem a foto do monstro na sua tela?

— Bonnie... Não é o que você está pensando. — Levanto-me, mas ela já está se afastando, balançando a cabeça, seus brincos longos balançando nas suas feições magras.

— Você prometeu. Você me disse que ficaríamos em segurança.

— E ficaremos — Digo, mas é tarde demais. Ela já se foi.

De volta ao refúgio da sua cama, suas pílulas, sua TV de realidade irracional.

De volta onde as crianças e eu nunca podemos alcançá-la.

Afundando na minha cadeira, movo minha cabeça de um lado para o outro, liberando o pior da rigidez agonizante enquanto pego a pasta novamente. O nome dentro me fita, cada letra me insultando, mexendo o fogo amargo do ódio.

Peter Sokolov.

Sou a última pessoa restante na sua lista. O único que não matou ainda pelo que aconteceu naquela merda de vila em Dagestan. Um erro, uma ordem descuidada e esse é o resultado. Por anos, ele tem caçado a mim e minha família, torturando nossos amigos e pessoas amadas num esforço de me pegar, vigiando nos pesadelos dos meus filhos, destruindo nossas vidas a cada dia.

E agora, graças às influências do seu amigo Esguerra, ele pode andar livre. Casar-se com sua doutora bela de cabelos castanhos e morar nos Estados Unidos como se tudo estivesse perdoado e esquecido.

Como se sua promessa de não me matar fosse algo que eu pudesse acreditar.

Meu olhar passa para os outros nomes na pasta.

Julian Esguerra.

Lucas Kent.

Yan e Ilya Ivanov.

Anton Rezov.

Os aliados de Sokolov – monstros, todos eles.

Eles têm que pagar pelo que fizeram.

Como Sokolov, eles têm que ser neutralizados.

Então, só então, estaremos verdadeiramente seguros.

2

Sara

ACORDO COM A SURPREENDENTE PERCEPÇÃO DE QUE ESTOU CASADA.

Casada com Peter Garin, também conhecido como Sokolov.

O homem que matou George Cobakis, meu primeiro marido, depois de ter invadido minha casa e me torturado.

Meu perseguidor.

Meu sequestrador.

O amor da minha vida.

Meus pensamentos voltam-se para ontem à noite e o calor espalha-se pelo meu corpo – uma mistura de tesão e vergonha. Ele me puniu ontem. Puniu-me por quase tê-lo deixado no altar.

Ele me possuiu brutalmente e, no processo, fez-me admitir.

Ele fez-me confessar que o amo – *tudo* dele, as partes sombrias incluídas.

Que eu preciso da parte sombria... preciso que seja apontada

386

para mim para que eu possa resistir à vergonha e culpa de saber que me apaixonei por um monstro.

Abrindo os olhos, eu olho para o teto branco. Ainda estamos no meu apartamento minúsculo, mas acho que iremos nos mudar em breve. E depois? Filhos? Caminhadas no parque com meus pais?

Será que realmente irei construir uma vida com o homem que ameaçou matar todos na recepção do nosso casamento se eu não aparecesse?

Ele deve estar fazendo café, porque sinto cheiros deliciosos vindo da cozinha. É algo tanto doce quanto saboroso e meu estômago pula quando me sento, fazendo uma cara feia pela dor nos músculos das minhas coxas.

Se vamos foder muito em posições exóticas, preciso começar a fazer yoga.

Balançando minha cabeça pelos pensamentos ridículos, vou tomar um banho e escovar os dentes e quando saio, vestida num roupão, ouço a voz grossa e com um leve sotaque de Peter me chamando.

Ou mais precisamente, chamando sua 'ptichka'.

— Estou aqui — Digo, indo para a cozinha, apenas para me ver puxada por braços fortes e beijada tão profundamente que fico sem fôlego.

— Sim, está — Murmura meu marido quando finalmente coloca-me em pé de novo. — Você está aqui e não vai a lugar algum. — Seus braços fortes possessivamente na minha cintura, seus olhos cinza brilhando como prata em seu rosto escurecido pela barba por fazer. Apesar de ele estar vestido com uma camiseta e jeans, não deve ter se barbeado ainda porque aquela barba parece deliciosamente áspera e arranhando, fazendo-me imaginar como seria esfregá-la por toda a minha pele.

Impulsivamente, levanto minha mão para segurar sua mandíbula. Está arranhando tanto como eu imaginava e eu abro um sorriso enquanto ele fecha os olhos e esfrega seu rosto na palma da minha mão, como um gato grande marcando seu território.

— É domingo — Digo, abaixando minha mão quando ele abre os olhos. — Então, sim, não vou a lugar algum. O que tem para o café?

Ele abre um sorriso, largando-me. — Panqueca de ricota. Você está com fome?

— Realmente poderia comer algo — Admito e vejo seus olhos metálicos brilharem de prazer.

Sento-me enquanto ele pega os pratos para nós dois e os coloca na mesa. Apesar de ele ter voltado apenas na última terça-feira, já está sentindo-se completamente em casa na minha cozinha minúscula, seus movimentos precisos e confiantes como se já estivesse aqui por meses.

Olhando para ele, tenho novamente a sensação desconcertante de que um predador perigoso invadiu meu pequeno apartamento. Parte é pelo seu tamanho – ele é pelo menos uma cabeça maior que eu, seus ombros impossivelmente largos, seu corpo de soldado de elite cheio de músculos duros. Mas é também algo sobre *ele*, algo mais do que as tatuagens que decoram seu braço esquerdo ou a cicatriz tênue que divide sua sobrancelha.

É algo intrínseco, um tipo de crueldade que existe mesmo em seu sorriso.

— Como está se sentindo, ptichka? — Pergunta ele, juntando-se à mesa e eu olho para o meu prato, sabendo por que ele está preocupado.

— Bem. — Não quero pensar sobre ontem, sobre como a visita do Agente Ryson me fez literalmente passar mal, mas não foi até quando o agente do FBI jogou os crimes de Peter na minha cara que pus para fora o conteúdo do meu estômago – e eu quase deixei Peter no altar.

— Nenhum efeito ruim por ontem à noite? — Esclarece ele, e eu o olho, meu rosto esquentando quando vejo que está se referindo à nossa vida sexual.

— Não. — Minha voz presa. — Estou bem.

— Ótimo — Murmura ele, seu olhar quente e sombrio, e eu escondo meu rubor aumentado pegando uma panqueca de ricota.

— Toma, meu amor. — Ele profissionalmente coloca duas panquecas para mim e empurra a garrafa de xarope de bordo na minha direção. — Quer mais alguma coisa? Talvez uma fruta?

— Com certeza — Digo e o vejo indo à geladeira pegar algumas cerejas lavadas.

Meu assassino doméstico. Será que é assim que nossa vida juntos sempre será?

— O que você quer fazer hoje? — Pergunto quando ele volta à mesa e dá de ombros, seus lábios esculpidos abertos num sorriso.

— Você escolhe, ptichka. Estava pensando que poderíamos sair, aproveitar este belo dia.

— Então... andar no parque? Jura?

Ele franze. — Por que não?

— Sem motivo. Estou dentro. — Foco nas minhas panquecas para não começar a rir histericamente.

Ele não entenderia.

Comemos rápido – estou com fome e a panqueca de ricota (*sirniki*, como ele as chama) estão de morrer – e, então, vamos ao parque. Peter está dirigindo e quando estamos a meio caminho, noto um SUV nos seguindo.

— É Danny novamente? — Pergunto, olhando para trás.

Desde a volta de Peter, os federais nos deixaram em paz e Peter está bem calmo por quem está nos seguindo para ser qualquer um além do nosso guarda-costa/motorista que ele contratou.

Para a minha surpresa, Peter balança a cabeça. — Danny está de folga hoje. São dois outros caras da equipe.

Ah. Viro-me no assento para estudar o SUV. As janelas têm vidro escurecido, então, não consigo ver dentro dele. Franzindo, olho de volta para Peter. — Você acha que ainda precisamos de toda essa segurança?

Ele dá de ombros. — Espero que não. Mas melhor prevenir do que remediar.

— E este carro? — Olho em volta para o sedan Mercedes luxuoso que Peter comprou na semana passada. — Tem alguma segurança extra? — Passo as dobras dos meus dedos na janela. — Isso parece bem grosso.

Suas feições não mudam. — Sim. O vidro é à prova de balas.

— Oh. Uau.

Ele olha para mim, um sorriso fraco nos lábios. — Não se preocupe, ptichka. Não tenho razão para pensar que alguém irá atirar em nós. É só precaução, só isso.

— Certo. — Só precaução – como as armas que tinha dentro do paletó no nosso casamento. Ou o guarda-costa/motorista que está lá para me pegar quando Peter não pode. Porque os casais suburbanos normais sempre têm guarda-costas e carros à prova de balas.

— Fale-me sobre a casa que você achou — Digo, retirando os pensamentos ruins face a tantas medidas de segurança. Dada sua profissão anterior e os tipos de inimigos que fez, a paranoia de Peter faz todo sentido e não devo rejeitar quaisquer precauções que ele ache necessárias.

Como ele disse, melhor prevenir do que remediar.

— Vou te mostrar a lista num segundo — Diz ele e vejo que já estamos no nosso destino.

Ele para o carro e dá a volta para abrir a porta para mim. Eu dou minha mão a ele, deixando-o me ajudar e não estou nem um pouco surpresa quando ele aproveita a oportunidade para me puxar num beijo.

Seus lábios são macios e calorosos quando eles tocam os meus, sua respiração com gosto de xarope de bordo. Não tem pressa nesse beijo, não é sombrio – apenas ternura e desejo. Mesmo assim, quando ele levanta a cabeça, meu pulso está tão rápido quanto se ele tivesse me arrebatado, minha pele quente e pinicando onde suas palmas repousam nas minhas bochechas.

— Te amo — Murmura ele, olhando para mim e eu abro um sorriso largo para ele, meu desconforto trocado por uma sensação de leveza.

— Também te amo — As palavras saindo até mais fáceis hoje – porque são verdadeiras. Eu realmente amo Peter.

Eu o amo apesar de ele me horrorizar.

Ele sorri e me leva a um banco. — Aqui. — Ele me puxa para sentar-me e pega seu telefone, passando o dedo pela tela algumas vezes e me dando. — Essa é a lista do que achei — Diz ele, olhando para mim com um olhar prateado caloroso — Diga-me quais casas você gosta e iremos vê-las.

Passo as fotos enquanto o sentimento de felicidade aumenta.

Será que é assim que se sente ante a real felicidade?

— Vamos andar e conversar — Digo quando termino de olhar as fotos e ele concorda feliz, segurando firme na minha mão enquanto andamos pelo parque e discutimos as vantagens e desvantagens das diferentes casas.

— Você não acha que a com quatro quartos é muito pequena? — Pergunta ele, olhando para mim com um sorriso inquiridor e eu balanço a cabeça.

— Por que você acha assim?

— Bem... — Ele para e olha para mim. — Você já pensou em quantos filhos gostaria de ter?

Meu estômago dá um pulo. Aqui estamos - o assunto que tenho evitado desde Chipre, quando Peter admitiu que estava tentando me engravidar e eu bati o carro na tentativa de fugir. Eu estava esperando esse assunto aparecer em alguma hora - não usamos preservativo desde que Peter voltou e ele disse diretamente aos meus pais que gostaria de começar uma família em breve. Mesmo assim, meu coração martela no meu peito e minha palma sua na pegada de Peter enquanto tento imaginar como seria ter um filho com ele.

Com o assassino implacável que me ama obsessivamente.

Respirando, tento tomar coragem. Peter não é mais um criminoso e sou sua esposa, não sua prisioneira. Ele desistiu da sua vingança para que pudéssemos ter isto - uma vida real juntos.

Caminhadas no parque, filhos e tudo.

— Tenho pensado em três — Digo com firmeza, olhando nos olhos dele. — Mas acho que ficaria feliz com um. E você?

Um sorriso terno floresce nas suas belas feições. — Definitivamente pelo menos dois - se tudo correr bem com o primeiro. — Ele coloca sua palma grande na minha barriga. — Você acha que há uma chance...?

Eu rio, afastando-me. — Você está brincando comigo? É muito cedo para falar. Você voltou há menos de uma semana. Se eu soubesse que estava grávida, seria problemático.

— Muito — Concorda ele, pegando minha mão e apertando. Voltamos a andar e ele me dá um olhar de lado. — Presumo que você esteja ok sobre isso?

— Ter um filho agora, você quer dizer?

Ele assente e eu respiro fundo, olhando para frente para um grupo de adolescentes andando de skate. — Acho que sim. Eu ainda gostaria de esperar um pouco, mas sei que isso significa muito para você.

Ele não responde e quando olho para ele, vejo sua expressão ficar mais sombria, suas mandíbulas presas enquanto olha para frente. O sentimento de leveza evapora quando noto que inadvertidamente o lembrei da tragédia no passado.

— Desculpe-me. — Levanto nossas mãos dadas e pressiono no meu peito. — Não tive intenção de te lembrar da sua família.

Ele olha nos meus olhos e parte da agonia passa. — Tudo bem, ptichka. — Sua voz é rouca enquanto levanta nossas mãos unidas para dar um beijo carinhoso nas dobras dos meus dedos. — Você não precisa se sentir pisando em ovos perto de mim. Pasha e Tamila sempre estarão nas minhas memórias, mas *você* é minha família agora.

Meu coração se aperta numa bola dolorida. Ele tem razão. *Sou* sua família – e ele é a minha. Porque o casamento aconteceu rápido, eu não tive chance de realmente pensar sobre o assunto, para articular essa realidade na minha mente.

Estamos casados.

Realmente casados.

Não posso mais pensar em George como meu marido porque Peter tem o título agora – assim como ele não pode pensar em Tamila como sua esposa.

— E você tem razão — Continua ele enquanto processo a informação. — Família é importante para mim. Quero que tenhamos um filho e quero em breve. Contudo... — Ele hesita, então, fala baixinho: — Se você quiser esperar, não vou fazer pressão.

Parei e olhei para ele de boca aberta. — Verdade? Por que não?

Um sorriso rápido passa pelas suas feições. — Você quer que eu pressione?

— Não! Eu só... — Balanço a cabeça, tirando minha mão da sua pegada. — Eu não entendo. Pensei que fosse parte disso, casamento e tudo o mais. Você forçou o casamento, então...

Todos os traços de humor fugiram do seu olhar. — Você quase morreu, meu amor. Em Chipre, quando você achou que eu queria forçar um filho em você, tentou fugir e quase morreu.

Mordo meu lábio. — Aquilo era diferente. *Nós* éramos diferentes.

— Sim. Mas o nascimento de um bebê em geral pode ser perigoso. Mesmo com todos os avanços médicos de hoje, uma mulher arrisca sua saúde, se não sua vida. E se algo acontecer contigo porque eu insisti... — Ele para, suas mandíbulas apertadas enquanto olha para o outro lado.

Olho para ele, meu coração batendo pesado no peito. A possibilidade de algo sério acontecer comigo num parto é bem pequena e meu primeiro instinto como médica é falar-lhe isso, reconfortá-lo. Mas no último momento, penso melhor.

— Então, você esperaria? — Pergunto com cuidado.

Peter vira-se para me encarar, seu olhar sombrio. — Você quer esperar, meu amor?

Agora é a minha vez de olhar para o lado. Eu quero? Até este momento eu concluiria que a volta de Peter e o casamento apressado significavam que um filho estava num futuro iminente. Eu havia me resignado ao pensamento, até acolhido em certo nível.

Se não fosse por nada, meus pais poderiam ter o neto que têm esperado – um lado positivo que não havia considerado até nosso jantar no outro dia.

— Sara? — chama Peter e eu olho nos seus olhos.

Aqui estamos.

Minha chance de protelar.

Fazer a coisa certa, a coisa sábia.

Ter um filho quando tiver certeza de que podemos, que Peter pode viver esse tipo de vida.

Tudo o que posso fazer é dizer sim, usar a escolha que ele me deu, mas minha boca se recusa a formar a palavra. Em vez disso, enquanto o encaro, vendo a tensão lá dentro, ouço-me dizer: — Não.

— Não?

— Não, não quero esperar — Esclareço, sufocando a voz gritando na minha mente enquanto vejo seus olhos se curvarem num sorriso feliz e brilhante.

Talvez essa seja a decisão errada, mas, neste momento, não parece. Peter estava certo quando disse que a vida é curta. Ela *é* curta e incerta, cheia de armadilhas. Sempre vivi com cuidado, planejando o futuro nos assuntos em que havia um futuro, mas se tem uma coisa que aprendi nos últimos dois anos, é que não tem nenhuma garantia.

Existe apenas o hoje, apenas o agora.

Somente nós, juntos no amor.

Passamos mais outra hora no parque, então, fomos ao mercado juntos, armazenando comida para a semana. Peter compra o bastante para alimentar dez pessoas e quando eu pergunto por quê, ele fala que pretende convidar meus pais nesta sexta – e preparar almoço para eu levar para o trabalho todos os dias.

Quando chegamos em casa, ele desaparece na cozinha e eu vou para o meu computador responder os emails de parabéns e cartões-presentes – uma escolha popular dentre a maioria dos convidados no nosso casamento, visto ninguém ter tido tempo de comprar um presente real. Imprimo todos os cartões-presentes, separo em categorias, coloco os códigos dos vendedores quando necessário e retorno com agradecimentos. Todo o processo leva menos de quarenta minutos – outra vantagem do nosso casamento simples e rápido.

Com George, gastamos duas semanas direto só nessa tarefa.

Estou quase fechando o computador quando vejo outra mensagem na caixa de entrada – esta de um remetente desconhecido com o assunto: 'Parabéns'.

Abro, esperando outro cartão-presente, mas dentro tem apenas uma mensagem curta.

Parabéns pelo seu belo casamento. Se quiser falar conosco, use este endereço de email.

Tudo de bom,

Yan

Eu pisco, olhando para o email. Não tenho ideia como o antigo colega de trabalho de Peter conseguiu meu email, ou por que ele decidiu escrever para mim, mas coloco seu endereço de email nos meus contatos, só para caso precise.

Terminado com os presentes, sigo o cheiro delicioso até a cozinha, onde Peter está preparando o almoço.

Talvez seja muito cedo para dizer, mas estou otimista.

Essa coisa de casamento vai funcionar.

Nós dois nos certificaremos de que dê certo.

eter

Enquanto almoçamos, eu quase não sinto o gosto da comida, toda a minha atenção está em Sara enquanto ela fala sobre os presentes de casamento e no estranho email de Yan. Seus olhos de avelã parecem quase verdes enquanto ela animadamente gesticula com seu garfo, sua pele como creme pálido sob a luz clara entrando pela janela da cozinha. Num vestido casual azul, com seu cabelo castanho ondulado e solto por sobre seus ombros finos, ela é todos os meus sonhos se realizando e meu peito se aperta ao me lembrar da minha vida sem ela por todos aqueles meses.

Eu nunca a deixarei ir novamente.

Ela é minha, até que a morte nos separe.

— Por que você acha que ele decidiu me dar seu email? Você acha que ele só quer se manter em contato? — Pergunta ela, enfiando o garfo num pepino na sua salada estilo russo e me esforço para manter o foco na conversa em vez de em quanto quero abri-la na mesa e fazer uma festa com ela em vez da comida que preparei.

— Não tenho ideia — Respondo, e é verdade. Yan Ivanov ficou com nosso negócio de assassinato depois que saí, então, não posso imaginar que ele me queira de volta. Por meses antes, havia uma tensão entre nós e eu suspeitava que se eu não tivesse saído voluntariamente como o líder do grupo, ele teria feito o máximo para tomar meu lugar.

E, então, novamente ele não acha que a vida de civil seja para mim; ele falou isso no meu casamento. Talvez ele espere que eu volte e está de olho na situação como prevenção.

Com Yan, nunca se sabe.

— Bem, espero que ele nos visite — Diz Sara —, os caras, quero dizer. Eu não tive chance de falar com eles no casamento e não me sinto bem por isso.

Eu levantei minhas sobrancelhas. — Verdade? É *disso* que você não se sente bem?

Ela olha para a tigela de salada. — E quase te abandonar no altar, obviamente.

As beiradas de metal do garfo cortam minha palma e vejo que estou apertando o talher com muita força. Não estou mais com raiva da minha ptichka, apesar de que parte da ferida ainda dói. Entendo o quão difícil foi para ela admitir que me ama, me aceitar por completo depois de tudo o que fiz. Ela precisava que eu não deixasse escolha para ela e eu atendi, ameaçando seus amigos para fazê-la aparecer na cerimônia.

Não, a fonte do meu ódio não é Sara, mas o homem que tentou manipulá-la a não ir ao nosso casamento.

Agente Ryson.

O fato de ele ousar aparecer dessa maneira me enche de total fúria. Eu deixo Henderson em paz, eles deixam a mim e Sara em paz – esse foi o trato. Sem vigilância do FBI, sem assédios, apenas o simples trato para que possamos levar nossas vidas em paz.

Ele também ameaçou Sara. Acusou-a de conspirar comigo para matar seu marido. Eu não tenho ideia do que ele falou para ela exatamente, mas deve ter sido algo muito ruim para ela ter reagido com tanta intensidade.

Sob qualquer outra circunstância, ele já estaria apodrecendo com os vermes, mas espera-se que eu seja um cidadão obediente às leis agora. Não posso passear por aí matando agentes do FBI – não sem abrir mão da vida que lutei para conseguir, a vida civil que Sara precisa. Mas, tão tentador quanto possa ser, Ryson vive – por enquanto, pelo menos. Mais tarde, quando tempo suficiente tiver passado, ele poderá se deparar com um acidente infeliz ou um criminoso demasiadamente agressivo, como o padrasto da paciente de Sara... mas pensarei nisso outro dia.

Hoje, tenho Sara toda para mim e pretendo tirar proveito.

— Não se preocupe, meu amor — Digo quando minha esposa continua a comer quieta, evitando olhar para mim. —, acabou. Está no passado – assim como quaisquer outros erros que tenhamos cometido. Vamos apenas focar no presente e futuro... viver nossas vidas sem olhar para trás toda hora.

Ela olha para mim, seus olhos incertos. — Você realmente acha que podemos?

— Sim — Falo com firmeza, pego sua mão e levo aos meus lábios para um beijo terno.

DEPOIS DE ALMOÇARMOS, VAMOS VER AS CASAS QUE LISTEI PARA ELA E Sara se apaixona por uma casa – uma Vitoriana com cinco quartos que foi construída nos anos oitenta, mas completamente renovada no ano passado. Tem um quintal dos fundos grande – para o cachorro e as crianças, ela fala alegremente, e uma lareira maravilhosa na sala de estar. Não fico louco pelo fato de ser tão perto dos vizinhos e do quintal ser completamente aberto, mas imagino que se pudermos plantar algumas árvores e levantar uma cerca, teremos suficiente privacidade.

De qualquer forma, é melhor do que morar no atual imóvel alugado de Sara.

Antes de sairmos, ofereço um valor acima do mercado e à vista e o corretor nos liga alguns minutos mais tarde dizendo que a oferta foi aceita.

— Fechado — Falo para Sara quando desligo. — A assinatura será na próxima semana.

Ela arregala os olhos. — Verdade? Desse jeito?

— Por que não?

Ela ri. — Oh, não sei. Suponho que as pessoas não comprem casas com a facilidade como compram sapatos.

Sorrio e pego na sua mão. — A maioria das pessoas não é a gente.

— Não — Ela concorda ironicamente olhando para mim. — Não é.

Voltamos para casa e preparo o jantar para nós – vieira grelhada com purê de batata doce e brócolis no vapor. Enquanto comemos, Sara fala sobre a logística da mudança e digo que tomarei conta de tudo, assim como fiz durante a preparação do casamento.

— Tudo o que precisa fazer é aparecer no novo lugar — Digo, colocando para ela uma taça de Pinot Grigio. Então, lembrando-me do fato de ela ter inexplicavelmente ficado chateada com a venda da seu Toyota, acrescento: —, a não ser que haja algo que você queira que decidamos juntos? Talvez queira escolher a nova mobília ou decoração?

Ela sorri arrependida. — Não, acho que está bem. Não sou muito exigente com as coisas de casa. Se quiser cuidar disso, tudo bem para mim.

— Ao nosso novo lugar então. — Levanto minha taça de vinho e toco levemente na dela. — E a uma nova vida.

— À nossa nova vida — Ecoa ela calmamente e enquanto toma de sua taça, não consigo evitar pensar no tempo em que ela tentou drogar meu vinho, no início da nossa relação. Ela havia sido tão desafiadora naquela ocasião, tão certa de que me odiava.

Será que ainda odeia? De um jeito bem pequeno?

Meu humor ficando mais sombrio, ponho o vinho na mesa e levanto-me. Dando a volta na mesa, coloco Sara de pé.

— O que você... — Ela começa, mas já estou beijando-a, provando o vinho dos seus lábios.

Seus lábios macios e carnudos que me roubaram a atenção o dia todo.

Tenho feito o melhor para agir como um bom marido, fazer as coisas normais com ela em vez de acorrentá-la à minha cama e fodê-la o dia todo como exigem meus instintos. Tenho estado calmo e paciente, deixando-a se recuperar da noite de ontem, mas não consigo fazer a coisa civilizada por mais tempo.

Eu preciso dela.

Aqui mesmo.

Agora mesmo.

Seus braços passam pelo meu pescoço, seu corpo esbelto se arqueando contra mim enquanto a puxo com meus braços incapaz de ter o bastante do seu gosto e cheiro, de sentir sua língua delicada contra a minha própria. Porra, ela é deliciosa e meu pau fica duro, meu coração furioso no meu peito quando empurro os pratos com uma braçada, sem me importar com a bagunça que estou fazendo.

Precisamos comprar novos conjuntos de jantar de qualquer forma.

Ela ofega quando a estico na mesa e levanto a saia do seu vestido, expondo as coxas pálidas e uma bela tanga azul de renda. Incapaz de me controlar, rasgo a tira de seda e mergulho minha cabeça entre suas coxas, minha língua afundando faminta entre suas dobras, meus lábios se fechando no seu clitóris numa chupada forte e ávida enquanto coloco suas pernas sobre os meus ombros.

— Peter... Oh Deus, Peter... — Seu quadril levanta-se da mesa, suas mãos apertando forte meus cabelos e parece que meu pau vai explodir no jeans quando sinto seu gosto, o cheiro quente e feminino e sua carne sedosa sob minha língua. Eu amo tudo isso, do jeito que suas pequenas unhas afiadas arranham meu crânio e suas coxas tonificadas apertam minhas orelhas, ao som ofegante saindo da sua garganta e do jeito que sua boceta escorregadia se contorce e contrai sob minha língua.

Isso é o paraíso, a porra do céu, e não acredito que fiquei sem isso, sem *ela,* por nove meses.

Continuando a festa no seu clitóris, enfio o dedo e sinto suas paredes internas se apertarem em volta do intruso enquanto seu quadril se levanta e remexe suplicando por mais, sem palavras.

— Quase lá... só mais um pouco — Rosno dentro das suas dobras, acariciando-a por dentro e quando acho a parte do seu tecido esponjoso que significa seu ponto-G, todo o seu corpo se arqueia e ela goza com um grito forte, suas mãos apertando com espasmos meu cabelo e sua vagina pulsa em volta do meu dedo.

A esta altura, meu pau está ameaçando explodir dentro do jeans, então, eu retiro o dedo e a coloco de bruços. Puxo-a para mim até que ela fique tombada na mesa, seu vestido na cintura, expondo os globos do seu traseiro e uma vagina brilhando de molhada pela excitação e minha saliva. Incapaz de esperar um segundo sequer, abro o jeans e abaixo junto com a cueca, liberando meu pau pulsante.

— Pronta? — Digo com voz rouca, tombando enquanto me guio para a entrada dela e sua respiração pula audivelmente enquanto empurro sem esperar a resposta.

Dentro, ela é macia e aveludada, sua carne tenra me apertando com força, embainhando-me tão perfeitamente que minhas bolas sobem e um gemido baixo escapa da minha garganta enquanto meus dedos se afundam no seu quadril.

Isso é uma porra de loucura, total e completa insanidade. Depois da nossa conversa ontem à noite, fizemos sexo mais duas vezes antes de dormirmos e eu não deveria estar me sentindo assim, com uma fome tão desesperada por ela que estou quase perdendo o controle. Mas estou desse jeito, com fome. Estou esfomeado por tudo de Sara. A necessidade de possuí-la até meus ossos, a luxúria sombria subindo e descendo pela minha espinha. Sinto isso queimar nas minhas veias, me incinerando de dentro para fora.

Ela é meu vício e não consigo ter o bastante.

Liberando sua cintura, eu pego seus cotovelos, puxando-os para fazê-la arquear antes de entrar nela com mais força, sentindo seus músculos internos se apertarem quando começo a fodê-la com força.

Ela grita com cada enfiada, seu corpo saindo da mesa pela minha pegada nos seus cotovelos e sinto o orgasmo aumentando em mim, o prazer subindo como um maremoto. Gemendo, jogo minha cabeça para trás, martelando dentro dela com mais força e seus gritos aumentam, sua vagina se apertando em volta de mim enquanto todo o seu corpo fica rígido. Sinto seus espasmos começarem e, então, chego lá, meu pau expelindo enquanto sua carne molhada pulsa ao meu redor, me molhando, apertando-me até que não sobre nada.

Até que colapso sobre ela, apertando-a na mesa enquanto respiro pesado, inalando o inebriante cheiro de sexo e do suor dela.

Minha Sara. Minha esposa.

Minha obsessão.

Poderíamos passar a eternidade juntos e, mesmo assim, não seria o bastante.

4

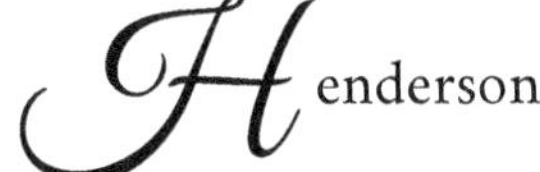enderson

Estou deitado na cama, olhando para o teto. Pela segunda noite não consigo dormir, pensamentos sombrios vindo à minha mente enquanto meu pescoço continua travado.

O plano que estou formulando é extremo, até monstruoso, mas não vejo outra saída. Não posso atacar Sokolov diretamente – ele e sua noiva estão muito bem vigiados. Se tentar e não conseguir, vou pagar caro.

Além disso, Sokolov não é o único que quero eliminar.

Seus aliados são igualmente perigosos... para mim, minha família e o mundo como um todo.

Esse é realmente o único jeito.

Ele e os outros têm que ser obrigados a pagar.

5

ara

EU ACORDO COM O BIP BAIXO DO MEU ALARME. DESLIGANDO, VIRO nas minhas costas e me espreguiço, sentindo-me tanto dolorida quanto satisfeita. Depois que arrumamos a cozinha e tomamos banho, Peter me possuiu mais uma vez antes de dormirmos e, então, novamente durante a noite.

Alguém tem que engarrafar o desejo sexual desse homem e vender como droga. Eles vão ganhar uma fortuna.

Rindo pelo pensamento, pulo da cama e corro para o chuveiro. Já sinto o cheiro delicioso de o que quer que Peter esteja cozinhando e meu estômago está mais do que pronto para começar o dia.

— Bom dia, ptichka — Ele me cumprimenta quando entro na cozinha depois de uma ducha rápida e vestir-me para o trabalho. Na mesa estão dois pratos com torrada de abacate e ovo e no balcão, a lancheira – imagino que seja para eu levar para o trabalho.

— Oi. — Minhas batidas do coração aceleram quando olho para ele. Ele está sem camisa hoje, seu jeans escuro indo até o quadril e as tatuagens do seu braço brilhando na luz da manhã. Seu corpo é um obra de arte, com músculos perfeitamente definidos e ombros largos estreitando-se até um quadril fino. Mesmo as cicatrizes no seu torso têm um tipo de beleza perigosa e violenta – assim como o próprio homem.

— Você tem tempo para comer? — Pergunta ele, e eu assinto, lutando contra a vontade de lamber meus lábios quando seus músculos se flexionam na minha frente.

Talvez Peter não seja o único com uma libido insana.

A condição deve ser contagiosa.

— Eu tenho quinze minutos — Digo rapidamente, forçando-me a ir à mesa em vez de para ele. Se eu der um beijo de bom dia nele agora, terminamos de volta à cama.

— Ótimo. Vou levá-la ao trabalho esta manhã — Diz ele, juntando-se a mim à mesa. Pegando sua torrada, ele dá uma mordida e faço o mesmo com a minha, saboreando o gosto forte de limão combinado com o de ovos fritos e de centeio crocante.

— Vai ser uma semana cheia para você? — Pergunta ele quando estou quase terminando com a torrada, e assinto, limpando meus lábios com um guardanapo.

— Sim, realmente. Bem cheia. Wendy e Bill – meus chefes, você sabe – acabaram de sair de férias, então, estou com alguns dos seus pacientes, além dos meus próprios. Oh, e eu vou induzir uma das minhas pacientes amanhã de tarde, então, provavelmente vou chegar tarde em casa. Além disso, tenho uns turnos na clínica na segunda metade da semana.

— Entendo. — A expressão de Peter é neutra, mas sinto uma

mudança súbita de humor. Ele não está feliz com isso e eu não posso culpá-lo.

Eu também preferiria passar o tempo com ele a ir trabalhar.

— Você vai estar em casa para o jantar? — Pergunta ele e eu sorrio, feliz de poder dar boas notícias para ele neste respeito.

— Devo estar. Se não houver emergências.

— Certo. — Ele se levanta. — Deixe-me pegar uma camisa e vou levá-la ao consultório.

— Obrigada – e obrigada pelo delicioso café da manhã — Digo, mas ele já está dentro do quarto.

eter

O consultório da Sara é a uma distância que dá para ir a pé do seu apartamento, então, de carro é apenas alguns minutos. Breve demais, estou encostando no meio-fio e dando o almoço para Sara, sempre com o sentimento de que preferiria ficar mordendo meu braço a deixá-la sair do carro.

Odeio o fato de que não a verei o dia todo, de que não serei capaz de tocá-la até de noite. É até mais difícil do que na semana passada porque passamos o domingo juntos – e agora sei o que é o paraíso.

É o que tínhamos lá atrás no Japão, apenas sem a animosidade amarga – sem que Sara estivesse ressentida pelo fato de eu tê-la roubado da sua carreira e de todos que ela amava.

Preciso de toda minha força para ficar sentado calmamente

enquanto ela beija minha bochecha e sussurra: — Te amo. Te vejo em breve — Antes de pular para fora do carro.

Fico olhando sua figura esbelta desaparecer no prédio de escritórios, então, envio uma mensagem para a equipe com as instruções de vigília de Sara para o dia.

Se não posso ficar com ela, pelo menos sei onde está e o que está fazendo.

Pelo menos terei certeza de que está segura.

PASSO A MANHÃ TRANSFERINDO OS FUNDOS PARA O FECHAMENTO DO negócio nessa quinta, e organizando a mudança que se aproxima. Planejo estarmos na nova casa na próxima semana, o que significa que tem muito trabalho a ser feito. Apesar de o local ter acabado de ser renovado e não exigir grandes melhorias, tenho que instalar medidas de seguranças apropriadas.

Suburbana ou não, nossa casa será um forte e ninguém – muito menos o Agente Ryson – será capaz de assediar Sara em casa novamente.

É meio da tarde e estou lavando os vegetais para o jantar quando o telefone vibra no balcão. Pressionando a tela com um dedo meio seco, vejo a mensagem de Sara.

Mil desculpas. Acabei de receber uma ligação da clínica. Eles estão completamente lotados e implorando que eu vá lá esta noite. Só será até às dez mais ou menos. Novamente, sinto muitíssimo.

A abobrinha que estava lavando se parte ao meio e eu empurro o telefone com o meu cotovelo para evitar dar a ele o mesmo destino.

Porra, eu devia saber. 'Se nenhuma emergência aparecer' é o código para 'uma emergência está para aparecer'. Era assim antes do Japão e apesar do trabalho atual de Sara ser menos focado no lado de obstetrícia e ginecologia, sua mentalidade não mudou.

O trabalho ainda vem primeiro, até trabalho voluntário na clínica.

Eu levo uns sólidos vinte minutos para me acalmar e começar a pensar racionalmente. A carreira de Sara é uma das razões por que enfrentei todos os problemas com Novak e Esguerra, por que concordei em desistir da minha vingança contra Henderson. Ser uma médica – ajudar pacientes – é importante para ela; ela precisa da sua carreira tanto quanto precisa estar perto da sua família e amigos. Eu sabia disso quando a roubei, isso não importava para mim naquela hora.

Tudo o que importava era mantê-la comigo.

Agora que a tenho e ela está feliz, não posso voltar àquele jeito de pensar, não posso esquecer como eu era a razão da sua infelicidade, quando toda vez que ela olhava para mim, eu via sofrimento nos seus olhos.

Agora é diferente. Apesar das suas reservas no assunto, ela admite que me ama – me ama o bastante para ter um filho meu.

Uma filha ou um filho... como Pasha.

Por um momento dói respirar novamente, mas, então, a dor passa, deixando uma angústia amarga. Eu tenho pensado em Pasha desse jeito mais e mais nos últimos meses, sem a ira envenenando minhas memórias. E sei que é tudo por causa dela.

Meu pequeno pássaro cantor que eu quero tanto engaiolar novamente.

Respirando fundo, solto o ar vagarosamente e foco na tarefa calmante de preparar o jantar.

Se Sara não pode vir para casa esta noite, eu simplesmente terei que ir até ela.

7

Eu espero que alguém da equipe de Peter venha me levar à clínica, mas o próprio Peter está me esperando na calçada.

Eu abro um sorriso, parte do meu cansaço desaparecendo quando seus olhos passam pelo meu corpo antes de pararem famintos no meu rosto.

— Oi. — Vou direto a ele e inspiro com força quando seus braços fortes se fecham em mim, pressionando-me firmemente contra o seu peito. Ele tem um cheiro quente, limpo e distintivamente masculino – um cheiro familiar de Peter que associo agora a conforto.

Ele me segura por um momento, então, se afasta e me olha. — Como foi seu dia, meu amor? — Pergunta ele calmamente, retirando o cabelo do meu rosto.

Sorrio para ele feliz. — Uma loucura, mas melhor agora. — Eu

412

fico ridiculamente feliz pelo fato de ele próprio ter vindo para me levar à clínica.

Ele sorri de volta. — Sentiu minha falta?

— Senti — Admito enquanto abro a porta do carro e ele me ajuda a entrar. — Senti mesmo.

Seu sorriso de resposta me faz querer derreter no assento. — E eu senti a sua falta, ptichka.

— Sinto muito por ter que fazer isso — Digo quando saímos do meio-fio. O carro tem cheiro de algo deliciosamente apimentado e meu estômago se revira quando digo: — Estava ansiosa para jantar em casa.

Peter olha para mim. — Te trouxe o jantar. Está no assento de trás.

— Trouxe? — Viro-me no banco e vejo a fonte do cheiro delicioso – outra sacola de lanche. — Uau, obrigada. Não precisava, mas gostei muito. — Esticando-me, pego o pacote e coloco no meu colo.

Eu iria comprar uns pretzels da máquina na clínica, mas isso é infinitamente melhor.

— *Por que* você tem que fazer isso? — Pergunta Peter, parando no sinal. Seu tom casual, mas atento.

Ele também estava ansioso pelo jantar.

— Eu realmente sinto muito — Digo, e realmente sinto. Quando Lydia, a recepcionista na clínica, me ligou na hora do almoço, eu quase recusei sua solicitação, mas no final, sabendo que algumas dezenas de mulheres não fariam seus testes essenciais de câncer e o pré-natal necessário se eu não aparecesse, prevaleceu —, mas eles estão em falta de voluntários hoje e eu não podia deixá-los na mão.

Ele me dá um olhar de lado. — Não podia?

Paro no meio de abrir a sacola. — Não — Digo calmamente —, não podia.

Aqui estamos, o que eu temia. Suspeitava que seria apenas uma questão de tempo antes das minhas longas horas incomodarem Peter e parece que estava certa em me preocupar.

Tensa, preparo-me para ouvir um ultimato, mas Peter só aperta o acelerador, saindo devagar.

— Coma, meu amor — Diz ele no mesmo tom casual —, você não tem muito tempo.

Sigo sua sugestão e começo a comer – uma mistura de vegetais com cuscuz e frango grelhado. O molho me lembra o delicioso kebab que Peter preparou para nós lá no Japão e eu devoro tudo em minutos.

— Obrigada — Digo, limpando minha boca com o papel toalha que ele providencialmente colocou com os talheres. — Estava maravilhoso.

— De nada. — Ele vira na rua da clínica e estaciona bem em frente ao prédio. — Venha, vou te levar para dentro.

— Oh, não precisa... — Paro, visto ele já estar dando a volta no carro.

Abrindo a porta para mim, ele me ajuda a sair e me leva para o prédio, como se eu pudesse me perder se ele não mantivesse sua mão na parte inferior das minhas costas.

Espero que ele pare quando chegamos à porta, mas entra comigo.

Confusa, eu paro e olho para ele. — O que você está fazendo?

— Aí está você! — Lydia se apressa na minha direção, seu rosto largo aliviado. — Graças a Deus. Pensei que você não iria... oh, oi. — Ela ruboriza, olhando para Peter em total choque.

— Peter só vai... — Começo, mas ele sorri e dá um passo à frente.

— Peter Garin. Nos conhecemos no nosso casamento — Diz ele, estendendo a mão.

Os olhos da recepcionista se arregalam e ela oferece-lhe a mão, dando um aperto vigoroso. — Lydia — Diz ela sem fôlego. — Meus parabéns novamente. Foi um lindo evento.

— Obrigado. — Ele sorri para ela e quase consigo senti-la se contorcer por dentro. — Sabe, Sara acabou de falar que vocês estão sem voluntários hoje. Eu não sou médico, claro, mas talvez haja algo que eu possa fazer para ajudar esta noite? Talvez você tenha alguns arquivos para organizar, ou algo que precise consertar? Só temos um carro agora e eu preferiria não ter que voltar para casa e retornar para pegar Sara.

— Oh, claro. — O nível de excitação de Lydia quadruplica visivelmente. — Por favor, tem tanto trabalho. E você disse que está à disposição? Você saberia por acaso alguma coisa sobre computadores? Porque tem esse programa teimoso...

Ela o leva, falante, e eu olho sem acreditar enquanto meu marido assassino desaparece na esquina sem sequer olhar para trás.

8

eter

Eu ajudo Lydia com seu problema de software, conserto uma torneira pingando e penduro decorações na sala de espera enquanto duas dezenas de mulheres – muitas visivelmente grávidas – me olham fascinadas.

Visto ser a única médica esta noite, Sara tem uma fila infindável de pacientes, então, eu não a perturbo. É o bastante saber que ela está apenas a duas salas de mim, e posso alcançá-la em um minuto se precisar.

Quando termino todas as tarefas básicas, vou montar a máquina de ultrassom que um hospital local doou. Nunca trabalhei com equipamento médico antes, mas sempre fui bom juntando partes – armas, explosivos, aparelhos de comunicação – então, não demora muito até eu descobrir o que vai onde e como testá-lo para ter certeza de que está funcionando.

— Oh, meu Deus, você é um salvador de vidas, assim como sua esposa — Exclama Lydia quando a mostro. — Estamos esperando um técnico vir há meses, e oh, isso vai ajudar tanto. Sara está com sua última paciente agora. Você acha que vai ter tempo de consertar um armário também? Está caindo e...

— Sem problemas. — Sigo-a à sala de exames e coloco alguns parafusos para ter certeza de que o armário em questão não caia na cabeça de ninguém.

— Você é tão bom nisso — Diz a recepcionista quando termino. — Já trabalhou em construção, por acaso? Parece que tem tanta prática com a furadeira e tudo...

— Trabalhei em alguns projetos de construção quando jovem — Digo sem elaborar. Essa mulher não precisa saber que os 'projetos' eram trabalho forçado na versão jovem do *gulag siberiano*.

— Oh, achei que tivesse. — Ela dá um sorriso aberto. — Deixe-me ver se Sara terminou.

— Por favor. — Gostaria de levar minha mulher para casa.

A recepcionista se apressa e eu estico meus braços, liberando a tensão dos meus músculos. Só se passaram alguns dias, mas estou ficando impaciente, ansioso para me mudar e fazer algo físico. Depois que fiz o jantar, fui dar uma longa corrida no parque e parei numa academia de boxe para praticar um pouco, mas preciso de mais.

Preciso de um tipo de desafio.

Pela primeira vez, penso seriamente no que farei com o resto da minha vida. Graças ao serviço dobrado de Esguerra-Novak, tenho bastante dinheiro para mim, Sara e um dúzia de filhos/netos – especialmente se não tivermos o hábito de comprar aviões particulares, armas especializadas ou propriedades caras. Não tenho que trabalhar para nos sustentar e não fiz nenhum plano além de pegar Sara e ligá-la a mim – parcialmente porque sempre gostei das folgas entre os serviços.

No momento, começo a ver que era porque eu sabia que as folgas eram temporárias, que outro desafio, missão cheia de adrenalina estava à frente. Agora, não tem nada – apenas uma série de dias calmos e pacíficos esticando-se ao infinito.

Dias em que tudo o que estarei fazendo é pensar em Sara e esperá-la voltar para casa.

— Peter? — Sara coloca a cabeça para dentro da sala e um sorriso aberto ilumina suas feições quando ela me vê. — Estou pronta para ir para casa se você estiver.

— Vamos — Digo e descarto o problema para outro dia.

Pensarei no que fazer com meu tempo mais tarde.

Por enquanto, tenho minha ptichka e ela é tudo o que preciso.

ara

Os dois próximos dias voam numa nuvem de trabalho. Na terça, fico até mais tarde no hospital para um nascimento e quarta é outro turno na clínica, onde, mais uma vez, sou a única doutora a consultar todas as pacientes.

É exaustivo, mas eu não me importo porque Peter acha um jeito de ficar junto a mim nas duas noites – na terça, ao checar alguns emails no Snacktime Café, perto do hospital, assim podendo dar uma saidinha para vê-lo enquanto espero minha paciente ficar pronta para dar à luz, e na quarta, como voluntário na clínica comigo novamente.

— Por que você está fazendo isso? — Pergunto quando estamos indo para a clínica. — Quero dizer, não me leve a mal, estou muito feliz que está fazendo isso, e Lydia está dando pulos, com certeza. Mas é isso que você realmente quer?

Ele olha para mim, seus olhos prateados brilhando. — O que quero é você na minha cama vinte e quatro por sete. Ou, para ser mais direto, algemada a mim todo o tempo. Mas visto eu saber o quanto sua carreira significa para você, aceito a próxima coisa boa.

Olho para ele, incerta de como reagir. Com qualquer outro homem, estaria convencida de que era uma piada, mas com Peter, não é uma conclusão segura a se ter. Especialmente quando entendo como ele está se sentindo.

Eu também sinto muita falta dele quando estamos separados.

Chegamos à clínica um minuto depois e eu vou me preparar para uma enxurrada de pacientes enquanto Lydia pega Peter para que mova algumas mobílias. Das sete às dez, consulto mulheres com problemas pequenos e grandes até que um nome familiar aparece na lista.

Monica Jackson.

Meu coração se aperta. A garota de dezoito anos veio na semana passada depois de um segundo estupro brutal do seu padrasto, que saiu da prisão por motivos técnicos em vez de pegar os sete anos da sua sentença por estuprá-la quando ela tinha dezessete. Eu a ajudara daquela vez, dando-lhe algum dinheiro para diminuir a dependência financeira que sua mãe alcoólatra tinha do bastardo, mas não havia nada que pudesse fazer na semana passada. Monica estava aterrorizada de que seu padrasto solicitaria judicialmente a custódia do seu irmão mais novo e ganharia – ou que a criança acabaria num lar de adoção.

Sua situação sem esperança havia me chocado tanto que chorei por uma hora inteira.

Respirando fundo, coloco minhas feições mais calmas e levanto-me enquanto a garota entra na sala. — Monica. Como está?

— Oi, Dra. Cobakis. — Seu pequeno rosto está tão radiante que eu quase não a reconheço. Até os hematomas quase curados ainda visíveis na sua pele não me distraem da sua felicidade. — Estou pronta para colocar o DIU.

Pisco ante seu entusiasmo. — Maravilha. Vejo que está se sentindo melhor.

Ela assente, subindo na mesa de exames. — Sim, bem melhor. Adivinha?

— O quê?

Ela dá um sorriso aberto. — Ele não pode me importunar mais. Tipo, para sempre. Na semana passada, ele estava indo trabalhar à noite e foi assaltado num beco. Eles cortaram seu pescoço, pode acreditar nisso?

— Eles... o quê? — Sento na cadeira quando minhas pernas dobram sob mim.

Seu sorriso desaparece e ela me dá um olhar de pena. — Desculpe-me. Isso soou malévolo, não?

— Humm, não. É que... — Balanço a cabeça num esforço fútil de clarear meus pensamentos. — Você disse que alguém *cortou sua garganta?*

— Sim, o ladrão ou ladrões. A polícia não sabe quantos eram. Mas sua carteira foi levada, então, eles certamente queriam seu dinheiro.

— Entendo. — Eu parecia chocada, mas não pude evitar. A memória de dois metas que Peter havia matado para me proteger apareceu tão claramente na minha mente que consigo sentir o cheiro de cobre misturado à morte e o jeito igual a marionetes que eles caíram, com as poças escuras de sangue se espalhando dos seus corpos...

Tanto sangue que seus pescoços devem ter sido cortados.

— Dra. Cobakis? Você está bem?

A garota parece preocupada – eu devo estar pálida.

Com esforço, me recomponho e sorrio de forma reconfortante.

— Sim, desculpe-me. Apenas algumas associações ruins, só isso.

— Oh, desculpe-me. Não quis te pôr medo. E, por favor, entenda: não estou dizendo que estou feliz por ele estar morto, só que...

— Você está feliz por ele estar fora da sua vida. Entendi. — Levanto-me novamente e tão cambaleante quanto posso, dou uma camisola de papel num saco plástico para Monica. — Por favor, vá trocar de roupa. Voltarei em breve.

Deixando a garota, eu saio, minhas pernas frouxas e meu pulmão lutando para respirar.

Na semana passada, depois que eu soube da segunda investida contra Monica, eu não chorei apenas.

Eu também confidenciei a Peter, falando-lhe exatamente o que havia acontecido.

Se isso não for uma coincidência macabra, então, o Agente Ryson estava com razão.

Eu sou um monstro tanto quanto Peter. Eu matei o padrasto de Monica por apontá-lo à arma mais mortal que conheço.

Meu novo marido.

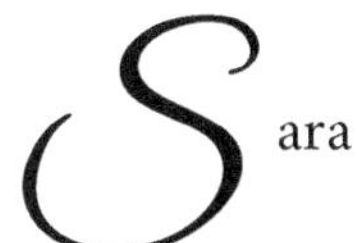

10

S ara

EU AINDA NÃO CONSIGO RESPIRAR QUANDO ENTRO NO CARRO COM
Peter, o peso das revelações de Monica apertando meu peito como
um iceberg.

— Qual o problema, ptichka? — Pergunta ele quando o carro
começa a andar. — Você está bem?

Eu quero rir histericamente. Estou? Deveria estar?

Existe um medidor de bem-estar para quando você está
inadvertidamente comissionado a ativar?

— Sara? — Peter pergunta, olhando para mim e apesar do seu
tom ser de um pouco curioso, tem um brilho sombrio de
conhecimento no seu olhar.

Ele deve ter notado Monica na clínica.

Qualquer esperança que eu tinha de essa ser um horrível
coincidência evaporou, deixando para trás um horror profundo.

Peter cometeu esse assassinato por mim.

O sangue da sua vítima está nas *minhas* mãos.

Não há motivo para perguntar, mas não consigo evitar. Eu tenho que ouvir as palavras em voz alta. — Foi você?

Eu espero que ele fique paralisado ou negue, mas a resposta é sem hesitação, seu olhar fixo na estrada à frente. — Sim.

Sim.

Aí está. Sem mal-entendidos, sem confusão.

Ele matou o homem por mim.

Cortou sua garganta, do mesmo jeito que havia feito com os metas.

— Você preferiria que eu deixasse a garota nas garras dele? — Sua voz é calma e firme quando olha para mim novamente. — Fiz para que você não precisasse se preocupar – e, assim, sua paciente pudesse ter uma vida normal, uma vida feliz.

Eu engulo em seco olhando cegamente para fora da janela. O que digo sobre isso?

Como você pôde?

Obrigada?

Eu me forço a olhar de volta para o seu perfil. — Eu achei... — Minha garganta se fecha e eu tento de novo. — Achei que você tivesse que seguir as leis. Não é essa a condição do seu acordo com as autoridades?

Peter assente, mantendo os olhos na estrada. — É, e eu *estou* obedecendo às leis. Considero o que fiz como uma *ajuda* à lei – como na lei que deveria estar protegendo garotas como Monica de homens como seu padrasto.

Olho para o outro lado, meus olhos queimando enquanto o peso frio no meu peito aumenta.

Ele nem mesmo vê o que fez como errado. E por que veria? Isso é o que ele é, o que faz.

Matar é tão normal para ele como fazer um parto é para mim.

— Sara. — Sua voz profunda chega a mim e vejo que já estacionamos. Eu devo ter saído do ar ao longo do caminho.

Me encolhendo, eu me viro para ele.

Ele segura minha mão. — Ptichka... — Sua voz é mansa, sua mão grande quente quando segura meus dedos frios. — Por que você me falou sobre aquilo se não queria que eu ajudasse? Você realmente esperava que eu a assistisse chorar por causa daquele *ublyudok* e não fizesse nada?

Eu tremo. Não posso evitar.

Este, bem aqui, é o centro da questão, porque as revelações de Monica são tão devastadoras.

Porque bem no fundo, eu *realmente* esperava que ele humildemente ficasse do meu lado. De alguma forma, eu sabia o que ele iria fazer – até antes de ele prometer que minha paciente ficaria 'bem'.

Eu sabia e fingi que não sabia.

Porque secretamente eu *queria* que isso acontecesse.

Eu mostrei o problema para Peter e ele proveu a solução.

Desse jeito.

— Sara... — Ele levanta a mão para segurar minhas bochechas, seu olhar sombrio, contudo, caloroso no interior pouco iluminado do carro. — Não faça isso, ptichka. Não se puna. Ele merecia; você sabe que merecia. Você acredita sinceramente que Monica foi a única garota que ele feriu? Seus sistema legal teve uma chance de resolver a situação, trancá-lo para sempre – e eles o deixaram sair. Você fez um favor ao mundo por me falar sobre ele.

Fecho meus olhos, querendo me aconchegar na sua palma, deixar sua voz profunda e calma levar o horror e culpa de dentro de mim.

Agora, eu não apenas amo um assassino, eu própria tornei-me uma.

— Não faça isso, meu amor. Ele não vale. — Sua respiração

aquece meu rosto e, então, seus lábios esfregam nos meus num beijo delicado.

Uma tremedeira passa por mim em resposta, um jato de calor iniciando sob o frio dentro de mim e, de repente, delicadeza não é o bastante.

Eu não quero ser acalmada – quero ser fodida para esquecer.

Abrindo os olhos, eu afundo meus dedos no seu cabelo, segurando sua cabeça e inclino meu rosto para aprofundar seu beijo. Minha língua empurra na sua boca e minhas unhas afundam no seu crânio enquanto eu me pressiono contra ele, deitando no console que separa nossos assentos. Sua respiração aumenta, suas mãos nos meus cabelos para segurar em resposta e um gemido baixo sai das profundezas do seu peito conforme ele corresponde com sua própria agressividade, seus dentes cortando no meu lábio inferior enquanto me beija de volta, mais forte e profundo, me pressionando contra o assento.

Sim, assim. Minha cabeça rodopia, o calor dentro de mim aumenta para uma conflagração. Ele tem o gosto de violência e fome masculina. Eu não consigo pensar diante de seu ataque sensual e não quero.

Eu quero isso.

Eu o quero.

De alguma forma, o assento atrás de mim se reclina, então, Peter está em cima de mim, o carro tremendo enquanto ele retira minhas roupas, uma mão entrando sob minha blusa enquanto a outra pega o zíper da minha calça. Sua palma calejada está quente e áspera enquanto passa pela minha barriga nua e meus olhos abrem por tempo o bastante para ver as janelas do carro subindo. É quase o bastante para me deixar lúcida, para fazer-me lembrar onde estamos, mas sua mão move-se mais para baixo, seu beijo fica ainda mais agressivo e uma tempestade de desejos me varre novamente.

Não sei quando ou como ele consegue abaixar minhas calças e roupa de baixo ou em que momento arranquei o botão do seu jeans. Tudo o que sei é que de repente ele está dentro de mim, tão duro e grosso que dói. Eu grito, ofegando quando ele começa a me foder com força, mas ele não para, não diminui a velocidade – e não quero que diminua. Estamos nisso como animais, sem impedimentos ou delicadezas e quando eu gozo, agarrando nele e gritando, ele está lá comigo, na loucura da nossa conexão.

Na escuridão do nosso amor.

11

Peter

TENHO QUASE CERTEZA DE QUE ALGUNS DOS VIZINHOS VIRAM O QUE aconteceu no nosso carro no estacionamento – e sei que meu pessoal definitivamente viu – mas não dou a mínima enquanto levo Sara tremendo para o elevador. Ela está amarrotada de um jeito que nunca vi, sua blusa abotoada toda errada e o cabelo uma bagunça só, caído pelo rosto. Tenho certeza de que pareço do mesmo jeito e não consigo deixar de abrir um sorriso quando passamos por um casal engomadinho empurrando um carrinho de bebê. Eles nos dão um olhar escandalizado e Sara vira para o outro lado, suas bochechas ardendo impossivelmente brilhantes.

Que fofura. Minha pobre ptichka está constrangida pelo nosso rompante de sexo quase em público – apesar de ter sido ela quem começou.

— Não se preocupe. Estamos nos mudando perto do final desta

428

semana — Lembro a ela quando entramos no elevador e ela pressiona sua testa contra o espelho, seus olhos apertados enquanto bate o punho no vidro.

— Não acredito que fizemos isso. Eu só... Oh, Deus, vergonha para o resto da vida.

Ela parece estar com tanto remorso que quero abraçá-la. Então, faço exatamente isso, ignorando suas tentativas de me empurrar enquanto a seguro. Depois de um momento, ela relaxa e eu acaricio seu cabelo embaraçado até que o elevador chega ao nosso andar.

Levanto-a nos meus braços para carregá-la para o apartamento.

Ela não se recusa, apenas esconde o rosto no meu pescoço enquanto passamos por outro vizinho no corredor. O cara – um garoto que acabou de sair da adolescência – sorri e me faz um sinal com o polegar quando passamos.

Se o garoto só soubesse de toda história.

Quando chegamos à porta, coloco Sara em pé para pegar as chaves e ela corre para dentro quando abro a porta. Ainda estou tirando meus sapatos quando ouço o chuveiro e ao me juntar a Sara, ela já está saindo da banheira, ainda adoravelmente ruborizada e com o olhar constrangido. Fico feliz de vê-la assim.

É certamente bem melhor do que quando ela soube da morte do padrasto de Monica.

— Você acha que alguém nos viu? — Pergunta ela ansiosa, se enrolando numa toalha e eu seguro outro sorriso enquanto começo a me despir.

— O que *você* acha, ptichka?

— Bem, é tarde, e o estacionamento está escuro e... Oh, cala a boca! — Ela me dá um tapa no braço quando jogo minha camisa no cesto de roupas e começo a rir, sem conseguir me controlar.

Se ninguém em todo este prédio viu o carro balançando como um navio numa tempestade, eu como meu próprio pé.

Ela geme, escondendo o rosto nas mãos, mas olha de repente pálida. — Você não acha que iremos presos, acha? Por atentado ao pudor ou algo assim?

Eu paro de rir. — Não, meu amor. — Posso ver o medo e culpa nas suas feições e sei que não é por causa da nossa travessura no estacionamento.

Ela lembrou-se do que veio antes e está preocupada com o desfecho.

— Sara... — Pego suas mãos nas minhas duas. Suas palmas estão frias novamente, apesar do calor do chuveiro quente ainda enchendo o pequeno banheiro. — Ptichka, nada acontecerá com qualquer um de nós. Não tem nada me ligando àquela morte – nem ninguém realmente investigando o caso. Eu sei – mandei os hackers checarem. Até onde todos sabem, um ex-condenado foi roubado numa vizinhança perigosa, isso é tudo. Nenhum tira vai desperdiçar seu tempo tentando cavar mais fundo – mas mesmo se fizerem, não vão achar nada. Sou bom no que faço... ou fazia.

— Sei que você é. E isso é... — Sua garganta delgada trabalha enquanto engole. — Isso é terrível.

— Por quê? — Pergunto delicadamente, esfregando meus polegares nas suas palmas. — Eu te disse, essa parte da minha vida está no passado. Estamos ansiosos pelo futuro, lembra-se? E, agora, sua paciente pode fazer o mesmo. Ela está livre para viver sua vida sem medo. Não é isso que você desejava para ela?

— Claro que é. — Ela retira sua mão e se abraça, parecendo tão triste que eu quase me arrependi de ter feito aquilo para ela.

Talvez tivesse sido melhor se eu tivesse pensado em outro modo de lidar com o problema da Monica – ou, pelo menos, me livrado do corpo.

Novamente, eu queria que a paciente de Sara soubesse que seu malfeitor não é mais uma ameaça. Um desaparecimento não explicado não teria alcançado o objetivo. A pobre garota sempre olharia por sobre seus ombros, temendo o retorno do bastardo.

Desse jeito é para sempre, tenho certeza. Agora, só preciso convencer Sara.

— Ptichka...

— Peter... — Ela começa simultaneamente, então eu paro, deixando-a falar.

Ela respira e fala cuidadosamente. — Peter, se iremos... fazer isso de verdade – se construiremos uma vida normal juntos – preciso que você me prometa algo.

— O que, meu amor? — Pergunto, apesar de poder imaginar.

— Preciso que me prometa que nunca mais fará isso. — Seus olhos de avelã estão fixos no meu rosto. — Preciso saber que se alguém me importunar, ele não vai terminar num beco com a garganta cortada. Que se nossos filhos tiverem um professor difícil na escola ou se sofrerem *bullying* de um colega, ou se alguém nos mostrar o dedo do meio enquanto dirigirmos, que o assassinato *não* está na mesa como solução.

Eu pisco vagarosamente. — Entendo.

— Você pode me prometer isso? — Pressiona ela, segurando os lados da toalha. — Preciso saber que as pessoas à minha volta estão seguras – que por estar com você, não estou condenando ninguém mais à morte.

É a minha vez de respirar fundo e me acalmar. — Meu amor... eu não posso prometer de não te proteger. Se alguém tentar te machucar ou aos nossos filhos...

— Recorremos às autoridades, como todo mundo. — Seu queixo se levanta obstinadamente. — É para isso que serve a polícia. E, de qualquer forma, não estou falando de um caso claro de autodefesa. Obviamente, se estivermos andando na rua e alguém nos aponta uma arma, é um assunto diferente – apesar que desarmar ou simplesmente ferir essa pessoa deveria ser a situação preferida. Eu estou falando de assassinato como um jeito de lidar com as pessoas que *não* são uma ameaça mortal. Você consegue ver a diferença, não?

Eu não, realmente não. Não tenho intenção de matar um bastardo que buzina para nós ou qualquer coisa que Sara está imaginando aqui, mas não vou ficar parado e deixar algum *ublyudok* fazê-la chorar como se o seu coração estivesse dilacerado.

Mas ela está olhando para mim esperando e eu sei que ela não vai deixar isso para lá. — Tudo bem — Digo, depois de um momento de deliberação. — Se é o que você quer, prometo que não irei matar ninguém que não for uma ameaça para nós ou alguém que nos importamos.

— E você não irá torturá-los ou surrá-los de qualquer forma, certo?

Eu suspiro. — Certo. Nenhum dano físico, prometo. — Ainda tem um número de possibilidades que posso usar para chegar a isso – suborno, chantagem, pressão financeira – então, me sinto confortável fazendo essa promessa. Além do mais, o que constitui uma 'ameaça' está aberto à interpretação até onde eu sei.

Se uma porra de *bully* pegar nosso filho na escola, ele – ou seu genitor – *não* irá sair ileso.

Sara não parece satisfeita com minha promessa bem específica, então, pego sua toalha ao mesmo tempo que abro o zíper do meu jeans.

— Espera... — Ela começa, mas já estou levando-a de volta ao chuveiro, onde me certifico de que qualquer que seja a besta hipotética no futuro que eu precise cuidar, esteja bem longe da mente dela.

12

Peter

Na manhã seguinte, Sara está quieta e um pouco distante, indubitavelmente ainda remoendo a minha solução ao problema da sua paciente. Isso não deve levar a nada bom, então, eu tento distraí-la por lembrá-la do seu novo hobby: cantar com sua banda.

— Quando é sua próxima apresentação? — Pergunto no café. — Vi o vídeo de vocês no palco, mas adoraria ver pessoalmente.

Ela olha da omelete para mim, piscando como se estivesse focando em mim. — Oh, eu ia te falar. Nosso guitarrista, Phil, me enviou uma mensagem ontem bem mais tarde. Ele confirmou uma apresentação para nós amanhã à noite, mas só se todos puderem confirmar rapidamente. Você acha que podemos trocar o jantar com meus pais para sábado?

Meu primeiro impulso é dizer não. Estava contando em tê-la para mim depois do jantar – um evento que provavelmente levaria duas ou três horas, no máximo. Essa apresentação tomaria toda nossa noite de sexta-feira e, então, ainda teríamos que nos juntar aos seus pais no final da semana – o que também é quando faremos a mudança.

E, novamente, estou doido para ver meu pequeno pássaro cantor no palco, cantando de coração. E isso é importante para ela, então, é importante para mim.

— Claro — Digo calmamente e levanto-me para começar a limpar a mesa. — Podemos ir jantar com seus pais no sábado. Ou melhor ainda, convide-os para um brunch no sábado.

Sempre soube que viver esta vida significaria ter que dividir o tempo e atenção de Sara, e não posso deixar minha obsessão por ela arruinar isso.

Posso viver com isso.

É só algo que tenho que me acostumar.

Termino de limpar enquanto Sara se veste e, então, a levo para o trabalho.

— Não se esqueça: a assinatura é às seis de hoje — Digo a ela quando encostamos em frente ao consultório dela. — Te pego às cinco e meia, ok?

Ela assente, ainda não olhando nos meus olhos quando coloca a mão na maçaneta da porta.

— Sara. — Pego no seu pulso quando ela abre a porta. — Olhe para mim.

Ela obedece relutante e eu toco com a outra mão seus cabelos castanhos pondo-os atrás da orelha. — Diga, ptichka. Quero ouvir as palavras.

Ela olha para mim e sinto as batidas rápidas no pulso fino que estou segurando. Ela está lutando consigo mesma, lutando com seus sentimentos por mim e não irei tolerar isso.

— Diga — Exijo, minha pegada se aperta e vejo o momento exato em que ela desiste de lutar.

Fechando os olhos, ela inspira profundamente, então, os abre. — Eu te amo. — Sua voz é baixa e firme quando olha nos meus olhos. — Te amo, Peter… não importa o que aconteça.

Algo bem no fundo de mim – um nó tenso que não sabia que estava lá – relaxa, e eu levo sua mão aos meus lábios, beijando a pele macia em cada dobra. — Te amo também. Te vejo às cinco e meia, certo?

— Certo — Murmura ela e eu me forço a deixá-la ir.

Deixá-la voar livre, nem que seja apenas até a noite.

ara

Conforme havia dito, Peter me pega às cinco e meia em ponto e vamos ao escritório assinar os papéis.

— Você colocou a casa no meu nome? — Olho espantada quando vejo espaço para apenas a minha assinatura nos documentos.

Ele assente, seus lábios curvando-se num sorriso. — É o melhor, meu amor. Só como precaução.

Um frio passa pela minha espinha. 'Só como precaução' poderia significar várias coisas, mas quando seu marido costumava ser caçado por órgãos oficiais no mundo todo e ainda tem ligações com o submundo do crime, as palavras ganham um significado único e sinistro.

Quero perguntar mais, mas a escrivã – um mulher bonita e nos seus trinta e poucos anos – está nos olhando sem disfarçar a curiosidade, então, eu apenas assino em cada 'X' e tento não pensar sobre as possibilidades terríveis.

Como tipo, uma equipe da SWAT entrando pela nossa porta no meio da noite porque eles descobriram a participação de Peter no assassinato do padrasto da Monica.

— Terminado — Diz a mulher alegremente quando lhe dou o último dos documentos. — Parabéns pela nova casa.

— Obrigada. — Levanto-me e aperto a sua mão. — Estamos bem felizes.

Peter aperta as mãos depois, e não deixo de notar o jeito que ela olha para ele – como um gato olhando um prato de creme. Ele parece não notar o interesse dela, mas ainda sinto uma pontada estranha de ciúme.

Talvez eu devesse falar para Peter que *ela* me chateou?

Retiro a piada sombria da cabeça tão logo aparece, mas é tarde demais. Estou pensando em tudo de novo e isso me deixa enjoada. O dia todo, estou tentando convencer a mim mesma que o que aconteceu foi um único caso e que Peter vai manter sua promessa de não ferir ninguém mais, mas sempre que chego perto de acreditar, lembro-me do que ele ameaçou fazer no nosso casamento se eu o deixasse no altar.

Assassinato – ou a ameaça em si – sempre será parte do seu arsenal e ninguém em volta de mim está verdadeiramente seguro. Eu posso mesmo estar andando com uma granada ambulante.

Peter me leva para fora e vamos para casa, onde a mesa já está posta com velas e uma garrafa de champanhe está gelando num balde de gelo enquanto cheiros deliciosos saem do forno.

— À nossa nova casa — Ele brinda depois de colocar uma taça para cada um de nós, e brindo tentando não pensar nos corpos iguais a marionetes no beco escuro e as poças de sangue no chão.

Sobre a granada viva que sempre está ao meu lado.

14

eter

O PESSOAL DA MUDANÇA NÃO CHEGARÁ ATÉ O MEIO-DIA, ENTÃO, depois de deixar Sara no trabalho na sexta, vou dar uma longa corrida com uma mochila de peso para imitar o treinamento que costumava fazer com meus homens. Preciso do exercício forçado para colocar para fora parte do desconforto que tenho sentido – e para aliviar meu pensamento da falta que sinto da minha esposa viciada em trabalho.

Terminando minha corrida num parque quieto quase vazio, tiro minha camiseta suada e começo a fazer uma série de exercícios, usando a mochila de trinta quilos para acrescentar dificuldade às flexões básicas com um braço numa árvore perto.

Estou quase terminando quando vejo um menino adolescente correndo em minha direção, sua camisa voando no seu corpo

438

magro. Por um segundo, ele pareceu igual ao meu amigo Andrey, o que me fez todas as tatuagens em Camp Larko.

A ilusão termina quando ele chega mais perto, mas mesmo assim, não posso afastar os olhos.

A criança está correndo como se os cães do inferno o estivessem perseguindo, seus olhos arregalados e seus braços batendo desesperadamente. Alguns segundos depois vejo o porquê.

Quatro garotos maiores e mais velhos – homens, na verdade – estão correndo atrás dele, gritando insultos.

A porra não tem nada a ver comigo, mas não consigo evitar.

Tão logo o que se parece com Andrey passa por mim, solto a mochila presa à minha cintura e jogo casualmente no chão. Então, quando seus perseguidores estão acerca de um metro de mim, entro no caminho deles, estendendo meus braços em ambos os lados.

Eles param bruscamente, apenas o bastante para não baterem em mim.

— Que porra é essa, cara? — O maior grita. — Sai da frente!

Ele tenta me dar uma cotovelada para me retirar da frente – um grande erro da sua parte. Meus instintos bem treinados saltam e, logo depois, o cara está no chão, gemendo, enquanto seus três companheiros se afastam, as mãos levantadas defensivamente.

— Caiam fora — Falo para eles, e eles se vão, parando apenas para pegar o amigo caído, arrastando-o.

Estou me abaixando para pegar minha mochila quando vejo pelo canto do olho um movimento.

É o garoto que ajudei, seu peito magro ofegando quando olha para mim. — Como você fez aquilo? — vejo espanto e inveja na sua voz.

— Fiz o quê? — Pegando minha mochila, coloco minha camiseta nela.

— O imobilizou daquele jeito.

Dou de ombros, colocando a mochila e travando as tiras na minha cintura. — Apenas alguns treinamentos básicos de autodefesa.

— Não, cara. — Os olhos azuis do garoto são grandes – e sinistros como os de Andrey. — Aquilo foi algo diferente. Você já esteve no exército? E está fazendo exercícios com isso? — Ele aponta para a minha mochila.

— Algo assim, e sim. — Viro-me para sair, mas o garoto ainda não terminou comigo.

— Você pode me ensinar? Como lutar, quero dizer?

Finjo não ouvir e começo a correr.

Ele não desiste. Aproximando-se de mim, fica correndo ao meu lado. — Pode me ensinar? Por favor?

Aperto a passada. — Meu negócio não é treinar crianças.

— Vou te pagar. — Ele está sem fôlego pela corrida, mas de alguma forma consegue me acompanhar. — Aqui. — Ele coloca a mão no bolso e tira duas notas de vinte. — Eles iriam levá-las, então, pode ficar com elas.

Estou quase recusando quando tenho uma ideia. Parando perto de um banco, olho a criança atentamente. — Você quer aprender? De verdade?

— Sim. — Ele quase pula de excitação. — Quero aprender a me defender. Quero dizer, eu fiz um pouco de caratê quando era menor, mas aquilo realmente não...

— Quantos anos você tem? — Interrompo.

— Dezesseis. Bem, quase. Meu aniversário é no próximo mês.

— E quem eram aqueles caras correndo atrás de você?

O garoto ruboriza. — Os amigos do meu irmão mais velho. Eles estão pleiteando entrar para uma fraternidade, e é um tipo de ritual para eles. Você sabe, pegar dinheiro de um nerd.

Quase rolo meus olhos ante o ridículo daquilo tudo. Estou realmente considerando isso?

— Por favor, senhor. — O garoto muda de um pé para o outro. — Meu pai sempre diz que preciso me defender sozinho, mas eu não sei como. E o jeito que você acabou de pará-los... eu mataria para ser capaz de fazer aquilo.

O garoto não tem ideia do que está falando, mas por alguma razão – talvez porque ainda estou pensando em Andrey e de como ele sempre era importunado no nosso campo infernal antes do guarda sádico o cozinhar vivo – estendo a mão e digo: — Dê-me o seu celular.

O garoto ansiosamente pega o celular e me dá. Eu coloco meu número e devolvo a ele.

— Me liga nesse final de semana e vamos marcar um horário. Qual o seu nome, a propósito?

— Aiden, senhor. Aiden Walt. — Ele hesita, então, decide ser forte. — E você?

— Peter Garin — Digo e volto a correr, deixando o adolescente em pé ao lado do banco.

15

ara

Como é de hábito a semana toda, Peter me pega depois do trabalho, apenas em vez de irmos para casa, dirigimos para o bar onde minha banda irá tocar esta noite.

— Muitíssimo obrigada por isto — Digo entre mordidas no frango com massa que ele trouxe para mim no carro. — Sério, isto está delicioso.

— De nada. — Seu olhar prateado é caloroso quando olha para mim antes de voltar sua atenção para a estrada. — Estou feliz que tenha gostado.

— Não posso acreditar que você teve tempo de cozinhar hoje. O pessoal da mudança não iria vir?

Ele abre um sorriso. — Oh, eu não te falei? Eles vieram - e hoje iremos dormir na nova casa.

— O quê? — Eu quase engasguei com a massa. — Está falando

sério?

Ele assente. — Contratei quatro caras, empacotaram e levaram tudo em tempo recorde. Eu já desempacotei tudo que é necessário, incluindo tudo para a cozinha e quarto, então, é só terminar com algumas poucas caixas no final da semana. E comprar algumas coisas novas, claro – mas acho que podemos fazer isso juntos.

— Você é fabuloso — Digo e falo a verdade. Sua persistência implacável e obsessiva – essa habilidade quase sobre-humana de transpor reveses insuperáveis em busca do seu objetivo – costumava me aterrorizar, mas agora que não estou mais lutando para fugir dele, vejo a vantagem que é.

A mesma força de vontade formidável que Peter usou para me fazer me apaixonar por ele, agora, está acalmando os pequenos problemas da nossa vida suburbana – uma vida que foi possível apenas pelo fato de Peter ter feito um pequeno milagre e o fez sair da lista dos Mais Procurados.

Se eu não soubesse, acharia que ele era um bruxo, alterando o destino e a realidade ao seu bel prazer.

— Então, decidi abrir uma pequena sala de treinamento — Diz ele casualmente quando volto a comer. — Vou começar a procurar um lugar semana que vem.

Eu paro no meio de uma mordida, olhando para ele sem acreditar. — Sério?

— Sim. Encontrei um garoto no parque hoje e ele me implorou por algumas aulas de luta. Daí, isso me deu a ideia e quanto mais penso nisso, mais gosto. Estou pensando em aulas de autodefesa para mulheres e adolescentes, programas em campo para atletas mais capacitados, treinamentos com armas para guarda-costas e assim por diante. Tenho alguma experiência em treinar outros visto já ter feito isso com meus homens quando nos juntamos no início como uma equipe, então, deverá ser divertido.

— É uma ideia *excelente.* — Não consigo esconder a excitação na minha voz. — Será a coisa perfeita para você fazer.

Ele me dá um olhar irônico. — Melhor do que assassinatos?

Rio porque ele leu minha mente. — Sim, bem melhor. — Tenho estado preocupada com o que ele faria aqui, se ele sentiria falta da sua profissão anterior cheia de adrenalina e isso me acalma um pouco.

Com o curso de treinamento para ocupar seus dias e trazer um novo desafio, meu marido assassino deve realmente se ajustar à nossa vida calma de civil.

Sentindo-me mais leve desde a visita de Monica, termino minha massa na hora que estacionamos no bar onde vou me apresentar esta noite.

O SENTIMENTO DE LEVEZA SE EVAPORA NA HORA QUE ENTRAMOS. O bar é grande e está apinhado, e a maioria já está bêbada e consigo sentir a tensão crescente em Peter enquanto andamos para a parte de trás da área do palco onde os outros membros da banda estão se preparando.

— Ei, aí estão eles, os recém-casados! Estou tão feliz que vocês chegaram. — Phil me abraça com força e as feições do meu marido petrificam, sua mão se fechando num punho.

Merda. Esqueci-me do extremo sentimento de posse de Peter.

Empurro o colega de banda e rapidamente pego no braço de Peter. Os músculos de aço se flexionam sob meus dedos e sei que estava certa em me preocupar.

Minha granada estava quase explodindo.

— Onde estão Simon e Rory? — Pergunto, esfregando minhas mãos no bíceps de Peter, como se estivesse apenas apreciando o toque de todos aqueles músculos letais – que estaria, se não estivesse tão preocupada com Phil. — Eles já estão prontos?

— Eles estão trocando de roupa ali. — Phil vira a cabeça para a direita. — Você deveria ir se trocar também. Já estamos com sua roupa pronta. E não se preocupe, vou devolvê-lo a você quando terminar. — Ele abre um sorriso para Peter, que ainda está parecendo que quer martelar pregos nele. Vagarosamente.

— Ok, vou ser rápida. — Dou uma apertadinha calorosa no bíceps de Peter e relutantemente me dirijo para a área de troca.

É melhor que nosso guitarrista esteja ileso quando voltarmos.

eter

— Então — diz Phil, sua expressão de bom humor se evaporando tão logo Sara fica fora de vista. — Um puta ciumento, hein?

Olho para ele, sem piscar. — Você não tem ideia.

Se ele abraçar Sara novamente, será a última coisa que fará. Este lugar já me deixa nas últimas – com todos os bêbados amontoados lá fora, é o lugar perfeito para algum tipo de ataque assassino – e apenas o pensamento das patas desse babaca em Sara faz meus dedos coçarem para quebrar seu pescoço gordo.

Ele olha de volta para mim e cai na gargalhada. — Oh, cara, você deveria ver seu olhar. Eu não sabia que um olhar assassino realmente existia.

Forço-me a piscar, diminuindo o dito 'olhar assassino' enquanto ele continua, feliz e não sabendo o quão verdadeira sua observação foi: — Desculpa, cara. Não tive a intenção de entrar no seu território. Só conhecemos Sara há pouco tempo e ela é como uma irmã para nós. Bem, na verdade não, não somos parentes e ela *é* muito sexy, mas você sabe o que eu quero dizer. E, honestamente, nem sabíamos que ela quisesse os homens. Não querendo dizer que achávamos que ela estava jogando no outro time – apenas não estava namorando, por ser uma viúva e assim por diante. Apesar de eu ter imaginado que ela estivesse namorando e você... — Ele balança a cabeça. — Droga, não posso acreditar que não sabíamos.

— Sim, bem, agora você sabe. — Eu provavelmente deveria ser mais amistoso devido a sua tentativa na cumplicidade masculina, mas ainda estou tentando me conter em não matá-lo por aquele abraço – e todas as outras vezes que ele provavelmente deu em cima da minha 'muito sexy' esposa.

Ela não era minha esposa então, mas já era *minha*.

Felizmente, Sara reaparece antes que minha paciência seja testada mais ainda. Ela está usando um vestido preso ao pescoço que me lembra Marilyn Monroe na famosa cena do vento levantando sua saia. Noutra mulher, pareceria simplesmente atraente, mas em Sara, com sua postura de dançarina, é elegante e sexy.

— Achei apropriado — Diz Phil enquanto olho para ele, minha boca salivante diante da vontade de cair na pele macia na parte do pescoço exposta pelo vestido —, você entende, visto ela ser uma noiva recente e tudo o mais.

Desvio meus olhos do pescoço dela. — O quê?

— O vestido branco — Diz o guitarrista com um sorriso aberto. — Eu escolhi. Como se fosse uma continuação do seu casamento e tudo o mais.

— Ah. — Volto a olhar para Sara enquanto ela para e conversa com o baterista, Simon.

Quão ruim seria se eu a roubasse agora? Apenas a pegasse e

levasse para fora daqui, e a mantivesse na minha cama até que ambos não pudéssemos andar?

Eu a quero cantando para mim, neste vestido.

E em qualquer outro vestido, penso.

— Cara, você é doente — Diz Phil, e olho para ele, irritado. O idiota está balançando a cabeça e com um sorriso aberto, como se não conseguisse ver que estou quase literalmente quebrando seu pescoço.

— Ei, Phil! — Uma mulher loira chega perto e vejo que é a amiga de Sara do hospital, Marsha.

Me vendo, ela congela por um segundo, hesitante se aproxima de nós.

— Oi, Marsha. — Sorrio para ela tão gentilmente quanto posso. Não preciso assustar mais a mulher; ela já tem todo tipo de suspeita sobre mim. — Não sabia que você estaria aqui.

— Sim, bem... — Seu olhar vira para Phil. — Posso falar com você?

— Com certeza. — Ele olha para mim. — Com licença.

Volto minha atenção para Sara enquanto Marsha praticamente arrasta o guitarrista para longe. Minha ptichka está conversando com o cara ruivo, Rory, e eu não gosto do jeito que o pavão musculoso está olhando para ela.

Começo a me encaminhar para lá, mas Sara termina a conversa e coloca a cabeça para fora da área do palco. — Eles estão pronto para nós — Grita ela por sobre os ombros e eu quietamente saio da área do palco para juntar-me ao público no bar.

A apresentação da minha ptichka está para começar e eu não quero perder.

~

Para a minha surpresa o público barulhento fica quieto tão

logo Sara pisa no palco. E quando ela abre a boca, eu vejo o porquê. Ela é tão fenomenal ali quanto uma estrela pop, sua voz forte e pura enquanto ela canta as letras que compôs. Eu a ouvi praticar no Japão, mas ouço tão pasmado quanto qualquer um no bar.

É impossível não ficar assim.

A música é tanto inspiradora quanto tocante, uma mistura diferente de country, R&B, e sucessos pop – tudo combinado com o toque de Sara.

Ela é mais que boa.

Ela é notável.

Nossos olhos se encontram e meu coração se expande no meu peito, até que parece que não pode ser contido. É surreal, o quanto eu preciso dela, quanto a desejo com cada célula do meu corpo. O instinto primitivo me acorda novamente, a necessidade de pegá-la por sobre meus ombros e levá-la pelos cabelos.

Eu a quero longe dos olhos de todos, assim posso devorá-la toda sozinho.

Uma música, três, cinco, quinze – antes que eu veja já se passaram duas horas. Eles continuam a chamá-la de volta, exigindo bis e ela continua cedendo – até que finalmente termina.

Eu a pego tão logo sai do palco. Literalmente a puxando e levantando, pressionando contra o meu peito.

— Privilégio de recém-casado — Grito para seus fãs raivosos e quando ela esconde o rosto, ruborizando e rindo, faço o que estou morto de vontade de fazer a noite toda.

Levo-a para tê-la toda para mim, sozinho.

eter

Eu me seguro tempo o bastante para chegarmos em casa, apesar de que cada vez que Sara se mexe no assento, dou uma olhada na sua coxa nua sob aquela saia branca sexy, fico tentado a sair da estrada.

A única coisa que me impede é que não quero outra rapidinha no carro. Preciso dela na cama, onde posso me deliciar do seu belo corpo a noite toda. Onde posso mostrar-lhe que sempre será minha, não importa quantos homens salivem por ela.

Ajuda o fato de ela estar falando sem parar, ainda adrenalizada por sua apresentação. Ela está me falando tudo sobre como a guitarra de Phil precisou de uma última afinação e de como Simon quase não chegou porque ele tinha prazo para entregar um artigo. Focar nas suas palavras me impede de colocar a mão na sua saia e enfiá-la pela sua coxa lisa e torneada antes de penetrar sob a renda da sua calcinha, que ela colocou nessa manhã, e acariciar sua macia e sedosa...

— Você acredita que Marsha está saindo com Phil? — Diz Sara e vejo que parei de ouvir, perdido no calor da fantasia.

— Está? — Faço o melhor para focar nas palavras. — Desde quando?

— Rory me disse que eles ficaram na noite do nosso casamento. Não é engraçado? Marsha estava aparentemente muito bêbada para dirigir depois da cerimônia e Phil se ofereceu para levá-la em casa. E o resto, como se fala, é história.

— Ótimo — Digo, forçando-me a manter os olhos na estrada em vez de devorar Sara com meu olhar. — Bom para eles.

E estou falando a verdade também. Talvez a enfermeira alegre mantenha o guitarrista ocupado e ele vai parar de babar por Sara sempre que tiver chance. E, também, ele manterá Marsha distraída o bastante para ficar fora da nossa vida.

Sara havia falado um pouco demais para ela durante minha ausência e apesar de Marsha não saber com certeza de que eu fui o homem que espionou Sara e matou seu marido, ela tem fortes suspeitas de que fui eu.

— Sim, espero que dê certo para eles — Diz Sara —, os dois merecem um bom parceiro.

Eu assinto desapercebidamente e arrisco outra olhada para Sara. Ela está olhando para mim com um sorriso e, então, me mata ao colocar casualmente sua mão na minha coxa.

Meu pau, já quase duro das imagens tipo raio-X na minha mente, entra em alerta total. O toque dos seus dedos finos esquenta minha pele apesar do material grosso do jeans. É como se um fio energizado encostasse na minha coxa, enviando pulsos de eletricidade direto para a minha virilha. Meu ritmo cardíaco dispara violentamente, e minhas mandíbulas apertam quando a estrada à frente fica borrada por um segundo perigoso.

— Sara. — Eu rosno seu nome enquanto minhas mãos apertam convulsivamente o volante. — Ptichka, se você não retirar sua mão agora...

Ela ofega audivelmente e puxa sua mão, finalmente vendo o que estava fazendo. Mas não ajuda. Eu ainda sinto seu toque. Está colado na minha pele, minha mente... meu coração. Talvez um dia não me sentirei desse jeito, com sua afeição casual acabando comigo desse jeito cada vez, mas agora, estamos muito novos, muito crus. Não faz muito tempo ela me odiava e temia. Eu era um monstro aos seus olhos. E talvez ainda seja – mas agora ela me ama.

Ela sabe que precisa de mim, as partes sombrias e tudo mais.

Quando paramos em frente à casa, paro para ver se algo dispara o meu senso de perigo treinado. Nada acontece – não que deveria. O lugar está tão seguro quanto possível, com tecnologia de monitoramento de última geração e tudo, e com meu pessoal posicionado em locais estratégicos pela vizinhança.

Não correrei o risco dos inimigos do meu passado se intrometerem no meu presente pacífico.

— Uau — Exclama Sara quando a ajudo a sair do carro. Sua cabeça indo de um lado ao outro, seus olhos arregalados em espanto. — De onde vieram todas estas árvores? E aquela cerca? Quando você teve tempo de fazer isso tudo?

Dou uma olhada no que ela está falando. Eu realmente mandei erguer uma cerca alta e plantei árvores em todo o redor da propriedade para dar privacidade e obscurecer a linha de visão para um potencial sniper.

— Ontem — Digo, colocando minha mão na parte inferior das suas costas para guiá-la para a entrada.

Ela pode se maravilhar com nosso novo lugar amanhã; hoje à noite, todo o seu tempo me pertence.

Tínhamos acabado de chegar à porta quando minhas resistências quebraram como um graveto numa chuva de granizo.

Fechando a porta com meu pé, ligo a luz do corredor e a encosto na parede, minhas mãos indo aos botões do seu vestido. Levantando sua saia, eu acho a calcinha de renda molhada e sua vagina macia e escorregadia sob ela.

Porra, sim. Apresentar-se deve tê-la excitado em mais de um jeito.

— Peter. — Seus olhos se arregalam enquanto ela segura meus bíceps. — Espera, vamos primeiro... ahh... — Suas palavras terminam num gemido enquanto eu a penetro com dois dedos, deleitando-me na sua parte apertada, escorregadia e sedosa.

— Diga-me que você quer isso — Ordeno, bombeando meus dedos para dentro e para fora dela, deixando a parte áspera do meu polegar raspar no seu clitóris rígido com cada bombeada. — Diga-me que você *me* quer.

Seus olhos brilham cada vez mais, suas pupilas dilatam a cada segundo. — Eu quero. Você sabe que eu quero. — Ela está ofegando, seus músculos internos se apertam e seus lábios ondulam num ritmo que me diz que ela está por um triz. — Por favor, Peter.

Retiro meus dedos e levo minha mão ao seu rosto. — Chupe-os. — Empurro os dedos entre seus lábios carnudos. — Deixe-os bons e molhados, entende?

Os olhos dela se arregalam novamente, mas ela obedece, sua língua ágil passando em volta dos meus dedos enquanto eu os enfio em sua boca. Fico pasmado, fazendo-me imaginar sua língua em meu pau. Querendo mais, empurro meus dedos mais fundo e sinto sua garganta convulsionar num reflexo de engasgo, cobrindo-os com mais saliva.

Caralho. Se eu não entrar nela, vou explodir.

Abrindo meu jeans com minha mão livre, retiro meus dedos da

sua boca e empurro de volta na sua vagina, deixando sua parte molhada misturar com sua saliva enquanto volto a fodê-la com meus dedos, querendo aquele olhar brilhante de volta aos seus olhos.

Não leva muito tempo – dentro de trinta segundos, ela está respirando rápido, sua pele pálida belamente ruborizada. Seu olhar ainda preso no meu, mas seus olhos ficam embaçados e sem foco, sua boca se abrindo enquanto suas unhas se afundam nos meus bíceps e os músculos da sua coxa se contorcem como uma corda.

Espero até que tenho certeza de que ela esteja gozando, então, puxo meus dedos novamente – apenas para levantá-la pelas suas coxas tonificadas e enfio todo o meu pau pulsante nela. Seu 'O' sem palavras transforma-se numa ofegada, suas pernas se enroscam com força em volta da minha cintura enquanto eu a penetro até o final numa empurrada implacável. Consigo sentir seus músculos internos pulsando e se contraindo enquanto eu entro fundo e preciso de toda a minha força para não ceder à vontade poderosa de gozar.

Ela não vai sair dessa com facilidade.

Não hoje.

De alguma forma, consigo segurar até que seu espasmo diminua e seu corpo fica solto contra o meu, suas pálpebras fechando-se enquanto um brilho aparece nas suas feições. Abaixando minha cabeça, beijo seus lábios partidos e movo minha mão que a fodeu da sua coxa à abertura tentadora entre os globos das suas nádegas.

Ela está tão relaxada e presa ao meu beijo que tem uma resistência mínima enquanto eu pressiono um dedo escorregadio na abertura da sua traseira e entro cuidadosamente. Já estou dentro dela até o primeiro nó do dedo quando seus olhos se abrem e seu corpo se aperta, seus músculos internos se apertando no meu pau e dedo enquanto suas pernas se apertam em volta da minha cintura.

— Deixe-me entrar, ptichka — Murmuro contra os seus lábios. — Você sabe que quer isso.

Não que ela tenha muita escolha. Eu a estou segurando com minha mão livre e o peso do meu corpo. Com suas pernas enroladas na minha cintura e meu pau enterrado bem fundo nela, não tem como ela escapar ou controlar a profundidade da penetração em ambos os orifícios.

Ela está completamente em minhas mãos e é exatamente isso o que eu quero.

Não tomei o seu cu desde a noite do nosso casamento, mas não parei de pensar nisso – sobre como esses globos perfeitamente redondos me faziam sentir pressionados contra minhas bolas e o olhar de êxtase e agonia nas suas feições. Eu a havia machucado, eu sei, e algo sobre aquilo havia sido perversamente correto, singularmente satisfatório.

Tanto quanto eu a adoro, eu ainda quero puni-la às vezes, para ver o medo lutar contra o tesão nos seus belos olhos.

Levantando minha cabeça, vejo aqueles olhos refletirem exatamente isso enquanto ela olha para mim. — Eu... — Sua respiração fica mais rápida novamente. — Eu não sei se...

Eu engulo suas próximas palavras com outro beijo e continuo enfiando o dedo na sua abertura apertada enquanto a levanto mais alto com minha mão livre, movendo-a no meu pau. Ela ofega nos meus lábios e sinto meu pau esfregar no dedo pela fina parede separando os dois orifícios.

Minha respiração acelera, minhas bolas subindo com mais força e quaisquer resistências que ainda tinha, evaporam. Aprofundando meu beijo, aumento o ritmo dentro dela e, simultaneamente, enfio um segundo dedo dentro do cu dela. Ela se enrijece, suas unhas afundando mais nos meus músculos apertando-se com resistência, mas é inútil. Já estou dentro dela, tão fundo que ela nunca me retirará.

Não haverá escapatória para ela.

Nem agora. Nem nunca.

Tudo dentro de mim está gritando para fodê-la, para penetrá-la mais e mais até que eu entre em erupção e a tensão insuportável termine, mas tem algo mais que eu também quero. Respirando pesado, levanto minha cabeça e olho nos olhos dela enquanto ela olha para mim tonta, suas feições ruborizadas e suas pálpebras pesadas com o desejo.

— Diga-me o que você quer — Ordeno com a voz pesada, e sua respiração assoviando entre os dentes enquanto enfio meus dedos mais fundo no seu traseiro, esticando-o, preparando-o. — Quero ouvir você falar.

— Eu não... — Geme ela, seus olhos se apertando fechados enquanto movimento meus dedos como tesoura, esticando-a mais. — Eu não sei.

— Sim, você sabe. Olhe para mim.

Seus olhos se abrem obedientemente e sua língua delicada sai para molhar seu lábio inferior.

— Diga-me, Sara. Diga-me o que você realmente precisa.

— Eu... — Sua respiração acelera ainda mais quando começo a esfregar dentro dela, cerificando-me de pressionar seu clitóris com cada movimento. — É... isso. Peter, eu preciso disso. Eu preciso disso dentro de mim. Eu preciso de você para... — Ela ofega enquanto empurro mais fundo dentro dela — me possua e...

— E o quê? — Exijo, minha espinha pinicando quando sinto seus músculos internos se apertarem.

— Me foder. — Ela está ofegando agora, seu olhar ficando tonto e sem foco. — Me... me machucar.

— Sim. — Minha voz vem rouca. — Certo. E você é minha.

Minha para foder, machucar, para fazer qualquer coisa que eu quiser. Não é, meu amor?

Ela assente, seus olhos focando nos meus. — Sim. Sempre.

Sempre. A palavra penetra no meu peito, trazendo com ela uma mistura de ternura calorosa e satisfação violenta. Adoro que ela entenda isso agora. Admita isso.

Fomos feitos um para o outro. Sabia disso desde o começo e, agora, ela sabe disso também.

Abaixando minha cabeça, reclamo seus lábios, mantendo o beijo delicado e gentil mesmo quando retiro os dois dedos dela e engancho as duas mãos sob suas coxas, abrindo suas pernas mais ainda enquanto a levanto mais alto. Meu pau sai da sua vagina e empurra a entrada de trás.

Sua respiração pula numa ofegada, mas já a estou abaixando no pau duro, usando a força da gravidade e o escorregadio da sua lubrificação natural para ajudar minha penetração. Se eu não a tivesse alargado com meus dedos, teria sido impossível, mas como está, o anel de músculos cede à pressão e eu deslizo dentro do seu canal apertado, sentindo-a me apertar por dentro num esforço frenético para evitar a invasão.

— Peter... — Ela está tremendo quando levanto a cabeça, olhando-a nos olhos mais uma vez. — Peter, por favor...

— Sim — Prometo com voz rouca. — Vou te agradar, ptichka. Te darei o que precisa... tudo o que precisa.

E olhando nos olhos dela, começo a me mover, possuindo-a até onde a dor fica ao lado do prazer e o amor e o ódio colidem.

Àquele belo lugar onde ela é minha e somente minha.

Henderson

Eu estudo o novo conjunto de fotos na minha tela enquanto esfrego os músculos doloridos no meu pescoço, tentando ignorar minha dor de cabeça crescente.

Contatar o FBI deu certo e também não precisei procurar muito. O Agente Ryson ficou muito feliz em voltar a investigar Sokolov para mim.

Não estou ansioso de que ele descobrirá algo, mas, de qualquer forma, esse não é o objetivo. Eu apenas quero que uma investigação esteja em curso, mesmo se for mais por capricho pessoal de um agente truculento.

Abrindo a pasta na minha mesa, eu estudo os desenhos dentro. O plano está começando a tomar forma devagar, mas com consistência. Agora, só preciso achar o pessoal certo para executá-lo.

Os sons de tiros de pistola automática chegam aos meus ouvidos, aumentando o latejar doloroso na minha têmpora. Largando a pasta, levanto-me e entro na sala de estar.

— Jimmy.

Meu filho de quinze anos não reage.

Repito seu nome mais alto.

— O quê? — Ele responde sem tirar os olhos da tela.

— Abaixe o volume dessa porra de jogo — Digo com tanta calma como posso.

Ele me mostra o dedo do meio.

Minha dor de cabeça se transforma numa enxaqueca fumegante, meu pescoço pulsando com mais dor enquanto o ódio se espalha pelas minhas veias.

Externamente calmo, eu vou para o sofá e pego o controle das mãos do meu filho.

— Ei! — Ele se levanta, tentando pegar de volta e a parte de trás da minha mão estapeia seu rosto, derrubando-o.

— Te falei para abaixar a porra do jogo — Falo, enquanto ele olha para mim, com a mão no queixo.

E jogando o controle no chão, volto para o escritório.

ara

EU ACORDO NO SÁBADO DE MANHÃ SABENDO QUE EU E PETER estamos casados há uma semana – e que acabamos de passar a primeira noite na nossa nova casa.

Não tive chance de olhar tudo ontem à noite, então, olho o quarto agora. É claro e espaçoso, com as paredes pintadas num azul acinzentado pálido e o teto com elevação de pelo menos três metros e meio acima da cama king size com cabeceiras de carvalho.

É bonito e moderno e tenho uma vontade repentina de esposa de comprar plantas e colocar em cada canto.

Com um sorriso aberto, eu me espreguiço e faço uma cara feia ao sentir-me dolorida por dentro. Após me possuir brutalmente no corredor, Peter trouxe-me para cima e me possuiu novamente no chuveiro, e mais uma vez na cama.

Num desses dias, ainda precisaremos conversar sobre o que é uma quantidade de sexo normal e saudável. Os homens não precisam foder suas esposas todas as noites como se tivessem acabado de sair da prisão.

Eu imagino essa conversa e balanço a cabeça. Estou enganando quem? Com ou sem dor, não me importo nem um pouco do seu desejo por mim. A intensa sexualidade de Peter é parte dele, tão feroz e sem se desculpar quanto seu amor por mim. Ele não aceita limites, não se apega a dogmas. E eu o quero assim: selvagem, contudo carinhoso, letal, mas perversamente doce.

Já estou cheia de fingir que sou qualquer coisa além de louca no que tange a ele, tão errado quanto possa parecer.

Cheiros deliciosos de café da manhã já estão penetrando sob a porta fechada; tomo um rápido banho no nosso novo e luxuoso banheiro, jogo uma camiseta por cima e calças de yoga e corro escada abaixo, meu estômago em saltos.

Meu marido está ao lado do fogão de aço inox tipo restaurante, virando as panquecas e eu paro ante a visão, salivando. Vestido num jeans surrado e nada mais, ele tem ombros bem largos e esbeltos, músculos fortes, a tatuagem decorando seu braço esquerdo se flexionando a cada movimento do seu poderoso bíceps. Seu cabelo preto e grosso está deliciosamente liso como se convidasse meus dedos a tocá-lo e sua pele bronzeada brilha na luz forte da manhã.

Virando-se, ele me olha com um sorriso sensual. — Aqui está ela, meu pequeno pássaro cantor. Como está se sentindo?

Eu lambo meus lábios, incapaz de tirar meus olhos do seu peito largo. — Com fome.

— Aham, achei que tivesse. — Ele abre um sorriso. — Infelizmente, ptichka, você foi dormir tão tarde que agora já é praticamente hora do brunch. Seus pais chegarão daqui a vinte minutos, então, você terá que esperar.

Eu olho para o relógio e vejo que ele está certo. — É tudo culpa sua — Digo, cruzando os braços. — Você me manteve acordada *até muito tarde*.

— Eu sei. Pobre queridinha. Vem cá. — Ele vem em minha direção, seus olhos brilhando sombriamente e eu chego para trás.

— Nã-não. Não temos tempo.

Ele me toca. — Sempre temos tempo.

— As panquecas...

Seus lábios quentes chegam perto dos meus, sua língua invadindo os cantos da minha boca e meus dedos acham o caminho para seus cabelos sedosos enquanto minha cabeça cai para trás nas suas palmas. Sua respiração tem gosto de mel – ele deve ter provado as panquecas – e eu não consigo evitar de piscar quando ele finalmente levanta a cabeça, olhando para mim sem uma pitada de brincadeira.

— Porra, mal posso esperar até estarmos sozinhos novamente — Sussurra, então, abaixa o rosto e me beija feroz e forte, um que não deixa dúvida do seu real desejo.

Ele vai me possuir.

Na hora que meus pais saírem, estarei de volta à cama.

A campainha toca na hora que ele para e respira. — Caralho. — Respirando forte, ele me larga. — Eles chegaram cedo novamente.

Aliso meu cabelo com uma mão trêmula, dolorosamente sabendo dos meus lábios inchados pelo beijo. — Vá se vestir. Vou recebê-los.

— Espera. — Ele vai ao fogão e coloca as panquecas num prato. — Assim elas não queimam — Explica ele saindo da cozinha.

Eu dou uma olhada no espelho a caminho da porta. Definitivamente, pareço como se tivesse acabado de ser possuída, mas não tem outro jeito.

Passo a mão nos cabelos novamente e abro a porta para cumprimentar meus pais.

ELES INSISTIRAM NUM TOUR PELA CASA PRIMEIRO, ENTÃO, VAMOS DE cômodo em cômodo enquanto Peter coloca a mesa. Enquanto mostro tudo para os meus pais, mais uma vez fico pasmada de quanto meu marido conseguiu fazer ontem. Apesar de algumas caixas ainda estarem discretamente em alguns cantos e a mobília é a mínima possível, tudo está organizado e limpo... quase de um modo não natural.

— Não acredito que você esteja praticamente instalada — Diz mamãe, verbalizando meus pensamentos. — Achei que tivesse fechado o negócio na quinta?

— Fechamos — Digo. — Mas Peter tem um jeito de fazer as coisas acontecer.

— Sem brincadeira — Resmunga papai, abrindo um armário e vendo que já tem toalhas dentro, adequadamente dobradas. — Ele é uma máquina, esse seu marido.

Eu aperto o braço fino de papai. — Sim, e isso é bom.

Meus pais ainda não aceitaram completamente nosso relacionamento, mas acho que, quando passarem mais tempo com Peter, eles aceitarão. Nosso primeiro jantar juntos foi relativamente bem semana passada, graças a Peter ter sido surpreendentemente aberto sobre o seu passado e seus sentimentos por mim. Também foi de ajuda o fato de ele os ter dito logo no início que quer começar uma família, trazendo aos meus pais a tentadora promessa de netos, algo que eles já haviam perdido a esperança de ver.

Com meu pai já com oitenta e oito e mamãe apenas nove anos mais nova, seus relógios biológicos de avós estão clicando cada vez mais alto.

Apesar da artrite do meu pai estar o incomodando e ele usar um andador hoje, ele insiste em encarar as escadas e ver a casa toda. Terminamos o tour no meu quarto, onde fico surpresa em ver que a cama está feita. Peter deve tê-la feito quando subiu para se trocar.

Depois que olham o quarto, papai vai ao banheiro enquanto mamãe checa o closet.

— Então, o que você acha? — Pergunto quando ele sai.

Ela me olha sério. — É uma bela casa, querida.

— Mas? — Gesticulo quando ela não continua.

Ela suspira e senta-se na cama. — Seu pai e eu ainda estamos preocupados com você, é isso.

— Mãe... — Começo num tom forçado, mas ela levanta a mão e dá uma batidinha na cama perto dela.

Vou sentar-me ao seu lado e ela diz em voz baixa — O Agente Ryson falou com seu pai no parque ontem de manhã. Eu não sei o que ele falou, mas a pressão do seu pai foi às alturas o dia todo. Tentei forçar, mas ele não me disse nada além de que está preocupado contigo.

Olho para ela, um torno esmagando meu coração. Por que o agente do FBI estava lá? Se foi igual o jeito que Ryson me afrontou no dia do meu casamento, foi um milagre o meu pai não ter tido um ataque do coração ali mesmo.

Será que o FBI sabe algo sobre o padrasto de Monica?

Meus pulmões param de funcionar ao pensar. Eu também devo ter ficado pálida, porque mamãe franze a testa e segura a minha mão. — Você está bem, querida?

— Sim, eu... — Forço-me a voltar a respirar. — Estou bem. — Minha voz um pouco alta, então, eu sorrio para parecer mais convincente. — Desculpa, só que estou preocupada com papai. Como está a pressão dele hoje?

Mamãe suspira e larga minha mão. — Melhor. Não está boa, mas melhor. Mas eu realmente gostaria que ele me dissesse o que o Agente Ryson disse.

— Certo. — Tento soar quase normal. — Vou perguntar ao papai sobre isso hoje.

— Acho que é melhor se você não perguntar. — Olhando para a porta do banheiro, ela abaixa ainda mais a voz. — O que quer que tenha sido, foi realmente estressante e eu não quero que seu pai fique remoendo isso.

— Você está certa, mamãe — Digo e levanto-me para sorrir para papai que sai do banheiro. — Agora vamos provar aquelas panquecas.

ENQUANTO COMÍAMOS, EU OBSERVAVA PETER INTERAGINDO COM MEU pais. Apesar de saber que ele preferiria muito mais estar só comigo, ele mantém novamente suas maneiras educadas e respeitosas. Subir e descer as escadas parece ter piorado a artrite do meu pai, então, o ajuda com seu andador, e faz de forma tão casual que meu pai esquece de ficar ofendido.

No início, meus pais estavam desconfiados e reservados, mas conforme o almoço continua, eles parecem se apegar ao Peter – até meu pai, apesar do que Ryson deve tê-lo dito. Ajuda o fato de Peter conseguir controlar a conversa, insistindo em perguntas de como meus pais se conheceram e como eram quando crianças em vez de eles inquirirem sobre seu passado nebuloso.

— Sara era um bebê tão perfeito que você não acreditaria — Diz mamãe a Peter, abrindo um sorriso para mim. — Dormia a noite toda, comia quando deveria comer, quase nunca chorava. E também nunca ficava doente apesar de ter nascido pequena, pouco mais de dois quilos e meio. Ficamos tão preocupados, por causa da nossa idade, você sabe, mas ela rapidamente nos acalmou. Era como se ela soubesse que não éramos os pais jovens típicos que pudessem aguentar o fardo e ela certificou-se de que tudo corresse normalmente. Isso é bobagem, claro – ela era apenas um bebê – mas essa é a impressão que todos tínhamos.

— Eu acredito — Diz Peter, olhando para mim com tanto carinho que ruborizo e tenho que olhar para o outro lado.

Além de guiar a conversa para os tópicos favoritos dos meus pais, Peter mostra-se atento em várias coisas pequenas. Mamãe recebe seu chá de camomila sem pedir e as panquecas de papai são servidas com uma tigela de frutas e creme, além de geleia de morango caseiro. Eu não sei como Peter ficou sabendo dessa preferência específica do meu pai, mas meus pais claramente apreciam essas coisas.

— Você é um cozinheiro excelente — Fala mamãe e dá a ele um sorriso largo e caloroso, os olhos dele brilhando com prazer.

Vendo-o assim, eu começo a imaginar se Peter realmente está fazendo isso por mim. Seria possível se alguma parte dele também desejasse isso? Que pelo fato de ele nunca ter tido pais, esteja gostando de ter uma família? Porque se ele estiver fingindo, está fazendo um excelente trabalho.

Da minha parte, acho que ele está começando a gostar dos meus pais – e apesar de tudo, eles devem eventualmente gostar dele.

Enquanto estamos terminando a refeição, meus pais finalmente nos perguntam – sobre trabalho e todas as coisas típicas de pais.

— Então, você decidiu o que irá fazer? — Pergunta mamãe a Peter, e ele assente, dizendo-lhes sobre o curso de treinamento que está planejando iniciar.

— Gostei da ideia — Declara papai. — Parece bem oportuno, com toda a sua experiência.

Peter sorri ante sua aprovação. — Eu também achei. De qualquer modo, seria algo para eu fazer agora, enquanto Sara está no trabalho.

Vejo um traço de ressentimento na sua voz, mas eu ainda não

consigo evitar o desconforto quando ele se levanta e começa a retirar as coisas da mesa. Ele está chateado com minhas longas horas, posso afirmar. Depois de todos os meses separados, as noites e finais de semanas que estamos juntos não são o bastante – para nenhum de nós dois.

Talvez esse novo negócio de treinamento melhore as coisas, dando-lhe algo para focar que não seja eu e nos acalmaremos na nossa vida de casados, não sentiremos tanta falta um do outro. De outra forma, cedo ou tarde, uma parte vai sair perdendo, e terá que ser do meu lado.

Peter sacrificou tudo para me fazer feliz e eu não posso fazer menos por ele.

Quando meus pais saem, fico me perguntando se falo com Peter sobre a visita de Ryson ao meu pai, mas decido não falar. Ele já estava nervoso ao saber que o agente do FBI havia interferido no nosso casamento. Se ele souber que Ryson está continuando a molestar minha família, ele pode fazer algo sobre o problema, e essa é a última coisa que desejo.

Com ou sem promessa, Peter fará tudo o que for necessário para me proteger e eu não preciso de outra morte na minha consciência.

PARTE II

2 0

Sara

DURANTE O PRÓXIMO MÊS, NOS ACOMODAMOS NA NOSSA NOVA CASA e continuamos com a rotina da primeira semana de casados. Apesar de Danny e o resto da equipe de segurança de Peter sempre estarem por perto, Peter me busca e leva para o trabalho e ajuda na clínica. Entrementes, ele trabalha no seu novo negócio e capta clientes – uma tarefa que está tendo muito sucesso.

Eu fujo do meu consultório numa tarde quando tenho alguns cancelamentos de consulta e peço a Danny para me levar ao parque que Peter escolheu como seu local de treinamento ao ar livre. Então, assisto sorrindo enquanto o vejo fazer cinco adolescentes se exercitarem, fazendo-os correr, pular sobre bancos, subir em árvores e tentarem socá-lo no rosto.

Nenhum consegue, claro, mas parece que estão se divertindo muito.

Eu sei como se sentem porque pedi que ele me ensinasse alguns movimentos domingo passado e passamos a manhã no seu ginásio, praticando alguns golpes básicos de autodefesa. Era como lutar contra uma montanha e o único golpe que eu consegui fazer foi levantar minhas pernas para que me tornasse um peso morto quando ele me segurava pelas costas – para desequilibrar meu ofensor, suponho. Não preciso dizer que aquela agarração toda terminou com a gente transando na hora que chegamos em casa e ainda estou longe de ser capaz de me defender, não que precise, com Peter e os guarda-costas sempre por perto.

Ele me olha um minuto depois, e um sorriso radiante ilumina suas feições antes de ele virar-se e gritar o próximo conjunto de instruções para os meninos. Ele vem na minha direção, deixando os alunos ofegantes e grunhindo enquanto tentam fazer flexão numa árvore.

É um dia quente de agosto e ele está sem camisa, apenas com uma calça camuflada e botas. Eu observo, com a boca seca enquanto ele vem numa corridinha, seus músculos do seu torso brilhando com o suor.

— O que você está fazendo aqui, ptichka? — Pergunta ele, parando na minha frente e eu pulo nele, passando meus braços pelo seu pescoço. Ele me segura rodopiando, enquanto eu o beijo despreocupadamente e quando ele me coloca no chão, ambos estamos ofegantes, os alunos assoviam e gritam atrás de nós.

— Voltem ao treinamento — Ele grita pelo seu ombro, suas mãos ainda na minha cintura e eles obedecem instantaneamente, voltando às suas tentativas de flexão.

— Um sargento de verdade, não? — Abro um sorriso para ele e passo a mão no seu cabelo grosso tentando ajeitá-lo. Está ficando longo nos lados e também em cima e mais difícil de pentear. Eu gosto dele bagunçado, então, não falo nada, mas provavelmente teremos que levá-lo para cortar em breve.

— Com certeza — Murmura ele, abaixando a cabeça para me beijar novamente e eu rio, o empurro antes que comecemos a fazer de verdade. Tem acontecido em público com demasiada frequência; Peter não tem vergonha quando se trata de mim.

Em parte é porque sempre sentimos como se não tivéssemos tempo juntos o bastante. Meu trabalho atual tem mais horas previsíveis, mas ainda tenho algumas pacientes grávidas – e meus chefes estenderam suas férias, tenho atendido os pacientes deles este mês também.

Eles me pediram para substituí-los e eu não poderia dizer não.

— Sim, você poderia — Disse Peter quando expliquei que tenho que ficar de plantão por mais um final de semana porque a paciente de Wendy está próxima a dar à luz. — Você poderia definitivamente dizer não. Qual a pior coisa que poderia acontecer? Eles te demitirem?

— Bem, sim — Comecei, então, parei com um suspiro. — Eu sei, eu sei. Temos dinheiro e tecnicamente eu não tenho que trabalhar.

— Isso mesmo. — Seu olhar atento em mim e olhei para o outro lado ainda não me achando pronta. Logicamente, sei que ele está certo – somos multimilionários, graças às suas aventuras recentes – mas dei muito duro para me tornar uma médica para simplesmente desistir.

— Você poderia ainda ser voluntária na clínica — Disse ele e, mais uma vez, ele tinha razão. Já pensei nisso várias vezes, de como seria bom se eu pudesse acariciá-lo todas as manhãs em vez de acordar com o alarme e correr para o trabalho. Por mais frustrante que tenha sido meu cativeiro no Japão, sempre estávamos juntos lá – algo que não valorizei naquele tempo, dada a minha raiva com Peter, mas agora eu me lembro desejosa.

— Não é a mesma coisa — Disse. — Eu não faria partos na clínica.

— Isso é verdade — e ele para a conversa, mas eu sei que voltaremos ao assunto novamente.

É inevitável, dada nossa obsessão mútua.

E é uma obsessão. Não posso negar. Eu achei que amava George, pelo menos no início, mas meus sentimentos por ele eram uma leve sombra de como me sinto por seu assassino. Eu nunca senti falta de George desse jeito quando estávamos separados, nunca senti vontade que ele voltasse para casa com esse tipo de intensidade. Nossas vidas eram mais ou menos separadas e eu achava que esse era o jeito que deveria ser, que todos os casamentos, todos os relacionamentos, eram.

Não tem nenhuma separação desse tipo com Peter. Nem de perto. É como se houvesse uma linha invisível nos unindo, mesmo quando estamos fisicamente separados. Ele está constantemente nos meus pensamentos e eu frequentemente me vejo sentindo falta física dele, como se meu corpo estivesse viciado no seu toque.

Não ajuda o fato de quando *estamos* juntos, ele me dá banho com total atenção e me cuida até que eu me sinta como um animal de estimação mimado. Me massageia, esfrega meus pés, escova meus cabelos – ele faz isso tudo quando temos tempo. E não estou nem contando o sexo.

Oh, Deus, o sexo.

Desde a noite do nosso casamento, quando eu admiti para Peter, e para mim mesma, que preciso de um certo grau de brutalidade vindo dele para lidar com nossa relação não-tradicional, ele não teve nenhum escrúpulo em liberar seu monstro interior no quarto. Apesar de haver muito mais vezes quando ele é doce e delicado, com frequência ele me possui com uma fome arrasadora, deixando-me dolorida e machucada pela manhã. Nenhuma parte do meu corpo está fora dos seus limites e eu, com frequência, me encontro amarrada de joelhos, com minha boca preenchida pelo seu pau e minhas nádegas queimando por ele ter me possuído.

Ele pode ser meu marido agora, mas ainda é o meu perseguidor.

Mas, o ponto chave é 'meu'. Para meu alívio, sexo comigo é a via pela qual Peter parece canalizar seus impulsos sinistros. Até onde sei, ele tem mantido sua palavra em não ferir ninguém e conforme as semanas passam, vejo-me menos preocupada quando estamos com meus amigos e família. Meus pais estão aos poucos se apegando a ele e meus colegas da banda parecem gostar dele – o que me surpreende, visto Marsha estar namorando sério com Phil e ela *não* ser fã do Peter.

Ou, pelo menos, assim eu presumo porque eu quase não a vi depois do casamento.

— Marsha não tem saído com a gente ultimamente — Digo a Phil quando estamos juntos bebendo depois de uma apresentação de sexta à noite. — Vocês ainda estão juntos, certo?

Ele ruboriza, claramente desconfortável. — Sim, mas ela tem estado, hum... bem ocupada.

Eu assinto e pego minha bebida. — Certo, tudo bem.

É ridículo sentir-me mal pelo abandono da minha amiga. Apesar de tudo, eu a evitei um pouco após saber que ela havia ajudado o FBI com informações sobre mim. De qualquer modo, eu não a posso culpar de ter sido cuidadosa. Qualquer pessoa sã iria querer ficar afastada de um homem suspeito de ter sido uma assassino sem consciência e torturado sua melhor amiga e matado o marido desta.

— Ela está ocupada com o quê? — Pergunta Peter, vindo atrás de mim para massagear meus ombros. Seu tom é leve a casual, mas eu consigo sentir a tensão nos seus dedos fortes enquanto ele massageia os músculos trincados. — Ela está trabalhando mais turnos?

— Mais ou menos — Resmunga Phil, então, acena para o barman. — Uma rodada de tequila, barman. A melhor que tiver.

A tequila queima minha garganta quando bebemos e o clima de desconforto se dissipa enquanto Rory e Simon começam uma discussão animada dos prós e contras das loiras naturais. Phil junta-se à discussão, mas Peter fica quieto, observando-os com uma vaga expressão de estar se divertindo e quando peço licença para ir ao banheiro, ouço-o pedir uma rodada de vodka.

— Para mim não? — Pergunto, quando vejo apenas quatro doses ao voltar, e meu marido abre um sorriso para mim.

— Preciso de você acordada e consciente na minha cama esta noite.

Ele fala com uma apertada no meu joelho e os homens caem na gargalhada enquanto luto contra ficar ruborizada. Peter não tem o mínimo constrangimento do seu desejo por mim, aproveitando-se de cada oportunidade para me tocar e tornar público sua possessão sobre mim, no privado e no público. Meus colegas de banda estão convencidos de que fodemos como coelhos o tempo todo, e é verdade.

Meu marido tem a histamina de um adolescente que tomou Viagra.

Ainda rindo, os caras tomam a vodka e Peter pede outra rodada imediatamente. Eu olho para ele um pouco confusa, eu nunca o vi beber tanto, mas acho que ele só está descarregando um pouco após uma semana longa.

Mas depois de mais duas rodadas de vodka, sinto que algo está acontecendo. Por um motivo, tenho quase certeza de que Peter derramou sua última rodada no chão. Meus colegas de banda estavam muito bêbados para notar, mas eu só estou um pouco alta e o vi virar o copo para o lado antes de beber.

É como se Peter estivesse deliberadamente tentando embebedá-los.

Depois de outra meia hora e mais rodadas, minhas suspeitas se solidificam à certeza. Rory e Simon estão nas nuvens, com Rory cantando uma balada irlandesa e Simon totalmente desafinado enquanto Phil se aprofunda em filosofar sobre quão aleatória é nossa vida e o reverso do significado. Peter está agindo como se estivesse igualmente bêbado e totalmente junto do falatório de Phil, mas para mim, é óbvio que meu marido está manipulando a conversa, mas, com que objetivo, não sei.

— E, então, você vê, um CEO de estúdio de cinema poderia pensar que ele tem o toque de ouro com blockbusters, mas, na verdade, ele está apenas arriscando vitórias — Esbraveja, Phil, e Peter concorda, como se tudo fizesse sentido. — Você acha que conseguiu, mas é apenas sorte, cara. Apenas a porra da sorte. Então bam! O pêndulo balança para o outro lado. Porque é tudo aleatório e reverte para a maldita média. Nós não entendemos isso como humanos, achamos que temos controle porque vemos um padrão, mas é tudo besteira. A vida é como um pêndulo enferrujado em um terremoto, balançando de um lado para o outro, às vezes ficando preso em uma subida. E às vezes, às vezes, toda a sua vida está em alta, até que um tremor sacode a ferrugem. — Ele balança a cabeça pesarosamente, e eu decido que ele definitivamente bebeu demais.

Eu não sei o que Peter pretende, mas intoxicação alcoólica não é brincadeira.

Inclinando-me, toco a mão do meu marido e abaixo a voz. — Vamos para casa. Estou ficando com sono.

Ele vira a palma da mão e gentilmente aperta a minha, seus olhos completamente sóbrios, enquanto seus lábios se curvam em um sorriso aparentemente embriagado. — Só mais um pouco, meu amor. O Phil tem um bom argumento.

Eu franzo a testa, confusa. — Tem?

— Oh, sim — Esbraveja Phil —, você só não vê porque não

pode ver. Não pode nem imaginar. Nenhum humano pode, porque nossas mentes não são capazes de formar um padrão realmente verdadeiro. E quando os algoritmos fazem isso por nós, não acreditamos que são aleatórios. Como a mistura aleatória do seu reprodutor de música? Não é aleatório. Se fossem, você às vezes ouviria a música duas, três, quatro vezes, uma atrás da outra e isso não parece aleatório para nós. Parece que uma música foi escolhida deliberadamente, como se houvesse um propósito por trás disso, mas é falso. É apenas matemática, apenas programação. E, então...

— Então, eles ajustaram o algoritmo, removendo a aleatoriedade real para fazer parecer mais aleatório — Diz Peter, soando bastante bêbado enquanto brinca com meus dedos. — Eu te entendo, cara. É loucura.

Phil balança a cabeça. — Não é? Eu digo isso a Marsha o tempo todo, mas ela não acredita. Ela não entende que às vezes uma coincidência é apenas uma coincidência, que algo pode ser simplesmente aleatório. Como você e Sara. Houve um cara mau chamado Peter no passado dela, e Marsha acha que é você, mesmo que o FBI tenha dito a ela, *eles disseram diretamente a ela*, que não é. Como o que faz mais sentido: você é um assassino procurado que, por alguma razão estranha, pode vagar livremente? Ou, deve ter havido dois Peters na vida de Sara? É como uma música que aparece duas vezes, difícil de acreditar, mas genuinamente aleatória. Quer dizer, tem um cara do FBI que ainda fala com ela, mas tenho certeza de que ele está dando em cima dela, o idiota.

Eu congelo, minha mão tensa na mão de Peter enquanto meu marido ri e balança a cabeça, quase exalando simpatia masculina. — Uau. Que babaca. Qual é o nome do cara?

— Tyson ou algo parecido. — Phil soluça e boceja alto. — Rima com bison.

Merda. Meu coração martela no peito enquanto Peter olha para mim, seu olhar duro e ilegível. Será que ele suspeitou de algo assim o tempo todo? É por isso que ele está controlando Phil – e consequentemente, Rory e Simon – com álcool a noite toda?

Ele, de alguma forma, soube que o agente tinha se aproximado do meu pai?

Tenho tentado esquecer isso, parar de me preocupar com o FBI descobrindo sobre o padrasto de Monica, mas de vez em quando eu acordo suando frio de um pesadelo no qual agentes da SWAT irrompem pela porta do nosso quarto. Oficialmente, há um acordo, mas Ryson está claramente em uma missão própria.

O que ele tem dito a Marsha? O que *ela* tem dito a ele? Minha mente gira quando Peter ordena uma rodada final, depois, se desculpa com os caras, deixando-os beber a última rodada enquanto ele me leva para fora do bar e para o carro de Danny.

Meu ex-assassino é cumpridor da lei o suficiente, ou inteligente o suficiente, para não beber e dirigir.

Eu espero até chegarmos em casa antes de mencionar o que Phil nos contou.

— Peter, sobre o...

— Por que você não me disse que Ryson ainda estava na área? — Interrompe meu marido, aproximando-se de mim. Há apenas um leve indício de álcool em sua respiração quando ele se inclina, me prendendo contra o encosto do sofá com seu corpo poderoso.

Ou ele bebeu menos ainda do que eu pensava, ou o seu metabolismo é bem diferente.

Minha garganta seca e minha respiração se contrai quando vejo a dureza gelada em seus olhos metálicos. Este é o Peter que costumava me aterrorizar, o homem que invadiu minha casa e me interrogou impiedosamente para encontrar George.

O assassino que nunca conheceu remorso.

— Eu não sabia que ele estava falando com Marsha — Digo quando sou capaz de soar semi-calma. Eu sei que Peter não vai me machucar fora dos nossos jogos no quarto, mas é difícil não me sentir intimidada quando ele se aproxima de mim assim, o calor de seu corpo musculoso ao meu redor, sua proximidade tanto uma tentação quanto uma ameaça.

Ele pode não me machucar, mas vai ferir os outros.

A vida do agente Ryson – e possivelmente a de Marsha – em jogo.

— Não? — Seus olhos estreitam. — E seus pais? Você não sabia que ele estava farejando-os também?

— Não, eu ... — Eu paro antes de piorar a situação mentindo. — Ok, eu sabia que ele conversou com meu pai há alguns meses, mas achei ter sido uma única vez. Você está dizendo que ele se aproximou deles novamente? — Minhas palavras estão vindo rápido demais, mas eu não posso evitar.

Estou com medo tanto do agente quanto do que ele pode descobrir.

Peter olha para mim, em seguida, finalmente recua, deixando-me inspirar fundo.

— Hoje cedo — Diz ele severamente, e eu levo um segundo para perceber que ele está respondendo a minha pergunta. —, meu pessoal o viu se aproximar de sua mãe quando ela estava num shopping com Agnes Levinson. Um dos caras o seguiu quando ele saiu, e adivinha aonde o filho da puta foi?

Eu engulo. — Aonde?

— Ao hospital. Onde você costumava trabalhar, e sua amiga ainda trabalha.

Claro. Foi isso que lhe deu a ideia de perguntar ao Phil esta noite. Ou, mais precisamente, interrogá-lo, apenas com álcool em vez de uma droga manipulada como ajuda.

— Você acha que ele sabe? Sobre Moni... — Paro quando me ocorre que talvez não seja seguro falar tão abertamente.

Se o FBI estiver nos espionando, a casa pode estar com escutas.

— Tudo bem. Eu faço varreduras diárias — Diz Peter, entendendo minha preocupação —, ninguém está escutando.

Varreduras diárias? Há paranoia, e depois, há o que quer que seja. Eu sei que a nossa casa tem toda a segurança de uma base militar – tenho visto a tecnologia futurista incorporada por toda parte – mas eu não percebi que meu marido era *tão* paranoico.

— E não — Ele continua enquanto eu estou organizando meus pensamentos. — Eu não acho que ele sabe de nada. Meus hackers estão acompanhando os arquivos relacionados a Sonny Pearson, e ninguém os acessou em semanas.

Sonny Pearson? Esse é o nome do padrasto de Monica? Meu estômago aperta enquanto olho para Peter, imagens de becos escuros e poças de sangue nadando na frente dos meus olhos. Eu retirei aquele assassinato na minha cabeça, assim como todas as outras coisas horríveis que Peter fez, mas agora que eu sei o nome do homem, o horror e a culpa voltam de novo.

— Pare com isso, ptichka. — O tom de Peter fica mais calmo, e eu percebo que meu rosto deve refletir meus pensamentos. Ele pega minhas duas mãos nas suas grandes. — Não pense nisso novamente. Acabou.

Puxando-me para ele, me envolve em um abraço reconfortante, e eu envolvo meus braços ao redor de sua cintura, inalando seu cheiro familiar enquanto minha bochecha pressiona seu ombro musculoso. É perverso deixá-lo me confortar assim, mas não posso evitar de aceitar isso dele.

É a única maneira de agir por amar alguém tão implacável.

Enquanto ele me segura, pacientemente acariciando meu cabelo, sinto uma dureza crescente pressionando meu estômago, e sei que em mais alguns instantes, ele não se contentará em simplesmente me segurar.

É tentador concordar com isso, encontrar refúgio no prazer que ele sempre me dá, mas preciso ter certeza de algo primeiro.

— Peter ... — Saindo do seu abraço, olho para ele. — Você não vai fazer algo contra Marsha ou o agente Ryson, certo?

Ele olha para mim, suas mãos apertando meus lados. — Defina 'algo'.

— Peter, por favor.

Seus lábios se pressionam e ele recua, me liberando. — Bem. Sua amiga está segura. Eu não vou chegar perto dela. Mesmo com ela nos evitando como pragas, agora você sabe que não deve confiar nela.

— Minha boca está fechada para ela, prometo. E você também não vai chegar perto de Ryson. Certo? — Insisto quando Peter não confirma nem nega minha declaração.

Um músculo se move no seu maxilar esculpido. — *Ele* representa uma ameaça. Você sabe disso, Sara. Não é mais apenas uma tarefa para ele. Ele quer nos derrubar; é uma obsessão.

— Sim, mas não estamos fazendo nada de errado, apenas vivendo nossas vidas. E se continuarmos fazendo isso, ele não poderá fazer nada contra nós. No entanto, se você morder sua isca...

Peter xinga sob sua respiração e se afasta, caminhando para a janela. Eu sigo, sabendo que se eu não extrair essa promessa dele, os dias do agente do FBI estão contados.

— Você sabe que isso é exatamente o que ele está esperando — Digo quando Peter se vira para me encarar, sua expressão ilegível. — Ele quer que você viole os termos do seu contrato. Ele está se remoendo pelo fato de você estar aqui comigo e que estamos felizes. Isso... — Pego a mão de Peter — É a melhor vingança que você pode ter. Deixe-o correr por aí farejando nossos calcanhares. Ele não encontrará nada porque não haverá nada para encontrar.

Enquanto eu falo, os dedos de Peter se fecham em um punho antes de relaxar lentamente, e seus olhos assumem um brilho peculiar. — Tudo bem — Diz ele com voz rouca enquanto agarra meus pulsos e os move para baixo. — Acho que você tem razão. — Ele pressiona minhas mãos em sua virilha, onde eu sinto uma protuberância crescente.

Eu lambo meus lábios quando um calor de resposta começa dentro de mim. — Então, eu tenho a sua palavra? — Gentilmente massageio sua ereção sob seu jeans antes de empurrar meus joelhos na frente dele. — Você não vai machucar Ryson de nenhuma forma?

Ele fecha os olhos e agarra meus ombros enquanto eu abro o zíper da calça jeans. — Sim, você tem minha palavra. Ele está seguro. — Sua voz está tensa com a necessidade, mas eu ouço a nota sombria por baixo quando ele acrescenta: — Contanto que ele não tente mais nada.

21

enderson

Eu viro num beco, tremendo com a rajada de vento. Está frio demais em Budapeste esta semana, lembrando-me do meu breve período em Vladivostok no início dos anos noventa.

Porra, sinto falta daqueles dias mais simples.

Ela está esperando por mim pela porta dos fundos, como combinado, com sua pequena figura infantil dentro de uma jaqueta grossa e seu cabelo curto, loiro platinado ao redor do rosto dela.

Se eu não soubesse o que ela realmente era, seria fácil acreditar no seu disfarce como garçonete em um bar da moda.

— Mink? — Eu digo quando me aproximo, e ela concorda.

— Toma. — Entrego-lhe um envelope grosso. — Passaporte dos EUA e metade do pagamento acordado.

Ela pega o envelope e coloca em seu casaco. Quando tira a mão, está segurando uma pasta. — Estes são os homens que você quer — Diz ela, entregando para mim. O inglês dela é tão americano quanto o meu, sem sequer um toque de sotaque do Leste Europeu. — Eles são os melhores e farão qualquer coisa.

Eu abro a pasta e folheio os arquivos dentro. Cada um dos candidatos tem uma folha corrida do tamanho da dos meus alvos e todos são ex-militares de elite.

Os melhores, eu vejo quatro cuja aparência pode ser suficientemente alterada com perucas e maquiagem.

— Tudo bem? — Ela pergunta, e eu assinto, fechando a pasta.

Estas eram as últimas peças que faltavam do quebra-cabeça.

— Tem certeza de que não quer que eu mesma acabe com ele? — Ela pergunta enquanto enfio a pasta no meu próprio casaco. — Porque eu poderia, você sabe.

— Não, você não poderia — Digo. — Ele está muito bem protegido. E mesmo se você conseguisse, esse não é o plano. Seu trabalho é garantir que ele não seja levado vivo, entende?

Ela me presta uma continência sarcástica. — Sim, sim, General. Considere feito.

E girando no seu Doc Martens, ela abre a porta e desaparece no bar.

eter

EU NÃO ACHAVA QUE ERA POSSÍVEL AMAR SARA MAIS, MAS CONFORME as semanas passam e nós achamos nosso caminho como um casal, meus sentimentos por ela se intensificam e se aprofundam. Eu percebo agora que havia muita coisa que eu não sabia sobre o objeto da minha obsessão – nosso relacionamento tinha sido tão tenso que ela nunca relaxou verdadeiramente perto de mim. Agora, no entanto, eu vejo um lado diferente dela, e eu adoro cada novo traço e peculiaridade que descubro.

Minha ptichka odeia política, mas é estranhamente fascinada por desastres naturais, religiosamente devorando toda cobertura de notícias antes de enviar uma generosa doação. Ela afirma amar cachorros mais do que gatos, mas são vídeos de gatos que ela é viciada no YouTube. Acha que *The Big Bang Theory* é o show mais engraçado de todos os tempos e me faz assistir com ela nos finais de semana. E o melhor de tudo, ela canta quando está de ótimo humor, às vezes baixinho, às vezes em voz alta.

— Você deve incluir isso em sua próxima apresentação — Digo quando a vejo cantarolando na cozinha num sábado de manhã —, gosto dessa melodia. Muito evocativa.

Ela sorri. — Verdade? É algo que acabei de compor. Ainda preciso pensar na letra.

— Você consegue. — Dou um beijo na sua testa. — Sempre o faz.

Sua música está melhorando, assim como nossa relação. Ela está mais confiante nas suas escolhas e isso fica claro nas apresentações da banda, que agora é de material original composto por ela – e está atraindo cada vez um público maior. Um mês atrás, Simon criou um canal no YouTube para a banda e já tem cinquenta mil inscritos.

— É só uma questão de tempo até que tenhamos bastante sucesso. — Rory nos diz depois que uma apresentação ao ar livre de sexta à noite esgotou —, estamos quase explodindo, acabei de ter certeza disso.

Phil e Simon também estão muito animados, querendo sair para comemorar, mas Sara se recusa, alegando que está cansada. Preocupado, eu imediatamente a levo para casa, para que eu possa colocá-la na cama, caso ela esteja ficando doente.

— Estou bem, verdade — Ela me diz, exasperada, quando eu a carrego do carro para casa. — Estou cansada, mas posso andar. Sério, é porque a semana foi longa.

Ignorando seus protestos, eu a levo para dentro de casa, não a abaixando até chegar no nosso banheiro no andar de cima. Uma vez lá, preparo um banho quente para ela e me certifico de que esteja confortavelmente acomodada antes de ir à cozinha fazer um chá de equinácea.

Quando volto com o chá, ela já está cochilando na banheira,

parecendo tão adoravelmente sonolenta que a coloco na cama assim que a seco, ignorando o desejo previsível que tê-la nua em meus braços gera.

Eu preciso cuidar dela agora, não fodê-la.

Ela adormece imediatamente, sem tomar nem um gole do chá, mesmo que sejam apenas dez da noite e normalmente não vamos para a cama até às onze, no mínimo. Eu sinto a testa dela para ter certeza de que não está com febre, então, pego meu laptop e me sento numa espreguiçadeira ao lado da cama, tentando fazer algum trabalho enquanto fico de olho nela. Há uma quantidade surpreendente de papelada que acompanha a execução de um negócio legítimo como o meu local de treinamento e, geralmente, o gerenciamento de uma fortuna.

Estou feliz com isso. Não a papelada, ninguém gosta *disso*, mas eu consigo me manter ocupado. Treinar civis nos fundamentos da autodefesa está muito longe das missões cheias de adrenalina do meu passado, mas ajuda a ocupar meus dias e diminuir um pouco do meu desejo constante por Sara. Embora seus chefes estejam de volta, ela ainda trabalha demais, e preciso de toda a minha força de vontade para não pressioná-la a se demitir e passar mais tempo comigo.

Contudo, fora do trabalho, fazemos tudo juntos, desde fazer compras ao trabalho voluntário na clínica da mulher e sair com a família e os amigos dela. Sempre que ela cancela um compromisso, vai ao meu estúdio de treinamento para praticar alguns dos movimentos de autodefesa que a ensinei, e eu costumo andar pelo escritório dela no almoço, caso ela tenha tempo de comer algo comigo. Até agendei as nossas limpezas dentárias no mesmo consultório, para que possamos estar juntos.

Pode parecer muito para a maioria das pessoas, mas quase não é o suficiente para mim.

Depois de uma hora, examino Sara. Ainda sem febre, e ela está dormindo em paz, um pouco profundo demais. Talvez ela *esteja* apenas cansada.

Bocejando, guardo meu laptop e tomo um banho rápido antes de também ir para a cama. Puxando-a para mim, eu inspiro profundamente, absorvendo seu aroma doce e, então, me deito, deleitando-me com a sensação dela em meu abraço.

23

Sara

Ainda estou estranhamente cansada quando acordo na manhã seguinte, e os cheiros do café da manhã que saem da cozinha no andar de baixo me deixam nauseada, em vez de despertar meu apetite, como de costume. Com os olhos turvos, vou cambaleante para o banheiro, e enquanto escovo os dentes, percebo que hoje é sábado.

Minha menstruação deveria ter começado quatro dias atrás.

A onda de adrenalina afugenta toda a tontura restante. Com o coração disparado, corro de volta para o quarto e pego o telefone, contando freneticamente os dias no calendário para ter certeza de que não cometi um erro.

Não.

Definitivamente estou atrasada e, desta vez, não posso culpar o estresse.

Eu fiz estoque de teste de gravidez desde nossa conversa sobre crianças, então, corro de volta ao banheiro para pegar um. Exceto que já urinei e não consigo espremer nem uma gota de urina.

Amaldiçoando silenciosamente minha falta de discernimento, coloco o teste completamente seco de volta na caixa, recoloco no armário e vou me vestir.

Terei que esperar até depois do café da manhã para fazer o teste.

— SEUS PAIS ESTÃO QUASE CHEGANDO — PETER ME INFORMA quando desço, e lembro-me espantada que estão vindo para o brunch de hoje.

— Dormi demais novamente? — Olho para o relógio. — Oh, uau, sim.

São 11h27 da manhã, exatamente três minutos antes da hora dos meus pais chegarem.

— Você deve ter se cansado muito — Diz Peter, decorando um quiche de aparência fofa com um raminho de salsa. — Como está se sentindo esta manhã, ptichka?

Hesito e, em seguida, dou-lhe um sorriso aberto. — Bem. Só precisava recuperar o atraso no meu sono, só isso.

Dado o quanto meu marido quer um bebê, é melhor que eu saiba com certeza antes de contar a ele. Se for um alarme falso, eu odiaria vê-lo desapontado.

Ele não parece que acredita completamente em mim, mas a campainha toca antes que ele possa dizer qualquer coisa. Corro até a porta para cumprimentar meus pais e, quando chegamos à sala de jantar, Peter já arrumou a mesa.

— Oh, uau — Diz minha mãe quando dá uma mordida no

quiche. — Peter, eu tenho que dizer, eu fui a restaurantes cinco estrelas que não são tão incríveis.

Ele dá a ela um sorriso caloroso, e meu pai rosna com aprovação enquanto morde sua própria porção. Meus pais ainda estão um pouco cautelosos com Peter, mas ele está lentamente ganhando-os por ser um genro modelo. Com George, quando ficávamos ocupados, às vezes passávamos um mês ou mais sem ver meus pais, mas Peter garante que nos encontremos pelo menos uma vez por semana. Ele também está cortando a grama e cuidando de tarefas tecnológicas e do tipo faz-tudo na casa deles, o tempo todo fazendo com que meus pais sintam que estão fazendo tudo sozinhos, e ele está apenas dando uma mão ocasional.

— Você realmente tem um dom para isso — Disse a ele algumas semanas atrás. — Será que conquistar sogros hostis é algo que eles ensinam nas escolas de assassinos?

Peter assentiu calmamente. — Sogros, explosivos, armas de alto calibre, todos devem ser manuseados com cuidado. Além disso, gosto dos seus pais. Eles criaram *você*.

Eu sorri, sentindo-me profundamente feliz. Não sei o que estava pensando quando imaginei nossa vida como casal, mas até agora tudo excedeu minhas expectativas. A escuridão do nosso passado comum ainda paira, mas o futuro agora parece tão brilhante que quase não importa.

Conseguimos o impossível: uma vida normal e feliz juntos.

Depois que terminamos o brunch, que consigo engolir apesar da persistente náusea fraca, levo mamãe para cima para mostrar a ela um casaco elegante que comprei on-line. Papai fica no andar de baixo, acomodando-se em nossa sala para assistir ao noticiário na TV de tela grande, enquanto Peter limpa os pratos.

Mamãe aprova o casaco imediatamente – ela adora coisas de moda – e estou prestes a me desculpar para finalmente fazer o teste quando a voz tensa de papai soa no andar de baixo.

— Lorna, Sara, venham aqui. Vocês precisam ver isso.

Meu telefone toca ao mesmo tempo, e o mesmo acontece com o da minha mãe.

Trocando olhares preocupados, nós simultaneamente retiramos nossos telefones.

Na minha tela é uma notificação da CNN.

Terrorista suspeito age no escritório do FBI em Chicago, lê-se. *Número de vítimas desconhecido.*

2 4

 ara

MEU CORAÇÃO ESTÁ MARTELANDO E O QUICHE TORNA-SE UMA PEDRA no meu estômago quando chegamos embaixo. Peter e meu pai estão na sala de estar, olhando para a tela da TV, que está mostrando um prédio de tamanho considerável em chamas.

O mesmo prédio onde Ryson me interrogara várias vezes.

Mamãe cobre a boca, seu rosto totalmente pálido enquanto assistimos helicópteros circulando o prédio em chamas. Abaixo, bombeiros e paramédicos estão trabalhando freneticamente para resgatar sobreviventes e carregar os feridos em macas.

Parece uma cena de filme, exceto que está acontecendo agora, a menos de uma hora de carro daqui.

— Embora as autoridades não tenham feito declarações oficiais, os primeiros indícios sugerem que um explosivo sofisticado e poderoso foi detonado dentro do prédio — Disse o

494

apresentador em tom grave. — A partir de agora, aeroportos e escritórios do governo em todo o país estão em alerta máximo, e o tráfego aéreo na região de Chicago foi suspenso.

A imagem na TV vira para mostrar figuras do tipo SWAT correndo para O'Hare, o aeroporto, com cães farejadores de bombas, praticamente derrubando os transeuntes aterrorizados em seu caminho.

— Os moradores de Chicago são aconselhados a ficar fora das estradas para abrir caminho para veículos de emergência — Continua o apresentador. — Qualquer pessoa com informações sobre esse evento terrível pode ligar para o número abaixo. — Um número 1-800 aparece em negrito na parte inferior da tela. — Até agora, três mortes foram confirmadas e 15 feridos. Nós vamos mantê-los informados quando tivermos mais informações. — Ela faz uma pausa, mão no ouvido, e então diz: — Acabamos de saber: Sete pessoas agora são confirmadas mortas, e a explosão parece ter se originado no terceiro andar do prédio.

Terceiro andar?

É onde o escritório de Ryson fica.

Estaria ele lá?

Ele está entre os mortos?

Eu não estou totalmente ciente de ter me virado, mas devo ter, porque de repente, Peter está lá, seu braço poderoso em volta das minhas costas. — Aqui, sente-se, ptichka — Ele murmura, me guiando para o sofá. — Parece que você está prestes a desmaiar.

Eu pisco para ele, impressionada com sua calma quando se senta ao meu lado. Além de alguma tensão em sua mandíbula, nada sobre a expressão de Peter sugere que algo incomum está acontecendo. Então, novamente, tenho certeza de que ele viu coisa pior.

Talvez até tenha feito pior.

Um pensamento horrível passa pela minha mente, mas eu

empurro para longe, não querendo mais do que verbalizá-lo para mim mesma.

Eu não vou pensar nisso nem por um segundo.

— Eu não posso acreditar nisso — Diz papai, sua voz tremendo, e eu me viro para vê-lo sentado ao meu lado, seu rosto tão pálido quanto o de mamãe, enquanto olha para a TV. — O prédio do FBI dentre todos os lugares. Como eles conseguiram passar por toda aquela segurança?

Como, de fato?

O pensamento sombrio cintila de volta à vida, mas eu definitivamente o excluo. Essa horrível tragédia não tem nada a ver comigo ou com Peter.

— Você está bem, pai? — Eu pergunto, estendendo a mão para tocar seu braço.

Isso não pode ser bom para o seu coração problemático.

Ele balança a cabeça, os olhos ainda colados na tela. — Graças a Deus é um sábado. Você pode imaginar quantas pessoas teriam morrido se hoje fosse um dia de semana?

Eu olho de volta à TV, onde os bombeiros estão lutando contra as chamas e as vítimas estão sendo levadas em macas, muito menos vítimas do que eu esperaria de uma explosão desse tamanho. Claro, algumas pessoas podem ter sido mortas, com seus restos mortais ainda a serem descobertos, mas suspeito que meu pai esteja certo, e há menos pessoas porque é fim de semana.

— Talvez a bomba tenha explodido atrasada. Ou antecipada — Diz mamãe, instável enquanto afunda em uma cadeira de pelúcia ao lado do sofá. — Tenho certeza de que os animais que fizeram isso queriam matar o maior número possível.

— Eu não tenho tanta certeza — Diz Peter, e eu me viro para vê-lo olhando a TV com uma expressão pensativa. — Quem está por trás disso claramente sabia o que estava fazendo.

Eu engulo em seco, meu estômago começando a se agitar em

torno do peso parecido com uma pedra do quiche dentro. Eu não quero pensar sobre as pessoas que fizeram isso, porque é assim que estão aqueles pensamentos sombrios e terríveis, aqueles que eu nem quero reconhecer.

— Desculpe-me — Murmuro, levantando-me. A náusea que me atormentou a manhã toda está piorando a cada segundo. — Eu volto já.

Naturalmente, Peter vem atrás de mim, me pegando logo antes de eu chegar ao banheiro no andar de baixo.

— Você está bem, meu amor?

Eu assinto, engolindo. A saliva está se acumulando desagradavelmente na minha boca, e a agitação no meu estômago está atingindo a velocidade da máquina de lavar. — Só preciso ir ao banheiro — Consigo dizer, e livrando-me dele, corro para a porta aberta.

Eu mal tenho tempo de fechá-la e ajoelhar-me no vaso antes de despejar o conteúdo do meu estômago.

É claro que era demais esperar que Peter ouvisse os ruídos nervosos e se afastasse como a maioria dos maridos normais faria. Eu ainda estou com o rosto no vaso quando sinto suas mãos fortes juntando meu cabelo para afastá-lo do meu rosto, e assim que eu levanto a cabeça, ele me ajuda e me entrega um copo d'água para enxaguar a boca.

Eu sou pateticamente grata pelo seu apoio enquanto me inclino sobre a pia e pego uma escova de dente com os dedos trêmulos. Minhas pernas parecem pertencer a uma água-viva, e minha camiseta está grudada em minhas costas suadas.

Escovo os dentes duas vezes, depois, lavo o rosto enquanto Peter limpa o vaso e a tampa com uma toalha de papel, parecendo preocupado, mas nem um pouco chateado.

— Venha, meu amor, vamos para a cama — Diz ele quando eu termino —, você claramente não está bem.

— Estou bem agora — Protesto quando ele me levanta para me segurar contra o seu peito. — Realmente, me sinto melhor.

— Uh-huh. — Ele me leva para fora do banheiro e passa pelos meus pais na sala de estar, que nos olham com olhos arregalados. — Ou você está muito transtornada ou doente, e precisa descansar.

— O que aconteceu? — Mamãe corre atrás de nós enquanto Peter vai para as escadas. — Sara está doente?

Peter assente sombriamente. — Sim, ela...

— Posso estar grávida — Eu deixo escapar, e mentalmente me amaldiçoo quando Peter e minha mãe congelam com idênticos olhares de choque em seus rostos.

Não foi assim que planejei compartilhar a notícia.

Bem, possível notícia. Eu ainda não fiz o maldito teste.

Mamãe se recupera primeiro. — Grávida? Sara!

— Eu não sei ao certo ainda — Digo rapidamente quando lágrimas, presumivelmente de alegria, aparecem em seus olhos. — É só que minha menstruação está atrasada alguns dias e...

— Você está grávida? — A voz de Peter está tensa, e quando olho para ele, vejo a expressão mais estranha em seu rosto.

Desorientação misturada com algo muito parecido com pânico.

Ele está realmente assustado com isso?

Não era isso que ele queria o tempo todo?

— É uma possibilidade — Digo com cuidado. — Se você me largar, eu vou fazer xixi num teste e deixo que saiba.

Ainda parecendo em estado de choque, meu marido lentamente me põe de pé.

— Certo, bom. — Saindo da sua pegada, dou um passo atrás, grato por minhas pernas parecerem ter se recuperado. — Agora, me dê alguns minutos.

— Chuck! — Mamãe grita, correndo para a sala enquanto subo as escadas, com Peter nos meus calcanhares. — Você ouviu isso? Nossa Sara pode estar grávida!

Eu estremeço, amaldiçoando-me novamente por deixar escapar isso de forma tão impulsiva, e numa hora tão ruim. Ainda ouço a TV com os mais recentes desenvolvimentos no ataque mortal, e aqui estou eu, distraindo todo mundo com algo tão mundano quanto um bebê em potencial.

Um bebê meu e de Peter.

Meu coração pula quando meu marido me segue até o banheiro no andar de cima e tira a caixa de teste de gravidez da gaveta. — Aqui está, meu amor — Diz ele, entregando-a para mim. Sua voz ainda é áspera, mas ele parece estar se recuperando do choque. — Faça.

Eu ando até o banheiro e paro, olhando para ele com expectativa.

— Um pouco de privacidade, por favor? — Digo ironicamente quando ele não mostra nenhum sinal de movimento.

Ele olha para mim, sem piscar, depois se vira. — Continue. Não vou olhar.

Eu reviro meus olhos, mas decido que não vale a pena discutir. Limites não são o ponto forte do meu marido nos melhores momentos, e agora, ele provavelmente está preocupado que eu desmaie quando fizer xixi.

Eu urino no teste, em seguida, coloco-o em um papel higiênico limpo no balcão e lavo minhas mãos, enquanto Peter olha para o teste como se ele estivesse tentando hipnotizá-lo.

— Parece um sinal de positivo — Diz ele em uma voz embargada enquanto eu seco minhas mãos na toalha. — Espere, não, é definitivamente um sinal de mais. Sara, isso significa...?

Meu coração mergulha no meu peito enquanto olho para o teste, onde um pequeno, mas inconfundível sinal de mais está agora aparecendo. — Eu acho que sim. — Eu levanto o meu olhar para o rosto de Peter. — Eu vou fazer um exame de sangue no meu consultório para ter certeza, mas...

— Você está grávida.

É uma declaração, não uma pergunta, mas eu ainda assinto, instintivamente sabendo que ele precisa da confirmação. — Cerca de cinco semanas, se meus cálculos estiverem corretos.

Por um momento, meu marido não mostra nenhuma reação, seu olhar metálico se fecha enquanto ele me encara. Mas assim que estou começando a me preocupar que ele mudou de ideia sobre querer um filho, ele se aproxima e me agarra em um grande abraço.

— Um bebê — Murmura ele contra o meu cabelo, seu corpo poderoso quase tremendo quando ele me segura, seu abraço apertado o suficiente para espremer o ar dos meus pulmões. — Vamos ter um filho.

— Você está? — A voz de minha mãe é estridente de emoção, e Peter me larga, deixando-me ver minha mãe de setenta e nove anos pulando na porta como uma criança excessivamente ansiosa.

Ela deve ter aparecido apenas um segundo atrás.

Eu começo a responder, mas antes que eu possa dizer uma palavra, mamãe sai correndo do banheiro, gritando no alto de sua voz: — Chuck, é positivo! O teste deu positivo! Eles vão ter um bebê!

Sua excitação deve ser contagiosa porque me vejo sorrindo enquanto olho para Peter, que está me encarando com uma expressão peculiar.

— Você está bem? — Eu pergunto, estendendo a mão para acariciar sua mandíbula rígida. — Você está satisfeito com isso, não?

Ele captura minha mão, pressionando-a contra a sua bochecha. — Você está? — Sua voz é baixa e rouca, seu olhar inexplicavelmente preocupado. — Você está satisfeita, meu amor? É isso que você quer?

— Eu... sim. — Respiro fundo. — É.

E é verdade. Eu quero este filho. Eu quero tanto que sinto seu gosto. Eu não tinha admitido isso para mim antes, mas quando a minha menstruação chegou como de costume nos últimos três meses, senti mais do que uma pontada de decepção.

Em algum lugar ao longo da nossa jornada distorcida, este filho deixou de ser o meu pior pesadelo para ser o meu desejo mais fervoroso.

— Então, não se arrepende? — Peter confirma. — Sem medo ou hesitação?

— Não. — Eu olho nos olhos dele sem vacilar. — Nenhuma.

E quando um sorriso lento e incandescente se abre em seu belo rosto, eu me levanto na ponta dos pés e o beijo, dominada por uma onda de amor por esse homem sombrio e complicado.

Pelo pai do meu filho.

eter

Quando chegamos ao andar de baixo, os pais de Sara já encontraram a garrafa de Cristal que eu guardei na geladeira para uma ocasião especial.

— Aqui, me permita — Digo, percebendo que Chuck está lutando para abri-la. Pegando a garrafa dele, eu abro a rolha e despejo três taças, uma para cada, exceto Sara. Para ela, eu pego uma garrafa de Perrier e despejo um pouco de água com gás em uma taça de champanhe.

Minha ptichka não poderá beber álcool durante a gravidez e enquanto estiver amamentando.

Amamentando o nosso bebê.

Minha caixa torácica aperta novamente, e meu coração dispara. Ainda não consigo acreditar que isso é real, que o que eu desejava há tanto tempo está finalmente acontecendo.

Sara voluntariamente tendo meu filho.

Nós dois como uma família real.

Minha felicidade é tão absoluta que é aterrorizante. Não me lembro de me sentir assim antes: muito feliz e profundamente desconfortável ao mesmo tempo. Tudo o que eu quero é agarrar Sara e trancá-la numa fortaleza, ou envolvê-la em um traje de segurança acolchoado e carregá-la comigo em todos os lugares, para que ela e o bebê não se machuquem de qualquer maneira.

— Ao nosso primeiro neto — Diz Lorna, levantando sua taça de champanhe, e eu me forço a sorrir enquanto toco meu copo contra o dela, depois o de Chuck, depois o de Sara. Todos os três estão sorrindo e rindo, completamente envolvidos pela alegria da ocasião. Eu deveria estar também, mas, por alguma razão, não posso deixar de lado a preocupação que paira sobre mim como uma nuvem maligna.

Sinto que algo não está correto, mas não consigo identificar o quê.

O telefone de alguém toca com uma notificação, e Chuck coloca seu champanhe na mesa e enfia a mão no bolso para olhar a tela. — Doze mortos agora. — Ele nos olha, o sorriso desapareceu de seu rosto. — Que pena, descobrir sobre o nosso neto em um dia tão sombrio.

— Poderia ser uma neta — Diz Lorna, mas ela parece sombria também.

Talvez seja isso. Talvez seja isso que esteja me incomodando.

É um dia sombrio, para Ryson e seus colegas, pelo menos. Para mim, é potencialmente um motivo de comemoração. Se Ryson foi feito em pedaços, ele estará fora do nosso encalço para sempre. Mas, preocupa-me que Sara e seus pais estejam chateados.

O estresse não é bom para a gravidez.

— Venha, ptichka. Sente-se. — Dirijo-a cuidadosamente para uma cadeira ao lado da mesa da cozinha, e vou à sala de estar, onde o apresentador está especulando em voz alta sobre qual organização terrorista pode estar por trás do ataque. Olho para as imagens do prédio em chamas por um segundo e, em seguida, desligo a TV.

Eu não preciso que Sara ouça isso em sua condição.

Volto para encontrar os pais de Sara no hall, se preparando para ir. — Você vem amanhã também? — Lorna pergunta a Sara enquanto pega sua bolsa. — Eu estava pensando que nós duas poderíamos tomar um pouco de chá, enquanto Peter ajuda seu pai a preparar o novo receptor.

— Sim, claro — Diz Sara, sorrindo. — Você sabe que vou estar lá, mãe.

— Ótimo. — Ela toca a bochecha de Sara. — Agora, descanse um pouco, querida, ok?

— Vou descansar — Diz Sara respeitosamente, e eu assinto, sorrindo, enquanto Lorna olha para mim. Ela não acredita em sua filha por um segundo, mas me conhece bem o suficiente para saber que eu vou me certificar de que o descanso aconteça.

— Vejo vocês amanhã — Chuck me diz rispidamente, e para minha surpresa, ele dá um tapinha no meu ombro enquanto se arrasta para a saída.

— Vão com cuidado — Digo, e fico perplexo de novo quando a mãe de Sara me dá um breve, mas caloroso abraço antes de seguir seu marido.

Eu espero até que a porta se feche e me viro para Sara. — Eles acabaram...

— De te aceitar oficialmente como parte de nossa família? — Ela sorri para mim. — Bem, acredito que sim. Parabéns, papai do bebê.

Meu coração se aperta em um pequeno ponto antes de se expandir para preencher toda a minha cavidade torácica. — Te amo — Digo em voz alta, puxando-a para mim. — Você não pode nem imaginar o quanto.

E enquanto ela envolve seus braços finos em volta do meu pescoço, eu a beijo, saboreando a suavidade de seus lábios, e o amor que ela agora devolve livremente.

*S*ara

Depois que meus pais saem, Peter e eu vamos ao meu consultório, onde colho um frasco de sangue. Alguns minutos depois, temos a confirmação oficial.

Estou grávida de cinco semanas.

Também estou faminta, desde que vomitei a única comida que comi hoje. — Eu não acho que posso esperar até chegarmos em casa — Digo a Peter, então, ele para numa pequena pizzaria no caminho.

Nunca estive naquele lugar antes, e tenho o prazer de descobrir que, apesar de sermos os únicos clientes no momento, a pizza deles é excelente, tão boa quanto qualquer outra coisa que eu já experimentei em lugares extravagantes. A única coisa constrangedora é que a TV está ligada, mostrando as consequências do ataque, e o dono – um homem gordo e de meia-idade que fala com um forte sotaque italiano – fica conversando conosco sobre o assunto enquanto comemos no balcão.

— Que coisa horrível, tão horrível — Diz ele sombriamente, sovando uma bola de massa na nossa frente. — Onde vai parar esse mundo? Primeiro, o 11 de Setembro; depois, a Maratona de Boston, agora isso. Pelo menos é o FBI que eles visaram dessa vez, não cidadãos inocentes, sabe? Não que esses agentes sejam culpados, mas vocês sabem o que quero dizer. Se você tem algum tipo de problema com a América, faz muito mais sentido direcionar a eles ou à CIA ou a qualquer outra coisa que tenha a ver com o governo.

Eu assinto sem compromisso enquanto encho a minha boca com a deliciosa pizza, e esse é todo o encorajamento que o homem precisa para continuar.

— Eles dizem que o explosivo era algo incomum, algo realmente avançado — Diz ele, rolando a massa com movimentos de um profissional. — Eu me pergunto o que é e como esses terroristas puseram as mãos nisso. Soa mais como algo que a Rússia ou a China teriam, ou até mesmo nossas próprias Forças Armadas. Aposto que todos os teóricos da conspiração vão vir com força total, alegando que é um trabalho interno ou algo não-identificado.

Mordo outra fatia, deixando o homem divagar enquanto dou uma olhada em Peter. Espero que ele esteja se alimentando calmamente também, mas, para a minha surpresa, ele está franzindo a testa, sua fatia intocada na frente dele enquanto olha fixamente para a TV.

— Qual o problema? — Pergunto baixinho enquanto o dono se afasta para pegar mais farinha. — Aconteceu alguma coisa?

Ele tira o olhar da TV e me dá um sorriso triste. — Na verdade não. Apenas velhos instintos me incomodando, só isso.

Eu quero questioná-lo ainda mais, mas o dono volta para rolar a massa na nossa frente e especular sobre quem pode estar por trás da explosão.

— Muito obrigada. Estava deliciosa — Digo ao homem quando não aguento comer mais, e Peter paga rapidamente a nossa conta e me empurra para fora do lugar. Apesar de suas negativas, meu marido está claramente preocupado com alguma coisa, posso notar pela maneira tensa como ele agarra o volante enquanto vamos para casa, e a suspeita sombria que havia suprimido retorna, fazendo meu estômago revirar de novo.

Poderia ser?

Quais são as chances de que tudo isso seja uma terrível coincidência?

Eu luto contra a dúvida o máximo que posso, mas finalmente não aguento mais.

No momento em que estamos dentro de casa, viro-me para encarar meu marido. — Peter... preciso te perguntar algo.

Mesmo para os meus ouvidos, minha voz soa estranha.

Ele imediatamente me dá toda a sua atenção. — O que é, ptichka? — Ele aperta meus ombros. — Você está se sentindo bem?

Eu assinto, engolindo enquanto olho para ele. Meu coração martelando no meu peito e estou começando a me sentir mal novamente.

Talvez aquela pizza tenha sido um erro.

Talvez falar sobre isso seja um erro maior.

— O que é, meu amor? — Gentilmente, ele me guia para um sofá ao lado da entrada. — Aqui, sente-se. Você está pálida.

— Não, estou bem — Digo, mas sento mesmo assim, porque é mais fácil obedecer do que discutir. Ele se senta ao meu lado e aperta minhas mãos nas suas, massageando minhas palmas com os polegares como se eu precisasse de algo reconfortante.

E talvez precise.

Tudo depende de como ele responderá minha próxima pergunta.

— Peter... — Eu ganho coragem. — Eu preciso saber. Você... — Eu respiro fundo. — Você teve alguma coisa a ver com o que aconteceu hoje? Com aquilo... a explosão?

Ele se transforma em uma estátua, nem piscando nem reagindo pelos próximos momentos. Finalmente, diz sem emoção: — Não. — Soltando minhas mãos, ele se levanta e, sem dizer mais nada, volta para a entrada para tirar os sapatos.

Olho para ele, sentindo-me tanto horrível quanto terrivelmente aliviada.

Acredito nele.

Ele nunca me enganou, nunca negou sua culpabilidade em nenhum crime.

Meu marido pode ser um assassino, mas não é um mentiroso.

— Eu sinto muito — Digo quando ele passa sem olhar para mim. — Peter, eu sinto muito, mas tive que perguntar. O terceiro andar é onde fica o escritório de Ryson e... — Paro porque ele desaparece na cozinha.

Eu respiro, então, vou até a porta para tirar meus sapatos também. Sinto-me péssima por ter tido a ideia de perguntar. Esse ataque não é apenas um ato hediondo, mas também algo que colocaria nossa vida em risco, algo pelo qual Peter lutou arduamente.

Algo pelo qual ele desistiu de sua vingança.

Estou totalmente preparada para implorar quando entro na cozinha, mas Peter não está em nenhum lugar. Ando pela casa, procurando por ele, e apenas quando olho no closet do quarto de hóspedes que o encontro.

Ele está agachado sobre um laptop, seus dedos voando sobre o teclado com velocidade recorde.

Franzindo, eu me ajoelho ao lado dele e olho para a tela. Ele está digitando um email, mas está em russo e a interface do programa que está usando é diferente de tudo que eu já vi.

— O que você está fazendo? — Pergunto com cuidado. — Peter ... por que você está aqui?

— Espere — Diz ele sem olhar para cima. — Deixe-me terminar.

Fico calada e olho-o digitar. Leva mais alguns minutos, ele fecha o laptop e bate na parede do armário.

Ela desliza para o lado, revelando outro espaço do tamanho de um armário.

Um espaço cheio até a borda com armas de nível militar, incluindo vários lançadores de foguetes e granadas... assim como laptops extras.

Sem palavras, vejo Peter colocar seu laptop numa prateleira e bater em outra parede, fazendo com que a parede original deslize de volta ao lugar, cobrindo a abertura.

Eu finalmente encontro minha língua. — Aquilo é...

— Um armário de armas escondidas? Sim. — Ele se levanta e estende a mão para me ajudar. — Mas não se preocupe, meu amor. — Seus olhos brilham com um humor gelado quando eu aperto sua mão e me levanto. — Não estou planejando usá-las para cometer atos terroristas.

Estremeço e solto a mão dele. — Eu sei. Sinto muito. Eu não deveria ter...

— Não, você deveria. — Ele passa a mão no meu cabelo, colocando-o para trás do meu rosto, o gesto tão terno como sempre, mesmo quando seu olhar permanece o de um estranho. — Eu sempre quero que você venha até mim se tiver alguma dúvida. Além disso, você e o dono da pizzaria me ajudaram a perceber algo.

Pisco para ele. — O quê?

— Eu preciso investigar o que aconteceu. Algo sobre isso cheira muitíssimo mal.

— O que você quer dizer?

— Eu não sei ainda. — Ele deixa cair a mão e se afasta. — Acabei de entrar em contato com nossos hackers, vou ter mais informações em breve.

Ele se vira e sai do armário. Eu corro atrás dele, alcançando-o antes de ele sair do quarto de hóspedes.

— Então, você não está bravo? — Eu pergunto sem fôlego, parando na frente dele para bloquear a porta. — Por eu ter perguntado?

Seus lábios se torcem. — Com raiva? Não, ptichka. Por que estaria?

— Bem, porque você é inocente e eu praticamente acusei você. Eu realmente sinto muito; não deveria nem mesmo ter pensado desse jeito...

— Por que não? — Ele inclina a cabeça. — Não teria sido a pior coisa que fiz.

Meu estômago aperta. — Eu sei, mas...

— Foi uma suposição lógica de sua parte. Um explosivo sofisticado, um alvo difícil e um motivo do meu lado. Na verdade, estou surpreso que você acredite em mim.

Tenho certeza de que ele está zombando de mim, mas mereço. — O que eu posso fazer para compensar você? — Pergunto em vez de me desculpar novamente. — Como posso consertar isso?

Suas sobrancelhas sobem e seus olhos brilham com interesse súbito. — O que você tinha em mente?

Meu pulso aumenta, e um rubor quente cobre meu corpo enquanto ele me olha de cima a baixo. Sexo não era o que eu tinha em mente, mas se é isso o que ele quer, estou mais do que feliz em agradar.

— Isso — Murmuro, e olhando nos seus olhos, começo a me despir.

DEPOIS QUE FAZEMOS AMOR, SARA ADORMECE NO QUARTO DE hóspedes e eu a deixo lá para tirar uma soneca. Fiz o meu melhor para ser gentil durante o sexo, mas devo tê-la desgastado mesmo assim.

Ou isso, ou ela só precisa do descanso extra e eu tenho que ser mais diligente em ter certeza de que ela vai ficar bem nos próximos oito meses.

A alegria tingida de ansiedade enche meu peito novamente, retirando os restos de mágoa. Não faz sentido ficar chateado com a pergunta de Sara; na verdade, eu deveria estar feliz por ela confiar em mim o suficiente para me perguntar imediatamente em vez de ficar com essas suspeitas na cabeça.

Eu também não posso culpá-la por ter as suspeitas. Eu nunca teria feito algo tão descarado e exibido como explodir o prédio do

FBI, mas tenho planejado silenciosamente eliminar Ryson, que continua a farejar depois que fiz minha promessa condicional a Sara.

Se ele nos deixasse em paz, estaria seguro, mas ele não deixou – e eu me senti perfeitamente justificado no que eu faria com ele.

Ainda farei, se ele sobreviver.

Meu mal-estar se intensifica novamente, mas desta vez a preocupação é mais concreta. Eu não acredito em coincidências, e tudo isso parece coincidência. Eu não disse isso a Sara, mas já encontrei uma lista dos mortos e feridos, e Ryson está entre os últimos, tendo sido levado para o hospital em estado crítico.

Se eu não soubesse melhor, acho que alguém me fez um favor.

Depois de meia hora, vejo Sara. Ela ainda está dormindo, então, volto para o armário do quarto de hóspedes e tiro algumas armas. Eu as escondo estrategicamente por toda a casa e levo algumas até a garagem, onde as escondo em um compartimento especial em nosso carro à prova de balas.

Apenas por prevenção.

Paranoia apaziguada, abro meu laptop e começo a responder emails de meus alunos enquanto espero minha ptichka acordar.

— Oh, meu Deus — diz Sara na manhã seguinte, seu olhar grudado na TV. — Peter, Ryson estava lá. Eles identificaram as vítimas da explosão e ele está listado em estado crítico. Você acredita nisso?

Eu aceno sem compromisso. — Eu soube disso mais cedo. É muito ruim para ele.

Segundo minhas fontes, ele tem queimaduras de terceiro e quarto graus na maior parte do corpo. Eu quase me sinto mal pelo filho da puta. Eu o teria eliminado de uma maneira muito mais humana, provavelmente através de um ataque cardíaco induzido por drogas, então, seria como se ele tivesse morrido de causas naturais.

— Que tragédia terrível — Diz Sara, seu olhar ainda preso na tela. — Espero que ele se recupere.

— Hum hum. — Não há necessidade de aborrecê-la, discordando. — Você quer alguma coisa para comer, ou ainda se sente nauseada, meu amor? — Tudo o que ela comeu até agora esta manhã foi um pedaço de torrada seca, embora eu tenha feito sua omelete e panquecas favoritas.

Ela se vira para mim. — Estou bem por agora, obrigada. A náusea está quase acabando, mas acho que vou comer na casa dos meus pais enquanto você faz o que tem que fazer com o receptor de papai.

— OK, claro. Pronta para ir então?

Ela se levanta e vem. — Sim. Vamos lá.

EU TOMO UM CAMINHO DIFERENTE PARA A CASA DOS MEUS SOGROS E garanto que meus rapazes varram a área antes da nossa chegada. Os hackers ainda estão investigando a explosão, mas meu medidor de perigo está soando sem parar.

Talvez Sara e eu devêssemos sair da cidade, irmos para a nossa lua de mel agora, em vez de nos feriados como planejamos originalmente. Pode ser uma 'lua de bebê' adiantada, ou seja lá como essas coisas são chamadas.

Os pais de Sara nos cumprimentam calorosamente, e sua mãe entra em seu módulo habitual de anfitriã, nos oferecendo chá, bolachas, frutas e tudo mais sob o sol. Eu recuso educadamente – tomei um café da manhã reforçado – mas Sara se diverte com as ofertas da mãe enquanto eu arrumo o novo receptor de Chuck.

— Você precisa ligar isso aqui — Diz ele, apontando para o fio de áudio, e eu assinto, agradecendo-lhe como se eu não soubesse.

O pai de Sara precisa que isso seja um projeto de equipe e estou feliz em ajudar.

Estou quase terminando de testar o som surround quando meu telefone vibra no meu bolso. Puxando para fora, eu olho para a tela e gelo invade minhas veias.

SWAT a caminho, afirma um texto da minha equipe. *Em três minutos.*

 ara

Começo a ouvir o barulho logo antes de Peter entrar na cozinha, onde mamãe e eu estamos discutindo temas potenciais sobre cuidados com bebês.

O rugido inconfundível das hélices dos helicópteros.

— Vamos. — Ele me pega antes que eu possa piscar. — Com licença — Ele diz para a minha mãe atordoada, e segurando-me firmemente contra o peito, ele caminha em volta dela, indo em direção à porta.

Eu agarro sua camisa espasmodicamente. — Peter, o que...

— Agora não. — Ele abre a porta e se afasta, me segurando, já congelada enquanto uma enorme van preta canta os pneus em nossa rua e figuras em trajes da SWAT saem, capacetes fechados e rifles de assalto apontados para nós.

Parece que meu cérebro derreteu de repente.

Não posso processar nada.

Não consigo nem começar.

Lenta e muito deliberadamente, Peter me abaixa e fica na minha frente, me protegendo com seu corpo. — Não atire. — Seu tom é estranhamente calmo quando ele levanta as mãos acima da cabeça. — Não há necessidade de violência. Eu vou com vocês.

Minha língua de alguma forma se desembaraça. — Espere! — Eu me passo para frente cambaleante. — Houve um acordo. Vocês não podem...

— Afaste-se, senhora! — O agente da frente grita, e eu congelo quando várias armas balançam em minha direção.

— Eu disse que não há necessidade disso. — A voz de Peter mais forte passa a frente, colocando-me atrás dele novamente. — Não estou resistindo. Ninguém precisa se machucar, entendem?

— O que está acontecendo aqui? — Papai pergunta incisivamente atrás de mim, e eu percebo com uma onda de pânico que meus pais saíram da casa.

— Volte para dentro. — Minha voz treme quando arrisco um olhar atrás de mim. — Pai, por favor, leve a mamãe de volta.

O helicóptero está agora quase diretamente sobre nós, seu rugido abafando minhas palavras.

— De joelhos! — Grita alguém, e olho para trás para ver meu marido obedecendo, seus movimentos tão lentos e deliberados quanto antes.

Ele não quer deixá-los nervosos, percebo com um medo nauseante. Eles sabem do que ele é capaz e, apesar de estar desarmado, eles estão aterrorizados em confrontá-lo.

— Peter Garin, você é acusado de assassinato de funcionário federal, destruição de propriedade do governo, uso de explosivos e conspiração para cometer assassinato — Diz o agente que falara mais cedo mais alto que o barulho do helicóptero. Ele se dirige a Peter com algemas enquanto seus colegas seguram seus rifles apontados para o rosto do meu marido. — Você tem o direito de...

Seu capacete explode antes que ele fale a próxima palavra, e tudo se transforma num inferno.

eter

ESTOU ME MOVENDO ANTES DE REGISTRAR TOTALMENTE O ESTALO DO rifle do sniper.

É instintivo, puramente automático.

Eu tenho apenas um foco.

Sobreviver por tempo suficiente para proteger Sara e o bebê.

Como sempre, em tais situações, meus pensamentos são claros e afiados.

Sniper às cinco horas, identidade desconhecida.

Um agente morto. O resto prestes a abrir fogo.

Nove adversários à minha frente. Sara e seus pais atrás de mim.

Agarro rapidamente a M4 do agente cujo cérebro está na minhas roupas e me jogo de lado enquanto atinjo seus colegas com balas, apontando para onde eu sei que provavelmente há brechas em suas armaduras.

Preciso tirar o foco deles de Sara, para que eles se concentrem em mim como única ameaça.

Com o canto do olho, vejo os pais de Sara arrastando-a para dentro de casa. Ela está gritando alguma coisa, mas é impossível ouvir sob o rugido do helicóptero e o barulho dos tiros automáticos.

O chão ao meu lado explode com balas, mas eu continuo me movendo, continuo apertando o gatilho. A armadura os protege, mas também os atrasa, me dando segundos preciosos. Mesmo quando eu não os mato, minhas balas os derrubam e paralisam.

Cinco inimigos restantes agora.

Todas as armas que preparei estão no nosso carro, com apenas uma Glock presa à minha perna, então, quando minha arma emprestada clica vazia, eu a jogo de lado e mergulho atrás de dois agentes caídos, pegando a arma no caminho.

Tiros atingem meu braço esquerdo, mas ignoro.

Eu ainda posso segurar a arma, então, a ferida não pode ser tão ruim assim.

A van da SWAT está agora a apenas alguns metros de distância, me atiro na direção dela, tanto para me proteger quanto para ficar tão longe da casa quanto possível. Quando chego ao chão, dou mais alguns tiros e, por sorte, acerto o ângulo, pegando dois agentes embaixo de seus escudos de rosto.

Um tiro atinge minha panturrilha direita, mas a adrenalina me mantém em movimento.

Mais balas pipocando no chão ao meu redor, embora agora eu esteja atrás do carro.

O helicóptero.

Virando-me, aperto uma rodada de tiros em sua direção, e uma lâmina de rotor explode, fazendo com que ele incline acentuadamente no ar. Eu atiro novamente, e ele se afasta, desaparecendo atrás das árvores alguns quarteirões depois.

Sem parar, rolo sob a van e saio do outro lado, de frente para os três agentes restantes.

Só que há apenas dois deles na minha frente.

Um está correndo em direção à casa.

3 0

Tudo acontece num piscar de olhos. Num momento, estou em pé atrás de Peter enquanto o agente está prestes a algemá-lo, e no outro, há um estrondo ensurdecedor e o capacete do homem explode, sangue e cérebro se espalhando quando Peter entra em ação, pegando a arma do morto.

— Sara, entra! — Mamãe agarra meu braço, me puxando para trás enquanto um tiroteio ensurdecedor explode, misturando-se com o rugido do helicóptero.

— Não, você entra! — Grito, soltando-me da sua pegada. Eu não posso deixar o Peter aqui. — Entra agora!

— Seu bebê! — Papai grita com o barulho, agarrando meu pulso quando estou prestes a avançar. — Você está grávida, lembra?

O lembrete é como um balde d'água fria jogado no meu rosto.

Eu esqueci a pequena vida dentro de mim, a criança que Peter quer tanto.

— Entre, Sara. Agora! — Mamãe puxa meu outro pulso e, desta vez, obedeço, entrando na casa quando a rua se transforma em uma zona de guerra.

— Temos que... ficar longe... das janelas — Diz papai, curvando-se no hall interno. — As balas, elas...

— Tudo bem, papai. Apenas respire. — Agarro seu cotovelo quando ele começa a desmoronar, mas ele é muito pesado para eu segurar e eu apenas consigo suavizar sua queda. — Onde estão suas pílulas? — Minha voz em pânico quando seu rosto começa a ficar azul. — Mãe, onde está a medicação dele?

— A c-cozinha. — Ela parece estar entrando em choque. — O armário de cima à direita.

— Ok, já volto. — A janela da sala explode quando passo por ela, mas mal noto os fragmentos de vidro salpicando minha pele.

Eu tenho que pegar o remédio de papai.

Não consigo pensar em Peter agora, não posso me concentrar no terror tóxico que aperta meu peito.

Ele vai conseguir.

Ele tem que conseguir.

Abrindo o armário, pego as pílulas de nitroglicerina de papai e um pote de aspirina, em seguida, corro de volta quando o barulho do helicóptero se desvanece e o tiroteio para.

Mamãe está ajoelhada sobre o corpo inconsciente de papai, seu rosto, uma máscara de terror quando ela olha para mim. — Ele não está respirando. Sara, ele não está respirando.

Eu já estou de joelhos, empurrando o peito de papai enquanto conto baixinho, depois, me inclino para respirar em sua boca.

Seu peito sobe com o ar que lhe assopro, e cai e permanece imóvel.

Lutando contra o meu crescente pânico, começo novamente as compressões torácicas.

Um, dois, três, quatro...

A porta se abre e dois homens corpulentos entram.

É um agente da SWAT e um Peter coberto de sangue.

eter

Eu atiro antes dos agentes, dando dois tiros que os acertam bem abaixo de seus escudos de rosto. Alimentado pela adrenalina, fico de pé, apenas vagamente consciente da dor ardente no meu braço e na panturrilha.

Tenho que parar o agente em fuga.

Não posso deixá-lo ficar com Sara e sua família lá dentro.

Explodindo em velocidade, eu o alcanço na entrada e o atinjo enquanto ele gira, pronto para disparar. A arma faz barulho na varanda e batemos contra a porta, abrindo-a.

Eu só tenho uma fração de segundo para absorver a cena dentro, mas é o suficiente para eu virar para a direita e evitar cair em uma Sara ajoelhada e seus pais.

Nós caímos no sofá em vez disso, e rolamos pelo chão juntos, lutando pela Glock enfiada no cinto dele. Eu paro em cima dele e tiro a arma, mas ele bate com o cotovelo no meu braço machucado, derrubando a arma da minha mão.

Ignorando a dor excruciante, agarro sua faca e a enfio no espaço entre sua armadura. Ele ofega como um peixe na areia, e eu o apunhalo novamente, depois mais duas vezes.

Seu corpo fica mole embaixo de mim.

— Peter! — A voz de Sara passa através do rugido do meu coração, e eu olho para cima, observando seu rosto branco e cheio de lágrimas. Ela está pressionando o peito de seu pai no ritmo inconfundível da RCP, sua mãe ajoelhada ao lado dela.

Eu saio de cima do homem morto e fico de pé. A sala gira em torno de mim em um círculo doentio, e quando olho para baixo, vejo que a minha perna direita está coberta de sangue e mais sangue está escorrendo pelo meu braço esquerdo.

Claro. As feridas de bala.

Afastando a crescente tontura, começo a dirigir-me para Sara e seus pais. — O que aconteceu? Ele foi baleado? — Eu não vejo sangue em Chuck, mas...

Sara balança a cabeça. — Parada cardíaca. — Curvando-se, ela aperta o nariz dele e sopra em sua boca, e retoma empurrando seu peito.

Porra. Eu pego os frascos de comprimidos que estão fechados no chão, e meu peito aperta.

É o pior pesadelo de Sara, e eu trouxe isso para ela.

— Vocês dois precisam ir. — A voz rouca de Lorna soa como a de um fantasma, e quando eu olho para ela, vejo que ela se assemelha a um, seu rosto como papel pergaminho branqueado. — Antes que eles enviem o...

Uma bala quebra a parede acima de nós, e eu instintivamente salto na frente de Sara e sua mãe, protegendo-os com o meu corpo.

Meu lado esquerdo explode de dor, a força maciça do golpe me jogando para frente enquanto eu empurro as duas atrás do sofá.

Minha visão embaça, a dor ricocheteando através das terminações nervosas quando outra bala chia ao meu ouvido.

Não. Porra, não.

Com a minha última força restante, me jogo para o lado, tirando o fogo do atirador de longe de Sara e sua mãe. Outra bala bate no chão ao lado do meu joelho, enviando pedaços de madeira por toda parte, e através da visão cinzenta, vejo uma figura com armadura movendo-se pela porta, segurando uma arma.

É um dos agentes da SWAT em quem eu atirei.

Atordoado e ferido, mas vivo.

Seu escudo facial está faltando, revelando pele manchada e olhos selvagens. — Morra, seu filho da puta — Ele sussurra, e mirando na minha cabeça, aperta o gatilho.

3 2

Sara

Eu caio deitada de lado, minha cabeça pendurada na lateral do sofá enquanto outro tiro ecoa e um spray metálico e quente atinge meu rosto e pescoço.

— Peter! — Aterrorizada por ele, eu caio de joelhos, limpando o sangue dos meus olhos, e então, eu vejo.

Mamãe esparramada no chão, com o rosto salpicado de sangue.

Ou melhor, a maior parte do rosto dela.

Parte de sua bochecha e crânio está faltando, deixando um buraco sangrento onde uma maçã do rosto costumava estar.

Minha mente se cala, uma parede de dormência no lugar quando um terceiro tiro soa.

Olho para o meu marido, de costas e sangrando, depois, para o agente na porta, seu rosto torcido de ódio quando ele aponta para a cabeça de Peter.

Meu olhar passa para a arma que Peter deixou cair enquanto lutava com o outro agente.

Está a um metro de distância.

Eu a alcanço e pego. É fria e pesada na minha mão, aumentando a dormência gelada do meu coração.

Meus pais estão mortos.

Peter está prestes a ser assassinado.

Eu aponto e aperto o gatilho numa fração de segundo antes de o agente disparar.

Minha bala não acerta, mas o tiro o assusta, fazendo com que seu tiro erre.

Ele gira em minha direção e eu atiro novamente.

Acerta no meio do colete, jogando-o para trás.

Sem qualquer hesitação, eu ando até ele e levanto a arma novamente.

— Não — Ele ofega, engasgando, e eu aperto o gatilho.

Seu rosto explode em pedaços de sangue e ossos. É como um videogame hiper-realista, completo com cheiro, gosto e som surround. Fascinada, largo a arma e estendo a mão para ver se era tão real.

— Sara. — A voz tensa de Peter me alcança como se fosse através da água. — Olhe para mim.

Piscando, eu me concentro em seu corpo de bruços, e um pouco da minha dormência se dissipa quando vejo a quantidade de sangue acumulado ao seu lado.

Ele está ferido.

Seriamente.

Uma onda de terror limpa a névoa remanescente do meu cérebro e eu caio de joelhos, apertando freneticamente sua camisa. Tenho que estancar o fluxo de sangue, para ver se a bala...

— Ptichka, pare. — Ele pega meu pulso com uma força surpreendente, seus olhos nos meus. — Não há tempo. Você tem que me entregar a arma. Coloque-a na minha mão. Você não fez isso, entendeu? E você precisa ir embora. Afaste-se de mim como...

— Não. — Eu retiro sua mão de mim. — Não te deixarei.

Ele precisa de um hospital, mas não há chance de os agentes o levarem para lá depois do massacre. Eles vão matá-lo no local por ter matado muitos deles.

Inocente ou culpado, eles não se importam.

— Ptichka, você deve...

— Levanta. — Ficando rapidamente de pé, eu pego seu braço ileso, puxando-o com todas as minhas forças. — Precisamos ir agora.

Eu não posso perdê-lo.

Eu não vou perdê-lo.

Uma careta torce o rosto de Peter enquanto ele tenta se sentar e falha. — Meu amor, você precisa...

— Agora! — Eu grito, puxando seu braço, e algo no meu tom parece dar resultado.

Com as mandíbulas cerradas, ele se esforça para sentar, e eu me agacho para enlaçar meu braço ao redor de seu torso. Ele é incrivelmente pesado, seu corpo grande todo músculo duro e sólido. Minhas costas e pernas gritam em protesto, mas de alguma forma consigo me levantar, suportando a maior parte do seu peso.

— O carro — Ele grita com voz rouca. — Temos que chegar ao carro.

O carro.

Do lado de fora, estacionado ao lado da estrada.

Nós podemos conseguir.

Temos que conseguir.

Eu dou um passo em direção à porta e, de repente, a maior parte do peso de Peter desaparece. Olhando de relance, vejo que ele está de pé sozinho, embora seu rosto esteja cinzento sob as manchas de sangue e sujeira.

— O carro. Vem — Insisto quando saímos. — Quase lá. Só um pouco mais.

À distância, ouço as sirenes e o rugido de outro helicóptero.

Eles estão vindo.

Vindo para tirar Peter de mim, assim como eles levaram meus pais.

— As chaves. Eles estão no meu bolso — Peter diz, e eu agradeço aos céus pelas pequenas bênçãos, pois, lembro que as chaves precisam apenas estar próximas para que nosso Mercedes desbloqueie e dê a partida.

Abrindo a porta do passageiro, eu coloco Peter no interior, depois, corro para o lado do motorista. Meu coração está batendo num ritmo estonteante, e minhas mãos tremem quando saio para a rua pressionando o acelerador.

— Para que direção vou? — Pergunto freneticamente enquanto os pneus gritam na esquina da estrada principal. Os sons do helicóptero e das sirenes estão ficando mais altos; é só uma questão de tempo até que eles vejam que sumimos e iniciem uma perseguição.

Sem resposta.

Eu arrisco um olhar para Peter. Ele está meio caído em seu assento, seu rosto incolor e seus olhos fechados enquanto ele segura um monte de toalhas de papel encharcadas de sangue contra o seu lado.

Ah não. Oh, por favor, não.

— Peter. — Bato no joelho dele.

Nada ainda.

— Peter, por favor. Eu preciso que você me diga para onde ir.

Ele geme enquanto eu o sacudo mais forte, e seus olhos se abrem turvados. — Cabana perto de Horicon Marsh. Suba na I-294 em direção a 94, pegue a 41 e a 33, vire à direita no Palmatory e siga por 6,5 km. Estrada de terra à esquerda.

Oh! Graças a Deus.

Viro à direita em direção à rodovia e piso o acelerador enquanto ele desmaia novamente. Ele está perdendo muito sangue, mas não posso fazer nada até que eu o coloque em segurança.

Ele morrerá se eles nos pegarem.

Minha mente gira a toda enquanto eu avanço pela estrada. Eu não consigo pensar nos meus pais ou na enormidade do que aconteceu, então, me concentro nos por quês.

Por que eles vieram atrás dele?

Por que alguém atirou naquele agente quando Peter estava prestes a se render?

Eu acreditei em meu marido quando ele disse que não tinha nada a ver com o ataque ao FBI, mas é possível que ele tenha mentido para mim? Eles teriam vindo prendê-lo assim se não houvesse nenhuma evidência ligando-o ao bombardeio?

A lógica diz que não, mas não consigo aceitar isso. Peter fez coisas terríveis, mas ele não é terrorista.

Moralidade à parte, quando ele mata, ele faz isso com precisão e discrição.

Então, por quê? Por que eles acham que ele está envolvido? E quem atirou naquele agente? Alguém da equipe de Peter tinha sido tão estúpido? Se sim, por que eles não nos ajudaram mais?

Se eles estavam dispostos a matar um agente da SWAT, por que deixar Peter para lutar contra o resto deles por conta própria?

Nada disso faz qualquer sentido, mas insistir nisso é me impedir de hiperventilar ao volante. Não consigo pensar em nossas chances infinitésimas de sobrevivência ou que Peter possa estar sangrando até a morte.

Ou que a minúscula vida dentro de mim agora tenha dois fugitivos como pais.

— Diminua a velocidade. — O sussurro rouco de Peter chega até mim quando passo um Toyota indo a cento e vinte na pista rápida. — Não chame a atenção acelerando. Onde está o seu telefone?

Meu pulso pula de alegria quando eu levanto meu pé do acelerador.

Falar é bom.

Falar é muito bom.

— Sem telefone — Respondo, parte do meu alívio desaparecendo quando eu o olho e vejo que está consciente, mas ainda mais pálido. — Eu esqueci minha bolsa em...

— Bom. Significa que eles não podem nos rastrear para cá.

Merda. Isso nem sequer me ocorreu.

— E o seu telefone?

Ele faz uma careta, mudando de posição enquanto pega mais papel-toalha de um rolo enfiado na lateral da porta. — Não rastreável.

— Ok. — Minha cabeça a mil. — O que mais? Devemos deixar o carro? Existe alguém a quem podemos pedir ajuda? Seus guarda-costas? Eles podem...

— Não. — Ele fecha os olhos novamente, pressionando as toalhas limpas ao seu lado. — É muito para eles. Não vão contra o FBI.

Certo. Isso faz sentido. A nova equipe de Peter não é criminosa; eles são pagos para nos proteger das pessoas perigosas do passado de Peter, não nos ajudar a escapar das autoridades.

O que significa que eles não poderiam estar por trás daquele tiro.

— Peter... — Olho para ele, mas ele está de novo com a cabeça pendendo para o lado.

Eu congelo por dentro. — Peter, acorda. Você precisa me dizer o que fazer a seguir.

Nenhuma resposta, apenas o martelar frenético do meu pulso em meus ouvidos.

Eu me aproximo para mexer no seu joelho, mas ele não reage, e vejo que ele não está mais segurando as toalhas de papel, a mão folgada ao seu lado.

Meu peito parece reduzido ao tamanho de uma criança, esmagando todos os órgãos internos.

Isso não pode estar acontecendo.

Não pode terminar assim.

— Peter. — Minha voz trêmula. — Peter, por favor... eu preciso de você. Você não pode fazer isso comigo.

Ele não pode morrer e me abandonar. Não depois de lutar tanto por nós.

Não depois de me fazer amá-lo.

— Acorda, Peter. — Eu agito seu joelho com mais força. — Por favor, acorda.

Mas ele não acorda.

Ele já se foi há muito.

3 3

SINTO COMO SE AS PAREDES DO CARRO ESTIVESSEM SE FECHANDO EM mim, pego seu pulso e checo a pulsação.

Está lá.

Fraca e errática, mas lá.

Um soluço de alívio irrompe da minha garganta e a estrada à minha frente embaça.

Ele ainda está vivo.

Desmaiado, mas vivo.

Com um esforço hercúleo, me recomponho. Eu não posso cair aos pedaços, não enquanto ainda há um pouco de esperança.

As prioridades primeiro. Eu preciso tratar a ferida de Peter. Não pode esperar mais. Então, o carro. Tenho que levar em consideração que eles estão procurando pelo carro, e é apenas uma

535

questão de tempo até sermos vistos na estrada. Isso significa que preciso encontrar outro meio de locomoção.

O problema é: como.

Se Peter estivesse consciente, ele provavelmente poderia roubar um para nós, mas eu não possuo tal habilidade. Preciso encontrar outra solução, algo que não nos atrasará muito.

Um sinal de saída aparece à frente, e eu percebo que estamos quase no Hospital Advocate Lutheran.

Meu coração pula e bate mais rápido. Talvez eu devesse levá-lo. Agora, antes que as autoridades saibam que estamos aqui.

Antes de mais agentes da SWAT aparecerem e matá-lo por matar tantos deles, o tempo todo reivindicando autodefesa.

Eles teriam que tratá-lo na emergência se eu o trouxesse. Eles teriam que salvá-lo. E quando os policiais chegarem, eles não poderão matá-lo com todas as testemunhas ao redor. Eles terão que deixá-lo se recuperar antes de levá-lo embora.

Antes de trancá-lo em Guantánamo ou em algum outro buraco escuro pelo resto de sua vida.

Mesmo que ele seja inocente quanto a bomba, eles nunca o deixarão sair e, mais cedo ou mais tarde, eles se vingarão.

Se eu levar Peter, nunca mais o verei. Mas se eu não levá-lo, ele vai sangrar até a morte.

Mesmo agora, pode ser tarde demais. Eu posso perdê-lo como acabei de perder meus pais.

Lutando contra o medo sufocante, pego uma pista de saída da estrada, indo em direção ao hospital. Quando chego lá, encontro um lugar de estacionamento debaixo de uma árvore, entre um SUV e uma van.

— Devemos estar bem escondidos aqui. — Minha voz treme quando me volto para Peter. — Agora, vou checar suas feridas, ok?

Ele não responde, mas não espero que o faça.

Aproximando-me, abaixo seu assento para uma posição

reclinada. Levanto a camisa e examino o ferimento do tiro a seu lado.

Há um orifício de saída e, dada a sua localização, há uma boa chance de a bala não ter atingido órgãos vitais. Se eu desinfetar a ferida e parar o sangramento, ele pode não precisar do hospital.

Prendendo a respiração, eu rapidamente examino o resto dele. Acho uma arma presa ao seu tornozelo esquerdo, mas não há uma lesão, então, eu ignoro. Descubro que uma bala roçou seu braço esquerdo e outra atravessou sua panturrilha direita.

Ambas as feridas ainda estão sangrando, mas nenhuma delas parece ser fatal.

Eu expiro, tremendo enquanto aperto sua mão frouxa em alívio.

Eu sei o que fazer agora.

Eu só preciso de um pouco de sorte do nosso lado.

Inclinando-me sobre ele, aliso seu cabelo com crostas de sangue. — Aguenta aí, querido, por favor. Já volto, prometo. Apenas espere por mim.

Eu posso fazer isso.

Eu tenho que fazer isso

Chegando-me para trás, eu sento ereta e abro o espelho para me olhar. Como esperado, estou tão bagunçada quanto Peter, meu rosto pálido e riscado de lágrimas, com manchas de sangue e pedaços humanos em toda a minha pele e roupas.

Ainda bem que a equipe da emergência já viu coisa pior.

— Volto logo — Sussurro, dando um último aperto na sua mão, e saltando para fora do carro, corro através do estacionamento até a entrada da emergência.

Ninguém presta muita atenção em mim quando entro, e mantenho minha cabeça abaixada, afastando meu rosto das câmeras nos cantos. Até onde eu sei, minha foto ainda não está no noticiário, mas é melhor não arriscar.

Dentro é o costumeiro pandemônio das emergências, com vários recém-chegados cercando a enfermeira, exigindo serem vistos *agora*, e meia dúzia de enfermeiros e médicos reunidos em torno de dois pacientes amarrados a macas, com um gritando sobre o estado sangrento que está sua perna, e o outro no meio do que parece ser um ferimento grave.

Na parte de trás é uma entrada somente para funcionários. As enfermeiras empurram o paciente gritando para lá, e eu as acompanho, fingindo que estou com ele. Uma enfermeira tenta me impedir, mas alguém a chama, e ela desaparece no corredor, me esquecendo.

Eu sigo a maca sem que ninguém me perceba, e quando passamos por um armário de suprimentos, eu entro e fecho a porta.

Na parte de trás estão esfregões dobrados, roupas de cama, bandagens, amostras de medicamentos e suprimentos de primeiros socorros. Rapidamente, mudo minhas roupas e coloco as roupas de enfermeira, limpo o máximo de sangue que posso do meu rosto com uma fronha, e enfio tudo o que eu julgar útil em uma bolsa que faço de um lençol. Cubro o meu material com mais lençóis e saio, fingindo que estou carregando lençóis sujos para serem lavados.

Ninguém diz nada quando eu entro na área de recepção da emergência e sigo para a saída, certificando-me de que o pacote em meus braços está bloqueando meu rosto das câmeras piscando nos cantos.

Voltando para o carro, acho Peter ainda inconsciente.

— Tudo bem, estou aqui agora — Digo quando coloco o pacote de suprimentos aos seus pés. — Tudo ficará bem.

Ele não pode me ouvir, mas isso não importa.

Sou eu mesmo tentando me convencer.

Ele é muito pesado para eu despi-lo adequadamente, então,

levanto a manga e corto a perna de sua calça jeans para chegar às feridas. Entre os meus suprimentos roubados estão sabão neutro e uma solução salina, e eu os misturo com água para lavar todo o sangue e sujeira perto de suas feridas. Ao contrário da sabedoria popular, é uma má ideia usar fortes antissépticos para limpar feridas; esfregar álcool e outras coisas danificam o tecido e retardam o processo de cicatrização.

Quando estou satisfeita que as feridas estão suficientemente limpas e não há fragmentos de bala no interior, dou os pontos e fecho os ferimentos, começando pela ferida ao lado dele. Enquanto eu trabalho, agradeço a experiência que acumulei durante minha residência na emergência e todas as vítimas de tiros que eu tratei.

Ainda assim, minhas mãos estão tremendo quando termino e percebo que a adrenalina está começando a se dissipar.

Isso não é bom.

Ainda há muito que precisa ser feito antes de eu descansar.

— Terei que me afastar por mais alguns minutos, ok? Espere aí por mim, querido — sussurro, acariciando o rosto de Peter. Inclinando-me, dou um beijo suave em sua mandíbula e me afasto, dizendo a mim mesma que tudo o que preciso agora é de um pouco de sorte.

Um pouco de sorte e muita coragem.

Minhas pernas estão instáveis quando volto à emergência. Esta é a parte menos segura do meu plano, que depende de muitos fatores fora do meu controle. A essa altura, nossos rostos podem estar espalhados por todo o noticiário, a caçada entrando em ação. Tudo o que é preciso é um estranho intrometido, e uma nuvem de policiais/FBI descerá sobre nós.

Talvez isso seja um erro.

Talvez eu deva voltar para o carro e dirigir, rezando para que, por algum milagre, ninguém tenha espalhado fotos do nosso veículo nos noticiários.

Estou prestes a voltar e fazer exatamente isso quando um Toyota modelo antigo azul entra no estacionamento, parando logo na entrada. — Socorro! — Grita uma mulher idosa, abrindo a porta, e corro até ela, ajudando-a a tirar o marido semiconsciente.

Pela sua aparência, ele acabou de ter um derrame.

Duas enfermeiras saem da emergência para ajudar, e eu discretamente me afasto, deixando-as levar o paciente e sua esposa frenética. O carro é deixado abandonado, a porta do motorista aberta e, quando olho para dentro, vejo as chaves na ignição.

Bingo.

O pessoal da emergência geralmente envia alguém para mover o veículo em tais situações, mas se eles saírem e descobrirem que o carro foi embora, provavelmente presumirão que já foi retirado por alguém.

Eles não pensarão que o carro foi roubado até que a esposa do paciente retorne e não consiga encontrá-lo.

Sinto-me terrível quando deslizo atrás do volante e conduzo o Toyota em direção ao nosso carro. Eu só posso imaginar o quão estressada a pobre mulher ficará quando tiver que lidar com um carro roubado além do derrame do marido. Mas não há escolha, não com a vida de Peter em jogo.

Eu estaciono o Toyota diretamente em frente ao nosso Mercedes, pulo e corro para o nosso carro. Abrindo a porta do passageiro, olho para o meu marido, imaginando como vou mover noventa quilos de macho inconsciente de um carro para o outro.

Oh, bem, aqui não consigo nada.

Agarrando seus tornozelos, eu puxo com toda a minha força.

Ele se move um centímetro. Talvez.

Caralho.

Coloquei toda a minha força, cavando meus calcanhares no asfalto.

Mais cinco centímetros.

Talvez eu devesse esquecer essa ideia estúpida e dirigir nosso carro. A esposa da vítima de derrame ficará feliz quando encontrar seu Toyota no estacionamento e...

Meu marido solta um gemido baixo.

Meu pulso pula em disparada. — Peter. — Entro no carro, inclinando-me sobre ele. — Peter, querido, por favor, acorde.

Ele murmura algo incoerente, com a cabeça virada para o lado.

— Por favor, eu preciso de você. — Eu sacudo-o gentilmente. — Por favor, acorda.

Seus olhos se abrem, sem foco.

— Assim, querido. — Respiro aliviada e feliz. — Você consegue. Olhe para mim.

Ele pisca, seu olhar lentamente se focando em mim. — Sara? O que...

— Estamos em um estacionamento do hospital — Digo rapidamente. — Eu consegui um carro para nós, mas não consigo te mover sem sua ajuda. Você pode andar até lá por mim?

Sua mandíbula aperta, mas ele concorda.

— Ótimo, vamos. Vem. — Eu levanto a cadeira para uma posição sentada e ajudo-o a sair do carro. Ele está instável, apoiando-se pesadamente em meus ombros mas, de alguma forma, atravessamos.

Seu rosto está pálido e esverdeado quando o ajudo a entrar no carro, mas ele está se agarrando à consciência com cada fragmento de sua vontade de ferro. — As armas — Ele diz, jogando-se pesadamente no banco do passageiro. — Sob o banco de trás. Pegue-as.

Temos armas?

Eu não estou tão surpresa quanto deveria.

Deixando Peter no Toyota, eu corro de volta e tento levantar o banco traseiro do Mercedes. É preciso um pouco de engenho, mas finalmente consigo abrir e olhar para o arsenal lá dentro.

Além de revólveres e rifles de assalto, existem granadas e o que parece um lançador de foguetes.

Não tem como eu carregar tudo isso no estacionamento sem que alguém me veja e ative um alarme.

Então, tenho uma ideia.

Agarrando os suprimentos de primeiros socorros, corro de volta e os coloco no banco de trás do Toyota, depois, arranco os lençóis debaixo deles e corro de volta para o Mercedes. As armas são pesadas, então, tenho que fazer três viagens separadas, mas levo tudo para o Toyota, embrulhado em lençóis.

— Terminado — Digo a Peter enquanto vou para trás do volante, ofegante pelo esforço, mas não há resposta.

Ele desmaiou de novo.

Eu me aproximo e deito seu assento, tanto para que ele possa descansar quanto para que não fique visível nas janelas.

Então, respirando fundo, saio do estacionamento e vou para a cabana.

3 4

 velocidade, dirijo com cuidado, obedecendo a todas as regras de trânsito e limite de velocidade. O telefone de Peter está travado e não consigo acordá-lo, então, eu uso uma combinação de sinais de trânsito e meu próprio conhecimento vago da área para nos levar para a estrada de terra que ele mencionou.

Não penso nos meus pais ou no homem que matei tão cruelmente. Eu não posso, não enquanto preciso me aguentar. Em vez disso, concentro-me em nos levar ao nosso destino sem parar. Quando entramos no mato, minha bexiga está prestes a explodir, então, saio e vou para trás de uma árvore, estilo acampamento. A senhora idosa guardou uma pequena garrafa de desinfetante para as mãos no carro, e eu a uso antes de voltar a dirigir, tentando não pensar sobre o que acontecerá quando chegarmos à cabana.

543

Apesar de me esforçar muito, perguntas perigosas passam pela minha cabeça.

O que faremos se as feridas de Peter ficarem infeccionadas?

Haverá comida e água na cabana?

E o pior de tudo, quanto tempo até sermos encontrados?

Porque seremos encontrados. Não posso me enganar por achar que não. Nós tivemos sorte até agora, mas não somos páreo para o FBI. Ou, pelo menos, eu não sou. Peter conseguiu evitar a captura por anos com a ajuda de suas conexões do submundo.

Eu nunca me arrependi de não ter criminosos no meu círculo social antes, mas me arrependo agora. Nenhum dos meus amigos ou conhecidos pode nos ajudar – não sem ter problemas com a lei. Na verdade, além do meu marido, as únicas pessoas que conheço que têm as habilidades e os contatos certos são seus antigos colegas de equipe russos, e eles não estão nem perto de...

Espere um minuto.

Eu tenho o email de Yan.

Foi assim que ele me parabenizou pelo nosso casamento.

Meu pulso salta novamente, a excitação chiando em minhas veias antes que eu me lembre de um fato importante.

Não tenho como enviar um email além do telefone de Peter e, para isso, preciso que meu marido recupere a consciência e coloque sua senha.

Eu olho para ele, meu peito apertado ao ver a palidez do seu rosto. Ele precisa de um hospital, com um intravenoso fornecendo antibióticos e reabastecendo fluidos, não sendo sacudido em uma estrada cheia de buracos.

Se ele morrer será minha culpa.

Será porque escolhi escondê-lo das autoridades em vez de levá-lo ao hospital.

Um sinal de 'Propriedade Privada' aparece à frente, com uma cerca de cada lado e um portão de madeira bloqueando a estrada.

Deve ser o nosso destino, a menos que eu tenha feito uma curva errada antes.

Eu paro o carro e saio para abrir o portão. Mas está preso com uma corrente e cadeado. Eu puxo a fechadura enferrujada, incapaz de acreditar que depois de tudo, tenho a decepção por causa de algo tão estúpido.

Buscando conter minha frustração, volto para o carro e tento acordar Peter. Talvez ele tenha uma chave escondida em algum lugar que eu não saiba.

Ele não reage, não importa o quanto eu implore, e quando sinto sua testa, vejo que está quente e úmida.

Meu estômago torce dolorosamente.

Uma febre tão cedo não é um bom sinal.

Com as mãos tremendo, procuro na sua roupa, esperando que ele tenha uma chave escondida em um dos bolsos. Mas não há nada além de seu telefone e a arma amarrada ao tornozelo.

Exausta, desfaleço no chão pelo lado do passageiro do carro.

Não há esperança.

Eu não sei o que fazer.

O que eu estava pensando, brincando de fugitivo? Peter é quem tem o conhecimento e as habilidades, não eu. Eu não posso nem passar por um portão estúpido. Se ele estivesse no meu lugar, provavelmente pegaria a fechadura ou atiraria ou explodiria ou...

Claro, é isso.

Eu preciso pensar fora da minha visão obtusa certinha e estreita.

Levantando-me, coloco o cinto de segurança em Peter e corro de volta para o banco do motorista.

Deslizando atrás do volante, volto o carro até que estejamos a cerca de cinquenta metros do portão e, então, piso no acelerador.

O Toyota avança.

Chegamos ao portão a noventa quilômetros por hora, derrubando a madeira envelhecida de suas dobradiças.

O para-brisa trinca num pedaço do portão que bate nele, mas nenhum dos airbags é ativado, e eu freio, sorrindo triunfantemente enquanto continuamos na estrada a uma velocidade mais moderada.

Sara, 1. Portão estúpido, 0.

Eu olho para Peter, e minha euforia desaparece quando vejo uma mancha de sangue fresca espalhando-se sob sua camisa ao seu lado.

Seus pontos devem ter rasgado, seja pela batida contra o portão ou pelo mau estado em geral.

Preciso nos levar para a cabana, para que eu possa tratá-lo imediatamente.

A viagem até lá parece demorar uma eternidade, embora, realisticamente, eu saiba que não pode ser mais do que uma milha.

Finalmente, eu a vejo.

Uma cabana de madeira cercada por árvores.

Tremendo de alívio, eu paro e corro para a cabana.

Surpresa, surpresa.

A porta da frente está trancada.

Desta vez, porém, estou preparada. Agarrando uma pedra grande, eu ando até uma janela e bato o máximo que posso. Ela quebra, pedaços de vidro voando por toda parte, e eu uso a pedra para limpar as bordas mais afiadas do vidro restante. Então, eu entro, ignorando o sangue escorrendo pelos meus braços.

Vou cuidar dos meus próprios ferimentos mais tarde. Neste momento, minha prioridade é Peter.

Andando até a porta da frente, eu a destranco e saio, torturando meu cérebro para saber como vou movê-lo para dentro. Seria incrível se ele acordasse de novo e usasse aquela força de vontade impossível para realmente caminhar, mas eu não estou esperançosa devido à sua falta de resposta. Talvez eu possa jogá-lo no lençol e, então, puxá-lo, ou...

Meu olhar pousa sobre um antigo carrinho de mão. Está encostado na casa ao lado de um machado enferrujado.

Deve estar lá para transportar madeira cortada.

Eu pego as alças, em seguida, testo o carrinho de mão rolando-o para frente e para trás. As rodas rangem, mas parece que funcionam.

Empurro-o para o carro e o viro para que as alças fiquem apoiadas na porta aberta, no chão. Então, eu agarro os tornozelos de Peter e finco meus calcanhares no chão, puxando com toda a minha força.

Ele se move alguns centímetros.

Rangendo meus dentes, eu puxo novamente.

E novamente.

E de novo.

Quando ele está na metade do carrinho de mão, eu vou até o lado do motorista e o empurro mais, meu coração doendo quando ele geme de dor. — Só mais um pouco, querido — Prometo suavemente, e com um último empurrão, eu o rolo no carrinho de mão.

Primeiro passo realizado.

Agora, tenho que levá-lo para dentro da casa e colocá-lo em uma cama.

35

P eter

MEU MUNDO É FOGO E DOR, MISTURADO COM UMA VOZ SUAVE E
mãos calmantes. A agonia é implacável, mas quando essa voz está
próxima e aqueles dedos frios e ternos acariciam minha testa
ardente, posso esquecer de tudo.

Eu posso me concentrar nela.

E é ela. Sara, minha ptichka. Eu sei disso até nas profundezas
do meu delírio. O que quer que esteja acontecendo comigo, ela
está lá, me tocando, falando comigo, me dando goles d'água.
Muitas vezes, ela está me perguntando coisas, sua voz melodiosa
cheia de desespero e implorando, mas eu não posso responder a
ela, não posso fazer nada além de virar a cabeça em direção a essa
voz e aceitar o conforto oferecido por seu toque.

Ela desiste depois de um tempo, seu tom mudando para um
de resignação, e eu gosto mais disso, embora não tanto quanto

548

quando ela está cantarolando para mim, sua voz tão suave e gentil como os beijos que ela dá nos meus lábios rachados e queimando.

Eles me fazem sentir bem, aqueles beijos, pelo menos até eu me afundar na escuridão e os demônios virem, envolvendo seus tentáculos em volta do meu peito, me apunhalando com seus atiçadores escaldantes. Meu lado, meu braço, minha panturrilha, eles são impiedosos enquanto me atacam, queimando minha carne até os ossos.

Pasha também está lá, com apenas metade do crânio, o cérebro grotesco sob as ondas brilhantes do cabelo escuro. — Papa! — Ele grita, pulando em mim, enfiando seus espetos quentes mais fundo, me apunhalando até o coração.

— Por favor, Peter, fique comigo — Implora a voz de Sara, e eu me agarro a ela, lutando contra os demônios na escuridão, lutando contra o aperto deles.

Mais beijos vêm. Seus lábios são frios e úmidos, estranhamente salgados. Como lágrimas. Todas aquelas lágrimas que eu a fiz derramar. Mas por que ela está chorando de novo? Eu não quero isso. Eu quero mergulhar em seu carinho, para absorver seu amor, não suas lágrimas. Ela lutou contra mim, mas agora ela é minha. Para cuidar e proteger. Exceto que eu não posso fazer nada além de queimar, o fogo corroendo-me, consumindo-me, cobrindo minha mente com dor.

— Por favor, meu querido. Me diga a senha. Eu preciso desbloquear o seu telefone.

As palavras deveriam fazer sentido, mas não, os sons saltam do meu cérebro como a luz do sol em um lago.

— Papai, você quer ver o meu caminhão? — Pasha está de volta e salta sobre mim, seus pequenos pés como uma bola de demolição batendo no meu lado. — Quer ver? Quer?

Abro minha boca para responder, mas os tentáculos do

demônio envolvem meu pescoço, sufocando-me com um laço de fogo.

— Por favor, querido... — Mãos delicadas acariciavam meu rosto e garganta, esfriando a queimadura por dentro. — Por favor, eu preciso que você me dê a senha, para que eu possa pedir ajuda.

— Papa. Papa. Brinca comigo.

— A senha, Peter, por favor. É a nossa única chance.

— Não vai embora, Papa.

— Por favor, querido. Eu preciso de você. Nosso filho precisa de você.

— Por favor, Papa. Eu serei um bom menino. Prometo, Papa. Eu serei.

A agonia é insuportável. Parece que estou me partindo ao meio, os tentáculos em chamas se transformando em chicotes enquanto eu caio mais fundo na escuridão.

— Fique comigo, Peter. Por favor, querido... — A umidade salgada está de volta em meus lábios, a voz me puxando para cima, protegendo-me dos demônios. — Eu amo você e não posso fazer isso sem você. Por favor... eu não posso te perder também.

Algo dança na ponta da minha língua, algo importante que preciso lembrar. Algo que minha ptichka precisa.

Quatro números flutuam em minha consciência e eu os seguro com esforço.

É um aniversário.

Aniversário do meu amigo Andrey.

Nós sempre o comemoramos naquele acampamento horrível.

— Zero seis um cinco — Sussurro... ou tento. Minha língua não quer obedecer. Eu tento de novo, com a última das minhas forças. — Nol 'shest' ahdeen pyat. Ptichka, passvord den 'rozhden'ye Andreya.

3 6

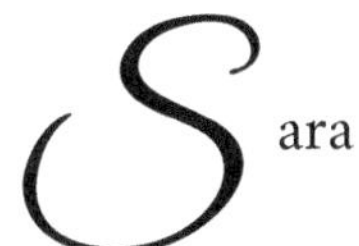 ara

TREMENDO, LEVANTO-ME ENQUANTO PETER CAI NUM DELÍRIO EM russo, resmungando palavras desconhecidas intercaladas com o nome de seu filho, como ele vem fazendo há horas. Apesar dos meus melhores esforços, sua condição está se deteriorando rapidamente, e sei que, se eu não tiver antibióticos mais fortes em seu sistema, não conseguirá.

A penicilina que roubei do hospital não pode fazer muito.

As paredes de madeira balançam ao meu redor enquanto eu ando até a pia e volto com uma toalha fresca e molhada, a única coisa que parece ajudá-lo. Sentada na beira da cama, passo sobre o rosto, pescoço e peito, enxugando o suor pegajoso. Meu braço treme de exaustão, meus olhos ardem com lágrimas, mas eu não paro.

Não posso, enquanto ainda há um resto de esperança.

Todo o meu corpo dói, minhas costas tremem com a tensão de transferir Peter do carrinho de mão para essa cama. Já passa da meia-noite, e a única coisa que eu comi foi a solitária lata de sopa instantânea de galinha que encontrei em um armário uma hora atrás. Tentei alimentá-lo, mas só consegui que ele engolisse dois goles. Então, eu tomei o resto. Não para mim, mas para o bebê.

O filho de Peter precisa dos nutrientes.

A sopa não tinha muitas calorias, mas me deu um pouco de energia, o suficiente para que eu novamente tentasse persuadir Peter a me dar a senha.

Eu falhei, igual as vinte vezes anteriores, mas Peter parecia pelo menos me entender nessa tentativa. Ele murmurou 'ptichka' e disse algo sobre uma senha com um forte sotaque russo. Ou talvez ele tenha dito isso em russo. Pelo que sei, é a mesma palavra nos dois idiomas.

Minha visão se turva novamente com lágrimas. Foi um erro vir aqui. Eu não deveria ter assumido esse risco. Mesmo em um ambiente hospitalar estéril, as feridas por arma de fogo são propensas a complicações e, considerando a quantidade de sangue que Peter perdeu e o local, tratá-lo, a infecção era praticamente inevitável.

Se eu o levasse para o hospital, ele teria perdido a liberdade, mas poderia ter vivido.

— Sinto muito — Sussurro, pressionando meus lábios em sua testa queimando. Seu corpo está lutando contra a infecção e se matando no processo. — Eu sinto muito por isso. Por tudo.

E eu sinto. Sinto muito por não admitir meu amor por ele mais cedo, por resistir ao amor dele por tanto tempo. Parecia importante na época não ceder aos meus sentimentos pelo assassino de George. Parecia moral e correto. Mas, agora, vejo minha resistência pelo que era.

Covardia.

Eu tive medo de me apaixonar por Peter, apavorada em ceder e amá-lo. Petrificada achando que se eu o deixasse entrar no meu coração, eu o perderia.

Como eu perdi George para a bebida.

Como se soubesse que inevitavelmente perderia meus pais.

Mais lágrimas escorrem pelo meu rosto, queimando minha garganta no caminho. Essa é uma preocupação que não preciso mais ter.

Eles estão mortos.

O pior aconteceu.

Eu ainda não consigo entender o que aconteceu, não consigo processar o horror de ver o cérebro da minha mãe explodir na minha frente e, então, eu mesma apertar o gatilho. Eu não senti nenhuma hesitação, não me arrependi quando matei o agente que atirou em mamãe, apenas aquela dormência terrível. É como se alguém tivesse assumido o meu corpo, alguém implacável e frio... e poderoso.

Deus, senti-me tão poderosa.

É assim que é para Peter? Quando ele mata, ele desliga a parte de si mesmo que o torna humano, abraçando essa onda de poder? Eu sempre quis saber como alguém com uma capacidade tão profunda de amor e carinho poderia roubar uma vida sem remorso, mas entendo isso agora.

Somos todos monstros debaixo da superfície. Alguns de nós nunca têm a chance de descobrir isso.

Seus lábios rachados se movem e eu alcanço uma tigela de água. Mergulhando uma toalha limpa, eu pingo o líquido sobre sua boca, tomando cuidado para espremer gota a gota para que ele não se engasgue. A febre que atravessa seu corpo está desidratando-o, matando-o diante dos meus olhos, e não há nada que eu possa fazer.

Mesmo se eu quisesse levá-lo ao hospital, ele não sobreviveria a uma viagem de volta naquela estrada de terra acidentada – e sem poder acessar o telefone dele, eu não posso ligar ou enviar um email pedindo ajuda daqui. Nem posso dirigir para algum lugar para fazer isso.

Não posso abandonar Peter por horas doente desse jeito.

Ele está resmungando de novo, com a cabeça balançando de um lado para o outro em agitação enquanto repete uma frase em russo. Parece a que ele estava dizendo antes, quando eu pensei que ele poderia ter me entendido.

— Nol 'shest' ahdeen pyat. Den 'rozhden'ye Andreya, ptichka. — Sua voz rouca é quase inaudível. — Nol 'shest' ahdeen pyat.

Há algo vagamente familiar nessa frase, ou, pelo menos, nas palavras individuais. Eu as conheço? Eu me esforço para lembrar o que os companheiros de equipe de Peter me ensinaram no Japão. *Spasibo*, é 'obrigado' em russo. *Vkusno*, significa 'delicioso'. Ilya também me disse como dizer os nomes de certos alimentos, e Anton começou a me ensinar o alfabeto e a contar até dez...

Eu me sento eletrificada. É isso aí! É por isso que algumas dessas palavras parecem familiares.

Elas são números em russo.

— Peter, querido, é essa a senha? — Minha voz treme quando me inclino sobre ele novamente, alisando seu cabelo umedecido de suor. — Você está dizendo como desbloquear seu telefone em russo?

Ele não parece me ouvir, sua agitação diminuindo quando ele afunda na inconsciência. Respirando fundo para me acalmar, tento lembrar as palavras específicas que ele disse e como é a contagem até dez em russo. Há um ritmo quase musical, se bem me lembro. *Ahdeen, dva, tree*, algo, algo, algo ...

Está bem então. Então *ahdeen* é um, e tenho certeza que Peter disse isso.

Foi a terceira palavra depois de algo que soou como 'nulo' e 'piada'.

Eu reviro meu cérebro, tentando lembrar como Anton pronunciou o resto dos números. *Ahdeen, dva, tree ...* era *chet-alguma coisa*? pet-algo? ...

Não, cinco era *pyat* – o que Peter disse como a última palavra.

Eu tento suprimir minha excitação, mas meu coração está batendo incontrolavelmente. Eu ainda não sei dois dos números, mas posso arriscar um palpite sobre um deles.

Algumas palavras russas são semelhantes ao inglês, o que significa que o que soa como 'nulo' pode significar 'zero'.

Está bem então. Zero, desconhecido, um, cinco, são três de quatro. Eu posso forçar a adivinhar o número desconhecido... se o telefone de Peter não me bloquear por muitas tentativas incorretas, é claro.

Pulando, pego o telefone e, quando começo a digitar o zero, então, todos os dez números chegam até mim.

Ahdeen, dva, tree, chetyre, pyat', shest', sem', vosem', devyat', desyat'.

Eu quase posso ouvir a voz de Anton recitando para mim.

Prendendo a respiração, digito o zero, depois seis, um e cinco.

 enderson

Minha mão dá um soco, derrubando os cavalos de porcelana que estão na prateleira, a coleção idiota de Bonnie que ela insiste em levar conosco pelo mundo todo. Eles se quebram com um barulho satisfatório, mas não é suficiente para acalmar a ira queimando dentro de mim.

Ainda não localizado.

As palavras na tela do meu computador me provocam, me arranhando por dentro.

Caçada em curso, mas fugitivo ainda não localizado, pontua o email do meu contato na CIA.

Como diabos isso é possível?

Como eles poderiam ter fugido?

De acordo com os agentes da SWAT que sobreviveram ao tiroteio, Sokolov foi baleado pelo menos duas vezes, e há imagens mostrando sua esposa roubando alguns suprimentos de um hospital, então, ele deve ter sido ferido o suficiente para eles arriscarem parar lá. No entanto, não há nenhum traço de ambos em qualquer lugar, nem do carro que ela roubou naquele mesmo hospital, embora a polícia ache que eles poderiam rastreá-lo em pouco tempo.

Bastardos incompetentes. Não deveria acontecer dessa maneira. Sokolov deveria ter sido morto durante a prisão.

Aquela puta da sniper, Mink, foi bem paga para garantir isso.

Se Sokolov sair do país, é só uma questão de tempo até ele descobrir o que aconteceu e vir atrás de mim e da minha família, e não posso deixar isso acontecer.

Ele tem que ser morto durante a captura, mas para isso, deve ser encontrado primeiro.

Rolando o pescoço de um lado para o outro para aliviar a dor, escrevo um email respondendo ao meu contato.

É hora de expandir a rede chamando a Interpol e todo o resto.

S ara

Eu ando pela cabana cambaleando, olhando pela janela quebrada a cada cinco segundos. Está escuro lá fora, o silêncio é interrompido apenas pelos ruídos da floresta.

Ainda assim, continuo procurando, continuo atenta aos helicópteros da polícia.

Já faz quase dezesseis horas desde que roubei o carro do hospital. Até agora, seu dono teria sentido sua falta e denunciado à polícia. Se eles descobriram o nosso Mercedes no estacionamento – e eu ficaria chocada se não o fizeram – todos os policiais da área agora devem estar procurando o Toyota azul e os fugitivos nele.

É só uma questão de tempo até eles encontrarem nossa cabana.

Se Yan não chegar em breve, tudo terá sido em vão.

Eu olho para o telefone de novo, relendo seu email pela décima quinta vez. Eu deveria conservar a bateria, mas não consigo evitar.

As duas pequenas palavras na tela são a única coisa que me mantém em movimento.

A caminho.

Isso é tudo o que Yan respondeu quando lhe enviei um email detalhando a situação e a nossa localização. Ele claramente sabe o que está acontecendo porque respondeu em menos de um minuto.

A caminho. É isso aí. Não há detalhes, nem mesmo um simples 'tempo estimado de chegada'. Não tenho ideia se ele estará aqui em minutos, horas ou dias.

Pelo que sei, podem ser semanas.

Tinha sido outra escolha angustiante quando destravei o telefone: ligar para o 911 para chamar socorro médico para Peter, que ele tanto precisa, ou entrar em contato com Yan e continuar com essa loucura de fuga. No final, segui meu instinto, e quando olhei para a tela do celular depois de receber a resposta de Yan, fiquei feliz.

Nossos rostos estão agora em todas as notícias, tanto o meu quanto o de Peter. Cada meio de comunicação, menor e maior, está dissecando nossas vidas on-line, os artigos constantemente atualizados com novos detalhes sobre o nosso casamento e especulações sobre o nosso relacionamento. Em alguns, sou escalada como vítima de lavagem cerebral; em outros, sou cúmplice desde o começo. Quando se trata de Peter, no entanto, não há ambiguidade.

Em todas as versões, ele é o vilão.

— Ela me disse que ele matou seu primeiro marido — Disse Marsha ao *The Chicago Tribune.* —, que ele a torturou e perseguiu antes de sequestrá-la. Ela desapareceu por meses, e quando voltou, estava completamente confusa. Ele deve ter feito algo terrível com ela, fez lavagem cerebral de alguma forma. Porque quando ele apareceu de novo, ela se casou com ele. Em poucos dias. Ela negou que era ele, ele mudou seu sobrenome de alguma forma, mas eles não me enganavam. Eu sempre suspeitei da verdade.

Meus companheiros de banda também foram entrevistados. — Ele simplesmente apareceu do nada — *The New York Times* cita Phil como dizendo —, durante meses, todos a conhecemos como essa tímida e reservada viúva e, de repente, ela se casa com esse misterioso russo. Ela disse que eles estavam namorando em segredo, mas eu sempre achei que havia mais nessa história. E ele era tão possessivo com ela. Perigosamente possessivo. Você poderia dizer que ele mataria qualquer um que ousasse olhar para ela por um momento a mais. Ele só tinha aquela aura letal sobre ele.

Leio esses artigos, procurando por uma menção de qualquer evidência específica ligando Peter ao ataque da bomba, mas não há nada, nem há nada sobre seu verdadeiro histórico e motivações.

Algumas agências de notícias afirmam que ele é um espião russo e que o ataque foi a resposta não-oficial de Putin às sanções. Outros especulam que Peter é um assassino da máfia russa e que o ataque tem a ver com uma investigação em andamento. George também é mencionado como um corajoso jornalista cuja história sobre a máfia russa resultou em seu assassinato.

Não há nada sobre a pequena aldeia de Daryevo ou a família de Peter, nem uma única palavra sobre o erro terrível que levou à morte deles.

Alguns artigos falam sobre as mortes dos meus pais e as reações dos vizinhos ao tiroteio, mas não consigo lê-los. Cada vez que eu tento, minha garganta se fecha e meu coração começa a bater num ritmo irregular. O horror e a tristeza são muito fortes, muito recentes, assim como a culpa.

Eu falhei com meus pais, não consegui protegê-los da escuridão que trouxe para suas vidas, e eu não posso encarar isso ainda, mais do que eu posso imaginar um mundo sem eles.

É mais fácil fechar o olho para tudo, trancá-lo bem e me concentrar em sobreviver momento a momento, para me preocupar com a pessoa que eu amo e que ainda está viva.

Parando de andar, sento-me na beira da cama de Peter e sinto sua testa. Ele ainda está queimando, seu corpo lutando contra a infecção que está fazendo com que a ferida em seu lado pareça vermelha e inflamada.

Eu troco as ataduras dele, esmago a próxima dose de penicilina em pó e cuidadosamente dou a ele com colheradas de água. Ele está quase totalmente indiferente, mas eu consigo colocar a maior parte do remédio em sua garganta. Não é suficiente, ele precisa de coisas muito mais fortes, mas é o melhor que posso fazer por agora.

— Aguenta firme, querido — Sussurro, passando uma toalha úmida sobre seu rosto para esfriar. —, a ajuda está chegando. Apenas aguente firme e tudo ficará bem.

Tem que ficar.

Eu não suporto pensar diferente.

Eu estou cochilando ao lado de Peter quando a porta da frente se abre com um rangido alto.

A adrenalina é tão forte que estou em pé antes de poder processar o som. — O qu...

— Somos nós — Diz Ilya, passando pela porta com Yan. — Temos de ir. Agora.

Percebo que estou ofegante, uma mão pressionada ao meu coração martelando descontroladamente. — Vocês estão aqui. Vocês vieram.

Yan já está em pé perto de Peter. — Me ajuda — Ordena ele ao irmão gêmeo, e Ilya se apressa. Juntos, eles levantam Peter da cama e rapidamente o levam para fora da cabine.

Meu cérebro começa a funcionar e pego o material de primeiros socorros e corro atrás deles.

Do lado de fora há um SUV de cor escura com os faróis apagados, mas o motor ligado. — Fique atrás com ele — Yan diz quando ele e Ilya colocam Peter no banco de trás, e vão para a frente.

Eu me esforço para obedecer. — Há algumas armas no Toyota — Digo sem fôlego quando Yan pega no volante. — Devemos pegá-las ou...

— Não dá tempo — Diz Ilya, enquanto Yan acelera e o carro avança. — Se não sairmos do espaço aéreo americano antes das oito da manhã, eles vão derrubar nosso avião.

Respiro fundo e calo a boca, concentrando-me em proteger Peter do pior dos solavancos. Ele está deitado no banco de trás com a cabeça no meu colo, e com cada buraco que atingimos a toda velocidade, estou com medo de que ele voe do assento e abra os pontos.

A princípio, não tenho ideia de como Yan consegue enxergar bem o suficiente para dirigir sem faróis, mas depois de alguns minutos meus olhos se ajustam e começo a distinguir as formas das árvores e dos arbustos à luz fraca da lua crescente no meio da noite através das nuvens.

— Onde está o avião? — Eu pergunto quando finalmente chegamos a uma estrada asfaltada e a tortura dos dentes cessa. — A que distância é daqui?

— Não muito longe — Diz Ilya, olhando para mim enquanto Yan liga os faróis, provavelmente para se misturar melhor com os poucos carros que passam. — Só mais um pouco, só isso.

— Ok, bom. — Peter está febrilmente murmurando algo de

novo, e eu não ficaria surpreso se pelo menos alguns de seus pontos se romperam. — Você acha que poderemos...

— Quieta. — A ordem de Yan é afiada. — Eu não posso perder a próxima curva.

Fico em silêncio novamente, deixando que ele se concentre em nos levar ao nosso destino. Em pouco tempo, entramos em outra estrada de terra, e Yan desliga os faróis enquanto embarcamos em outra aventura de quebrar os ossos.

Mantenho Peter tão imóvel quanto posso enquanto acaricio seu cabelo suado. Parece acalmá-lo, e isso ajuda a me manter calma também. Por mais aliviada que esteja de que não estamos mais sozinhos, sei que ainda não estamos fora da selva – literal ou figurativamente. A tensão no carro é palpável, a adrenalina no ar.

— *Zdes* — Diz Ilya de repente, e Yan vira à direita, quase me jogando para o ar. Consigo pegar os ombros de Peter, mas ele ainda geme em agonia quando sua perna machucada bate no banco da frente.

— Ele está bem? — Ilya pergunta asperamente, olhando para trás. O céu está começando a clarear com os primeiros sinais do amanhecer, e seu crânio raspado brilha na escuridão crepuscular, sua palidez marcada apenas pelo intrincado padrão de suas tatuagens.

— Depende da sua definição — Respondo, mantendo minha voz baixa. Eu não quero distrair Yan novamente. — Ele precisa de um hospital. Urgentemente.

— E você? — A voz firme de Ilya suaviza. — Eu ouvi o que aconteceu com os seus...

— Estou bem. — Meu tom é mais duro do que eu pretendia, mas não posso pensar nisso agora, não posso cutucar aquele poço escuro de pesar e desespero. Eu posso senti-lo borbulhando sob a superfície, mas enquanto eu não toco, não o abro, me impede de me afogar nele.

Ilya me estuda por mais um momento, depois, se vira para a frente. Espero que ele não tenha ficado ofendido, mas mesmo que tenha, não consigo reunir energia suficiente para me importar. Agora que não estou mais no comando de nos levar para a segurança, posso sentir-me começando a me desvencilhar, rosnando por um fio agonizante, e preciso de toda a minha força para me manter inteira.

Tenho que ser forte.

Se não for por mim, então, por Peter e nosso filho.

Continuamos por mais dez minutos e passamos para outra estrada pavimentada e vejo um avião de bom tamanho a uma dúzia de metros de distância.

— Este é o aeroporto? — Olho em volta, observando a floresta ao redor da estreita faixa de asfalto que parece não muito longa.

— Mais uma pista de pouso ilegal — Diz Yan, pulando para fora do carro. — Ilya, ajude-me a tirá-lo.

Saio do caminho enquanto eles levantam Peter para fora do carro e o levam para o avião. Agarrando os suprimentos de primeiros socorros, corro atrás deles, esperando ver Anton, o amigo de Peter e seu companheiro de equipe, lá dentro.

Para a minha surpresa, em vez do rosto barbudo de Anton, me deparo com as características duras de Lucas Kent – o traficante de armas em cuja casa eu fiquei em Chipre. Ele está dentro da luxuosa cabine, braços cruzados sobre o peito largo.

— Olá — Digo cautelosamente, e ele acena para mim, sua mandíbula quadrada apertada. Ele ainda deve estar chateado comigo por persuadir sua esposa, Yulia, a me ajudar a escapar.

Isso, ou ele está apenas preocupado com essa operação.

— Temos menos de duas horas antes do turno do meu homem acabar — Diz ele aos gêmeos, confirmando que é pelo menos parcialmente o último. — Coloque-o aqui — Ele acena com a cabeça em direção a um sofá de couro creme —, e vamos.

Os gêmeos fazem como Kent diz, e ele desaparece na cabine do piloto. Um minuto depois, os motores começam com um rugido, e eu me sento ao lado de Peter no sofá enquanto o avião começa a andar. Yan e Ilya se sentam na frente e eu olho pela janela, prendendo a respiração enquanto o avião acelera.

Com uma pista de pouso tão curta, é necessário um excelente piloto para decolar ali.

Aparentemente, Kent é um piloto infernal porque passamos entre as árvores sem nenhum problema. Eu posso ouvir os motores poderosos acelerando enquanto subimos em um ângulo íngreme, e uma onda de alívio passa por mim quando percebo que estamos no ar.

Não fora da fronteira ainda, mas, pelo menos, no ar.

Assim que o avião estabiliza, eu inspeciono as feridas de Peter. Há algum sangramento fresco em torno de sua panturrilha, mas os pontos em seu lado e no braço se sustentaram, embora o lado continue a parecer irritado e inflamado. Eu lhe dou outra dose de penicilina esmagada com água e coloco novas bandagens.

Pode ser minha imaginação, mas ele parece um pouco mais frio ao toque quando eu termino, e seu rosto parece mais relaxado. É mais como se ele estivesse dormindo em vez de estar com febre alta.

Passo uma toalha úmida sobre seu rosto e o pescoço para esfriar mais, depois, beijo sua bochecha áspera de barba por fazer e vou até onde os gêmeos estão sentados.

— Como ele está? — Pergunta Ilya, levantando-se. — Ele vai resistir até chegarmos ao hospital?

Eu engulo um nó na garganta. — Acho que sim. Isso é… sim, ele vai. — Não me permito pensar que ele não resistirá, realmente não, mas a horrível possibilidade estava lá, roendo meu peito e abrindo um buraco no meu estômago.

— Ele é um bastardo durão — Diz Yan, seus olhos verdes

brilhando enquanto ele descansa em seu assento, parecendo um chefão corporativo em suas calças perfeitas de alfaiataria e camisa listrada. — Precisa mais do que algumas balas para matá-lo.

Eu rio de um jeito trêmulo, então, sinto a umidade no meu rosto.

Eu estou chorando?

Limpando a umidade, me viro, envergonhada, assim que uma grande mão toca no meu ombro, apertando levemente.

— Tudo bem — Diz Ilya com firmeza quando volto a encará-lo. — Você fez bem, *kroshka*. Ele vai conseguir, graças a você.

— E vocês — Digo com voz rouca. Não tenho ideia do que ele acabou de me chamar, mas soava mais como um carinho do que como um insulto. — Se vocês não tivessem vindo...

— Sim, você teria se fodido — Yan diz com naturalidade. — Eles estão aumentando muito a caça a vocês dois.

Eu assinto, segurando uma tremedeira. — Percebi isso quando vi as notícias. Eu nem posso começar agradecer a vocês por...

— Então, não agradeça. — Yan se levanta. — Não precisamos do seu agradecimento.

Eu sorrio, me sentindo um pouco desajeitada. — É muito gentil de sua parte, mas eu ainda digo que apreciei muito. Sei o risco que é...

Yan sorri sarcasticamente. — Sabe? Você é agora uma especialista a viver em fuga?

— Não, mas eu estou aprendendo mais sobre isso todos os dias — Digo. — Então, obrigada. Estou grata que vocês vieram, e tenho certeza de que quando Peter acordar, ele também estará. — Eu não tenho ideia do que Yan está tentando, mas suspeito que ele esteja brincando comigo, como um gato com um rato.

Tentando me livrar dessa imagem desconcertante, viro-me para Ilya. — Onde está Anton? — Pergunto. — Ele está bem?

— Está em Hong Kong com alguns negócios — Responde Ilya.

— Não teria chegado aqui a tempo. Nós tivemos sorte que Kent estava no México conosco e ele tinha um avião. Caso contrário... — Ele dá com os ombros largos.

— Certo. — Eu mordo o interior da minha bochecha. — Preciso agradecer a ele também.

— Eu não faria isso — Diz Yan secamente. — Ele não é seu maior fã.

— Oh. — Então, o negociante de armas guarda rancor sobre minha fuga ou, pelo menos, o envolvimento de sua esposa nisso. — Eu acho que deveria me desculpar com ele primeiro.

— Por quê? — Yan parece estar se divertindo enquanto se inclina contra o lado de seu assento. — Porque você viu uma oportunidade e pegou? Ele teria feito o mesmo no seu lugar.

— Sim, bem, mesmo assim. — Eu me viro para a cabine do piloto, mas Ilya entra na minha frente, bloqueando meu caminho.

— Você não precisa fazer isso — Diz ele, sua expressão gentil. — Isso é entre ele e Peter.

— Ok... — Eu não sabia que havia um protocolo específico para essas coisas. — Eu acho que vou deixar isso entre eles, então.

Eu me viro para voltar para o assento de Peter, mas lembro-me de algo importante. — Aonde exatamente estamos indo? — Pergunto, olhando para os gêmeos novamente.

— Para a clínica na Suíça — Diz Yan —, para fazer este — Ele aponta para Peter — se levantar. E, depois disso, quem sabe. — Ele sorri sombriamente. — O mundo inteiro agora é sua casa, Sara Sokolov. Bem-vinda ao nosso tipo de vida.

PARTE III

eter

EU ACORDO COM UMA SENSAÇÃO DE BEM-ESTAR QUE DESMENTE O desconforto no meu lado. Mãos suaves acariciam meu cabelo, e uma voz doce está cantando uma melodia suave, me fazendo sentir quente e relaxado.

Abrindo os olhos, eu vejo o olhar assustado de Sara. Ela está sentada na beira da minha cama, segurando um pente que ela deveria estar prestes a usar em mim.

— Você acordou. — Seu rosto se ilumina quando se levanta e se inclina sobre mim, deixando o pente na mesa de cabeceira. — Como está se sentindo?

— Bem. — Minha voz sai rouca, como se eu não a tivesse usado por um tempo. Minha boca está seca também, assim como minha garganta. Umedecendo meus lábios rachados, pergunto com voz rouca: — O que aconteceu? Onde estamos?

Com um sorriso aberto, Sara pega um copo d'água ao lado da cama. — Na clínica da Suíça. Os gêmeos Ivanov nos resgataram.

Tem muita coisa a ser esclarecida, então, eu sugo água de um canudo enquanto vasculho minhas lembranças. Lembro-me da bala rasgando meu lado e Sara me guiando em nosso carro, mas daí, as coisas ficam nebulosas, como uma confusão de cenas. Devemos ter mudado de carro em algum momento, porque tenho uma vaga lembrança de entrar num Toyota azul, mas, depois disso, tudo é um vazio. E antes do tiroteio...

— O bebê. — Eu aperto seu pulso, meu coração disparando. — Ptichka, você e o bebê...

— Estamos bem. — Ela retira o copo d'água, com um sorriso largo. — Eles me examinaram, e nós dois estamos perfeitamente bem.

Eu inspiro aliviado, depois, lembro de outra coisa. — Seus pais. — Meu coração parte ao meio quando seu sorriso desaparece. — Meu amor, eu sinto tanto...

— Não. — Ela se afasta. — Não quero falar sobre isso.

Fico olhando, meu peito doendo, quando ela se afasta, visivelmente se recompondo. Lembro-me mais agora, incluindo o agente em que ela atirou à queima-roupa.

Meu pequeno pássaro cantor, que dedica sua vida à cura, matou um homem.

Para me proteger... e vingar a mãe dela.

Ela puxou o gatilho não uma, mas três vezes.

Eu só imagino o que está passando por sua mente agora, com seus pais mortos e sua antiga vida irrevogavelmente perdida. Sem mencionar o trauma do tiroteio e a fuga que se seguiu.

Como ela nos tirou sozinha? Tenho certeza de que Yan não estava esperando do lado de fora da casa dos seus pais com um avião.

— Sara... — Eu me coloco numa posição sentada, aguentando

uma tremedeira quando meu lado protesta de dor. — Meu amor, venha aqui.

Ela se apressa imediatamente. — O que você está fazendo? Deite-se. É muito cedo para você ficar se mexendo.

— Estou bem — Digo, mas eu a deixo me colocar de volta na cama. Eu gosto dela se agitando sobre mim, seu lindo rosto cheio de preocupação.

É melhor que o sofrimento reprimido.

— Me diz o que aconteceu depois que desmaiei — Falo depois que ela verifica minhas ataduras para se certificar de que não sofreram nenhum dano. — Há quanto tempo estamos aqui? Como conseguimos escapar?

Ela respira fundo. — É uma longa história. Mas, essencialmente, nos levei para a cabana que você me indicou, e enviei um email para Yan do seu telefone. Ele falou com Kent, e eles vieram com um avião – os gêmeos e Kent como o piloto. — Ela respira outra vez. — Isso foi há dois dias.

Dois dias atrás? Eu devo ter estado à beira da morte para ficar desacordado por tanto tempo.

Afastando as implicações do envolvimento de Kent, concentro-me em obter todos os fatos. — Ok, agora me diga a longa história — Digo, e então escuto, aturdido, enquanto minha esposa civil detalha sua entrada secreta no hospital e a maneira inteligente de como ela nos conseguiu um carro.

— Então, sim — Conclui ela —, depois que descobri o que você estava dizendo em russo e desbloqueei seu telefone, mandei um email para Yan, e os gêmeos vieram algumas horas depois. Yan disse que os dois estavam no México quando tudo aconteceu, trabalhando com Kent em algum serviço, era só uma questão de pegar o avião de Kent e seguir em frente. Ah, e subornar o cara do controle de tráfego aéreo de Kent com um milhão e meio de dólares. Yan disse que você lhe deve esse dinheiro.

Eu devo muito mais a Yan do que dinheiro, e ele sabe disso. A Kent também.

Bastardos manipuladores. Eu terei que fazer alguns favores sérios para eles um dia.

Notando meu telefone na mesa de cabeceira, eu pego e passo pelos emails para ver se os hackers conseguiram alguma informação sobre o bombardeio. Eu preciso descobrir como essa porra foi arquitetada.

Infelizmente, ainda não há nada, então, coloco o telefone de lado e pergunto a Sara: — Onde estão os gêmeos e Kent? Eles ainda estão por aí?

— Os gêmeos foram a Genebra para uma reunião de negócios ontem, e Kent voou para casa — Diz Sara. — Anton está voando para cá de Hong Kong amanhã, tenho certeza de que você vai ver ele e os gêmeos.

Isso é bom. Vou precisar da ajuda deles para desvendar essa bagunça, depois que descobrir o que causou isso. Mas, primeiro, há algo importante que preciso saber.

— Ptichka... — Coloquei minha mão em seu joelho. — Por que você fez isso, meu amor? Você poderia ter esperado as autoridades chegarem e me deixar levar a culpa por esse agente. Ninguém teria sido mais sensato, e você poderia ter continuado com sua vida, mantido seu emprego e...

— E o quê? — Ela se levanta, olhando para mim. — Ver você ser preso enquanto sangrava até a morte? Deixar você à mercê de pessoas que não apenas estão convencidas de que você é um terrorista, mas que também o culpam pela morte dos seus colegas? Como você pode pensar que eu faria isso? — Ela fecha suas mãos em punho, seu corpo inteiro rígido de indignação. — Você é meu marido, o homem que eu amo...

— Também o homem que a torturou e sequestrou — Lembro ironicamente, mesmo quando o calor terno enche meu peito. Eu não tinha duvidado do amor de Sara, realmente não, mas uma parte de mim ainda deve ter pensado que ela abraçaria a oportunidade de se libertar, que se fosse uma escolha entre mim e sua vida normal, ela escolheria o último.

Suas sobrancelhas se juntam. — Mesmo? Vamos falar sobre isso agora?

— Não, meu amor. — Suprimindo um sorriso de prazer, eu bato na cama ao meu lado. Eu não deveria achar sua indignação tão adorável, mas não consigo evitar. — Vem aqui.

Ela não se move, apenas me olha de braços cruzados.

— Ok, então, vou me levantar e ir até você. — Eu me movo como se fosse sentar de novo, e de mau humor e frustrada, ela cai na cama ao meu lado.

— Deita quieto — Retruca ela, me empurrando para a cama. — Você vai rebentar os pontos. *Novamente.* — Apesar do seu tom duro, suas mãos são delicadas quando ela se curva para examinar os curativos, e quando respiro seu cheiro quente e doce, meu corpo se revira, reagindo à sua aproximação como sempre.

— Ptichka. — Tem um tom áspero na minha voz quando seguro seu pulso fino. — Meu amor, olha para mim. — Seus olhos de avelã encontram os meus e eu vejo sua pupilas dilatadas quando seguro seu crânio e a puxo para mim.

— Espera, você ainda não está...

Eu engulo seu protesto sem fôlego com um beijo. Seus lábios macios se partem em um suspiro, e invado sua boca, engolindo seu gosto e sensação viciantes. Não é o lugar ou a hora certa, mas eu não consigo parar, a fome subindo pelas minhas veias aquecendo minha pele até ferver.

Ela me ama.

Ela me escolheu.

Ela abandonou sua vida para me salvar.

Parece que a febre voltou para mim, só que não há dor junto.

Eu queimo com a necessidade de tê-la, sentir aquelas mãos suaves na minha pele. Ela é minha, agora sem reservas, e enquanto guio sua mão sob os lençóis, as últimas algemas de nosso passado sombrio caem, deixando-nos unidos no presente.

Juntos, não importa o quê.

4 0

caixa de entrada.

Deixando de lado a desafortunada fuga de Sokolov, meu plano funcionou como pretendido, especialmente em relação aos seus aliados. O uso de um explosivo fabricado por Esguerra no ataque terrorista abriu os olhos de todos para o perigo apresentado pelo império ilegal do traficante de armas, e a proteção especial que Esguerra desfrutou graças à sua relação de troca com o governo dos EUA se foi. Ele e todos os seus associados são agora presa fácil, e uma equipe já está a caminho da residência de Lucas Kent, em Chipre.

Melhor ainda, a Interpol está envolvida, exatamente como eu esperava. Os irmãos Ivanov foram vistos em Genebra, o que significa que Sokolov pode não estar longe. Na verdade, meu contato está rastreando um boato sobre uma clínica secreta nos Alpes suíços especializada em pacientes do lado errado da lei.

Se tudo correr bem, a maioria dos meus problemas acabará em breve.

Em poucas horas, Kent, Sokolov e dois de seus amigos assassinos russos estarão mortos, e logo, as autoridades pegarão o assassino que falta, Anton Rezov. Então, será apenas uma questão de desmantelar a organização criminosa de Esguerra e conseguir o próprio chefão.

Uma vez feito isso, o reino de terror desses monstros acabará, e minha família e eu viveremos realmente em segurança.

4 1

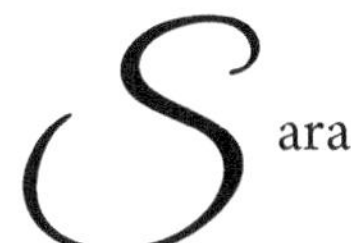

Sorrindo, ando pelo corredor, meus lábios inchados e formigando do boquete que acabei de pagar a Peter. Suponho que deveria ter esperado algo assim, dada à libido sobre-humana do meu marido, mas ele ainda me pegou de surpresa.

Na minha opinião, pacientes de cama e sexo não se misturam.

Não que Peter seja um paciente típico. Depois que o trouxemos e colocamos o intravenoso nele, ele superou todas as expectativas – minhas e da equipe da clínica. É como se toda a sua vontade de ferro tivesse sido redirecionada para a cura. Poucas horas depois da nossa chegada, sua febre havia cessado e, se os médicos não o sedassem para que ele descansasse e se recuperasse, ele teria recuperado a consciência naquele momento.

Uma enfermeira passando por mim no corredor sorri e diz olá, e eu respondo.

Gosto da equipe aqui. Eles são legais, apesar de seus pacientes serem alguns dos piores criminosos conhecidos pela humanidade. Não que eu esteja muito em posição de julgar.

Eu sou agora uma criminosa.

Eu atirei em um homem a sangue-frio.

Ainda não pude processar isso, assim como não consegui pensar nos meus pais – ou o que significa sermos fugitivos, nossas fotos em todos os noticiários. Eu tenho me focado nos aspectos positivos, regozijando-me por estarmos ambos aqui, vivos e livres.

Que eu ainda tenho Peter e nosso bebê.

Ajuda viver cada momento, passar de uma tarefa a outra. Quando fico ocupada, não percebo o desgaste ou a crescente pressão da dor. Eu sou capaz de sorrir, embora uma parte de mim permaneça entorpecida por dentro.

É quase como quando eu puxei o gatilho, matei algo dentro de mim.

Tomando uma vida, eu perdi um pedaço de mim mesma.

— Olá, Dra. Sokolov — Diz o Dr. Jart quando entro no seu escritório. — Como está seu marido?

— Melhor. — Sorrio para o homem. — Muito melhor.

Suas sobrancelhas grossas e grisalhas se erguem. — Oh? Ele está acordado?

— Definitivamente. Embora eu possa ter... o esgotado. Quando saí, ele estava dormindo de novo.

— Ele vai fazer muito isso — Diz o Dr. Jart. — Seu corpo precisa dormir para se curar. — Ele se levanta e caminha ao redor de sua mesa. — Mas eu tenho certeza de que você sabe disso.

— Eu sei — Admito, observando enquanto ele tira um livro grande de sua estante. Com seu corpo gordo, ele me lembra um pouco do meu chefe Bill, embora, em termos de personalidade, o Dr. Jart seja muito mais amigável.

Eu conheci o doutor brevemente no ano passado, quando

passei duas semanas aqui depois do acidente de carro. Quando ele entrou para verificar as feridas de Peter no outro dia, ele me reconheceu e nós começamos a conversar. Ao saber que sou ginecologista/obstetra, ele me convidou para ajudar uma paciente em trabalho de parto – o que fiz de bom grado, depois de me certificar que Peter estava estável e descansando.

Qualquer coisa para tirar minha mente dos acontecimentos dos últimos dias.

— Como vai a Maria? — Pergunto, referindo-me à dita paciente, a amante adolescente de um traficante mexicano que deu à luz gêmeos ontem. — Ela já foi para casa?

— Ela está se recuperando bem, mas não. — Dr. Jart suspira. — Gomez quer que ela fique aqui por pelo menos uma semana, e já que ele está pagando... — Ele dá de ombros, caminhando de volta à sua mesa.

— Entendo. — Ao contrário de um hospital tradicional que depende de pagamentos de seguro e adere a diretrizes rígidas em relação à duração da diária, esta clínica atende aos ultra-ricos do submundo, e são os pacientes – ou qualquer criminoso rico que os pacientes estão ligados – que decidem quando estão suficientemente curados.

— Então, Dra. Sokolov... — O médico se senta e me observa com olhos sombrios penetrantes. — A razão pela qual eu pedi para você vir é que eu queria discutir algo contigo.

— Certo. O que é? — Pergunto, sentada à frente do médico. Espero que eles tenham outro paciente para eu ajudar enquanto Peter estiver dormindo.

Eu preciso ficar ocupada para manter minha mente longe das coisas.

— Você consideraria se juntar a nós aqui? — Dr. Jart pergunta. — Eu não sei quais são seus planos com o Sr. Sokolov, dada as — Ele limpa a garganta — circunstâncias, mas poderíamos realmente usar uma médica com sua especialidade na equipe. Como você sabe, nosso obstetra, o Dr. Ludwig, é excelente, mas ele é homem, e algumas de nossas pacientes, especialmente aquelas de culturas mais tradicionais, ficam um pouco... desconfortáveis com esse fato.

— Oh. — Olho para o médico. — Obrigada. Não sei o que dizer.

Uma oferta de emprego – especialmente uma em grande parte baseada no meu gênero – definitivamente não era o que eu esperava. Mas, novamente, por que eu deveria estar surpresa? Não há politicamente correto neste meu novo mundo sem leis, onde a violência faz parte dos negócios e as mulheres são vistas como extensões dos homens poderosos a quem pertencem.

— Tenho certeza de que você precisará conversar com o Sr. Sokolov — Diz o Dr. Jart quando eu não digo mais nada. — Se isso é algo que lhe interessa, é claro.

— Certo. — Suprimindo minha feminista interior, concentro-me na oportunidade real – que parece interessante. A perda da minha carreira é algo que evitei pensar também, mas sei que não poderei fazer isso para sempre. Dessa forma, eu ainda poderia ser uma médica, supondo que Peter concorde com a gente ficando aqui por perto.

Pelo que sei, ele está planejando que nos escondamos na Ásia novamente.

— Basta pensar nisso por enquanto — Diz o Dr. Jart. — Você não precisa nos dar uma resposta imediatamente, nem em breve. Entendemos que a situação — Ele limpa a garganta de novo — está volátil no momento, por isso, leve o tempo que precisar para decidir.

— Obrigada. — Levanto-me e aperto a mão dele. — Aprecio isso. — Eu me pergunto quantas vezes ele oferece emprego para suspeitos de terroristas que estão fugindo da lei. Ele não parece totalmente confortável com a 'situação', mas também não fica frustrado com isso.

Os arquivos pessoais neste local devem dar leituras interessantes.

~

DEPOIS DA REUNIÃO, PARO NO CAFÉ DO ANDAR DE BAIXO PARA PEGAR um lanche. Quando volto ao quarto de Peter, ele está acordado e procurando por mim.

— Onde você estava? — Pergunta ele, levantando-se para uma posição sentada, com visivelmente menos esforço desta vez. Sua velocidade de cura é notável, ou isso, ou sua tolerância à dor está fora dos gráficos. Ele nem mesmo estremeceu, embora o movimento deva ter puxado os pontos do seu lado.

Fico tentada a pedir que ele se deite, mas me contenho. Ele parece muito mais alerta agora, seus olhos cinzentos agudamente concentrados enquanto ele olha para mim, e eu sei que não vai demorar muito para voltar ao seu estado habitual.

— Eu estava conversando com um dos médicos — Digo, caminhando para sentar-me na beira da cama. — Ele me ofereceu um emprego.

As sobrancelhas de Peter se juntam. — Aqui? Neste lugar?

— Sim. Aparentemente, eles precisam de uma mulher obstetra. — Pegando sua mão, eu esfrego meu polegar sobre os calos em sua palma grande. — O que você acha? Nós obviamente teríamos que ficar na área, e eu não sei quão seguro é.

Nenhum trabalho vale a pena colocar em risco a nossa liberdade.

Peter fica em silêncio por um momento, refletindo sobre isso. — Não é a pior ideia — Diz ele finalmente. — Primeiro, porém, precisamos descobrir exatamente como isso aconteceu.

— Você quer dizer por que eles acham que você é responsável pela bomba?

Ele assente, e eu respiro segurando o aperto no meu peito. Tenho ponderado comigo mesma, e se Peter é inocente – o que acredito que ele seja – há apenas uma conclusão lógica.

— Alguém deve ter forjado a situação para te enquadrar — Digo. — Talvez até alguém dentro do FBI.

— Sim. —Sua expressão não muda. Ele já deve ter pensado nisso. — A pergunta é quem e por quê. — Ele pega seu telefone, como fez antes, e eu o vejo rolar seus emails rapidamente.

— Talvez os federais não tenham nenhum suspeito real, então, decidiram usar você como bode expiatório — Sugiro quando ele abre um email. — Provavelmente foi uma organização terrorista por trás da explosão, mas eles decidiram colocar isso em você. Alguém, além de Ryson, poderia ter ficado chateado com o negócio que você fez, então, quando a oportunidade surgiu... — Paro porque o rosto de Peter se transforma em granito. — O que é? — Pergunto quando ele continua lendo sem dizer nada, sua postura mais tensa a cada segundo. Meus próprios músculos do pescoço estão bem tensos, meu coração disparado como se estivesse prestes a entrar em parafuso.

O que quer que esteja nesse email não é bom. Eu posso dizer pela sua expressão.

Ele levanta os olhos para encontrar o meu olhar. — Você se lembra quando eu te contei sobre o general aposentado, o encarregado da operação de Daryevo? — Sua voz tem uma suavidade letal. — Aquele que prometi deixar em paz em troca de anistia e imunidade?

— Sim, claro — Digo quando meu estômago aperta. — Henderson, certo?

— Certo. — Suas narinas se abrem. — A porra do Wally Henderson III.

Eu respiro fundo. — Ele é o cara por trás disso?

— Parece que sim. — Um músculo se move no queixo de Peter. — Antes de eles virem para mim, eu pedi aos nossos hackers que olhassem a explosão porque algo sobre isso não cheirava bem. E eles finalmente conseguiram os resultados.

— Eles disseram que Henderson forjou para que fosse você? Mas como? Por quê? Como ele poderia saber que esta tragédia iria acontecer?

Eles vieram atrás de Peter menos de vinte e quatro horas após o ataque. Até mesmo alguém com as conexões de Henderson precisaria de tempo para fabricar evidências fortes o suficiente para enviar uma equipe da SWAT para um bairro tranquilo e suburbano. Mesmo se Henderson tivesse participado na tarefa assim que soubesse da explosão, deveria levar dias, se não semanas, para...

— Porque ele provocou. — A expressão de Peter é selvagem. — O filho da puta foi quem colocou a bomba.

Fico de boca aberta. — O quê?

— Um homem que correspondia à minha descrição foi pego na câmera entrando no prédio como parte de uma equipe de zeladores no dia anterior à explosão. — A voz de Peter é forte o suficiente para quebrar uma pedra. — E minhas impressões digitais foram encontradas em uma das maçanetas que ficavam no terceiro andar, onde a bomba havia sido colocada. Quanto ao explosivo em si, foi muito original, um que é praticamente indetectável – que é como o meu sósia foi capaz de levá-lo através da segurança em uma lancheira. Você sabe quem tem acesso a esse tipo de explosivo?

Eu olho para ele, perplexa. — Não.

— Os militares dos EUA. Eles o obtêm diretamente do traficante de armas que o fabrica, Julian Esguerra.

Meu ritmo cardíaco aumenta novamente. — A mesma pessoa

que arranjou o negócio para você? O cara para quem você fez esse favor?

— O mesmo. — A boca de Peter torce. — Então, você vê como eles poderiam pensar que sou o responsável, certo? Os militares dos EUA compram todos os lotes do explosivo que Esguerra fabrica e ele tem uma lista de espera de um quilômetro e meio no caso de eles pararem. No entanto, alguém que conhece pessoalmente o traficante de armas *poderia* obter meio quilo ou mais. Inferno, você provavelmente nem precisaria disso. É uma merda poderosa, como uma bomba nuclear, mas não radioativa.

Oh Deus. Agora me lembro de Peter falando sobre isso com Kent quando jantamos juntos em Chipre. Algo sobre o Tio Sam e restrições de fabricação para um explosivo indetectável. Era esse o explosivo em questão?

— Então, por que... — junto minhas ideias. — Por que você acha que é Henderson que está por trás disso? Poderia ter sido outra pessoa, digamos, o próprio Esguerra? Você disse que ele queria você morto em algum momento, e ele tem as conexões para fazer isso acontecer, certo? Ou talvez tenha sido algum outro inimigo seu?

— Porque isso tem pegadas da CIA por toda parte — Diz Peter severamente. — O zelador que se parece comigo, minhas impressões digitais na cena, minha conexão com Ryson e a bomba sendo plantada em seu andar, é tudo uma armação clássica. Eles estão fazendo esse tipo de merda desde a Guerra Fria. E adivinhe quem, segundo rumores, foi um agente disfarçado em sua juventude?

— Certo, Henderson. — Lembro-me de Peter me dizendo isso em algum momento. — Mas Esguerra também não tem algumas conexões na CIA? Não poderia ter...

— Não. — A mandíbula de Peter tensiona. — Além do fato de que ele já poderia ter me matado de mil maneiras diferentes, se ele realmente quisesse, ele não tinha motivos para foder com um relacionamento mutuamente benéfico com o governo dos EUA. Neste momento, as autoridades acreditam que ele é cúmplice no bombardeio, e eles estão prestes a ir atrás dele também.

— Oh, isso é... isso não é nada bom. — Pelo que eu sei, Esguerra tinha sido intocável até agora.

— Não, não é — Diz Peter sombriamente. — É por isso que preciso falar com o Yan agora. Porque os outros membros da equipe do zelador? Suas descrições combinam com Anton, Yan e Ilya, até as tatuagens no crânio de uma pessoa.

42

Peter

RELEIO O EMAIL DOS HACKERS PELA TERCEIRA VEZ, ENQUANTO CHECO compulsivamente o relógio do meu celular. Três horas atrás, liguei para Yan para compartilhar o que soube, mas ele não atendeu. Deixei-lhe uma mensagem de voz para me ligar de volta, daí, mandei uma mensagem de texto e enviei um email para ele, antes de fazer o mesmo com o irmão.

Nenhum dos gêmeos retornou ainda, e nem Anton.

Checo as horas novamente. São 11h33 da noite, apenas dois minutos depois da última vez que olhei. Sara está dormindo ao meu lado, seus cachos castanhos espalhados sobre o meu travesseiro, e por mais que queira me juntar a ela em um sono tranquilo, não consigo fechar meus olhos.

Meus instintos estão em alerta máximo novamente.

Com cuidado para não acordar Sara, levanto-me para a posição sentada e movo as pernas para o chão. Lentamente e com cuidado eu me levanto, ignorando a dor ao meu lado e na panturrilha. A sala gira quando dou o primeiro passo, mas minhas pernas são capazes de me apoiar.

Bom.

Eu não posso me dar ao luxo de ficar deitado se algo acontecer.

A meu pedido, algumas armas foram entregues no meu quarto, ando até o armário para inspecioná-las. Não é nada chique – apenas uma M16 e algumas Glocks – mas é melhor que nada.

Verifico cada arma e as carrego, tiro uma calça do armário e coloco-a debaixo da minha roupa hospitalar, tomando cuidado para não deslocar o curativo na minha perna. Meu coração está batendo rápido demais com o esforço, e estou suando como um porco, mas tiro o roupão do hospital e visto um suéter folgado, seguido por um par de meias e botas.

— Peter? — Ouço a voz sonolenta de Sara enquanto coloco uma das Glocks no meu tornozelo esquerdo. — O que você está fazendo?

Eu olho para cima de onde estou agachado. — Apenas me vestindo, ptichka. Não se preocupe.

— O quê? — Sara se senta, a sonolência evaporando de sua voz enquanto ela me observa. — Por que você está se vestindo? Você precisa ficar na cama, descansando, não...

— Acho que precisamos partir. — Levanto-me devagar, respirando por causa da dor. — Algo não parece certo.

Sara se transforma em uma estátua na cama. — Você acha que não estamos seguros aqui?

— Não acho que estamos seguros em nenhum lugar neste momento — Digo enquanto coloco a M16 por cima do meu ombro e enfio a outra Glock na minha cintura. — Além disso, estou preocupado de não ter retorno de Yan ou dos outros.

— Não teve? — Ela atravessa o quarto descalça e para na minha frente, a cor do seu rosto combinando com a camiseta branca que está usando no lugar do pijama. — Será que não estão apenas ocupados?

— Tudo é possível. — Pelo que sei, os gêmeos estão no meio de um ataque, e Anton está tendo problemas de recepção no avião. — Na nossa situação, porém, é melhor prevenir do que remediar.

— Mas para onde iremos? Três dias atrás, você estava fora de si e com febre. Você precisa estar num hospital, se curando...

— Estou bem agora — Interrompo. Enquadrando seu rosto delicado com a palma da minha mão, digo em um tom mais suave: — Não se preocupe, meu amor. Você fez a sua parte e agora é hora de eu fazer a minha.

E enquanto ela olha para mim com olhos enormes e assustados, eu beijo seus lábios tentadores, em seguida, pego suas roupas no armário.

43

Sara

Eu me visto enquanto Peter tenta contatar Anton e os gêmeos novamente. Minhas mãos estão frias pelo estresse, meus dedos desajeitados, e são necessárias duas tentativas para amarrar os cadarços dos meus tênis.

— Alguma coisa? — Pergunto quando termino, e Peter balança a cabeça, seu rosto sombrio.

— Nada. Vou tentar Kent, ver se ele sabe de algo.

— Oh, boa ideia. — Mordo meu lábio quando ele disca um número e espera, telefone pressionado em seu ouvido.

— É Peter — Diz rapidamente. — Você... espera, o quê?

Ele ouve em um silêncio tenso enquanto Kent diz o que aconteceu, e quando ele abaixa o telefone, dou um passo para trás ante sua expressão.

— A Interpol invadiu os restaurantes de Yulia. Todos eles —

Diz ele com firmeza. — Lucas mal conseguiu tirar Yulia antes de irem para sua casa em Chipre. Agora, eles estão a caminho do complexo de Esguerra, na Colômbia, o único lugar que pode ser meio seguro para eles.

— Oh, Deus. — Sinto uma onda repentina de náusea. — Você acha que Yan e os outros...?

— Eles podem já ter sido levados, sim. De qualquer maneira, não temos um minuto a perder.

Segurando minha mão, ele me leva para fora do quarto, seus passos tão fortes e seguros como se ele não estivesse à beira de morrer poucos dias atrás.

Tenho que correr para manter o ritmo que ele define enquanto nos apressamos pelo corredor e na escada. — Não pelo elevador? — Eu pergunto, ofegante quando nos apressamos rapidamente para baixo, e ele balança a cabeça, apertando mais minha mão.

— Muito fácil de ficarmos presos.

Quero lembrá-lo de suas feridas e pedir-lhe para ter calma, mas não é a hora. Se as autoridades chegaram ao ponto de ir atrás de Kent – o braço direito de Esguerra e, portanto, outro intocável – Peter está certo sobre a clínica não ser segura.

Todas as regras usuais de engajamento não existem mais.

— Aonde estamos indo? — Pergunto, principalmente para me distrair da náusea crescente. O conhecido enjoo da manhã tem sido marcante em horários aleatórios do dia e da noite, e todo o esforço de descer as escadas não está ajudando.

— Um esconderijo — Peter diz sem olhar para mim, e percebo que seu rosto está extraordinariamente pálido, suas têmporas cobertas de suor do esforço.

Ele não está tão recuperado quanto finge estar.

Preciso de toda a minha força para reprimir um apelo para que ele pare e descanse. Em vez disso, aumento meu ritmo, para que ele não precise se esforçar para me guiar. — Você não vai me dizer onde é?

— Não. — Seu olhar sobe para o canto do teto, e eu vejo uma leve luz vermelha brilhando.

Claro. Câmeras.

Eu deveria saber melhor antes de perguntar.

Descemos o resto do caminho em silêncio e Peter para quando chegamos à porta do saguão. Lentamente, ele abre um pouco e espera, espiando pela fresta.

— Tudo livre — Murmura depois de um minuto, e eu expiro trêmula quando saímos.

— Sr. Sokolov — A recepcionista loira diz surpresa quando passamos pela sua mesa. — Vocês já estão saindo?

— Sim. Depois acerto a conta.

Ela começa a dizer algo, mas já estamos saindo do prédio para um pátio que serve de estacionamento. Está frio, mas lindo aqui fora, com o brilho branco do luar delineando os picos cobertos de neve dos Alpes suíços que nos rodeiam. Mas eu mal noto aquilo, enquanto Peter me leva para o estacionamento.

Meu estômago está agora dando voltas, e tenho que engolir repetidamente para evitar vomitar.

De repente, ele para e se agacha entre dois carros, me puxando para baixo com ele.

— Alguém está vindo — Sussurra ele, pegando sua M16, e um segundo depois, um SUV preto para na frente da clínica.

44

 eter

Espero que os agentes da Interpol saltem do carro, mas, em vez disso, vejo um homem vestido todo de preto.

— Anton! — Eu me levanto e aceno, deixando-o me ver. Ele gira ao redor, aliviado.

— Entrem! — Grita, apontando o polegar para o carro. — Temos de ir.

Sara já está de pé ao meu lado e eu pego sua mão enquanto corro meio mancando na direção do SUV de Anton. Minha panturrilha queima como o inferno, e sinto como se tivesse rasgado alguns pontos no meu lado, mas nada disso importa.

Anton não entra em pânico facilmente, e ele parece mais do que um pouco nervoso.

Ele pula atrás do volante quando chegamos ao carro, e eu me jogo no banco de trás, rangendo os dentes contra uma onda de

594

dor. Sara sobe ao meu lado e saímos do estacionamento antes mesmo de ela fechar a porta.

— Yan e Ilya? — Eu pergunto quando o pior da dor diminui, e Anton me dá um olhar sombrio no espelho retrovisor.

— A Interpol invadiu sua reunião em Genebra. Não tenho notícias deles desde então.

— Caralho — Fecho meus olhos, com um enjoo no estômago. Meu corpo ainda está combalido, fraco e instável, definitivamente sem qualquer tipo de forma para enfrentar um grupo de agentes armados se vierem atrás de nós.

Abrindo os olhos, olho para Sara e a encontro respirando lenta e profundamente, suas feições delicadas com um tom esverdeado pálido.

— Você está bem, ptichka? — Murmuro, e ela assente rapidamente.

— Enjoo matinal — Diz em um sussurro quase inaudível, e eu seguro sua mão, meu peito apertando com uma mistura de fúria e culpa.

Minha Sara está grávida. Este é o momento em sua vida quando o estresse é mais tóxico. Ela deveria estar descansando no conforto de nossa casa, sendo mimada por mim e sua família, não fugindo das autoridades, tendo testemunhado a morte de seus pais.

Eu nunca deveria ter concordado em poupar a vida de Henderson. Esse *ublyudok* precisava pagar, e dessa vez ele vai.

Eu vou triturá-lo, pedaço por pedaço.

Primeiro, porém, precisamos sair disso vivo.

— Eu tentei entrar em contato com você — Digo a Anton quando ele se vira para a estrada que leva ao aeroporto privativo para os pacientes da clínica. — Você jogou seu telefone fora?

Ele concorda. — Tinha acabado de pousar e estava ao telefone com Yan quando a Interpol invadiu o local do encontro. Então, eu o destruí, por precaução.

— Bom. — Nossos telefones não são rastreáveis, o sinal é refletido pelos satélites de todo o mundo, mas é melhor não arriscar. — Alguma chance de eles terem fugido?

— Tudo é possível — Diz ele, mas não parece acreditar.

— Anton... — A voz de Sara está tensa. — Eu sinto muito, mas você pode parar o carro?

— Pare — Digo, e ele sai da estrada, freando bruscamente. O carro ainda está se movendo quando Sara abre a porta e se inclina para fora. Passo um braço em volta de sua cintura fina e coloco seu cabelo para trás com minha outra mão, segurando-o longe de seu rosto enquanto ela vomita.

— Sinto muito — Murmura ela quando está pronta, e eu lhe entrego uma garrafa d'água do estojo no chão.

— Não se desculpe — Digo quando Anton volta à estrada. — Isso é perfeitamente natural.

Eu mantenho minha voz calma, como se eu não estivesse nem um pouco incomodado ao ver minha esposa vomitando ao lado da estrada enquanto corremos por nossas vidas. Como se a raiva não fosse como ácido em minhas veias, tingindo minha visão com um tom sangrento de vermelho.

— Você está doente, Sara? — Anton pergunta, e eu percebo que ele não sabe sobre o bebê ainda. E por que saberia? Acabamos de descobrir.

— Estamos esperando — Digo, e apesar dos meus melhores esforços, não soo nada além de tenso.

Se algo acontecer com Sara ou o bebê por causa disso, nunca vou me perdoar.

— Oh. — Anton parece sem palavras. — Isso é... Parabéns.

— Obrigado — Murmuro, e então, eu ouço.

Um barulho de sirenes à distância.

Caralho.

— Corre — Digo a Anton, mas ele já está pisando no acelerador, com o rosto tenso.

Eu me volto para Sara. — Coloque seu cinto de segurança.

Ela se esforça para obedecer, seus olhos de avelã em seu rosto sem cor enquanto verifico minhas armas.

As sirenes estão vindo de trás de nós – da direção da clínica – o que significa que minha intuição estava certa.

Eles vieram atrás de nós.

O rugido de um helicóptero logo se junta às sirenes, e Anton acelera ainda mais, fazendo uma curva íngreme na estrada a uma velocidade arrepiante.

— Vá devagar — Eu grunho enquanto Sara convulsivamente agarra minha mão. — Nós não podemos bater, você entende?

Se fosse só eu e Anton, eu arriscaria, mas não com Sara aqui.

Não quando ela quase morreu em um acidente em uma estrada muito parecida com esta.

Anton solta um pouco o acelerador e eu levo a mão de Sara aos meus lábios. — Vai ficar tudo bem, ptichka — Murmuro, beijando as juntas dos dedos. — Só precisamos chegar ao avião.

— Eles podem já estar nos esperando lá — Diz Anton —, se já sabiam sobre a clínica, podem saber sobre a pista de pouso também.

— A clínica está no mapa, mas a pista de pouso não — Digo, apertando a mão de Sara tranquilizadoramente quando a sinto tensa no meu aperto. — Eles precisam obter sua localização do pessoal da clínica.

Ou assim espero.

Porque poderíamos estar numa emboscada.

Anton não responde, apenas pisa no acelerador novamente quando chegamos a um trecho reto da estrada. Estamos a apenas alguns minutos da pista de pouso agora, mas o rugido do helicóptero está ficando mais alto a cada segundo, abafando as batidas de adrenalina do meu batimento cardíaco.

Finalmente, vejo seus faróis aparecerem atrás de nós enquanto fazemos outra curva fechada.

— Se abaixa — Grito para Sara, empurrando-a no assento, abro a janela e me inclino para fora, ignorando a dor aguda do meu lado enquanto aponto minha M16 para o helicóptero.

Ele vira para trás das árvores antes que eu possa abrir fogo.

Eu espero, não querendo perder minhas balas.

Um segundo depois, o helicóptero aparece novamente, e dou uma rodada de tiros.

Ele dispara de volta, depois, se afasta novamente.

Caralho. Estamos quase na pista de pouso agora.

Eu espero até que o helicóptero apareça novamente, então, eu abro fogo, apertando o gatilho até que minha arma clica vazia e o helicóptero recua em um esforço para evitar minhas balas.

Voltando para dentro do carro, eu rapidamente recarrego e, em seguida, me inclino na janela novamente.

Desta vez, porém, o helicóptero não volta.

Isso não é bom.

Não temos como segurar-nos com esses filhos da puta atirando em nós.

O carro vira bruscamente e, quando olho para a frente, vejo que já estamos na pista de pouso, indo em velocidade máxima para o avião.

— Lançadores de granada dentro — Grita Anton, pisando nos freios. — Vou correr para pegá-los.

Os pneus gritam a dúzia de metros do avião, e eu cerro meus dentes quando meu lado bate na borda afiada de metal da janela do carro.

Se sobrevivermos a isso, Sara ficará chateada por eu ter fodido meus pontos.

Anton pula do carro, correndo para o avião, e eu forneço cobertura enquanto o helicóptero se aproxima. As sirenes estão ficando mais altas também; eles devem estar bem nos nossos calcanhares.

— Entra no avião, agora! — Eu grito para Sara, e pelo canto do meu olho, eu a vejo tentando obedecer.

Minha M16 clica vazia, mas não há tempo para recarregar, pego a Glock da minha cintura enquanto o helicóptero se afasta, depois volta, pulverizando o carro com balas. O vidro do meu lado explode, os cacos mordendo meu rosto e pescoço. Agarrando a Glock, eu abro a porta e caio, rolando para longe do carro enquanto atiro de volta.

Preciso que eles se concentrem em mim, não no avião ou na Sara.

Balas atingem o chão ao meu redor, enviando pedaços de asfalto voando para os meus olhos. Eu posso sentir o cheiro da pólvora, sentir a queimadura de chumbo quando passa.

Acabou.

Não vou conseguir.

Minha arma clica vazia assim que uma van preta chega na pista de pouso, guinchando até parar perto do nosso carro.

45

Sara

EU JÁ ESTOU NO AVIÃO QUANDO VEJO UMA VAN PRETA.

Interpol.

Eles nos alcançaram.

— Anton! — Eu grito sob o tiroteio e o barulho do helicóptero quando ele reaparece na porta do avião com um lançador de foguete apoiado em seu ombro. — Eles estão...

Bum!

O clarão da explosão queima minhas retinas, o som tão ensurdecedor que meus tímpanos quase explodem. O céu parece se transformar em uma bola de fogo, e pedaços ardentes de metal caem.

Puta merda.

Anton abateu o helicóptero.

Meu olhar atordoado passa para a van e vejo duas figuras

familiares saltando.

— Yan! Ilya! — Eu nunca estive tão feliz em vê-los – especialmente quando eles se inclinam para colocar os braços de Peter sobre os ombros e correr juntos para o avião.

— Depressa! — Anton grita, e eu ouço as sirenes ficando mais altas. — Nós temos de ir agora.

Ele desaparece de volta dentro do avião e eu corro atrás dele, com os gêmeos e Peter nos meus calcanhares.

Os carros da polícia aparecem exatamente quando nossas rodas se levantam do chão.

— Então, eles estavam perseguindo vocês, não nós? — Confirmo com Yan enquanto limpo a sujeira e o sangue do rosto de Peter antes de remover alguns fragmentos de vidro da sua pele. Sinto-me bizarramente calma, como se estivesse fazendo um exame de Papanicolau de rotina em vez de tratar os ferimentos de meu marido depois de uma fuga angustiante.

Estou me acostumando com a vida em fuga, ou ainda estou em choque e a queda da adrenalina está prestes a me atingir.

— Sim, quase não conseguimos — Diz Yan do assento ao lado do sofá onde Peter está deitado. — O helicóptero estava voando à frente para nos emboscar, mas vocês devem ter chamado a atenção deles. — Enquanto ele fala, segura um espelho para aplicar uma pomada de antibiótico em seu ouvido, onde uma bala roçou, deixando um corte feio.

— Fico feliz que servimos como seu chamariz acidental — Diz Peter quando levanto a camisa para inspecionar a bandagem ao seu lado. Sua cor ainda está estranha, mas ele está consciente e aparentemente se sentindo bem o suficiente para ser sarcástico.

— Ei, foi um trabalho de equipe — Diz Ilya, um sorriso abrindo seu rosto largo enquanto ele descansa no seu assento, de alguma forma completamente ileso. — Não poderia ter sido melhor se tivéssemos planejado isso.

Balanço a cabeça, tentando não pensar de como foi correr para o avião enquanto Peter estava imobilizado pelo fogo do helicóptero. É um milagre que ele tenha sobrevivido, que *todos* nós sobrevivemos e fugimos.

Minhas mãos começam a tremer quando tiro o curativo de Peter, e a percepção me atinge.

Peter poderia ter sido baleado novamente.

Ele poderia ter sido morto, seu crânio destruído por uma bala como...

Não, para.

— Aonde estamos indo agora? — Pergunto para me distrair das lembranças que ameaçam invadir minha mente. Não posso mergulhar naquele poço escuro, não posso me concentrar no que aconteceu com meus pais ou poderia ter acontecido com Peter.

Eu não estou pronta para enfrentar isso ainda.

— Essa é uma boa pergunta — Diz Yan, largando a pomada para pegar o telefone. — Deixe-me ver se o nosso contato turco chegou. — Ele passa o dedo na sua tela algumas vezes e faz uma careta. — Porra.

— O quê? — Peter tenta se sentar, mas eu o empurro de volta.

— Fica parado — Digo, olhando para ele. — Não terminei ainda.

— Nosso cara do controle de tráfego aéreo está preso — Diz Yan enquanto Peter obedece, deixando-me limpar em torno de seus pontos rompidos. — Alguém descobriu sua renda por fora.

— Então, a Turquia está fora. — Peter não parece surpreso. — E Letônia?

— Deixe-me ver. — Yan disca um número, depois, começa a falar em russo.

O que quer que a pessoa do outro lado da linha esteja dizendo não deve ser bom, porque a carranca de Yan se aprofunda a cada momento.

— Qual o problema? — Ilya pergunta quando Yan desliga. — O que esse bastardo lhe disse?

— Aparentemente todos os aeroportos da Europa estão à procura do nosso avião — Diz Yan. — Isso inclui também pistas de pouso particulares. A Interpol colocou um preço ridículo por nossas cabeças, e os rostos de nós quatro estão espalhados em todos os noticiários como os suspeitos por trás do bombardeio do FBI. Eu não confiaria em ninguém agora; eles são tão propensos a nos entregar como a nos ajudar.

— Caralho. — Peter tenta se sentar novamente, e desta vez, eu deixo. A calma induzida pelo choque se dissipou completamente, e sinto um cansaço terrível combinado com uma ansiedade apertando meu peito.

Podemos ter escapado, mas estamos longe de estar em segurança.

— Se a Europa está fora de questão, a nossa melhor aposta é a Venezuela — Diz Peter enquanto colo uma atadura nova no seu lado, sem nem notar que fiz. — Temos combustível suficiente para chegar lá?

— Deixe-me verificar com Anton — Diz Yan, levantando-se. Ele desaparece na cabine do piloto e reaparece um minuto depois. — Sim, mas não sobra mais nada — Relata ele. — Se alguma coisa der errado, estamos fodidos.

— Digo que devemos ir — Diz Ilya, coçando o crânio tatuado. — Pelo menos, vai ser quente lá.

— Me dê seu telefone — Diz Peter para Yan —, vou falar com Esteban. Enquanto isso, diga a Anton para estabelecer o curso para a Venezuela. De um jeito ou de outro, vamos aterrissar lá.

eter

A porra do ganancioso do Esteban exige nada menos que três milhões de euros para fazer os arranjos apropriados, mas não temos espaço para discutir.

Se não aterrissarmos no seu pequeno aeroporto, estamos fodidos.

Finalmente, toda a logística foi resolvida e eu fui até o assento de Sara. É grande o suficiente para dois homens, e ela parece minúscula encolhida com os joelhos até o peito enquanto olha pela janela do avião.

— Ptichka. — forço minhas coxas na frente dela, ignorando a dor puxando na minha panturrilha e lado enquanto descanso minhas mãos em seus tornozelos. — Meu amor, você está bem?

Ela se concentra em mim, piscando. — O que você está fazendo? Deveria estar deitado.

— Estou bem — Digo, mas ela já está em pé, me puxando em direção ao sofá. Suspirando, eu deixo, porque eu me sinto um lixo.

— Deita comigo — Digo enquanto me estico no sofá. — Quero te abraçar.

Ela franze. — Mas seu lado...

— Não se preocupe com isso. — Eu a puxo até que ela não tem escolha a não ser se esticar ao meu lado. Rolando para o lado não ferido, eu a seguro por trás, inalando o perfume delicado do seu cabelo enquanto Ilya e Yan se viravam em seus assentos, dando-nos um mínimo de privacidade.

Ela está tensa no início, sem dúvida preocupada em esbarrar em um dos meus ferimentos, mas depois de um minuto, um pouco da rigidez passa. E é quando sinto.

Um tremor quase imperceptível em seu corpo.

Ela está tremendo toda.

Meu peito se aperta em agonia. Meu pequeno pássaro cantor não está fisicamente ferido – essa foi a primeira coisa que me certifiquei quando entramos no avião – mas isso não significa que ela tenha saído sem ter sido afetada.

O que ela acabou de passar é o suficiente para dar TEPT a um soldado experiente, quanto mais a uma mulher civil.

Uma mulher civil *grávida*.

— Como você está se sentindo, meu amor? — Pergunto baixinho, colocando minha mão em sua barriga. Talvez seja minha imaginação, mas parece mais magra do que o normal, como se ela tivesse perdido peso. E talvez ela tenha.

Entre o imprevisível enjoo matinal e todo o estresse, ela pode não estar se alimentando adequadamente.

— Eu estou bem — Murmura ela, mesmo quando sua respiração começa a acelerar. — É apenas...

— O efeito da adrenalina, eu sei. — Mantenho minha voz baixa e suave enquanto retiro minha mão de seu estômago para acariciar seu quadril. — Vai passar.

Ela inspira mais profundamente. — Eu sei. Tudo vai ficar bem.

— Vai sim — Prometo. — Vamos para nosso esconderijo, e tudo vai ficar bem.

É a primeira vez que minto para ela, e a julgar pela rigidez renovada de seu corpo, minha ptichka sabe disso.

Porque não vai ficar bem.

Nada pode desfazer o que foi feito e trazer de volta os pais de Sara.

Tudo o que posso fazer é buscar vingança, e isso farei.

Henderson vai orar pela morte muito antes de eu terminar com ele.

Henderson

Fúria se mistura com o medo crescente no meu peito enquanto leio o último email do meu contato.

Eles escaparam, todos eles, bem debaixo do nariz da Interpol.

Mais um minuto, e Sokolov e seus amigos russos teriam sido cercados. A Interpol poderia ter pego todos os quatro de uma vez. Em vez disso, eles estão agora no ar, a caminho de alguma porra de lugar.

Isso sem mencionar a fuga bem-sucedida de Kent para o complexo de Esguerra na selva amazônica, onde até o governo colombiano considera impenetrável.

Se todos tiverem a chance de se reagrupar, estou fodido – porque agora eles devem ter descoberto o que aconteceu e como.

Tomando fôlego para controlar uma onda de pânico, começo a escrever um email para o meu contato na CIA.

Ainda há tempo para interceptar o avião de Sokolov.

Apenas temos que contatar os aeroportos no mundo todo e levá-los a confrontar todos os agentes de controle de tráfego aéreo que possam remotamente aceitar propina.

4 8

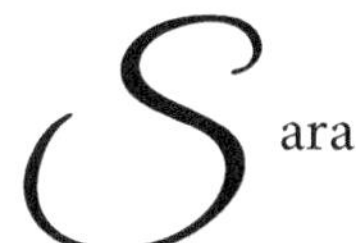ara

EU DEVO TER COCHILADO NO ABRAÇO DE PETER PORQUE ACORDO com o baixo murmúrio de vozes falando russo. Abrindo os olhos, vejo meu marido sentado com um laptop no colo e os gêmeos ao lado dele. Ele está apontando para alguma coisa na tela e falando na sua língua.

— O que está acontecendo? — Pergunto, sentando-me. Me sinto tonta, como se estivesse ausente por horas. E pelo que sei, estive.

É um longo voo da Suíça à Venezuela.

Os homens olham em minha direção. — Só tentando descobrir onde o sniper estava escondido — Diz Yan, ao mesmo tempo que Peter diz: — Nada, meu amor. Não se preocupe.

— Um sniper? — Um novo pico de adrenalina me atinge. — Que sniper? — Então, me lembro. — Oh, você quer dizer o que atirou no agente te prendendo, fazendo todos entrarem em pânico e começarem a atirar? Eu estava me perguntando sobre isso. Eu inicialmente pensei que poderia ter sido alguém tentando ajudar você, mas eles não estavam, estavam? Eles estavam tentando causar problemas.

Peter olha para Yan – ele achava que eu precisava ser protegida disso? – antes de se virar para mim. — É isso — Diz com firmeza. — Henderson deve ter contratado o atirador para ter certeza de que eu fosse morto durante a prisão. Suponho que o plano fosse me atingir, junto com todos que já me ajudaram, e na frente do público, para que nada pudesse ser escondido da mídia. Se eu tivesse sido preso, talvez conseguisse convencer as autoridades da minha inocência por encontrar os verdadeiros culpados, então, tudo poderia voltar a ser como era, e Henderson estaria em sérios apuros.

— Mas se ele tinha o atirador lá, por que não atirar em você ao invés de matar o agente da SWAT? — Pergunto, suprimindo um tremor quando a imagem da cabeça de Peter explodindo flui pela minha mente. — Se aquele atirador estava em posição...

— Bem, por um lado, o ângulo não era ideal para me pegar — Diz Peter —, ou, pelo menos, é isso que determinamos com base em minhas lembranças. Para conseguir aquele tiro, ele devia estar deitado no telhado da casa de três andares no bloco vizinho. Lembra, o branco, com telhado cinza?

Eu assinto e ele continua. — Bem, eu estava mais perto da casa, então, o teto deve ter me protegido, pelo menos parcialmente. Mas o mais importante, se eu *tivesse* sido baleado por um atirador desconhecido, teria levantado todos os tipos de suspeitas sobre quem realmente está por trás do ataque, e eu estou supondo que é a última coisa que Henderson queria. Mas com o agente sendo baleado, era quase certo que os policiais assumiriam que era alguém em conluio comigo, e eu seria morto no tiroteio resultante de qualquer maneira.

— E você quase foi. — Não consigo segurar um tremor desta vez. — Você chegou tão perto de morrer...

Os lábios de Peter se curvam em um sorriso frio. — Sim, mas infelizmente, para Henderson, eu não cheguei lá.

Olho para ele, os cabelos finos na parte de trás do meu pescoço subindo na promessa sombria em sua voz. Eu não esqueci desse lado dele, mas tinha sido fácil não pensar nisso quando estávamos falando sobre nossa vida suburbana. O Peter com quem eu tinha concordado em casar não tinha sido tão diferente do assassino vingativo que invadiu minha casa para matar George, mas tinha sido possível fingir quem ele era, que ele não era mais capaz das coisas terríveis que tinha feito para vingar Tamila e seu filho.

Exceto que ele é.

E sempre será.

E, agora, ele tem mais uma razão para ir atrás de Henderson.

— Como você vai fazer isso? — Pergunto, e até eu fico surpresa em como a conversa soa. — Você já tem um plano em andamento?

Porque Henderson *vai* morrer por isso. Eu sei tão certo quanto sei que Peter me ama. Meu marido letal fará seu inimigo pagar dez vezes, e, por mais errado que seja, não consigo me irritar moralmente com o pensamento.

O monstro recém-desperto em mim *quer* que Henderson sofra, conheça a dor e a perda devastadora.

O sorriso de Peter não vacila. — Não se preocupe com os detalhes, meu amor. Basta dizer que ele não vai sair dessa.

— Eu sei que ele não vai — Digo baixinho, segurando o olhar do meu marido. — Você não vai deixar.

Levantando-me, vou ao banheiro para me refrescar, ciente dos olhos de Peter me seguindo enquanto ando pela cabine.

49

Peter

AS PESSOAS PROCESSAM O TRAUMA DE DIFERENTES MANEIRAS. Algumas, desmoronam e nunca se recompõem. Outras, encontram uma força interna que as mantém a cada dia. Eu sempre soube que Sara era a segunda, mas nunca apreciei mais sua força interna do que agora, enquanto observo a porta do banheiro se fechando atrás de sua figura esbelta.

Ela é uma guerreira, meu passarinho, tão forte quanto qualquer soldado treinado.

— Então, você ainda acha que ela é toda doçura e leveza? — Diz Yan em russo quando eu retiro o olhar da porta e encontro seu olhar friamente divertido. — Porque pelo que vejo, sua pequena doutora perfeita parece ter desenvolvido uma grande sede por sangue.

— Cala a boca, Yan — Diz Ilya abruptamente antes que eu possa responder. — Agora não é a hora.

Sob quaisquer outras circunstâncias, eu já teria minhas mãos na garganta de Yan, mas Ilya está certo.

Estamos prestes a começar nossa descida e não há tempo para besteira.

— Vou fazer uma verificação de última hora da situação em terra — Digo a Ilya, ignorando intencionalmente Yan. — Esteban prometeu que tudo estaria pronto, mas você sabe o quanto eu confio nessa doninha.

— Certo. — Ilya pega o telefone de Yan do bolso de seu irmão e entrega para mim. — Boa ideia.

Eu disco o número do chefe de polícia venezuelano que eu tenho na minha folha de pagamento nos últimos três anos e espero a ligação. Se tudo estiver bem, Santiago não saberá por que estou ligando. Se não…

— Hola? — Ele responde.

— É o Peter Sokolov.

Há um momento de silêncio tenso; então, ele sibila ao telefone:
— Por que diabos você está me ligando? É tarde demais; não há nada que eu possa fazer. Eles estão em todo o aeroporto. Eu te disse, eu não posso fazer nada quando todo o departamento…

Eu desligo antes que ele termine e olho para cima para ver um par de olhos verdes idênticos.

— Parece que a pista de pouso de Esteban é um 'não vá' — Digo normalmente. — Alguma outra ideia?

Sara

Volto e vejo Peter e os gêmeos agrupados em volta da entrada da cabine do piloto. Todos os três homens estão de pé, gesticulando com movimentos rápidos enquanto discutem em russo com Anton.

Meu estômago afunda. — O que há de errado? Aconteceu alguma coisa?

— Nosso contato venezuelano nos abandonou — Diz Ilya por cima do ombro. — Ou talvez ele tenha sido pego, não sabemos com certeza. De qualquer maneira, a polícia está nos esperando pousar, o que significa que precisamos esticar nosso suprimento de combustível e chegar a outro...

— Não há como esticar o combustível, Anton lhe disse isso. — A voz de Yan é dura e afiada. — Eu digo que nós devemos arriscar com a polícia. Se o nosso combustível acabar, isso é morte certa, mas com os policiais...

— Nós temos sete por cento restante — Diz Peter —, isso é suficiente para nos levar a outro aeroporto próximo.

— Eles estarão esperando por nós de qualquer maneira — Diz Yan. — Já estamos no radar deles, e se calcularmos só um pouquinho errado...

— É melhor do que entrar numa armadilha certa — Diz Ilya. — Eu digo para pousarmos em outro lugar. Como uma pista de pouso privada, ou uma estrada, ou talvez até mesmo... — Ele para abruptamente e corre para o laptop que Peter estava usando.

— Qual o problema? — Pergunto, meu coração martelando.

— Colômbia. — Sua voz profunda é incongruentemente animada. — Não estamos longe do complexo amazônico de Esguerra, e ele tem uma pista de pouso dentro...

— Você está brincando, certo? — Yan cruza os braços. — Não há como nosso combustível durar tanto tempo, e isso supondo que Esguerra queira ajudar. Ele está afundado na sua própria merda agora.

— Sim, mas é tudo a mesma merda, você não vê? — Os dedos grossos de Ilya voam sobre o teclado. — Nós somos a razão pela qual ele está sob ataque. Assim...

— Então, ele vai alegremente evitar o problema para a polícia e atirar em nós mesmos — Diz Yan. — De qualquer maneira, não vejo como teríamos suficiente...

— Vou checar a quantidade de combustível com Anton — Diz Peter e desaparece na cabine.

Eu fico olhando para ele, minha náusea voltando enquanto processo o fato de que não há boas opções para nós.

Mesmo se não ficarmos sem combustível no caminho para o complexo de Esguerra, é pouco provável que o traficante de armas nos receba.

— *Podemos* ter o suficiente para chegar até Esguerra — Diz Peter, reaparecendo na porta. — Tudo depende da velocidade e direção do vento. Neste momento, temos um vento forte. Se ficar como está, vamos conseguir.

— O vento? É nisso que estamos apostando?

Ninguém responde à pergunta retórica de Yan, então, ele caminha até o sofá e se senta, murmurando o que soa como maldições russas em voz baixa.

— Acabei de falar com Kent — Diz Ilya, olhando por cima do computador. — Ele está no complexo da Esguerra agora. Talvez ele consiga convencê-lo a nos deixar ficar um pouco com eles.

— Não há tempo para isso — Diz Peter. — Enquanto eles discutem o assunto, nós ficaremos sem combustível. Eu vou ligar para o Esguerra diretamente. Ele tem que nos deixar pousar. É a nossa única chance.

eter

O TRAFICANTE DE ARMAS COLOMBIANO ATENDE NO TERCEIRO TOQUE.

— Problemas no paraíso? — Ele diz suavemente.

— Contigo também, imagino — Respondo calmamente. A última coisa que quero é que Esguerra descubra qualquer indício de desespero. — Acho que podemos nos ajudar mutuamente.

Ele ri ironicamente. — Sim, claro.

— Você sabe quem está por trás desse show de merda?

— Eu tenho uma boa ideia. O ex-general, certo? O filho da puta que você não matou porque queria brincar de casinha nos subúrbios?

Caralho. Claro que ele já saberia disso. A informação é tanto o comércio de Esguerra quanto as armas que ele produz.

Eu mudo de tática. — Escuta, lamento que isso tenha chegado a você e sua empresa. Mas a única maneira de consertar isso é expor Henderson e o que ele fez. E eu sei exatamente como fazer isso.

— Sabe? Não é esse o cara que você tem caçado sem sucesso por três anos?

Eu ignoro a zombaria em seu tom. — Sim, o que significa que ninguém sabe tanto sobre ele quanto eu e minha equipe. Levará meses, se não anos, para você coletar todos os dados que temos sobre seus amigos e parentes e para percorrer todos os esconderijos que já encontramos e eliminamos. Encare isso: Você precisa de mim para consertar rapidamente essa situação, antes de perder ainda mais dinheiro. Quanto os ataques às suas fábricas custam a você? Dez milhões por dia? Mais?

Eu estava apenas adivinhando sobre os ataques, mas a julgar pelo silêncio no telefone, eu atingi um ponto forte.

— Julian, me escute — Continuo enquanto Sara e os gêmeos olham para mim intensamente. — Eu posso derrubar Henderson e posso fazê-lo rapidamente. Tudo o que preciso é de um lugar para descansar um pouco e alguns dos seus recursos, e vou provar que você não teve nada a ver com a explosão. A essa altura, no próximo mês, você estará de volta às boas graças do Tio Sam e ficaremos longe de você para sempre. Ou você pode tentar lidar com isso por conta própria, e aguentar todas as agências de segurança depois...

— Foda-se você e sua equipe. — Não há dúvidas sobre a fúria na voz de Esguerra. — Você é a razão para essa porra de bagunça. E sabe de uma coisa? Aposto que se eu entregar você e os outros 'terroristas' da sua equipe para o Tio Sam, terei andado um longo caminho para reparar esse relacionamento.

— Será? Tem certeza? — É a minha vez de soar friamente zombeteiro. — Um explosivo perigoso, seu explosivo, foi colocado em solo americano contra o FBI. Cada agência está envolvida nisso, cada burocrata de alto a baixo. Você realmente acha que tudo será perdoado e esquecido se você entregar seus co-

conspiradores? Porque isso é o que eles vão acreditar, você sabe, que você está apenas delatando seus parceiros. A menos que você exponha Henderson pelo que ele é e limpe seu nome rapidamente, você está tão fodido quanto nós.

Há outro longo e tenso silêncio na linha. Então, Esguerra diz asperamente: — Tudo bem. Eu posso te dar um lugar para ficar. Eu tenho um contato no Sudão. Quando chegar lá...

— O Sudão não dá — Interrompo. — Eu tenho um lugar diferente em mente.

— Oh?

— Seu complexo. Chegamos aí em uma hora.

E antes que ele possa responder, eu desligo.

52

Eu observo, com o estômago embrulhado, enquanto Peter calmamente coloca o telefone no bolso e volta para a cabine do piloto, provavelmente para informar Anton de que estamos indo para o complexo de Esguerra, independentemente dos sentimentos do traficante de armas sobre o assunto.

— Você sabe que ele pode nos derrubar quando nos aproximarmos — Diz Yan quando Peter reaparece um minuto depois —, e isso se o nosso combustível durar.

— Vai durar — Diz Ilya com confiança. — E ele não vai. Você ouviu Peter, Esguerra precisa que resolvamos essa bagunça rapidamente.

— Sim, claro — Yan murmura e se dirige ao banheiro na parte de trás do avião.

Minhas pernas não se sentem totalmente firmes quando ando até o sofá e me sento.

É assim que vamos morrer?

Não por uma bala, mas por um acidente de avião?

O sofá afunda ao meu lado e uma mão grande e quente cobre meu joelho. — Tudo vai ficar bem, ptichka — Peter murmura, levantando a outra mão para afastar meu cabelo. Seus dedos roçam minha mandíbula, o toque tão suave que me faz querer chorar.

— Como você sabe? — Eu sussurro, então, me repreendo por agir como uma criança carente.

Claro que ele não sabe.

Ele está apenas dizendo isso para me fazer sentir melhor.

— Porque eu conheço Julian — Ele diz suavemente. Ele não se barbeia há dias, e a barba escura acentua a palidez doentia de sua pele. No entanto, ele ainda, de alguma forma, irradia sua força e autoconfiança habituais. Eu sei que é mais provável que seja uma fachada, mas eu não posso deixar de me sentir segura quando ele pressiona seus lábios na minha testa, em seguida, envolve um braço poderoso em volta dos meus ombros, me colocando contra seu lado não ferido.

— Você deveria estar descansando — Murmuro depois de um minuto. Por mais forte que o meu marido seja, ele não é invencível. Foi há poucos dias que ele estava à beira da morte. Mas quando eu tento me afastar, ele me segura com mais força, e eu desisto com um suspiro, colocando minha cabeça em seu ombro.

Não vale a pena brigar.

Afinal, esta pode ser a nossa última hora juntos.

53

Peter

O VENTO DE CAUDA ENFRAQUECE ASSIM QUE ESTAMOS PRESTES A começar nossa descida. Fico sabendo através de um anúncio conciso de Anton.

Desculpando-me, eu cuidadosamente me liberto do abraço de Sara e me dirijo a ele, grato por ele ter a perspicácia de falar em russo.

Minha ptichka já está bastante preocupada.

Ilya e Yan já estão dentro da cabine, com Yan agachado ao lado de Anton, segurando um computador.

— Quanto falta? — Pergunto sem preâmbulo.

— Não muito — Diz Anton. — Se a velocidade do vento não cair mais, poderemos ter o suficiente para uma aterrissagem difícil, ou talvez não. Depende de quão bem este avião funciona praticamente sem combustível.

— Tem alguma pista de pouso mais próxima? — Pergunta Ilya.
— Uma estrada larga também funcionaria.

— Não consigo encontrar nada parecido no mapa — Diz Yan, e vejo-o aproximando-se de uma região densamente coberta de florestas no Google Mapa. — Estamos bem na beira da selva; não há nada além de árvores, rios e estradas estreitas de terra.

Eu seguro um palavrão.

Isto é ruim.

Realmente muito ruim.

Se fosse apenas nós, eu não me preocuparia tanto – as pessoas são conhecidas por sobreviver a acidentes de avião – mas mesmo um pouso forçado pode ser demais para Sara e o bebê.

— O que está acontecendo? — Ela diz atrás de mim, e eu me viro para vê-la olhando preocupada para os controles. — Aconteceu alguma coisa?

Ninguém responde. Até Yan não tem comentários sarcásticos.

— Nada, ptichka. Estamos nos preparando para aterrissar — Digo com voz normal e, pegando sua mão, eu a levo para fora da cabine.

5 4

Sara

Minhas entranhas parecem folhas em uma tempestade de inverno enquanto Peter me guia até meu assento e me prende, apertando o cinto de segurança no meu colo até que seja quase difícil respirar. Então, ele vai até o sofá e tira as almofadas. Trazendo-as, ele as joga na minha frente, depois, abre um compartimento de bagagem e puxa uma mochila.

— O que você está fazendo? — Minha voz começa a tremer. — Peter, o que você está fazendo?

Ele não responde, apenas puxa uma longa corda e uma faca. Agarrando uma das almofadas, ele a amarra na parte de trás do assento na minha frente, exatamente onde minha cabeça iria bater se eu assumisse a posição clássica de queda de avião e algo me empurrasse para frente.

Ele pega a outra almofada e a coloca à minha esquerda, entre o meu assento e a janela. Ali já está bem apertado, então, ele não precisa usar a corda para segurá-la no lugar.

— Vamos bater? — É uma pergunta estúpida, pois, é óbvio o que está acontecendo, mas eu não consigo evitar. Quero que ele minta para mim novamente, que me diga que o que está fazendo não é nada mais do que uma precaução boba.

— Não, estamos aterrissando — Ele diz como se estivesse lendo a minha mente, e amarra a terceira almofada à minha direita, amarrando-a a mim.

Eu estava errada.

Eu não quero que ele minta.

Eu quero que ele me diga a verdade, daí, posso surtar.

O nariz do avião afunda e meu estômago faz o mesmo, quando sinto a súbita mudança na pressão da cabine.

— Peter. — Minha voz é surpreendentemente firme. — Por favor, senta.

— Em um momento — Diz ele e desaparece quando Yan e Ilya saem da cabine do piloto e tomam seus próprios lugares.

Alguns segundos depois, Peter reaparece com alguns travesseiros. Ignorando meus protestos, ele os amarra ao meu redor, com um pequeno em cima da minha cabeça. Quando ele termina, me pareço com um marshmallow humano.

Então, e só então, ele se senta ao meu lado.

— Pegue alguns desses travesseiros para si mesmo — Imploro, mas ele apenas aperta o cinto de segurança. — Por favor, Peter. Ou, pelo menos, dê alguns para seus companheiros de equipe. Por que eu deveria ter todos eles? Por favor, me escute...

— Não dê ouvidos a ela, Peter — Diz Ilya rispidamente da outra fileira —, vamos ficar bem.

— Mas...

— Relaxa, Sara — Diz Yan friamente. — Meu irmão está certo. Além disso, o preenchimento não ajuda muito.

Peter fala algo ríspido em russo – provavelmente uma bronca por me assustar desnecessariamente – e sinto meus ouvidos explodirem quando nossa descida se acelera.

— Sete minutos para o pouso — Anton anuncia no intercomunicador, e Peter chega do outro lado da mesa entre os nossos lugares, a mão dele escavando o monte de travesseiros para prender os meus. Seu aperto é tão forte como de costume, mas seus dedos estão frios quando envolvem minha palma.

— Seis minutos — Diz Ilya quando o avião se inclina para a esquerda, permitindo-me ter um vislumbre da floresta verde abaixo.

De longe, vejo uma grande área desmatada com um punhado de pequenos edifícios perto de um grande branco, mas o avião se inclina para a direita e tudo que vejo é o céu.

Um som estridente interrompe o zumbido constante dos motores. Parece um gigante limpando a garganta.

Eu paro de respirar, meus olhos arregalados para Peter.

Seu rosto está branco, sua mandíbula em uma linha brutal, mas seu aperto na minha mão permanece firme e reconfortante.

Os motores retomam seu zumbido, e eu inspiro o ar tão necessário. O suor frio está se acumulando sob minhas axilas, e todos os travesseiros me fazem sentir como se eu estivesse sufocando.

— Cinco minutos — Diz Ilya com voz rouca. — Só mais um pouco, e ele poderá acionar o trem de pouso sem estragar nossa trajetória de descida.

Os motores tossem novamente e voltam a funcionar.

O avião se inclina para a direita novamente e eu me forço a olhar pela janela.

O aglomerado de edifícios – o complexo de Esguerra, presumivelmente – está quase diretamente abaixo de nós agora, e vejo que o prédio branco é uma imponente mansão. Eu também noto o que parece torres de guarda na borda da área desmatada.

— Quatro minutos — Diz Ilya, e vejo o nosso destino: uma pista pavimentada a alguma distância da mansão, com uma densa floresta ao redor dos dois lados.

Os motores tossem novamente.

— Três minutos — Diz Ilya, sua voz tensa quando o trem de pouso começa a descer com um rugido.

Com um último ruído, os motores ficam em silêncio e os guinchos param.

Acabamos de ficar sem combustível.

— Ptichka. — A voz de Peter é estranhamente calma quando meu olhar aterrorizado encontra o dele. — Eu te amo. Agora, se segura.

Sara

Eu sempre achei que aviões com motores com defeito caíssem do céu como pássaros que haviam sido atingidos. Mas quando olho para Peter com terror paralisado, não sinto uma queda acentuada.

De alguma forma, ainda estamos deslizando para frente quando descemos.

— Sara. — Sua voz aguçada. — Curve-se e abrace seus joelhos. Agora.

Meus membros congelados obedecem de alguma forma e, pelo canto do olho, vejo-o assumir a mesma posição.

Oh, Deus.

Está acontecendo.

É real.

Vamos bater.

Estamos prestes a morrer.

Minha respiração rápida está forte em meus ouvidos, minha mão direita escorregadia de suor enquanto eu a empurro através do monte de travesseiros para tocar o braço de Peter.

Preciso senti-lo.

Preciso saber que estamos conectados ao final.

Então, sua grande mão envolve a palma da minha mão novamente e, por uma fração de segundo, é tudo o que preciso. O brilho de alegria é tão intenso quanto o pânico me consumindo, a onda de amor tão forte supera o medo da morte iminente.

— Eu te amo — Sussurro, virando a cabeça para encontrar o seu olhar prateado. — Sempre vou amar você, Peter... neste mundo e além.

O impacto inicial é como pousar num cavalo bronco empinando. O avião toca o chão com tanta força que salta duas vezes, cada um mais áspero que o outro. O cinto no meu colo é a única coisa que me impede de voar do banco, e meu ombro esquerdo bate na almofada do sofá enquanto o avião tomba violentamente para um lado antes de se nivelar.

O trem de pouso não deve ter descido até o fim, percebo quando o guincho agonizante de metal arrastando sobre o pavimento chega aos meus ouvidos por causa do barulho ensurdecedor do meu pulso. E, então, milagrosamente, estamos desacelerando.

Estamos no chão e desacelerando.

O reconhecimento disso é lento, e apenas quando paramos que eu compreendo completamente.

Sobrevivemos.

Ficamos sem combustível, mas ainda pousamos.

Respirando irregularmente, sento-me e abro os olhos – devo tê-los fechado durante o pouso – e vejo Peter já sentado, seu rosto sombreado pela barba enrugado com uma expressão preocupada enquanto ele solta a mão do meu aperto de dedos brancos.

Soltando o cinto de segurança, ele se levanta e rapidamente me livra dos travesseiros antes de me apalpar da cabeça aos pés.

— Você está bem? — Ele pergunta com voz intensa, e quando eu assinto, me vejo em seus braços e abraçada com tanta força que não consigo respirar. Não que eu precise. Isso, bem aqui, é tudo o que preciso. Seu calor se infiltra no meu corpo congelado, seu perfume reconfortante me envolve, e com meu ouvido pressionado contra seu peito poderoso, ouço seu coração batendo em sintonia com o meu.

Conseguimos.

Estamos juntos e vivos.

eter

Se fosse do meu jeito, eu seguraria Sara para sempre, sentindo seu calor e respirando seu cheiro, mas ainda há o nosso anfitrião obstinado para lidar.

Relutantemente, a solto e recuo. Ilya e Yan já estão na porta, abrindo-a e abaixando a escada, e vou ajudá-los.

Com certeza, do lado de fora há guardas armados suficientes para derrubar um pelotão. Eles cercaram nosso avião, e atrás deles estão pelo menos vinte SUVs com reforços, com mais uma dúzia parando enquanto eu olho.

— Fique aqui até que eu volte — Digo a Sara por cima do ombro, então, saio para o calor úmido da selva, totalmente preparado para ser baleado no local.

Só porque Esguerra nos deixou pousar não significa que ele vai nos deixar viver. Ele pode ter querido que nosso avião não fosse danificado.

Nenhuma bala me atinge, mas não é hora de relaxar enquanto desço as escadas, a adrenalina me ajudando a esconder o medo.

— Estou desarmado — Grito enquanto os guardas mais próximos levantam suas M16s. Eles devem ser novos; eu não reconheço nenhum dos seus rostos do meu tempo no emprego de Esguerra. — Diga ao seu chefe que estou aqui para vê-lo.

— Você está mesmo? — Diz Esguerra, saindo de trás de um grupo de guardas. — Que coincidência. Porque eu poderia jurar que seu avião simplesmente caiu aqui... visto vocês terem ficado sem combustível.

— Sim, bem, merdas acontecem. Vazamento de combustível no último minuto e tudo isso. —

Ele estala a língua em falsa simpatia. — Deveria demitir seu cara de manutenção. Vazamentos de combustível são perigosos.

— Não são? — Meu sorriso é tão afiado quanto a faca que escondi na minha bota. Apesar do que disse, nunca estou completamente desarmado. — Mas tudo está bem quando acaba bem. Estamos aqui agora, então, por que não deixamos os porquês para mais tarde e nos concentramos no que é importante: encontrar Henderson e resolver essa situação o mais rápido possível?

Os olhos de Esguerra se estreitam em linhas azuis e, por um momento, tenho certeza de que ele vai me matar. Mas o senso de negócios deve prevalecer porque ele apenas diz friamente: — Tudo bem. Você tem duas semanas para consertar essa bagunça. Diego levará você e sua equipe aos seus aposentos.

Ele se vira para sair e eu me permito exalar a respiração que estava segurando.

Estamos longe de estarmos seguros, mas acabamos de ganhar um tempo.

PARTE IV

Henderson

— MAIS RÁPIDO — GRITO PARA JIMMY ENQUANTO ELE ARRASTA A mala para dentro do carro, sua expressão de tédio adolescente e petulante. Bonnie e Amber, minha filha de dezoito anos, já estão dentro do veículo, esperando tensamente.

Ao contrário do meu filho estúpido, elas entendem a seriedade disso. Sabem que se Sokolov e seus companheiros nos encontrarem, todos sofreremos mais do que a morte.

A derrota é um sabor amargo na minha língua quando entro no carro e bato a porta. De acordo com minhas fontes, Sokolov está agora no complexo de Esguerra também, o que significa que meus inimigos não estão apenas se reagrupando, mas se unindo.

Nós temos que fugir de novo.

Nós temos que nos esconder.

Pelo menos até eu descobrir outro jeito de chegar até eles.

 ara

Eu acordo com os sons surpreendentes de um bebê chorando, combinado com vozes de mulheres tentando acalmá-lo.

Abrindo meus olhos, me sento, querendo que meu cérebro comece a funcionar para que eu possa descobrir onde estou. E quando olho em volta da sala simples, com suas paredes brancas e tapete cinza, lembro-me.

Estamos na Colômbia, no complexo do traficante de armas.

Mais especificamente, estamos na casa que Diego – um jovem guarda que Peter aparentemente conhecera anteriormente – nos trouxe ontem. Suspeito que nosso anfitrião nos colocou aqui por minha causa. Yan, Ilya e Anton ficaram com os guardas no quartel, mas Esguerra deve ter percebido que seria estranho para um casal morar com um bando de caras.

Fiquei feliz por isso; gosto da privacidade. Sem mencionar que a casa em si é boa – limpa e moderna, apenas minimamente mobiliada. Eu até encontrei algumas roupas no armário, e elas parecem estar perto do meu tamanho – um progresso, já que minhas roupas consistem apenas do jeans e suéter que eu cheguei.

— Essa não era a residência de Kent? Onde ele está hospedado? — Perguntou Peter quando paramos, e Diego explicou que Lucas e Yulia Kent estão na casa principal com os Esguerras, algo sobre segurança extra e conveniência para reuniões de negócios.

O choro parece estar vindo do lado de fora, então, me levanto e visto um roupão que encontrara no armário ontem. Vou espiar a janela do quarto pelas persianas fechadas.

Duas mulheres jovens de cabelos escuros estão agachadas sobre um bebê deitado num cobertor no gramado verde em frente à casa. Elas estão trocando a fralda da criança, e o bebê está chorando como se fosse a pior coisa do mundo.

Quem são elas?

E onde está Peter?

A julgar pelo sol forte do lado de fora, já é de manhã, o que, dado que desmaiei apenas algumas horas depois da nossa chegada ontem, significa que dormi por cerca de dezesseis horas.

Meu corpo deve ter precisado de descanso depois de todo o estresse.

Automaticamente, coloco a mão na minha barriga. Ainda está plana, sem sinal da vida crescendo aqui dentro, mas eu sei que está lá. Eu sinto.

Um bebê meu.

Dentro de alguns meses, vou trocar fraldas também.

Assumindo que ainda estejamos vivos.

Meu peito aperta, eu recuo da janela. Por um momento, eu quase esqueci a natureza precária de nossas circunstâncias, e o que nos trouxe aqui.

O rugido do helicóptero em meio ao tiroteio, empurrando o peito de papai num esforço inútil para recomeçar seu coração, o rosto de mamãe com um pedaço dele faltando...

Ofegante, caio de joelhos, meu coração dispara quando o suor frio cobre meu corpo. Por um segundo, foi como se eu tivesse sido transportada de volta no tempo, o flashback tão vívido que eu senti o cheiro metálico de sangue e senti o spray quente no meu rosto.

Oh, Deus.

Não posso fazer isso

Não posso relembrar.

Tremendo, fico de pé e tropeço para o banheiro ao lado, onde eu abro o chuveiro no mais quente e entro, deixando a água escaldante queimar o gelo dentro de mim.

Um dia, poderei pensar nos meus pais, mas ainda não.

Não por um longo, longo tempo.

A CAMPAINHA TOCA ASSIM QUE ENTRO NA SALA DE ESTAR, VESTINDO um short jeans e uma camiseta que encontrei no armário. Eles me servem surpreendentemente bem. Como Peter disse sobre esta ter sido a casa de Kent antes, suponho que todas as roupas de mulher aqui são de Yulia.

Espero que ela não se importe se eu pegar emprestado.

A campainha toca novamente.

— Peter? — Grito, olhando em volta, mas não há resposta. Ele deve estar fora de casa.

Tomando um fôlego, ando até a porta da frente e a abro.

Lá fora estão as duas jovens que eu vi antes, com o bebê agora dormindo num carrinho. Elas parecem ter seus vinte e poucos anos e estão vestidas com vestidos de verão e sandálias casuais.

Uma delas é pequena e surpreendentemente bela, com uma cascata grossa e brilhante de cabelos até a cintura e uma constituição esbelta e atlética, enquanto a outra é arredondada, com um sorriso brilhante e uma figura curvilínea. Para meu choque, as duas parecem familiares.

Onde as vi antes?

— Olá — Diz a pequena garota, me estudando com uma expressão peculiar. Seus olhos são enormes e escuros em seu rosto com feições delicadas. — Você deve ser a esposa de Peter. Sou Nora Esguerra.

O nome faz-me lembrar – além do agora familiar 'Esguerra'.

— E eu sou Rosa Martinez — Diz a outra garota com um leve sotaque espanhol. Como Nora, ela está me encarando como se eu fosse algum tipo de animal exótico, e percebo que o nome *dela* também é familiar.

Nós definitivamente nos conhecemos. Mas de onde?

— Oi — Digo devagar enquanto uma lembrança ressoa no fundo da minha mente. É algo de anos atrás, relacionado ao meu hospital... — Sou Sara Cobakis, ou Sokolov. — Ou Garin, ou qualquer outra identidade que Peter nos faça assumir depois.

— E você é médica, certo? — Nora inclina a cabeça. — Eu não sei se você lembra, mas...

— Você foi minha paciente! — Eu exclamo quando me lembro. Meu olhar cai sobre Rosa e meu choque se intensifica. — Vocês *duas* foram.

Eu lembro agora. Foi há anos, não muito depois do acidente de George. Eu fora chamada à emergência para tratar duas jovens mulheres que tinham sido agredidas numa boate. Uma delas, Rosa, havia sido estuprada, enquanto a outra, Nora, sofrera um aborto no processo ao tentar defender sua amiga.

O marido de Nora também estivera lá, um homem

incrivelmente bonito que parecia estar prestes a matar todos, exceto sua jovem esposa.

Seria Julian Esguerra?

Já conheci o homem de quem tanto ouvi falar?

Os lábios de Nora se curvam em um sorriso. — Você tem uma boa memória. Tenho certeza de que teve milhares de pacientes ao longo dos anos.

— Sim, mas... — Percebendo que estou mantendo-as do lado de fora como algum tipo de vendedor de porta em porta, dou um passo para trás e abro a porta. — Por favor, entrem. Vocês devem estar com calor em pé aí.

— Obrigada — Diz Nora, entrando e Rosa segue, empurrando o carrinho na frente dela.

— Esse é o seu filho? — Pergunto a Rosa, mas ela sorri e balança a cabeça.

— É da Nora.

— Oh, sim, esta é Lizzie. — Nora empurra para trás a cobertura do carrinho e se inclina para pegar o bebê dormindo. Colocando-a suavemente no ombro, ela sorri para mim. — Ela tem cinco meses.

— Parabéns — Digo baixinho. Lembro-me de como ela ficou arrasada no hospital, preocupada com a amiga. E Rosa... É difícil acreditar que a garota espancada que eu tratei naquela noite é a mulher de olhos brilhantes em pé na minha frente. Se não fosse pela presença de Nora, poderia levar mais tempo para reconhecê-la; metade do rosto de Rosa estava inchado e com crostas de sangue quando a vi pela última vez.

— Obrigada. — O sorriso de Nora diminui um pouco e, depois, volta com força total. — Ela é o nosso mundo, e é por isso que eu disse a Julian que devemos te dar abrigo, não importa o quanto ele esteja chateado com a situação de Henderson.

Eu pisco para ela. — O quê?

Rosa não tão sutilmente chuta o pé de Nora e diz algo em espanhol rápido.

— Tenho certeza de que ela sabe sobre Henderson — Diz Nora, franzindo a testa para a amiga antes de olhar para mim. — Você sabe sobre Henderson, certo?

— Sim, claro — Digo. — Estou confusa sobre o que sua filha tem a ver com nos dar abrigo.

— Ah, isso. — Nora parece aliviada. — Peter não te contou? — Ante meu olhar confusa, ela explica: — Seu marido fez um enorme favor para nós nos últimos meses, um que pode ter salvado Lizzie das garras de um homem muito mau.

— E você — Lembra Rosa, e Nora assente.

— Certo, e eu. E a vida de Julian também, embora ele não queira reconhecer essa parte.

— Ah, entendo. — Este deve ter sido o favor que Peter havia mencionado – o que finalmente lhe rendeu o acordo de anistia. Eu quero fazer um milhão de perguntas sobre isso e tudo, mas primeiro, eu preciso parar de ser uma anfitriã tão ruim. — Vocês gostariam de algo para comer ou beber? — Ofereço. — Acho que Peter estocou a geladeira ontem...

— Não, obrigada — Diz Nora e se senta no sofá.

— Um copo d'água para mim, por favor — Diz Rosa quando olho para ela.

Grata por ter algo a fazer, vou até a cozinha e encho dois copos com água filtrada da geladeira, um para mim e outro para Rosa. Como o resto da casa, a cozinha é limpa e moderna, quase excessivamente chique. Eu definitivamente posso imaginar Lucas Kent sentindo-se em casa aqui; a estética minimalista parece algo que o atraia.

— Então, como você e Peter se conheceram? — Nora pergunta quando eu volto para a sala de estar e entrego a Rosa seu copo d'água. Ela está agora no sofá ao lado de Nora, e Lizzie está de volta ao carrinho, ainda dormindo pacificamente.

Ela deve ter se cansado com todo aquele choro anterior.

— É uma longa história — Digo em resposta à pergunta de Nora quando me sento numa cadeira em frente a elas — E você e seu marido? E o que os levou a Chicago daquela vez? Você é originalmente da área?

Não tenho certeza se quero entrar nos detalhes da minha primeira reunião com Peter. Por mais legais que essas moças pareçam, não posso esquecer que elas estão do lado do nosso anfitrião – um homem que, se não é precisamente o inimigo de Peter, certamente não é seu amigo.

— Meus pais moram em Oak Lawn — Diz Nora —, então sim, eu sou originalmente da área de Chicago. E você é de Homer Glen, certo?

— Sim. Uau, que coincidência. — Oak Lawn fica a menos de uma hora de carro de Homer Glen.

A esposa de Esguerra e eu éramos praticamente vizinhas.

Nora sorri. — Não é? Muito louco. Quanto a como Julian e eu nos conhecemos, foi numa boate em Chicago. Ele estava na área a negócios, e eu estava com uma amiga comemorando meu aniversário de dezoito anos. Algumas semanas depois, ele me sequestrou e...

Eu quase cuspo a água que comecei a beber. — Ele *o quê?*

— Não é tão ruim quanto parece — Diz Nora, em seguida, sorri, balançando a cabeça. — Oh, o que estou falando? É tão ruim quanto parece. Mas estamos felizes agora, então, isso é tudo que importa. E você? Como conheceu Peter?

— Sim, como? — Rosa repete, e eu sinto algo mais do que simples curiosidade em seu olhar atento.

Eu olho de volta. Algo mais está puxando a parte de trás do meu cérebro, algo grande... E, então, me lembro.

Claro.

Como poderia ter esquecido?

Virando-me para encarar Nora, digo calmamente: — Você já sabe como nos conhecemos. Ou, pelo menos, deveria... porque foi você quem deu a lista de Peter para ele.

59

eter

É INCRÍVEL O QUE UMA NOITE DE SONO SÓLIDO PODE FAZER. MEU lado ainda dói quando me movo, minha panturrilha e meu braço doem fracamente, mas sinto-me infinitamente mais recuperado quando me sento à mesa de Kent e Esguerra.

Ilya, Yan e Anton juntam-se ao meu lado e sorrio enquanto uma gorda mulher de meia-idade traz um prato de frutas cortadas e biscoitos.

Isso é uma melhoria da forma como Esguerra costumava realizar reuniões de negócios neste escritório. Não havia comida naquela época, até onde me lembro.

— Obrigado, Ana — Digo, quando ela coloca o prato no meio da mesa oval, e a governanta se vira para mim, feliz por ser lembrada. Eu não tive muitas interações com ela quando trabalhei com Esguerra, mas tenho uma boa memória para nomes.

644

— Bem-vindo de volta, Sr. Sokolov — Diz ela com um sotaque espanhol notável. — É bom vê-lo novamente.

— Igualmente — Digo, e ela sai da sala.

Meu sorriso desaparece quando volto minha atenção para os dois homens sentados à minha frente. Nenhum dos dois parece particularmente satisfeito por eu estar aqui e por um bom motivo.

De acordo com nossos hackers, houve um ataque aos escritórios da Esguerra em Hong Kong na noite passada.

Alheio à tensão na sala, Ilya pega um biscoito. — Que troço bom — Diz ele ao dar uma mordida, e Anton faz o mesmo, pegando um biscoito e um cacho de uvas.

Esguerra os olha friamente, depois, se vira para mim. — Então, Henderson.

— Certo. — Eu coloco uma pasta grossa na mesa para ele. — Isso é tudo o que temos do bastardo. Enviaremos os arquivos por email também, para o caso de você querer analisar os padrões de dados.

— Suponho que você já fez isso? — Kent pergunta, e eu assinto.

— Cerca de uma dúzia de vezes.

— E? — Kent pergunta.

Eu dou de ombros. — Nada conclusivo por enquanto. Mas tenho algumas ideias.

E como Esguerra inclina-se para frente, esqueço o que restava da minha consciência e digo o que quero fazer.

Se Henderson pensava que estávamos em guerra antes, ele estava errado.

Isso é guerra, e muito antes de terminarmos, ele se curvará e implorará por misericórdia.

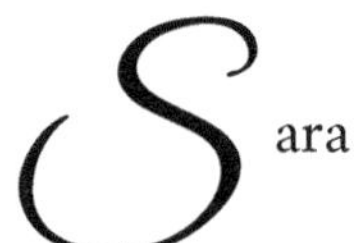ara

Diante de minhas palavras acusadoras, Nora estremece, mas não desvia o olhar. — Então, você sabe sobre a lista? Quando li seu nome nos jornais pela primeira vez, fiquei pensando se foi isso que juntou vocês dois.

— Você quer dizer se você é a razão pela qual ele invadiu minha casa para descobrir a localização do meu agora falecido marido me torturando? — Pergunto sarcasticamente, e Nora estremece novamente.

— Foi isso que aconteceu? Eu esperava que talvez Peter a poupasse, ou pelo menos... — Ela abaixa o olhar. — Esqueça.

— Ela queria entrar em contato com você, sabe — Diz Rosa, inclinando-se. — Quando percebemos quem você era, Nora queria falar com você e avisá-la sobre Peter.

Eu olho para a esposa de Esguerra. — Você fez isso? — Não

teria ajudado George – Peter eventualmente o teria rastreado de qualquer maneira – mas talvez se eu tivesse sido avisada antecipadamente, eu não teria sido pega de surpresa na minha cozinha naquela noite.

Talvez eu tivesse concordado em me esconder, como os agentes federais queriam que eu fizesse, e Peter teria encontrado outra maneira de chegar a George.

Talvez meu perseguidor e eu nunca tivéssemos nos conhecido.

Meu peito se contrai com o pensamento e, para minha surpresa, percebo que não quero isso.

Mesmo depois de tudo o que aconteceu, tudo o que perdi, se tivesse uma máquina do tempo e pudesse magicamente reescrever a história, não o faria.

Eu escolheria o meu aqui e agora com Peter sobre qualquer vida sem ele.

— Sim, mas eu não fiz. — Nora olha para mim, seu olhar sombrio. — Eu sinto muito, Sara. Vi o nome do seu marido na lista quando enviei para Peter e, quando estávamos no hospital, pensei que algo sobre o seu crachá parecesse familiar, mas não coloquei dois e dois juntos até mais tarde. E quando eu fiz... — Ela inspira. — Bem, isso não importa agora.

— Isso importa — Diz Rosa, seus olhos castanhos brilhando. — Ela não fez isso porque o marido a impediu.

— Rosa... — Nora começa, mas sua amiga coloca a mão em seu joelho.

— Não, deixe-me terminar. — Ela me olha diretamente. — Se você vai culpar alguém, Sara, deveria ser eu. Eu disse a Señor Esguerra o que Nora estava planejando, e ele se assegurou de que ela não fizesse aquilo.

Eu pisco. — Você fez? Por quê?

Eu realmente não me sinto ressentida pela falta do aviso – elas obviamente não tinham nenhuma obrigação de me fazer nenhum favor – mas não entendo por que Rosa interferiria de qualquer maneira.

— Porque Peter Sokolov é um homem perigoso. — Seu olhar seguro. — Talvez tão perigoso quanto o próprio Señor Esguerra. E depois de tudo o que Nora tinha passado, a última coisa que ela precisava era que ele viesse atrás dela e do Señor Esguerra por interferir. Seu marido estava obcecado pela lista; ele teria acabado com qualquer um que estivesse no caminho da sua vingança.

— Sim, eu sei — Digo secamente. — Eu estava lá.

É a vez de Rosa desviar o olhar.

— Então, como você acabou se casando com ele? — Pergunta Nora, olhando para mim com um olhar solene. Se não fosse por aqueles olhos grandes e sombrios, com sua pequena estatura e pele suave como bebê, ela poderia ser confundida com uma adolescente. Mas o olhar dela a trai.

É o olhar de uma mulher – uma que conhece mais do que seu quinhão de sofrimento.

Ela disse que seu marido a sequestrou quando ela tinha dezoito anos. Como foi isso para ela? Eu tinha vinte e oito anos quando Peter entrou na minha vida e tive problemas para lidar com as complexidades emocionais de nosso relacionamento distorcido. Como essa garota fizera isso numa idade tão jovem?

Como ela conseguira sobreviver a um homem que, por todas as indicações, é um diabo encarnado?

— Eu imagino que do mesmo jeito que você acabou casada com o *seu* marido — Digo enquanto ela continua olhando para mim, esperando pela minha resposta. — Eu comecei odiando Peter e, depois, ao longo do tempo, isso simplesmente... mudou. Depois que conseguiu a localização de George de mim, Peter o matou e desapareceu, mas, depois, ele voltou por mim.

Eu poderia contar a ela toda história bagunçada, mas não preciso. Ela entende; vejo nos seus olhos.

— Sinto muito, Sara, pelo meu papel no seu infortúnio — Diz ela calmamente. — Eu espero que um dia você me perdoe. E para valer a pena, às vezes você tem que mergulhar na escuridão para encontrar a luz mais brilhante. Isso é o que *eu* tive que fazer, pelo menos.

Eu sorrio, prestes a dizer a ela que não há nada para perdoar, quando o bebê começa a se agitar. Rosa pula e corre para o carrinho, claramente feliz por ter algo para fazer, e Nora se levanta também.

— Devemos ir, deixar você se instalar — Diz ela quando Rosa pega o bebê e acalma seus gritos balançando-a para frente e para trás — Se precisar de alguma coisa, qualquer coisa, estamos a uma curta distância, na casa principal.

— Obrigada. Vocês têm sido mais do que generosos — Digo a ela, e estou falando sério. Só agora vejo o valor de ela ter convencido o marido a nos dar abrigo; sua observação foi tão improvável que quase passou despercebida.

Quem sabe se Esguerra nos deixaria pousar se não fosse por ela?

Nós podemos dever nossas vidas a esta jovem mulher.

— Foi bom te ver de novo, Sara — Diz Rosa, abrindo um sorriso brilhante enquanto entrega uma Lizzie agora calma para Nora, e eu sorrio de volta, mesmo quando meu olhar é atraído para o bebê.

— Você gostaria de segurá-la? — Nora pergunta suavemente, e eu assinto, um formigamento quase elétrico percorrendo-me enquanto eu pego sua filha.

Ela é macia e quente, como um pequeno pacote de almofadas aquecidas, e quando a coloco contra o meu ombro, do jeito que eu vi Nora fazer, ela vira a cabeça e olha para mim com enormes olhos azuis.

— Ela é linda — Sussurro com reverência, e ela é. Sua cabeça minúscula é coberta por um cabelo escuro e sedoso, e sua pele macia e delicada tem um lindo tom de pálido dourado. Todos os bebês devem ser fofos, mas este aqui... Ela vai ser uma destruidora de corações, posso dizer.

Como meu filho vai se parecer?

Ele ou ela terá as feições de Peter?

— Ela gosta de você — Diz Nora. — Olha como ela está olhando para você. Ela está hipnotizada.

Tiro meu olhar da pequena criatura nos meus braços para me concentrar em sua mãe. — Sua filha é incrível — Digo a Nora sinceramente, e ela sorri.

— Julian e eu achamos que sim, mas somos suspeitos.

— Eu também acho — Diz Rosa, sorrindo —, mas provavelmente também sou suspeita.

— Você tem filho? — Pergunto a ela, e ela balança a cabeça, seu sorriso desaparecendo.

— Não, infelizmente não. — Ela vem até mim e pega o bebê. — Vem cá, Lizzie, querida. Você quer vir com a tia Rosa, não é?

Eu não estou totalmente pronta para deixar o bebê, mas não tenho escolha. Lizzie se joga nos braços de Rosa com um gorgolejo feliz e, de imediato, o lugar onde a segurei pressionada contra mim parece frio e vazio, meu peito oco de um jeito novo e estranho.

Isso deve ser o que parece querer uma criança – desejar realmente uma. Já lidei com bebês antes e gostei, mas nunca senti nada desse tipo.

Talvez seja porque estou grávida. A natureza está me preparando para ser mãe, liberando os hormônios para ter certeza de receber a criança quando ela vier.

Minha mão toca minha barriga no piloto automático, enquanto olho Rosa cuidadosamente colocar o bebê em seu carrinho, e quando olho para ela, os olhos de Nora estão fixos em mim como que compreendendo o gesto.

— Falta quanto para você? — Ela pergunta baixinho, e Rosa ofega, virando-se para olhar para mim.

— Você está grávida?

Mordo meu lábio. Ainda é cedo para contar a todos, mas não tem por que mentir. — Sim — Admito. — Com seis semanas.

— Uau, parabéns — Exclama Rosa, olhando para a minha barriga.

— Sim, parabéns — Nora repete com um sorriso caloroso. — Estou muito feliz por você e Peter.

— Obrigada — Digo, sorrindo.

Minha antiga vida se foi, mas talvez este seja o começo de uma nova, completa com novas amizades.

Talvez, com o tempo, recuperarei um pouco do que foi perdido.

eter

EU ME APROXIMO DA CASA ASSIM QUE A PORTA DA FRENTE SE ABRE E uma pequena mulher de cabelos escuros sai com um carrinho de bebê, dizendo: — E apesar de Dr. Goldberg não ser ginecologista/obstetra, ele tem uma máquina de ultrassom. Julian encomendou para mim quando eu estava grávida. Então, ele certamente pode dar uma olhada, certificando-se de que você e o bebê estejam bem. — Ela se vira e para de repente. — Oh, olá, Peter.

— Oi, Nora — Digo. Então, eu vejo sua amiga, a jovem empregada da casa, de pé atrás dela na porta, com Sara ao seu lado. — Olá, Rosa — Cumprimento a empregada antes de voltar minha atenção para a única pessoa que importa para mim. — Ptichka, você está bem?

Sara acena com a cabeça. — Estou perfeitamente bem. Nora

estava me contando sobre o médico residente, para o caso de eu querer fazer um check-up depois de tudo. Mas não acho...

— Essa é uma excelente ideia — Digo com firmeza. — Vamos pedir a ele para te examinar hoje. — Eu me lembro de Goldberg do meu tempo aqui, e apesar de preferir que Sara seja examinada por um obstetra, o cirurgião de trauma de Esguerra é tão brilhante quanto necessário.

— Tudo bem — Diz Sara. — Mas ele tem que examinar você também.

Dou de ombros. — Se você quiser. — Quando chegamos ontem, ela trocou todos os meus curativos e deu alguns pontos novos, eu mais do que confio no seu trabalho. Mas se ela se sentir melhor com outro médico me vendo também, não me importo.

Qualquer coisa para manter minha esposa grávida calma e contente.

Nora limpa a garganta e percebo que esqueci completamente que ela e Rosa estão ali.

— Desculpem-me — Digo, recuando para deixá-las passar, e enquanto o carrinho passa por mim, vislumbro um rosto minúsculo com olhos azuis brilhantes.

Lizzie Esguerra.

Meu peito aperta com uma dor súbita e feroz. Porra, eu sinto falta de Pasha. Depois de todo esse tempo, ainda me bate como uma bola de demolição saber que ele se foi, que o bebê de bochechas pintadas que se transformou numa criança inteligente nunca irá à escola, nunca crescerá e terá seus próprios filhos. Nada pode preencher esse vazio doloroso, mas quando meu olhar cai sobre Sara, sinto o pior da dor diminuindo, um calor curativo substituindo a agonia da dor.

Posso nunca mais segurar o Pasha, mas vou segurar meu filho com Sara. Eu já posso imaginar isso. Se for uma menina, ela será doce e graciosa, como uma pequena bailarina, e se for um menino... Bem, ele não será o Pasha, mas também o amarei.

— Obrigada de novo — Diz Sara, acenando para Nora e Rosa enquanto se dirigem para a mansão de Esguerra, elas acenam de volta com sorrisos quando eu entro na casa e fecho a porta.

6 2

Henderson

Eu esfrego meu pescoço enquanto olho pela janela para a paisagem gelada.

A cabana é tão isolada quanto possível, longe das hordas de turistas que invadem a Islândia na esperança de ver a aurora boreal.

Meus inimigos não nos encontrarão aqui, embora eu saiba que eles farão o máximo para tentar. Por enquanto, minha família e eu estamos seguros, mas não me iludo se podemos ficar aqui por um período de tempo mensurável.

Em breve, teremos que fugir de novo, nos esconder de novo.

Isto é, a menos que eu consiga derrubar Sokolov e seus aliados.

Meu novo plano é arriscado – na verdade, insano – mas não vejo outro jeito. Eles não vão parar de vir atrás de mim e, eventualmente, ficaremos sem lugares para nos esconder.

655

A boa notícia é que eu já conheço as pessoas certas para executar essa missão – a mesma equipe que usei para colocar a bomba no FBI. Eles são inescrupulosos e altamente qualificados, oponentes dignos para os meus adversários.

O que eu preciso agora é colocar as mãos no layout do complexo colombiano de Esguerra.

Então, eu posso levá-los para a batalha.

Sara

Eu tento fazer Peter descansar, mas ele insiste em fazer o café da manhã, e estou com muita fome para discutir. Ele está claramente se sentindo melhor hoje, sua cor de volta ao tom normal e saudável e seus movimentos apenas um pouco rígidos.

Se eu não soubesse que ele foi atingido por três balas há menos de uma semana, não acreditaria.

Enquanto devoramos nossas omeletes na cozinha, falo sobre a visita de Nora e Rosa e sobre o fato de que as conheci uma vez, muito antes de conhecê-lo.

— Nora abortou? — Diz, franzindo a testa, e eu percebo que ele não sabia.

— Sim. Vejo que você saiu do emprego de Esguerra antes?

Ele concorda. — Saí logo depois que o resgatei do grupo terrorista que o capturou no Tajiquistão. Lembra que te falei que ele ficou irado por eu ter colocado a esposa dele em perigo durante o resgate? Bem, ela definitivamente não estava grávida na época – ou se estava, eu não sabia. Não a teria deixado me convencer a usá-la como isca se eu soubesse disso.

Certo. Porque Peter tem um fraco por bebês. Eu vi o olhar no seu rosto quando ele viu Lizzie, a agonia misturada com um desejo carinhoso. Isso partiu meu coração, apesar de me fazer amá-lo ainda mais.

Ele será um pai maravilhoso, tão carinhoso quanto meu pai foi.

— Ele não está respirando. Sara, ele não está respirando.

Já estou de joelhos, empurrando o peito de papai enquanto conto baixinho, depois, me inclino para respirar em sua boca.

Seu peito sobe com o ar que eu lhe dou, mas cai e permanece imóvel.

Lutando contra o meu crescente pânico, começo novamente as compressões torácicas.

Um, dois, três, quatro...

— Sara!

Ofegante, olho para Peter confusa. Seu rosto é uma máscara de preocupação enquanto ele me segura pelos braços, e nós dois estamos em pé, mesmo eu tendo estado sentada e comendo um segundo atrás.

— O que aconteceu? — Pergunto com voz rouca quando ele se senta e me puxa para o seu colo, envolvendo seus braços fortes em torno do meu corpo trêmulo. Fico feliz que ele esteja me segurando porque não tenho certeza se posso ficar em pé sozinha. Minha frequência cardíaca está na zona supersônica e o suor gelado está escorrendo pelas minhas costas.

— Você ficou pálida e começou a hiperventilar. — Sua voz está tensa. — E quando te toquei, você começou a gritar.

— Eu... o quê? — Minha garganta está dolorida também, percebo quando a toco com mãos trêmulas.

— Eu quero que você vá a um terapeuta. — Seu olhar prateado é firme. — O mais breve possível.

Balanço minha cabeça no piloto automático. — Não, eu estou b...

— Você não está bem. — Seus braços se apertam em volta de mim. — Você teve um flashback completo. Você não estava aqui; estava em outro lugar. O que você viu? Foram seus pais? Você os viu morrer?

Eu hesito, a dor como uma bala no meu coração. — Não — Minto em desespero. Eu não posso falar sobre isso, não consigo pensar sobre isso. Posso sentir as memórias sombrias borbulhando sob a superfície, ameaçando me sugar. — Não é isso. É apenas...

Caio dolorosamente de lado, minha cabeça batendo na lateral do sofá enquanto ouço outro tiro e um spray metálico e quente atingiu meu rosto e pescoço.

— Peter! — Aterrorizada por ele, eu caio de joelhos, limpando o sangue dos meus olhos, e, então, eu vejo.

Mamãe estava esparramada no chão, com o rosto salpicado de sangue.

Ou melhor, a maior parte do rosto dela.

Parte de sua bochecha e crânio está faltando, deixando um buraco sangrento onde uma maçã do rosto costumava estar.

— Sara. Porra, Sara!

O rosto de Peter está ameaçador quando olha para mim, seus olhos estreitos e seu grande corpo tenso. Ele deve ter me sacudido, tentando me fazer sair do flashback, porque minha pele está machucada onde seus dedos agarraram meus braços com força excessiva.

— Sinto muito — Sussurro irregularmente. Meu pulso está na estratosfera, minha garganta tão dolorida como se eu tivesse engolido espinhos. Eu não entendo por que isso está acontecendo, por quê, de repente, minha mente está provocando esses truques terríveis em mim.

— Não, não. — Liberando meu braço, ele segura minha bochecha, sua palma grande quente na minha pele congelada. — Não se desculpe, meu amor. Não é sua culpa. Nada disso é culpa sua.

E quando ele pressiona meu rosto contra o seu ombro, me balançando para frente e para trás, fecho meus olhos e tento o meu melhor para acreditar nele.

6 4

eter

Minhas entranhas estão dando nós enquanto vejo Goldberg examinar Sara. O homem baixo e careca é um cirurgião de trauma por formação, mas parece saber o que está fazendo – e qualquer médico é melhor que nenhum.

Claro, Sara é médica, mas não pode fazer seu próprio exame ginecológico.

— Bem, pelo que eu posso ver, você e o bebê estão perfeitamente bem — Anuncia ele quando termina, e solto um suspiro aliviado.

Próximo passo: levar Sara a um terapeuta para lidar com esses terríveis flashbacks.

Picos de gelo ainda agarram meu peito quando penso em como o rosto dela ficou branco e vazio, como se toda a vida tivesse deixado seu corpo. E quando a hiperventilação e a gritaria começaram... Porra, eu daria qualquer coisa para nunca mais vê-la naquele estado novamente. Eu sei o que é TEPT – já vi isso em muitos soldados – e ter minha ptichka sofrendo assim foi mais do que eu poderia suportar.

Preciso fazê-la melhorar.

Preciso desfazer o dano que causei.

— Mas, eu tenho certeza de que você sabe disso melhor do que eu, você precisa evitar o máximo de estresse possível — Diz Goldberg para Sara, e ela assente, parecendo ela mesma, a médica calma e capaz. E se eu não a tivesse visto desmoronar na nossa mesa da cozinha, duas vezes, há menos de uma hora, seria fácil acreditar que ela está bem.

Que os eventos da semana passada foram apenas um pontinho em seu radar emocional.

Mas eles não são. Não podiam ser. Tão forte quanto minha ptichka é, ela tem sofrido muita coisa para não causar impacto nela. Ela se segurou enquanto estávamos no modo de sobrevivência, mas agora que estamos relativamente seguros, sua mente e corpo estão se recuperando, tentando lidar com o trauma extremo.

Até onde sei, ela nem chorou pelos seus pais, ou falou sobre o homem que matou.

Eu não sou psiquiatra, mas isso não pode ser saudável. Talvez seja por isso que os flashbacks estão atingindo-a com tanta força: porque ela está lutando contra seus sentimentos, recusando-se a pensar em sua dor.

Eu também vi isso nas Forças Armadas. Jovens soldados querendo parecer fortes, tentavam controlar seus sentimentos a ponto de *perderem* o controle sobre eles inteiramente. Segurar esse tipo de trauma nunca funciona; os homens sempre acabavam desmoronando, ou se voltando para drogas e álcool para conseguir lidar. Meus pesadelos depois de Daryevo de lado, eu nunca tive esse tipo de problema – mas, novamente, eu tenho sorte de certa forma.

Tenho estado no modo de sobrevivência a maior parte da minha vida.

— Obrigada, Dr. Goldberg — Diz Sara, saindo da mesa, e quando ela vai atrás de uma cortina para colocar suas roupas, eu puxo o médico de lado.

— Ela está realmente bem? — Pergunto em voz baixa. — Porque ela acabou de perder os pais e, no geral, os últimos dias foram... difíceis.

O médico suspira, retirando as luvas. — Eu não sei o que te dizer. Fisicamente, ela está saudável. Emocionalmente... Bem, esse não é o meu departamento. Você pode querer falar com Julian, ver se ele pode trazer alguém à propriedade para ela falar. Eu sei que há alguns anos, Nora estava passando por um momento difícil, e ele trouxe uma terapeuta aqui para ela. Talvez ele pudesse fazer o mesmo por sua esposa?

Eu estava pensando em conseguir que Sara visse um psiquiatra remotamente, mas em pessoa seria ainda melhor.

— Obrigado, eu vou falar com ele — Digo a Goldberg quando Sara retorna, e ele assente, sorrindo.

— Boa sorte. E lembre-se: mantenha o estresse baixo, ok?

— Obrigada. Faremos o nosso melhor — Diz Sara, sorrindo para ele. É seu doce sorriso caloroso e, por um segundo, sinto uma pontada feia de ciúmes. É ilógico – o médico é cem por cento gay – mas não consigo evitar.

Não via esse sorriso dela há dias.

Não desde que ela perdeu tudo por minha causa.

65

Sara

PETER ESTÁ QUIETO ENQUANTO VOLTAMOS À NOSSA CASA, SUA expressão fechada. Eu sei que ele está preocupado comigo, mas gostaria que ele conversasse comigo, me distraísse dos meus pensamentos. Em vez disso, ele segura minha mão em silêncio e, por mais reconfortante que seja seu toque, não é suficiente para impedir que minha mente vagueie... indo a lugares que eu não posso ir.

— Então, Esguerra vai te ajudar a pegar Henderson? — Pergunto com rosto alegre – em parte porque estou curiosa, mas também para ter algo para falar. — Você vai atrás dele, certo?

Peter olha para mim. — Sim, e ele vai.

— Oh, bom. Você já sabe como vai encontrá-lo?

— Temos algumas ideias — Ele diz vagamente, depois, fica em silêncio novamente.

Ótimo. Ele provavelmente não quer falar sobre isso, para que eu não tenha outro surto. É assim que vai ser conosco a partir de agora, com Peter pensando que sou tão frágil que posso me desabar com a menor provocação?

A pior parte disso é que não tenho certeza se ele está totalmente errado. Depois do que aconteceu no café da manhã, minha mente parece um campo minado, cheio de armadilhas e perigos ocultos. Eu não sei o que vai me provocar e fazer com que essas lembranças terríveis apareçam. E Peter nem sabe sobre o mini flashback que eu tive esta manhã, antes da visita de Nora e Rosa.

Se ele soubesse, estaria convencido de que sou um caso perdido.

— Como você está se sentindo? — Pergunto, decidindo me concentrar num tópico mais inócuo. — Como está o seu lado?

Ele sorri para mim. — Muito melhor, obrigado. Mais alguns dias e fico bem como novo.

— Mesmo? Você se curou incrivelmente rápido.

Seu sorriso desaparece. — Tenho uma casca grossa.

Enquanto eu não. Eu sou uma flor frágil, desmoronando se ele disser *boo*. Ele não disse, mas ouvi as palavras de qualquer maneira.

É como se eu *sentisse* sua preocupação por mim.

Desistindo da conversa, eu me concentro em nossos arredores. Estamos passando pelo que deve ser as acomodações dos guardas; vejo homens de cara fechada com metralhadoras entrando e saindo do prédio parecido com um dormitório. Tudo ao nosso redor é de vegetação exótica, e o ar é denso e úmido, perfumado com vegetação tropical e um toque de ozônio das nuvens se acumulando no horizonte.

A mansão de Esguerra fica a certa distância à direita, o prédio branco de dois andares lembrando-me de uma fazenda de plantação do tempo da Guerra Civil. Está rodeada por belos jardins paisagísticos e grama verde luxuriante, bem como por alguns prédios menores.

As torres de vigia que vi do avião são visíveis à distância, com guardas armados em cima delas, e tenho certeza de que existem dezenas de outras medidas de segurança menos óbvias em vigor.

Tempos atrás, ver todos esses homens armados e saber que estou no complexo de um criminoso implacável teria me enervado, para dizer o mínimo. Mas agora, isso me faz sentir segura.

Agora, o inimigo é o povo do qual a maioria dos cidadãos conta para proteção: as autoridades policiais.

Bem, e Henderson, que está usando as autoridades como sua ferramenta de vingança.

Quando voltamos para casa, Peter prepara nosso almoço e nós comemos, desta vez, sem nenhum colapso da minha parte. Ele ainda está quieto durante a refeição, entretanto, seu olhar se concentrou em mim com uma preocupação indisfarçada.

— Para — Solto um gemido quando não aguento mais. — Por favor, pare de me olhar assim. Eu não vou surtar, eu prometo.

— Você não pode prometer isso porque os flashbacks não são algo que possa controlar, ptichka — Diz ele em voz baixa —, e quanto mais você tenta, pior eles podem ficar. É por isso que vou falar com Esguerra sobre contratar um terapeuta aqui.

— O quê? Oh qual é! Isso pode esperar até...

— Não, não pode. — Seu rosto está definido em linhas implacáveis. — Não com o que aconteceu essa manhã.

— Peter, por favor. Nada realmente aconteceu. Você está fazendo uma tempestade num copo d'água. Não há necessidade de me envergonhar na frente de Esguerra, pedindo-lhe para fazer isso. Além do mais, isso não significaria você dever a ele outro favor? Depois de lidar com Henderson, podemos falar sobre terapia e tudo isso. Até lá...

— Até lá, você verá quem pudermos trazer aqui.

Ugh. Eu empurro meu prato vazio e me levanto. É impossível influenciar Peter quando ele se fixa em algo. Eu tanto amo como odeio isso nele – e, neste caso, é definitivamente o último.

Por que ele não entende que não estou pronta para lidar com as consequências emocionais do que aconteceu? Que eu prefiro arriscar o flashback ocasional a mergulhar na piscina tóxica de culpa e horror em minha mente?

Se eu pudesse simplesmente apagar essas memórias, eu faria. Exceto que eu só não quero pensar sobre eles.

— Ptichka... — Ele pega meu pulso quando estou prestes a sair da cozinha. Seu toque queima através de mim, seus dedos me prendendo como uma algema. — Ouça-me, meu amor. Você está machucada, ferida, como se tivesse levado um tiro. Você deixaria minhas feridas infeccionarem? Ou você faria o melhor para curá-los?

Cerro meus dentes. — Não é a mesma coisa.

— Não é? — Seus olhos cinzentos são suaves enquanto ele empurra uma mecha de cabelo para trás da minha orelha com a mão livre. — Qual a diferença?

Porque não é, eu quero gritar. Porque não importa o que eu faça ou quantos terapeutas eu fale.

Nada trará meus pais de volta.

Esta não é uma ferida à bala que vai curar com cuidado.

No entanto, quando eu olho para Peter, ocorre-me que eu poderia discutir com ele por semanas, e isso não mudaria nada. Eu não posso convencê-lo de que estou bem.

Não com palavras, pelo menos.

Devagar e deliberadamente, lambo meus lábios. Previsivelmente, seu olhar passa para a minha boca, e sua pegada no meu pulso se aperta quando eu repito a ação, em seguida, sigo com meus dentes afundando sedutoramente no meu lábio inferior.

Meu objetivo era distraí-lo de sua preocupação, mas meu próprio coração acelerou quando sua respiração intensificou e seu olhar disparou para encontrar o meu. Suas pupilas já estão dilatadas, transformando a prata de suas íris em aço escuro. Estou ciente do calor emanando de seus dedos enquanto ele segura meu pulso, e a proximidade de seu corpo alto e forte me faz querer derreter contra ele, esfregar meus seios doloridos no plano largo e duro de seu peito.

— Ptichka... — Sua voz é baixa e grave. — Você está brincando com a porra do fogo.

Meus mamilos intumescem em botões duros e apertados, e o calor líquido encharca minha calcinha. Puta merda, estou com tesão. Isso, combinado com a sugestão de violência no aperto muito forte dos seus dedos no meu pulso, faz mais para mim do que horas de preliminares. Além do boquete que paguei para ele no hospital, não fazemos sexo há vários dias, e meu corpo está desesperadamente desejando sua posse.

Dando um passo à frente, levanto-me na ponta dos pés e pressiono meus lábios nos dele, envolvendo meu braço livre em volta do pescoço musculoso. Por um momento, ele está rígido, como se estivesse surpreso com a minha agressão, mas, então, seus instintos assumem o controle, e me vejo encostada na geladeira, com seu corpo duro pressionando em mim e sua boca me devorando como se não houvesse amanhã.

Posso sentir o volume da sua ereção enquanto ele agarra meu outro pulso e estica meus braços acima da minha cabeça, prendendo-os contra o aço frio da geladeira. Mais calor ondula através das minhas entranhas, e gemo em sua boca, levantando minha perna e enganchando-a atrás de sua bunda, para que eu possa esfregar meu sexo pulsante e inchado contra aquela protuberância. Eu não me senti confortável em pegar emprestado a roupa íntima de Yulia, além das outras roupas, e a bermuda jeans é áspera e roça nas minhas dobras desnudas, a sensação desconfortável ainda que perversamente excitante.

— Me fode — Respiro quando ele levanta a cabeça e olha para mim, seus olhos brilhando e sua mandíbula apertada. Segurando ambos os meus pulsos com uma das mãos grandes, ele abre o zíper da sua calça, liberando sua ereção enquanto imploro : — Me fode *agora*.

— Oh, eu vou. Acredite.

Sua respiração é pesada, seu olhar feroz enquanto ele libera meus pulsos e abre o zíper do meu short, e o puxa pelas minhas pernas. Tremendo de necessidade, eu saio do short, e ele agarra minha bunda, me levantando. Enquanto eu me seguro em seus ombros, ele abre minhas coxas largamente e me baixa em seu pau grosso, me espetando em um golpe duro.

O ar sai de meus pulmões enquanto minhas pernas se envolvem em torno de seus quadris e minhas unhas se cravam nos músculos enroscados de seus ombros. Porra, ele é grande. Meu corpo de alguma forma esqueceu essa parte. Meus tecidos internos parecem dolorosamente esticados, minha excitação temperada pela ardência de sua entrada. Isto é, até ele começar a se mover.

Ainda segurando meu olhar, ele puxa e empurra de volta. Não há espera, nem me provoca com estocadas rasas; imediatamente, seu ritmo é duro e impulsivo, impiedoso como o próprio homem. E é exatamente disso que eu preciso. O calor e a tensão crescentes diminuem o desconforto, meu corpo se suaviza e liquidifica, acolhendo-o bem no fundo. Cada golpe martela no meu ponto-G; cada vez que sua pélvis bate contra a minha, pressiona meu clitóris.

Meu orgasmo é tão violento quanto repentino. Explode muito antes de eu estar mentalmente preparada, o prazer me rasgando em duas. Ofegante, grito seu nome, minhas pernas apertando ao redor dele, mas ele não para.

Ele martela em mim até eu gozar novamente.

Eu ainda estou com os tremores do orgasmo quando uma veia começa a pulsar em sua testa escorregadia de suor, e seu pau grosso incha ainda mais dentro de mim. Com um gemido, ele empurra o mais profundamente que pode, e meus músculos internos apertam em torno de seu pau enquanto ele empurra e pulsa, banhando minhas entranhas com sua semente.

eter

Respirando pesadamente, retiro-me relutantemente da vagina apertada e escorregadia de Sara e a coloco cuidadosamente de pé. Ela parece tão oprimida quanto eu, e uma pontada aguda de arrependimento afugenta a sensação.

Eu fui muito brusco com ela.

Porra, mais uma vez, eu fui duro com ela.

Eu sei que ela gosta desse jeito agora, mas ela está grávida.

Traumatizada e grávida.

Que diabos eu estava pensando perdendo o controle assim? Eu preciso estar mimando-a, mantendo-a descansada e relaxada, não fodendo seu cérebro até o limite como um animal fora de controle.

Ela balança em seus pés quando a solto e dá um passo para trás, e eu seguro seu braço, firmando-a quando ela pega uma toalha de papel para enxugar a umidade entre as pernas.

— Ptichka... Você está bem?

Ela abre um sorriso, jogando a toalha enrolada no lixo. — Nunca estive melhor. E você?

Eu franzo a testa, então, lembro dos meus ferimentos. Agora que estou prestando atenção a isso, meu lado doeu um pouco, mas não é nada que eu não possa lidar.

— Eu estou perfeitamente bem — Digo quando um olhar preocupado aparece em seu rosto e ela agarra a bainha da minha camiseta, sem dúvida, com a intenção de levantá-la para inspecionar meu curativo. Suavemente retirando suas mãos, saio do alcance dela. — Verdade, estou bem.

Eu não posso acreditar que ela está preocupada comigo quando eu acabei de atacá-la como um selvagem. Eu sei que a machuquei – eu podia sentir o extremo aperto de seu corpo quando empurrei dentro dela. E se eu machucar o bebê também?

E se ela abortar, como Nora naquela época?

Enquanto estou parado, processando aquele pensamento horrível, ela se inclina e pega seu short do chão. Sua bunda pequena e cheia de curvas brilha no ar com o movimento, e apesar da porra ainda revestir meu pau, eu sinto-o se contorcer com interesse.

Caralho, eu *sou* um animal.

— Sara... — Minha voz está tensa quando ela me encara. — Você está mesmo bem?

Ela pisca. — Eu te disse, nunca me senti melhor. Venha, vamos nos limpar. — E agarrando minha mão, ela me puxa para o banheiro.

Tomamos banho juntos – Bem, Sara toma banho, e eu uso o

chuveiro de mão para estrategicamente lavar em torno do meu curativo, daí, ela se deita para um cochilo, alegando sonolência alimentar e pós-sexo. Deito-me com ela e seguro-a até ela adormecer. Então, silenciosamente me levanto e saio de casa.

Eu sei por que ela está cansada e não tem nada a ver com comida ou sexo. Seu corpo está se despedaçando após a adrenalina da semana passada, e as exigências do bebê em crescimento não ajudam.

A culpa é como um rolo de arame farpado no meu estômago.

Eu fiz isso com ela.

Eu sou responsável por todo o seu infortúnio.

Se eu não tivesse sido tão egoisticamente obcecado por ela, se eu simplesmente a deixasse, ela ainda estaria em casa com seus pais, vivendo sua vida calma e pacífica. Se eu tivesse ido embora depois do nosso primeiro encontro, ela poderia ter se casado com outra pessoa... alguém que pudesse garantir que ela passasse sua gravidez com conforto e segurança.

Em vez disso, ela está comigo em fuga, sofrendo de flashbacks e exaustão semelhantes ao TEPT.

— Ei, Peter — Diego me cumprimenta enquanto passo por ele na estrada, e eu aceno bruscamente, sem vontade de bater papo.

Tenho um objetivo agora: falar com Esguerra.

Preciso que o terapeuta seja trazido imediatamente.

Em pouco tempo, logo depois, estou batendo na porta da mansão de Esguerra.

— Ele está aqui? — Pergunto a Ana quando ela abre a porta para mim, e a governanta confirma.

— Sim, por favor, entre. Você gostaria de algo para comer ou beber enquanto eu vou buscá-lo?

— Não, obrigado. Eu estou bem. — Sigo Ana até o vestíbulo e me inclino contra a parede, muito preocupado para me sentar.

Ela sobe a larga escada curva e, alguns minutos depois, Esguerra desce, abotoando a camisa enquanto caminha. Seu cabelo está desgrenhado e uma carranca irritada está gravada em seu rosto.

Ou eu o tirei de uma soneca ou algo envolvendo Nora.

Minha aposta é no último.

— O que é? — Ele ruge. — Henderson...

— Não, não é nada disso. — Respiro enquanto sua carranca se aprofunda. — É pessoal. Eu preciso de um favor.

Ele para na minha frente, diversão fria substituindo a preocupação em seu olhar. — Mesmo? Comida e abrigo não são suficientes para você?

— Você conhece algum psiquiatra? — Pergunto, recusando-me a morder a isca. — De preferência, alguém bem versado no tratamento de TEPT.

Ele parece surpreso. — Para você?

Lembrando as palavras de Sara, eu aceno com a cabeça friamente. — Para mim.

Não quero que minha ptichka se sinta envergonhada – não que ela deveria. Precisando de ajuda para processar um trauma extremo não faz de alguém um fraco, apenas normal.

Esguerra me estuda com uma expressão ilegível, então, assente. — Posso conhecer alguém. Em quanto tempo você precisa dela aqui?

— Hoje, se possível. Ou amanhã ou no dia seguinte.

— Tudo bem. Farei meu melhor para trazê-la aqui amanhã.

— Obrigado — Digo e me viro para sair. Eu sei que estou em dívida com ele por isso, e ele certamente irá cobrar, mas se ajudar Sara, valerá a pena.

Eu faria qualquer coisa para ela ficar bem.

— Peter — Esguerra chama quando estou prestes a sair da sala. Quando me viro, ele diz baixinho: — Por que você e sua esposa não se juntam a nós para jantar hoje à noite? Nora adoraria conhecer melhor sua Sara.

— Claro — Digo, escondendo minha surpresa. — Estaremos aqui.

— Sete horas — Diz ele, então, se afasta e volta para o andar de cima.

enderson

Minhas costas doem de limpar a neve o dia inteiro, e Jimmy está chateado para caralho que eu o fiz me ajudar, mas tinha que ser feito.

Precisamos deixar a entrada livre para que possamos sair apressadamente, se necessário.

Meu plano para chegar a Sokolov e aos outros – a Operação Air Drop, como estou chamando – ainda está faltando um componente crucial, que é o layout do complexo da Esguerra e seus detalhes de segurança.

Quando tivermos isso, poderemos atacar, mas, enquanto isso, preciso fazer tudo que estiver ao meu alcance para manter minha esposa e meus filhos em segurança.

Eu tenho que salvá-los dos monstros que nos caçam.

ara

EU SEI QUE É BOBAGEM FICAR NERVOSA COM O JANTAR DEPOIS DE
tudo que passamos, mas não posso evitar. Por um lado, as únicas
roupas que encontrei no armário são shorts e camisetas, e
enquanto Peter me assegurou que nós não precisamos de
formalidade para nos vestir, eu definitivamente me sentiria melhor
se tivesse algo como um lindo vestido de verão para colocar. Além
disso, depois do meu cochilo da tarde, meu enjoo matinal decidiu
acordar.

É aparentemente tão atrasado quanto eu.

Eu já vomitei uma vez, mas ainda me sinto enjoada quando
Peter me leva para a casa principal. Lembrar sua insistência em me
contratar um psiquiatra não ajuda. Ele já falou sobre isso para o
nosso anfitrião? Espero que não, mas conhecendo meu marido, ele
provavelmente fez.

A procrastinação não é um conceito com o qual ele está familiarizado.

De qualquer maneira, meu estômago se agita quando Peter bate à porta. Um momento depois, ela se abre, revelando uma mulher hispânica de meia-idade. — Señor Sokolov — Diz ela, radiante. — bem-vindo. E esta deve ser sua linda esposa.

Eu sorrio e estendo minha mão. — Olá. Eu sou Sara.

— Oh, olá. — Ela aperta minha mão vigorosamente. — Eu sou Ana, governanta do Señor Esguerra. Por favor, entrem.

Nós a seguimos até a casa. No interior, a mansão de Esguerra é uma mistura impressionante de decoração tradicional e moderna, com móveis pesados de estilo Barroco, complementados por pisos de madeira brilhante e arte abstrata nas paredes. Eu reconheço algumas das pinturas de uma aula de arte que fiz na faculdade. Se elas são originais – e eu suspeito que sejam – só as paredes do saguão valem milhões de dólares.

Ana nos leva a uma sala de jantar formal, onde uma mesa oval está arrumada com prataria reluzente e pratos com bordas douradas. Nem Nora nem o marido estão lá, mas reconheço o casal sentado em um dos lados da mesa.

Lucas e Yulia Kent.

Suas cabeças loiras estão inclinadas juntas, as mãos entrelaçadas na mesa enquanto riem de alguma coisa. Quando entramos, no entanto, eles olham para cima, os sorrisos desaparecendo de seus rostos.

Tensão espessa permeia a sala enquanto Ana desaparece, deixando-nos sozinhos.

Peter é o primeiro a quebrar o silêncio. — Lucas. — Ele acena friamente para o homem de queixo duro. Então, se volta para a esposa modelo de Kent. — Yulia. Bom te ver.

— É bom ver você também. — Seus olhos azuis cortaram em minha direção, sua expressão reservada. — E você, Sara.

Minha náusea se intensifica abruptamente.

Oh, droga. Em pânico, eu busco em volta por um banheiro, mas não vejo nenhum.

— Ptichka... — Peter aperta meu braço. — O que há de errado?

Se eu tentar falar, vou vomitar. Apertando minha mão sobre a minha boca, eu desprendo-me dele e corro para fora da sala, de volta à entrada.

Eu mal consigo sair. No segundo em que me inclino sobre a grade da varanda, meu estômago expulsa todo o seu conteúdo.

Naturalmente, Peter me segue e testemunha a coisa toda – e Yulia também, eu a vejo de esguelha. Mortificada, eu termino de levantar enquanto ele segura meu cabelo, e quando olho para cima, ela se foi.

Um segundo depois, no entanto, ela retorna com uma toalha de papel molhada. — Toma — Ela murmura, me dando, e eu aceito com gratidão para limpar minha boca.

Ana vem em seguida – Yulia deve ter dito a ela o que estava acontecendo. Me ajudando, a governanta me leva a um banheiro, onde me entrega uma escova de dentes nova e um tubo de pasta de dente.

No momento em que eu lavei meu rosto e escovei meus dentes, meu estômago parece infinitamente mais estável.

— Você está bem, meu amor? — Peter pergunta assim que saio do banheiro, e eu assinto, evitando olhar.

— Me desculpe por isso.

— Nada para se desculpar — Diz ele, pegando minha mão. — Considere isso o anúncio oficial da sua gravidez.

E dando um beijo na minha testa, ele entrelaça nossos dedos e me leva de volta à sala de jantar.

~

Os Esguerras já estão lá, sentados em frente aos Kents quando voltamos. Eu imediatamente reconheço nosso anfitrião: ele é de fato o homem lindo que conheci no hospital. Seu cabelo escuro está mais longo do que era então, mas suas características surpreendentemente sensuais são as mesmas. Ao contrário de agora, no entanto, ele não irradia tristeza e raiva; está calmo e no controle, como um rei sentado em seu trono.

Um rei cruel e tirânico, dado o que sei sobre o homem.

Pela primeira vez, me pergunto o que aconteceu com os homens que haviam agredido Nora e sua amiga. O marido de Nora os matou?

Risca isso. Claro que ele os matou.

A única questão é o quanto ele os fez sofrer primeiro.

— Aí está você — Diz Nora, olhando para mim. — Venha, sente-se aqui. — Ela dá um tapinha na cadeira ao lado dela, e eu ando até lá. — Julian, esta é Sara — Diz ela quando paro ao seu lado. — Você deve se lembrar dela do hospital em Chicago.

— Claro. É bom te ver de novo. — Ele olha para mim com um olhar azul penetrante, e pela primeira vez noto algo ligeiramente diferente no olho esquerdo, assim como uma cicatriz fina que vai da maçã do rosto até sua sobrancelha.

Alguém cortou seu olho com uma faca e, em caso afirmativo, como seu olho sobreviveu?

A menos que... seria um olho artificial?

— Obrigada. É bom ver você também - e obrigada pela sua hospitalidade — Digo, suprimindo a minha curiosidade. Não seria bom ficar boquiaberta com o nosso anfitrião implacável.

Ele meneia a cabeça delicadamente enquanto eu tomo meu lugar ao lado de Nora, e Peter senta-se de frente para mim, ao lado de Yulia.

— Obrigada pela toalha de papel — Digo a Yulia, e ela balança a cabeça sem compromisso antes de desviar o olhar. Como seu marido, ela ainda deve estar chateada comigo sobre o que aconteceu em Chipre. Em retrospecto, sinto-me mal por tê-la enganado sobre meu relacionamento com Peter para escapar. Eu não deveria tê-la envolvido no meu último esforço para evitar me apaixonar pelo meu perseguidor.

Tenho que tentar ficar sozinha com ela esta noite, então, poderei me desculpar corretamente.

— Como você está se sentindo? — Nora pergunta delicadamente, inclinando-se, e sorrio para ela, o pior do meu constrangimento desaparecendo com o olhar de preocupação em seu rosto.

— Bem melhor agora, obrigada.

— Eu tive muito enjoo com Lizzie — Confidencia ela com um sorriso triste. — Eu vomitava em todos os lugares, a ponto de Julian ter que levar aqueles sacos de vômito de avião conosco onde quer que fôssemos.

— Eu acho que poderei precisar fazer isso — Digo, e ela ri enquanto Peter nos observa com uma expressão ilegível.

Será que ele desaprova minha amizade com a esposa de Esguerra? Se sim, por quê?

Enquanto penso nisso, Ana entra, carregando um carrinho com tigelas de sopa.

— Pedi que uma canja especial, mais leve, fosse preparada para você — Diz Nora, enquanto Ana coloca uma sopa clara na minha frente, em vez das versões cremosas que vejo na frente de todos os outros. — Imaginei que poderia cair mais tranquilo no seu estômago. Diga-me se você prefere o creme de cogumelos. Comida muito temperada era o maior gatilho para mim quando eu estava no meu primeiro trimestre, então, achei que poderia ser para você também.

— Isso é perfeito, obrigada — Digo, tocada por sua consideração. — Ainda não notei uma correlação com alimentos diferentes para mim, mas *estou* ansiosa por algo mais leve, depois de... você sabe.

— Sim, eu percebi. — Ela sorri. — Fale-me se algum dos cheiros à mesa a incomoda. Ana vai tirar o que quer que seja. O cheiro era outra grande coisa para mim com Lizzie.

— Obrigada. Você é muito gentil. — Mergulho minha colher na sopa e a ponho em meus lábios, saboreando-a com cautela. Para meu alívio, é tão leve quanto Nora prometera, com um tom de cogumelo e um toque de missô. — Sua filha está dormindo? — Pergunto, engolindo a sopa.

— Ela *estava* quando eu a deixei no andar de cima com Rosa há alguns minutos — Diz Nora. Suspirando, ela olha para a entrada da sala de jantar. — Seria errado o fato de que eu já esteja sentindo falta dela?

Eu sorrio. — De jeito nenhum. Ela parece um bebê muito fofo.

Nora revira os olhos. — Eu gostaria. Ela é um pouco de terror, é o que ela é. Não deixe aquele exterior bonito enganar você. Ela é *toda* filha do pai dela.

Esguerra escolhe esse momento para olhar para nós. — O que foi, meu bichinho?

— Nada. — Nora lhe dá um sorriso devotado. — Só estou falando com Sara que anjo perfeito é nossa filha.

Ele ergue as sobrancelhas com óbvio ceticismo, e Nora lhe dá um olhar exageradamente inocente, rapidamente abanando seus longos cílios. Suas pálpebras se abaixam, sua boca toma uma curva sensual, e um olhar passa entre eles, um tão íntimo e caloroso que minhas entranhas se aquecem.

Sentindo-me uma pervertida, olho para o outro lado – apenas para encontrar o olhar forte do meu marido do outro lado da mesa.

— Você não está comendo — Ele observa calmamente, e

percebo que não é minha amizade potencial com Nora que o preocupa.

Sou eu.

Ele está me observando como se eu pudesse vomitar, ou enlouquecer, a qualquer segundo.

Meu humor fica sombrio. Tanto esforço para tranquilizá-lo com sexo hoje cedo.

Mergulhando minha colher na sopa, concentro-me em terminar a tigela inteira, então, posso tranquilizá-lo nesse ponto, pelo menos. Ele me observa por alguns segundos, e recomeça a comer sua própria sopa, aparentemente garantindo que eu não estou prestes a passar fome.

Todo mundo termina a sopa rapidamente; os homens entram em uma discussão sobre algumas medidas de segurança no complexo. Apenas ouço parcialmente porque Nora está falando muito sobre os clubes e restaurantes de Chicago.

Aparentemente, estivemos em muitos dos mesmos lugares ao longo dos anos.

Para o segundo prato, Ana traz uma salada verde e uma deliciosa paella de frutos do mar. Nora oferece-me arroz e frango, mas recuso, agradecendo-lhe a consideração.

Meu estômago está se comportando e eu realmente quero aquela paella.

Enquanto a refeição prossegue, noto um padrão estranho na mesa. Embora Nora e Yulia estejam sentadas de frente uma da outra, elas não estão nem olhando nem falando uma com a outra. Na verdade, além de agradecer a Ana e elogiar sua culinária, Yulia falou apenas com o marido ou ficou em silêncio.

Será que os Esguerras não gostam dela por algum motivo? Pensei sobre isso, quando visitamos Chipre, Peter disse algo sobre Esguerra ter 'algo contra ela'.

Terei que perguntar a Peter o que aconteceu.

Há alguma tensão entre Peter e Lucas também, mas não é tão pronunciada. Talvez a ajuda de Kent com nosso resgate compense sua culpabilidade em minha fuga aos olhos de Peter, e os dois homens agora se consideram iguais.

Já estamos na metade da sobremesa – um delicioso tiramisu caseiro, quando a conversa se volta para o assunto que nos trouxe até aqui.

Henderson.

— Parece que esta noite será possível — Diz Esguerra a Peter. — Eu saberei com certeza em cerca de uma hora, seu cara da Carolina do Norte está agindo bem esquisito.

Meu marido franze a testa. — Vamos oferecer mais dinheiro a ele.

— Eu ofereci — Diz Kent —, e também disse a ele que se ele não cooperar, será adicionado à nossa lista. Então, estou supondo que ele vai ceder.

— O que vai acontecer hoje à noite? — Pergunto, olhando ao redor da mesa para os homens. — Vocês já localizaram Henderson?

Esguerra e Kent olham para Peter, que dá uma pequena sacudida de cabeça, negando-lhes permissão para me colocar a par. Meu marido, então, se concentra em mim. — Não é nada para você se preocupar, ptichka — Diz ele calmamente, estendendo a mão sobre a mesa para cobrir a minha —, nós ainda não o encontramos, mas vamos, e esta noite é apenas um passo nessa direção.

Meus dentes se apertam e eu puxo minha mão para longe.

Aqui está, novamente, a suposição de que eu não posso lidar com nada remotamente perturbador.

Antes que eu possa dizer qualquer coisa, ouço o choro de um bebê. Parece que está se aproximando da sala. Um momento depois, Rosa entra, com uma Lizzie gritando em seus braços.

— Desculpem interromper, mas ela não para de chorar — Diz.
— Eu a alimentei e troquei a fralda, não sei qual é o problema dela.

Para minha surpresa, Esguerra se levanta em vez de Nora. —
Deixe comigo — Diz ele calmamente, e caminhando até Rosa, pega
o bebê, lidando com a criança com delicadeza e experiência
surpreendentes.

Suas feições suavizam quando ele olha para o bebê, para o
pequeno rosto amarrotado, e para minha surpresa, o bebê se
acalma enquanto ele a balança suavemente, murmurando algo sem
sentido em sua voz profunda. Ele não parece se importar que o
estamos observando neste momento de ternura; ele está
totalmente preso com a pequena criatura em seus braços.

— Entende o que quero dizer? Totalmente a menina do papai
— Nora sussurra em meu ouvido, e eu fecho minha boca,
percebendo que estou de boca aberta para o marido dela como se
um rabo tivesse acabado de crescer nele.

Eu *não* esperava ver o poderoso traficante de armas tão
envolvido com o bebê.

— Ele é o único que pode lidar com ela quando fica assim —
Nora continua suavemente, e quando eu olho para ela, vejo-a
observando seu marido e filha com adoração.

Ela está claramente apaixonada por ele.

Por um homem que a sequestrou quando ela mal tinha
terminado o Ensino Médio.

Acho que não ficaria surpresa, dado o meu próprio
relacionamento com Peter, mas ainda é um pouco chocante,
observando-os assim. Uma parte de mim quer dizer a ela para ver
um psiquiatra para sua Síndrome de Estocolmo, enquanto outra
parte maior está torcendo por sua história de amor não ortodoxa.

Se *eles* podem fazer isso funcionar a longo prazo, talvez Peter e
eu também possamos.

Talvez daqui a alguns anos, todos estaremos sentados em uma

mesa de jantar assim de novo, só que será meu bebê nos braços de Peter.

Nosso mais novo, obviamente. Nosso mais velho estará correndo por aí por conta própria então.

Estou tão envolvida neste sonho que quase esqueço do meu momento com Yulia. Ela pediu licença e está saindo da sala de jantar quando percebo que está indo ao banheiro.

— Com licença, já volto — Digo a Nora e Peter, e sem esperar por uma resposta, levanto-me e corro atrás de Yulia.

ara

EU ALCANÇO YULIA NO CORREDOR AO LADO DO BANHEIRO.

— Espere, por favor — Digo quando ela está prestes a entrar. Percebendo o que estou dizendo, eu rapidamente acrescento: —, quero dizer, não espere se você tiver que ir. Eu estarei aqui, esperando até você terminar.

Ela se afasta da porta do banheiro. — Não, por favor, vá em frente. Eu posso ir em outro lugar. Há muitos banheiros neste andar.

— O quê? Oh, não, estou bem. — Eu rio, percebendo que ela acha que eu preciso urgentemente do banheiro. — Eu só queria falar contigo por um minuto, para pedir desculpas sobre a coisa toda em Chipre.

Seu lindo rosto se fecha. — Não há necessidade. Está tudo no passado.

— Não, não está. Eu causei uma confusão entre Peter e seu marido. Eu realmente sinto muito sobre isso, e sobre te dar a impressão errada sobre o meu relacionamento com Peter. Eu precisava da sua ajuda para escapar, mas eu deveria ter sido mais sincera. Peter matou meu primeiro marido, e ele me afogou, como eu lhe disse – mas isso foi no início, antes que as coisas se complicassem para nós também. Quer dizer, eu era prisioneira dele na sua casa – é por isso que eu estava tentando fugir – mas também estava me apaixonando por ele e...

Yulia coloca uma mão delgada no meu braço. — Tudo bem, Sara. — Seu olhar azul suaviza. — Você não precisa entrar em detalhes. Eu compreendo.

— Você entende?

Ela assente. — Eu não sou uma idiota. Sei que as coisas podem mudar, e que o mais feio dos primórdios pode levar a algo bonito ao longo do tempo. Quanto a me usar para fugir, tenho certeza de que teria feito o mesmo em seu lugar. Na verdade... — Ela para. — Esquece. Estou feliz que você e Peter estejam bem agora. Quero dizer... você está, certo? — Seu olhar passa pela minha barriga, então, ela olha para mim com uma pergunta silenciosa.

— Oh. Sim, com certeza. — Eu estremeço internamente, lembrando de como eu disse a ela que Peter pretendia forçar uma criança em mim. Cobrindo minha barriga com a mão, digo com firmeza: — Este aqui é muito desejado.

Ela sorri. — Bom. Fico feliz em ouvir isso. Agora, se você me der licença... — Ela olha para o banheiro.

Sorrindo, me afasto, percebendo que estava segurando-a o tempo todo. — Obrigada — Digo enquanto ela entra. — Por sua ajuda naquela ocasião, e por tudo.

— O prazer foi meu — Diz ela, e quando fecha a porta, eu volto para a sala de jantar, sentindo-me infinitamente mais aliviada.

Q UANDO EU VOLTO, TODOS ESTÃO DE PÉ, CIRCULANDO EM VOLTA DA mesa com bebidas depois do jantar e, em pouco tempo, estamos nos despedindo.

— Obrigada. Tudo foi maravilhoso — Digo a Nora sinceramente, e ela sorri.

— Eu não posso reivindicar nenhum crédito. Tudo foi Ana — Diz ela, e neste momento, o marido chama o nome dela do andar de cima.

— Estou indo! — Ela grita de volta, e dando um passo para frente, ela me dá um abraço rápido. — Volte a qualquer momento, ok? — Ela diz, e eu prometo fazê-lo.

Ela sobe e me volto para Yulia. Ela e Lucas estão na casa principal, então, ela está no corredor ao lado do marido, nos observando sair. Impulsivamente, aproximo-me dela e dou-lhe um abraço também.

— Obrigada de novo — Digo enquanto nos separamos, e ela sorri para mim calorosamente.

— Boa sorte, Sara. Espero ver você por aí.

— Oh, você vai — Digo. — Tchau, Lucas. — Eu aceno para ele, sorrindo, e ele me dá um olhar duro em troca.

Ok, apenas um dos Kents me perdoou até agora.

— Pronta? — Peter pergunta, passando o braço em volta da minha cintura, e eu assinto, inclinando-me para ele enquanto me leva para longe.

De volta ao nosso lar temporário.

eter

— Então, o que há com Yulia e os Esguerras? — Sara pergunta no café da manhã na manhã seguinte. — No jantar, parecia que havia certa tensão, e lembro que você mencionou algo sobre isso em Chipre.

— Oh, isso? — Passei mais aveia com frutas para ela. Comecei a pesquisar a nutrição ideal para mulheres grávidas e planejo mudar a dieta de Sara para alimentos mais saudáveis. — Sim, definitivamente há tensão e por um bom motivo.

Ela larga a colher. — Oh?

Penso em encobrir a parte ruim da história, mas ela não teve nenhum episódio de flashback nesta manhã ou na noite passada, e isso não tem nada a ver com seus pais ou qualquer um dos eventos traumáticos pelos quais ela passou. Então, decidi falar, especialmente desde que ela parecia estar ficando íntima à esposa loira de Kent na noite passada.

— Você se lembra de quando te falei que Esguerra teve um desentendimento com um grupo terrorista e teve que ser resgatado? — Pergunto. Sara assentiu, então, digo: — Bem, havia uma razão pela qual eles o capturaram. Seu avião havia sido abatido sobre o Uzbequistão, e *isso* aconteceu por causa de algumas informações que Yulia forneceu ao governo ucraniano.

— O quê? — Os olhos de Sara ficam enormes. — Por que ela faria isso? Ela estava com Lucas na época?

— Pelo que ouvi, eles haviam ficado uma noite juntos em Moscou logo antes do acidente. Quanto ao por quê, esse era o trabalho dela na época. Ela trabalhou como espiã do governo ucraniano em Moscou.

— Oh, uau, isso é... — Sara parece sem palavras.

Eu sorrio. — Sim, eu sei. Kent estava no avião também, a propósito. Além de quase cinquenta dos homens de Esguerra. Quase todos eles pereceram – foi como Esguerra acabou em um hospital em Tashkent, ferido e desprotegido.

— Oh, porra — Sara ofega. — Como ela ainda está viva, e ainda casada com Lucas?

Abro um sorriso. Minha pequena civil está começando a pensar como eu. — Honestamente, não tenho certeza — Digo. — Deixei a propriedade logo depois de toda a bagunça começar. Mas eu estou supondo que ela está viva *porque* eles são casados. Eu o ajudei a resgatá-la de Moscou a certa altura porque ele queria puni-la pessoalmente, mas não sei muito além disso. Só que de alguma forma eles acabaram juntos e, até onde sei, estão muito felizes.

Sara balança a cabeça. — Uau. Eu só... não tenho palavras. — Ela continua comento sua aveia, e eu acabo de comer rápido e me levanto para limpar os pratos.

Enquanto carrego a máquina de lavar louça, fico observando-a secretamente. Ela parece perdida em pensamentos enquanto toma seu chá, mas não há sinal daquele olhar terrivelmente vazio, nenhum ataque hiperventilante ou de pânico relacionado aos flashbacks. Ela acordou de um pesadelo na noite passada, mas eu fiz amor com ela e ela voltou a dormir.

Talvez ontem tenha sido uma anomalia, e minha ptichka ficará bem, afinal. De qualquer forma, o terapeuta está voando esta manhã e poderá vê-la já esta tarde.

Outra boa notícia é que a operação da noite anterior ocorreu sem problemas. Com os recursos de Esguerra e meus arquivos detalhados sobre Henderson, pegamos todos que esperávamos pegar, o que significa que estamos a um passo mais perto de resolver a situação.

Se houver algum pingo de empatia em Henderson, ele vai desmoronar.

Se não, nós o encontraremos de qualquer maneira – e ele morrerá sabendo que todas essas mortes estão em sua consciência.

Eu olho para a tela do meu computador, minha pele pinicando com o horror. Eu esperava que Sokolov e os outros usassem todos os recursos para me encontrar, mas eu não esperava isso. As mensagens que enchem minha caixa de entrada são surreais.

Meu tio. Meus primos. A família de Bonnie. Todos os nossos amigos.

Se foram.

Sequestrados de suas casas, suas escolas, em seu caminho para o trabalho e de suas igrejas.

Com os dedos trêmulos, eu clico na CNN e abro um vídeo na web discutindo isso.

— Acredita-se agora que a série de sequestros de ontem à noite em Asheville, Charleston e na área de Washington D.C. podem estar conectados — Informa o âncora quase sem disfarçar a excitação. — Até agora, nenhuma exigência foi feita, mas a polícia espera ouvir os sequestradores a qualquer momento. No total, dezenove cidadãos foram dados como desaparecidos, com um dos sequestros capturado por uma câmera de segurança.

O vídeo mostra uma imagem granulada de duas figuras mascaradas agarrando tio Ian enquanto ele abastece seu carro num posto de gasolina. Os movimentos dos sequestradores são tranquilos e coordenados – eles são claramente profissionais que sabem o que estão fazendo.

— Em outra reviravolta na história, parece que vários desses cidadãos sofreram sequestros e assaltos num passado recente — Continua o âncora, e a câmera pisca em uma ruiva chorosa – a esposa de meu amigo Jimmy, Sandra.

Graças a Deus eles a deixaram. Já é ruim o suficiente meu amigo mais antigo – demos o nome ao nosso filho em homenagem a ele – estar em suas garras implacáveis.

— Por que isso continua acontecendo conosco? — Sandra soluça, seu rímel escorrendo pelo rosto sardento. — Da última vez, eles o espancaram e atiraram nele, e ele teve que se aposentar das Forças Armadas. E agora isso? Por quê? O que eles querem de nós?

Eu. Eles me querem.

Bílis ácida se agita na minha garganta.

Os policiais não verão nenhuma demanda dos sequestradores porque as demandas foram enviadas diretamente para mim.

Ou melhor, para a CIA, onde eles devem saber que ainda tenho contatos.

Eu deveria ter previsto isso e feito algo para evitar, mas eu presumi que todos que Sokolov havia interrogado antes estivessem em segurança, já que eles não sabiam nada da primeira vez.

Eu estava focado na Operação Air Drop e subestimei o quão sociopatas meus oponentes são.

Meu pescoço dói, a dor sempre presente queimando em agonia

quando eu paro o vídeo e clico na minha caixa de entrada, onde leio o último email novamente.

Dezenove horas, dezenove vidas, a mensagem recebida pela CIA diz. *O relógio começa ao meio-dia. Entregue-se, Wally, ou veja todos morrerem, um por um.*

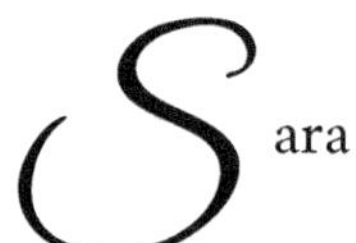

S ara

DEPOIS DO CAFÉ DA MANHÃ, PETER SAI PARA SE ATUALIZAR COM Esguerra e sua equipe russa, e eu decido ir visitar Nora na casa principal. Pela primeira vez em uma semana, não me sinto tensa ou ansiosa. Meu estômago está totalmente estabilizado e meu coração está batendo em um ritmo normal.

Eu estou cantarolando enquanto caminho, desfrutando da sensação do ar quente e úmido na minha pele. Sinto-me bem, quase como sentia antes de tudo isso acontecer, antes de meus pais...

Minha mente se cala, uma parede de dormência deslizando no lugar quando um terceiro tiro soa.

Eu olho para o meu marido, de costas e sangrando, depois, para o agente na porta, seu rosto torcido de ódio quando ele aponta para a cabeça de Peter.

Meu olhar cai sobre a arma que Peter deixou cair enquanto lutava com o outro agente.

Está a um metro de distância

Eu pego. É fria e pesada na minha mão, aumentando a dormência gelada do meu coração.

Meus pais estão mortos.

Peter está prestes a ser assassinado.

Eu aponto e aperto o gatilho uma fração de segundo antes do agente disparar.

Minha bala erra, mas o tiro o assusta, fazendo com que ele erre seu tiro.

Ele gira em minha direção e eu atiro novamente.

Ele bate no meio do colete, jogando-o para trás.

Sem qualquer hesitação, eu ando até ele e levanto a arma novamente.

— Não — Ele grita ofegante, e eu aperto o gatilho.

Seu rosto explode em pedaços de sangue e ossos. É como um videogame hiper-realista, completo com cheiro, sabor e...

— Puta que pariu! Sara, o que aconteceu? O que há de errado?

Eu volto à realidade, ofegando por ar. Eu estou no chão, enrolada em posição fetal, com Lucas Kent agachado sobre mim. Suas feições duras estão tensas de preocupação, seus olhos pálidos me examinando da cabeça aos pés. Não notando nenhum ferimento óbvio, ele agarra meus ombros e me levanta.

Meus joelhos estão fracos e eu estou tremendo toda, minha camiseta encharcada de suor grudada no meu corpo. Eu também estou com tanto frio que estou tremendo apesar do calor do sol batendo na minha pele.

— Você está bem? — Kent pergunta, segurando-me pelos meus ombros. Quando eu aceno com a cabeça no piloto automático, ele me solta e pergunta: — O que aconteceu? Alguma coisa te assustou ou te machucou?

Eu balanço a cabeça, ainda respirando rápido demais para falar.

— Ok. Diego! — Ele acena para o guarda que passa, o mesmo que nos mostrou a casa, percebo tonta. — Fique com ela — Ordena Kent quando o jovem se aproxima com pressa. — Vou chamar Peter.

E antes que eu possa me opor, ele sai correndo.

eter

— Onde está Kent? — Pergunta Esguerra quando entro no prédio pequeno e moderno que serve de escritório. Ele prefere fazer negócios fora da casa e longe da família – não importando que Nora seja versada sobre os negócios do seu império ilegal.

— Como vou saber? — Respondo enquanto me sento ao lado de Yan, que está olhando para o celular. Ilya e Anton já estão aqui também, com Ilya mastigando alegremente um biscoito do prato que Ana deve ter trazido novamente. — Ele não está na casa com você?

Esguerra franze o semblante. — Ele estava fazendo a ronda com os guardas esta manhã. — Ele olha para um dos muitos monitores de TV pelas paredes, em seguida, vira para nós. — Parece que vamos ter que passar para ele depois. Tenho uma ligação chegando. — Seu olhar na minha direção. — Alguma notícia de Henderson?

— Não, e eu não esperaria ouvir dele muito em breve. Ainda estamos — Olho para o relógio de um dos monitores — acerca de uma hora para o início do prazo. Estou supondo que teremos que validar nossa ameaça com pelo menos alguns corpos antes que ele perceba que estamos falando sério.

Esguerra assente. — Tudo certo. Já dei aos nossos homens as instruções sobre quais reféns serão mortos primeiro. Alguma notícia de seus hackers?

— Na verdade, sim — Diz Yan, olhando para nós do seu telefone. — Eles acabaram de rastrear o atirador para nós – aquele que atirou no agente durante a prisão de Peter.

Minha mão se aperta sobre a mesa. — Quem é ele?

— *Ele* é aparentemente *ela* — Diz Yan, seus olhos em seu telefone novamente —, responde pelo nome de Mink e é da República Tcheca. Espere, a imagem está carregando agora.

— E os nossos sósias? — Anton pergunta. — Alguma coisa sobre esses filhos da puta?

Yan não responde, e quando olho para ele, vejo uma veia pulsando em sua têmpora enquanto ele olha para a tela do celular.

— Qual o problema? — Ilya pergunta, franzindo, e seu gêmeo sem palavras entrega o telefone para ele.

O rosto largo de Ilya parece se transformar em pedra. — Ela? — Ele olha para o irmão. — *Ela* é Mink?

Que porra é essa? Pego o telefone da mão de Ilya e examino a foto na tela.

O rosto da mulher – capturado em meio perfil pela câmera – é jovem e bastante bonito, com feições delicadas enfatizadas pelo cabelo loiro curto em camadas ao redor do rosto pálido. Do lado do pescoço dela está uma pequena tatuagem de algo indiscernível, e sua pequena orelha está cheia de uma dúzia de piercings.

— Quem é ela? — Pergunto, olhando para os gêmeos. — Como vocês a conhecem?

O rosto de Yan está sério. — Não importa. — Ele pega o telefone de mim. — Estou enviando homens para capturá-la, ela pode saber onde Henderson está.

— Isso importa — Diz Esguerra, enquanto os polegares de Yan batem furiosamente na tela. — Quem diabos é ela?

— Nós a conhecemos em Budapeste — Diz Ilya quando Yan ignora a pergunta. — Ela trabalha como garçonete num bar.

Uma garçonete de Budapeste? Por que isso soa familiar?

— Você dormiu com ela quando estávamos no Japão? — Anton deixa escapar, olhando para Yan. — Ela é aquela que Ilya estava chateado?

A mandíbula enorme de Ilya aperta. — Eu não estava chateado. Mas sim, *ele* — ele aponta o polegar para o irmão — comeu ela.

Yan bate o telefone na mesa. — Cale a porra da sua boca.

Eu assisto a cena com espanto. Legal, o tão controlado Yan está tão perto de perder o controle como jamais vi.

O rosto de Ilya fica vermelho e ele se levanta abruptamente, fazendo a cadeira cair no chão.

Eu pulo de pé também, sabendo que uma briga começará – e, neste momento, Kent entra.

— É Sara — Diz ele, respirando como se tivesse corrido um quilômetro em quatro minutos. — Peter, você precisa vir comigo imediatamente.

eter

IGNORANDO A FORTE DOR DO MEU LADO, LEVO SARA DE VOLTA PARA A nossa casa. Ela é capaz de andar – eu sei, porque ela me disse com uma voz trêmula – mas não dou a mínima para isso. Ela está tão pálida e frágil que tenho que segurá-la, tenho que sentir seu corpo magro pressionado contra o meu, para que eu saiba que ela está fisicamente ilesa.

Para que eu possa fingir que ela e o bebê estão bem.

Meu sangue congelou na chegada de Kent, e ainda não me recuperei totalmente. Não ajudou o fato de quando eu cheguei correndo, minha ptichka estava ainda mais pálida do que está agora... ainda mais frágil.

— Chegamos — Digo calmamente quando nos aproximamos da casa. — Vamos tomar um banho imediatamente, ok? — Suas roupas estão cobertas de sujeira e grama, assim como as palmas das mãos, os joelhos e metade do rosto.

Ela não se opõe nem ao chuveiro nem à minha ajuda para despi-la – o que me diz o quão terrível ela está se sentindo. Ontem, ela fez tudo para convencer-me que estava bem.

Quando ela está nua, ligo a água e espero que a temperatura se ajuste. Levo-a e tiro minhas próprias roupas antes de me juntar a ela sob o chuveiro. A água imediatamente atravessa meus curativos, mas eu não me importo. Sei que eles podem ser retirados agora sem problemas.

— O que você viu, meu amor? — Pergunto gentilmente enquanto coloco sabão na minha mão. Apesar da minha preocupação com ela, meu pau está endurecendo, atraído pela sua pele sedosa e pelos seios rosados. Impiedosamente, eu reprimo o desejo de fazer qualquer coisa além de lavá-la. Sexo não resolve isso, não importa o quanto eu gostaria.

Minha ptichka precisa enfrentar os demônios que ela está lutando.

Ela precisa deixar a mim – e ela mesma – entrar.

Ela aperta os olhos e balança a cabeça. — Não posso falar sobre isso. Eu sinto muito.

Porra. Sinto vontade de atravessar meu punho pela parede de vidro do box, mas, em vez disso, começo a lavá-la, concentrando-me em ser o mais gentil possível.

Ela não precisa ver mais violência.

Já viu muita.

A preocupação, misturada com uma boa dose de culpa, ainda está me devorando por dentro quando dou o almoço de Sara. Não deveria tê-la deixado sozinha por esses trinta minutos. Eu deveria ter estado lá, feito algo para evitar isso.

Inferno, eu deveria ter protegido-a do trauma em primeiro lugar.

Para meu alívio, ela parece muito mais recuperada depois do banho – a tal ponto que está novamente tentando fingir que está tudo bem, que Kent não a encontrou encolhida como uma criança ferida na grama.

— Por que não deixamos o terapeuta descansar depois do voo? — Ela diz quando eu a informo que vou levá-la para ver o médico imediatamente depois de comermos. — Amanhã será breve o suficiente para iniciar as sessões.

— Ela vai descansar depois de conversar com você. — Não vou adiar isso, não depois do que vi. Esguerra me mandou uma mensagem querendo que eu passasse em seu escritório depois do almoço, mas eu não vou deixá-la sozinha novamente.

Henderson e toda essa merda podem esperar.

Sara suspira, cutucando sua salada de couve e, depois, olha para cima. — Você sabe que eu não vou magicamente ser curada se falar com essa doutora, certo? — Seus olhos de avelã estão preocupados. — A terapia nem sempre ajuda em situações como esta.

Pelo menos ela finalmente está reconhecendo que há uma 'situação'.

Levantando-me, ando em volta da mesa até a cadeira dela. — Eu sei, meu amor — Digo baixinho, olhando para o seu rosto virado para cima. Coloco minhas mãos em seus ombros, massageio-os, sentindo a tensão nos delicados músculos. — Não será mágica, mas será um começo.

E me ajoelhando ao lado de sua cadeira, eu envolvo meus braços ao redor dela e a seguro, precisando sentir seu batimento cardíaco contra o meu.

Preciso me convencer de que posso desfazer o dano que causei.

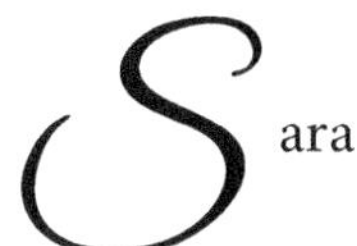ara

A MÉDICA É UMA MULHER ALTA COM QUARENTA E TANTOS ANOS. SE Sandra Bullock tivesse interpretado a chefe/vilã estilosa em *O Diabo Veste Prada*, ela poderia ter se parecido com essa terapeuta, até os óculos da moda.

— Olá — Diz ela, estendendo a mão esbelta e bem cuidada. — Sou a Dra. Wessex.

— Oi. — Eu aperto a mão dela. — Eu sou Sara.

Estamos em outra casa parecida com a que Peter e eu estamos hospedados, em um pequeno escritório com uma janela voltada para a rua. Eu posso ver Peter andando do lado de fora; Dra. Wessex foi firme quanto a ele não poder estar presente durante a minha sessão de terapia.

— É um prazer conhecer você, Sara. — Ela se senta atrás de uma mesa brilhante, e eu me sento na cadeira reclinável do outro lado. — Seu marido me contou um pouco sobre o que te traz a mim hoje, mas eu adoraria ouvir sobre isso com suas próprias palavras.

Me ajeito no meu lugar. — Eu realmente prefiro não falar sobre isso.

Ela inclina a cabeça. — Por quê? É porque te dói?

Eu respiro enquanto meu peito comprime. — Não. Quero dizer, sim, claro. Eu só... não quero pensar sobre isso.

— Porque seus pais morreram?

Eu recuo e olho para longe.

— Ou porque aconteceu outra coisa? — A médica pressiona. — Talvez algo que você tenha problemas para processar?

Minha respiração acelera e eu aperto minhas mãos. Enquanto minhas unhas cravam nas palmas, a pequena dor me ajuda a manter o foco no presente.

Eu não posso ir lá.

Eu não vou lá.

Quando fico em silêncio e me recuso a olhar para ela, a Dra. Wessex suspira e diz: — Você já ouviu falar em Dessensibilização e Reprocessamento por meio dos Movimentos Oculares?

Eu dou a ela um olhar vazio e balanço a cabeça.

— É uma psicoterapia relativamente nova, não tradicional, com a qual tive muito sucesso ao longo do ano passado. A ideia aqui é que você passará por suas experiências negativas enquanto se concentra em um estímulo externo. Especificamente, vou pedir-lhe para acompanhar os movimentos da minha mão com os seus olhos ao narrar uma memória dolorosa específica.

Eu pisco. — O quê?

Ela sorri. — Vou fazer isso — Ela move a mão ritmicamente de um lado para o outro, como se estivesse checando minha visão —, e você vai acompanhar o movimento com os olhos. Assim, vamos praticar.

Ela retoma o movimento de um lado ao lado, e eu sigo seus dedos com o meu olhar como um gato rastreando um ponteiro laser. Eu não vejo como isso vai ajudar em alguma coisa, mas vou tentar.

— Ok, bom — Diz ela quando consigo. — Agora, vamos nos concentrar em uma memória angustiante... digamos, seu flashback mais recente. O que você viu hoje cedo? Qual evento você reviveu? Ou se você preferir não se concentrar nisso, escolha outra coisa, ou podemos começar do começo.

Ainda estou acompanhando os movimentos da mão dela com meus olhos e, de alguma forma, isso facilita me separar da pressão vulcânica que se forma no meu peito. Eu posso sentir o enorme peso disso, mas é como se estivesse acontecendo com outra pessoa.

Meus olhos se movem de um lado para o outro, seguindo seus dedos quando começo a falar. Lentamente, hesitante, eu passo pelos eventos daquele dia, desde a equipe da SWAT aparecendo até o momento em que puxei o gatilho pela primeira vez.

É só lá que eu paro, incapaz de dizer outra palavra porque estou tremendo violentamente. Para meu alívio, a Dra. Wessex não me força. Em vez disso, ela me diz para me concentrar em como meu corpo está reagindo e os pensamentos que estou tendo neste momento. E o tempo todo, ela está movendo a mão num vai e vem, mantendo-me focada.

Mantendo-me distraída da dor e do sofrimento sufocantes.

Quando Peter vem me pegar, eu estou tão tensa emocional e fisicamente que vamos direto para casa, onde adormeço prontamente.

Acordo uma hora e meia depois com o som abafado das vozes

masculinas. Vestindo um roupão, eu me aproximo da janela e espio através das persianas fechadas.

São Kent, Esguerra, Peter e Yan. Eles estão do lado de fora, discutindo algo.

Prendendo a respiração, tento entender o que eles estão dizendo.

— Nada ainda — Diz Kent, parecendo enojado. — Temos certeza de que a mensagem chegou até ele?

— Oh, chegou até ele — Diz Peter severamente. — O filho da puta tem medo demais para fazer qualquer coisa sobre isso.

Esguerra olha para Yan. — E o seu caso? Quando é que ela chega aqui?

A mandíbula de Yan se aperta visivelmente, mas ele parece recuperar o controle. — Logo — Diz ele sem qualquer emoção. —, muito em breve.

— Bom. — Um sorriso aterrorizante curva os lábios de Esguerra. — Quando a tivermos, não importa se Henderson faz a coisa nobre ou não. Vamos encontrar o bastardo de qualquer maneira.

Os homens se dispersam e eu me afasto da janela, confusa, mas esperançosa.

Eu ainda não sei o que exatamente eles estão fazendo, mas parece que estão fazendo progressos com Henderson – e, por mais errado que seja, mal posso esperar que o ex-general receba o que lhe é devido.

enderson

— Você é uma porra de psicopata! Entende? Um psicopata! — Bonnie grita, lágrimas escorrendo pelo rosto. — Cinco pessoas com quem nos importamos estão mortas, e você não dá a mínima!

Eu me abaixo enquanto ela joga um copo, e ele bate na parede atrás de mim, quebrando no impacto. Cada palavra que ela lança em minha direção é tão letal quanto seus projéteis, e a resposta irada combina com minha enxaqueca cobrindo minha visão com manchas vermelhas.

Eu não deveria ter esquecido de reabastecer sua medicação. Ela deveria estar dopada na cama, não passando pelos meus emails e vendo as porras das notícias.

Um prato zumbe no meu ouvido e eu me esquivo.

— Eu me importo! — Grito, contornando a mesa para agarrar seus ombros ossudos. — Minha prima Lyle é uma dessas pessoas mortas. Mas e daí? Eles vão matar todos eles independentemente. E você e Amber e Jimmy também. Você acha que eu deveria me apresentar para esses assassinos em uma bandeja de prata? É isso que eu deveria fazer?

Eu estou sacudindo-a com tanta força que seus dentes estão chacoalhando em seu crânio vazio, mas ela se recusa a recuar.

— Que merda, talvez você devesse! — Ela grita, sua saliva pulverizando no meu rosto. — Todos estaríamos melhor se você estivesse morto!

Enfurecido, eu a empurro para longe – e ela bate na geladeira no momento em que nossa filha entra na cozinha.

— Mãe? Pai? — Seus olhos azuis arregalados vão de mim para Bonnie. — O que está acontecendo?

Caralho. Amber não deveria ver isso.

Dos meus dois filhos, ela é quem está sempre ao meu lado.

— Nada, querida — Eu consigo dizer com calma. — Sua mãe só precisa de seu remédio, isso é tudo.

Deixando Bonnie chorando no chão, eu levo minha filha embora, de volta para o quarto dela.

Eu não posso salvar todo mundo que me interessa, mas *vou* proteger minha família.

Mesmo que os ingratos tornem essa porra difícil de fazer.

 complexo colombiano de Esguerra, e estou estudando para a Operação Air Drop quando me ocorre que a casa está em silêncio.

Muito silêncio.

Não há explosões de videogame na sala de estar, nem barulho de pratos na cozinha, apesar do horário do jantar.

Minha pressão sanguínea aumenta, e vou de cômodo em cômodo.

Nada.

Ninguém está aqui.

Nossa cabine na Islândia está tão fria e vazia como as estradas cobertas de neve do lado de fora.

Corro para a garagem e, com certeza, o jipe está desaparecido. Bonnie deve tê-lo levado para ir para a cidade com as crianças.

Essa puta estúpida. Eu bato minha palma contra a parede. Eu disse a ela um milhão de vezes que não podemos sair deste lugar. Como ela poderia correr esse risco, considerando o que está acontecendo com todos os nossos amigos e parentes? Ela não percebe que meus inimigos irão esfolar sua costela?

A menos que... Meu peito fecha, o ar evaporando em meus pulmões.

Ela não iria.

Ela não podia.

Ela não ousaria.

No entanto, minhas pernas me levam de volta para dentro da casa, para o quarto dela. Eu olhei dentro brevemente, apenas o tempo suficiente para ver que ela não estava lá.

Então, agora, eu entro e olho em volta, e a fúria quase me cozinha vivo.

Na mesinha de cabeceira, sob o controle remoto da TV, há um pequeno pedaço de papel com a letra dela.

Estamos partindo, diz. *Preferimos correr o risco lá fora do que estar 'seguros' aqui com você.*

Entro no galpão de interrogatório, onde uma jovem senta-se presa a uma cadeira. Seu rosto pequeno é decorado com hematomas, e seu lábio inferior está partido, dando-lhe um olhar de malícia. Seu olhar, no entanto, é claro e desafiador.

Esta bela sniper não é nem um pouco fácil de lidar. Eu me pergunto se Yan deu a ela esses hematomas durante o interrogatório, ou se são da briga durante a captura dela ontem.

Ouvindo passos, viro-me e vejo Yan e Ilya entrando na sala.

— Acabamos de obter os arquivos sobre os homens cujos nomes ela nos deu — Diz Ilya, estendendo o telefone. — Nossos sósias têm um bom currículo. Todos os quatro são ex-Força Delta, mesma unidade. Eles e alguns de seus amigos foram julgados há quinze anos por estupro em grupo de uma menina de dezesseis anos no Paquistão. Seis deles foram presos, mas os outros os soltaram e todos fugiram. Desde então, eles têm feito trabalhos aleatórios aqui e ali, desde assassinatos menores até plantar bombas para organizações terroristas.

Enquanto ele fala, passo as fotos na tela. Eles claramente tinham bons disfarces enquanto se passavam por nós. Os rostos que me olham têm muito pouca semelhança com os nossos; na melhor das hipóteses, um se parece vagamente comigo – e mesmo assim, seu cabelo é loiro e repicado.

Uma ideia me ocorre. — Quem fez a maquiagem e os disfarces neles? — Pergunto à sniper, ficando na frente da cadeira dela. — Parece que era alguém muito habilidoso.

Ela afirma não saber onde Henderson está se escondendo, e aquele *ublyudok* de uma galinha parideira não cedeu, deixando seus amigos e parentes morrerem em seu lugar, então, nós precisaremos chegar até ele de outra maneira... talvez através da equipe que ele usou para plantar o explosivo.

Ela fica em silêncio por um momento; então, diz carrancuda: — Eu. Eu fiz.

Eu levanto as sobrancelhas com ceticismo. — Está falando a verdade?

Suas narinas se abrem. — Por que eu mentiria? Eu já te dei todos esses nomes. O que é mais um no grande esquema das coisas?

O inglês dela é tão puro quanto qualquer americano. Eu me pergunto quando e como uma garota tcheca aprendeu a falar tão bem.

— Isso será fácil de verificar — Diz Yan, adiantando-se para ficar ao meu lado. — Ela pode mostrar sua habilidade em mim hoje à noite.

— E em mim. — As mãos de Ilya se contorcem em seus lados enquanto ele olha para seu irmão.

Ótimo. Eles ainda estão na garganta um do outro sobre quem consegue fodê-la.

Deixando minha irritação de lado, faço à menina mais uma dúzia de perguntas, e ela responde a todas, embora com relutância. Como ela é uma contratada privada sem nenhuma lealdade especial a ninguém, sabiamente decidiu cooperar conosco em troca de sua vida e eventual liberdade.

Eu estou planejando matá-la de qualquer maneira – os pais de Sara estão mortos por causa dela – mas, por enquanto, não me importo em deixá-la acreditar que ela vai se safar.

De qualquer forma, ela não é tão útil quanto eu esperava. Ela disse que só encontrou Henderson pessoalmente uma vez, e não tem ideia de onde ele poderia estar se escondendo. Também não sabe onde estão nossos sósias, apesar de frequentemente ter trabalhado com eles no passado.

Outro beco sem saída, mas não estou perdendo a esperança.

Agora, temos mais nomes para rastrear e é provável que nos levem ao nosso alvo.

Quando chego em casa, fico aliviado ao ver que Sara ainda está dormindo, como tem feito nas duas últimas tardes. Embora ela não queira admitir, a gravidez e o enjoo matinal que acompanha estão pesando muito nela.

E isso sem mencionar as sessões de terapia com a Dra. Wessex. O que quer que a terapeuta esteja fazendo com Sara, parece estar exaurindo minha ptichka a ponto de ela desmaiar assim que chega em casa.

— Que tipo de tratamento ela está fazendo com você? — Perguntei a Sara na noite passada, e ela explicou sobre o movimento dos olhos e como ela deve treinar seu cérebro para processar as memórias traumáticas de forma diferente. Não tenho certeza se entendi tudo, mas ela só teve um pequeno incidente de flashback desde o início da terapia, pelo menos até onde eu sei.

É bem possível que ela esteja escondendo de mim. Ela ainda não chorou ou falou comigo sobre o que aconteceu, então, sei que está preso nela, toda a tristeza e dor que preenchem o vazio deixado pelo falecimento dos seus pais.

A parte estranha é que eu sinto um pouco disso também – não apenas como ecos de sua dor, mas como minha própria perda. Nos quatro meses que se seguiram ao nosso casamento, conheci Chuck e Lorna, e comecei a gostar e respeitar os dois. Eles eram pessoas boas, pais amorosos e, embora tivessem todos os motivos para me odiar, eles lentamente se abriram para mim, deixando-me fazer parte das suas vidas.

Uma parte de sua família – uma família que mais uma vez deixei de proteger.

Silenciosamente, voltei para fora do quarto, meu peito dolorosamente apertado. Não sei se algum dia vou me perdoar pelo que aconteceu, por não ter previsto que o inimigo que eu caçava tão diligentemente poderia não se contentar em sair das sombras e retomar sua vida.

Por não antecipar a forma traiçoeira que sua vingança poderia tomar.

Meu humor ainda está sombrio quando entro na sala de estar e abro meu laptop para verificar o email criptografado que usei para alcançar o contato de Henderson na CIA. Todos os dezenove dos nossos prisioneiros estão mortos, então, não estou esperando ver nada, estou checando mais por força do hábito.

É por isso que uma mensagem de um remetente desconhecido me pega completamente de surpresa.

Abrindo o email, eu o li – depois li novamente, incapaz de acreditar nos meus olhos.

Se você quiser Wally, me encontre no Marison Café em Londres às 9 da manhã de quarta-feira. Venha sozinho.

– Bonnie Henderson

ara

— ...CLARAMENTE UMA ARMADILHA — OUÇO ILYA DIZER QUANDO saio do quarto, bocejando da minha soneca. — Ele está tentando te atrair, isso é tudo.

— Obviamente, mas ainda temos que seguir a pista — Kent diz quando paro no corredor e olho para a sala de estar.

Peter, Esguerra, Kent e todos os três colegas russos de equipe do meu marido estão amontoados em volta de um laptop na mesa de centro, enchendo o pequeno espaço com tanta testosterona que quase posso sentir o gosto. 'Masculinidade Letal', são as palavras que me vêm à mente quando vejo seus corpos altos e soberbos e rostos duros.

Masculinidade letal, matadora de calcinha.

É claro que Peter é muito mais magnético do que os outros, decido enquanto continuam falando, alheios à minha presença. Os cabelos loiros de Kent trazem à mente uma pilhagem de viking, e eu sinto algo decididamente cruel em Esguerra – e, até certo ponto, em Yan e Anton. Ilya é o único que parece ter um pequeno fragmento de bondade humana nele, e definitivamente não é meu tipo – embora eu possa ver quantas mulheres achariam os músculos excessivamente grandes e as tatuagens no crânio excitantes.

— E temos certeza de que Peter é o único que deveria ir sozinho? — Esguerra diz, agachando-se para ver a tela do laptop. — O email não é direcionado para ninguém específico.

Minha respiração fica presa no peito e todos os pensamentos da aparência dos homens desaparecem da minha mente.

Alguém está tentando fazer com que Peter vá para algum lugar sozinho?

— Nossos hackers estão rastreando o email agora — Diz Yan, olhando para o celular. — Saberemos o endereço IP de onde foi enviado em breve.

Peter acena com desdém. — Não será um endereço IP real. Henderson sabe como cobrir seus rastros.

— Mas e se não for Henderson? — Esguerra se levanta. — E se for sua esposa?

Ilya bufa. — Sim, claro. E se acreditarmos nisso, ele tem uma ponte que ele pode...

— Não, Julian está certo — Peter interrompe. — Algo sobre isso é muito não-jeito-Henderson-de-agir. Se ele quisesse me atrair, ele forneceria uma pista mais convincente – colocando, digamos, seu contato na CIA ou algo assim. Assinar esse email com o nome de sua esposa é como dizer diretamente que é uma armadilha. Você não precisa ter trabalhado para a agência para saber que é uma tática com menor probabilidade de sucesso.

— Talvez seja por isso que ele está usando — Diz Kent. — *Porque* é tão absurdo e inacreditável.

— Ou talvez porque não foi ele a escrever o email. — Esguerra cruza os braços sobre o peito. — Eu estou dizendo, poderia ser da esposa dele.

— Por que sua esposa contataria Peter? — Anton pergunta, coçando a barba. — Acabamos de matar dezenove dos seus amigos e parentes e deixamos os corpos para os policiais encontrarem. Você acha que ela tem alguma vontade de morrer?

— Talvez tenha — Diz Yan quando levo minha mão sobre a minha boca, suprimindo um suspiro horrorizada.

Dezenove pessoas?

Eles mataram dezenove pessoas inocentes em sua busca para pegar Henderson?

— Pense nisso — Continua Yan, alheio ao martelar doente do meu batimento cardíaco. — Nós estamos atrás do marido há anos. Pense no estresse que toda a família tem sofrido. Não é isso que pensávamos que poderia acontecer quando fomos atrás dessas pessoas pela primeira vez? Não esperávamos que alguém da família de Henderson – a esposa, a filha, o filho – pudesse escorregar sob pressão e cometer esse tipo de erro?

— Isso é mais do que um erro — Diz Kent. — Nós não a encontramos porque ela contatou seus amigos por preocupação. Ela nos procurou, pelo endereço de email que só Henderson e seu contato da CIA teriam.

— A menos que ela tenha acessado o email do marido e tenha visto a mensagem encaminhada da CIA — Diz Esguerra. — Então, ela também teria o email.

Ainda segurando minha mão sobre a minha boca, eu me afasto, tomando cuidado para não fazer barulho.

Eu entendo agora porque Peter não quis me contar detalhes sobre o plano deles.

Não é por causa do meu estado mental – é porque o que eles fizeram foi assassinato em massa.

ESTAMOS NO MEIO DE CRIAR ESTRATÉGIAS SOBRE COMO ABORDAR melhor a situação quando Sara entra na sala de estar.

— Aí está você — Digo, sorrindo. — Como foi sua soneca?

Seus olhos brevemente encontram os meus e se afastam. — Tudo bem. Olá, todo mundo. — Ela acena para os homens sem um sorriso.

— Vamos nos reunir hoje à noite — Diz Esguerra, levantando-se do sofá. — Oito horas, meu escritório.

Eu olho para Sara, que passou por nós até a cozinha e está se servindo de um copo d'água. Não quero deixá-la sozinha, é por isso que eu chamei todo mundo aqui.

Entendendo meu dilema, Esguerra diz: — Sara, Nora queria saber se você poderia ajudá-la com Lizzie hoje à noite. Rosa tem a noite de folga.

Sara olha, com o rosto inexpressivo. — Claro, eu ficaria feliz em ajudar.

Esguerra assente, satisfeito, e todos rapidamente se afastam, deixando-nos sozinhos. Fico feliz porque não gosto desse estranho humor que Sara está.

Será que aconteceu alguma coisa enquanto ela dormia?

— Ptichka... — Entro na cozinha e paro na frente dela. — Você teve outro flashback esta tarde?

Ela pisca para mim. — O quê? Não, eu não tive.

Eu lhe dou um olhar duvidoso. — Você tem certeza?

Sua delicada mandíbula aperta. — Sim. Eu estou bem. — Colocando seu copo d'água no balcão, ela se afasta.

Só não vou deixá-la escapar com uma mentira tão óbvia. Agarrando o braço dela, eu a viro para me encarar. — Então, qual o problema? — Eu exijo. — O que aconteceu?

Ela olha para mim e vejo um vazio peculiar em seus suaves olhos de avelã. — Nada. Nada aconteceu.

— Sara... não se feche para mim.

Tem algo agonizante em seu olhar antes de ela o esconder com aquele vazio. — Eu te disse, não é nada.

— Não é nada se você se recusar a falar comigo. Ptichka... — Eu solto o braço dela para colocar uma mecha de cabelo atrás da orelha. — Por favor, meu amor, me diga o que está errado.

Seu rosto se fecha. — Nada. Apenas deixa.

Apenas me deixe. Eu deixo cair a minha mão, ouvindo as palavras não ditas tão claramente como se ela tivesse gritado para mim. O email tinha me distraído temporariamente do meu humor sombrio, mas agora está de volta, o conhecimento de que eu causei tudo isso pressionando-me, sufocando-me com seu peso doentio.

Eu fiz isso para Sara.

Seus pais estão mortos por minha causa.

Sua antiga vida está perdida por minha causa.

Porque eu não a deixei.

Porque eu nunca posso deixá-la.

— Você me odeia? — Pergunto baixinho. — Não culpo você se disser que odeia.

Ela olha para mim, suas pupilas escurecendo quando sua respiração acelera. Ela não nega, e por que iria?

Se não fosse por minha obsessão por ela, seus pais ainda estariam vivos.

— Eu deveria. — Sua voz embargada. — Uma pessoa normal odiaria.

A pressão no meu peito cresce, a dor torna-se mais aguda. Claro que ela deveria. Eu sou o culpado por tudo isso.

— Eu sinto muito. — As palavras desconhecidas forçam-se através da minha garganta, arranhando no caminho. — Sinto muito sobre isso, sobre tudo. Eu não consegui protegê-los... te proteger. Eu deveria ter previsto que ele faria algo assim, mas... — Paro, sabendo que não tenho uma desculpa real.

Com todos os guarda-costas e as medidas de segurança que eu tinha, eu estava preparado para meus inimigos atacarem, mas não dessa maneira.

Os olhos de Sara se arregalam enquanto eu falo, e antes que eu termine, ela começa a sacudir a cabeça. — Do que você está falando? — Ela exclama quando eu me calo. — Eu não sou esse tipo de pessoa... Você acha que estou te culpando pela morte dos meus pais?

Franzo, confuso. — Não está?

— Claro que não! Se qualquer coisa, sou eu quem... — É a vez dela de se separar, os olhos cintilando com um brilho doloroso. Antes que eu possa dizer qualquer coisa, ela continua: — O ponto é que Henderson é culpado pelo que aconteceu, não você. *Ele* colocou o explosivo, matando todas aquelas pessoas inocentes para que ele pudesse culpar você pelas mortes. *Ele* enviou a equipe da SWAT para a casa dos meus pais.

— Eu sei. Mas ele era *meu* inimigo.

— Sim, e você é *meu* marido. — As lágrimas agora estão inundando nos seus olhos. — *Eu* me apaixonei por você. *Eu* te trouxe para a vida deles. *Eu* te forcei para a chamada vida normal nos subúrbios. Se eu tivesse aceitado meus sentimentos por você antes, poderíamos ter vivido felizes no Japão. E, então, nada disso teria acontecido, e meus pais ainda estariam...

— Você está realmente tentando dizer que é culpada por essas coisas? — Eu interrompo incrédulo. Segurando suas mãos nas minhas, aperto suavemente. — Sara, ptichka... você se sente de alguma forma responsável pelo que aconteceu?

Ela não se lembra como acabou no Japão primeiramente? Como eu me forcei em sua vida e a roubei?

As lágrimas nos olhos dela brilham mais e ela tenta desviar o olhar novamente, mas eu não a deixo. Nós vamos chegar ao fundo disso. Agora. Hoje. Não importa o quanto isso seja difícil.

Porque, finalmente, minha ptichka está se abrindo, falando sobre o que aconteceu.

— Sara... — Largando suas mãos, eu acaricio sua mandíbula delicada. — Meu amor, você não é de forma alguma culpada. Está tudo em mim, tudo isso. Desde o primeiro momento em que vi você, eu te quis e não deixei nada ficar no meu caminho... nem mesmo seus sentimentos. Eu era um bastardo, e ainda sou, porque mesmo depois de tudo o que aconteceu, não consigo fazer a coisa certa.

Sua graciosa garganta se move. — A coisa certa?

— Ir embora. Deixar você ir. — Minha boca se contorce quando abaixo minha mão. — Isso é o que um homem bom faria. Um homem que queria se arrepender de seus pecados. Mas esse não sou eu. Não posso fazer isso. Os nove meses que estivemos separados quase me destruíram – e eu preferiria queimar no inferno por toda a eternidade do que passar uma vida inteira sem você.

Ela recua, e eu novamente vislumbro o tormento em seu olhar antes que ela o deixe cuidadosamente em branco. — Você não precisa fazer isso — Diz ela com dificuldade. — Eu não estou pedindo para você me deixar. Eu não *quero* que você me deixe. Essa é a última coisa que quero – e definitivamente não culpo você pelo que aconteceu com meus pais.

— Então, o que você quis dizer quando falou que deveria me odiar? Que uma pessoa normal me odiaria?

Sua respiração se agita novamente, e ela recua, sacudindo a cabeça quando mais umidade se acumula nos seus olhos. — Esquece isso. — Sua voz treme. — Esquece.

Fico olhando para ela, uma nova suspeita me ocorrendo. — Quando você acordou? — Pergunto, com um palpite.

Um estremecimento visível ondula sobre sua pele, e sei que acertei em cheio.

Ela nos ouviu.

Eu tento lembrar o que dissemos exatamente, e estremeço internamente.

Os dezenove cadáveres foram definitivamente mencionados.

Aproximando-me, seguro seus ombros finos. — Sinto muito que você ouviu isso — Digo calmamente. — Pelo que valia a pena, eu estava contando com Henderson se trocando por pelo menos algumas dessas pessoas.

Ela engole. — Sim, claro.

— Você preferiria que eu não fizesse nada? Você quer que ele ande livre depois do que ele fez?

Seu peito se estufa. — Eu preferiria. — Sua voz é tensa

enquanto ela olha para mim. — Não que andasse livre, mas fosse preso. Pagasse pelos seus crimes da maneira normal.

— E você quer isso? — Pergunto baixinho. — Se você pudesse acenar com uma varinha mágica e mandá-lo para a prisão por seus crimes, isso satisfaria você? Seria suficiente considerando o que ele fez? A nós, a Tamila e Pasha... aos seus pais?

Sua respiração acelera mais com cada palavra que falo, e posso vê-la começar a tremer. Saindo do meu aperto, ela se move para ir embora, mas eu pego seu pulso e a viro para me encarar.

— Me diz, Sara. — Implacavelmente, eu a puxo para mais perto. Eu quero esclarecer tudo, para chegar ao âmago do que a está incomodando. — É isso que você quer para ele? Sua justiça civil normal? Ou você quer que ele sofra? Para conhecer a verdadeira dor e perda?

As lágrimas descem, cobrindo suas bochechas com a umidade. — Para com isso — Ela ofega, puxando seu pulso. — Eu não... eu não sou...

— Não é assim? — Eu me recuso a deixá-la ir. — Você tem certeza disso, meu amor? Não há uma parte de você que está um pouco feliz que o padrasto da sua paciente recebeu seu justo quinhão? Que *você* puxou o gatilho para o agente que matou sua mãe? Que embora Henderson ainda esteja lá fora, ele já está pagando por seus crimes em carne e osso?

As lágrimas correm com mais força, e eu a sinto tremer quando digo suavemente: — Ele merece, Sara. Você sabe que merece. É lamentável que outros tenham morrido em seu lugar, mas é assim que esse mundo funciona. Não é justo. Não é mesmo. Eu sei... porque se houvesse alguma justiça nesta vida, meu filho estaria aqui conosco hoje. Em vez de morrer com um carrinho de brinquedo em punho, ele cresceria para dirigir a versão real. Ele iria à escola e sairia para namorar. E um dia, em algum momento no futuro, ele conheceria alguém que amaria tanto quanto eu te amo – alguém que o faria esquecer as lições brutais da vida.

Ela está chorando agora, batendo no meu peito e soluçando, e eu envolvo meus braços ao redor dela, segurando-a quando a represa finalmente se rompe e ela cede à sua dor.

Enquanto ela enfrenta sua dor e perda.

*S*ara

Eu choro pelo que parecem horas, tão presa na minha dor que mal sinto quando Peter me pega e me leva para o sofá na sala de estar. Enquanto ele me segura em seu colo, gentilmente me balançando para frente e para trás, sofro por meus pais e pelo homem que matei, pelas vítimas de Peter e por Pasha e Tamila. E, acima de tudo, sofro pela mulher que eu fui uma vez, que não podia imaginar tirar uma vida... ou amar um homem capaz de matar.

Isso me atinge em ondas, toda a dor e culpa e raiva. Deus, há muita raiva. Eu não sabia que tinha isso em mim. Se Henderson estivesse aqui agora, eu o mataria com minhas próprias mãos. Eu o observaria morrer e aproveitaria cada momento horrível. Apesar de todas as possibilidades contra, Peter e eu construímos nossa vida de sonho juntos – só para perder tudo em alguns minutos devastadores.

Foi assim para Peter quando Pasha e Tamila foram mortos? Ele se sentia assim, como se seu mundo tivesse parado de girar?

Enquanto choro, eu revivo tudo – todas as memórias que eu lutei tanto contra. Eu ouço o tiroteio e o rugido do helicóptero, sinto o cheiro do sangue e pânico no ar. Vejo meus pais morrerem e o peso frio da arma na minha mão enquanto puxo o gatilho... uma, duas, uma terceira vez.

Lembro-me de como era ver o rosto do agente explodir e saber que tomei uma vida humana, que no fundo sou capaz das mesmas coisas que Peter.

Eu choro por isso e por saber que meu filho nunca conhecerá uma vida verdadeiramente pacífica, que ele ou ela irá crescer num mundo colorido com sombras da escuridão. Eu choro pelo meu pai, que nunca chegou a ser um avô, e pela minha mãe, cujos últimos momentos foram gastos debruçados sobre o corpo morto do marido.

Eu choro por eles e me enfureço com o destino, e o tempo todo, Peter está lá, me segurando.

Emprestando-me sua força, para que eu possa desmoronar sem quebrar.

EU ESPERO ATÉ QUE OS SOLUÇOS DE SARA SE ACALMEM ANTES QUE EU ceda ao calor escuro que se forma nas minhas veias. Por uma hora inteira, eu a segurei no meu colo, sentindo seu corpo flexível tremer e tremer, seu bumbum bem feito se contorcer em minha virilha enquanto seus seios macios se esfregavam contra o meu peito.

É errado desejá-la desse jeito quando acabei de testemunhar a profundidade do seu sofrimento, mas não posso evitar. Sua agonia me arranhou profundamente, tirando a camada fina de civilidade que mascarava meus impulsos mais básicos.

Eu sou uma besta desencadeada e ela é minha presa.

Selvagemente, eu a beijo, saboreando o sal das lágrimas secando em seus lábios enquanto minhas mãos rasgam suas roupas, mostrando sua pele macia. Ela é passiva no início, drenada pela tempestade emocional que sofreu, mas em pouco tempo, seus esbeltos braços me envolvem, e ela me beija de volta, suas mãos rasgando minhas roupas com ferocidade correspondente.

Minha camiseta cai no chão, juntando-se à pilha de suas roupas, daí, ela está mexendo no zíper da minha calça jeans enquanto senta nua no meu colo.

— Deixa que eu — Ordeno com voz rouca quando parece estar levando uma vida, mas ela já tinha conseguido, e meu pau sai livre, inchado e dolorido, desesperado para ser enterrado em seu calor apertado e úmido.

— Eu te amo — Ela ofega quando eu mergulho profundamente, e sinto seus músculos internos apertarem em torno de mim, me envolvendo, me dando boas-vindas, apesar da dor que eu devo estar causando.

Assim como ela está me abraçando, apesar de todo o sofrimento que eu trouxe à vida dela.

Eu não mereço o amor dela, seu perdão, mas quando eu deslizo meus dedos em seus cabelos, segurando-a para o meu beijo devorador, sei que tenho.

Que ela é verdadeiramente minha, para o melhor ou para o pior.

ara

— VOCÊ TEM CERTEZA DE QUE VAI FICAR BEM? — PETER PERGUNTA pela décima vez enquanto nos aproximamos da mansão de Esguerra depois do jantar, e eu assinto, olhando para sua expressão preocupada.

— Não se preocupe. Eu ficarei bem.

Pela primeira vez em uma semana e meia, não estou mentindo. Meus olhos sentem como se eu tivesse esfregado-os com uma lixa, e tenho uma forte dor de cabeça de todo o choro – para não mencionar alguma dor pelo nosso sexo na sala – mas tudo isso é pouco. A pior parte da dor – a tristeza e a culpa que eu fui incapaz de enfrentar todos esses dias – está diminuindo, embora possa nunca desaparecer completamente.

Claro, ainda há a questão dos dezenove reféns mortos, mas estou tentando não pensar nisso. Por que o que adiantaria?

Meu marido pode ser um monstro, mas eu não posso viver sem ele mais do que ele não pode viver sem mim.

— Eu não tenho que ir — Peter diz novamente. — Podemos apenas dar meia-volta e ir para casa.

— Você quer dizer de volta para a casa que Esguerra está nos deixando ficar? O mesmo Esguerra cuja hospitalidade se baseia em você ajudá-lo a conseguir Henderson de uma maneira rápida?

Peter ergue os ombros largos num dar de ombros, parecendo despreocupado. — Ele vai entender se eu não conseguir ir para a reunião.

Eu sorrio para ele, meu peito inundando com calor incandescente. Meu cavaleiro das trevas, sempre disposto a entrar em batalha em meu nome. — Talvez, mas não há necessidade. Eu vou ficar bem. E, para ser sincera, quero muito passar um tempo com Nora e Lizzie.

— Tudo bem, meu amor. Se você tem certeza — Ele diz quando paramos na porta da frente da mansão. — Ligue para mim se precisar de alguma coisa, ok? Eu não vou estar longe. — Ele aponta para um pequeno prédio próximo – deve ser o escritório ao qual Esguerra se referiu.

— Parece bom. Vejo você em breve. — Colocando minhas mãos nos seus ombros largos, levanto-me na ponta dos pés e pressiono meus lábios nos dele. Eu pensava num beijo de adeus, mas ele passa um braço em volta da minha cintura e desliza a mão no meu cabelo, me segurando enquanto aprofunda o beijo, saqueando minha boca como se não tivéssemos feito sexo em meses, em vez de meras horas. Meu ritmo cardíaco acelera, um calor aumenta embaixo enquanto seu pênis endurece contra a minha barriga e, por um momento, estou tentada a concordar com a sua proposta não dita.

Podemos não cumprir nosso compromisso hoje à noite,

podemos voltar para casa e passar as próximas duas horas na cama.

É só quando Peter quebra o beijo para tomar ar que minha cabeça limpa o suficiente para perceber que estamos fazendo cena na varanda da frente de Esguerra – e que a cortina na janela próxima se movimentou como se alguém estivesse espiando.

— Espera... — Respirando pesadamente, saio da sua pegada e dou um passo atrás. — Não podemos – não deveríamos aqui.

Ele olha para mim, seu peito poderoso subindo e descendo, e eu sei que se não estivéssemos em público, ele já estaria em mim.

— Tudo bem — Diz ele guturalmente, suas grandes mãos flexionando de lado. — Mas não fique aqui por muito tempo... Lembre-se, antes de mais nada, você é minha.

E com essa declaração, ele se vira e se afasta.

Se Nora notou meus olhos inchados e vermelhos, ela é bastante diplomática para não dizer nada enquanto eu a acompanho até o quarto de Lizzie. Em vez disso, ela me diverte com uma história sobre uma arara vermelha que vira em sua corrida matinal hoje, e outros encontros interessantes com a vida selvagem local.

— Parece que você adora isso aqui — Digo, sorrindo enquanto ela se inclina sobre o berço para pegar sua filha. O bebê solta um som descontente, mas logo ela se acomoda nos braços da mãe, colocando a cabeça minúscula no ombro delgado de Nora.

— Eu realmente amo. — Nora sorri para mim enquanto se senta numa cadeira de balanço, gentilmente acariciando as costas de Lizzie. — E amo desde o começo.

Mastigando meu lábio inferior, me sento no pequeno sofá ao

lado da cadeira. A curiosidade sombria está me atormentando, mas não sei se deveria ter algo pessoal com essa jovem. — Você adora *tudo* sobre isso? — Eu finalmente me arrisco.

Eu não estou falando sobre o clima ou a natureza local, e vejo que Nora entende. Ainda assim, minha pergunta é vaga o suficiente para que ela possa responder assim se quiser – eu não quero deixá-la desconfortável de qualquer forma.

Seus olhos ficam sombrios e pensativos enquanto ela me estuda. — Não — Diz baixinho. — Nem tudo, embora eu *o* ame.

Claro que ama. Eu vi no jantar. E ele a ama... embora alguns possam dizer que um homem assim não é capaz de sentir essa profundidade.

Antes de conhecer Peter, eu teria concordado com eles, mas como tudo na minha vida, minhas opiniões sobre o assunto mudaram e evoluíram nos últimos dois anos.

Agora sei que os assassinos implacáveis podem amar e que o coração pode não ter uma bússola moral.

— Você sabe sobre a operação mais recente deles? — Eu pergunto baixinho quando Nora fica em silêncio. — Aquela com todos os reféns?

Eu provavelmente não deveria falar sobre isso, mas eu ainda não consigo tirar as dezenove pessoas mortas da minha mente.

Nora assente. — Sei. Eu presumo que você também saiba?

— Peter não ia me dizer, mas esta tarde, eu os ouvi. — Eu engulo. — Então, sim, agora eu sei.

— Ah. Eu estava pensando sobre... — Ela gesticula para os meus olhos e sorri com tristeza. — Deixa pra lá.

Eu ergo minha cabeça, maravilhada com o quão calma ela está, como ela não se abala com isso tudo. — Isso não te incomoda? — Pergunto, incapaz de resistir. — Você não acha esse tipo de coisa... horrível?

Ela suspira, mudando o bebê para o outro ombro. — Acho. Claro que eu acho. Eu não sou como Julian; não nasci para esse tipo de vida.

— Então, como você faz? Como você deixa isso passar?

— Para ser honesta — Diz ela calmamente —, eu não sei. Tudo o que sei é que eu o amo... que eu preciso dele como a floresta tropical precisa do sol. Meu mundo é mais sombrio nele, mas é mais brilhante também, mais rico de muitas maneiras.

Mordo o interior da minha bochecha. Eu a entendo tão completamente que é assustador. — Você já se perguntou se é você... se algo dentro de você está errado e quebrado? — Pergunto quando o bebê começa a se mexer. — Se talvez as mulheres normais não tivessem... entende?

Ela suspira novamente e coloca Lizzie de volta no outro ombro. — É possível. Eu sei que Julian e eu... Bem, o jeito que estamos juntos não é para todo mundo, isso é certo. — Ela está prestes a dizer mais, mas a agitação de Lizzie está aumentando, e Nora se levanta, balançando o bebê para acalmá-la.

Eu me levanto também. — Posso segurá-la?

Nora sorri quando a agitação do bebê se transforma em gritos. — Agora? Você tem certeza?

— Eu preciso da prática — Digo ironicamente. — E seu marido disse que você poderia ter ajuda.

— Nesse caso, toma. Esse pacote de alegria é todo seu. — Ela entrega o bebê com ansiedade exagerada.

Para a minha surpresa, Lizzie para imediatamente de chorar e olha para mim com grandes olhos azuis.

— Por quê, sua pequena traidora? — Diz Nora para a sua filha com indignação fingida. — Vai ver se você vai ser amamentada hoje à noite.

Eu rio, balançando o bebê em meus braços, e enquanto ela

gorgoleja, seu minúsculo punho alcançando meu cabelo, eu sinto a pressão no meu peito aumentando, as nuvens escuras se levantando o suficiente para me deixar vislumbrar um toque de luz.

NÃO ENCONTRADO.

As palavras pulando no redor do meu cérebro cheio de enxaquecas, as letras se contorcendo na tela como cobras.

Todos os meus contatos estão me dizendo que minha esposa e filhos não estão em lugar nenhum. É como se eles desaparecessem no ar.

Meu pescoço doendo, a agonia irradiando pelo meu braço esquerdo. Eu quero uivar como um animal e tomar um maço de pílulas, mas não consigo.

Preciso de todo o meu juízo para isso.

As chances são altas de que Sokolov já os tenha. O que mais poderia explicar seu desaparecimento? Não há registros deles saindo da Islândia, nenhum bilhete de avião emitido para alguém que corresponda à sua descrição.

Eles devem ter sido capturados e desaparecido.

Logo, receberei uma ordem para me entregar, junto com algumas partes do corpo de meus filhos. Sokolov não vai poupá-los – não depois do que ele fez com o resto dos nossos amigos e familiares.

Não depois do que aconteceu com seu filho naquela pequena aldeia de merda.

Há apenas uma coisa a fazer, um último plano desesperado para tentar.

Pegando o telefone, disquei o número na minha mesa.

— Operação Air Drop iniciada — Digo quando o homem do outro lado atende. — Prepare o time. Atacamos no próximo sábado, em uma semana.

8 4

eter

Eu repasso novamente o Plano A com meu time, Kent e Esguerra. Então, passamos pelos Planos B, C, D e E.

Ao contrário de um trabalho de assassinato, estamos indo mais ou menos cegos. A armadilha poderia vir de qualquer lugar, assumir qualquer forma que a mente treinada pela CIA de Henderson possa conjurar. De franco-atiradores para o MI5 para a Interpol, podemos ser emboscados de uma centena de maneiras diferentes, e temos que estar preparados para todas elas.

Também temos que admitir a possibilidade improvável de que não seja uma armadilha, e Bonnie Henderson realmente tenha nos chamado.

É por isso que, apesar da minha extrema relutância em ficar longe de Sara por qualquer período de tempo, vou para Londres com a minha equipe na terça-feira, depois de amanhã.

739

Não posso achar que minha ptichka irá reagir bem a isso, mas não há outra escolha. Kent e Esguerra também irão, para fornecer reforço com suas próprias equipes.

Temos que encontrar Henderson e terminar isso.

Não há outra escolha.

— Como você acha que Nora se sentirá em relação a você ir pessoalmente? — Pergunto a Esguerra enquanto estamos encerrando.

Ele dá de ombros, embora sua expressão seja séria. — Ela não ficará feliz, mas sabe que isso é importante. Não posso delegar algo tão grande; amolecer é perigoso em nosso tipo de negócios. Além disso, vocês quatro que estarão em maior perigo. Kent e eu só nos envolveremos se todo o resto falhar... e, ao contrário de vocês, nossos rostos não estão espalhados por todo o noticiário da noite.

 eter

Na segunda-feira à noite, preparo todos os pratos favoritos de Sara e abro uma garrafa de suco de uva espumante para o jantar. Embora já faz alguns dias desde que Sara teve flashbacks, odeio a ideia de deixá-la sozinha por tanto tempo.

Mesmo com ela se hospedando na casa dos Esguerras, com Nora e Yulia por perto, eu ficarei preocupado o tempo todo que estiver ausente.

— Por que você tem que ir? — Ela pergunta novamente, seu rosto em forma de coração comprimido com o estresse. Seu prato, cheio de sua massa favorita, está à sua frente sem ser tocado, assim como sua taça de champanhe com o suco espumante. Ela não comeu o dia todo – desde que soube que estou indo para Londres.

— Você sabe que é quase certamente uma armadilha — Continua ela enquanto eu penso em como fazer com que ela consuma algumas calorias. — Ele está te atraindo, usando o email da esposa como isca.

— Eu sei... E nos planejamos para isso — Eu a lembro pacientemente enquanto empurro a tigela com pão fresco para ela. — Além do mais, é uma chance de conseguir algum progresso. É difícil preparar uma armadilha sem deixar vestígios; em algum lugar, de alguma forma, ele está fadado a fazer merda.

— Mas e se ele não fizer? — Ela empurra a tigela para longe. — E se ele conseguir prender você?

— Ptichka... — Eu suspiro. — Você sabe que ele vai continuar vindo atrás de nós. Eu tentei me afastar disso uma vez e vimos o que aconteceu. Se eu não tivesse aceitado o acordo e desistido de caçá-lo...

— Não. — Os olhos de Sara brilham de forma dolorosa. — Não faça isso de novo. Eu te disse, isso não tem a ver contigo. Eu sei o quão difícil foi para você fazer aquele acordo, e não importa o resultado, eu sempre serei grata por você ter tentado... que você tenha feito esse tipo de sacrifício por mim.

— Então, come. Por favor. — Empurro a tigela de pão para ela novamente. — Se não por você, por mim e nosso bebê.

Ela pisca, como se só agora percebesse que ela só deu no máximo uma mordida de qualquer coisa que eu fiz. Pegando um pedaço de pão, ela obedientemente o morde e, depois, coloca um pouco de macarrão na boca.

Eu olho uma escorrida de molho deixada em seu lábio superior, e como se estivesse lendo minha mente, ela passa a língua sobre ela, fazendo meu corpo apertar.

Porra, quero mordiscar aqueles lábios macios e suaves... senti-los pressionados contra minhas bolas enquanto ela usa essa língua em mim.

A onda de desejo é tão forte que me pega desprevenido. Meu ritmo cardíaco aumenta, e vou da excitação leve para uma ereção completa em um segundo. A única coisa que me impede de esticá-la nessa mesa é que ela está finalmente comendo.

Relutantemente, com uma óbvia falta de apetite, mas comendo.

Controlando meu desejo, termino meu próprio prato, observando-a vigilantemente o tempo todo.

Ela consome cerca de metade da massa em seu prato antes de desistir e se declarar satisfeita. Eu a incentivo a comer uma sobremesa – uma tigela de frutas com creme de coco batido – e, então, finalmente cedo à minha própria fome.

Deixando os pratos sobre a mesa, eu a pego e a levo para o nosso quarto.

 ara

Peter está cuidadoso comigo de noite, com uma gentileza incomum e, por ora, essa ternura é exatamente o que quero. Desde essa manhã, quando ele me disse que vai para Londres, fiquei paralisada de medo, tão apavorada por ele que mal conseguia respirar.

Ele ainda não está totalmente curado, embora aja como se as feridas não importassem. Nos últimos dois dias, ele voltou a treinar com Anton e os gêmeos, realizando feitos de força e resistência que poucos atletas ilesos conseguiriam fazer. Apesar disso, estou ciente de que ele não é sobre-humano – que ele pode sangrar e morrer a balas, como qualquer um.

Falei com Nora depois do almoço, enquanto Peter estava finalizando a logística com seu marido e os outros. Ela estava aparentemente calma, mas eu poderia dizer que estava bem preocupada, sua ansiedade apenas mais profunda. Ela me contou mais detalhes sobre o plano deles, sobre como Kent e Esguerra estavam liderando as equipes de apoio, como seis dúzias de seus guardas mais bem treinados estariam envolvidos em toda a operação. Como os homens passaram por mais de cinquenta simulações diferentes, preparando-se para tudo sob o sol.

Aquilo deveria ter me tranquilizado, mas o vazio do medo na minha barriga só aumentou. No mínimo, essa conversa me impressionou o quão perigoso é todo o esforço – particularmente para Peter e seus colegas de equipe.

Como os fugitivos mais procurados, eles estão indo direto para a cova do leão.

Fechando os olhos, tento não pensar nisso, me concentrar apenas nos lábios de Peter que se arrastam sensualmente nas minhas costas. Estou de barriga para baixo e ele está beijando cada vértebra na minha espinha, suas palmas calejadas deslizando sobre minha pele com uma aspereza deliciosa, acariciando e massageando-me toda. Cada toque de seus lábios esculpidos envia um calor formidável se espalhando pelo meu corpo, cada golpe de suas grandes mãos relaxando e despertando ao mesmo tempo.

— Você é tão doce — Sussurra ele reverentemente, chovendo beijos no meio da minha cintura, a curva da minha bunda, a parte inferior sensível das minhas nádegas. — Tão linda por toda parte. — Sua voz profunda, levemente acentuada é como veludo para meus ouvidos, aumentando o calor em minhas veias e a tensão pulsante crescendo no meu âmago.

Seus dedos deslizam entre as minhas pernas, encontrando minha abertura escorregadia, e eu gemo enquanto ele me penetra com dois dedos, me esticando, enchendo-me até que eu ofegue de necessidade. Já estou tão excitada que estou prestes a gozar, e quando ele rola os dedos dentro de mim, pressionando meu ponto-G, meu corpo fica em espasmos, a liberação varre através de mim como uma onda quente.

Eu ainda estou descendo do alto quando ele me rola e me cobre com seu corpo musculoso. — Eu te amo — Murmura ele, olhando para mim enquanto se sustenta num cotovelo. Sua palma livre curva ao redor da minha mandíbula, seu polegar suavemente acariciando minha bochecha, e a ternura em seu olhar metálico me derrete até o osso.

— Eu também te amo — Sussurro, meu peito pulsando. — E sempre te amarei, meu querido... não importa o que o destino coloque no nosso caminho.

Suas pupilas dilatando, seus olhos mais sombrios, e quando ele se inclina para me beijar, há uma nova fúria em seu beijo, um tipo de fome mais quente e mais sombria. Sua mão sai do meu rosto e desliza entre os nossos corpos, e eu sinto seu pênis pressionando contra a minha entrada enquanto ele coloca os joelhos entre as minhas pernas, separando-as.

Erguendo a cabeça, ele captura meu olhar com o dele e, em seguida, empurra, me penetrando todo o caminho em um golpe suave. Eu inspiro fundo na plenitude repentina, no calor e pressão dele.

— Fala de novo — Pede ele com voz áspera. — Eu quero ouvir você dizer isso enquanto te fodo.

— Eu te amo — Suspiro quando ele se retira e mergulha fundo. — Te amo muito. — Ele empurra ainda mais fundo. — Sempre vou te amar. — Fico cada vez mais sem fôlego enquanto seus movimentos aumentam o ritmo. — Vou te amar para todo o sempre, enquanto estivermos vivos.

eter

Todos os meus sentidos estão em alerta máximo quando me aproximo do Café onde eu deveria encontrar Bonnie Henderson. Como os gêmeos ainda não mataram a sniper capturada, decidi usar suas habilidades em preparar disfarces, e não pareço nada comigo. Minha barriga é um barril, e sou além de sardento dos cabelos ruivos, mas também estou ostentando pouco cabelo e um queixo duplo.

Se eu tivesse uma mãe, nem ela teria me reconhecido.

Trinta e seis homens de Esguerra estão posicionados ao redor do restaurante, garantindo um raio de dez quadras contra atiradores e policiais. Por enquanto, não parece haver nenhuma atividade incomum acontecendo, mas isso não significa nada – e é por isso que Kent e Esguerra estão acampados nas proximidades, cada um com uma equipe de backup no caso de Henderson agir rápido e de forma desonesta.

E eu estou totalmente esperando que ele faça isso.

O que complica a situação é que uma mulher com as descrições de Bonnie Henderson foi vista entrando no restaurante quinze minutos adiantada. Eu duvido que seja ela – não tem como Henderson usar sua própria esposa assim, mas significa que eu tenho que me aproximar da pessoa com aparência de Bonnie para descartar a pequena possibilidade de que tudo isso seja real.

Quando estou do outro lado da rua do Café, paro e me certifico de que minhas armas escondidas estejam ao alcance de minha mão. Através da minúscula escuta no meu ouvido, meus colegas de equipe me informam que ainda não há nada de suspeito acontecendo, então, eu respiro e atravesso a rua.

Eu a vejo no Café imediatamente. Ela está em uma pequena mesa nos fundos, de frente para a porta. Meu disfarce funciona: seu olhar desliza por mim enquanto eu informo à recepcionista sobre minha reserva usando um sotaque britânico nasalado. Eles aprontaram tudo – Yan certificou-se disso – e eu sigo a recepcionista até uma mesa que está a alguns metros de onde meu alvo está sentado.

Eu me sento de frente para ela. Abrindo o cardápio, discretamente a estudo, procurando por pistas de sua verdadeira identidade. O mais estranho é que ela se parece com todas as fotos e vídeos da esposa de Henderson que estudei ao longo dos anos. Cada coisinha combina, até o fato de que ela parece mais velha do que em todas aquelas fotos, seu rosto magro cansado e envelhecido. Ela ainda é uma mulher atraente – eu posso ver porque Henderson se casou com ela há tantos anos – mas a vida em fuga claramente cobra seu preço.

Ou talvez seja isso que Henderson queira que eu pense quando ele conseguiu essa agente da CIA ou quem quer que seja, como sua esposa.

O garçom se aproxima da minha mesa, eu peço panquecas e uma omelete enquanto continuo estudando meu alvo. Ainda faltam dez minutos para nos encontrarmos, mas a mulher parece estar ficando nervosa, olhando para a porta, depois, para o restaurante com um crescente nervosismo.

Seu olhar me alcança uma vez, mas sem nenhuma suspeita particular.

O garçom traz as panquecas primeiro, e eu faço uma produção devorando-as com gosto, embora eu mal as prove. Se esta 'Bonnie', ou qualquer outra que Henderson tenha plantado no restaurante, está procurando por qualquer comportamento anormal, eles não encontrarão na minha mesa.

São cinco e nove quando ela começa a ficar realmente muito nervosa. Ela se levanta, como se fosse sair, depois, se senta novamente.

Não é muito profissional para um agente da CIA.

Minha omelete chega, e quando eu dou a primeira mordida, ela se levanta, seu corpo magro tenso de ansiedade. Mastigando o lábio, ela olha em volta novamente, então, começa a se dirigir para a saída.

Bem, isso é interessante.

Agindo por instinto, eu agarro seu pulso enquanto ela passa pela minha mesa.

— Bonnie Henderson? — Digo, mantendo o sotaque britânico, e ela fica completamente rígida, o medo torcendo seu rosto.

— Deixe-me ir — Ela sussurra em um tom aterrorizado. — Eu não vou voltar para ele. Deixe-me ir ou vou gritar.

Ainda mais interessante.

— Eu sou Peter Sokolov — Digo com o meu sotaque normal, liberando seu pulso fino como papel. — Você queria me encontrar?

Ela congela novamente, olhando boquiaberta para mim. — Mas você...

— É um disfarce — Digo calmamente. — Por favor, sente-se.

Ela se atrapalha com a cadeira em frente à minha, suas mãos tremendo quando puxa para fora. Se eu fosse um cavalheiro, me levantaria e ajudaria, mas não é para isso que estou aqui.

Se esta é realmente a esposa de Henderson – e estou começando a pensar que pode ser – ela vai me levar para o marido de uma forma ou de outra.

O garçom se aproxima, curioso com o súbito acréscimo à minha mesa, e peço duas xícaras de café só para fazê-lo sair. Algo estranho parece estar acontecendo com Bonnie/quem-quer-que-seja. Agora que ela está sentada do outro lado da mesa, ela parece mais calma e mais composta – pelo menos, se você ignorar o fino tremor de suas mãos.

— Você me mandou um email — Digo assim que o garçom saiu. — Por quê?

Ela respira fundo. — Porque eu tive que fazer. Essa loucura tem que acabar.

— Eu concordo. — Eu sorrio friamente. — Que bom você se entregar assim.

— Você não entendeu. — Ela aperta as mãos sobre a mesa, escondendo os tremores. — Eu não estou me entregando. Eu estou te dando o que você quer: meu marido.

Eu inclino minha cabeça. — Em troca de quê?

Ela levanta o queixo. — De você deixar a mim e meus filhos em paz.

Ah, Eu estava começando a suspeitar que poderia ser algo assim. Ainda assim, isso não faz totalmente sentido. Por que trair o marido e se expor a tal perigo?

— Por que eu aceitaria essa barganha já que tenho você? —

Pergunto. — A menos que você pense que está segura porque estamos nos encontrando em público?

Sua garganta balança quando ela engole. — Eu não sou uma idiota. Eu sei do que você é capaz.

— E ainda assim você está aqui. Interessante.

O garçom reaparece naquele momento, e nós dois ficamos em silêncio, esperando que ele nos sirva café e vá embora.

Assim que ele sai, Bonnie pega sua xícara e toma um gole do líquido quente escaldante. — Ele não vai negociar a si mesmo por mim. — Sua voz treme um pouco quando ela abaixa a xícara. — Então, você pode esquecer de me usar como barganha. Não vai funcionar melhor do que com os reféns.

Então, ela sabe disso. Isso está ficando mais intrigante a cada segundo.

— O que você está propondo? Que eu prometa não matar você e seus filhos, e você me leva ao esconderijo do seu marido?

— Sim. Bem, não exatamente. — Ela se retrai. — Eu não posso levá-lo a ele diretamente porque eu não sei onde ele está. Ele provavelmente já fugiu do nosso último esconderijo assim que soube que eu fugi com as crianças, caso você nos encontrasse, você entende.

— O que você está oferecendo? E por que você fugiu?

Ela hesita e pergunta em voz baixa: — Você sabe como Wally e eu nos conhecemos?

Tento lembrar se encontrei as informações no enorme arquivo que tenho sobre Henderson. — Não — Admito depois de um momento. — Não sei.

Seus lábios pressionam juntos. — Achei que não soubesse. Ninguém realmente sabe disso. Wally gosta de dizer às pessoas que nos conhecemos em um bar, mas esse não é o caso. Quero dizer, nós nos encontramos num bar, mas nos conhecemos antes –

quando eu era uma estagiária novata na agência, e ele era seu astro em ação... e meu professor.

Eu escondo minha surpresa. Eu poderia inicialmente ter pensado que ela era um agente fazendo o papel da esposa de Henderson, mas não esperava que a esposa de Henderson fosse da CIA.

Ela é muito convincente como uma socialite nervosa.

— Não se preocupe, eu não sou um agente — Diz ela rapidamente, como se eu estivesse com medo de atirar nela por essa revelação. — Eu saí do programa de treinamento depois que Wally me engravidou. Acabei perdendo aquela criança, mas nunca voltei. Você entende, Wally e eu nos casamos, e ele deixou a agência pouco tempo depois, querendo seguir uma carreira militar para poder ter uma vida familiar mais estável – o que significava que eu teria que ficar em casa com as crianças.

Eu pego minha xícara de café. — E você está me dizendo tudo isso por quê?

— Porque eu quero que você entenda por que eu estou aqui. — Seus olhos fixos no meu rosto enquanto saboreio o líquido quente e amargo. — Eu entrei para a agência porque sou uma patriota, Sr. Sokolov. Porque queria proteger nosso país das ameaças tanto estrangeiras quanto domésticas... dos terroristas que explodiram um prédio apenas por isso.

As peças do quebra-cabeça finalmente se juntam.

Claro.

Isso é o que a empurrou para o limite.

— Quando você descobriu? — Eu pergunto, abaixando o café.

— Que Wally estava por trás da bomba do FBI em Chicago? Alguns dias atrás – ao mesmo tempo em que soube que ele deixou todos os nossos amigos e parentes morrerem em vez de ceder às suas demandas. — Ela parece quase calma quando diz isso, mas eu posso ver o que lhe está custando.

No entanto, quando ela achou essa informação, deve ter sido um choque doloroso.

— Por que vir a mim? — Pergunto, examinando-a de perto. — Certamente, você deve me odiar pelo que fiz para você e sua família. Por que não apenas entregar seu marido às autoridades? Eu suponho que as evidências que você tem são bem fortes.

Ela assente. — E isso é outra coisa que posso oferecer a você. Se você mantiver o seu lado no acerto, eu farei o meu melhor para limpar o seu nome – desse crime em particular, pelo menos. Quanto aos motivos de estar aqui, falando com você, são muito simples. — Ela respira fundo. — Estou cansada, Sr. Sokolov. Estou exausta por temer e odiar você, e meus filhos também. Entregar Wally não acabaria com esse pesadelo para nós; o julgamento se arrastaria por anos, e o tempo todo você estaria tentando chegar até ele através de nós. Este é o melhor caminho – o único caminho – para acabar com isso. Eu nunca vou te perdoar pelo que você fez com a minha família, mas vou fazer essa barganha com você. — Sua voz falha. — Tudo o que eu quero é que isso acabe... para meus filhos retomarem suas vidas normais.

Ela é convincente, vou dar isso a ela. Tão convincente que estou tentado a acreditar nela. Mas há mais uma coisa que preciso saber. — Quando falei com você pela primeira vez, você pensou que eu era alguém que seu marido mandou. Eu suponho que isso significa que ele está procurando por você. Como é que ele não a encontrou, com todas as suas conexões?

Seu rosto se fecha novamente. — Tenho meus contatos, Sr. Sokolov. Meu marido nunca entendeu isso. Ele acha que seu sucesso é devido ao seu próprio brilhantismo, mas eu estive ao seu lado o tempo todo, abrindo caminho, fazendo amizade com todas as pessoas certas, confabulando com suas esposas e outras pessoas... — Ela para, como se percebesse quão insensíveis são suas lembranças amargas. — De qualquer forma — Continua ela —, estou me preparando há dois anos, para o caso de ficar viúva com você no nosso encalço. Eu tinha documentos para mim e para as crianças, junto com dinheiro e tudo o mais necessário para ficarmos escondidos sozinhos. Mas, então, isso aconteceu.

— E você usou seu estoque de emergência para fugir do seu marido.

Sua boca se afina. — Certo. Então me diga, Sr. Sokolov, temos uma barganha? Se eu te entregar meu marido, você nos deixará em paz?

Eu pego meu café novamente. — Você disse que não sabe onde ele está.

— Eu não, mas sei o que ele valoriza mais do que qualquer coisa no mundo.

— E isso é?

Ela me dá um olhar pensativa. — Nossa filha. Amber. Ela é a única pessoa além dele mesmo que ele ama verdadeiramente.

Eu tenho que esconder minha surpresa novamente. Esta mulher está realmente considerando dar-nos sua filha adolescente como refém?

Porra, ela é doida?

— Tudo bem — Digo, abaixando a xícara. Se ela *está* sem seus remédios, não vou olhar os dentes na boca do cavalo. — Isso parece um bom plano – e sim, se conseguirmos atraí-lo com sua filha, deixarei você e seus filhos em paz. — E também estou falando sério. Embora eu adoraria ter Henderson sofrendo por saber que sua família está morta, eu nunca fui realmente atrás de sua esposa e filhos.

É a cabeça *dele* na bandeja que eu quero.

— Nesse caso, aqui está. — Ela pega um telefone e empurra através da mesa em minha direção. — Isso é tudo o que você precisa agora, mas há mais de onde isso veio, desde que você me deixe sair daqui hoje.

Eu pressiono 'play' no vídeo na tela, e uma hora depois, percebo que a esposa de Henderson não é insana – e que, embora ela tenha deixado a agência, a agência nunca a deixou.

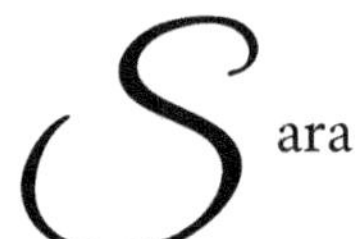

Sara

EU FICO ANDANDO PELA SALA DE JANTAR DOS ESGUERRAS, A ansiedade abrindo um buraco no meu peito. Nora e Yulia estão aqui, assim como o jovem guarda Diego. Ele está recebendo atualizações ao vivo sobre a operação em curso através de seu fone de ouvido, assim, sei que Peter acabou de entrar no restaurante, enfrentando a provável armadilha.

— Ele está falando com ela agora — Diz Diego, olhando por cima de sua tela do laptop depois de vinte minutos agonizantes, e corro para ver uma imagem borrada de um homem que não se parece nada com Peter sentado em frente a uma mulher magra.

— Essa é de uma câmera de longo alcance — Explica Diego. — Não queremos assustá-los por chegar perto demais.

— Mas tudo ainda está quieto? — Yulia pergunta, inclinando-se sobre o ombro, e ele assente.

— Ou os comparsas de Henderson são sobrenaturalmente bons ou não há ninguém por perto.

Eu olho para Nora. Ao contrário de Yulia e eu, ela está sentada em silêncio, sem fazer perguntas. Se não fosse por seu aperto de morte no carrinho de Lizzie, eu pensaria que ela estava levando com naturalidade.

Voltando minha atenção para a tela, vejo que Peter disfarçado e a mulher ainda estão conversando.

— Não se preocupe — Diz Yulia em voz baixa. — Se alguém no restaurante espirrar errado, nossos snipers o acerta.

— Sim, eu sei. — Um sorriso sem graça puxa meus lábios. — É incrível o quão reconfortante ter snipers pode ser.

Ela sorri de volta e compartilhamos um momento. Quando olho para Nora, no entanto, ela não está olhando para nenhuma de nós.

Claro. Com tudo isso, eu esqueci que ela não se dá com Yulia.

Eu me pergunto se ela se ressente pelo fato de eu estar.

— Ele está saindo do restaurante — Diz Diego de repente, e meu olhar se fixa na tela.

Com certeza, Peter já está na rua.

Diego fica em silêncio, ouvindo atentamente qualquer informação que o time londrino esteja transmitindo para ele, e quando vejo um grande sorriso aparecer em seu rosto, meus joelhos ficam fracos de alívio.

O email *era* da esposa de Henderson.

Peter e os outros estão seguros.

Henderson

EU ESTOU REPASSANDO A LOGÍSTICA PARA NOSSA OPERAÇÃO NO sábado, quando uma notificação aparece na minha tela. É um email do meu contato na CIA.

Desculpe, é o título da mensagem.

Tudo dentro de mim vira gelo quando vejo o texto e o anexo de vídeo que está encaminhando.

Sentindo que estou prestes a vomitar, pressiono o 'play'.

O rosto sujo de minha filha, cheio de lágrimas, preenche a tela. — Papai — Ela soluça enquanto a câmera se afasta, mostrando-a amarrada a uma cadeira em uma sala indescritível com paredes brancas. — Papai, por favor, me ajude. Eles disseram que vão nos matar. Por favor, papai, ajude!

O vídeo para, deixando-me sufocando por ar.

Sokolov tem ela. Ele tem todos eles.

Agora é um fato.

Tremendo, li o texto encaminhado.

Você sabe o que eu quero, diz. *Plaza de Bolivar, Bogotá, às 15h de quinta-feira. Esteja lá ou a veja morrer.*

Eu esperava isso, sabia que teria de vir, mas ainda me atinge como um soco no estômago.

Amber. Minha doce e leal filha.

Aquele monstro vai matá-la. Ele não vai poupá-la, mesmo se eu fizer o que ele diz.

Não há mais tempo para planejar a logística, sem a chance de resolver os entraves.

A Operação Air Drop não pode esperar até sábado.

Tem que acontecer hoje à noite.

Sara

— VOCÊ ACHA QUE AINDA PODE SER UMA ARMADILHA? — PERGUNTO a Nora enquanto nadamos em sua piscina olímpica uma hora depois. Com o fim imediato da crise, Yulia voltou para o seu quarto, com muito tato, poupando Nora de sua presença, por isso, somos apenas as duas, pela linda varanda da mansão.

Bem, e Rosa com Lizzie, mas ambas estão dormindo na sombra.

— Tudo é possível, mas Julian não acha — Responde Nora, dando braçadas de costas. Seu corpo no biquíni é tão elegante e atlético, é difícil acreditar que ela teve um filho apenas alguns meses antes.

Também estou usando um biquíni – um que peguei emprestado de Yulia, já que somos mais próximas de tamanho apesar da diferença de altura. O short e as camisetas que usei de fato acabaram sendo de Yulia. Ela os esqueceu na casa de Kent quando eles se mudaram para o Chipre, e ela está mais do que feliz por eu estar usando alguns deles.

— Me fala se estiver precisando de mais alguma coisa — Ela me disse quando conversamos sobre as roupas esta manhã. — Lucas mantém uma mala cheia das minhas coisas no nosso avião, só para o caso, por isso estou totalmente equipada.

Voltando minha atenção para Nora, pergunto: — E o que vai acontecer amanhã? Julian acha que Henderson vai realmente aparecer em Bogotá?

— Essa é a esperança — Diz ela, virando-se para nadar com braçadas fortes. Sou uma nadadora decente, mas tenho que me esforçar para acompanhá-la enquanto ela corta a água, alcançando o lado da piscina em pouco tempo.

Está claro que ela não quer falar sobre esse assunto, mas eu não posso deixar isso de lado. — E se ele não o fizer? — Pergunto quando ela diminui a velocidade. — Ele não se entregou por nenhum dos reféns.

Ela para e fica de pé, alisando o cabelo molhado com as duas mãos. — Eles não eram a filha — Diz ela, olhando contra o sol enquanto olha para mim. — Mas, de qualquer forma, mesmo que as coisas não saiam conforme o planejado, Julian, Lucas e Peter vão improvisar alguma coisa. Isso é o que eles fazem, e eles são bons nisso.

Embora Nora não saiba o que vai acontecer mais do que eu, algumas das dificuldades no meu peito aliviam ante a lembrança das capacidades de Peter.

Meu marido é bom nisso.

Terrivelmente bom.

Nadamos por mais uma hora, conversando sobre coisas mais

agradáveis, como a próxima exposição de arte de Nora em Berlim – aparentemente, ela é uma pintora séria – e quando Lizzie acorda, exigindo comida, voltamos para casa.

Com alguma sorte, tudo acabará amanhã.

Henderson

— Vamos pousar bem aqui — digo, levantando a voz para ser ouvido sobre o rugido dos motores enquanto aponto para um caminho de árvores na foto do satélite —, daí, vamos para lá. — Eu aponto para o prédio branco no meio.

— Entendi. — Danser empurra para trás seu cabelo loiro escuro, seu rosto de perfil lembrando estranhamente Sokolov. — Você tem fotos dos alvos?

— Aqui. — Eu entrego a foto da esposa de Esguerra. — Queremos capturar essa mulher ou seu bebê – ou, de preferência, os dois. Eles são nosso ingresso para fora do complexo.

Barrett espia a foto sobre o ombro de Danser. — Ela parece bem pequena. Deve ser bastante fácil.

— Esta também serviria, mas eu não sei se ela estará na casa principal. — Pego uma foto de Sara Sokolov e a entrego a Danser e seus colegas de equipe. — E esta aqui — Mostro uma foto de corpo inteiro da esposa de Kent — Seria um ótimo bônus, exceto que ela também poderia estar em qualquer lugar do complexo.

— Oh, porra. Olhe para esses cabelos loiros e pernas. — Kilton tira a foto de mim — Eu a foderia, com certeza.

— Eu foderia todas, menos o bebê — Diz Russ, acariciando sua barba lascivamente. — Talvez todas as três de uma vez.

É preciso todas as minhas habilidades de atuação para esconder meu desprezo instintivo. Eu não posso me dar ao luxo de antagonizar esses quatro idiotas ou qualquer outra pessoa em seu time. Mas, e se eles forem burros o suficiente para pensar com seus paus? Eles fizeram um bom trabalho de plantar o explosivo no prédio do FBI, e têm experiência com saltos de paraquedas.

Preciso deles para isso.

É minha única chance de salvar Amber.

Massageando os dolorosos nós no meu pescoço, olho para os outros seis homens em nosso avião de transporte militar. — Vocês estão cientes da sua parte nisso?

— Eles estão — Diz Danser antes que qualquer um deles possa responder. — Time Alfa vai atacar os guardas na fronteira norte às 00h58, e Time Beta estará esperando por você com o helicóptero no ponto de fuga na fronteira sul.

— E se Esguerra não sair de casa para verificar o confronto na fronteira norte? — Pergunta Barrett. — Matamos o filho da puta?

— Não, só vamos feri-lo — Digo. — Queremos ele vivo, ele pode forçar Sokolov a fazer a troca pela minha família. Caso contrário, se o traficante de armas estiver morto, ninguém se importará se tivermos sua esposa e filho. É claro que, se tivermos sorte e tropeçarmos na esposa de Sokolov, isso será ainda melhor.

— Então, só para ficar claro — Diz Kilton. — Queremos que a esposa de Esguerra e/ou o bebê, como reféns, saiam vivos do complexo e também trocá-los por sua família. Mas, se acontecer de nos depararmos com a esposa de Sokolov ou com a loira gostosa, também as pegamos.

— Certo — Digo. — Com a esposa de Sokolov como prioridade desses dois. Se a tivermos, não importa se Esguerra for morto. Sokolov fará a troca de qualquer maneira.

— E quanto a Kent? — Russ pergunta. — O que fazemos se ele estiver lá?

— Se nós não tivermos a esposa dele, então, o mate — Digo. — Mas se você a pegar como refém, então não.

Quanto mais influência eu tiver sobre meus inimigos, melhor. Quando comecei a planejar essa missão, o objetivo era usar os reféns que conseguíssemos para atrair Sokolov e os outros para uma armadilha e matá-los, mas a captura da minha família aumentou as apostas.

A prioridade agora é salvar Amber.

— Você não acha que Kent poderia estar em Bogotá com Sokolov? — Danser pergunta, entregando as fotos de volta para mim.

— Não sei se Sokolov está em Bogotá — Digo, enfiando-as no meu casaco. — Só porque ele me disse para estar na praça amanhã não significa que ele estará lá. De qualquer maneira, esteja preparado para qualquer coisa. Dada a impenetrabilidade dos muros, a lógica determina que a casa em si não seja especialmente bem protegida – mas, é claro, não há garantias.

— Bem, caralho. — Russ sorri. — Isso deve ser divertido. Tem certeza de que quer fazer isso com a gente, meu velho?

Ignorando a pergunta do idiota, pego meu tubo de oxigênio e começo a me preparar para o salto. Até esse vídeo chegar à minha caixa de entrada, eu não iria me juntar a eles nesta missão insanamente perigosa, mas, agora, não há escolha.

Esta operação não é apenas minha única chance de ganhar força sobre meus inimigos, mas a própria Amber pode estar no complexo. Não sei com certeza, claro; eles podem mantê-la em Bogotá ou em qualquer outro lugar do mundo. Mas dado que o local de encontro indicado é na Colômbia, no território de Esguerra, há pelo menos a possibilidade de que eles estejam escondidos na propriedade do traficante de armas.

Se tivermos sorte, não sairemos com apenas os reféns.

Podemos resgatar minha filha também.

Depois de Lizzie ser alimentada, Nora me faz uma turnê pela casa. É tão grande quanto parece do lado de fora, com mais de uma dúzia de cômodos, incluindo uma biblioteca dedicada, um home theater com uma enorme tela, uma academia com todos os tipos de equipamentos e uma sun room que serve como seu estúdio de arte.

As pinturas inacabadas no interior são uma mistura marcante de surrealismo e expressionismo moderno, com formas e objetos familiares, como árvores distorcidas em algo intrigantemente sinistro. As cores se inclinam fortemente para vermelhos e pretos, como se tudo fosse consumido pelo fogo.

— Você é incrivelmente talentosa — Digo sinceramente, e Nora sorri, me agradecendo. Enquanto a turnê continua, ela explica que começou a pintar como uma forma de evitar enlouquecer na ilha particular onde Julian a manteve quando a sequestrou pela primeira vez.

Quero lhe fazer um milhão de perguntas sobre isso, mas já chegamos no quarto onde estou enquanto Peter está fora – um quarto lindamente decorado duas portas depois da suíte principal e ao lado do quarto da Yulia. Nora se desculpa para cuidar de alguns negócios, e eu decido tirar uma soneca rápida, já que estou cansada.

Estar grávida é muito parecido com tomar conta de um jardim de infância, eu acho.

Quando acordo, é hora do jantar e eu me junto a Nora na sala novamente. Yulia está visivelmente ausente, e quando pergunto a Nora onde ela está, ela me informa que a esposa de Kent já comeu.

— Ela ainda está no horário de Chipre — Ela explica com um sorriso tenso quando Ana traz a comida.

Decido não pressioná-la ainda mais – deve ser estranho ter a mulher que quase matou seu marido como convidada sob seu teto. Em vez disso, enquanto comemos, pergunto sobre a família de Nora e como eles se sentem sobre seu casamento com Julian.

— Oh, eles ainda estão esperando que eu seja sábia e me divorcie dele — Diz ela, cortando seu salmão, e enquanto me diverte com as interações tensas de seu pai com o marido, lembro-me o quão bom Peter tinha sido para os meus pais, ele fez o melhor que pôde para acalmar suas preocupações sobre ele.

Quão longe ele tinha ido para se certificar de que eles fizessem parte da minha vida.

Meu peito aperta de novo, meus olhos cheios de lágrimas, mas desta vez, não me afasto da dor. A agonia da perda ainda está fresca, a ferida insuportavelmente aberta, mas posso pensar neles agora, posso lamentar sem me perder no horror de suas mortes.

Não percebo que as lágrimas escaparam até que Nora silenciosamente me entrega um guardanapo.

— Eu sinto muito, Sara — Diz ela sombriamente. — Isso foi insensível de mim.

— Não, eu estou... — Abro um sorriso fraco. — Estou bem, verdade. É só que...

— Você acabou de perdê-los, eu sei. — Seus olhos mantêm uma compreensão sombria. Ela perdeu alguém chegado também?

Antes que eu possa perguntar, Rosa entra na sala de jantar, carregando Lizzie, e eu me viro, limpando displicentemente a umidade em minhas bochechas. Eu não quero que a amiga/babá de Nora me veja assim.

Já é ruim o suficiente que Nora tenha testemunhado minhas lágrimas.

Nora se desculpa para ir alimentar o bebê novamente – Lizzie vai se transformar em um monstro escandaloso se não for alimentada imediatamente, explica se desculpando – e eu termino minha comida e vou para o meu quarto.

Quando passo pela porta de Yulia, ouço-a falando ao telefone em russo. Sua voz é quente e suave, como se estivesse falando com uma criança ou um amante e, por um segundo, me pega de surpresa. Mas, então, me lembro das fotos de um adolescente em sua casa, a que eu decidi que seria seu irmão porque ele se parece com ela.

Poderia ser com esse menino que estaria falando?

Estou intensamente curiosa sobre a história dela, com toda a parte de espiã e tudo mais, mas não quero incomodá-la enquanto está no telefone. Entrando no meu quarto, fecho a porta e caminho até a janela, olhando o sol se pôr sobre as árvores.

Tenho saudades de Peter.

Deus, sinto muito a falta dele.

Agora, ele e os outros devem estar no ar, a caminho da reunião em Bogotá amanhã. Se tudo correr bem, a essa hora amanhã à noite, ele estará comigo.

Sua busca por vingança finalmente terminará.

Andando até uma estante de livros, peguei um terror aleatoriamente e me enrolei numa poltrona para lê-lo. Embora tenha acordado da minha soneca há apenas algumas horas, estou cansada de novo e, antes de me aprofundar demais na leitura, me vejo cochilando.

Bocejando, tomo um banho rápido e vou para a cama. E, então, previsivelmente, não consigo dormir.

Levanto-me, leio um pouco mais, depois, escrevo as palavras para uma melodia que está no fundo de minha mente o dia todo. Ela é raivosa e sombria, bem diferente das minhas músicas habituais, mas algo assim parece se encaixar – cru, honesto e curador.

Sentindo-me cansada de novo, volto para a cama e, desta vez, caio num sono inquieto.

enderson

O AR FRIO PASSA POR MEUS OUVIDOS, ABAFANDO O RUGIDO aterrorizado do meu coração enquanto mergulhamos no céu escuro a trinta mil pés. A noite está do nosso lado; as nuvens escondem até o menor brilho do luar.

Meus óculos de visão noturna estão presos na minha máscara de oxigênio e vejo as outras quatro figuras ao meu lado. Caímos livremente pelo que parece ser uma eternidade antes de eu sentir um choque violento, e os paraquedas acima de nós se desdobram.

— Lá — Diz Danser no rádio quando os contornos das copas das árvores aparecem abaixo. — Esse é o nosso ponto de pouso.

É um trecho coberto de floresta dentro do complexo de Esguerra, longe das torres de vigilância no perímetro. O principal perigo aqui são os drones que patrulham o ar, mas graças ao mais recente equipamento da CIA, tenho uma solução para isso.

Quando estamos bem acima das árvores, meu dispositivo detecta os drones que se aproximam e se sincroniza automaticamente com eles, permitindo que meu contato na CIA controle as câmeras enquanto estivermos no alcance. Os operadores de drones não verão nada além do cenário habitual enquanto nossos paraquedas flutuam.

Como não faço saltos de alta altitude há duas décadas, estou voando em conjunto com Danser, e seus pés tocam o chão primeiro, sofrendo o impacto. Ainda assim, meus joelhos quase se dobram quando pousamos, evitando por pouco sermos atingidos por um galho de árvore. Quando me inclino para recuperar o fôlego, Danser solta o nosso equipamento e o coloca nos arbustos.

O resto da equipe faz o mesmo e, quando terminam, quase posso ficar em pé.

— Pronto? — Danser pergunta através das comunicações, e eu assinto, ignorando a fraqueza residual em meus membros.

Até agora, tudo foi conforme o planejado, e não serei a razão de falharmos.

Silenciosamente, nos arrastamos pela escuridão, usando as árvores como cobertura. A parte mais complicada será a área aberta ao redor da casa, mas é para isso que serve a distração na fronteira.

Fazendo uma pausa na borda do caminho florestal, esperamos pelo sinal do Time Alfa. Os minutos passam com uma torturante lentidão e sinto o suor escorrer pelas minhas costas enquanto olho para o prédio branco à frente.

Porra de umidade da selva.

É pior que o calor seco no Iraque.

Como suspeitávamos, a residência real de Esguerra não parece ser fortemente protegida. E por que estaria? Com os drones e toda a segurança nas fronteiras, a mansão está dentro de uma fortaleza.

Há apenas dois guardas andando em círculos ao redor da casa, e quando eles passam perto de nós, Russ e Kilton disparam tiros silenciosos, acertando-os diretamente na testa.

Primeiro obstáculo eliminado.

— Começando agora — Diz o líder do Time Alfa pelo rádio, e ouço tiros no fundo.

— Vamos dar quinze minutos, ver se alguém sai — Diz Danser, e esperamos, olhando atentamente para a casa.

Não há sinais de movimento dentro, nenhuma luz se acende.

Ou os guardas de fronteira de Esguerra não informaram o chefe sobre o que está acontecendo, ou ele não acha que isso requer sua presença.

Ou, se tivermos sorte, ele não está em casa.

Só como mais uma precaução, esperamos mais vinte minutos e, então, Danser nos leva para a frente.

Agachando-nos, atravessamos o amplo gramado, usando os arbustos bem cuidados nas laterais como cobertura, à medida que nos aproximamos da área da piscina atrás.

Tudo está quieto aqui também.

— Vá em frente — Danser sussurra para mim quando paramos na porta dos fundos. — Faça a porra da sua mágica.

Assentindo, puxo o dispositivo da CIA novamente. Ele se conecta com o wi-fi da casa e se sincroniza com as câmeras e o sistema de alarme, dando ao meu contato acesso para desativar tudo.

Enquanto ele está fazendo isso, eu ativo um embaralhador de sinal de celular, no caso de alguém tentar pedir ajuda.

— Tudo pronto — Digo baixinho quando recebo a confirmação do meu contato. — É hora do show.

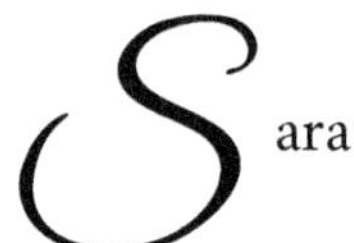ara

Eu durmo mal, acordando o que parece ser a cada meia hora. Cada vez que cochilo, sonhos ruins sobre Peter combinam com fragmentos de pesadelos sobre as mortes de meus pais para me acordar. É no quinto despertar que vou cambaleante ao banheiro, com os olhos turvos, e decido ler um pouco para distrair meu cérebro hiperativo.

Colocando um roupão de seda que peguei emprestado de Nora, ligo a lâmpada de cabeceira, pego um livro e me enrolo na poltrona, bocejando.

Com um pouco de sorte, não ficarei acordada por muito tempo.

Estou no meio de outro capítulo quando ouço.

Um som rangendo do lado de fora da minha porta.

Assustada, olho e vejo a porta se abrir.

Uma figura alta e vestida de preto está na porta – um homem barbudo que nunca vi antes.

Seus olhos se arregalam quando me vê, ele levanta rapidamente o rifle de assalto em suas mãos, apontando para mim.

Eu reajo com puro instinto.

Com um grito estridente, pulo da cadeira.

Um corpo grande pousa em cima de mim, tirando todo o ar dos meus pulmões antes que eu possa rolar para longe. — Cale-se, sua puta — Rosna o homem no meu ouvido quando uma mão enluvada fecha minha boca. O odor pungente de suor masculino e cigarros velhos sufoca minhas narinas e, então, ele me puxa pelos meus cabelos, sua mão sobre a minha boca sufocando meu grito de dor.

Aterrorizada, eu agarro sua mão enluvada, lutando com todas as minhas forças, mas assim como com Peter na minha cozinha, não há nada que eu possa fazer enquanto ele me arrasta para fora do quarto, seu aperto áspero nos meus cabelos quase arrancando-os pelas raízes. Lágrimas de dor escorrem pelo meu rosto enquanto ele meio que me arrasta, e meio me carrega pelo corredor, meus gritos de pânico abafados pela palma da mão dele.

Ele está indo para a suíte principal, onde Nora e o bebê estão, percebo horrorizada, e logo estamos lá.

Abrindo a porta com um chute, ele me empurra para dentro. — Peguei a cadela de Sokolov — Ele anuncia triunfalmente, e eu vejo mais dois homens armados dentro.

Um deles está segurando uma faca na garganta de Nora, e o outro está pegando o bebê dormindo no berço.

eter

Estamos prestes a começar nossa descida em Bogotá quando Julian recebe a notícia.

— Isso é estranho. — Ele franze, olhando para o telefone. — Diego acabou de me mandar um email dizendo que houve um tiroteio com intrusos desconhecidos no extremo norte da propriedade. Ninguém se machucou, e os intrusos desapareceram de volta na selva antes que pudessem ser capturados. Ele enviou uma equipe para procurá-los, mas sem sorte até agora.

Eu me levanto, meu pulso dispara enquanto meus instintos ficam em alerta total. — Quem tentaria violar seu complexo assim? E o que eles estariam fazendo na selva à noite?

— Exatamente. — Suas feições sombrias quando ele se levanta e se dirige para a cabine do piloto, o telefone pressionado ao ouvido. — Estou ligando para Nora.

Eu o sigo enquanto ele cobre a distância com passos largos, ignorando os olhares questionadores no rosto de meus companheiros de equipe.

— O número dela vai direto para a caixa de mensagens — Diz ele, tenso, quando entramos na cabine do piloto.

Kent olha para nós.

— Houve um tiroteio na fronteira norte, e eu não consigo falar com Nora em casa — Esguerra fala pensativo. — Eu vou puxar as imagens das câmeras em casa. Você pode ligar para Yulia?

Kent acena com a cabeça, apertando a mandíbula enquanto pega o telefone. — Estou ligando.

Merda. Eu dei a Sara um telefone provisório antes de sairmos, mas não ligaria para ela – já passou da meia-noite e quero que ela durma bem. Mas meu senso de perigo aumenta a cada segundo.

O telefone de Sara vai direto para a caixa de mensagens também, e quando olho para Kent, posso ver pela expressão dele que a mesma coisa está acontecendo com o de Yulia.

— As câmeras estão desativadas. Estou enviando os guardas — Diz Esguerra com firmeza, e vejo o medo profundo que estou sentindo refletido em seus olhos.

Algo está errado na propriedade.

Muito, muito errado.

— Mudando o curso para o complexo — Diz Kent sombriamente, e o avião se inclina embaixo de mim enquanto os motores aceleram com um rugido.

 ara

— ENCONTREI ESTA AQUI — DIZ UM QUARTO HOMEM, ARRASTANDO uma Rosa de camisola lutando. Ele também tem a mão presa na sua boca, abafando seus gritos de pânico. — Parece que tivemos sorte. O resto da casa está vazia. Nenhum sinal de Esguerra, Kent ou Sokolov. — Como seus três camaradas, ele está fortemente armado, com um rifle de assalto pendurado no ombro e duas pistolas enfiadas no cinto.

Quem quer que esses homens sejam, são determinados, e estamos completamente sozinhas, percebo com uma onda de terror. Os guardas não estão nem perto da casa, e com Peter e os outros longe, ninguém vem ao nosso auxílio.

O homem que se inclina sobre o berço de Lizzie se endireita, com o bebê ainda dormindo na frente dele. — Não achou a loira? — Ele diz com evidente desapontamento.

— Não, infelizmente — O que está segurando Rosa diz e a gira para encará-lo. Sua boca se abre para um grito, mas antes que ela possa emitir um som, ele dá um soco em sua mandíbula, de baixo para cima, e ela cai no chão, inconsciente.

Eu congelo, olhando horrorizada quando o sangue escorre de um canto da sua boca.

Ele bateu nela tão casualmente, como se ela não fosse uma pessoa.

Como se ele não se importasse se ela vivesse ou morresse.

— Nós só temos que nos contentar com essas duas — Continua ele, apontando para mim e para a cara pálida de Nora, cujo captor a está restringindo, segurando uma das mãos sobre a boca e pressionando a faca na garganta com a outra. Como eu, ela está usando uma fina túnica de seda, mas ao contrário da minha, está aberta em cima, revelando as curvas internas de seus seios.

O agressor de Rosa lambe os lábios, olhando para aquele V de pele dourada, e meu estômago se contorce com um horror doentio.

Eles estão planejando nos estuprar?

Matar-nos?

— Onde está o velho? — O que segura Nora pergunta enquanto volto a lutar em pânico, e percebo que algo sobre ele parece familiar, como se nos tivéssemos conhecido antes.

— Ele foi checar o pequeno prédio próximo. Disse algo sobre querer procurar sua família — Diz meu agressor, me restringindo.

— Me dê uma fita adesiva. Esta está ficando irritada – ele continua, grunhindo, enquanto eu golpeio meu cotovelo no seu tórax.

— Só apaga essa puta — O idiota que bateu em Rosa aconselha, mas traz a fita de qualquer maneira. Eu só tenho tempo para soltar um curto grito pela vida, antes de um pano ser enfiado na minha boca, e a fita adesiva cobri-lo.

— Assim está melhor — Meu captor murmura, agarrando meus braços. — Agora os seus pulsos também.

O outro homem está prestes a obedecer quando Lizzie acorda com um grito.

— Merda. Silencia essa criança — O captor de Nora ordena quando o bebê, aborrecido por ser mantido por um homem desconhecido, começa a chorar no volume máximo.

O rosto de Nora fica ainda mais branco, os olhos queimando como brasas, enquanto o agressor de Rosa se aproxima e cola a fita adesiva na boca minúscula do bebê, abafando seus gritos indignados.

Se olhares pudessem matar, ele teria morrido ali mesmo.

— Vá encontrar Henderson — Diz o captor de Nora ao agressor de Rosa. — Encontramos vocês dois lá embaixo.

O homem obedece, saindo da sala enquanto entendo a revelação.

Henderson?

Claro. É *disso* que se trata.

Como um rato encurralado, o inimigo de Peter foi ao ataque.

Ainda estou digerindo as implicações quando um flash de cabelo loiro na porta captura meu olhar.

Meu batimento cardíaco salta.

Eu tinha esquecido completamente da Yulia.

Eles não a encontraram, mas ela *estava* no quarto ao lado do meu.

Tenho apenas um milissegundo para processar sua aparência seminua – e a arma na mão dela – porque no instante seguinte, as portas do inferno se abrem.

Suavemente, sem qualquer hesitação, Yulia dispara contra o captor de Nora, acertando-o no rosto.

Então, ela aponta a arma para o meu.

O tempo parece parar, o momento se estendendo para a

eternidade. Eu vejo a concentração feroz em seus olhos azuis, sinto a tensão súbita nas mãos segurando meus braços por trás, e o pouco que eu lembro do treinamento de autodefesa de Peter entra em ação.

Levantando minhas pernas do chão, me tornei um peso morto no aperto do meu captor, fazendo minha cabeça cair uns trinca centímetros – e enquanto a arma de Yulia cospe a bala, sinto um jato quente de sangue quando a cabeça de outra pessoa explode acima da minha.

Minha bunda bate no chão, meu cóccix gritando com o impacto enquanto o corpo do meu captor cai atrás de mim.

Yulia já está se movendo novamente, apontando para o homem segurando Lizzie, mas não há necessidade.

Ele já está caído no chão, a faca do atacante de Nora enterrada na garganta dele e o bebê em segurança nos braços da mãe.

Nora agarrou a filha quando ela o matou?

Puta merda, ela é rápida.

Lutando contra o meu estado de choque, me levanto, rasgando a fita adesiva cobrindo minha boca. — O quarto homem — Suspiro. —, ele está...

— Morto ou nocauteado — Diz Yulia, abaixando a arma. — Esmaguei seus miolos no corredor. — Sua compostura é surpreendente – aí que eu lembro que ela era uma espiã.

Estou prestes a falar sobre Henderson quando vejo outro flash de movimento na porta.

— Yulia! — Grito, lançando-me para frente, mas é tarde demais.

Um braço vestido de preto serpenteia ao redor de sua garganta com velocidade de um raio, e uma arma pressiona sua têmpora.

— Não tão rápido — O homem mais velho diz baixinho, usando Yulia como um escudo quando entra na sala. — Mova um músculo e ela morre.

eter

— Por que seus malditos guardas estão demorando tanto? — Eu grito para Esguerra enquanto ele furiosamente digita em seu laptop – presumivelmente dando ordens para os guardas. — Já faz dois minutos. Você sabe o que pode acontecer em dois minutos? Elas estão naquela casa, sozinhas, desprotegidas...

— Eu sei! — Esguerra ruge. Uma veia pulsa em sua testa enquanto ele fecha o laptop e se levanta. — Você não acha que eu sei? Eles estão a caminho, indo o mais rápido que podem. Os dois guardas da patrulha da casa não estão respondendo; quem quer que esteja mexendo com as câmeras e o sinal de celular já deve tê-los eliminado.

Caralho. Eu quero bater com o punho na parede, mas é muito perigoso com todos os controles na cabine do piloto. — Tem certeza de que elas ainda estão na casa?

— Eu sei que a Nora está — Esguerra diz. — Tenho implantes de rastreamento nela, lembra? Há dois segundos, ela estava viva e no nosso quarto.

Merda. Ele está certo, esqueci desses rastreadores por um momento. Se Nora está viva, então, esperançosamente, Sara também está – o que torna ainda mais imperativo que os guardas se apressem.

— Tem que ser Henderson — Diz Kent asperamente, os nós dos dedos brancos nos controles. — Essa porra desse puto nos atraiu para fora, para que ele pudesse atacar.

— Não sabemos com certeza — Diz Yan, e percebo que ele se juntou a nós na cabine. Seu olhar verde vai para Esguerra. — Não poderia ser algum outro inimigo seu?

Eu quase soco Yan. — Porra, não importa quem é. Sara está lá, entendeu? Ela está lá dentro, com quem quer que seja.

Eu não consigo nem pensar nela com Henderson, um homem desesperado o suficiente para correr esse tipo de risco.

Um homem que não hesitou em atacar o mesmo país que jurou proteger para me enquadrar.

O que ele fará com Sara se ele realmente a tiver em suas garras? Vou chegar lá, apenas para enterrá-la e o nosso filho não-nascido... assim como eu enterrei Pasha e Tamila?

Não. Retiro o pensamento paralisante.

Não vou deixar isso acontecer.

De novo não.

— Voe mais rápido — Digo a Kent com firmeza. — E, Julian, se seus guardas não chegarem lá a tempo, eu vou estripar todos eles.

Um milhão de pensamentos correm pela minha mente. Em um instante, eu vejo as armas nos homens mortos no chão – todas ao alcance, mas nenhuma perto o suficiente para pegar antes que Henderson coloque uma bala no cérebro de Yulia.

Meu olhar aterrorizado encontra Nora e vejo o mesmo cálculo condenado em seus olhos.

Mesmo se fôssemos boas de tiro o bastante para acertá-lo sem matá-la, não seríamos rápidas o suficiente.

Não com a arma de Henderson pressionada contra a têmpora dela.

— Chute essas armas — Ele ordena, e eu hesito por um segundo, então, obedeço e Nora faz o mesmo.

Não só seríamos muito lentas, mas Henderson não é muito mais alto do que a Yulia de braços compridos. Com ele usando-a como um escudo, até mesmo um atirador treinado não acertaria o tiro.

Meu olhar cai sobre o bebê apertado firmemente contra o peito de Nora. Lizzie ainda tem a fita adesiva em sua boca e vejo seu rostinho ficando vermelho enquanto ela se esforça para dar gritos abafados.

Nora está segurando-a como se nunca fosse deixá-la ir – e ela não vai, percebo, pegando em seu aperto de morte.

Não posso mais contar com a esposa de Esguerra para ajudar – não com a filha pequena que ela precisa proteger.

Uma ideia surge na minha mente, e antes que possa pensar melhor, olho para Henderson e digo calmamente: — Eu sei onde sua filha está.

Ele estremece, como se tivesse sido baleado. Recuperando-se rapidamente, ele exige: — Onde?

— Eu posso levar você até lá — Digo, ignorando o nó de medo na minha garganta. — Podemos ir agora mesmo, se você deixar as outras irem.

Eu não tenho um plano, nem nada parecido com um. Só sei que quero sua arma apontada para longe da cabeça de Yulia – e tão longe quanto possível de Lizzie e Nora. Mesmo que eu não soubesse dos crimes que ele cometeu, algo sobre o ex-general faria minha pele levantar. Não é nada externamente visível – ele está elegante e em boa forma para um homem de quase cinquenta anos, e suas feições, emolduradas por uma cabeça cheia de cabelos grisalhos, são moderadamente agradáveis.

Apesar disso, ele cheira a decadência, a podridão que se esconde embaixo.

Ante minha oferta, seus olhos se estreitam. — Você acha que eu sou um idiota? Vocês três vão me levar à minha filha. Ou eu vou atirar nesta aqui. — Ele aponta a arma para a cabeça de Yulia, fazendo-a estremecer.

Droga.

— Você não precisa delas — Tento de novo. — Você pode me usar como refém. Sua birra é com meu marido e ele fará qualquer coisa por mim.

— Bem, que doçura — Ele fala arrastadamente —, um romance para a posteridade. Talvez eu te mate mais tarde e faça-o assistir. O que acha?

Eu olho para ele sem vacilar, ignorando a náusea se espalhando através de mim.

Eu não vou mostrar a esse monstro nenhum medo.

Ele não terá essa satisfação.

Como não respondo, suas feições espelham a indignação. — Tudo bem — Diz ele —, como disse, vocês três vêm comigo. Você e aquela com o bebê — ele aponta o queixo na direção de Nora — vão na minha frente. E lembre-se, um movimento errado, e esta aqui — E ele aponta a arma para a cabeça de Yulia de novo — leva. Entenderam? Agora passem à frente.

Engolindo, eu vou na direção da porta, e Nora cuidadosamente segue, embalando Lizzie contra seu peito. Henderson volta para o corredor, ainda se protegendo com Yulia, e assim que saímos do quarto, ele nos manda descer.

— Vocês *vão* me levar para a minha filha, entenderam? — Ele diz sombriamente quando andamos para as escadas. — Se vocês tentarem qualquer coisa, qualquer coisa, eu vou atirar em cada uma de vocês, vadias, e desovar o demônio do Esguerra também.

Travando os joelhos para impedi-los de tremer, aproximo-me da escadaria larga e curva. O chão está gelado sob meus pés descalços, e meu coração parece que vai pular da minha garganta. Não sei o que fazer, como nos tirar desta situação. A filha de Henderson está sã e salva longe daqui - tudo o que Peter tem é o vídeo falso dado a ele por Bonnie - mas Henderson não acreditaria em mim se eu dissesse isso a ele. E se ele acreditasse em mim, provavelmente mataria a todas nós.

Quer ele tenha se dado conta disso ou não, não veio aqui para salvar sua família.

Ele está aqui por vingança.

No fundo, ele sabe que já está perdido, e veio nessa missão suicida para fazer Peter e os outros sofrerem antes de ele morrer.

Minhas mãos brincam com o nó do laço do meu roupão para eu não tremer enquanto desço o mais devagar que posso, com Henderson e Yulia um passo atrás de mim. Nora está andando à minha direita, seu rosto pálido enquanto segura Lizzie protetoramente na sua frente.

Ela faria qualquer coisa por sua filha, eu sei – assim como eu pela minúscula vida crescendo dentro de mim.

Uma vida que não verá a luz do dia se o homem atrás de mim fizer o que pretende.

Nós estamos no meio da escada quando vejo faróis através de uma das janelas da sala e ouço a porta da frente se abrir, seguida pela batida de botas no chão de madeira.

Meu batimento cardíaco aumenta com igual alívio e terror.

Os guardas estão aqui.

De alguma forma, eles descobriram que estamos em apuros – e, agora, Henderson está realmente encurralado.

Sozinho, sem sua equipe, ele não tem chances reais de escapar.

Eu o ouço xingar baixinho acima de mim, e um plano vago se forma em minha mente.

Continuando a descer no mesmo ritmo lento, eu puxo o nó do meu roupão, soltando-o, e o ar frio cobre minha pele nua enquanto o roupão de seda cai nas escadas atrás de mim – se embolando debaixo dos pés de Yulia e do seu captor.

Os guardas entram no saguão e eu me jogo contra Nora, empurrando-a contra o corrimão nesse momento.

Com a atenção de Henderson voltada para os guardas, ele e Yulia escorregam no roupão caído, e sua arma dispara enquanto Yulia escorrega escada abaixo atrás dele.

Sem hesitar, os guardas disparam contra Henderson, e Nora e eu nos unimos, protegendo Lizzie quando o ouvimos cair.

eter

Já passou um dia desde que voltamos, e eu ainda não consigo parar de tocar Sara, não consigo parar de segurá-la. A cada dois minutos, eu também luto contra a vontade de inspecioná-la da cabeça aos pés – embora o Dr. Goldberg já a tenha examinado e a declarado, e o bebê, saudáveis.

Embalando-a no meu colo, acaricio seus cabelos e respiro seu perfume doce, um tremor percorrendo meu corpo cada vez que penso em como cheguei perto de perdê-la... como os guardas a encontraram encolhida nua nas escadas uma hora antes de finalmente entrarmos.

Ela fez Henderson tropeçar com seu roupão de seda, salvando a si mesma, Nora e Yulia no processo.

As três lutaram contra mercenários armados e venceram.

— Tudo bem. Estamos bem — Ela murmura, levantando a

cabeça, e percebo que falei a última parte em voz alta. Seus olhos de avelã brilham suavemente enquanto ela curva sua palma sobre minha mandíbula. — Eu prometo a você, além do cóccix de Yulia e da mandíbula da pobre Rosa, estamos totalmente bem.

— Eu sei — Murmuro —, e é um maldito milagre. — Cobrindo a mão dela com a minha, fecho os olhos e inalo profundamente, tentando acalmar as batidas do meu coração.

Como eu, Kent e Esguerra estavam enlouquecendo quando desembarcamos, embora Diego já nos informasse que Henderson estava morto e que nossas esposas estavam seguras. Não bastava saber intelectualmente; o horrível medo permaneceu comigo até o momento em que pus os olhos em Sara.

Até que eu pudesse segurá-la em meus braços e sentir que estava viva e bem.

— Você salvou todos, você sabe — Digo, abrindo meus olhos enquanto ela retira a mão. — Não apenas nas escadas, mas antes. Kent me disse que foi seu grito que acordou Yulia a tempo de ela se esconder embaixo da cama e, depois, vir em seu socorro. Se não fosse por isso...

— Nós os teríamos derrotado de outra maneira — Sara interrompe com um sorriso calmo. — Tenho certeza de que teríamos.

A convicção em sua voz é absurda e admirável. Por alguma razão, ao invés de traumatizá-la novamente, o ataque de ontem parece ter energizado minha ptichka de alguma forma. Eu sempre soube que ela é forte e capaz, mas ela mesma devia acreditar – até que ela lutou contra o meu inimigo e venceu.

— Às vezes, um trauma repetitivo pode ser perversamente curativo — Dra. Wessex me disse quando falei com ela hoje de manhã, depois que Sara dormiu a noite toda sem pesadelos e acordou tão otimista quanto jamais a vi. — Ao contrário do que aconteceu com seus pais, desta vez, ela foi capaz de fazer algo – e ninguém chegado a ela foi morto ou realmente ferido.

Não sei se acredito na terapeuta, foi apenas um dia, e, ainda assim, poderia atingir Sara mais tarde, mas estou cautelosamente otimista em relação ao estado mental da minha ptichka.

Já quanto a mim, tenho menos certeza disso. Ontem à noite, mal dormi, lutando contra pesadelos e suores frios.

— Eu não vou deixar você fora da minha vista nunca mais — Digo, e eu não estou brincando nem um pouco. — Não há mais missões noturnas longe de você, nenhum trabalho que nos mantenha separados por qualquer período de tempo. E eu já encomendei meu próprio conjunto de implantes rastreadores de Esguerra; assim que eles chegarem, serão implantados.

Sara não pisca, eu já falei com ela sobre os rastreadores de Nora. — Tudo bem — Diz ela. — Mas só se você usar também. Quero saber onde você está em todos os momentos também.

Eu seguro seu olhar. — Fechado.

Aceitarei qualquer coisa que minha ptichka quiser, contanto que ela esteja contente e segura.

— Está chateado que você não teve a chance de matá-lo? — Ela pergunta quando estamos deitados na cama algumas horas depois. Embora tenhamos acabado de fazer sexo, eu estou acariciando-a toda, incapaz de obter o suficiente do prazer sensorial de tocá-la, de sentir sua pele quente e sedosa sob as palmas das minhas mãos. — Eu sei que era importante para você — Ela continua enquanto eu acaricio seu pescoço, inalando o perfume doce de seu cabelo.

Não quero pensar em Henderson agora, mas Sara parece determinada a falar sobre cada aspecto do que aconteceu. E quando me lembro de como foi difícil para ela discutir a morte de seus pais, não posso negar.

Se isso a ajudar a processar as coisas, vou contar a ela tudo sobre como sonho em desmembrar Henderson, célula por célula – sobre como a mera menção de seu nome traz de volta todo o momento terrível no avião.

Então, eu faço exatamente isso – digo a ela tudo, sobre o quão aterrorizado eu estive de que fosse tarde demais... que eu não iria protegê-la, como falhara com Pasha e Tamila. Descrevo os pesadelos que tive na noite passada e como ainda tremo quando penso em como eu cheguei perto de perdê-la.

Digo a ela o quanto me mata não estar lá para confrontar meu inimigo, para manter a ela e nossa criança por nascer em segurança.

Ela escuta, com a cabeça apoiada no meu ombro e os dedos brincando com o meu cabelo, e quando termino, ela diz em voz baixa: — Você nos manteve seguros. Foi o movimento que você me ensinou – levantando minhas pernas para me tornar um peso morto quando alguém me agarrasse por trás – que ajudou as três de nós a derrotar esses mercenários. E foram você, Kent e Esguerra que mandaram os guardas que mataram Henderson.

Eu aperto meus olhos fechados, meus braços apertados ao redor dela enquanto a cena se desenrola em minha mente como deve ter acontecido, com a túnica de seda e tudo. Um arrepio invade meu corpo, e ela me abraça de volta, me segurando, me tranquilizando com seu calor, sua vivacidade, sua força.

Preciso de várias respirações profundas antes que eu possa soltar meu sufocante controle sobre ela. Ainda assim, mantenho meu braço ao redor dela, segurando-a. Vou levar anos para me recuperar daquele dia, décadas até.

Isto é, supondo que alguma vez me recupere.

— E a esposa dele? — Sara pergunta, me distraindo de uma

fantasia onde eu posso viajar no tempo e estrangular Henderson com seus próprios intestinos antes que ele chegue perto dela. — Você vai honrar seu acordo com ela?

Minha mão livre se aperta em um punho ao meu lado. — Ainda há dúvida se ela propositalmente nos atraiu para longe, então...

— Não, ela não atraiu — Sara interrompe, levantando a cabeça do meu ombro para olhar para mim. — Pelo menos eu não acho que fez. Henderson pensou mesmo que tivéssemos a filha dele; se sua esposa estivesse nisso, ele saberia que tudo era uma manobra. E quando aqueles homens nos capturaram, disseram algo sobre não haver nenhum sinal de vocês três, como se esperassem encontrar vocês aqui, e ficaram surpresos por não encontrá-los.

— Ah. — Com esforço, eu abro meus dedos. — Isso muda as coisas.

Se Bonnie Henderson é verdadeiramente inocente, vou deixá-la em paz, particularmente se ela entregar todas as provas de seu marido ao FBI, limpando nossos nomes.

Eu quero isso para Sara. Quero devolver-lhe uma vida normal e pacífica.

Deslizando minha mão em seu cabelo, estudo seu rosto em forma de coração, maravilhado com a sua beleza. Seus olhos olham fixamente nos meus, claros e diretos e, então, ela murmura: — Eu te amo — E se inclina para um beijo carinhoso.

Meu peito se expande com uma onda de sentimentos tão intensos que afoga a escuridão persistente. — Eu também te amo, ptichka — Digo baixinho, e quando nossos lábios se tocam, sei que não importa o que o futuro reserva, nós vamos conquistá-lo juntos.

Independentemente de como nosso amor nasceu, agora, está forte o suficiente.

*S*ara

— PAPA! PAPA!

Eu olho do meu laptop enquanto meu filho de cinco anos corre porta adentro, suas bochechas rosadas pelo frio e suas botas largando neve por toda parte. Não me notando no sofá, ele corre direto para Peter na cozinha, lançando seu pequeno corpo contra ele a toda velocidade.

Sorrindo, meu marido se afasta do bolo de aniversário e o pega em seus braços poderosos, levantando-o para girá-lo acima de sua cabeça.

Os gritos de riso de Charlie enchem o ar, misturando-se com o latido animado de nosso cachorro, e meu peito aperta – como acontece toda vez que vejo aquele olhar no rosto sombrio e belo de Peter.

Alegria. Essa alegria irrestrita.

Eu nunca me canso de ver os dois juntos.

Meu perseguidor que virou amante, e nosso filho.

Se a felicidade pudesse ser definida em uma imagem, seria essa.

— Mãe! Charlie jogou uma bola de neve em mim e na Bella — Maya grita, correndo para a sala com neve e gelo caindo de sua jaqueta. Seu rostinho está indignado, suas pequenas mãos fechadas em punhos. — E Lizzie chamou ele de uma palavra feia!

Rindo, ponho de lado meu laptop e pego minha garota dedo-duro de três anos num abraço. — Está tudo bem, querida — Eu a acalmo, acariciando seus cachos castanhos emaranhados enquanto Toby, nosso golden retriever, corre para lamber a neve de seu casaco. — Seu irmão estava apenas brincando. Ele é um pouco apaixonado por Bella, isso é tudo.

— Não sou! — O tom indignado de Charlie coincide com o da sua irmã. — Ela é muito loira e estranha, e ela mal fala russo.

— Ei — Repreende Peter, colocando-o para baixo. — Isso não é legal.

— Bella Kent fala tanto russo como você, seu idiotinha — Diz Maya pomposamente, seu pequeno queixo subindo quando ela sai do meu abraço. Empurrando Toby para longe, ela acrescenta: — E, além disso, ela tem apenas quatro anos. Seu vocabulário vai crescer como o seu. Nem todo mundo nasce esperta como eu.

Peter e eu trocamos um olhar. Então, incapaz de segurar, começamos a rir.

Nossa aniversariante está a toda hoje.

Charlie tinha dois anos e meio quando Maya nasceu, mas no ano passado ela começou a ensinar matemática e leitura para ele - a última em inglês, russo, francês e japonês. Sua mente é como uma esponja, e seu brilho só é igual ao seu ego.

Para todos os seus cálculos informais de QI, modéstia é um conceito que seu cérebro de três anos de idade não consegue entender.

— Pensei que você tinha me dito que *não era* um gênio infantil. — Peter disse para mim com espanto quando nossa filha começou a compor música aos dois anos de idade. — Que você se tornou um médica tão jovem por causa de seus pais, não porque era insanamente inteligente.

— E isso é tudo verdade. Eu não sei de onde isso vem — Disse a ele, igualmente intrigada. — Talvez haja algum DNA genial em você.

Não que Charlie, nosso primeiro filho, não seja inteligente. Ele é brilhante, curioso e cheio de energia – tudo o que sempre quisemos num filho. Ele está prosperando em sua escola particular aqui na Suíça; de acordo com seus professores, ele é tão inteligente quanto qualquer garoto da sua idade.

Maya, no entanto, está num nível totalmente diferente.

Isso até intimidaria se ela não fosse tão fofa.

— Vá dizer aos outros para entrar — Digo, pegando-a pelo capuz da jaqueta. — É hora do bolo.

Seu pequeno rosto – uma réplica em miniatura do meu – brilha, e ela pula para fora da sala, com Charlie em seus calcanhares. Toby pula no sofá para se enrolar ao meu lado e eu uso o minuto para rever a nova música que estou compondo antes de fechar meu laptop.

Com todo mundo aqui para o aniversário de Maya, não tenho tempo para terminar hoje.

Depois que Bonnie Henderson ajudou a limpar o nome de Peter, tivemos a opção de retornar à área de Chicago e retomar nossa vida lá. No entanto, decidimos não fazer isso. Não só estaríamos sujeitos a olhares desconfiados em todos os lugares que fôssemos, graças a nossos rostos em todo o noticiário após o atentado, mas sem meus pais, não havia nada realmente me ligando a Homer Glen. Então, decidimos fazer uma nova casa nos

Alpes Suíços, perto da clínica particular onde me ofereceram um emprego enquanto estávamos fugindo.

Comecei a trabalhar lá em período integral, mas em um mês, Peter e eu percebemos que com a gravidez me cansando – e como não queríamos ficar separados por mais do que algumas horas de cada vez – não era a melhor solução. Então, eu abri minha própria clínica no primeiro andar de nossa casa, onde eu podia definir minhas próprias horas e ver Peter durante todo o dia. Em pouco tempo, a clínica começou a encaminhar suas pacientes grávidas para mim, e eu me tornei a ginecologista/obstetra para mulheres com vários laços com o submundo.

Funcionou bem – principalmente porque Peter decidiu colocar suas habilidades e contatos em um novo uso: recrutar e treinar ex-soldados para trabalhar como mercenários de organizações como a de Esguerra.

Não é exatamente a vida civil pacífica que estávamos imaginando, mas é muito menos perigosa do que assassinatos de proeminentes – e muito mais interessante para Peter do que ensinar aos cidadãos comuns autodefesa básica. Quanto a mim, com meu horário de trabalho flexível, não só tenho tempo para Peter e nossos dois filhos, mas também para a minha música.

Eu não faço shows ao vivo nem tenho um canal no YouTube – depois de tudo o que aconteceu, Peter se tornou muito paranoico com minha segurança – mas tenho a satisfação de ter minhas músicas tocadas por algumas das novas estrelas mais populares, que me pagam bem como ghostwriters. Minhas letras mais sombrias são especialmente populares, com duas das minhas músicas no topo das paradas por semanas.

— Bolo! Bolo! Bolo! — As crianças explodiram como tornados cheios de neve, com Mateo Esguerra de cinco anos na liderança e Bella, Lizzie, Charlie e Maya perseguindo-o. Chiando, as crianças cercam Peter, que está colocando cerimoniosamente três velas, e Toby pula do sofá e corre até eles, latindo em excitação.

Os adultos vêm em seguida. Como de costume, Julian com um braço ao redor de Nora, segurando-a contra ele como se tivesse medo de ela fugir. Lucas é mais circunspecto com Yulia, mas dado o padrão molhado em ambos os seus casacos, é claro que eles estavam grudados na neve, e eu só espero que tenha sido fora da vista das crianças.

Charlie, sendo um explorador intrépido de toda gente, já se deparou com eles 'brincando de médico' em sua academia em Chipre uma vez.

De qualquer maneira, estou feliz que eles estejam todos aqui. Enquanto Peter e eu visitamos os Esguerras com regularidade, Yulia está tão ocupada com seus restaurantes que eu só a vi duas vezes este ano. Felizmente, a pequena Bella Kent não está tão secretamente obcecada com o nosso Charlie – que diz odiá-la, mas nunca deixa passar a chance de chamar sua atenção – então, Lucas e Yulia não tiveram escolha a não ser comparecer à festa de aniversário de Maya.

Seu lindo anjo loiro de filha os teria odiado até a morte.

Caminhando, saúdo Nora e Yulia com um abraço. Então, todos nos reunimos em torno do bolo ao lado de nossos filhos, e enquanto Maya sopra suas velas, encontro o olhar de Peter e faço meu próprio desejo.

Eu quero que ele me persiga assim para sempre – me ame com todo o lado sombrio do seu coração.

FIM

AGRADECIMENTOS

Obrigado por ler! Espero que tenha gostado do final da história de Peter & Sara e considere deixar um comentário. Para ficar sabendo quando lançarei um livro novo, por favor, se inscreva para receber minha notificações em www.annazaires.com/book-series/portugues/.

Se você deseja ser notificado na época do lançamento, inscreva-se em minha nova lista de e-mails de lançamento em www.annazaires.com/book-series/portugues/.

Procurando por mais personagens assim? Então, não perca:

- *A trilogia Perverta-me* – a história sombria de como Julian Esguerra, o chefe de Lucas, sequestra a esposa, Nora
- *A trilogia Capture-me* – A história de Lucas & Yulia

Pronto para outras de minhas histórias eletrizantes? Confira também:

- *O Titã de Wall Street* – um romance onde os opostos se atraem, com um irresistível bilionário alfa
- *A trilogia de Mia e Korum* – a história de ficção científica futurista de Korum, um alienígena poderoso, e Mia, a estudante tímida que ele está determinado a ter
- *A Prisioneira dos Krinars* – o romance envolvente entre Emily, uma mulher em perigo mortal, e Zaron, o alienígena disfarçado que salva a vida dela

Você também poderá gostar de uma obra em colaboração com meu marido, Dimas Zales:

- O Código de Feitiçaria – as aventuras de fantasia épica do feiticeiro Blaise e sua criação, e bela e poderosa Gala

E agora, por favor, vire a página e conheça trechos de *O Titã de Wall Stree*t e *Perverta-me*.

TRECHO DE O TITÃ DE WALL STREET

Um bilionário que quer uma esposa perfeita ...

Aos 35 anos, Marcus Carelli tem tudo: riqueza, poder e o tipo de aparência que deixa as mulheres sem fôlego. Bilionário, ele dirige um dos maiores fundos de investimentos de Wall Street e pode derrubar grandes corporações com uma única palavra. A única coisa que ele não tem? Uma esposa que seria uma conquista tão grande quanto os bilhões em sua conta bancária.

Uma aficcionada por gatos que precisa de um encontro...

Emma Walsh, 26 anos, vendedora numa livraria, sabe que é uma Senhora dos Gatos. Ela não concorda necessariamente com essa afirmação, mas é difícil argumentar com os fatos. Roupas fora de moda cobertas com pelos de gato? Check. Último corte profissional no cabelo? Há mais de um ano. Ah, e três gatos em um pequeno estúdio no Brooklyn? Sim, ela tem.

E, sim, ela não tem um encontro desde... Bem, ela não se lembra. Mas essa parte pode ser mudada. Não é para isso que servem os sites de namoro?

Um caso de erro de identidade...

Uma casamenteira da alta roda, um aplicativo de namoro, uma confusão que muda tudo... Os opostos até se atraem, mas isso pode durar?

Estou quase pulando de emoção quando me aproximo do Sweet Rush Café, onde eu deveria encontrar Mark para o jantar. Essa é a coisa mais louca que já fiz em longo tempo. Entre o meu turno da noite na livraria e o horário de aula dele, não tivemos a chance de fazer mais do que trocar algumas mensagens, então, tudo o que tenho são aquelas fotos desfocadas. Ainda assim, tenho um bom pressentimento sobre isso.

Eu sinto que Mark e eu podemos nos conectar.

Cheguei alguns minutos mais cedo, então, paro na porta e tiro um momento para tirar pelo de gato do meu casaco de lã. O casaco é bege, o que é melhor do que o preto, mas o pelo branco é visível em tudo o que não é branco puro. Eu acho que Mark não se importa muito – ele sabe o quanto os persas perdem pelo –, mas eu ainda quero parecer apresentável para o nosso primeiro encontro. Demorei cerca de uma hora, mas fiz meus cachos ficarem semi-comportados, e estou até usando um pouco de maquiagem – algo que acontece com a frequência de um tsunami em um lago.

Respirando fundo, entro no Café e olho em volta para ver se Mark já está lá.

O lugar é pequeno e aconchegante, com assentos em forma de bancos dispostos em semicírculo em volta do balcão. O cheiro de grãos de café torrados e moídos é de dar água na boca, fazendo meu estômago roncar de fome. Eu estava planejando ficar só no café, mas decidi pegar um croissant também; meu orçamento deve dar para isso.

Apenas alguns dos lugares estão ocupados, provavelmente porque é uma terça-feira. Eu os examino, procurando por alguém que possa ser Mark, e noto um homem sentado sozinho na mesa mais distante. Ele está de costas para mim, então, tudo o que consigo ver é a parte de trás de sua cabeça, mas seu cabelo é curto e castanho escuro.

Pode ser ele.

Reunindo minha coragem, aproximo-me do local. — Com licença — digo. — Você é Mark?

O homem se vira para mim e meu pulso dispara na estratosfera.

A pessoa na minha frente não é nada como as fotos no aplicativo. Seu cabelo é castanho e seus olhos são azuis, mas essa é a única semelhança. Não há nada arredondado e tímido nas expressões rígidas do homem. Do queixo de aço ao nariz aquilino, seu rosto é ousadamente masculino, marcado por uma autoconfiança que beira a arrogância. Uma barba por fazer escurece suas bochechas magras, fazendo suas maçãs do rosto salientes se destacarem ainda mais, e suas sobrancelhas são grossas e escuras sobre os olhos penetrantes e pálidos. Mesmo sentado atrás da mesa, ele parece alto e poderosamente bem-definido. Seus ombros são muito largos em seu terno bem cortado e suas mãos são duas vezes maiores que as minhas.

Não é possível que seja o Mark do aplicativo, a menos que ele tenha gasto algum tempo em ginástica desde que as fotos foram tiradas. Seria possível? Uma pessoa poderia mudar tanto? Ele não indicou sua altura no perfil, mas eu presumi que a omissão significava que ele era tão prejudicado verticalmente quanto eu.

O homem que eu estou olhando não é prejudicado de qualquer forma, e ele certamente não está usando óculos.

— Eu sou... Eu sou Emma — gaguejo enquanto o homem continua olhando para mim, seu rosto duro e inescrutável. Tenho quase certeza de que tenho o cara errado, mas ainda me forço a perguntar: — Você é Mark, por acaso?

— Eu prefiro ser chamado de Marcus — ele me choca, respondendo. Sua voz é um estrondo masculino profundo que puxa algo primitivamente feminino dentro de mim. Meu coração bate ainda mais rápido e minhas palmas começam a suar quando ele se levanta e diz abruptamente: — Você não é o que eu esperava.

— Eu? — *Que diabos?* Uma onda de raiva afasta todas as outras emoções enquanto eu fico boquiaberta com o gigante rude na minha frente. O idiota é tão alto que tenho que esticar o pescoço para olhar para ele. — E quanto a você? Não se parece nada com suas fotos!

— Eu acho que nós dois fomos enganados — diz ele, com a mandíbula apertada. Antes que eu possa responder, ele gesticula em direção ao banco — Você pode muito bem sentar e fazer uma refeição comigo, Emmeline. Eu não vim até aqui para nada.

— É *Emma* — eu corrijo, fumegando. — E não, obrigada. Eu vou apenas seguir meu caminho.

Suas narinas se abrem e ele caminha para a direita para bloquear meu caminho. — Sente-se, *Emma*. — Ele faz o meu nome soar como um insulto. — Vou ter uma conversa com Victoria, mas, por enquanto, não vejo por que não podemos compartilhar uma refeição como dois adultos civilizados.

As pontas das minhas orelhas queimam com fúria, mas eu deslizo no banco em vez de fazer uma cena. Minha avó incutiu polidez em mim desde cedo, e mesmo sendo adulta vivendo sozinha, acho difícil ir contra os ensinamentos dela.

Ela não aprovaria eu dando joelhadas nas bolas dele e mandando-o se foder.

— Obrigado — diz ele, deslizando para o assento em frente a mim. Seus olhos brilham azulados quando pega o cardápio. — Isso não foi tão difícil, foi?

— Eu não sei, *Marcus* — digo, colocando ênfase especial no nome formal. — Eu só estive perto de você por dois minutos, e já estou me sentindo homicida. — Revido o insulto com um sorriso feminino, aprovado pela vovó, e ponho minha bolsa no canto do meu banco, pego o menu sem me preocupar em tirar o casaco.

Quanto mais cedo comermos, mais cedo posso sair daqui.

Uma risada profunda me faz olhar para cima. Para meu choque, o idiota está sorrindo, seus dentes brilhando brancos em seu rosto levemente bronzeado. Sem sardas, noto com inveja; sua pele é perfeitamente uniforme, sem nem um grama extra na bochecha. Ele não é classicamente bonito – suas características são ousadas demais para serem descritas dessa maneira – mas ele é chocantemente bonito, de uma maneira potente e puramente masculina.

Para meu espanto, uma onda de calor lambe meu núcleo, fazendo meus músculos internos se apertarem.

De jeito nenhum. Esse idiota *não* está me excitando. Eu mal posso ficar próxima a ele.

Rangendo os dentes, olho para o meu cardápio, observando com alívio que os preços neste lugar são realmente razoáveis. Eu sempre insisto em pagar minha parte da comida em encontros, e agora que eu conheci Mark – desculpe-me, *Marcus* – eu não deixaria que ele me arrastasse para um lugar chique onde um copo d'água da torneira custa mais do que uma dose de *Patrón*. Como eu poderia estar tão errada sobre o cara? Claramente, ele mentiu sobre trabalhar em uma livraria e ser um estudante. Para que fim, eu não sei, mas tudo sobre o homem à minha frente grita riqueza e poder. Seu terno risca-de-giz abraça sua estrutura de ombros largos como se fosse feito sob medida para ele, sua camisa azul é engomada, e eu tenho certeza de que sua gravata sutilmente quadriculada é uma marca de grife que faz a *Chanel* parecer uma marca do *Walmart*.

Quando todos esses detalhes se registram, uma nova suspeita me ocorre. Alguém poderia estar fazendo uma piada comigo? Kendall, talvez? Ou Janie? Ambas conhecem o meu gosto para rapazes. Talvez uma delas tenha decidido me atrair para um encontro dessa maneira – embora o motivo pelo qual elas montariam isso com *ele*, e ele concordaria com isso, seja um enorme mistério.

Franzindo a testa, olho para o menu e estudo o homem à minha frente. Ele parou de sorrir e está folheando o cardápio, com a testa franzida em uma carranca que o faz parecer mais velho do que os vinte e sete anos listados em seu perfil.

Essa parte também deve ter sido uma mentira.

Minha raiva se intensifica. — Então, *Marcus*, por que você escreveu para mim? — Soltando o cardápio na mesa, olho para ele.

— Você tem gatos?

Ele olha para cima, sua carranca se aprofundando. — Gatos? Não, claro que não.

O escárnio em seu tom me faz querer esquecer tudo sobre a desaprovação de vovó e lhe dar um tapa direto no rosto magro e duro. — Isso é algum tipo de brincadeira para você? Quem colocou você nisso?

— Desculpe-me? — Suas sobrancelhas grossas sobem em um arco arrogante.

— Ah, para de bancar o inocente. Você mentiu em sua mensagem para mim, e tem a ousadia de dizer que eu não sou o que você esperava? — Eu posso praticamente sentir a fumaça saindo dos meus ouvidos. — *Você* mandou uma mensagem para *mim*, e eu fui totalmente sincera no meu perfil. Quantos anos você tem? Trinta e dois? Trinta e três?

— Tenho trinta e cinco — diz ele lentamente, sua carranca voltando. — Emma, o que você está falando…

— Chega. — Agarrando minha bolsa pela alça, deslizo para fora do banco e fico de pé. Com ensinamentos da vovó ou não, não vou fazer uma refeição com um idiota que tenha me enganado. Não tenho ideia do que faria um cara como esse querer brincar comigo, mas eu não vou ser o alvo de alguma piada.

— Aproveite a sua refeição — rosno, dando a volta, e sigo para a saída antes que ele possa bloquear o meu caminho novamente.

Estou com tanta pressa para sair que quase derrubo uma morena alta e esbelta que se aproxima do Café e o cara baixo e rechonchudo que a segue.

Por favor, visite nossa página www.annazaires.com/book-series/portugues/ para saber mais e se inscrever em minha lista de e-mail.

TRECHO DE PERVERTA-ME

Nota do Autor: *Perverta-me* é uma trilogia erótica dark sobre Nora e Julian Esguerra. Todos os três livros estão disponíveis agora.

Sequestrada. Levada para uma ilha particular.

Nunca achei que isso poderia acontecer comigo. Nunca imaginei que um encontro casual na noite do meu aniversário de dezoito anos mudaria minha vida tão completamente.

Agora pertenço a ele. A Julian. A um homem que é tão implacável quanto bonito. Um homem cujo toque me deixa em chamas. Um homem cuja ternura é mais arrasadora do que sua crueldade.

Meu sequestrador é um enigma. Não sei quem ele é nem por que me sequestrou. Há uma escuridão dentro dele, uma escuridão que me assusta, mas que também me atrai.

Meu nome é Nora Leston e esta é minha história.

Chegou o anoitecer e, a cada minuto que passava, eu ficava cada vez mais ansiosa com a ideia de ver meu sequestrador novamente.

O romance que eu estivera lendo não mantinha mais meu interesse. Eu o larguei e andei em círculos pelo quarto.

Eu estava vestida com as roupas que Beth me dera mais cedo. Não era o que eu teria escolhido para usar, mas eram melhores do que um roupão. Uma calcinha branca de renda *sexy* e um sutiã combinando, um vestido azul bonito abotoado na frente. Tudo me serviu perfeitamente, de forma muito suspeita. Ele estivera observando-me por algum tempo? Descobrindo tudo sobre mim, incluindo o tamanho das roupas?

A ideia me deixou enjoada.

Tentei não pensar no que aconteceria, mas foi impossível. Eu não sabia por que tinha tanta certeza de que ele apareceria naquela noite. Era possível que ele tivesse um harém inteiro de mulheres na ilha e visitasse cada uma delas apenas uma vez por semana, como os sultões.

Ainda assim, eu sabia que ele chegaria em breve. A noite anterior simplesmente abrira o apetite dele. Eu sabia que demoraria muito para que ele se cansasse de mim.

Finalmente, a porta se abriu.

Ele entrou como se fosse dono do lugar. O que, claro, era verdade.

Fiquei novamente impressionada pela beleza masculina dele. Com um rosto daqueles, ele poderia ter sido modelo ou ator de cinema. Se houvesse alguma justiça no mundo, ele seria baixo ou teria alguma outra imperfeição para compensar aquele rosto.

Mas não tinha. O corpo era alto e musculoso, com proporções

perfeitas. Lembrei-me da sensação de tê-lo dentro de mim e senti uma onda indesejada de excitação.

Ele vestia novamente calça *jeans* e uma camiseta, desta vez, cinza. Ele parecia gostar de roupas simples, o que era inteligente. A aparência dele não precisava de realce.

Ele sorriu para mim. Aquele sorriso de anjo caído, sombrio e sedutor ao mesmo tempo. — Olá, Nora.

Eu não sabia o que dizer e falei a primeira coisa que me surgiu na mente. — Por quanto tempo vai me manter aqui?

Ele inclinou a cabeça ligeiramente para o lado. — Aqui no quarto? Ou na ilha?

— Os dois.

— Beth mostrará o lugar a você amanhã. Se quiser, poderá nadar — disse ele, aproximando-se. — Você não ficará trancada, a não ser que faça alguma tolice.

— Como o quê? — perguntei. Meu coração bateu com mais força dentro do peito quando ele parou perto de mim e ergueu a mão para acariciar meus cabelos.

— Tentar machucar Beth. Ou machucar você mesma. — A voz dele era suave e o olhar hipnótico ao olhar para mim. A forma como tocava nos meus cabelos foi estranhamente relaxante.

Pisquei, tentando me livrar do feitiço dele. — E a ilha? Por quanto tempo pretende me manter aqui?

A mão dele acariciou as curvas em volta do meu rosto. Eu me vi recostando-me na mão dele, como uma gata sendo acariciada, e imediatamente endireitei o corpo.

Os lábios dele se curvaram em um sorriso. O idiota sabia o efeito que tinha em mim. — Muito tempo, espero — disse ele.

Por algum motivo, não fiquei surpresa. Ele não teria se dado ao trabalho de me levar até a ilha se quisesse apenas dar algumas trepadas comigo. Fiquei aterrorizada, mas não surpresa.

Reuni coragem e fiz a próxima pergunta mais lógica. — Por que você me sequestrou?

O sorriso desapareceu do rosto dele. Ele não respondeu, apenas me encarou com um olhar azul inescrutável.

Comecei a tremer. — Você vai me matar?

— Não, Nora, não vou matar você.

A negação dele me reconfortou, apesar de, obviamente, ser possível que estivesse mentindo.

— Você vai me vender? — Mal consegui pronunciar as palavras. — Para ser uma prostituta ou algo assim?

— Não — disse ele em tom suave. — Nunca. Você é minha e só minha.

Eu me senti um pouco mais calma, mas havia mais uma coisa que precisava saber. — Você vai me machucar?

Por um momento, ele não respondeu. Algo sombrio passou em seus olhos. — Provavelmente — respondeu ele baixinho.

Em seguida, ele se abaixou e beijou-me, com os lábios quentes e macios tocando nos meus gentilmente.

Por um segundo, fiquei imóvel, sem reagir. Eu acreditei nele. Sabia que estava falando a verdade quando dissera que me machucaria. Havia algo nele que me assustava. Algo que me assustara desde o início.

Ele não era nada parecido com os rapazes com quem eu saíra. Ele era capaz de qualquer coisa.

Eu estava completamente à sua mercê.

Pensei em tentar lutar contra ele novamente. Seria a coisa normal a fazer na minha situação. Um ato de coragem.

Mesmo assim, não fiz nada.

Eu conseguia sentir a escuridão dentro dele. Havia algo de errado com ele. A beleza externa escondia algo monstruoso.

Eu não queria libertar aquela escuridão. Não sabia o que aconteceria se fizesse isso.

Portanto, fiquei imóvel entre os braços dele e deixei que me beijasse. E, quando ele me pegou no colo e levou-me para a cama, não tentei resistir.

Em vez disso, fechei os olhos e entreguei-me às sensações.

Todos os três livros da trilogia *Perverta-me* estão disponíveis. Por favor, visite nossa página www.annazaires.com/book-series/portugues/ para saber mais e se inscrever em minha lista de e-mail.

SOBRE A AUTORA

Anna Zaires é autora bestseller do *New York Times, USA Today,* e #1 como autora internacional de romance sci-fi e contemporâneo dark. Ela se apaixonou por livros aos cinco anos, quando sua avó a ensinou a ler. Desde então, sempre vive parcialmente no mundo da fantasia onde os únicos limites são aqueles da imaginação. Atualmente, morando na Flórida, Anna é feliz casada com Dima Zales (autor de ficção científica e Fantasia) e colabora de perto com ele em todos os seus trabalhos.

Para saber mais, por favor, visite www.annazaires.com/book-series/portugues/.